GOLDMANN

*Buch*

Junge Menschen aus aller Welt treffen sich in Torremolinos. Die Regeln der bürgerlichen Welt lehnen sie leidenschaftlich ab. Torremolinos bietet ihnen die Möglichkeit, sich uneingeschränkt von den Fesseln ihres gesellschaftlichen Milieus zu lösen.

Sechs von ihnen, Joe, Britta, Monica, Cato, Jigal und Gretchen erleben die totale Freiheit, die allerdings auch die Freiheit mit einschließt, vor die Hunde zu gehen. Nach unbeschwerten Wochen in Südspanien treibt es die sechs Freunde auf ihrem gemeinsamen Schicksalsweg weiter in die Beschaulichkeit der portugiesischen Algarve, in die Turbulenz der Stierkampfstadt Pamplona, in die unberührte Wildnis von Mozambique und schließlich nach Marrakesch, dessen orientalischer Rausch traurige Endstation für viele Suchende ist.

Und hier, an diesem Punkt, an dem höchstes Glück und schauerlichstes Elend den Menschen zugleich umfangen können, endet ihre Reise auf der Suche nach neuen Zielen und neuen Lebensformen.

Die Kinder von Torremolinos:

Joe, 20, Student in Kalifornien, schickt dem Staat seine Musterungskarte zurück und beginnt am Neujahrstag 1969 seine Flucht ins Exil, die Reise nach Torremolinos.

Britta, 18, Norwegerin aus Tromsö, flieht aus der finsteren Traumwelt der Polarnächte sonnenhungrig in die Freiheit des ungebundenen Lebens in Torremolinos.

Monica, 17, britische Aristokratin, erlebt in Afrika das Ende der Kolonialwelt ihres Vaters, wird Geliebte eines der neuen Herren und schockiert mit ihrer Sinnlichkeit sogar das Dolce vita in Torremolinos.

Cato, 19, Student in Philadelphia, Sohn eines Negerpastors, nimmt an einer bewaffneten Demonstration teil und flieht vor der Polizei mit Hilfe eines Weißen nach Torremolinos.

Jigal, 19, Sohn anglo-amerikanischer Israelis, studiert in den USA, Held im Sechstagekrieg, steht vor der Frage, welches Land er zu seiner Heimat machen soll. Er schiebt die Antwort auf und geht nach Torremolinos.

Gretchen, 21, Amerikanerin deutscher Abstammung, erlebt am eigenen Leib Polizeiwillkür, erkennt die Morbidität der »heilen Welt« der Eltern, kommt auf der Suche nach Besserem, Neuem nach Torremolinos.

*Autor*

James a. Michener, geboren 1907 in New York, wurde mit seinem ersten großen Roman »Tales of the South Pacific« (»Die Südsee«) berühmt. Für dieses Buch erhielt er 1947 den Pulitzer-Preis.

Zwei ebenfalls berühmte Romane sind im Goldmann Verlag als Taschenbücher erschienen:

Hawaii · 6821

Sayonara · 6834

James A.
Michener

# Die Kinder von Torremolinos

Roman

GOLDMANN VERLAG

Aus dem Amerikanischen übersetzt von
Renate Welsh
Titel der Originalausgabe: The Drifters
Originalverlag: Random House, Inc., New York

Made in Germany · 8/87 · 5. Auflage
Genehmigte Taschenbuchausgabe

Deutsche Erstausgabe 1971

Umschlagentwurf: Design Team München
Umschlagfoto: The Image Bank/Denny Tillmann
Druck: Elsnerdruck, Berlin
Verlagsnummer: 6881
UK · Herstellung: Sebastian Strohmaier/Voi
ISBN 3-442-06881-9

# INHALT

# 1

# JOE

Kein Mann ist so dumm, den Krieg herbeizuwünschen und nicht den Frieden; denn im Frieden tragen die Söhne ihre Väter zu Grabe und im Krieg die Väter ihre Söhne. *Herodot*

Krieg ist ein gutes Geschäft. Investiert eure Söhne.

Politisches Exil war immer die letzte Zuflucht vieler hervorragender Geister gewesen. Im Exil schrieb Dante Alighieri seine schönsten Verse, und Iljitch Uljanow, genannt Lenin, formte im Exil die Ideen, die die Welt erschüttern sollten. In seinem Exil in Amerika wurde der Deutsche Carl Schurz zum Vorkämpfer der demokratischen Ideen Amerikas. Flüchtlinge aus Schottland begründeten das kulturelle Leben Kanadas, und mutige Abenteurer, von ihren Geburtsinseln vertrieben, bevölkerten den Pazifik. Die Wissenschaftler, die für die USA die Atombombe konstruierten, waren fast alle jüdische Flüchtlinge aus Deutschland. Drei Jahrhunderte lang profitierten wir in den Vereinigten Staaten von dem Strom der politisch Verfolgten, die bei uns Zuflucht suchten. Den Politikern unserer Zeit blieb es vorbehalten, einen Gegenstrom der Flüchtlinge zu erzeugen.

Steige niemals einem Mädchen vor ein Uhr mittags nach. Wenn sie so schön ist, warum ist sie dann mittags schon aus dem Bett?

Die Zukunft wurde wegen mangelnder Teilnehmerzahl abgesagt.

Besser ein sicherer Frieden als ein unsicherer Sieg. *Livius*

An seinem zwanzigsten Geburtstag stand Joe vor einem derart komplizierten Problem, daß er Hilfe suchen mußte. Dadurch lernte er Mrs. Rubin kennen.

Seine Verwirrung hatte zwei Jahre früher begonnen, als er, ganz gegen seinen Willen, vor der Musterungskommission zu erscheinen hatte. Unbeholfen wie bei allen seinen Versuchen, sich mitzuteilen, sagte er zu seinen Kollegen: „Was sagt ihr dazu? Alkohol trinken dürfen wir nicht, aber durch die Reisfelder Vietnams robben, das dürfen wir!"

Er war hochaufgeschossen und schlaksig und trug die Haare ziemlich lang, wie es bei seinesgleichen üblich war. Im Sport hatte er sich nicht genug hervorgetan, um die Aufmerksamkeit eines College auf sich zu ziehen, anderseits war er aber auch nicht intellektuell genug, um ein akademisches Stipendium zu ergattern. Alles, was er nach Schulabschluß vorzuweisen hatte, war ein Stück weißen Kartons in Postkartengröße, aus dem hervorging, daß er zur Musterung gemeldet und automatisch in die Stufe 1-A klassifiziert worden war. Die endgültige Einreihung würde nach der ärztlichen Untersuchung erfolgen. Bei seinem Eintritt in die Universität mußte er seine Musterungskarte vorweisen, und der verantwortliche Professor schien befriedigt, daß er eine hatte.

An seinem neunzehnten Geburtstag erschreckte ihn ein amtlicher Brief seiner Musterungsbehörde zu Tode. Er fand ihn vor, als er von der Chemievorlesung zurückkam. Zehn qualvolle Minuten lang wagte er nicht, das Kuvert zu öffnen. „Ich fürchte mich nicht vor dem Krieg", versicherte er seinem Zimmergenossen, einem blassen Philosophiestudenten aus Nevada, „und ich bin kein Kriegsdienstverweigerer aus Gewissensgründen, aber Vietnam kotzt mich an. Heiliger Gott, ich will nicht auf allen vieren durch Reisfelder kriechen."

Als er den Brief endlich öffnete, fand er nur eine vervielfältigte Mitteilung: „In Anbetracht Ihrer Immatrikulation an der Universität erhalten Sie die Klassifikation 2-S, die Sie bis Studienabschluß beibehalten. Sie müssen die Behörde jedoch von jeder Änderung Ihres Ausbildungsstatus in Kenntnis setzen." Beigelegt war eine neue Karte, die er Universitätsbeamten und Barinhabern vorweisen mußte.

Im ersten Jahr erreichte er gute Zensuren, doch das zweite Jahr wurde schon schwieriger. Seine Leistungen genügten aber, um ihn dem College zu erhalten und vor der Einberufung zu verschonen.

Das Wehrdienstproblem löste bei ihm die moralische Krise aus. Drei häßliche Ereignisse, die in kurzen Zeitabständen aufeinanderfolgten, bedrückten ihn, ließen sich nicht einfach abtun. An sich war jedes einzelne trivial, Vorkommnisse, über die junge Männer zehn Jahre früher zur Tagesordnung übergegangen wären. Im Herbst 1968 verschmolzen sie jedoch zu einem grauenhaften Alpdruck.

Das erste Ereignis ergab sich zufällig: Sein Zimmergenosse, der fast nur Auszeichnungen sammelte, seit er zur Schule ging, erhielt eines Tages den Besuch eines etwas älteren Kollegen namens Karl, der im Jahr zuvor promoviert hatte. „Gleichgültig, was man euch erzählt", dozierte er, „macht unbedingt drei Lehramtskurse! Die Oberschlauen lachten mich aus, als ich das Jusvorstudium sausen ließ und Volksschulunterricht inskribierte. ‚Windelwechselkurs' nannten sie es. Jetzt sind sie in Vietnam und ich bin in einer Grundschule in Anaheim." Karl ließ sich in die Kissen zurückfallen, trank sein Bier und wiederholte eindringlich: „Macht Lehrfach!"

„Wie gefällt dir das Unterrichten?" fragte Joe.

„Das ist doch scheißegal. Am Morgen meldest du dich. Die Kinder sind wilde kleine Teufel. Du hinderst sie, die Schule in kleine Stücke zu zerlegen. Am Abend gehst du heim."

„Was bringst du ihnen bei?"

„Nichts."

„Wird man dich nicht hinausschmeißen?"

„Ich bin stark. Also fürchten sich die Kinder vor mir. Also halte ich so ziemlich Ordnung. Der Direktor ist so dankbar für ein ruhiges Klassenzimmer, daß es ihm völlig gleich ist, ob ich ihnen etwas beibringe oder nicht."

„Das hört sich eher scheußlich an", sagte Joe.

„Ich habe Ruhe vor der Einberufung", sagte der Lehrer.

Später hatte er Gelegenheit, mit Karl den Direktor der Schule zu besuchen, um ihn zu fragen, ob er nach dem Studienabschluß eine Stelle für sie haben würde. Sie sahen die Kinder, darunter viele schwarze, durch die Gänge toben. Der Direktor war ein gütiger Mensch von etwa vierzig Jahren mit schütterem Haar. „Ihr Freund ist einer unserer besten Lehrer", sagte er begeistert. „Wenn Sie die Lehrbefähigungsprüfung für Kalifornien machen, werden wir uns sehr freuen, Sie in unseren Lehrkörper aufzunehmen."

Das zweite Erlebnis war widerlich. Eines Abends wurde die Tür aufgerissen und Eddie, ein stämmiger Rugbyspieler, stürmte herein und verkündete triumphierend: „Gott sei Dank, endlich hab' ich sie schwanger. Wir heiraten nächste Woche."

„Maud?"

„Ja. Sie war beim Arzt, und jetzt ist es offiziell. Am Morgen nach der Hochzeit gehe ich zu meiner Musterungskommission, hole mir die liebe gute 3-A-Einstufung, und dann bin ich daheim und frei."

Andere Studenten kamen herein, um ihm zu gratulieren, und er erzählte: „Maud und ich haben die Kalendermethode bis zum I-Tüpfelchen studiert. An den Tagen, wo es klappen sollte, haben wir's drei-, viermal getrieben. Erinnert ihr euch, wie ich in dem Spiel gegen Oregon umfiel? Herrgott, ich war so fertig, daß ich kaum stehen konnte. Wir hatten es am Morgen zweimal getan. Der Trainer machte mir einen Skandal. Aber ich glaube, gerade an diesem Vormittag hab' ich es fertiggebracht. Jedenfalls ist sie schwanger. Und ich bin die Einberufung los."

Einer fragte: „Glaubst du, daß die 3-A-Einstufung klappt?"

„Ganz sicher. Ihr solltet auch heiraten. Es gibt genug Mädchen, die mit euch in den Sack kriechen werden. Macht sie schwanger und sagt der Regierung, sie kann euch gern haben."

„Ist es das wert?" fragte einer.

„Idiotische Frage! Wenn dieser Unsinn vorbei ist, läßt man sich einfach scheiden, und damit hat sich's."

„Würdest du dich scheiden lassen?" fragte Joe.

„Wenn du zufällig ein Mädchen schwängerst, das du liebst, dann bist du einen Stich voraus."

„Du liebst deine nicht?" fragte Joe ruhig.

„Nein", sagte der Große.

Die dritte Erfahrung brachte seine bisherigen moralischen Überzeugungen ins Wanken. Im oberen Stockwerk lebte ein armseliges Wesen namens Max, das jedes Wochenende durchstudierte und keinerlei Chance hatte, je Differentialrechnungen oder Adam Smith zu verstehen. Er war ein fetter Junge mit unreiner Haut, stammte aus Los Angeles und sollte nach dem Willen seiner Mutter Arzt werden. Aber seine Professoren erkannten rasch, daß das nicht in Frage kam. So wechselte er zu den kaufmännischen Fächern über, aber auch da klappte es nicht.

„Du *mußt* am College bleiben!" schrien seine Eltern. „Willst du uns diese Schande antun? Willst du hinausfliegen und zur Armee gehen?"

Seine Mutter hatte es zuwege gebracht, daß er auf Lehramt umsatteln durfte. „Dann kriegst du eine Stelle als Lehrer in Los Angeles, wie Harry Phillips, und bist in Sicherheit." Aber sogar für diese Kurse fehlte es ihm an Intelligenz; und nun schien es unvermeidlich, daß man ihn von der Universität entlassen, daß er seinen Aufschub verlieren und wieder 1-A werden würde.

In dieser Krise ging Max von einem Studenten zum anderen und suchte jemanden, der bereit war, sich in das Prüfungszimmer einzuschleichen und die entscheidende Prüfungsarbeit für ihn zu schreiben. „Die Fragen sind einfach", erklärte er, „aber ich kann meine Gedanken einfach nicht ordnen." Als er im zweiten Stock des Studentenwohnhauses keinen fand, der das Risiko auf sich nehmen wollte, kam er zu Joe. „Auch wenn du den Kurs nicht gemacht hast, Joe, du könntest die Fragen beantworten. Ich weiß, du könntest es." Das Ergebnis war jämmerlich; und als die Arbeiten korrigiert waren, bekam Max die traurige Nachricht: er war durchgefallen. Sein Aufschub war zu Ende, er mußte in die Armee.

Die verzweifelten Eltern kamen ihn abholen und machten ihm in seinem Zimmer einen derartigen Skandal, daß er das Studentenhaus mit roten Augen verließ. Er riß sich von seinen Eltern los, um sich von Joe zu verabschieden. „Du warst ein guter Freund", sagte er. Am ganzen Körper zitternd, ging er zum Wagen.

Die Kollegen redeten viel über Max. Wenn je ein Mensch nicht in den Krieg gehen sollte, fanden sie, war das Max. Ein Medizinstudent fragte: „Würdest du mit ihm in einem Reisfeld Wache schieben wollen?" Ein anderer sagte: „Es ist kriminell, Soldaten deshalb einzuberufen, weil sie für das College zu blöd waren." Joes philosophischer Zimmergenosse aber korrigierte: „Das Verbrechen begann damit, daß unsere Nation die Praxis duldete, daß der Besuch des College die Ausnahme von einem Dienst garantieren konnte, der für die übrigen Pflicht war."

Nachdem die anderen gegangen waren, setzten Joe und er die Diskussion bis lange nach Mitternacht fort. Zum ersten Mal hörte

Joe einen denkenden Menschen die Theorie darlegen, daß das ganze System sittenwidrig sei. Sein Kollege argumentierte: „Du hast neulich gesagt, daß es eindeutig unmoralisch ist, wenn Karl seine Schüler fürs Leben kaputt macht, nur damit er der Einberufung entgeht. Aber das ist die Folge einer größeren Unmoral, der Unmoral, daß die Vereinigten Staaten einen nie erklärten Krieg führen, der vom Kongreß nie gebilligt wurde."

„Wie meinst du das?" fragte Joe.

„Nimm zum Beispiel das Rugby-Monster; er prahlt damit, ein Mädchen geschwängert zu haben, das er nicht liebte, um der Einberufung zu entgehen. Auch das ist eindeutig unmoralisch, und es hätte nicht geschehen können, wäre unsere Demokratie nicht schon längst angefault. Unsere gewählten Vertreter lassen sich ausschalten und applaudieren auch noch, wenn der Präsident ungesetzlich handelt."

„Was willst du dagegen tun?"

„Das weiß ich nicht. Aber ich weiß, daß man in einer sittenwidrigen Situation nicht ständig mittun kann, ohne sich selbst zu beschmutzen. Und ich habe nicht die Absicht, mich zu beschmutzen."

Er sprach ruhig, aber mit so tiefer Überzeugung, daß Joe fand, er müsse bei sich selbst feststellen, wie weit er die Selbstbeschmutzung zulassen dürfe, der man unterlag, wenn man sich vor dem Wehrdienst drückte.

Ein viertes Ereignis war an sich so trivial, daß man es als gewöhnlicher Mensch in gewöhnlichen Zeiten sofort vergessen hätte. Joe war in ein verrufenes Viertel der Stadt gegangen, um in einer Bar eine Band zu hören; auf dem Rückweg kam er an einer Gruppe von Negern vorbei, die an einer Straßenecke herumlümmelten. Einer in Uniform sagte: „Hi, Weißer. Auf Wiedersehen in Vietnam!", und ein anderer sagte: „Der nicht. Der ist am College." Joe lachte, legte Daumen und Zeigefinger wie eine Pistole aneinander, zielte auf den Soldaten und rief: „Piff, paff!" Der Soldat wankte zwei Schritte zurück, griff an sein Herz und stöhnte „Getroffen!"

Das war alles. Joe ging weiter, aber der bedeutungslose Zwischenfall wollte ihm nicht aus dem Kopf gehen. Schwarze, die sich kein Universitätsstudium leisten konnten, wurden eingezogen, Weiße, die Geld fürs Studium hatten, nicht. Es war unanständig, unmoralisch, empörend; und alles, was die Führer der Gesellschaft, ein General Hershey oder ein J. Edgar Hoover dazu sagen mochten, machte das Böse, das dem allem zugrunde lag, nur noch böser. Neger wurden eingezogen, Weiße nicht. Die Armen wurden in den Krieg geschleppt, die Reichen nicht. Die Dummen wurden erschossen, die klugen Köpfe nicht. Und all das geschah auf Grund eines aus einer unmoralischen Voraussetzung geführten unmoralischen Krieges.

In dieser Verwirrung begann der letzte Monat des Jahres. Kurz vor Weihnachten kündigte eine Gruppe von Kriegsgegnern unter den Studenten eine Friedensrallye an. Sie war für zwei Uhr nachmittags im Hof der Universität angesetzt, und schon um ein Uhr drängten sich Zuschauer aus der Stadt im Universitätsgelände. Die Universitätspolizei stand bereit, mit dem Auftrag, Tätlichkeiten zu verhindern. Sie wurde von regulären Polizisten unterstützt. Als sie einen Demonstrationszug mit Spruchtafeln wie „Liebt Amerika oder geht", „USA bis zum Letzten" und „Unterstützt unsere tapferen Männer in Vietnam" kommen sahen, lenkten sie die Demonstranten vom Universitätsgelände ab. Ein Polizist erklärte den Gegendemonstranten durch ein Megaphon: „Die *Peaceniks* haben ein konstitutionelles Recht darauf, ihre Meinung zu sagen. Mit diesen Transparenten dürft ihr nicht zur Universität." Die Tafeln wurden konfisziert, aber man ließ die Demonstranten sich unter die Menge im Hof mischen.

Joes Zimmerkollege schaute aus dem Fenster, sah die Fremden und die beiden Polizeieinheiten, und sagte: „Das kann hart werden. Ich möchte, daß du weißt, daß ich das, was ich heute nachmittag tun werde, genau überlegt habe. Ich denke daran, seit wir Karl in seiner Schule besucht haben."

Er ging mit Joe in den Hof hinunter. Dort trennten sie sich, denn Joe wich Demonstrationen stets aus. „Mach's gut", sagte er zu seinem Zimmerkollegen. „Ich werde von hier aus zusehen."

Er hockte sich auf den Sockel einer Statue zu Ehren des Universitätsgründers und hörte zu, wie der drahtige kleine Chemieprofessor, Dr. Laurence Rubin, über den Lautsprecher zu erklären versuchte, daß dieser Krieg Amerikas Geltung im In- und Ausland schade. Er wurde immer wieder von lauten Zwischenrufen unterbrochen – „Willst du kapitulieren?" Rubin hatte diesen Vorwurf erwartet und sich darauf vorbereitet, den Unterschied zwischen Kapitulation und geplantem Rückzug aus einer sinnlosen Situation zu erklären, aber die Störer ließen ihn nicht zu Wort kommen und brüllten: „Den Krieg beenden ist Nixons Angelegenheit. Halt's Maul und laß ihn machen." Professor Rubin wurde vom Mikrophon verjagt, ohne seine These erläutert zu haben. Ein Student packte das Mikrophon und brüllte mit gewaltiger Lautstärke hinein: „Wenn Taten das einzige sind, was Washington verstehen kann, dann sollen sie Taten haben.“ Joe bemerkte, daß die Universitätspolizei und die Regulären näher an das Podium herandrängten. Der Sprecher sah sie kommen, gab aber trotzdem ein Signal, woraufhin eine Gruppe von etwa dreißig oder vierzig Studentinnen den Song „Blowing in the Wind“ anstimmten, in den einige männliche Zuschauer einfielen. Das winterliche Lied paßte gut in diesen Hof mit der unruhigen, sich immer wieder neu formierenden Menge.

Als der Gesang den Höhepunkt erreichte, kletterten sieben junge Männer auf das Podium, holten ihre Feuerzeuge heraus und zündeten mit demonstrativer Entschlossenheit ihre Musterungskarten an. Zu seiner Überraschung sah Joe, daß sein stiller Zimmerkollege sich unter ihnen befand, ja sogar ihr Anführer bei diesem Akt der Herausforderung war, der sie offiziell von einer Gesellschaft trennte, die sie nicht mehr respektieren und deren Gesetzen sie nicht mehr gehorchen wollten.

Der Anblick der aufsteigenden kleinen Rauchwolken brachte die Demonstranten aus der Stadt in Rage; auch Zuschauer, die nicht in gewalttätiger Stimmung gekommen waren, gerieten in Empörung. Plötzlich begannen von allen Seiten Leute zum Podium zu drängen, um die sieben Kartenverbrenner herunterzuziehen, und das brachte die beiden knüppelschwingenden Polizeitrupps in Aktion. Bestürzt merkte Joe, daß sie ihre Knüppel nicht gegen die aufgebrachte Menge gebrauchten, sondern die protestierenden Studenten herunterholten, zu Boden zerrten und auf sie einschlugen. Joes Zimmerkollege riß sich los und wollte weglaufen, aber eine Gruppe wütender Studenten verstellte ihm den Weg und begann ihn ins Gesicht zu schlagen. Er taumelte gegen ein Mädchen, das aufschrie. Andere Mädchen, denen nichts geschehen war, die aber Angst hatten, niedergestoßen zu werden, begannen zu kreischen. Ein allgemeines Handgemenge begann.

Nun griff die Polizei durch, schlug wild auf die Menge ein und bahnte sich einen Weg, um die Kartenverbrenner festzunehmen. Joes Zimmerkollege taumelte von den Schlägen benommen auf die Polizisten zu und wurde mit einem Hagel von Hieben empfangen, die ihn auf das Pflaster warfen. Als Joe ihn fallen sah, sprang er instinktiv von seinem sicheren Sockel und rannte ihm zu Hilfe. Die Polizei hielt ihn für einen weiteren langhaarigen Störenfried und schlug auf ihn ein.

Ein Knüppel sauste herab. Tobender Schmerz durchfuhr ihn. Ein zweiter Knüppel schmetterte gegen seinen Unterleib, ein dritter krachte über seinen Schädel. Joe fiel um wie ein Sack. Später sagte er, er habe den letzten Schlag gehört, noch bevor er dessen furchtbare Wirkung gefühlt hatte. Dann hörte er nichts mehr, er fiel zusammen. Er erinnerte sich vage daran, daß er dachte, seine Knie seien verschwunden und seine Beine zu Wasser geworden. Dann verlor er das Bewußtsein.

Während sein Zimmerkollege im Gefängnis saß und auf die Verhandlung wartete, blieb Joe allein im Studentenwohnhaus und rang mit einer langsam in ihm wachsenden Überzeugung. Normalerweise steht ein Mensch gegen Ende Vierzig vor einer so qualvollen Bestandsaufnahme, wenn er sich für den Endspurt rüstet, oder um die Fünfzig, wenn er das trübe Versagen überblickt, in das er ausweglos verstrickt ist; für Joes Generation aber kam die Zeit der Abrechnung früh, und er mußte allein damit fertig werden.

Vor Weihnachten war eine Reihe von Prüfungen ausgeschrieben. Joe brachte genügend Konzentration für das Wagnis auf, bei Professor Rubin in Chemie anzutreten, schnitt aber so schlecht ab, daß er zu den Prüfungen in Geschichte und Englisch III erst gar nicht erschien. Er blieb in seinem Zimmer und suchte einen Ausweg aus seinem drückenden Dilemma. Er rasierte sich nicht und ging auch nicht in den Speisesaal. Spätabends streifte er durch die dunklen Gassen und kaufte sich irgendwo einen Hamburger und eine Tasse Kaffee, aber den Großteil der Zeit blieb er allein, rieb die Schwiele auf seinem Kopf und dachte nach.

Ein Mädchen aus La Jolla schrieb ihm einen Brief, in welchem sie ihn einlud, mit ihr zusammen im Wagen zu ihren Leuten zu fahren. Als er die Einladung las, konnte er das Mädchen vor sich sehen, ein hübsches Ding mit Pferdeschwanzfrisur. Es wäre schön gewesen, die Weihnachtsferien mit ihr zu verbringen, aber nicht in diesem Jahr. Er ging hinunter zum Telephon. „Bist du's, Elinor? Dein Brief war lieb. Ich würde ja gern kommen, aber ich bin ganz durcheinander."

Sie sagte: „Ich weiß", und fuhr allein nach Hause.

Die erste Woche blieb Joe in seinem Zimmer in dem leeren Studentenhaus. Während das Jahr sich dem Ende zuneigte, versuchte er, seine Lage zu überblicken, und kam zu dem Schluß, daß die Universität für ihn erledigt war. Er konnte nicht in aller Ehrlichkeit an einer Institution verbleiben, die für viele zum Fluchtweg vor dem Wehrdienst geworden war. Er lehnte es ab, in einem Klassenzimmer Zuflucht zu finden, während die Neger aus den

Hintergassen einberufen wurden. Er lehnte es ab, weiterhin Kompromisse mit der unmoralischen Umwelt zu schließen.

Anderseits wollte er seine Musterungskarte nicht öffentlich verbrennen, wie es sein Kollege getan hatte, denn er schreckte vor jeder Art von Exhibitionismus zurück. Er erinnerte sich an einen Kollegen aus San Franzisko, den man im vergangenen Frühjahr einberufen hatte. „Das einzig Anständige hier ist, zur Armee zu gehen und von innen zu bohren. Wenn sie mich bekommen, bekommen sie einen Kerl, der entschlossen ist, den ganzen Militärkomplex zu unterminieren", hatte er gesagt. An seinem ersten Wochenende in der Kaserne hatte er begonnen, Pamphlete zu verteilen, in denen er seine Kameraden zur Revolte gegen die Offiziere aufrief, und er selbst ging mit gutem Beispiel voran. Eines Morgens begann er während des Appells laut zu lachen, und als der Feldwebel die Reihe entlangstürmte und fragte, was ihm so komisch vorkäme, sagte er: „Das ganze blöde System, und Sie am allermeisten." Der Feldwebel beherrschte sich und fragte ihn, was er damit meine. „Sie meine ich, Sie blöder Hund. Sie sagen uns, wir sollen unsere Bäuche einziehen, dabei könnten Sie Ihren Bauch gar nicht einziehen, wenn ..." Der Feldwebel hatte ihn niedergeschlagen, und in der Krankenabteilung wurde ihm mitgeteilt, daß er vor ein Militärgericht gestellt werden würde. Schließlich landete er im Gefängnis. Die Studenten waren einhellig der Meinung, er habe sich ehrenhaft verhalten. Joe lag eine derartige Handlungsweise nicht. Er benahm sich ungern provokant, und selbst wenn er es gewollt hätte, der fette Feldwebel hätte ihm sicher leid getan.

Aber er konnte zornig werden, und am letzten Tag des Jahres geschah genau das. Joe geriet in flammende Wut, fluchte und stieß die Möbel in seinem Zimmer um. Die Ursache seines Zorns war an sich belanglos: er erhielt einen Brief. Einen harmlosen Brief, nur ein paar Zeilen mit Weihnachtsgrüßen von dem Mädchen, das ihn nach La Jolla eingeladen hatte. Was ihn so in Wut versetzte, war der Poststempel, den der Staat aufgedruckt hatte: „Betet für den Frieden."

Auf unsere Briefe drucken wir „Betet für den Frieden", aber laß bloß einen jämmerlichen Scheißer etwas für den Frieden tun, und sie hauen ihn mit Knüppeln über den Schädel. Er erinnerte sich an einen Vortrag, den einer der jungen Professoren gehalten hatte. „Die Vereinigten Staaten sind die militaristischste Nation der Erde. Zeitungen, Fernsehen, Universitäten und sogar die Kirchen heißen den Krieg gut, und jede Stimme, die gegen ihn spricht, muß zum Schweigen gebracht werden. Es wird Ihnen aufgefallen sein, daß in den Zeitungen die Wortführer gegen den Krieg als *Peaceniks* bezeichnet werden. Karikaturisten stellen sie als Irre dar. Fernsehkommentatoren nennen sie Agitatoren und Abschaum, der von den Straßen gejagt werden sollte. Unsere Nation meint, daß die *Peaceniks* vernichtet werden müssen, weil sie weiß, daß wir den Krieg brauchen, um unser Land funktionsfähig zu erhalten, und das nicht aus wirtschaftlichen, sondern aus weltanschaulichen Gründen.

Joe erinnerte sich an ein Gespräch mit einem Musikstudenten. „Diese Universität hat ein sehr gutes Musikinstitut. Unsere Lehrer können prima Opernaufführungen auf die Beine stellen. Aber weißt du, wonach das Kuratorium die Abteilung beurteilt? Nach der Blasmusikkapelle. Wenn hundertfünfzig junge Männer und Frauen in der Pause zwischen den Halbzeiten der Matches in militärischer Uniform im Gleichschritt auf den Sportplatz einschwenken, dann bekommt die Fakultät ein gutes Budget fürs nächste Jahr... und Beethoven kann baden gehen. Der Aufsichtsrat hat recht. Weißt du warum? Weil jede Kleinstadt in Kalifornien eine Blasmusikkapelle an ihrer höheren Schule haben muß. Die Bürger wollen das, denn sie lieben das Militär... Sie lieben Paraden. Und wenn diese Universität keine Musiker für Blasmusik hervorbringt, werden sich die Kleinstädte eine andere Universität suchen. Das Kuratorium ist nicht auf den Kopf gefallen. Die wissen, worauf es ankommt."

Diese Theorie beeindruckte Joe so sehr, daß er seinen Freund in eine Kleinstadt begleitete, um die Blaskapelle anzusehen, die ein junger Absolvent des Musikinstituts ausgebildet hatte. Und alles war, wie es der Musikstudent beschrieben hatte, nur gab es außerdem noch ein Exerzierteam: dreizehn- und vierzehnjährige Mädchen in Uniformen, mit Holzmodellen von Armeegewehren, komplett mit Lederriemen. Von einem Armeeveteranen in den Fünfzigern geführt, exerzierten die Mädchen wie eine Infanteriekompanie aus dem Bürgerkrieg, und als sie zuletzt in Reih und Glied antraten und mit ihren Gewehrimitationen Salut „schossen", wurde eine Kanone abgefeuert und alles jubelte.

Von welchem Blickwinkel Joe die Gesellschaft auch betrachtete, immer fand er neue Beweise für die Faszination, die die Gewalt auf Amerika ausübte. Wenn er in die Stadt ging, kam er an einer trostlosen Halle vorbei, deren verwitterte Schindelwände die Aufschrift trugen: „Lernen Sie Karate! Vernichten Sie den Angreifer!" Eine primitive Zeichnung zeigte, wie ein furchtloser junger Mann einem Farbigen, der ihn aus einer Ecke ansprang, den Hals brach.

Vor ein paar Jahren hatte sich an der Halle ein einfacheres Schild befunden: „Lernen Sie Judo! Die Kunst der Selbstverteidigung!" Aber das hatte nur wenige Kunden angezogen. Mit Karate konnte man den anderen töten, und diese Möglichkeit war so verlockend, daß sich der Zustrom vervierfachte. Im Fernsehen war es nun der professionelle American football mit den eingeplanten schweren Verletzungen, der die Zuschauer anzog, die früher Baseballspiele angesehen hatten, in den Filmen war es dauernde Gewalttätigkeit. Man zeigte Dutzende Tote, wo einst einer für die Lösung genügt hätte. Vor allem aber war es Vietnam, dieser Eiterherd, der so vieles verseuchte. Wir wollen Frieden in Vietnam, dachte Joe, als er den Brief betrachtete, der ihn so erregt hatte, aber Gott helfe Richard Nixon, falls er versuchen sollte, irgend etwas dafür zu tun. Er warf den Brief auf den Tisch. Der Poststempel war wie ein Hohn: Betet für den Frieden.

Noch an diesem Nachmittag faßte er seinen Entschluß. Zwei Stunden lang saß er am Schreibtisch und entwarf einen Brief. Eine weitere Stunde verbrachte er damit, ihn zu korrigieren und neu zu schreiben. Dann ging er an der Karatehalle vorbei in die leere Stadt. Auf dem Postamt ließ er den Brief einschreiben und mit „Betet für den Frieden" abstempeln, dann verwahrte er den Aufgabeschein sorgfältig in seiner Brieftasche. Als er in sein Zimmer zurückkam, klopfte der Chemieprofessor Dr. Rubin an seine Tür. „Herein", sagte Joe, und der schmächtige kleine Mann setzte sich steif auf einen geradlehnigen Stuhl.

Er legte Joes Prüfungsarbeit auf den Tisch und sagte vorwurfsvoll: „Joe, das war eine elende Leistung."

„Ich weiß. Ich falle durch."

„Das ist nicht notwendig", sagte Rubin mit seiner nasalen, weinerlichen Stimme. Er blätterte die Arbeit auf und zeigte die Note, eine Zwei. Joe sah sekundenlang die unverdiente Note an und suchte nach einer Erklärung dafür, warum Rubin sie ihm gegeben hatte. Dann hörte er Rubin weitersprechen: „Ich habe Sie bei der Friedensrallye gesehen. Ich sah, wie der Polizist Sie auf den Kopf schlug. Ich habe Sie während meiner Prüfung beobachtet und später erfahren, daß Sie zu den anderen Prüfungen gar nicht antraten. Aber ich werde angeben, daß Sie in meiner Klasse die Zensur Zwei verdient haben und zu krank waren, die späteren Prüfungen abzulegen. Joe, Sie können mit voller Berechtigung auf Ihre Kopfverletzung hinweisen ... Bleiben Sie an der Universität."

„Jetzt nicht mehr", sagte Joe. Er nahm den Aufgabeschein aus seiner Brieftasche und holte das Briefkonzept von seinem Schreibtisch. Professor Rubin las:

„Ich habe mir meine Haltung der Einberufung und meiner Nation gegenüber gründlich überlegt ... Ich bin zu dem Schluß gekommen, daß ich ehrlichen Gewissens weder ein grundlegend unmoralisches System länger unterstützen kann, noch einen historisch falschen Krieg ... Ich sende Ihnen daher mit diesem Brief meine Meldungskarte und meine Einstufungskarte zurück ... Ich werde mich von nun an weigern, vor Ihrer Kommission zu erscheinen, und weise hiermit meine 2-S-Einstufung zurück. Ich bin mir dessen bewußt, was ich tue, warum ich es tue und welche Folgen ich zu erwarten habe."

Es stand noch mehr da, einiges davon offensichtlich das Gedankengut eines noch nicht Einundzwanzigjährigen. Doch alles zusammengenommen, ergab es das Bild eines Menschen, der eine moralische Entscheidung getroffen und sich bereit erklärt hatte, alle eventuellen Konsequenzen auf sich zu nehmen.

Rubin faltete den Brief zusammen, legte den Aufgabeschein darauf und reichte beides Joe zurück. „Nun stehen die Dinge ganz anders", sagte er. „Die Zwei, die ich Ihnen gegeben habe, und das ärztliche Attest, das ich Ihnen anbieten konnte, werden völlig unwichtig, wenn Sie aus dem Gefängnis kommen und um Wiederaufnahme ansuchen."

„Sie glauben, daß ich ins Gefängnis muß?"

„Vermutlich. Jetzt müssen Sie mit meiner Frau reden, Joe, sie ist nämlich Experte auf diesem Gebiet."

Rubin bestand darauf, mit Joe augenblicklich zu der großen presbyterianischen Backsteinkirche im Stadtzentrum zu gehen, wo man dem Frauenkomitee für Musterungsberatung ein enges, zugiges Arbeitszimmer zur Verfügung gestellt hatte. Zunächst war die Gemeinde entsetzt über den Vorschlag gewesen, daß ihre Kirche ein solches Komitee unterstützen solle; aber der Pfarrer hatte in seiner ruhigen Art darauf hingewiesen, daß Christen das Recht hätten, ihrer Regierung Widerstand zu leisten, wenn ihr Gewissen ihnen sagte, daß die Regierung im Unrecht sei. Als die Gemeinde weiterhin Einwände vorbrachte, hielt er drei Predigten über den Nürnberger Prozeß. „Was auf jenem Gericht so schwer lastete, war die Erkenntnis, daß das Gewissen eine Verantwortung hat. Wenn unsere jungen Leute zu der Überzeugung kommen, ihrem Gewissen folgen zu müssen, dann ist es unsere Aufgabe, ihnen zu helfen, das auf konstruktive und gesetzmäßige Art zu tun." Er hatte sich geweigert, eine Abstimmung zuzulassen. „Das ist keine Angelegenheit, über die man abstimmen kann. Das ist Sache des menschlichen Gewissens, und diese Kirche wird ihre Pflicht tun." Seine Beweisführung war um so wirksamer, als er selbst Armeekaplan in Guadalcanal gewesen war.

Im Keller der Kirche saß eine kleine, drahtige, streng frisierte Frau an einem mit Papieren übersäten Tisch. Sie nickte Professor Rubin kurz zu und setzte sogleich zu einem Redeschwall an, wobei sie von einem Thema zum anderen sprang. „Es freut mich, daß Sie kein Deserteur sind. Ich nehme an, Sie haben Ihre Musterungskarte zurückgegeben und wollen wissen, ob Sie ins Gefängnis oder nach Kanada gehen sollen. Woher ich das weiß? Sehr einfach, mein lieber Watson." Sie lachte nervös über ihren Scherz und fuhr fort: „Bei diesem Geschäft lernt man, Deserteure drei Häuserblocks entfernt aufzuspüren. Der militärische Haarschnitt, der Gang, das verstohlene Schleichen. Ihr langes Haar schließt sie aus. Was die Musterungskarte anlangt, bringt mir Laurence niemanden, der seine Karte verbrannt hat, denn das ist ein juridisches Problem. Aber es muß etwas Ernstes sein, sonst würde er sich nicht ausgerechnet am Neujahrsabend darum kümmern. Voilà!"

Sie lächelte etwas gequält. Professor Rubin stellte Joe vor und ging, worauf sie sagte: „Junger Mann, zunächst steht einmal fest, daß Sie in einer ganz irren Lage sind. Wenn wir uns darüber klar sind, werden auch die Alternativen etwas klarer. Die Stellung der Regierung ist umstritten, unmoralisch, gesetzwidrig und meiner Meinung nach auch verfassungswidrig, da kein Krieg erklärt wurde. Das heißt, daß keine gesetzliche Grundlage für die Maßnahmen vorliegt, die man gegen Sie ergreifen wird. Anderseits haben Sie damit, daß Sie Ihre Musterungskarte zurückgeschickt und das System abgelehnt haben, eine ihre helfenden Arme ausstreckende Demokratie ins Herz getroffen und müssen bestraft werden. Es ist unsere Aufgabe, genau festzustellen, wo Sie stehen. Sie haben drei Möglichkeiten. Sie können sich am 2. Januar bei Ihrer Musterungsbehörde melden, sie bitten, Ihren Brief zu ignorieren und um Wiedereinstufung ersuchen. Dies wird rasch gewährt werden, weil man Schwierigkeiten vermeiden will. In Ihrem Fall können wir geistige Verwirrung attestieren, da Sie auf den Kopf geschlagen wurden. All das kann ich leicht arrangieren, und ich bin verpflichtet, es Ihnen nahezulegen."

Joe schüttelte den Kopf, und sie fuhr fort. „Wenn Sie das ablehnen, sind Sie automatisch wieder 1-A und gelten als Krimineller. Sie können sofort verhaftet werden, aber solange niemand die Sache forciert, wird das kaum geschehen. Daraus ergeben sich für Sie die zwei weiteren Möglichkeiten: Sie können die Universität verlassen und versuchen, in den Vereinigten Staaten unterzutauchen. Es gibt eine recht gut funktionierende Untergrundorganisation, die alles, was in ihrer Macht steht, tun wird. Sie würden sich wundern, wie viele anständige Männer und Frauen bereit sind, Sie zu verstecken und irgendeine Arbeit für Sie zu finden. Aber das ist nicht einfach, weil die meisten Arbeitgeber darauf bestehen, die Musterungskarten zu sehen. Was bedeutet, daß Sie sich gelegentlich nur um Schwarzarbeit bewerben können.

Ihre dritte Möglichkeit ist, das Land zu verlassen ... ein politischer Flüchtling zu werden. Aber bevor Sie sich dazu entscheiden, muß ich Sie warnen: Selbst wenn Sie Staatsbürger eines anderen Landes geworden sind, werden Sie verhaftet, sobald Sie wieder amerikanischen Boden betreten. Und rechnen Sie nicht auf eine Generalamnestie, denn Amerika ist äußerst rachsüchtig und hat nicht viel für Amnestien übrig. Am Ende des Zweiten Weltkrieges setzte Präsident Truman das erste Amnestiekomitee unserer Geschichte ein. Mehr als hunderttausend Fälle von Wehrdienstverweigerung und Desertion wurden überprüft, und zuletzt begnadigte man fünftausend. Sie müssen sich darüber klar sein, daß Sie im Gefängnis landen."

Joe atmete tief ein und sagte entschlossen: „Ich kann meine Musterungskarte nicht mehr zurücknehmen."

„Wenn Sie es sich trotzdem überlegen und Ihre Karte zurücknehmen, können wir Ihnen immer noch mehrere attraktive Möglichkeiten bieten, das System zu überlisten. Viele Mädchen wären bereit, Sie zu heiraten ... und Sie schaffen sich, so schnell es geht, ein Baby an. Oder wir können einen Geistlichen finden, der Ihnen beibringt, wie man ein Wehrdienstverweigerer aus Gewissensgründen wird. Sie sind doch kein Atheist, oder? Dann haben wir auch einige Ärzte, die psychische Störungen konstatieren würden. Auf Grund Ihrer Kopfverletzung könnten wir sogar sehr einfach ein ärztliches Attest bekommen. Schließlich könnten sie noch eine grobe sittliche Verfehlung gestehen."

„Kein Interesse", sagte Joe.

Mrs. Rubin begann zu lachen. „Dann bleibt nur ein Ausweg, aber der ist prächtig. Er gefällt mir, weil er den Irrsinn, in den wir geraten sind, ins rechte Licht rückt. Wenn Sie wirklich fest entschlossen sind, der Rekrutierung zu entgehen, ist es die einfachste Lösung, mit zwei gleichgesinnten Freunden eine Verschwörung anzuzetteln, um einen weißköpfigen Seeadler zu schießen."

„Was?"

„Ein junger Mann, der sich nicht eines Vergehens, sondern eines Verbrechens schuldig macht, darf nicht in der Armee dienen. Wenn

Sie jemanden ermorden, entgehen Sie der Rekrutierung – doch hingerichtet zu werden ist ein ziemlich hoher Preis dafür, nicht in der Armee zu dienen. Es gibt viele andere Verbrechen, auf die Sie sich sicher auch nicht einlassen wollen, Hochverrat zum Beispiel. Das einfachste Verbrechen im Gesetzbuch ist, einen weißköpfigen Seeadler zu schießen. Aber wer weiß denn, wo man einen findet? Also geht man eine Verschwörung ein, einen zu schießen, dann braucht man sich nicht einmal die Mühe zu machen, das blöde Vieh zu suchen."

Die Vorstellung, durch einen dunklen Gang zu schleichen, dreimal an eine geschlossene Tür zu klopfen und zu flüstern: „Los, Freunde, auf den Adler!" war so komisch, daß Joe laut herauslachte. Mrs. Rubin fuhr fort: „Auf jeden Fall haben Sie einen schweren Weg gewählt. Es wäre einfacher, wenn Sie mit einer finanziellen Unterstützung von seiten ihrer Eltern rechnen könnten. Ihr Vater?"

„Ein geborener Verlierer."

„Ihre Mutter?"

„Sammelt Rabattmarken."

Er sagte nichts weiter, also ließ Mrs. Rubin das Thema fallen. „Was wollen Sie nun tun?" fragte sie.

„Im Augenblick weiß ich es nicht."

„Es wäre ungesetzlich, wenn ich für sie eine Entscheidung treffen wollte. Aber falls Sie mir direkte Fragen stellen, werde ich sie beantworten."

Nach langem Schweigen sagte Joe zögernd: „Es hat mich angewidert, wie die Polizisten meinen Zimmerkollegen zusammenschlugen. Daß sie mich schlugen, machte nicht so viel aus. Das war ein Zufall. Aber auf ihn hatten sie es abgesehen, und sie droschen richtig drein."

Mrs. Rubin sagte nichts. Nach einer weiteren langen Pause fragte Joe: „Nehmen wir an, ich wollte das Land verlassen. Was dann?"

Mrs. Rubin nahm einen frischgespitzten Bleistift und begann, saubere Muster zu kritzeln. „Sie hätten zunächst einmal zwei Möglichkeiten: Mexiko oder Kanada. Mexiko ist die schwierigere. Fremde Sprache, fremde Gebräuche – und keine Sympathie für radikale Studenten. Mexiko ist nicht ratsam. Kanada ist gut. Viele Leute dort oben haben Verständnis für Ihre Probleme. Aber es ist schwierig, hineinzukommen. Die kanadischen Grenzbehörden schicken Wehrdienstverweigerer zurück und informieren die amerikanische Polizei. Sie müßten sich mit unseren Menschenschmugglern in New York ins Einvernehmen setzen."

„Wie mache ich das?"

„Am Washington Square in New York, im Greenwich Village, steht eine Kirche. Dort melden Sie sich, und man bringt sie nach Norden."

Joe sagte nichts weiter, also erklärte Mrs. Rubin abschließend: „Ich bin gesetzlich verpflichtet, Ihnen zu raten, ins Gefängnis zu gehen. Was ich hiermit tue." Sie nahm ein Formular, setzte sorgfältig Joes Namen und Universitätsadresse ein, und schrieb: „Ich empfahl diesem jungen Mann, sich umgehend zu melden, um seine Gefängnisstrafe anzutreten."

Als Joe aufstand, begleitete sie ihn zur Tür, packte seine Hand und flüsterte: „Meine persönliche Meinung ist, daß Sie vor diesem Wahnsinn davonlaufen sollten. Gehen Sie nach Samarkand, oder Prätoria, oder Marrakesch. Jugend ist die Zeit für Träume und Abenteuer, nicht für Krieg. Gehen Sie ins Gefängnis, wenn Sie vierzig sind – dann macht es nichts mehr aus."

Am Neujahrstag 1969 begann Joe seine Fahrt ins Exil. Es war typisch für ihn, daß er nicht die leichte Südroute nach Boston wählte, sondern die vereisten Straßen des Nordens. Es kam ihm gar nicht in den Sinn, seine Eltern zu besuchen. Sein Vater würde toben, seine Mutter würde weinen, und es würde nichts Vernünftiges dabei herauskommen.

Er fuhr per Anhalter durch Kalifornien und wandte sich in Sacramento nach Osten in Richtung Reno. Die Paßstraßen waren tief verschneit. Er durchquerte die trostlose Öde Nevadas und vertrödelte einige Tage in der Mormonenhauptstadt Salt Lake City. Der erste große Eindruck seiner Reise kam ihm in der riesigen Leere Wyomings. In großzügigem Schwung führte die Straße durch Berge und grenzenlose Ebenen gegen Osten. Auf weiten Strecken war nicht einmal eine Tankstelle zu sehen, und die verstreuten Ansiedlungen sahen aus wie von der Herde abgeirrte Ochsen, verloren in der Unendlichkeit von Himmel und Einöde.

An der Gebirgskette, die den Westen vom Osten trennt, kam er in einen Schneesturm. Mit einem Laster, der nach Cheyenne mußte, fuhr er durch die Nacht, und vor den Scheinwerfern glitzerten Millionen tanzender Schneeflocken. „Das ist vielleicht ein Land", murmelte er anerkennend, und der Lastwagenfahrer, dem die Straße Sorgen machte, schimpfte: „Wir hätten es den Indianern lassen sollen."

Östlich von Rawlins wurden die Schneeverwehungen so arg, daß die Schneepflüge steckengeblieben waren und eine lange Kolonne von Lastwagen und wagemutigen Personenkraftwagen sich an der Kreuzung staute, wo die von Süden kommende 130er einmündete. Fahrer und Passagiere drängten sich in einem kleinen Gasthaus, wo der geplagte Wirt Kaffee und Brötchen ausgab.

„Das ist vielleicht ein Land", sagte Joe zu den Männern, die sich um den Elektroofen scharten.

„Gehst du nach Osten oder nach Westen?" fragte ihn einer.

„Nach Osten."

„Du bist nicht in der Armee?" fragte ein älterer Mann und deutete auf Joes Haare.

„Nein."

Joe konnte später nicht rekonstruieren, wie es dazu gekommen war, daß sich in ihnen irgendwie die Meinung festsetzte, er ginge nach Osten, um sich zum Militär zu melden. Sie bestanden darauf, seinen Kaffee zu bezahlen und ihm Zigaretten zu kaufen.

„Die besten Jahre meines Lebens waren die in der Armee", sagte einer der Fahrer.

„Sie haben mir beigebracht, meine Nase rein zu halten", stimmte ein anderer zu.

„Ich habe drei wundervolle Jahre in Japan verbracht", sagte ein älterer Mann und lachte. „Von Guadalcanal bis zum Leytegolf kämpfte ich gegen die kleinen gelben Teufel, von Osaka bis Tokio schlief ich mit den... Und ich würde beides wieder tun."

„Die japanischen Mädchen okay?" fragte ein Jüngerer.

„Die besten."

„Ist der Osten interessant?" fragte Joe.

„Interessant?" Der ältere Mann schnaufte. „Es gibt keinen Quadratzentimeter in Japan, der nicht interessant wäre. Hast du je von Nikko gehört? Junge, wenn du in Vietnam bist und Urlaub hast, dann laß dich nach Tokio verfrachten. Und dort nimm den Zug nach Nikko. Da wirst du was sehen!"

„Ich meine das Land hier. Ist der Osten schön?"

„Das ganze Land ist schön, von der Golden-Gate-Brücke bis zur Brücke von Brooklyn", sagte ein Fahrer ehrfürchtig. „Vergiß das nie."

Dieser patriotische Satz brachte das Gespräch wieder auf die Armee. Ein Fahrer sagte: „Sie werden dir die Haare aber ganz schön abschneiden, wenn du in der Armee bist, Kleiner. Und das wird dir verdammt guttun."

Die Fahrer waren sich einig, daß Joe von der Disziplin des Militärlebens profitieren würde, und während er ihren begeisterten Erinnerungen zuhörte, dachte er, wie feige es war, sie glauben zu lassen, daß er in ihre Fußstapfen treten wollte. Wenn sie wüßten, daß er gerade dabei war, von der Armee wegzulaufen, würden sie ihn wahrscheinlich tottreten.

Er verließ das Gasthaus und ging in den Sturm hinaus, wo die Scheinwerfer der vorbeifahrenden Wagen merkwürdige Lichtkegel in die Schneenacht warfen. Die Welt schien manchmal nur aus den winzigen Lichtkreisen voll wirbelnder Flocken zu bestehen, waren aber die Scheinwerfer verschwunden, weitete sie sich zu einer riesigen schweigenden Ebene ohne Anfang und Ende. Als er so im Sturm stand, im Lichtkreis gefangen und doch wieder im unbegrenzten Raum, nahm er zum ersten Mal bewußt diese Welt wahr, dieses unbekannte Wunder, an dem er nun teilhaben würde.

Zum ersten Mal in seinem Leben kam ihm auch dieses Land zum Bewußtsein, Amerika, wie es in seiner unermeßlichen, ungezähmten Größe da im Dunkel lag. Ein Land, für das es sich zu kämpfen lohnt, dachte er, und empfand keinen Widerspruch darin, daß er vor der Rekrutierung davonlief und sich doch gerufen fühlte, für ein Land zu kämpfen, das ihm gut schien. Soweit er es beurteilen konnte, war der größte Patriot, dem er in den letzten vier Jahren begegnet war, Mrs. Rubin gewesen, eine jüdische Hausfrau, die im Keller einer presbyterianischen Kirche saß und versuchte, aus dem Chaos, in das ihr Land geraten war, eine Art Ordnung zu schaffen.

In New York ging er geradewegs zum Washington Square. Die Kirche sah genau so aus wie die in Kalifornien, und die Quäkerin, die ihn beriet, hätte Mrs. Rubins Schwester sein können. Sie versicherte ihm, daß es wohl Jobs gäbe, legte ihm jedoch nahe, bei der Arbeitssuche sehr vorsichtig zu sein. „Aber hier ist eine Adresse, wo es vielleicht klappt. Die Leute reißen ein altes Gebäude nieder und sind froh über jeden, der einen starken Rücken hat."

Er meldete sich an einer Baustelle in der Nähe vom Gramercy Park; neben dem großen Privathaus, das abgerissen wurde, gähnte eine riesige Grube. Der Vorarbeiter erklärte: „Das Problem ist, daß irgendwelche Verrückte die Decken retten wollen. Anscheinend wurden sie vor hundert Jahren geschnitzt. Du mußt sie runterholen, ohne sie zu Kleinholz zu machen." Er drückte Joe ein Brecheisen in die Hand und rief: „Denk daran! Wenn wir die verdammten Decken zerbrechen wollten, würden wir mit der Abbruchkugel rangehen.

Wir wollen sie ganz haben." Ein wenig später kam ein Gehilfe des Vorarbeiters in das Zimmer, wo Joe auf einem Gerüst arbeitete, und flüsterte: „Wenn dich einer um deine Gewerkschaftskarte fragt, bist du ein freier Künstler, der die Decken für ein Museum rettet."

„Welches Museum?"

„Das New-Yorker Museum für Architektur und Design", sagte der Mann rasch. „Der Gewerkschaftsfritze wird eine Woche brauchen, um rauszufinden, daß es so etwas nicht gibt."

Die Arbeit war staubig und anstrengend. Am Abend fiel Joe todmüde ins Bett. Er übernachtete in einem Heim, das die Frau in der Kirche ihm empfohlen hatte. Die Gegend war sehr belebt; junge Leute, darunter viele attraktive Mädchen, zogen auf der Staße umher. Er versuchte nicht, sich ihnen anzuschließen. Er mußte arbeiten, für seine Flucht nach Kanada Geld verdienen.

Bei seinem letzten Besuch in der Kirche gab ihm seine Beraterin eine Adresse in New Haven. „Melden Sie sich nach sechs Uhr abends. Das Büro wird von Leuten aus Yale geführt, und die haben tagsüber Vorlesungen."

Er verließ New York mit dem Eindruck, daß es wahrscheinlich hundertmal größer war, als er es sich vorgestellt hatte, und hundertmal interessanter. Irgendwann einmal, wenn die Umstände günstiger waren, würde er sich gern mit dieser Stadt messen, ihrer Teilnahmslosigkeit und ihren schönen Mädchen.

Am Nachmittag kam er in New Haven an, und wie die Frau in New York vorausgesagt hatte, war das Büro geschlossen. Also trieb er sich in der häßlichen Stadt herum. Es war ein kalter Tag. Um dem eisigen Wind zu entgehen, flüchtete er in Restaurants und trank unzählige Tassen Kaffee, bis das Beratungsbüro endlich öffnete.

Der Berater, ein Professor für Lyrik, der in Oxford studiert hatte, war ein junger, begeisterungsfähiger Mann. Um dem Gesetz Genüge zu tun, riet er Joe, er solle sich stellen und ins Gefängnis zu gehen. Als Joe sich weigerte, lehnte sich der Professor in seinem Stuhl zurück und sagte: „Als ich in Ihrem Alter war, ging ich nach Europa und Hosiannarufe begleiteten mich. Sie gehen nach Europa und sind ein Verbrecher. Plus ça change, plus c'est la même chose."

„Ich habe mich noch nicht entschlossen", sagte Joe.

„Großer Gott! Sind Sie nicht der Bursche aus Alabama, den ich treffen sollte?"

„Kalifornien."

„Mein lieber Freund, verzeihen Sie mir. Wir bekommen diese dringenden Botschaften und widmen ihnen wirklich nicht so viel

Zeit, wie wir sollten. Heute abend wird ein Deserteur auf dem Weg nach Kanada hier durchgeschmuggelt, und ich dachte, Sie wären es." Er schlug sich an die Stirn. „Himmelherrgott! An Ihren Haaren allein hätte ich sehen müssen, daß Sie nicht in der Armee waren. Ich übergebe Sie jetzt einem von unseren Leuten, der sich mit Musterungsvergehen befaßt. Ich kenne mich damit nicht so aus." Er rief: „Jellinek!", erhielt aber keine Antwort. Dann lehnte er sich wieder in seinem Stuhl zurück verschränkte die Beine, als wären sie aus Gummi.

Rasch und mit wachsender Begeisterung sagte er: „Da unsere Leute beide verspätet sind, können wir ja miteinander reden. Wenn ich Sie wäre, ginge ich direkt nach Europa. Auch wenn ich nur zehn Dollar hätte. Wie? Arbeiten Sie auf einem Viehtransporter. Umgarnen Sie eine reiche Witwe. Egal, wie Sie es tun, aber tun Sie es. Sehen Sie sich die Altartafeln von Van Dyck in Gent an, die Breughels in Wien, Velazquez im Prado. Gehen Sie nach Weimar und Chartres und San Gimignano und Split. Tun Sie's, junger Mann, was immer es kosten mag. Vergeuden Sie diese Jahre nicht in einem Versteck in Kanada. Dort gibt's nichts zu sehen, was anders wäre als in einem Versteck in Montana. Gehen Sie nach Europa, sehen Sie sich um, und wenn dieser Wahnsinn vorbei ist, kommen Sie zurück – und dann gehen Sie ins Gefängnis. Wenn Ihr Kopf voll ist von Eindrücken und Ideen, wird auch die Gefängniszelle Ihnen nichts anhaben können. Sie kommen als richtiger Mann wieder heraus."

„Wie soll ich nach Europa? Ohne Geld, meine ich."

„Du lieber Himmel, Geld ist die billigste Ware, die es gibt. Für euch alle scheint es das wichtigste Problem zu sein." Er sprang auf, stürmte im Zimmer auf und ab und wühlte in seinen Haaren. Plötzlich blieb er stehen und zeigte mit lang ausgestrecktem Finger auf Joe. „Ich weiß es. Gehen Sie nach Europa – wie immer Sie's schaffen, ist egal –, und dann die spanische Küste hinunter zu einem Ort namens Torremolinos. Voll von Bars und Tanzlokalen. Ein kluger Junge kann sich dort immer über Wasser halten."

„Mein Spanisch ist nicht berühmt."

„In Torremolinos spricht man alles, nur nicht Spanisch. Wie ist Ihr Schwedisch?" Er lachte, rannte wieder zur Tür, um nach seinem verschollenen Alabamer zu sehen. Da er niemanden fand, kehrte er wieder zum Schreibtisch zurück. „In Boston werden Sie einen großartigen Haufen treffen. Sie werden überrascht sein, wieviel die für Sie tun können. Da ist ein Mädchen ... wie heißt sie nur? ... Jellinek wird es wissen, wenn er kommt."

Mehr Informationen konnte er Joe nicht geben. Noch fast eine Stunde lang sprachen sie über die Situation an den kalifornischen Universitäten. Der Professor meinte, er würde recht gern einmal dort unterrichten. „Dort ist etwas los", sagte er, und Joe dachte, wohin er auch kam, überall sagte irgendeiner irgendwann einmal: „Dort ist etwas los."

„Torremolinos ist anders", sagte der Professor und bekam einen sehnsüchtigen Glanz in den Augen. „Für junge Leute ist es die Hauptstadt der Welt. In einer Woche werden Sie dort auf mehr Ideen stoßen als in einem Jahr in Yale. Auf richtige Ideen, meine ich. Die unanwendbaren." Nach einer weiteren halben Stunde war der Deserteur aus Alabama noch immer nicht gekommen, und der Professor sagte: „Man hat uns anscheinend im Stich gelassen. Wie wäre es, wenn Sie mit mir essen gingen?" Er führte Joe in ein italienisches Restaurant, wo sechs Studenten auf ihn warteten, zwei davon mit ihren Freundinnen. „Ich habe den Delegierten aus Kalifornien mitgebracht", sagte er, und alle verstanden, daß Joe auf der Flucht war. Niemand fragte nach Einzelheiten, denn es war zu erwarten, daß jeder von ihnen noch vor Ende des Jahres in einer ähnlichen Situation sein würde. Sie sprachen viel über den Krieg in Vietnam, machten ihrem Ärger über die allzu langsame Aufhebung der Rassentrennung in den Schulen Luft. Es gab keine Neger in der Gruppe, aber Neger hätten ihre Sache nicht besser verteidigen können als diese Weißen.

Plötzlich fragte der Professor: „Hat einer von euch Jellinek gesehen?"

„Er ist im Gefängnis."

„O mein Gott! Was ist geschehen?"

„Er wollte das Musterungsbüro kurz und klein schlagen."

„Sehr rücksichtsvoll von ihm. Unser Kalifornier hier geht nach Boston, und Jellinek weiß den Namen unserer dortigen Kontaktperson."

„Gretchen Cole. Spielt Gitarre und singt im ‚Nachtfalter'."

„Genau. Ich lernte sie kennen, als ich in Radcliffe Vorlesungen hielt. Großartiges Mädchen. Sie wird Sie nach Kanada bringen."

„Du tust gut daran, dich aus dieser Rattenfalle abzusetzen", sagte einer der Studenten.

Joe fand es eigenartig, daß diese begabten jungen Leute der amerikanischen Lebensart schon so sehr entfremdet waren. Niemand versuchte ihn von der Flucht aus dem Land abzuhalten. Auch der Professor, ein fähiger Mann und offensichtlich einer der beliebtesten

Lehrer in Yale, trat ganz offen für die Flucht als einzige ehrenhafte Möglichkeit ein.

Im Verlauf des Abends nahm der Professor Joe beiseite. „Ich hatte eben eine Idee. Sie ist nicht besonders gut, aber man kann nie wissen. Joe, wie zäh sind Sie?"

„Wie meinen Sie das?"

„Können Sie sich verteidigen? Ich meine nicht mit den Fäusten. Gegen Heroin und so?"

„Ich halte meine Nase rein."

„Dachte ich. Wenn Sie nach Torremolinos kommen und pleite sind und die Polizei droht, Sie aus Spanien hinauszuschmeißen, gibt es einen, an den Sie sich wenden können ... auf Ihr eigenes Risiko. Schreiben Sie sich den Namen auf. Paxton Fell. Er hat Geld."

Als es Zeit wurde, zu gehen, nahm einer von den Studenten Joe beiseite und steckte ihm eine Handvoll Banknoten zu. „Viel Glück!" sagte er, und sie trennten sich.

Bei Sonnenuntergang kam er in Boston an, unrasiert und übelgelaunt. Er brauchte einige Zeit, bis er den ‚Nachtfalter' fand. Die Adresse hatte er im Telephonbuch nachgeschlagen, aber er war ziemlich hilflos, als es darum ging, die Straße zu finden, denn sie lag in dem Gassengewirr um die Washington Street. Wahrscheinlich war er schon zwei oder dreimal in der Nähe gewesen, ohne es zu ahnen. Er hatte es immer gehaßt, Fremde um Rat zu fragen, und versuchte allein hinzufinden, aber vergeblich. Als er schließlich doch einen Mann nach dem ‚Nachtfalter' fragte, sagte der: „Sie sind gerade daran vorbeigegangen", und Joe kam sich recht lächerlich vor.

Er beschloß, einen Teil seines Geldes für eine gute Mahlzeit auszugeben. Als Gast wirkte er offenbar nicht sehr überzeugend, denn der Portier sagte: „Ich nehme an, Sie wollen zu Gretchen Cole."

„Ich möchte essen", sagte Joe.

Das Menü war eher teuer, bot aber eine reiche Auswahl an Fischgerichten, die Joe von den portugiesischen Restaurants in Südkalifornien her kannte. Das Essen war ausnehmend gut, und Joe bereute nicht, das Geld ausgegeben zu haben. Etwas später begann eine Rock-and-Roll-Band zu spielen. Sie hatten eine Sängerin dabei. Musik bedeutete Joe viel, der Beatrhythmus riß ihn aus seiner Lethargie, auch die Sängerin gefiel ihm; doch was er an diesem Abend suchte, war nicht wilde Musik, sondern eine Gitarristin. Als ein Männertrio mit Volksliedern folgte, wurde er ungeduldig. Gegen Mitternacht kam dann ein Mädchen mit sagenhaft krächzender Stimme aufs Podium, worauf Joe hinausging und den Portier fragte: „Wann singt denn Gretchen Cole?"

„Sie singt nicht."

„Ich bin gekommen, um sie zu treffen."

„Ich habe Sie gleich gefragt, ob Sie sie sehen wollen, und Sie sagten, Sie wollten essen."

„Warum haben Sie es mir nicht gesagt?"

„Sie sagten, Sie wollten essen. Soll ich die Kundschaft verjagen?"

„Kommt sie morgen?"

„Nein. Sie singt nicht mehr hier... seit ihrem Malheur mit der Polizei."

„Rauschgift?"

„Nicht Gretchen Cole. Irgend etwas mit der Polizei in Chikago war es, glaube ich."

„Wie kann ich sie finden?"

Der Portier trat einen Schritt zurück, musterte Joe und fragte voll Verachtung: „Sind Sie einer von den Kerlen, die sich vor dem Wehrdienst drücken wollen? Die Geld von einem Mädchen nehmen?"

„Ich möchte sie sehen."

Der Portier gab ihm eine Telephonnummer und sagte: „Vielleicht hätte ich auch keinen Mumm, wenn ich jung wäre."

Am nächsten Nachmittag erfuhr Joe, wo das Büro war, und fragte, ob er Gretchen Cole sprechen könne. „Sie arbeitet nicht mehr hier", sagte ein Geistlicher.

„In Yale hat man mir gesagt, ich soll sie besuchen."

„Professor Hartford?" Als Joe nickte, strahlte der Geistliche. „Einer von den Besten. Wenn er Sie geschickt hat, will Gretchen Sie sicher sehen." Er telephonierte und gab Joe dann eine Adresse in Brookline, einem Vorort von Boston. Eine Stunde später ging Joe auf ein stattliches Haus im Kolonialstil zu, das zwischen Bäumen stand. Er klopfte an der Tür, und ein Mädchen, etwa in seinem Alter, machte auf. Sie war nicht schön, hatte aber ein frisches, strahlendes Gesicht. Sie trug ihr dunkelbraunes Haar in zwei Zöpfen, und ihre sportliche Kleidung sah recht teuer aus. Zwei Dinge fielen Joe auf: sie hatte ungewöhnlich anmutige Bewegungen und war nervös wie ein Windhund.

„Professor Hartford schickt Sie?" fragte sie. „Kommen Sie herein!" Sie führte ihn in ein Wohnzimmer, wo nichts auffallend teuer aussah, aber alles gerade richtig wirkte. Auf dem Boden lag ein großer, ovaler, etwas fremdartiger Teppich, der sich gegen die

Ahornmöbel außerordentlich wirkungsvoll ausnahm. Joe betrachtete den Teppich; das Mädchen sagte: „Ich heiße Gretchen Cole und nehme an, Sie wollen nach Kanada."

„Stimmt."

„Gut." Sie wurde sachlich und unpersönlich, doch nach wenigen Sätzen änderte sie sich völlig und wurde wieder unglaublich nervös und unsicher.

„Fühlen Sie sich nicht gut?" fragte Joe.

„Ja... doch", sagte sie und errötete vom Schlüsselbein bis zum Haaransatz. „Also, zuallererst müssen Sie sich die Haare schneiden lassen. Sie müssen so ordentlich wie möglich aussehen, denn wenn die kanadische Grenzpolizei auch nur den leisesten Verdacht schöpft, Sie könnten ein Hippie oder ein Wehrdienstverweigerer sein, schickt man Sie zurück. Sie müssen Ihre besten Sachen anziehen, sorgfältig gebügelt. Und wenn Sie einreisen, müssen Sie sehr darauf achten, den Schein zu wahren, daß Sie ein Tourist sind. Sie dürfen nicht, und ich muß das wiederholen, Sie dürfen unter gar keinen Umständen um das ansuchen, was die Kanadier als Einwanderungsstatus bezeichnen, obwohl das genau das ist, was Sie wollen. Warten Sie, bis Sie Montreal erreicht und sich dort sicher verschanzt haben, bevor Sie damit herausrücken."

Sie gab ihm weitere nützliche Ratschläge und sagte zuletzt: „Wir schicken eine Gruppe von euch mit der Frau eines Professors vom Massachusetts Institute of Technology nach Norden. Sie wird Sie bis Montreal bringen, und von dort an..."

Es trat eine verlegene Pause ein, und sie errötete wieder. Joe sagte: „Ich dachte, Sie singen in dem Café."

Sie erriet, was ihm durch den Kopf ging: Dieses Mädchen soll in der Öffentlichkeit singen? Sängerinnen werden nicht rot wie Teenager. Irgend etwas stimmt nicht. Sie sagte: „Ich habe früher gesungen."

„Hatten Sie Schwierigkeiten mit der Polizei?"

Nun errötete sie noch mehr. Sie preßte die rechte Hand auf ihr Gesicht, in einem verzweifelten Versuch, sich zu beherrschen. „Man hat es mir im Café erzählt", sagte Joe. „Was war es?"

„Hat man Ihnen das nicht auch erzählt?" Joe schüttelte den Kopf. Dann sagte sie betont frisch, und mit offensichtlichem Bemühen, ruhig und gelassen zu sprechen: „Ich nehme an, Sie werden Geld brauchen."

„Nein", sagte Joe. „Eigentlich wollte ich Sie eben zum Abendessen einladen."

„O nein!“ rief sie.

„Fühlen Sie meinen Kopf“, sagte er halb im Scherz, „ich hatte auch Schwierigkeiten mit der Polizei.“ Er griff nach ihrer Hand, aber sie wich zurück. „Nehmen Sie mein Wort dafür“, endete er unbeholfen.

Sie führte ihn zur Tür, aber es war so klar, daß sie mehr noch als er Hilfe brauchte, daß er impulsiv erklärte: „Miß Cole, ich weiß nicht, was für Probleme Sie haben, aber Sie werden heute mit mir zu Abend essen“, und sie unterm Arm faßte.

Ihre Muskeln spannten sich abwehrend, dann blickte sie zu Boden und lachte nervös: „Meinen Sie wirklich, daß ich sollte?“

„Sie müssen.“

Sie holte ihren Mantel, und er fuhr mit ihr im Autobus in die Innenstadt von Boston. Sie fanden eine Ecke in einer Bar, wo sie gekochte Garnelen und Bier bestellten und viel über die Universitäten, über Politik und Vietnam redeten.

„Ich helfe euch Jungen, nach Kanada zu kommen“, sagte sie, „weil ich eure Haltung schätze. Wir leben in einer tragischen Zeit und müssen tun, was wir können, um sie zu vermenschlichen.“

„Was ist Ihnen mit der Polizei passiert?“ fragte er unverblümt.

Sie wog die Frage ab und sagte dann ausweichend: „Sie haben mich ebenso behandelt, wie sie oft auch euch Burschen behandeln.“

„Sie müssen den Dingen gegenüber mehr Gleichmut bewahren“, sagte er.

„Ich werde es lernen. Aber im Augenblick habe ich genug von hier. Wirklich genug.“

Sie redeten ein paar Stunden lang, sagten eigentlich nichts von Belang, doch sie kamen immer wieder auf das Unbehagen zu sprechen, das so viele von den Besten dieser jungen Generation befallen hatte. Gegen zehn Uhr kamen Studenten von Harvard und dem Technologischen Institut, und einer von ihnen erkannte Gretchen. Sie umringten ihren Tisch und fragten nach dem Zwischenfall mit der Polizei, worauf sie wieder verlegen wurde. Taktvoll gingen sie auf unverfänglichere Themen über, und der Junge, der sie als erster erkannt hatte, sagte: „Du gehst uns ab im ‚Nachtfalter‘, du solltest wieder singen, Gret.“

„Die Zeit ist nicht zum Singen“, sagte sie und spielte nervös mit ihren Zöpfen.

„Vielleicht nicht gerade in einem Lokal. Aber wenn wir eine Gitarre finden, singst du dann für uns? Bitte!“

Sie äußerte keine Zustimmung, aber einer der Studenten verschwand und kam nach einer Weile mit einer alten Gitarre zurück. Gretchen probierte stirnrunzelnd die Saiten. „Mit dieser Kiste soll ich singen?“

Joe bemerkte, daß sie sich nicht zierte. Sie ließ sich nicht bitten, ja sie wollte sogar singen, als ahnte sie, daß es therapeutische Wirkung für sie haben würde. Sie machte es sich auf einem hohen Barstuhl bequem, kreuzte ihre hübschen Beine und zupfte minutenlang gedankenverloren die Gitarre. Die anderen Gäste in der Bar kümmerten sich nicht um sie; sie diskutierten über die furchtbare Schlappe des Teams von Dallas und behaupteten brüllend, daß der Verband eine Überprüfung anstellen solle, ob nicht Berufsspieler und Wettbüros unter einer Decke gesteckt hätten. Ein streitsüchtiger Kerl gab zu bedenken: „Wie kann man denn eine ganze Mannschaft bestechen?“ Sein Gegner antwortete: „Du brauchst nicht das ganze Team zu bestechen. Du bestichst einen Mann ... Don Meredith“, worauf die Bargäste allgemein erklärten, Don Meredith sei unbestechlich. Er aber blieb bei seiner Behauptung: „Na, gegen Cleveland hat es jedenfalls verdammt danach ausgesehen.“

Gretchen spielte jetzt leise und ließ in schwermütiger Folge Mollakkorde erklingen. Dazu kündigte sie den Titel ihres Liedes an, „Child 113“, und die Studenten, die wußten, was das bedeutete, applaudierten. Es wurde still, sie schlug einige feste, einleitende Akkorde an und begann ein ganz merkwürdiges Lied, eine alte Ballade von einem Seelöwen, der im Meer schwimmt und sich in einen Menschen verwandeln kann, wenn er an Land geht. Der Seelöwe hat mit einem Mädchen ein Kind und möchte nun seinen Sohn ins Meer mitnehmen, denn es ist Zeit, daß er lernt, als Seelöwe zu leben.

Joe fand die Ballade albern, fast bis zum Ende, als Gretchen die Stimme senkte und zu einer Melodie von herzzerreißender Schönheit des Seelöwen Klage sang: die Frau wird ihn vergessen, wird ihren Sohn vergessen und einen anderen Mann heiraten.

> Und ein Mann, der den Seelöwen fängt, wird dein Mann sein,
> ein Jäger, frei wie der Wind,
> und trifft mit dem ersten Schuß,
> mein leibwarmes, blutwarmes Kind.

Traurig, ahnungsschwer klang das merkwürdige Lied mit bitteren Akkorden der Gitarre aus. Die Studenten applaudierten nicht, denn die Ballade rührte viel zu tief an ihre eigenen Erfahrungen: daß es ein irrationales Element im Leben gab, etwas, wogegen man sich nicht wehren konnte. Irgendein widerlicher Idiot von einem Schützen wartete immer im Schatten, um Zufallsschüsse auf die Robben abzugeben, die im Meer schwammen.

Gretchen wollte nicht mehr singen. Mit dieser Ballade hatte sie alles ausgedrückt, was ihr am Herzen lag, und die Studenten wußten, daß selbst das ihr schwergefallen war. Sie dankten ihr, fragten, wie die Dinge in Radcliffe stünden, und gingen. Die Gitarre nahmen sie mit. Als sie gegangen waren, fragte Joe: „Wie steht es in Radcliffe?“ – „Elend“, sagte sie und ließ das Thema fallen.

Er brachte sie heim und versuchte, sie an der Tür beim Abschied zu küssen, doch sie wehrte sich heftig. Sie griff aber nach seiner Hand und bat ihn zu warten, während sie hinauflief. Als sie zurückkam, gab sie ihm zweihundert Dollar und bestand darauf, daß er sie nahm. Sie behauptete, ihr Komitee sammle zu diesem Zweck Geld.

„Wohin wirst du gehen?“ fragte sie.

„Die Leute von Yale haben mir von einem Ort erzählt, der gerade richtig sein dürfte.“

„Wo?“

„Torremolinos.“

An einem grauen, naßkalten Wintertag in Madrid nahm eine Gruppe übermütiger deutscher Studenten Joe nach Süden mit, und als sie die öden Ebenen von La Mancha durchquerten, redeten sie über Cervantes und Goya. Sie waren gebildete junge Männer, sprachen fließend Englisch und Spanisch und waren auf dem Weg zu einer großen deutschen Kolonie in Marbella, nicht weit entfernt von der Straße von Gibraltar.

Als sie Cordoba erreichten, war die Kälte Madrids strahlendem Sonnenschein gewichen. Sie hielten an, um die Moschee anzusehen. Sie standen in der Mitte des Säulenwaldes, und einer von den Deutschen sagte: „Hier siehst du mehr vom Islam als in den islamischen Ländern wie Algerien oder Marokko. Ich habe die letzten Ferien in Marrakesch verbracht – aufregend, aber nirgends eine Moschee wie diese.“

Joe wäre gern ein paar Tage geblieben, aber die Deutschen wollten ihre Freunde treffen. So fuhren sie weiter und kamen bald zu dem Plateau, an dessen Südrand sie das Mittelmeer sehen würden. Als sie den Rand der Klippe erreichten, von dem aus man zum ersten Mal die Stadt Malaga sehen konnte, rief der Fahrer: „Das ist Spanien!“ Er fuhr an den Straßenrand und zeigte auf die ferne Kathedrale, die Stierkampfarena, die palmengesäumte Esplanade, den großen Hafen, und gegen Westen zu auf die Kette zauberhafter Fischerdörfer, die schon Phönizier und Griechen gekannt hatten. Das also war die berühmte Costa del Sol, der Anziehungspunkt für viele junge Leute aus der ganzen Welt.

„Diese hohen Gebäude hinter Malaga", erklärte ein Deutscher, „das ist dein Torremolinos." Er schnalzte mit der Zunge. „Stell dir das vor! Fünftausend der schönsten Mädchen der Welt warten dort unten atemlos vor Sehnsucht auf meine Ankunft!"

„Ist es schön dort, in Torremolinos?" fragte Joe.

„Sieh doch selbst", sagte der aufgeregte Deutsche. „Endloser Strand. Berge, die die kalten Winde abhalten. Es ist keine Stadt. Es ist kein Dorf. Auf der ganzen Welt findest du nichts, was du mit Torremolinos vergleichen könntest. Das Asyl für jene, die dem Wahnsinn der Welt entfliehen wollen, nur daß es selbst total verrückt ist."

Sie blickten auf das Panorama hinab, das aufregendste in ganz Spanien, mit seinem Nebeneinander von blauem Mittelmeer, Fischerdörfern, kahlen Bergen und der alten Stadt. Wenn man die Costa del Sol von hier oben sah, besonders nachdem man die öden Hochebenen durchquert hatte, war sie wie eine Einladung zu Leben und Musik, Wein und Strand. „Wenn es dort unten so ist, wie es von hier aussieht", sagte Joe, „dann ist es die Schau für mich."

„Die einzigen Leute, die es wirklich genießen können, sind die Deutschen und die Schweden", sagte ein Student. „Amerikaner passen sich nicht leicht an."

„Viele Deutsche da unten?"

„Mann, hast du eine Ahnung! Ganze Viertel sprechen nur deutsch. Auch die Schilder sind deutsch. Oder schwedisch." Sie stiegen wieder in den Wagen und begannen die Serpentinen hinunterzufahren, wobei die Wagenräder quietschend protestierten, wenn der Wagen erst nach einer Seite und dann wild nach der anderen schleuderte. Einmal beschrieb die Straße zwei komplette Kreise, führte dabei durch mehrere Tunnels. In wilder Fahrt ging es durch diese Korkenzieherspirale abwärts. Dann und wann erhaschte Joe kaleidoskopartige Bilder von Meer, Berg, Himmel und Tunnel, Malaga und in der Ferne Torremolinos. Es war eine atemberaubende Fahrt, die einem den Magen umdrehte, und als die Kurven noch enger wurden, begannen die Burschen dem Fahrer anfeuernd zuzubrüllen. Wenn er in eine Kurve einfuhr, stießen sie ein langgezogenes Uuuuuuhh aus, das immer höher und lauter wurde, während der Wagen um den Scheitelpunkt raste und die Reifen fast von den Felgen sprangen –

und dann ein triumphierendes Jaaaahhh, während der Wagen schleuderte, fast kippte und dann doch seine Richtung wiedergewann. Als die Serpentinen das Meeresniveau erreichten und in eine lange Gerade einmündeten, stieß der Fahrer frohlockend das Gaspedal bis zum Boden durch; sie schossen mit über einhundertvierzig Stundenkilometer dahin und verlangsamten die Geschwindigkeit erst, als die schmalen Straßen von Malaga auftauchten.

„So muß man einen Berg 'runterkommen!" rief der Fahrer, und Joe sagte: „Richthofen junior."

Sie hielten sich nicht in Malaga auf, sondern fuhren geradeaus nach Westen, am Flughafen vorbei und waren in ein paar Minuten in Torremolinos mit seiner Gruppe von Hochhäusern an der Küste und den reizenden, winkeligen Gassen, die landeinwärts führten. Sie brausten ins Stadtzentrum, hielten mit quietschenden Bremsen vor einem Zeitungsstand, der Blätter aus allen Großstädten Nordeuropas feilbot, und erklärten Joe: „Das wär's, Ami."

Joe sagte: „Ich dachte immer, die Kalifornier wären verrückte Fahrer", und der Fahrer sagte: „Ihr fahrt schnell, um irgendwohin zu kommen. Wir tun's zum Spaß." Er ließ den Wagen förmlich explodieren, bohrte sich in das Verkehrsgetümmel und schoß gegen Westen.

Mit einer kleinen Reisetasche in der Hand, ohne Hut, ohne Mantel und mit wenig Geld stand Joe auf der Straße und ließ den Blick über sein Exil schweifen. Was ihm an diesem winterlichen Tag zunächst auffiel, war, daß es hier mehr schöne Mädchen gab, als er je zuvor an einem Ort versammelt gesehen hatte. Sie waren geradezu sensationell, und bald würde er sie alle kennen: blonde Schwedinnen aus Stockholm, schlanke, hübsche Deutsche auf Winterferien aus Berlin, Französinnen aus den Provinzen, attraktive Studentinnen aus England und zartgebaute Mädchen aus Belgien.

Gegenüber dem Zeitungsstand war eine Bar mit einer großen, etwas unter dem Straßenniveau liegenden Terrasse. Sie diente offensichtlich als Beobachtungsposten, und die Tische waren gedrängt voll mit Leuten, die in der Wintersonne vor einem Glas Bier saßen und die Vorübergehenden musterten. Zögernd stieg Joe hinunter, zwängte sich zwischen den Tischen hindurch, bis er einen leeren Stuhl fand, und setzte sich. Noch bevor der Kellner an den Tisch kam, ließ sich ein junger Mann unbestimmter Nationalität neben ihm nieder und sagte mit angenehmen Akzent: „Du bist doch neu hier? Ein Amerikaner, der vor dem Wehrdienst davonläuft. Ich mach' dir keinen Vorwurf. Wenn ich Amerikaner wäre, würde ich das gleiche tun."

„Wer sind Sie?" fragte Joe brüsk.

„Ist das wichtig?" fragte der junge Mann. Er war etwa zwanzig, gut angezogen und liebenswürdig. Anscheinend hatte er Geld, denn er sagte: „Darf ich dir was zu trinken bestellen? Dein erster Tag hier. Nächstes Mal zahlst du." Er stieß einen durchdringenden Laut aus, bestellte Limonade für sich und ein Bier für Joe.

„Hast du je so viele schöne Mädchen auf einem Fleck gesehen?" fragte er, als auf der Straße eine Gruppe auffallend attraktiver Mädchen vorbeiging. „Für einen Mann ist diese Stadt das reinste Paradies. Jedes Mädchen, das du hier siehst, ist zu einem besonderen Ferientarif hierhergeflogen. Fünfzehn Tage in der Sonne, dann zurück in die Tretmühle. Sie haben keine Zeit für langwierige Ouvertüren..."

„Du sprichst gut Englisch", sagte Joe.

„Auch Deutsch, Schwedisch und Französisch."

„Was machst du hier?"

„So allerlei."

„Wie findet man hier Arbeit?"

Über den Rand seines Limonadeglases musterte der junge Mann ihn aufmerksam. Joe betrachtete indessen die Vorübergehenden und sah, daß es hier auch noch eine untere Schichte gab. Zwischen den schönen Mädchen zog ein weniger anziehender Strom von Ausreißern und Gestrandeten vorbei – Vagabundierende beiderlei Geschlechts, die in diesem spanischen Nirwana Zuflucht gesucht hatten. Eine schäbige Schar, junge Leute aus aller Herren Länder, die gedacht hatten, weil Spanien warm war, müsse es auch billig sein. Ihre Haare waren lang, ihre Kleider zerfetzt. Manche waren total verdreckt, doch alle sahen sie aus, als hätten sie seit Wochen nicht gebadet. Viele von ihnen hatten glasige Augen und bewegten sich wie in Trance, mit hängenden Schultern und dem Gang seelenloser Automaten. Sie standen offenbar unter Einwirkung von Rauschgift. Feminin aussehende junge Männer spazierten Hand in Hand. Und dann gab es noch die unhübschen Mädchen, die in denselben riesigen Jets angereist waren wie die hübschen. Es war leicht zu erkennen, in welcher Phase der fünfzehntägigen Ferien jede von ihnen gerade steckte. Während der ersten vier Tage hatten sie gehofft, das Leben in einer swingenden Stadt wie Torremolinos würde anders sein als daheim. Am neunten Tag sahen sie ein, daß bei dieser

Konkurrenz sogar eine Schönheit es schwer hatte. Und um den dreizehnten Tag erkannten sie, daß es hier nicht anders war als zu Hause, ließen die Schultern hängen und trugen ihre Enttäuschung und Verbitterung vor sich her.

In dieser vielschichtigen Menge von Deutschen, Engländern, Belgiern und Schweden entdeckte man auch einige wenige Spanier – sehr wenige, meist Arbeiter, die unterwegs waren, mißhandelte sanitäre Anlagen zu reparieren, oder Leute auf Käuferfang, die Abnehmer für Grundstücke suchten – „sehr günstig zu haben, gehört meinem Onkel" –, oder Angestellte aus den umliegenden Läden. Man erkannte sie an ihrem sarkastischen Gesichtsausdruck, an dem verständnislosen Blick, den sie gelegentlich besonders auffallenden Hippies nachsandten. Das war eine fremde Welt, die sie nicht verstanden und auch nicht verstehen wollten, solange diese Welt ihnen ihren Lebensunterhalt verschaffte. Manchmal, wenn sie sich Gedanken darüber machten, wunderten sie sich wohl, daß so etwas in Spanien möglich war, aber sie fanden, es sei kein Grund zur Besorgnis. Sie waren sicher, daß die Regierung in Madrid von diesen merkwürdigen Dingen wußte und einschreiten würde, falls es notwendig werden sollte.

Der junge Mann mit der Limonade sagte: „Mit dir bin ich lieber gleich ganz ehrlich." Joe hörte diese beängstigende Feststellung wie aus weiter Ferne, denn er war noch ganz in seine Beobachtungen vertieft und überlegte gerade, welchen Platz in der Prozession er sich erobern würde. „Was hast du eben gesagt?" fragte er.

„Du kannst mich Jean-Victor nennen", sagte der junge Mann. „Kein Franzose. Wirst es nicht erraten. Ich habe dich beobachtet und sehe, daß du tüchtig bist. Ruhig, aber tüchtig. Und ich habe beschlossen, daß ich dir besser die Wahrheit über Torremolinos sage. Wenn du ein junges Mädchen wärst, das seinen Lebensunterhalt als Prostituierte verdienen wollte, müßte ich dich warnen, weil die mächtige Konkurrenz der Amateure dich bald aus der Stadt vertreiben würde. Da du aber ein hübscher junger Mann bist, mit einem guten Körper, schönem Haar... sprichst du irgendeine Sprache außer Englisch?"

„Spanisch."

„Das zählt nicht."

„In Spanien? Es zählt nicht?"

„Wir sind nicht in Spanien. Wenn du jetzt deine engsten Hosen anziehst und diese Hauptstraße hinuntergehst, bis du zum ‚Sterbenden Schwan' kommst, und dort eine Limonade bestellst, wirst du innerhalb von fünfzehn Minuten jemanden finden, der für deine Auslagen sorgt, solange du hier bleiben willst."

Joe sagte dazu nichts. Er kramte in seiner Brieftasche nach einem Zettel, fand den Namen, den er suchte, und wandte sich an Jean-Victor: „Werde ich dort Paxton Fell finden?"

„Oh, du kennst Paxton Fell!" rief der junge Mann begeistert. „Großartig! Großartig!" Er bestand darauf, die Rechnung zu bezahlen und Joe zum ‚Sterbenden Schwan' zu begleiten. Sie gingen nur ein paar kurze Häuserblocks weit, und schon erblickte Joe das riesige Schild mit dem Wappen, das inmitten greller Farben einen auf dem Wasser treibenden Schwan zeigte, dessen Hals und Flügel in welkem Bogen herabhingen. Das Sterben des Schwans war von so schmachtender Aufdringlichkeit, daß Joe stehenblieb und laut lachte.

„Ein großartiges Schild", sagte er bewundernd. „Ich wette, es sieht ganz wie Paxton Fell aus."

Sein Führer schlug sich auf die Schenkel und rief: „Das muß ich Paxton erzählen." Er führte Joe durch die messingbeschlagenen Renaissancetüren in einen dunklen, überladen dekorierten Raum. Er sah sich aufmerksam um, dann zeigte er auf einen Tisch, an dem vier Männer saßen. Sie waren alle Ende der Vierzig, nach ihrer Kleidung zu urteilen offensichtlich begütert, und unterhielten sich mit gedämpften Stimmen.

Jean-Victor ging ehrerbietig auf den Tisch zu, verbeugte sich und flüsterte dem Mann, der mit dem Rücken zur Tür saß, etwas ins Ohr. Der stand langsam auf, schlank, überlegen, und drehte sich Joe zu. Er war sehr viel älter, als Joe zuerst angenommen hatte. Etwas von oben herab musterte er Joe, fand ihn offensichtlich akzeptabel und näherte sich ihm langsam, mit ausgestreckter, schmaler, beringter Hand. „Ich bin Paxton Fell", sagte er leise. „Und mit wem habe ich das Vergnügen?"

„Mein Name ist Joe. Ich komme aus Kalifornien. Die Leute in Yale gaben mir Ihren Namen."

„Das muß Professor Hartford gewesen sein", sagte Fell lässig. „Ich höre, er ist sehr hilfsbereit, wenn Ihr Burschen Schwierigkeiten mit der Einberufung habt."

Joe nickte. Er merkte jetzt, daß ihn die meisten Gäste der Bar ansahen, einschließlich eines Tisches mit merkwürdig gekleideten Frauen. Einem plötzlichen Impuls folgend, reichte er Fell die Hand: „Professor Hartford läßt Sie herzlich grüßen. Wir sehen uns ja sicher noch", und ging zur Tür.

„Augenblick!“ rief Fell. „Trinken Sie doch ein Glas mit uns.“

„Später“, sagte Joe. „Ich muß erst einen Platz finden, wo ich mein Zeug lassen kann.“

„Wir können Ihnen jederzeit helfen, eine Wohnung zu finden. Wenn Sie also ...“

Joe blickte auf die Uhr, schnippte mit den Fingern und sagte: „Verdammt. Ich versprach der Zimmervermieterin, ich würde um fünf das Zimmer ansehen.“

Am Gehsteig packte er Jean-Victor am Rockaufschlag und fragte: „Was zum Teufel dachtest du dir dabei?“

„Du hast seinen Namen erwähnt. Da nahm ich natürlich an ...“

„Überlaß *mir* die Annahmen.“

„Als ich dich kennenlernte, zeigte ich dir die hübschen Mädchen, und du hast nicht einmal hingesehen.“

„Doch. Aber auf meine Art.“

„So nahm ich also an, du wärst auch so ein Amerikaner, der sich Geld verdienen will. Und als du mit Fells Namen herauskamst, war ich sicher.“

„Bist du einer von seinen Jungen?“

„Ich? Dem gehe ich nicht einmal in die Nähe. Für mich gibt's nur Mädchen.“

„Warum willst du dann mich an ihn verkuppeln?“

„Ganz einfach: Wenn ich Paxton Fell etwas zuschanze, sorgt er dafür, daß ich zu Geld komme.“ Da seine Männlichkeit in Zweifel gestellt worden war, hielt er es für notwendig, seine Integrität unter Beweis zu stellen. Er führte Joe daher in den ältesten Teil Torremolinos, ein Fischerviertel wie aus dem Bilderbuch, das von Luxushotels und Wolkenkratzern verschont geblieben war. Nette kleine Bars lagen Tür an Tür, und in jeder warteten drei oder vier entzückende Mädchen. „Dreihundert Bars in Torremolinos“, sagte Jean-Victor, „und alle brauchen Barmädchen.“ Endlich kamen sie zu einer Reihe sehr alter Bootshäuser, die recht unbekümmert in Behelfsquartiere verwandelt worden waren und an deren Türpfosten der flockige Schaum der Brandung haftete.

„Das ist noch das echte Torremolinos“, sagte Jean-Victor. Als er die Tür zu seiner Wohnung aufstieß, sah Joe zwei große Betten, eines davon leer, im anderen zwei ganz besonders reizvolle Mädchen. „Ingrid und Suzanne“, stellte Jean-Victor formlos vor. „Mein Mädchen heißt Sandra, aus London, aber sie ist vermutlich einkaufen gegangen.“

„Sie ist beim Friseur“, sagte Ingrid in ausgezeichnetem Englisch.

„Sie ist immer beim Friseur", erklärte Jean-Victor resigniert. „Joe ist neu in der Stadt. Aus Kalifornien. Kein Geld, aber ich kann euch versichern, daß er Mädchen mag. Ich habe ihn getestet. Jetzt testet ihr ihn."

„Läufst du vor der Einberufung davon?" fragte Suzanne mit singendem französischem Tonfall.

„Ja."

„Hast du Geld?"

„Völlig pleite."

„Macht nichts. Heute führen wir dich zum Abendessen aus. Für uns alle ist der Kampf um den Frieden kein Kinderspiel."

„Ihr dürft euer Geld nicht verschwenden", protestierte er. Die Mädchen antworteten nicht einmal. Hier teilte man eben, was vorhanden war. Wenn Joe zu Geld kam, würden sie das gleiche von ihm erwarten. Jean-Victor mischte sich ein: „Du kannst dir dein Bett auf dem Boden richten. Ein Deutscher hat seinen Schlafsack hiergelassen. Das karierte Ding in der Ecke. Er kommt wahrscheinlich nicht zurück."

Die Mädchen führten Joe zum Abendessen in ein Fischrestaurant, wo ein anständiges Essen weniger als einen Dollar kostete. Sie erzählten annähernd die gleichen Geschichten: Sie hatten ein Fünfzehn-Tage-Arrangement nach Torremolinos gebucht, sich in den Ort verliebt, hatten überall nach Arbeit gesucht und endlich Jean-Victor kennengelernt, der sie in seinem zweiten Bett schlafen ließ. Und weil er kein Geld annahm, kauften sie die Lebensmittel. Ingrid meinte, sie werde vielleicht Ende des nächsten Monats nach Schweden zurückkehren müssen, denn sie sei ein halbes Jahr weggewesen und ein junger Mann mit einer guten Stellung in Stockholm wolle sie heiraten. Suzanne aber sagte: „Ich bleibe. Dieser Ort war für mich bestimmt. Weißt du was, Joe? Wir führen dich in den ‚Arc de Triomphe' aus!"

Sie gingen vom Strand den Hügel hinauf zum Zentrum von Torremolinos, wo in einer Seitenstraße ein altes Kino in einen Tanzsaal umgebaut worden war. Der Saal hatte ein winziges Podium, Dutzende von kleinen Tischen und viel Stehplatz. Die dunklen Wände waren mit Samt bespannt, so daß die Kakophonie von Tönen, die aus dem Lautsprecher dröhnte, rein, hart und ohne Echo blieb. Psychedelisches Licht, das viermal in der Sekunde an- und ausging, erhellte die Szene. Das Eindrucksvollste aber waren die Mädchen. In Scharen kamen sie durch die schweren Türen herein, Studentinnen von der Sorbonne, von Uppsala, Wellesley, und wurden von jungen Männern angesprochen, die in Tokio oder Heidelberg oder sonstwo studierten. Von sechsen, die an einem Tisch saßen, waren mindestens vier verschiedener Nationalität, die Sprachen und das Coca-Cola, das die meisten tranken, perlten wild durcheinander, und über allem dröhnten unablässig die Lautsprecher und erzeugten eine stärkere Tonkulisse als ein Dutzend jener Tanzkapellen, denen die Eltern dieser jungen Leute in den vierziger Jahren so begeistert zugehört hatten.

„Die Musik ist wirklich Klasse", sagte Joe, als der metallische Kokon des Klanghurrikans ihn einhüllte. Gleichgültig, in welchem Land die jungen Leute aufgewachsen waren, sie betrachteten diese pulsierende Musik als integralen Teil ihrer Kultur und waren darin zu Hause. Die ohrenbetäubenden Klänge waren für sie etwas ebenso Unentbehrliches, wie es Flöten und Zimbeln für die alten Griechen gewesen sein mochten.

„Hier bin ich zu Hause", schrie Ingrid in den Lärm hinein, während sie sich zu einem Tisch durchdrängten. Dort schloß Suzanne die Augen, lehnte den Kopf zurück und ließ sich vom Klang überfluten. Sie hatten sich kaum gesetzt, als zwei deutsche Studenten, die sie vorhin in der Bar kennengelernt hatten, herankamen und Getränke bestellten. Sie sprachen fließend französisch, was Joe vom Gespräch ausschloß, aber nach einer Weile sagte einer von den Deutschen in geläufigem Englisch: „Hast du Schwierigkeiten mit dem Wehrdienst?" Joe nickte. Der Deutsche schlug ihn auf die Schulter. „Merkwürdig. Einer meiner Ururgroßväter brannte aus Deutschland in die Vereinigten Staaten durch, um dem Wehrdienst zu entgehen, und nun brennst du aus den Vereinigten Staaten nach Deutschland durch, um deinem Wehrdienst zu entgehen." Joe wollte eben sagen, daß er hier nicht in Deutschland sei, aber der junge Mann ließ ihn nicht zu Wort kommen. „Vielleicht kennst du die Familie? Schweikert in Pennsylvanien. Einer der Jungen stand in Illinois im amerikanischen Nationalteam."

„Vor meiner Zeit", sagte Joe.

Er ging allein zu Jean-Victors Wohnung zurück, während die beiden Mädchen den Dienst in ihrer Bar antraten. Sandra erwartete ihn. Jean-Victor war irgendwohin ausgegangen, aber er hatte ihr von dem Neuen erzählt, und sie zeigte ihm, wie man den karierten Schlafsack ausbreitete. Joe beobachtete die selbstverständliche Tüchtigkeit, mit der sie zupackte, und fragte: „Was haben Sie in London gemacht?"

„Nichts. Mein Vater ist Bankier und hat mir immer ein paar Brötchen übriggelassen. Er zeltet leidenschaftlich gern, und hat mich gelehrt, allein zurechtzukommen."

„Sind Sie schon lange hier?"

„Wie die anderen. Kam für fünfzehn Tage. Weinte, als die Maschine für den Rückflug ankam. Jean-Victor war am Flughafen und sagte: ‚Warum zurückgehen?' und so bin ich nun schon fast ein Jahr hier."

„Wer ist Jean-Victor?"

„Eltern sind Italoschweizer. Lugano. Sein wirklicher Name ist Luigi oder Fettucini oder so ähnlich. Er findet, daß der französische Name weniger Erklärungen verlangt. Bekommt etwas Geld von daheim ... hat bei vielen Dingen hier die Hand im Spiel. Wir sind nicht sicher, wie er seine Brötchen macht. Verkauft wahrscheinlich Marihuana. Ich weiß, daß er Verbindungen in Tanger hat. Hast du Lust auf einen Joint?"

„Ich bin nicht heiß auf Gras."

„Wir auch nicht. Wenn wir eine gute Party haben, reichen wir das Zeug herum – damit Stimmung aufkommt. Wenn nicht, denken wir wochenlang nicht daran."

Joe legte den deutschen Schlafsack zurecht und sah zu, wie Sandra kundig Zeitungen und alte Decken darunterlegte, um ein besseres Bett zu machen. „Ich habe drei Wochen lang hier geschlafen, bis mich Jean-Victor in sein Bett ließ", sagte sie. „Er schlief damals nämlich mit einer Belgierin, und ich mußte warten, bis ich an der Reihe war." Joe kroch in den Schlafsack und schlief fast augenblicklich ein. Im Halbschlaf fühlte er, wie ihn Sandra leicht auf die Stirn küßte, und irgendwann vor Morgengrauen wachte er auf, als Ingrid und Suzanne von der Arbeit heimkamen. Sie entkleideten sich unbefangen und bemerkten dann, daß er wach war.

„Es ist gut, einen Mann im Zimmer zu haben", sagte Suzanne. Joe zeigte auf den schlafenden Jean-Victor, aber sie meinte: „Der ist vergeben. Du bist für uns", und beide knieten nieder, um ihm einen Gutenachtkuß zu geben.

„Ich werde Torremolinos lieben", sagte er schlaftrunken.

„Tun wir alle!" rief Ingrid glücklich und kroch ins Bett. „Mein Gott, das ist der Himmel!"

„Heute werde ich mir Arbeit suchen", sagte Joe.

# 2

# BRITTA

Die größte Versuchung im Leben ist es, den Traum mit der Realität zu vermengen, die größte Niederlage, Träume zugunsten der Realität zu opfern.

Um Himmels willen, gebt mir einen jungen Mann, der klug genug ist, manchmal einen Narren aus sich zu machen! *Stevenson*

Viermal im Jahr flog dieser Skandinavier von Stockholm hinunter nach dem Süden. Ungeachtet der Temperaturen zog er seinen Badeanzug an und legte sich in den Sand, ob nun die Sonne schien oder nicht. Er sagte uns: „Ich habe eine Menge Geld dafür gezahlt, herzukommen. Ich sollte hier auf dem Strand liegen, und die Sonne sollte dort oben auf dem Himmel scheinen, und wenn sie nicht weiß, was sich für sie gehört, so ist das nicht meine Schuld." Und wissen Sie, was? Jedesmal fuhr er braungebrannt nach Hause.

Die Nacht so warm und linde,
die Quelle rauschte kaum;
Und leise flüsterte im Winde,
von Liebe der Palmenbaum.

Und in die nächtige Feier
fiel jetzt des Mondes Licht,
und sie hub ihren Schleier,
und ich sah ihr Angesicht.

*Die Perlenfischer*

Alles, was ich hier erzähle, habe ich selbst miterlebt oder von den Helden meiner Geschichte gehört. Die flachsblonde Norwegerin zum Beispiel, von der ich jetzt berichte, hat mich mit Geschichten aus ihrer Kindheit im Norden Norwegens wie Scheherezade tagelang verzaubert.

Britta Björndahl wurde in Tromsö, etwa 300 Kilometer nördlich des Polarkreises geboren. Ihr Vater war im Zweiten Weltkrieg ein berühmter Widerstandskämpfer gewesen. Drei gefahrvolle Jahre lang hatte er gegen die deutschen Besetzer gekämpft und Radiosignale von Verstecken in den Fjorden oder in den Bergen nach London gesendet oder britischen Schiffen, die vor der norwegischen Küste kreuzten, Lichtsignale gegeben. Am Ende des Krieges bekam er von vier Nationen Kriegsorden, und im Sommer 1957 flog dic gesamte Besatzung eines britischen Zerstörers nach Tromsö, um mit ihm die Erinnerung an die Tage seiner unvergängliche Heldentaten wieder lebendig werden zu lassen.

Die Orden hatten Brittas Vater wenig geholfen. Nach dem Krieg kehrte er nach Tromsö zurück und verdiente seinen bescheidenen Lebensunterhalt als Angestellter einer Gesellschaft, die Fische nach Bergen lieferte. Er heiratete das Mädchen, das ihm unter großem persönlichem Einsatz durch all die Jahre seiner Untergrundexistenz Nahrungsmittel und Zeitschriften in sein Versteck gebracht hatte, und bald hatten sie drei Kinder.

Alljährlich prüfte Brittas Mutter im Sommer den Himmel, und wenn ihr das Wetter richtig schien, ging sie mit den Kindern zu Holger Mogstads Bootswerft. Er fuhr sie Jahr für Jahr auf seinem Segelboot in den Kanal zwischen Tromsö und einer westlich im Atlantik gelegenen Insel, die schützend vor Tromsö lag. Brittas Vater begleitete sie nicht auf diesen Ausflügen, weil er wenig von Herrn Mogstad hielt. „Schmutziger Schnurrbart und übler Atem", sagte er. Britta nahm an, daß die Feindschaft in die Zeit des Krieges zurückreichte, als ihr Vater in die Wälder ging, um gegen die Deutschen zu kämpfen, während Herr Mogstad in Tromsö geblieben war und für sie Boote baute. Britta wollte natürlich die Partei ihres Vaters ergreifen, besonders seit einem Abend, an dem sie merkte, daß Mogstad im Bootshaus nach der Fahrt versuchte, ihre Mutter zu küssen. Sie sagte nichts über den Vorfall, den sie nicht recht verstand, aus dem aber ihre Abneigung gegen Mogstad erwuchs. Doch wegen des Wunders, das sie im Kanal sehen konnten, begleitete sie die anderen weiterhin bei der jährlichen Segelpartie.

Sie saß dann mit den anderen Kindern im Bug des Segelbootes und starrte in den dunklen Ozean, während ihre Mutter und Herr Mogstad am Heck saßen und das Boot nach verschiedenen Anhaltspunkten an Land auf Position brachten. Nach vielen vergeblichen Versuchen waren dann immer alle einig: „Hier muß es sein", lehnten sich über Bord und blickten ins Wasser.

Und nach und nach nahmen die Umrisse des mächtigen Schlachtschiffes Gestalt an, hoben sich aus den Schatten wie ein vor Urzeiten versunkenes Ungeheuer. Wenn die Sonne richtig stand und die See ruhig war, konnten die Kinder manchmal das ganze Schiff in seinem Grab schlafen sehen. So weit erstreckte es sich nach allen Richtungen, daß es größer schien als ganz Tromsö. Es war geheimnisvoll, schaurig, eine überwältigende Botschaft aus der Vergangenheit, und die Kinder wurden nie müde, dieses riesenhafte Kriegsschiff, das in ihrem Hafen versenkt worden war, anzusehen und die Erzählung ihrer Mutter, wie es dazu gekommen war, anzuhören. Britta konnte die Geschichte schon fast so gut wiedergeben wie ihre Mutter, aber sie liebte es, sie von ihr zu hören, die an der Versenkung des mächtigen Schiffes mitgewirkt hatte.

„Im Winter 1943 war das Schicksal der ganzen Welt in Schwebe. England hungerte. Rußland war am Zusammenbrechen, weil es keine Waffen hatte. Und wir Norweger hatten nichts zu essen, denn die Deutschen nahmen uns jeden Herbst unsere ganze Ernte weg. Trotzdem wußten wir, daß es noch eine Chance gab, wenn jeder Mann und jede Frau jeden Tag Widerstand leisteten. Wenn ihr erwachsen seid, Kinder, und Schwierigkeiten gegenübersteht, dann denkt an euren Vater und eure Mutter in jenem Winter 1943.

Euer Vater war oben in den Bergen versteckt. Andere seinesgleichen waren nach Schweden geflohen, und ich mache ihnen keinen Vorwurf, denn die Deutschen jagten sie mit Hunden und Flugzeugen, so daß sie Norwegen verlassen mußten. Aber euer Vater blieb: er und Herr Storness, der Elektriker, und Herr Gottheld, der Apotheker – und wie sie überlebten, wird nie jemand genau wissen. Und warum blieben sie in den Bergen, duckten sich vor den Nazifliegern und töteten die Polizeihunde, wenn sie ihnen zu nahe kamen? Weil sie Botschaften an die Flugzeuge in England schicken mußten. Euer Vater hatte einen Sender, keinen besonders guten, und Herr Storness kurbelte ihn mit der Hand an, Stunde um Stunde. Aber sooft sie eine Nachricht nach London schickten und den Flugzeugen sagten, wo sie bombardieren sollten, erhielt auch das deutsche Hauptquartier in Tromsö die Nachricht. Denn die konnten auch Radio hören, nicht wahr? Sobald also euer Vater mit seinem Apparat zu senden begann, schickten die Deutschen ihre Patrouillen mit Hunden aus, und wir in Tromsö warteten dann immer ängstlich, was sie mitbrachten, wenn sie zurückkamen. Was glaubt ihr, sagte euer Vater London? Meistens nicht viel. Aber die klugen Männer in London ... wißt ihr noch, wie ich euch erzählte, daß Herr Halverson, der Bankier, einer von ihnen war? Diese weisen Männer wußten, daß sich eines Tages, so merkwürdig es uns damals vorkommen mochte, das riesige deutsche Schlachtschiff ‚Tirpitz‘ in den Hafen von Tromsö stehlen würde, direkt hierher, um sich vor den alliierten Flugzeugen so lange zu verbergen, bis es Zeit war, hervorzubrechen und alle alliierten Schiffe zu zerstören. Wenn die ‚Tirpitz‘ genügend Schaden anrichtete, konnten die Deutschen den Krieg gewinnen. Und sie waren nahe daran. Also hielten wir Ausschau nach der ‚Tirpitz‘.

Fast zwei Jahre lang ... könnt ihr euch vorstellen, wie lange das ist? ... Zwei lange Jahre blieb euer Vater in den Bergen und berichtete London, was in Tromsö geschah. Wenn ein Zerstörer sich in unseren Gewässern versteckte, berichtete er es den Flugzeugen in London, und am nächsten Tag fielen dann Bomben auf den Zerstörer, und auf unsere Häuser auch, aber das machte uns nichts aus, weil wir wußten, daß es noch eine Chance für uns gab.

Und dann, eines Tages, im September 1944 ... könnt ihr erraten, was hier an der Landzunge geschah?“

„Die ‚Tirpitz‘“, sagten die Kinder.

„Sie war so groß, daß wir meinten, sie könnte nicht zwischen den Inseln durchkommen. Ich erinnere mich, wie ich zu dem Pier dort hinunterlief und sah, wie hoch sie in die Luft ragte. Man konnte es einfach nicht glauben. Die Kommandobrücke war viel höher als das höchste Gebäude in Tromsö, und die Kanonen waren so riesig, daß man Angst bekam, wenn man sie nur ansah. Man mußte uns nicht sagen, daß dieses gewaltige Ding, wenn es erst im Atlantik Bewegungsfreiheit hatte, jedes alliierte Schiff versenken konnte. Es war eine gräßliche Waffe, die da in unserem Hafen lag. Schaut nur, wie bösartig es ist, auch jetzt noch, wo es da unten schläft."

An diesem Punkt der Geschichte starrten die Kinder jeden Sommer hinab auf den riesigen Koloß; sie erschauerten vor seiner Größe und bei dem Gedanken, er könnte jeden Augenblick aus den Wogen auftauchen und alles zerstören. Wenn ihre Mutter die Geschichte wiederaufnahm, sprach sie immer mit leiser Stimme, und das war der Abschnitt, den sie besonders liebten, denn er betraf ihre Eltern. „Sobald die ‚Tirpitz' einlief, schickte der deutsche Kommandant in Tromsö Polizisten aus, um jeden zu überprüfen, der ein Radio hatte. Er schickte Flugzeuge, die die Orte, wo euer Vater versteckt sein könnte, mit Maschinengewehren beschossen. Und die Patrouillen und die Hunde gingen hinauf in die Berge. Aber was tat euer Vater?

Er blieb, wo er war, und sendete dieselbe Nachricht immer und immer wieder, fünf Stunden lang", erzählte Britta den jüngeren Geschwistern. „Er sagte den Flugzeugen in London: ‚Tirpitz heute nachmittag in Tromsö eingelaufen. Bleibt vermutlich sechs Wochen.'"

„Als er seine letzte Meldung durchgab", fuhr Frau Björndahl fort, „waren die Hunde schon fast über ihm. Damals wurde Herr Gottheld erschossen. Er blieb freiwillig zurück, um das Radio zu retten." Hier unterbrach sie jedesmal ihre Geschichte und erzählte von Herrn Gottheld, einem kleinen Mann, der sich vor Gewittern und Hunden und vor seiner Frau gefürchtet hatte, überhaupt vor allem, nur nicht vor den Nazis.

Er wurde erschossen. Sie zeigten uns seine Leiche im Hafen. Und eine Weile schien es, als sei sein Opfer vergeblich gewesen. Denn es kamen keine Flugzeuge aus London. Und da wir nichts von eurem Vater und von Herrn Storness hörten, nahmen wir an, daß auch sie tot waren. Dann, Anfang November, erhielten wir eine Botschaft aus London, die um Radionachricht bat, ob die ‚Tirpitz' noch da war. Aber wie sollten wir ihnen antworten, da euer Vater vermißt war?

Eines Nachts im November kam ein tapferer kleiner Junge zu mir und brachte mir eine Botschaft: ‚Geh zur Frau von Storness und hole ein Paket ab. Bring es heute nacht zur Hütte auf der Höhe des Fjords, denn unser Apparat ist kaputt.'

Es war natürlich Ausgehverbot, besonders streng wegen der ‚Tirpitz', aber ich schlich an den Deutschen vorbei und ging zum Haus von Storness, wo mir Frau Storness ein in Tuch gewickeltes Päckchen gab. Es war mit Schweineschmalz bestrichen, das man damals kaum bekommen konnte. Ich steckte es in meinen Rock und stahl mich aus dem Haus – und was glaubt ihr, was geschah?"

Britta antwortete: „Ein Polizeihund kam auf dich zu. Er roch das Schweinefett, und du riebst etwas davon auf deinen Finger und gabst es ihm, und er lief weg."

„Ich schmuggelte mich durch die deutschen Linien und kam ins freie Land und ging weiter bis zum frühen Morgen. Dann versteckte ich mich im Wald und hörte die deutschen Flugzeuge über mich hinwegfliegen; und in der nächsten Nacht erreichte ich die Höhe des Fjords und gab das Päckchen ab. Ich küßte euren Vater und ging direkt nach Tromsö zurück – und was glaubt ihr, was sah ich, als ich mich an jenem dritten Morgen im Wald versteckte?"

Britta gab die Antwort: „Du sahst viele englische Flugzeuge über deinen Kopf hinwegfliegen. Und du sahst, wie eine Explosion nach der anderen den Himmel erhellte, und du hörtest den ungeheuren Donner der Explosionen durch die Berge hallen. Das wiederholte sich mehrere Male. Und eines Tages, nach einem solchen Angriff, schautest du auf den Fjord hinaus und sahst die ‚Tirpitz' nicht mehr."

Unter dem Lesestoff, den Frau Björndahl ihrem zukünftigen Mann in sein Versteck im Gebirge geschmuggelt hatte, war auch eine alte Nummer des „National Geographic Magazine" gewesen, die sie von durchfahrenden Matrosen bekommen hatte. Es enthielt einen langen Artikel über Ceylon, und während Björndahl in den Bergen hauste, ausgefroren und hungrig und ständig gehetzt von den Deutschen, behielt er diese Zeitschrift bei sich. Ceylon wurde zu einer fixen Idee, denn es hatte alles, was der Norden Norwegens nicht hatte: eine Überfülle an Früchten, die man direkt von den Bäumen pflücken konnte, Sonnenschein an jedem Tag des Jahres, so daß man nicht in Felle eingemummt herumgehen mußte, die träge Schönheit der Palmen, behäbige Elefanten und verführerische Musik. Wenn es einen Ort auf der Erde gab, wo ein Mensch glücklich sein konnte, so mußte das Ceylon sein, und Björndahl beschloß, sobald der Krieg vorbei war, den Rest seines Lebens in Ceylon zu verbringen. Daß die Alliierten siegen mußten, war seine felsenfeste Überzeugung.

Er wurde in seinem Entschluß noch dadurch bestärkt, daß selbst in Friedenszeiten das Leben auf Tromsö hart war. Im Sommer keine

Nacht und die Menschen in einem unwirklichen, ungreifbaren Raum geisterhafter Helle, im Winter kein Tag, die Sonne im Januar nie über dem Horizont, das schwache Licht grau und gespenstisch. Während der langen Jahre im Versteck in den Bergen hatte er Hunderte von Tagen in völliger Dunkelheit verbringen müssen, und deren Schatten hatten sich tief in seine Seele geprägt. „Am Tag, an dem die Deutschen kapitulieren, fahre ich nach Ceylon", sagte er immer wieder zu seinen Gefährten.

Aber mit dem Frieden kam die Verantwortung. Er heiratete das hübsche Mädchen, das ihn in den Bergen versorgt hatte, und mußte nun sie und die Kinder erhalten – zu anderen Leuten sagte er immer nur „ihre Kinder". Seine Arbeit ließ ihm keine Zeit für Reisen, und er hätte auch gar nicht das nötige Geld gehabt. Seine vier Orden wurden in einer mit Plüsch ausgelegten Kassette an die Wand gehängt, und Ceylon verblaßte zu einer Legende. Es existierte noch immer in ewigem Sonnenschein hinter einem fernen Horizont, doch in den frühen sechziger Jahren erkannte er, daß er es nie sehen würde.

Das bedeutete aber keineswegs, daß er das Interesse an seinem Traum verlor. Er begann alles zu sammeln, was mit Ceylon zusammenhing: Landkarten, an Colombo adressierte Frachtbriefe, Reisebeschreibungen aus dem neunzehnten Jahrhundert, singhalesische Stoffstückchen, vor allem aber eine Reihe von Plakaten verschiedener Fluggesellschaften, auf denen bunte Szenerien aus der Gegend von Kandi und Ratnapura abgebildet waren. Ab und zu kam ein Reisender durch Tromsö, der tatsächlich auf Ceylon gewesen war, und berichtete dann in der Bar des Grand Hotel: „Dieser Björndahl wußte mehr über Ceylon als ich, und ich war schließlich dort."

Seine Familie tolerierte Björndahls Manie: ein kleiner Raum wurde für seine Kostbarkeiten von der Insel reserviert. An den Wänden hingen Landkarten und Plakate, das Allerwichtigste aber war erst ziemlich spät dazugekommen: ein Grammophon, auf dem er ständig Stücke aus George Bizets „Perlenfischer" spielte, die er irgendwo aufgestöbert hatte. Bisher hatte er in seiner Sammlung eine Tenorarie, ein Duett für Tenor und Bariton und jenes ungewöhnliche Gebet der Heldin zu Brahma und Schiwa um die Sicherheit der Fischer. Wenn er in seinem Ceylonzimmer saß und dieser berückenden Musik lauschte, vermeinte er nicht in Tromsö, sondern im Land seiner Träume zu sein.

Die Tenorarie, eigentlich eine Kavatine von fast kindlicher Einfachheit, war eine der üppigsten Kompositionen des neunzehnten Jahrhunderts, ein Lied von so sentimentaler Süße, daß moderne Tenöre davor zurückscheuten. Brittas Vater besaß drei Versionen: von Enrico Caruso, der die Arie geliebt hatte, von Benjamino Gigli, der sie besser als jeder andere gesungen hatte, und von dem unvergleichlichen Schweden Jussi Björling, dessen Stimme für gehaltene Töne wie geschaffen war. Während der langen Winternächte, die dem Tag nur für einige Stunden wichen, hatten sich die Björndahl-Kinder an den Klagegesang der Geistertenöre gewöhnt:

Ich höre wie im Traume
die Stimme wundersam...

Brittas Lieblingsstück war das Gebet. Wenn der Sopran die Namen Brahma und Schiwa hören ließ, sah Britta vor sich die Statuen der beiden Götter und die Tempel, in denen sie standen. So wurde Ceylon für sie fast ebenso zur festen Wirklichkeit wie für ihren Vater, und wenn sie auch dessen sentimentale Sehnsucht nicht teilte, konnte sie doch verstehen, daß die Insel sein ganzes Denken beherrschte. In der Schule erzählte sie ihrer Lehrerin: „Ich bin in Ceylon aufgewachsen“, und als die Lehrerin Erkundigungen einzog und erfuhr, daß Britta Tromsö nie verlassen hatte, schrieb sie das Mädchen als kleine Lügnerin ab, besonders da Britta weiterhin darauf bestand, sie sei dort gewesen... mit ihrem Vater.

Viele Leute in Tromsö lächelten mitleidig über Björndahl und seine Träume. Der Verdacht kam auf, daß die langen Jahre in den Bergen seinen Verstand beeinträchtigt hätten, aber eine wesentliche Tatsache blieb bestehen und brachte alle gegnerischen Stimmen zum Schweigen: von allen Patrioten, die in die Berge geflohen waren, Storness und Gottheld mit eingeschlossen, war er der einzige, der stärker geblieben war als die Kälte und die Nazis. Viele hatten mit ihm begonnen, aber die meisten waren nach Schweden gejagt worden, Storness war an Unterernährung gestorben und Gottheld hatte man erschossen.

So vergaß Britta nie, daß ihr Vater ein echter Held war und ihre Mutter eine Heldin. Deshalb hatte sie auch geschwiegen, als sie ihre Mutter und den häßlichen Herrn Mogstad mit seinem schmutzigen Schnurrbart im Bootshaus gesehen hatte. Deshalb war sie auch bereit, jeden Sommer mit Mogstad zu dem versenkten Schlachtschiff hinauszufahren; denn wenn sie in das stille Wasser blickte und das grauenhafte Ding dort unten sah, konnte sie ehrlich sagen: „Mein Vater und meine Mutter haben es versenkt.“

Als sie älter wurde, mußte sie erkennen, daß ihr Vater im Frieden versagt hatte. Die Kavatine war zum Klagelied für versäumte Gelegenheiten geworden. Doch während andere nur Mitleid für ihn übrig hatten, durfte Britta sich sagen: Mein Vater und meine Mutter sind Helden.

In ihrem fünfzehnten Sommer war Britta Björndahl eines der reizvollsten Mädchen von Tromsö, das für seine schönen Frauen berühmt war. Der Leser wird verstehen, daß Britta mir nie geradeheraus sagte: „Ich zählte zu den Schönheiten von Tromsö", denn sie war bescheiden, aber ich hatte selber Augen im Kopf, es zu sehen. Auch konnte manches von dem, was sie erlebt hatte, nur einem Mädchen geschehen, das sich seiner Anziehungskraft bewußt war.

In jenem Frühling, als wir so oft miteinander redeten, war sie achtzehn: nicht sehr groß, doch mit einem wunderschönen Körper, blendendweißen Zähnen, einem makellosen nordischen Teint und wunderbarem Haar in Pagenfrisur, nicht platinblond, wie man es so oft in Finnland und Nordnorwegen findet, auch nicht honigfarben, wie meist im Süden des Landes, sondern ein weiches Weiß mit Lichtern von bernsteinfarbenem Champagner darin. Sie lachte gern, war unbefangen und wurde von den Gästen der Bar, in der sie arbeitete, ungeniert bewundert, angefaßt und sogar geküßt. Die amerikanischen Seeleute nannten sie „unsere Wikingerin", und sie hatte tatsächlich jene innere und äußere Geradlinigkeit und Festigkeit, die dieses wagemutige Volk besessen haben muß. Wie die meisten gebildeten Skandinavier sprach sie Englisch akzentfrei, doch mit einem bezaubernden Hauch der Fremdartigkeit im Tonfall.

In ihrem fünfzehnten Sommer arrangierte ihre Mutter wieder einmal einen Ausflug mit Herrn Mogstad, um den Kindern die versunkene „Tirpitz" zu zeigen. Britta kam mit, und als sie wieder das schattenhafte Ungetüm erblickte, begriff sie zum ersten Mal wirklich, welcher Mut dazu gehört hatte, dieser schrecklichen Macht Widerstand zu leisten; sie fuhr mit dem Handrücken über ihre Augen, um die Tränen wegzuwischen. Herr Mogstad sah das und sagte ein paar tröstende Worte, die Britta brüsk zurückwies. Als das Boot eingedockt war und Frau Björndahl die Geschwister heimführte, blieb Britta zurück und half beim Verstauen des Segelzeugs. Sie trug eben einen Satz Kissen zum Segelspind, da war plötzlich Mogstad hinter ihr, packte sie und zwang sie zu Boden.

Sie war so verdutzt, daß sie nicht um Hilfe rief, was Mogstad als Einwilligung auffaßte, und bevor sie sich zur Wehr setzen konnte, hatte er sie halb entkleidet und sich auf sie geworfen. Sie hatte mit ihren Schulfreundinnen über Sex gesprochen und wußte eine ganze Menge davon, aber sie war auf einen derartigen Angriff völlig unvorbereitet, und ließ Mogstad in einer Art stummen Panik gewähren.

Es war eine schmutzige Szene, roh, primitiv, scheußlich. Herrn Mogstads fettiger Schnurrbart und sein stinkender Atem machten alles nur noch ärger. Als es vorbei war, grinste der Reeder: „Wir werden niemandem davon erzählen, nicht wahr?“ Sie war so verstört, daß sie ihn bloß ansah und heimging.

In jenem Sommer lud Herr Mogstad sie immer wieder ein, mit ihm in den Segelspind zu gehen, aber jetzt fand sie ihn noch abstoßender als früher. Sie empfand bereits Ekel, wenn er mit seiner salbungsvollen Höflichkeit ansetzte; und seine Einladungen zu weiteren Intimitäten, für die er, falls ihr das lieber wäre, gern bezahlen wollte, waren so läppisch, daß sie ihn eines Tages anschnauzte: „Gehen Sie! Sie sind mir zuwider!“

Mitte Juni knüpfte sie eine ernste Freundschaft mit einem Nachbarjungen, einem gutaussehenden Siebzehnjährigen namens Haakon, an, und sie fanden genug dunkle Winkel, wo man sie nicht so leicht entdecken konnte. Sie erforschten ihre Körper, und Brittas Erinnerung an die erste abstoßende Erfahrung wurde auf angenehmste Weise ausgelöscht. Sie entdeckte, daß Männer und Sex ihr Spaß machten. Im August lernten sie und Haakon ein achtzehnjähriges Pärchen kennen. Diese beiden wußten manchmal Zimmer aufzutreiben, welche die vier dann unter gegenseitiger taktvoller Rücksichtnahme gemeinsam benützten. Eines Nachts, als sie sich auf den Heimweg machten, sagte Britta: „Was ich am Sex mag, ist, daß man, wie es auch beginnen mag, immer weiß, wie es ausgehen wird.“ Mit der Zeit löste sich die kleine Interessengemeinschaft auf, und Britta begann mit dem anderen Jungen auszugehen. Die Zimmer blieben dieselben. Er hieß Gunnar und hatte eine Stellung. Es schien wahrscheinlich, daß er und Britta eines Tages in eine Tromsöer Durchschnittsehe hineinschlittern würden.

Kurz vor ihrem achtzehnten Geburtstag mußte Britta Arbeit annehmen, da es im Haus Björndahl kein Geld für weitere Ausbildung gab. Ihr Vater vertat sein Leben immer noch zwischen täglichem Kleinkram im Fischexport und nächtlichen Träumereien von Ceylon. Das Haus war nach wie vor erfüllt von der Stimme Benjamino Giglis: „Wie dieser Stimme Klang“, oder Luisa Tetrazzinis priesterlichem Gebet im Tempel Brahmas.

Frau Björndahl fand eine Stellung für Britta – im Kontor von

Herrn Holger Mogstad. Die ersten Monate waren schwierig, denn Herr Mogstad versuchte dauernd, sie in Ecken zu drängen, um sie abzutasten und ihr unter den Rock zu greifen. Eines Tages stellte er sie im Lagerraum und versuchte, ihr die Bluse aufzuknöpfen, worauf sie ihm wutentbrannt ins Gesicht schlug und ihn anschrie: „Blöder alter Knacker! Wenn du dich nicht benimmst, bringe ich dich um!" Dies tat seine Wirkung, und Herr Mogstad sah ein, daß er jeden weiteren Gedanken an ein Verhältnis aufgeben mußte. Er rächte sich, indem er ihr unangenehme Aufgaben übertrug und anzüglich grinste, sooft Gunnar abends erschien, um sie abzuholen. Einmal flüsterte er: „Ich wette, du schläfst mit ihm, nicht wahr?" Das Ganze war höchst widerlich, aber andere Jobs gab es nicht.

Sie bekam zum ersten Mal eine ungefähre Vorstellung davon, wie ihre Zukunft aussehen würde, als Gunnar sie eines Abends zu sich nach Hause nahm. Er hatte es so eingerichtet, daß seine Eltern im Kino waren. Es war schön wie immer, und nachher lag sie im Bett und dachte: „Wie schön wird es erst sein, wenn wir vor aller Augen zusammenleben können." Doch da fiel ihr Blick auf ihn, wie er beim Tisch stand, über seinen Kurzwellensender gebeugt, und sie erkannte, daß er von diesem Hobby ebenso besessen war wie ihr Vater von Ceylon. Und gerade jetzt, im ungeeignetesten Augenblick, rief Gunnar: „Hör zu, Britt! Das ist der Bursche in Samoa, von dem ich dir erzählt habe!" Und während er weiter an den Knöpfen drehte, sah sie ihn, wie er Jahrzehnte später sein würde: tagsüber Büroarbeit, die ihn unbefriedigt ließ, nachts sein Kurzwellensender. Ihre Besorgnis wuchs, als sie Gunnars Hobby einmal vor ihren Eltern erwähnte, und ihr Vater sofort fragte: „Ob er wohl Ceylon bekommen kann?" Gunnar versuchte es eines Tages und nahm Verbindung mit einem Engländer in Kandi auf. Mehrere atemberaubende Nächte lang kauerten Gunnar und Herr Björndahl vor dem Gerät und sprachen mit Ceylon. Stunden verstrichen, merkwürdige Botschaften wurden ausgetauscht, und um Mitternacht kam Herr Björndahl im Zustand der Verzückung nach Hause. Ceylon existierte wirklich. Britta aber merkte, daß Gunnar sie über dieser faszinierenden Beschäftigung fast völlig vergaß. Im ganzen Monat Oktober gingen sie nicht ein einziges Mal miteinander ins Bett.

Am 22. September ist Tag- und Nachtgleiche, von da ab sinkt die Sonne immer tiefer, bis sie auch zu Mittag unter dem Horizont verborgen bleibt und die Tage kurz und die Nächte endlos wurden. Wenn der Dezember naht, sagen die Leute in Tromsö: „Wir fahren in den Tunnel", und verbinden mit diesem Vergleich die tröstliche

Vorstellung, daß die Welt nach der bevorstehenden langen Reise durch die Dunkelheit schließlich doch wieder ins helle Licht des Tages treten werde.

Aber für junge Leute war dieses Versprechen eines allzufernen Frühlings kein Trost. Sie sahen nur, wie das Licht erstarb und die Dunkelheit Herrschaft über die Seele gewann. Mitte Dezember sagte Brittas Vater: „Nun ja, es ist wieder soweit. Wir sind im Tunnel." Und in den folgenden Nächten verkroch er sich in sein Zimmer und spielte auf seinem Grammophon die „Perlenfischer"-Musik. Oft ertappte sich Britta während der Arbeit in Herrn Mogstads Kontor dabei, wie sie leise die Kavatine pfiff, als wäre ihr Leben nur mehr Traum, als hätte sie sich ebenso wie ihr Vater in der Sinnlosigkeit des Daseins verirrt. Sie glaubte, die Welt nicht mehr ertragen zu können. Sie flüsterte: „Ich will in die Sonne."

Tromsö lag nicht alle vierundzwanzig Stunden des Tages unter dem Mantel der Polarnacht. Zur Mittagszeit gab es einen weichen grauen Schimmer, der die Wälder am Festland gleich Feenschlössern aus den Schatten tauchen ließ. Am Nachmittag verließen die Mädchen im Hafenviertel ihre Büros für eine kurze Weile, um den Dampfer aus Bergen auf seiner Fahrt nach Kirkenes hoch im Norden jenseits des Kaps vorbeifahren zu sehen. Sobald er hinter der Landzunge des Fjords verschwunden war, schlenderten sie widerwillig zurück an die Arbeit, und wenn die Büros schlossen, war die Welt wieder in Dunkel gehüllt.

Am Montag, den 16. Dezember erwachte Britta um sieben Uhr mit der deutlichen Vorahnung besonderer Ereignisse. Etwas Außergewöhnliches würde geschehen, etwas, das vielleicht mit Gunnar oder ihrer Arbeit zusammenhing. Sie blickte auf das Thermometer vor ihrem Fenster, sah, daß es etliche Grad unter Null zeigte, und dachte: Das ist es nicht. – Draußen war es finster wie immer, auch daran war nichts Besonderes. Aber Weihnachten lag in der Luft, und ihr war, als würde sie auf dem Weg zur Arbeit Lappen mit ihren Rentieren begegnen.

Im Gefühl des Besonderen wählte sie ihren kürzesten Minirock, knallrot, dazu grobgestrickte Wollstrümpfe und weiße Stiefel aus Rentierleder. Über ihre bestickte Bluse zog sie eine Parka, die das Gesicht schützte, ihr aber nur ein paar Zentimeter über die Hüften reichte. „Nicht gerade aufregend, aber es geht", sagte sie, als sie sich im Spiegel betrachtete. Sie rief ihrer Mutter „Auf Wiedersehen!" zu, verließ das Haus und machte sich auf den Weg, der sie über vereiste Pfade an hüfthohen Schneewehen vorbeiführte. Tromsö hatte an diesem arktischen Morgen mehr zu bieten als so manche andere Stadt: ein von Menschenhand erzeugtes Nordlicht. Vor Jahren waren die Bürger übereingekommen, daß etwas getan werden müsse, um der Düsterkeit des Nordens zu begegnen, und sie hatten sich geeinigt, daß jeder sein Haus in einer anderen leuchtenden Farbe streichen solle. Nun säumten blaue, violette, kirschrote, ockerfarbene und goldgelbe Häuser Brittas Weg, und jedes von ihnen war hell erleuchtet, denn elektrischer Strom war billig, und Lampen, die im Oktober eingeschaltet wurden, brannten bis in den April. Dazu kamen die bunten Miniröcke der Mädchen, die in diesem Feenreich weitere Farbakzente setzten. Britta erreichte „Peter Hansens Tor", eine breite Straße, die zum Hafen führte, dann bog sie links in die Storgata ein. Die Leute, die sie traf, hatten alle leuchtend rote Backen. Jedem lächelte sie zu, immer noch überzeugt, daß heute ihr Glückstag war. Eben wollte sie die Storgata verlassen, da fand sie sich plötzlich vor dem Schaufenster eines Reisebüros. Ein Riesenplakat zeigte vor einer uralten steinernen Windmühle ein lebensgroßes skandinavisches Mädchen im Badeanzug und im Hintergrund das Mittelmeer. Nur drei Worte standen unter dem Bild: Komm nach Torremolinos!

Britta ging weiter, nicht ahnend, daß diese erste Begegnung mit Torremolinos das Besondere dieses Tages war. Doch unbewußt regte sich in ihr die Phantasie. Wenn sie Herrn Mogstad ansah, tauchte hinter ihm plötzlich eine Windmühle aus Stein auf, und wenn sie mit seiner Sekretärin sprach, verwandelte diese sich in ein Mädchen im Bikini.

Auf dem Heimweg betrachtete sie das Plakat wieder, und als sie ihren Vater „Ich höre wie im Traum" spielen hörte, sah sie sich im Sonnenlicht neben einer Windmühle in Spanien stehen. Dieses Traumbild erweckte anfangs noch keine starke Sehnsucht in ihr, lediglich eine verstandesmäßige Überlegung: Natürlich ... Torremolinos ... Mühlenturm ... was für ein schöner Name. Als sie aber in das Zimmer ihres Vaters ging und sich seinen Atlas ausborgte, fand sie Torremolinos nicht auf der Karte von Spanien. Es muß sehr klein sein, dachte sie.

Gunnar kam zum Abendessen, dann gingen sie ins Kino und anschließend in die Wohnung eines Freundes, wo sie schnell ins Bett schlüpften. Die Liebe machte ihnen Spaß, hauptsächlich weil Britta es so wollte, aber sie hatte wenig Bedeutung. Als Gunnar neben ihr einschlief, weil er hier kein Radio hatte, mit dem er spielen konnte, sah sie an den Wänden des dunklen Zimmers Windmühlen und weißen Sandstrand. Am nächsten Morgen betrachtete sie auf dem

Weg zur Arbeit wieder das Plakat und las den Werbetext daneben: Auch Sie können das sonnige Spanien genießen, es kostet weniger, als Sie denken. – Am Abend betrat sie dann das Reisebüro und ging unsicher auf den Mann hinter der Theke zu.

Er war dienstbeflissen, ziemlich klein für einen Norweger und trug eine große gelbe Plastikblume im linken Knopfloch. Daran hing eine kleine Fahne: Kommen Sie ins sonnige Italien. Sven Sverdrup Tours, Tromsö, Norwegen. Hinter ihm lockte ein Plakat mit der Aufschrift: Verbringen Sie Ihre Ferien im sonnigen Griechenland. In den Reisebüros des nördlichen Norwegens war Sonne die gängigste Ware.

Obgleich Britta offensichtlich kaum älter als siebzehn war und kaum an einer teuren Reise interessiert sein konnte, eilte Herr Sverdrup auf sie zu, als hätte sie Tausende auszugeben. „Mein Name ist Sven Sverdrup", sagte er freundlich. „Und was wünscht mein Fräulein? Eine Reise nach Oslo über die Weihnachtsferien?"

„Ich dachte an Torremolinos", sagte sie.

„Die besten Winterferien der Welt. Ich war selbst dort. Perfekt."

„Wieviel kostet es?"

„Sie erhalten fünfzehn köstliche, sonnenerfüllte Tage. Tromsö, Oslo, Kopenhagen, Torremolinos. Sehen Sie sich nur das accoutrement an!" Dieses Wort kannte sie nicht, doch sichtlich bezog es sich auf die bunte Broschüre, die er ihr reichte: auf dem Umschlag stand dasselbe skandinavische Mädchen, im selben Badeanzug neben derselben Windmühle. Er blätterte den Prospekt auf, um ihr das Hotel zu zeigen, in dem sie in Torremolinos wohnen würde, das Schwimmbad, den Speisesaal. „Ein Komfort, wie er sonst nur amerikanischen Millionären vorbehalten ist", schloß er.

„Wieviel?"

„Für fünfzehn Tage, alles inbegriffen, sogar die Trinkgelder... sehen Sie, bloß fünfundneunzig Dollar, nicht einmal siebenhundert Kronen." Bevor sie etwas sagen konnte, senkte er die Stimme: „Das gilt natürlich für Zweibettzimmer. Wenn Sie auf Einzelzimmer bestehen, kostet es etwas mehr – einhundertzehn Dollar."

„Es würde mir nichts ausmachen, das Zimmer mit jemand zu teilen", sagte sie rasch. Nun hatte er sie schon so weit, daß sie auf seine Vorschläge einging.

„Warum auch nicht?" sagte er redegewandt. „Sie sind jung. Sie sind nicht so festgefahren in ihren Gewohnheiten, daß Sie unbedingt ein eigenes Zimmer brauchen."

„Sie haben recht", sagte sie im Weggehen.

Den ganzen folgenden Tag dachte sie während der Arbeit an

Spanien. Am Nachmittag blieb sie an ihrem Schreibtisch, als der Dampfer aus Bergen die Werft anlief, und studierte den Prospekt, bis sie auswendig wußte, wo der Speisesaal und das Schwimmbecken lagen. Sie begann auch allerlei Berechnungen anzustellen, die sie den ganzen Dezember über beschäftigten. Auch Taschengeld werde ich brauchen, dachte sie. Sie überschlug ihre Finanzen, erwog die Möglichkeit, von ihrem Vater Geld auszuborgen (hoffnungslos), Herrn Mogstad um Gehaltsvorschuß zu bitten (gefährlich, denn er würde die Bedingung stellen, daß sie sich mit ihm im Segelspind traf), eine neue Stellung zu finden, wo sie mehr verdiente (es gab keine, und außerdem würde sie dann erst im nächsten Sommer Urlaubsanspruch haben). Jedenfalls fahre ich nicht im Sommer nach Spanien, dachte sie, es hat nur im Winter Sinn.

Sie begann, ihre Freunde über Spanien auszufragen; alle, die jemanden kannten, der dort gewesen war, lieferten überschwengliche Berichte. Endlich fand sie eine Verkäuferin in einem Kleidergeschäft, die selbst die Reise mitgemacht hatte, eine dicke, etwa fünfzigjährige Frau, aber ihr Bericht war enttäuschend. „Was manche Leute über Spanien erzählen, ist mehr als man glauben sollte."

Die entscheidende Ermutigung kam von Herrn Sverdrup und seinen Lobeshymnen auf die Sonne. Tag für Tag besuchte sie ihn in seinem Büro, und er versicherte ihr, daß sie, ob nun mit geborgtem oder gestohlenem Geld, unbedingt nach Spanien müsse. „Stellen Sie sich vor, Sie sitzen in der Sonne, das blaue Mittelmeer drei Meter vor ihrem Tisch, und abends singt es Sie mit seinen sanften Wellen in den Schlaf." Nach einer besonders begeisterten Schilderung der Freuden, die sie erwarten würden, ging sie in Herrn Mogstads Büro. „Ich möchte Ihnen eine hypothetische Frage stellen."

„Eine was?"

„Zum Beispiel: Wenn ich das Geld zusammenbringe, wäre es möglich, daß ich meinen Urlaub im Januar nähme?"

Mogstad legte Daumen und Zeigefinger der rechten Hand an seine Lippen und fuhr die beiden Hälften seines Schnurrbartes entlang: „Januar wäre ein guter Monat für einen Urlaub. Aber woher willst du das Geld nehmen?"

„Ich habe gespart."

„Und wohin würdest du fahren? Oslo?"

„Torremolinos."

„Spanien?" fragte er ungläubig. „Du möchtest nach Spanien fahren?"

„Dort trifft sich die Jugend", sagte sie, den Prospekt zitierend.

Herr Mogstad kaute an den Spitzen seines Schnurrbarts, dann senkte er die Stimme: „Aber warum nicht Oslo? Ich könnte geschäftlich hinunterfahren. Es würde dich nichts kosten..."

„Ich will nach Torremolinos", sagte sie.

„Aber wenn du nach Oslo fährst, könnten wir die Kon-Tiki auf Bygdöy sehen. Ich würde dir das Geld geben."

An diesem Nachmittag ging sie wieder ins Reisebüro und fragte Herrn Sverdrup: „Torremolinos: was ist Ihr allerbilligstes Angebot?"

Er betrachtete sie eingehend, als müßte er abschätzen, ob er sie ins Vertrauen ziehen solle oder nicht. Dann sagte er, „Fräulein Björndahl, fünfundneunzig Dollar ist ein sensationelles Angebot. Aber" – und hier führte er sie in eine Ecke des Büros – „wir reservieren einige Sitze für Geistliche, Studenten, für Notfälle... Der Mann, dem diese Agentur gehört, war früher Geistlicher. Wir haben von ihm die Vollmacht... nun, fünfundsiebzig Dollar."

Britta bemühte sich, ihren Jubel nicht zu zeigen und fragte sachlich: „Und wieviel Taschengeld würde ich brauchen?" Herr Sverdrup streichelte seine Plastikblume. „Sie sind jung und hübsch. Sie sollten sich vergnügen. Rechnen Sie mit fünf Dollar im Tag."

„Also insgesamt einhundertfünfzig Dollar. Das ist eine Menge Geld."

„Es ist eine Menge Geld, aber Sie haben eine Menge Jahre zu leben. Befolgen Sie meinen Rat. Bereichern Sie diese Jahre durch herrliche Erinnerungen an die Sonne. Wenn Sie meine Tochter wären, würde ich sagen: ‚Geh!'"

Sie faßte seine Hand und sagte: „Sie geben gute Ratschläge."

Dann geschah etwas völlig Unerwartetes. Gunnar verbrachte so viel Zeit mit Brittas Vater bei dem Kurzwellensender, daß sie meinte, er habe das Interesse an ihr ganz verloren. Sie hatte jedenfalls nicht mehr viel für ihn übrig und war schon entschlossen, sich nach den Weihnachtsferien, ob sie nun nach Spanien fuhr oder nicht, nach einem anderen jungen Mann umzusehen. „Offen gestanden", erklärte sie einer Bürokollegin, „Gunnar langweilt mich." Dann aber arrangierte er unter Vorspiegelung liebevoller Fürsorge einen Verwandtenbesuch für seine Tante, wodurch er und Britta ihre Wohnung benützen konnten. Als sie im Bett lagen, sagte er: „Britta! Herr Nordlund hat mich zum Oberaufseher gemacht. Ich glaube, wir sollten jetzt heiraten."

Der plötzliche Heiratsantrag traf sie unvorbereitet, und die prosaische Begründung kränkte sie. Sie lag da und sah im Geist die endlosen Jahre ihrer Ehe vor sich, eine Wiederholung des Lebens ihrer Eltern, und wenn sie Kinder hatten, würden die sich in den langen Wintern von Tromsö auch ihre eigene Traumwelt schaffen müssen und für ihr ganzes Leben Gefangene bleiben. Es war eine trostlose Vorstellung, und sie wurde nur noch trostloser, als Gunnar die besonderen Probleme erwähnte, die ihnen bevorstanden: „Wir werden natürlich kein eigenes Haus haben, aber wenn du bei Mogstad weiterarbeitest und ich bei Herrn Nordlund noch ein paar Gehaltserhöhungen bekomme, können wir uns in die Liste eintragen lassen, und in acht oder zehn Jahren sind wir vielleicht soweit."

„Und bis dahin?" fragte Britta.

„Wir könnten entweder bei deinen oder bei meinen Eltern wohnen." Das Gespräch war beendet, sie schlitterten in ein freudloses Liebesspiel, wonach Gunnar in der Überzeugung einschlief, er sei jetzt verlobt. Britta aber lag wach und dachte, ein Heiratsantrag sollte doch anders, sollte etwas Besonderes sein, und man müßte der Zukunft mit mehr Zuversicht entgegensehen. Plötzlich ertappte sie sich dabei, wie sie „Ich höre wie im Traum" summte. „Ich will nichts mehr mit Träumen zu tun haben", murmelte sie und kam zu der Erkenntnis, daß sie Gunnar sagen müsse, sie könne ihn nicht heiraten.

Da sie nie vor den Realitäten des Augenblicks zurückschrak, rüttelte sie ihn so lange, bis er aufwachte. „Gunnar, ich glaube nicht, daß wir heiraten sollten."

„Warum nicht?" fragte er wie ein schlaftrunkenes Kind.

„Ich glaube, daß ich noch nicht soweit bin. Ich werde nach Spanien fahren."

„Spanien!" Er setzte sich im Bett auf und fragte, die linke Hand auf ihrer Brust: „Was meinst du mit ‚noch nicht soweit'? Was soll das?"

„Ich bin gern mit dir im Bett", gab sie zu. „Sex macht mir Spaß. Aber ich glaube nicht, daß wir eine gute Familie abgeben würden. Ich bin noch nicht soweit."

„Was ist los, Britt?"

Sie setzte sich neben ihm auf, zog die Knie ans Kinn und glättete die Decken. „Ich glaube, weil ich die Orte sehen möchte, wo die Sonne scheint, von denen Vater und du träumt. Ich will nicht mit Ceylon drahtlos verkehren. Ich möchte es sehen."

„Britt! Ceylon ist gar nichts. Die meisten Orte sind ebenso langweilig wie Tromsö."

Sie ließ sich nicht überzeugen, und sie saßen nebeneinander im Bett, und diskutierten über Leben und Ehe, bis die Leidenschaft wieder über sie kam und sie zu wilden Umarmungen trieb.

„Ich glaube, es hat nicht mehr viel Sinn, daß wir einander wiedersehen", sagte sie an der Tür.

„Das ist aber eine verdammt nette Art, fröhliche Weihnachten zu wünschen", schimpfte Gunnar. *„Es hat nicht mehr viel Sinn?"*

„Ja, genau das wollte ich sagen", antwortete sie, schloß die Tür und ging durch die sternklare Nacht in ihr eigenes Bett.

Der Bruch mit Gunnar machte die Reise nach Torremolinos unumgänglich notwendig und zwang sie zu einer realistischen Überprüfung ihrer Finanzen. Sie hatte nicht ganz vierzig Dollar gespart und brauchte einhundertfünfzig – vorausgesetzt, daß Herr Sverdrup einen billigen Platz für sie bekam. Sie fragte ihn, und er beruhigte sie: „Das kann ich Ihnen versprechen. Wieviel Geld haben Sie denn?" Sie sagte es, und er meinte: „Vierzig Dollar sind noch weit entfernt von einhundertfünfzig, aber Sie sind jung und werden einen Weg finden. Diese Reise kann für Ihr Leben entscheidend sein."

Er rechnete ihr vor, wie nahe sie an den erforderlichen Betrag herankommen könne, wenn sie den Januar durcharbeitete und ihr ganzes Gehalt ersparte. Außerdem schlug er ihr vor, abends in einem Geschäft bei der Inventur nach Weihnachten zu helfen. Daraus wurde nichts, und er fand eine andere Lösung: sie könne seine Berichte an die Zentrale in Kopenhagen tippen. Das tat sie nun, Abend für Abend.

Kurz nach Neujahr erhielt Herr Sverdrup neue Plakate für Spanien, und als er das alte aus dem Fenster holte, fragte er Britta: „Wollen Sie das für ihr Zimmer?" Sie wollte es schon nehmen, aber noch bevor sie die Hand ausstreckte, erschien ihr das Plakat als Versuchung, als erste von vielen, die ihr Zimmer als Erinnerung an verlorene Träume schmücken würden, und sie lehnte ab: „Keine Plakate für mich. Ich möchte die Wirklichkeit."

Dieses hartnäckige Festhalten an der Realität veranlaßte Herrn Sverdrup, sie ganz ins Vertrauen zu ziehen. Er wartete, bis sie an einem kalten, trüben Montagabend nach der Arbeit in das Reisebüro kam. „Diese Woche gibt's nichts zu schreiben. Aber ich muß Ihnen etwas erzählen." Er führte sie in sein Hinterzimmer und bot ihr einen Stuhl an. „Wieviel Geld haben Sie genau?" fragte er. Sie sagte es ihm.

„Fräulein Björndahl, das reicht."

„Nein!" protestierte sie. „Ich will nicht als arme Kirchenmaus hinfahren. Ich muß fünfundsiebzig Dollar Taschengeld haben."

„Haben Sie", sagte er.

„Wieso?" fragte sie.

„Ich soll künftigen Kunden selbstverständlich nichts davon sagen, denn wir wollen natürlich, daß sie den vollen Preis bezahlen. Aber wenn Sie warten und Ihr Ticket erst im letzten Augenblick kaufen, und wenn wir dann noch freie Plätze im Flugzeug haben, verkaufen wir Ihnen einen davon für... nun, wieviel schätzen Sie?"

Da der Fahrpreis schon von fünfundneunzig Dollar auf fünfundsiebzig Dollar ermäßigt worden war, dachte sie, daß es nicht mehr viel weniger werden konnte. „Fünfundsechzig?" riet sie.

„Sie können alles für sechsundzwanzig Dollar haben."

Britta saß da, hatte die Hände im Schoß und sagte nichts. Das mußte eine Falle sein... ein Witz. Sie wußte, daß man nicht für sechsundzwanzig Dollar einen Flug mit dem Düsenflugzeug nach Spanien, Vollpension in einem guten Hotel und einen erstklassigen fünfzehntägigen Urlaub bekommen konnte – und sie wollte nicht zum Narren gehalten werden. Also sagte sie nichts.

„Haben Sie gehört, was ich sagte?" fragte Herr Sverdrup.

„Ja. Sechsundzwanzig Dollar. Wofür? Die Sandwiches im Flugzeug?"

„Für alles. Flugzeug, Hotel, Essen, Trinkgelder, Bustransfer komplett für fünfzehn Tage."

„Meinen Sie das wirklich im Ernst?" fragte sie leise.

Ihre Ungläubigkeit amüsierte ihn. „Britta", sagte er, „auf dieser Welt gibt es viele Leute, die den Jungen helfen wollen. Unsere Gesellschaft meint, da das Flugzeug ohnehin hinunterfliegen muß und wir das Hotel für das ganze Jahr bezahlt haben, ist es besser, die freien Plätze an junge Leute abzugeben, die von diesem Erlebnis profitieren können, als halb leer zu bleiben."

Britta fürchtete, in Tränen auszubrechen, darum antwortete sie nicht. „Sie haben also genug Geld", sagte Herr Sverdrup. „Gehen Sie heim und treffen Sie Ihre Vorbereitungen. Das Flugzeug geht am dritten Februar um fünf Uhr früh. Aber..."

„Ich wußte, daß es ein Aber geben müsse..."

„Es ist nur ein kleines, aber es ist lästig. Heute haben wir freie Plätze. Ich bin sicher, daß wir auch morgen freie Plätze haben werden. Aber sollte sich das Flugzeug aus irgendeinem unerwarteten Grund rasch füllen – nun..."

„Dann könnte ich nicht fahren?“

„Nicht nach Spanien. Aber in Kopenhagen gibt es auch andere Flugzeuge, die anderswohin fliegen.“

„Ich möchte nach Spanien“, sagte sie fest.

„Dorthin möchte ich Sie auch schicken. Aber jede Münze hat ihre Kehrseite. Vielleicht landen Sie in Griechenland.“

Die Tage, die nun folgten, waren voller Spannung und Ungewißheit. Jeden Morgen, wenn Britta zur Arbeit ging, starrte sie das neue Plakat im Schaufenster an. Zu Mittag, im silbrig verschleierten Licht der unsichtbaren Sonne, rannte sie vom Hafen zur Hauptstraße und schickte durch die Tür einen fragenden Blick zu Sverdrup, der ihr jedesmal zunickte. Es gab also noch freie Plätze. Am Abend nach der Arbeit ging sie ins Reisebüro und erledigte die Schreibarbeit. Sie lehnte jede Bezahlung ab, und wenn sie ihm abends half, das Büro abzuschließen, hörte sie Sverdrups beruhigende Worte: „Kopenhagen sagt, es gibt noch Platz.“

Sie brachte ihren Paß in Ordnung, verabschiedete sich von Gunnar, der sicher war, sie würde zurückkommen und ihn heiraten, und ging spätabends zu ihrem Vater in das kleine Zimmer mit den Plakaten und Landkarten an den Wänden, saß bei ihm, während er die Routen der Entdecker auf den Seekarten des Indischen Ozeans nachzog, vom unstillbaren Wunsch getrieben, alles über seine Insel zu wissen. Und während sie redeten, spielte er die „Perlenfischer“, so daß seine Stimme durch den akustischen Schleier eines Priesterchors oder singender singalesischer Fischer zu ihr drang. Sie kamen einander in diesen Gesprächen näher denn je, und Britta erfaßte tiefes Mitleid mit diesem schweigsamen Mann, den das Leben so schäbig behandelt hatte.

Als sie mir später von ihrer Abreise erzählte, sagte sie: „Er war viel klüger, als ich gedacht hatte. Er hat die Wahrheit über mein Weggehen erraten... die wirklichen Gründe, und auch, daß ich diese Gründe vor mir selbst nicht einbekannte... daß sie mir nicht einmal bewußt waren.“ Ihr Vater wollte das Thema anschneiden, aber wie immer brachte er es nicht über die Lippen und flüchtete in Unwesentliches. „Zwischen dir und Gunnar ist es aus?“ fragte er zögernd. Als sie nickte, sagte er: „Überrascht mich nicht.“ Er hatte natürlich gewußt, daß sie, wie viele andere junge Leute in Tromsö – und in ganz Norwegen – miteinander ein Verhältnis hatten, aber das hatte ihn nicht gestört. Er nahm an, daß sie Gunnar irgendwann einmal heiraten würde, wenn er sich bewährt hatte, und wenn nicht, dann war es nur gut, daß sie das rechtzeitig erkannte. „Er hatte einen engen Horizont, scheint mir", sagte er. Dann schwieg er, verschreckt, weil ihn diese Beobachtung nahe an Grundlegendes gebracht hatte, und blickte auf seine Karten. Nach einer langen Pause sagte er, ohne sie anzusehen: „Du hast eine gute, reine Seele, Britt. Bewahre sie dir."

Auch sie wollte reden, aber sie hatte Angst vor den tieferen Beweggründen, die sie nach Spanien trieben, und klammerte sich wie ihr Vater an Trivialitäten. „Es wäre entsetzlich, wenn ich zum Flughafen käme und es wäre kein Platz mehr frei. Stell dir bloß vor, wenn man von allen groß Abschied genommen hat, und am nächsten Tag geht man zu Mogstad in die Arbeit, als ob nichts geschehen wäre."

„Wie ist er?"

„Scheußlich."

„Deine Mutter scheint ihn zu mögen."

„Er ist scheußlich."

„Vielleicht, wenn du zurückkommst..." So hätte jeder Vater begonnen, der sich Sorgen um die erste Stellung seiner Tochter machte. Aber für Björndahl waren die Worte ein Wagnis, denn sie brachten ihn in gefährliche Nähe der wirklichen Frage: Würde sie überhaupt zurückkommen? Er sah seine Tochter an, und ohne daß einer von ihnen sprach, wußten sie beide, daß sie Tromsö für immer verließ ... daß sie mit der festen Absicht, nie wieder zurückzukehren, aus Norwegen floh. Er sehnte sich danach, offen mit seiner Tochter zu reden, denn sie war ihm ans Herz gewachsen. Sie war nicht nur schön, sondern auch sehr vernünftig. Wenn sie Norwegen verlassen wollte, sollte sie es tun.

Ihrer Mutter gegenüber verhielt sich Britta korrekt, half bei den Mahlzeiten, spülte hinterher das Geschirr und beantwortete ihre Fragen mit ungewöhnlicher Höflichkeit. Als Frau Björndahl fragte, was mit Gunnar geschehen sei, sagte Britta: „Das ist leider vorbei." Sie ging nicht auf Einzelheiten ein, und Frau Björndahl schloß das Gespräch mit der Bemerkung: „Er wäre ein guter Schwiegersohn geworden. Dein Vater mochte ihn."

Am Morgen des zweiten Februar konnte Britta ihre Angst und Unruhe kaum verbergen. Dies war der Tag, an dem sich entscheiden würde, ob ein Platz im Flugzeug frei war. Um zehn Uhr vormittags erwartete Herr Sverdrup das Telegramm aus Kopenhagen, und um zehn Uhr dreißig sagte Britta zu Herrn Mogstad, sie wolle für ein paar Minuten weggehen. Während er noch langsam über seinen Schnurrbart strich und überlegte, ob er sie gehen lassen sollte, war sie schon aus der Tür. Im Reisebüro erfuhr sie, daß Herr Sverdrup ausgegangen war, und fragte seinen Gehilfen nach Neuigkeiten aus Kopenhagen. Aber es war nichts bekannt. So wartete sie mit wachsender Nervosität auf Herrn Sverdrups Rückkehr.

Endlich kam Herr Sverdrup zurück. Die Wachsblume im Knopfloch hüpfte munter auf und ab. „Gute Nachricht!" rief er Britta zu. „Gestern abend gab es freie Sitze. Sie fliegen morgen nach Kopenhagen, und wenn Sie nicht in der Maschine nach Torremolinos mitfliegen, finden wir einen anderen Platz für Sie. Marokko, Griechenland – wer weiß, wo Sie morgen abend sein werden?"

„Ich werde in Spanien sein", sagte Britta.

Weil Tag und Nacht sich kaum unterschieden, startete die Maschine nach Kopenhagen um drei Uhr früh. Britta ging daher gar nicht erst zu Bett. Sie redete zum letztenmal mit ihrem Vater, und er sagte: „Ich komme nicht mit dir zum Flughafen." Sie redete auch mit ihrer Mutter, fühlte sich ihr einen Augenblick lang sehr nahe, doch dann hörte sie aus Vaters Zimmer die geisterhafte Melodie der Kavatine, deren verzweifelte Sehnsucht ihr so ins Herz schnitt, daß sie zu ihrem Vater zurückging, der einsam dasaß und in seinen Büchern blätterte. „Ich wollte, ich könnte mit dir gehen", sagte er, was er aber meinte, war: Ich wollte, ich hätte vor Jahren den Mut gehabt, mich von hier loszureißen.

Am Flughafen gab sie Gunnar einen flüchtigen Kuß auf die Wange, hauptsächlich deswegen, weil er ein paar Freunde mitgebracht hatte und es für ihn peinlich gewesen wäre, wenn sie nicht die Rolle der Verliebten gespielt hätte. Als es Zeit wurde, ihrer Mutter Lebewohl zu sagen, stürzte plötzlich eine Flut von Empfindungen auf sie ein, und ihr wurde im Bruchteil einer Sekunde klar, warum sie so verzweifelt darum gekämpft hatte, nach Spanien zu fahren.

Ich verlasse Tromsö für immer. Ich kann das träge Einerlei nicht mehr ertragen... die Jahre, die sich nie ändern... die zähflüssige Ordnung des Althergebrachten. Ich will nicht zehn Jahre warten, bis ich mein Leben beginnen kann. Ich habe genug vom Tunnel.

Dann platzte sie zu ihrer eigenen Überraschung mit der Wahrheit heraus: „Ich komme nicht zurück... nie. Sag es Vater."

Frau Björndahl griff nach Brittas Arm, als wollte sie eine Erklärung dieser Äußerung erzwingen, aber Britta riß sich los und rannte zum Flugzeug und die Gangway hinauf, bevor ihre Mutter etwas sagen konnte.

In Kopenhagen mußten sie zwei Stunden warten, während die drei vom Reisebüro gecharterten Flugzeuge mit Gepäckstücken beladen wurden. Das erste, das nach Spanien flog, war fast ausgebucht, und der Mann vom Reisebüro, den Britta fragte, meinte, die Passagiere, die auf der Warteliste stünden, müßten wahrscheinlich in das zweite Flugzeug nach Marokko einsteigen. „Es ist ein herrliches Land und wird Ihnen sicher gefallen." Die Maschine nach Griechenland hatte keine freien Plätze mehr. Es würde also entweder Marokko oder Torremolinos werden, und Britta begann zu beten.

Sechs standen auf der Warteliste, fünf junge Mädchen und ein Student, alle von einer schwedischen Universität. Sie erklärten, es wäre ihnen ziemlich egal, wo sie landeten, solange es dort viel Sonne gäbe. Also schlug Britta vor: „Wenn es euch gleich ist und es gibt nur einen Sitz nach Torremolinos: kann ich ihn dann haben?"

„Wir fliegen, wohin man uns schickt", sagte ein Mädchen.

„Bei solchen Preisen kann man nicht wählerisch sein", sagte der Student.

So stand Britta da, die Hände zu Fäusten geballt, etwas abseits von den anderen, und als der Mann vom Reisebüro kam und sagte: „Wir haben zwei Plätze für Torremolinos", sprang sie vor und hätte ihn fast umgerannt. Sogar als sie schon den Sicherheitsgurt angelegt hatte, wagte sie nicht, sich zu entspannen. Erst als die riesige Düsenmaschine der SAS die Rollbahn entlangraste und sich vom Boden hob, glaubte sie daran, daß ihr Traum Wirklichkeit geworden war, und ohne die Verblüffung der Passagiere rundum zu beachten, warf sie die Arme hoch und rief: „Gewonnen!"

Britta Björndahls erster Eindruck von Spanien übertraf noch ihre Erwartungen. Die Plakate hatten also nicht gelogen. Der Tag war von strahlender Helle, der Himmel blau, kleine Schäferwölkchen zogen vom Meer herein, und die Hänge im Norden lagen unter einem zarten Wärmeschleier. Eine Schar gelber Busse fuhr am Flughafeneingang vor, und während die Neuankömmlinge einstiegen, tankte die SAS-Maschine auf. Sie sah aus wie ein riesiger Vogel, der ungeduldig darauf wartete, in sein Nest zurückzukehren. „Flieg heim!" flüsterte Britta. „Ich brauche dich nicht mehr."

Die Fahrt von Malaga nach Torremolinos dauerte weniger als zwanzig Minuten, doch es war wie eine Reise in eine andere Welt: sonnenüberflutete Golfplätze, kleine Restaurants mit offenen Terassen, immer neue Blicke auf das saphirblaue Mittelmeer, und dann völlig unerwartet eine Gruppe von Wolkenkratzern, wo die eigentliche Stadt begann. Die Busse fuhren mitten durch Torremolinos, bogen dann links zum Meer ein und hielten in geordneter Formation vor einem siebzehnstöckigen Hotel. Das Hotel hieß „Nordlicht“, sein gesamtes Personal stammte aus Skandinavien. Mit routinemäßiger Geschicklichkeit verteilten die blonden jungen Männer hinter der Theke Zimmerschlüssel und gedruckte Wegweiser. Sechs Minuten nachdem sie aus dem Bus ausgestiegen war, stand Britta mit ihrer kleinen Reisetasche im 17. Stock vor ihrem Zimmer. Sie öffnete die Tür und erblickte eine junge Schwedin, die sich als Sigrid vorstellte. „Ich muß Freitag zurück“, sagte Sigrid gleich nach der Begrüßung. Brittas erste Frage an Sigrid, eine Frage, die sie in den nächsten zwei Wochen noch unzählige Male stellen würde, lautete: „Kann man hier einen Job finden?“

„Absolut unmöglich. Keine einzige freie Stelle.“

„Aber falls es doch eine geben sollte“, beharrte Britta, „wie könnte ich sie finden?“

„Ich habe beim Geschäftsführer hier angefangen. Er sagte mir, er bekomme jede Woche fünfzig Anfragen von Mädchen. Das beste ist, du suchst dir irgendeine Bar aus und treibst dich dort so lange herum, bis sie dich kennen. Wenn etwas frei wird, sagen sie's dir.“

„Wo sind die Bars?“ fragte Britta.

Sigrid lachte. „Geh hinunter, dann rechts, und du hast mindestens sieben zur Auswahl. Aber du mußt dich entscheiden: schwedisch, deutsch oder amerikanisch?“

„Geht das nach Nationen?“

„Natürlich. Die Restaurants ebenso.“

„Könnte ich eine Stelle als Serviererin bekommen?“

„Hoffnungslos. Auch das habe ich schon versucht.“

„Wie sind die Bars?“

„Die schwedischen sind die saubersten und die deutschen am lustigsten. Aber man lernt dort keine reichen Männer kennen, und niemand, der einem einen Job verschaffen könnte. Die amerikanischen Bars sind häßlich und furchtbar laut. Ich kann sie nicht ausstehen, aber dort trifft man Männer von den Militärstützpunkten, und die haben Geld.“

„Können sie einem eine Stelle verschaffen?“

„Nein. Aber mit dem Geld, das du von ihnen bekommst, kannst du dich über Wasser halten, bis du eine Stelle findest.“

„Dann gibt es also doch Stellen?“

„Liebling! Mehr als hundert skandinavische Mädchen arbeiten in Torremolinos. Keine von ihnen fand gleich einen Job, als sie herkam, aber irgendwie hielten sie durch. Und jetzt haben sie gute Jobs, und mich frißt der Neid, wenn ich denke, daß sie es geschafft haben und ich nicht."

„Aber wie haben sie es geschafft?"

„Es gibt einige Möglichkeiten." Sigrid stand am Fenster und blickte gegen Osten auf Malaga, das zwischen Meer und Bergen im Sonnenlicht dalag. „Zum Wochenende kommen viele spanische Geschäftsleute aus Madrid nach Torremolinos, und sie alle hoffen, eine *sueca* zu finden... so nennen sie uns. Sie sind sehr großzügig zu ihren Freundinnen... Wohnungen... Taschengeld... und sie erwarten nicht, daß es ewig hält."

Britta starrte ausdruckslos vor sich hin, also fuhr Sigrid fort: „Dann gibt es noch eine Möglichkeit, und für die entscheiden sich die meisten Mädchen. Die amerikanischen Soldaten strömen jedes Wochenende hierher – sogar Seeleute aus Rota. Und für die ist es das höchste, mit einem schwedischen Mädchen zusammenzuleben. Sie sind sehr großzügig, denn sie werden gut bezahlt, aber sie sind laut und schrecklich primitiv. Ich habe es erwogen, ganz ernsthaft – ich wollte alles tun, um in Spanien bleiben zu können. Aber am Ende konnte ich mich dazu doch nicht entschließen. Worüber soll man mit einem amerikanischen Soldaten reden?" Sie seufzte, dann sagte sie leise, „Ich fliege Freitag zurück... wenn ich nicht vorher aus diesem Fenster springe."

Tief enttäuscht über diesen Bericht, sagte Britta: „Ich habe Hunger", und sie gingen zum Mittagessen hinunter. Nicht ein einziges Mal während ihres ganzen Aufenthalts im „Nordlicht" ließ man sie fühlen, daß sie das Arrangement zum allerbilligsten Preis erworben hatte. Für das Hotelpersonal war sie eines der vielen schönen Mädchen aus Norwegen, die hier wohnten und den dekorativen Aufputz des Hauses abgaben, und wenn man sie gut behandelte, kamen sie vielleicht später wieder einmal hierher – und dann zum vollen Preis.

Die äußerlichen Umstände dieses Urlaubs, fand Britta, ließen sich besser an als erwartet: das Zimmer war größer, die Bettwäsche sauberer, die Aussicht spektakulärer. Das Essen war gut, drei Gänge bei jeder Mahlzeit und vier Menüs zur Wahl: ein rein skandinavisches, in dem Fisch vorherrschte, ein spanisches, sehr scharf gewürzt, ein französisches mit immer neuen, überraschenden Saucen, und schließlich ein internationales, das fad und geschmacklos zubereitet war. Nur das Hallenbad hatte einen ernstlichen Nachteil: auf jeden Mann kamen drei Mädchen. Alles in allem war das „Nordlicht" selbst zum vollen Preis außerordentlich preiswert. Um 26,13 Dollar für fünfzehn Tage war es aber ein wahres Wunder.

Doch Britta konnte der Dinge nicht so recht froh werden, denn jeden Morgen, wenn sie erwachte, versetzte sie der Gedanke, daß sie der Abreise wieder einen Tag näher gerückt war, in tiefe Depression. Sie fragte den Hoteldirektor, ob er irgendeine Arbeit für sie hätte. Er warf die Arme in die Luft: „Mein liebes Mädchen! Wenn ich fünfzig Stellen frei hätte, könnte ich alle innerhalb von fünf Minuten besetzen!" Sie ging auch ins SAS-Büro, doch auch dort gab es keine Vakanzen. „Mädchen, die bei uns einen Job haben, gehen nie mehr weg", sagte der Geschäftsführer. Sie klapperte die Luxushotels ab, eins nach dem anderen, und fand nichts. Am Freitag verabschiedete sich Sigrid von ihr. Sie verließ Spanien mit Tränen in den Augen. Noch am selben Abend kam die neue Zimmergenossin, Mette, ein entzückendes Mädchen aus Kopenhagen, Tochter eines Zeitungsredakteurs.

Mette hatte feste Vorstellungen davon, wie man einen Urlaub verbringen sollte und lud Britta am ersten Abend ein, mit ihr in den „Arc de Triomphe" zu gehen. „Wenn zwei blonde Mädchen zusammen hineingehen", erklärte sie, „hat man mehr Aussicht auf einen netten Mann, denn er muß einen Freund haben, und wer einen Freund hat, muß zumindest menschenähnlich sein. Geht ein blondes Mädchen allein aus, gerät sie leicht an ein Scheusal und ist ihm dann ausgeliefert."

In der Diskothek erregten sie Aufsehen. Die selbstsichere Mette übernahm das Kommando, und bald hatten sie Gesellschaft: zwei amerikanische Soldaten aus dem Stützpunkt in der Nähe von Sevilla. Sie waren jung, aufgeweckt und laut und hatten ein Appartement am Meer. Mette sagte, sie würde es gerne sehen, Britta aber fand, dafür sei auch noch später Zeit. Ehe sie sich mit Soldaten einließ, wollte sie jede erdenkliche Möglichkeit ausschöpfen, eine Stellung zu finden. Sie war überzeugt, es müsse irgend etwas Dramatisches geschehen, das sie davor bewahren würde, nach Tromsö zurückzufliegen, und sie wollte diesem Zufall so weit als möglich nachhelfen.

„Ich bin nicht gerade prüde", sagte sie am nächsten Morgen zu Mette, als die Dänin ins Hotel zurückkam. „Wenn alle Stricke reißen, werde ich die Einladung der Amerikaner annehmen. Aber was ich wirklich will, ist ein Job."

„Nur los", sagte Mette, „wenn du einen findest, werden sie dir ein Denkmal setzen – im Hafen von Kopenhagen, direkt neben der Kleinen Meerjungfrau." Später gab sie allerdings zu: „Es war klug von dir, gestern abend heimzugehen. Sie wurden nur betrunkener und betrunkener." Gegen Abend aber sagte sie: „Ich will Samstagabend nicht in einem Hotelzimmer mit einem anderen Mädchen verbringen. Komm, ich lade dich in den ‚Arc de Triomphe' ein."

In der Diskothek sah Britta wieder die beiden amerikanischen Soldaten, aber sie standen an der Bar, so glasäugig betrunken, daß sie die Mädchen nicht einmal erkannten. Nichts geschah. Die Musik war ungeheuer laut und gut, es schienen etwa gleich viele junge Leute da zu sein wie am Abend vorher, aber kein Mann kam an ihren Tisch, und so ging Mette in ihrer Verzweiflung gegen zwei Uhr früh zur Bar und erinnerte die nun fast besinnungslosen Amerikaner daran, wer sie war. Sie einigten sich, wieder in der Wohnung der beiden Soldaten zu schlafen, worauf Mette zu Britta zurückkam und sagte: „Du kannst mitkommen, wenn du willst." „Nein, danke", sagte Britta. „Ich habe nichts gegen ein bißchen Sex, aber der Mann muß wenigstens zu Beginn wach sein." Sie ging allein heim, und in dieser sternklaren Nacht, da aus jeder Bar Musik auf die Straße drang, begann ihre Panik. – O Gott! Ich werde alles versäumen. In neun Tagen kommt das Flugzeug und schleppt mich in den Tunnel zurück. – Ohne sich dessen bewußt zu sein, begann sie leise die Kavatine aus den „Perlenfischern" zu pfeifen, und die Melodie, die so gut zu dieser Nacht paßte, beschwor das quälende Bild eines verlorenen Paradieses herauf. Sie kam an einem Dutzend Bars vorbei, in denen sich die Wochenendgäste drängten. Zweimal sprachen Spanier sie mit blumenreichen Phrasen an, und sie dachte: Senor, ein falscher Schritt, und du hast eine norwegische Mätresse am Hals.

Sie erreichte das Hotel und brachte es einfach nicht über sich, hineinzugehen. Sie konnte die saubere skandinavische Halle und das antiseptische, einsame Zimmer mit dem Blick auf das ferne Malaga nicht ertragen. – O Gott, ich fürchte mich so sehr. Ich bin so allein. – Sie wollte weinen, aber ihr norwegischer Stolz ließ es nicht zu. Sie biß sich auf die Lippen, drängte den aufkommenden Tränenstrom zurück und marschierte wieder auf das Stadtzentrum zu, ein achtzehnjähriges Mädchen mit dem festen Entschluß, eine Lösung zu finden – irgendeine Lösung.

Nichts geschah. Sie ging in vier verschiedene Bars und verließ sie wieder, noch bevor jemand sie ansprechen konnte. Sie stieg zum stillen Strand hinunter und wanderte die Küste entlang nach Osten, vorbei an den Hochhäusern mit ihren Hunderten von Appartements. – Irgendwo dort oben muß doch jemand sein, der so einsam ist wie ich. Aber wie soll ich ihn finden? – Sie wirbelte mit dem Fuß Sand auf und wanderte in die Stadt zurück. Amerikanische Soldaten sprachen sie an, aber sie waren betrunken. Sie versuchte noch ein Lokal, aber sie rannte sofort wieder ins Freie. Zuletzt mußte sie doch ins Hotel zurückkehren. Es war vier Uhr früh, und Mette war noch nicht zurück.

Es muß doch eine Möglichkeit geben, sagte sie sich immer wieder, und schlief in ihren Kleidern in einem Lehnstuhl ein.

Täglich um die Mittagszeit setzte sie Amerikaner und Engländer in höchstes Erstaunen, wenn sie im Bikini mit lose umgehängtem Bademantel und Sandalen zum Strand ging.

„Sie gehen doch nicht etwa schwimmen?" fragten die Gäste. „Warum nicht?" erwiderte sie. „Die Sonne scheint!"

Ein kalter Wind strich über ihre Knöchel, warf den Bademantel zur Seite und zeigte den Männern die prachtvollen Beine und den schönen Körper. Sie pfiffen hinter ihr her und machten ihr zweideutige Anträge. – Wenn ihr Narren nur wüßtet, wie leicht es wäre, wenn ihr nur ein wenig Hirn im Kopf hättet, dachte sie. Ein richtiges Wort. Eine anständige Einladung.

An dem ständig vom Wind heimgesuchten Strand hatte die Stadtverwaltung niedrige Wände aus Ruten- und Schilfgeflecht aufgestellt, die Schutz vor den kalten Böen boten. Jeden Tag drängten sich einige wetterfeste Skandinavier an die Schilfwände, um die Sonne auszunützen. Sooft Britta zu ihnen kam und ihren Bademantel abwarf, ließen sie sein, was sie eben taten, und bewunderten sie. Jedesmal fragte irgendein Athlet, woher sie käme, aber sie brachte es nicht über sich, mit ihnen zu sprechen. Solange man vor dem Wind geschützt blieb, war es am Strand erträglich, und bald stellte sich die erträumte Sonnenbräune ein. Wenn sie vom Sand aufblickte, sah sie Engländerinnen und Amerikanerinnen in warme Mäntel gehüllt auf der Uferstraße promenieren.

Nach etwa einer Stunde in der Sonne verließ Britta den Windschutz und rannte hinunter zum Wasser. Ohne die eiskalten Wellen erst zu prüfen, atmete sie tief ein und lief ins Meer, bis ihr das Wasser zu den Hüften reichte, dann tauchte sie ganz ein und schwamm ein paar Minuten. Das Wasser war empfindlich kalt, aber doch wärmer, als es in Tromsö je sein konnte. Der Schock benahm ihr zuerst fast den Atem, doch dann fand sie es köstlich. Nach fünfzehn Minuten rannte sie wieder an Land, sprintete über den Strand zu ihrem Liegeplatz und rieb sich kräftig mit dem Badetuch ab. Daß sie über die Kälte triumphierte, war ihr die Garantie dafür, daß sie allen kommenden Enttäuschungen mit Gleichmut begegnen würde.

Irgend jemand fing immer ein Gespräch mit ihr an, es war aber niemand darunter, der in ihr auch nur das geringste Interesse wachgerufen hätte. Freitag nachmittag, am zwölften Tag ihrer Ferien, schlüpfte sei in ihren Bademantel, nahm ihre Sandalen und ging niedergeschlagen zum „Nordlicht“ zurück. Dabei schlug sie mit ihrem Handtuch nach imaginären Gespenstern. „Unterhalten sie sich gut?“ fragte der Hoteldirektor. Sie zwang sich ein Lächeln ab und sagte: „Wundervoll.“ Im Aufzug dachte sie dann: Ich könnte dieses verdammte Gebäude Stein um Stein niederreißen! Im Zimmer traf Mette eben die Vorbereitungen, sich mit ihren Amerikanern zu treffen und schlug vor: „Heute ist Freitag, und es kommen vielleicht neue Leute vom Stützpunkt. Willst du nicht mitkommen?“

Britta wollte, sehr gerne sogar. „Wenn nur jemand neuer dabei wäre...“ Als aber die Mädchen die Wohnung der Amerikaner betraten, waren die Männer schon betrunken, und es war kein Neuer dabei. Mettes Freund bestand darauf, sofort mit ihr ins Bett zu gehen. Zehn Minuten nachdem sie gekommen war, ging Britta ins Hotel zurück – allein.

Samstag war der schlimmste Tag ihrer Ferien, ein Tag, an den sie später noch oft mit Schrecken zurückdachte. Es war, wie sie beim Aufstehen beunruhigt feststellte, der ominöse dreizehnte Tag. Beim Mittagessen merkte sie, daß sie das Menü bereits auswendig konnte. Das Essen war gut, doch die Speisen kamen in deprimierend fester Ordnung anmarschiert. Sie blickte um sich, sah die robusten skandinavischen Familien bei den Tischen sitzen, solide Frauen der Mittelklasse und ihre ehrenhaften Ehemänner, und sie dachte daran, daß diese Leute das ganze Jahr lang für diesen einen herrlichen Urlaub in Spanien gespart hatten, für diese Berge von Speisen, die aufgetragen wurden, und sah sich selbst, wie sie in zwanzig Jahren hier in diesem Speisesaal sitzen würde.

Sie konnte nicht zum Abendessen hinuntergehen: statt dessen lief sie in die Stadt und aß in einem chinesischen Restaurant. Ein spanischer Geschäftsmann aus Madrid, der ausgezeichnet Englisch sprach, setzte sich an ihren Tisch. Er bot ihr an, ihre Rechnung zu begleichen, versicherte, daß er oft nach Torremolinos käme und sich glücklich schätzen würde, wenn dort ein so attraktives Mädchen wie Britta auf ihn wartete. Sie musterte ihn, als wäre er ein Anwärter auf eine Stellung, und war versucht, auf das Angebot einzugehen, aber sie wußte instinktiv, daß das nicht das Richtige für sie war. Sie fühlte sich zu Besserem berufen als die Wochenendgeliebte eines Madrider Geschäftsmannes zu werden, so charmant dieser auch sein mochte. „Tut mir leid, ich warte auf meinen

Verlobten." Er wußte genau, daß sie log, war sicher, daß kein junger Mann auftauchen würde, aber er wußte es zu schätzen, daß sie ihre Absage so taktvoll formulierte. Etwas später ging auch sie.

Die Einsamkeit des Samstagabends war quälend. Daß sie selbst daran schuld war, machte es um nichts leichter. Langsam ging sie auf die Musik zu, die aus der Gegend des „Arc de Triomphe" zu hören war. Sie kaufte eine Karte und ging hinein. Die Musik war erregend, doch die Zeit verging, ohne daß irgend etwas geschah. Niemand sprach sie an, und sie beschloß, ins Hotel zurückzugehen. Doch als sie die Diskothek verließ, packte sie jemand am Arm. Es war der spanische Geschäftsmann.

„Ihr Verlobter ist nicht gekommen?" fragte er liebenswürdig.

„Er mußte in Malaga bleiben", antwortete sie.

„Dann sind Sie ja frei."

Sie ließ sich von der Straße wegführen in einen öffentlichen Park mit vielen dunklen Nischen. Der Spanier suchte mit ihr einen stillen finsteren Winkel auf. Dort begann er sie wild zu küssen und an ihren Kleidern zu zerren, wobei er flüsterte: „Wie heißt du, Geliebte? Bleibst du in Torremolinos, wenn ich dir eine Wohnung finde?" Diese Rede war so läppisch, daß sie zu lachen begann, aber das machte ihn wütend, und er wurde grob. Sie wußte sich zu wehren, war ihm mehr als ebenbürtig.

„Bist du eine Lesbierin?" knurrte er. „Hast du etwas gegen Sex?"

Die Frage war so empörend, daß sie keine Antwort gab. „Es tut mir leid", sagte sie widerwillig. Es war ein Irrtum gewesen, ein bedauerlicher Zwischenfall, und sie wollte ihn beenden. „Tut mir leid", wiederholte sie und ging auf ihr Hotel zu.

Sie hatte keinen Grund, auf sich stolz zu sein. Wenn sie in dem chinesischen Restaurant nicht so offensichtlich Gesellschaft gesucht hätte, hätte der Spanier sie nicht angesprochen, und wenn sie ihn nicht belogen hätte, hätte er sie nicht in die Diskothek verfolgt. Es war Zeit, daß sie aus dieser Stadt verschwand. Aber sollte sie wirklich Spanien verlassen, sollte sie dieses andere Leben, von dem sie bisher nur einen flüchtigen Schimmer erhascht hatte, aufgeben? Der Gedanke an die Folgen überwältigte sie. Verzweifelt lief sie durch die Gassen und stand plötzlich vor einer kleinen Bar, die ihr vorher nie aufgefallen war. Nach dem Lärm zu schließen, der aus den offenen Türen drang, mußte es eine amerikanische Bar sein, und als sie das Schild ansah, erinnerte sie sich an den Namen. Er war in einem Film vorgekommen, den sie in Tromsö gesehen hatte. „The Alamo" stand in primitiven Buchstaben auf dem Lauf eines riesigen Holzrevolvers. Einen Augenblick lang lauschte sie der kreischenden Musik, dem aufgeregten Stimmengewirr, und dachte: Das ist genau das, was man an einem einsamen Samstagabend braucht.

Zögernd trat sie ein und schlüpfte hinter einen Ecktisch. Der Barmann, ein großer, schlanker Amerikaner mit langem Haar und Bart, wartete, bis sie sich gesetzt hatte, dann kam er lässig herüber und fragte, was sie wünsche. „Wie wär's mit einem Bier?" fragte sie.

„Ist scheußlich. Der Kühlschrank ist kaputt. Aber wir haben kalten Orangensaft."

Er brachte ihr ein Glas und blieb einen Moment lang bei ihr stehen. „Sie sind gerade angekommen?"

„Ja. Norwegen." Sie sagte nichts weiter, also machte er eine unverbindliche Bemerkung und kehrte zu seiner Arbeit an die Theke zurück. Etwa eine Stunde lang kam er nicht mehr in ihre Nähe. Während dieser Zeit war er mit der Bar und den Tischen vollauf beschäftigt. Als er zurückkam, fragte sie ihn, aus welchem Teil Amerikas er komme, aber er wurde an die Bar gerufen, bevor er antworten konnte. Um zwei Uhr setzten sich drei amerikanische Seeleute aus dem Stützpunkt in Rota an ihren Tisch, eine lärmende, freigiebige Gruppe. Weil sie blond und Skandinavierin war, bestanden sie darauf, sie müsse Schwedin sein, und wollten wissen, was sie von Präsident Eisenhowers berühmter Anschuldigung hielte, die Schweden seien eine degenerierte sozialistische, unmoralische Nation und Selbstmord wäre bei ihnen an der Tagesordnung. „Ich bin nicht aus Schweden", sagte sie, „aber ich glaube nicht, daß ein ausländischer Staatsmann wie Präsident Eisenhower so etwas behaupten würde."

„Aber ihr seid doch sozialistisch?" beharrrte einer. „Nicht, daß ich wüßte", antwortete sie. Als die Seeleute die Schweden beschimpften und behaupteten, sie ermutigten amerikanische Soldaten zur Desertion, versuchte sie ihren Argumenten zu begegnen und platzte endlich heraus: „Und was ist mit Vietnam?" Die Seeleute hatten verschiedene Antworten bereit, und die Diskussion ging bis vier Uhr früh weiter. Brittas freie Art zu reden gefiel ihnen, und sie wollten wissen, wo sie sie am nächsten Tag treffen könnten. „Am Strand, wo denn sonst?" antwortete sie. Erstaunt fragten sie: „Du meinst doch nicht, daß du schwimmen gehst? Im Februar?", und sie antwortete: „Norweger sind ein wirkliches Seevolk und keine kleinen Jungen in Matrosenanzügen", worauf einer von den Amerikanern sie an den Schultern packte und zum Abschied küßte. „Du bist der kleine Wikinger, den ich gesucht habe!“ rief er.

Am letzten Sonntagnachmittag mußte Britta bekennen, daß ihr strahlender Traum von Spanien sich ins Nichts verflüchtigt hatte. Zum letzten Mal zog sie ihren Bikini an, warf den Bademantel über und ging zum Strand. Es fiel ihr auf, daß der Wind nicht mehr ganz so kalt und die Sonne ein wenig wärmer war. – Wie abscheulich! – dachte sie. – An meinem letzten Tag machen sie alles besser. –

Nach einem Sonnenbad rannte sie in das eisige Wasser, schwamm zwanzig Minuten lang kräftig, und als sie zurückkam, stand eine Fremde neben ihrem Bademantel.

Es war eine Skandinavierin um die Zwanzig, die offenbar eigens gekommen war, um mit ihr zu reden. „Du bist eine richtige Meerjungfrau“, sagte sie, während Britta sich ankleidete. „Stockholm?“

„Norwegen.“

„Ich habe dich die letzten vier Tage beobachtet... von unserem Appartement aus. Ich finde es toll, daß du ins Wasser gehst.“ Nach ein paar Minuten stellte Britta ihre übliche Frage: „Wie kann ein Mädchen hier einen Job finden?“

„Nicht so einfach. Ich habe drei Monate gebraucht.“

„Aber du hast einen gefunden.“

„Ja. Die meisten finden einen, wenn sie lang genug durchhalten.“

„Wie hast du es geschafft?“

„Ein sehr netter Junge ließ mich in seinem Zimmer schlafen. Er hatte sein eigenes Mädchen. Jeden Abend, wenn ich schlafen ging, betete ich. Ich weiß nicht worum, aber ich betete. Und eines Tages kam ein belgischer Geschäftsmann zu ihm und sagte: ‚Ich habe eine Bar hier, aber ich muß nach Antwerpen zurück. Ich will dafür nicht mehr, als sie mich gekostet hat.‘ Und in dieser Bar bekam ich meine Stellung.“

„Ist es... anständige Arbeit?“

„Nicht gerade eine Lebensstellung, aber besser als Stockholm im Winter.“ Sie lud Britta zu einem Drink in ihr Appartement ein, und Britta sagte: „Meine Kleider habe ich dort oben.“ Die Schwedin betrachtete das Hotel. „So hat es bei mir auch angefangen. Im ‚Nordlicht‘, zehnter Stock. Es scheint so lange her.“

„War es der Mühe wert?“

„Jede Minute. Jetzt fahre ich heim, um zu heiraten.“

Britta verharrte wie versteinert in ihrer gebeugten Haltung, die

Sandale in der rechten Hand. Vorsichtig fragte sie: „Aber wenn du heimfährst..."

„Ja, ich fahre heim."

„Dann ist deine Stelle in der Bar..."

„Deswegen wollte ich mit dir sprechen."

Britta verließen die Kräfte, sie sank in die Knie, die Sandale fiel zu Boden. „Gott segne dich", sagte sie. Eine lange Pause folgte, dann fragte Britta: „Was für eine Bar ist es?"

„Sie ist wie die anderen: klein, schmutzig, laut. Ich will zufrieden sein, wenn ich für den Rest meines Lebens keine Musik mehr höre. Wenn mein Mann einmal mit einem Plattenspieler heimkommen sollte, werfe ich den Apparat zum Fenster hinaus."

Britta hob ihre Sandale auf. „Ist es eine schwedische Bar?"

„Schlimmer. Eine amerikanische. Nennt sich ‚The Alamo'."

„Oh!" rief Britta. „Ich kenne sie. Ich war gestern abend dort!" Sie hielt inne. „Aber ich habe dich nicht gesehen."

„Ein paar Schweden gaben eine Abschiedsparty für mich..."

„Es klingt lächerlich", flüsterte Britta, „aber als ich gestern abend in deiner Bar war und zusah, wie der Mann hin- und herrannte und an der Theke bediente und an den Tischen, da dachte ich: ‚Er braucht eine Hilfe', und heute wollte ich den letzten Versuch machen, hingehen und ihm sagen: ‚Sie brauchen eine Serviererin'. Glaubst du wirklich, daß ich die Stelle bekommen könnte?"

„Ja. Ich heiße Ingrid. Gehen wir deine Kleider holen."

Den Rest jenes Sonntags, des vierzehnten Tages ihrer Ferien, verbrachte Britta in quälender Ungewißheit, schwankend zwischen Hoffnung und Unruhe. Hoffnung, weil Ingrid sicher war, daß sie ihre Stellung an Britta weitergeben könne, Unruhe, weil niemand im Appartement war, als die beiden Mädchen hinkamen. Es gab zwei große Betten, jedes mit männlichen und weiblichen Bekleidungsstücken bedeckt, ein eindeutiges Zeichen, daß zwei Pärchen das Zimmer bewohnten.

„Sie kommen wieder", sagte Ingrid beruhigend. „Vermutlich sind sie nur auf einen Drink ausgegangen."

Britta zeigte auf das eine Bett. „Gehört das auch zu dem Job?"

„Nicht unbedingt. Der Besitzer hat ein Mädchen. Er ist sehr nett, ein Italiener aus Lugano. Das hier ist mein Bett. Der große Barkeeper, den du gesehen hast, schlief früher in einem Schlafsack auf dem Boden. Nach einer Weile lud ich ihn zu mir ein, und wir räumten den Schlafsack weg. Aber wenn dir der Schlafsack lieber ist, wird es ihnen sicher nichts ausmachen."

„Meinst du, daß ich hier schlafen darf? Auf dem Boden?"

„Alle anderen tun's auch. Aber vielleicht willst du lieber das Bett übernehmen... wenn ich weg bin. Er ist ein sehr lieber Kerl... sanft... gar nicht wie ein Amerikaner."

Sie warteten fast eine Stunde und unterhielten sich über Spanien und Skandinavien. Ingrid erzählte, daß der junge Schwede, den sie heiraten würde, Architekt sei, und ein guter dazu. „Ich glaube, wir werden glücklich sein. Dieser Urlaub in Spanien..."

„Wie lange warst du hier?"

„Acht Monate. Ich habe es mit einem spanischen Geschäftsmann versucht, aber das ging nicht. Sie haben so alberne Konventionen und so lächerliche Vorstellungen von Galanterie. Es machte mich ganz fertig, dauernd raten zu müssen, was seine Höflichkeitsfloskeln zu bedeuten hatten. Ich wollte nichts als einen Platz zum Schlafen und genug Geld, um von Montag bis Donnerstag essen zu können, aber er hatte so komplizierte Gewohnheiten, und endlich sagte ich: Zum Teufel damit! – Ich hatte keinen Groschen, aber Jean-Victor lernte mich in einer Bar kennen... ihm gehört diese Wohnung..." Sie seufzte. „Es waren acht schöne Monate, aber jetzt bin ich bereit heimzugehen, glaube ich."

„Wann kommen sie?" flehte Britta. „Mein Flugzeug geht morgen um zwei."

„Sicherlich bald", beruhigte sie Ingrid. Aber es wurde Nacht und niemand kam. Panische Angst erfaßte Britta, und zum ersten Mal seit vielen Jahren begann sie zu weinen. „Ich bin sicher, es wird nichts draus..." Sie saß einige Zeit auf dem Bett, das Gesicht in den Händen vergraben. Dann sagte sie fest: „Wenn er mich nicht in der Bar anstellt, spreche ich den erstbesten Mann an. Ich fliege nicht nach Norwegen zurück." Sie packte ihren Mantel und ging entschlossen zur Tür. Ingrid folgte ihr. „Wir gehen in die Bar. Sie müssen dort sein."

Sie gingen den Hügel hinauf ins Stadtzentrum. Die Musik aus dem „Alamo" war schon einen Häuserblock entfernt zu hören. Drinnen saßen die amerikanischen Soldaten und Seeleute lärmend an den Tischen und tranken die letzten Runden des Wochenendes, bevor sie wieder zu ihren Stützpunkten jenseits der Berge zurückkehrten, und alle begrüßten Ingrid mit lautem Geschrei und schmatzenden Küssen. Die drei Seeleute, die Britta am Abend vorher eingeladen hatten, überhäuften sie mit Anträgen. Sie hätten eine Wohnung, die sie benützen könne ... der Kühlschrank sei voll ... am nächsten Wochenende könne sie dann entscheiden, ob sie mit einem von ihnen leben wolle. Britta dachte, es sei gut, daß sie nicht wußten, wie nahe sie daran war, ja zu sagen. Sie musterte die drei, um zu sehen, welchen sie notfalls auswählen würde. „Wann fahrt ihr nach Rota zurück?" fragte sie. „Um Mitternacht." Da drückte sie dem, der ihr am wenigsten unangenehm war, die Hand: „Ich werde da sein und euch auf Wiedersehen sagen."

Aber gegen zehn Uhr kam der Barkeeper, groß, langhaarig und durchaus nicht übel aussehend. Sie zwang sich, nicht gleich auf ihn zuzulaufen, und wartete, bis Ingrid sie rief.

„Joe, das ist Britta. Die Norwegerin, von der ich dir erzählt habe."

Joe blickte von seinen Bierflaschen auf. „Du bist mir gestern abend aufgefallen. Glaubst du, daß du hier zurechtkommen könntest?"

„Ja ... wenn du die ersten Tage Geduld mit mir hast."

Er lächelte. „Die Tage sind kein Problem, nur die Nächte."

„Ich habe keine Angst vor den Nächten", sagte Britta.

„Wann, hast du gesagt, fährst du, Ingrid?"

„Auf der Flugkarte steht Mittwoch."

„Kannst du Mittwoch anfangen?"

„O ja!" Es sollte nicht allzu begeistert klingen, aber sie konnte ihre Freude nicht verbergen.

„Ich muß ihre Sachen in die Wohnung bringen", sagte Ingrid.

„Warum nicht?"

„Sie kann den Schlafsack haben."

„Warum nicht?"

Joe ging zur Theke zurück. „Ich möchte gleich einziehen", sagte Britta. „Nein, ich will nicht bis morgen warten. Irgend etwas könnte schiefgehen. Vielleicht findet er eine andere, die besser aussieht. Wenn ich aber zu Füßen seines Bettes schlafe ..."

„Wenige sehen besser aus als du", beruhigte sie Ingrid. „Komm, holen wir dein Zeug."

Wie auf Watte ging Britta zum „Nordlicht" zurück. Sie wollte singen und hätte am liebsten jeden Vorübergehenden abgeküßt, und im Hotel rannte sie sogleich zu dem schwedischen Direktor: „Ich habe eine Stellung gefunden. Sie sagten, es sei unmöglich, aber ich habe eine Stelle gefunden!" Sie umfaßte seine Hände und tanzte, dann ging sie zum Reiseschalter und verkündete mit einer Stimme, die man in der ganzen Halle hörte: „Sie können meinen Namen von der morgigen Liste streichen. Ich fliege nicht nach Tromsö zurück."

Mette war nicht im Zimmer. Britta hinterließ eine hastig hingekritzelte Botschaft: „Ich habe eine Möglichkeit gefunden, hierzubleiben. Hoffe, du findest auch eine."

Als sie ihre Kleider in Jean-Victors Wohnung brachte, waren er und Sandra im Bett. Sie begrüßten sie, ohne aufzustehen, sagten ihr, wo sie den karierten Schlafsack finden würde. Sandra sagte: „Am besten heftest du einen Zettel daran: Dieses Bett gehört ... Wie heißt du?"

„Britta. Ich komme aus einer kleinen Stadt im Norden von Norwegen."

„Narvik?" fragte Sandra vergnügt. „Mein Vater hat vor Narvik gekämpft."

„Noch weiter nördlich. Tromsö."

„Auch dort war Vater. Auf einem Zerstörer. Er sagt, es ist wild und schön." Sandra erzählte von ihrem Vater und von den Seegefechten vor der norwegischen Küste, die er mitgemacht hatte. Sie liebte ihn offensichtlich, und Britta sagte: „Mein Vater war in den Bergen und schickte euren Schiffen Signale", worauf Sandra aus dem Bett sprang, nackt wie sie war zu ihrem neuen Gast rannte und sie küßte.

„Es wird dir hier gefallen", sagte sie.

In der zweiten Woche nachdem Ingrid nach Schweden zurückgekehrt war, lag Britta eines Nachts in dem karierten Schlafsack und hörte Jean-Victor und Sandra in ihrem Bett und dachte an Joe, der allein in dem großen Bett schlief. Diese Einteilung schien ihr lächerlich. Da kroch sie leise aus dem Schlafsack, trat zu Joes Bett und rüttelte ihn sacht an der Schulter. „Es ist kein Vergnügen dort unten." Schlaftrunken antwortete er: „Komm unter die Decke, hier ist es warm", und das Tor zurück nach Tromsö schloß sich für immer.

# 3

# MONICA

Der Engländer fühlt sich überall zu Hause, nur nicht auf seiner Insel.

Endlich kamen wir auf die geheimnisvolle Hochebene, wo die Flüsse entstehen. In welche Richtung ich auch ging, Tausende von Vögeln mit buntem Gefieder begleiteten mich. Als ich versuchte, den Sumpf zu überqueren, sah ich vor mir Hunderte und Aberhunderte von Flußpferden, die bei meiner Annäherung träge den Weg freigaben. Und wenn ich aufs trockene Land hinaufstieg, fand ich mich umgeben von mannigfaltigen wilden Tieren, von denen ich so manche nicht kannte, so vielfältig sind ihre Rassen. Ich sagte: „Dies ist Afrika, das wirkliche Afrika, das niemals sterben wird, solange die Hochebenen bewacht werden und solange die Männer, die über sie herrschen, ihre Verantwortung miteinander teilen."

Denn entsinne Dich; es war ein schwarzer Führer, der mich an diesen Ort gebracht hatte, damit ich seine Wunder bestaune.

*Lord Carrington Braham, Februar 1899*

Ein großes Reich und kleine Geister passen nicht zueinander.

*Edmund Burke (1729–1797)*

Mehr als achtzig Jahre lang sind wir Mündel Großbritanniens gewesen. Heute sind wir die Freunde Großbritanniens, und ich bin sicher, daß diese Rolle eines friedfertigen Freundes uns ebenso schwerfallen wird wie die des gehorsamen Mündels. Viele Engländer liegen in diesem Land begraben, tapfere Männer, die gegen unsere Väter gekämpft haben, um das britische Weltreich zu begründen; und neben ihnen liegen viele unserer Ahnen, die versucht haben, unsere althergebrachte Lebensform gegen jenes Weltreich zu verteidigen. Aus diesen Schlachten erwuchs unsere gegenseitige Achtung, die die Grundlage der künftigen Zusammenarbeit sein soll. Wir werden in Vwarda immer jenen Engländern ein Heim bieten, die mit uns leben wollen. Sie werden bei uns Arbeitsstellen finden, in Geschäften, in Büros, in Unternehmungen. Ich verspreche euch, die Negerrepublik von Vwarda wird niemals eine europafeindliche Regierung sein, denn wir wissen, wie fruchtbar die Zusammenarbeit zwischen Weißen und Schwarzen sein kann.

*Aus der Rede von Präsidenten Hosea M'Bele*
*bei seinem Regierungsantritt, August 1958*

Es hat uns gefallen, Sie in den Ritterstand zu erheben, als Ehrung für die großen Verdienste, die Sie unseren ehemaligen Untertanen in British Congo erwiesen haben, und für die Hilfe, die Sie unserem neuen Verbündeten, der Republik von Vwarda, in den entscheidenden ersten Tagen ihrer Selbständigkeit geleistet haben.

*Rede von Königin Elisabeth bei der Investitur*
*von Sir Charles Braham im Buckingham Palace,*
*Dezember 1958*

Bitte benehmen Sie sich, wie es wohlerzogenen jungen Damen und Herren ansteht: keine Selbstmorde, keine Sprengkörper, keine Fehlgeburten.

*Hinweis auf dem Schwarzen Brett*
*eines Hotels in Torremolinos*

Von den sechs jungen Menschen, über die ich hier berichte, stand mir ein dunkelhaariges Mädchen aus England besonders nahe. Ihre Familie hatte ich in der Republik Vwarda kennengelernt, als ich dort während jener aufregenden Ära der allmählichen Übernahme der Verwaltung durch die Neger mit den neuen Herren über Wirtschaftsanleihen konferierte.

Zunächst verhandelte ich nicht direkt mit dem neuen Negerpräsidenten von Vwarda, auch nicht mit Mitgliedern seines Kabinetts, denn die neue Nation verfügte noch nicht über Fachleute, die mit den ökonomischen Problemen einer internationalen Anleihe fertigzuwerden wußten. Ich führte meine Verhandlungen hauptsächlich mit Sir Charles Braham, der in mancher Hinsicht der Archetypus des britischen Kolonialbeamten, in anderer Hinsicht so untypisch wie nur möglich war. Er war typisch, weil seine Erziehung an einer guten Privatschule und sein Studium in Oxford ihm jene wohltuende Mischung aus kühler Überlegenheit und dilettantischer Wichtigtuerei verliehen hatte, die für den englischen Gentleman so charakteristisch ist. Er stammte aus dem alten Landadel und hatte von da her jene Naturverbundenheit, die unter den besten Engländern so häufig zu finden ist. Und er war in einer Atmosphäre des Dienstes an der Gemeinschaft aufgewachsen. Seine diversen Onkel hatten sich in Ländern wie Indien und Afghanistan ausgezeichnet, und von den Geschäftsleuten in seiner Grafschaft konnte man mehr als einmal hören, die Brahams seien so absolut unfähig, ihre eigenen Angelegenheiten zu ordnen, daß man ihnen lediglich öffentliche Aufgaben anvertrauen könne... besonders in Kolonien. Sir Charles' Vater hatte seine Karriere in Vwarda begonnen, als dieses noch Britisch-Kongo hieß, und sie in London als Minister für Empirefragen beendet. Sir Charles glaubte an die Mission des Empire, Ordnung in alle jene Teile der Welt zu exportieren, die sich anschickten, alte Lebensformen abzulegen und neue anzunehmen. Als die englische Regierung ihn von seinem bequemen Posten in den Britischen Kongo versetzen wollte, um die schwankende Kolonie zur Räson zu bringen, dachte er keinen Augenblick an Ablehnung. Zu seiner Frau sagte er: „Es gibt uns die Möglichkeit, das, wovon wir hier in London geredet haben, in die Praxis umzusetzen." Auch dachte er, damit in die Fußstapfen seines Vaters zu treten: „Der Gedanke ist doch nicht widersinnig, daß vielleicht auch ich eines Tages berufen werde, im Kabinett zu dienen, nicht wahr?"

In Afrika leistete er Hervorragendes. 1958 hätte er heimkehren sollen. Britisch-Kongo sollte Vwarda werden, und er war von der Königin beauftragt worden, die Übergabe zu leiten. Er erfüllte diese heikle Aufgabe mit so viel Taktgefühl und gutem Willen, daß sowohl England als auch die neue Nation wünschten, er solle noch ein paar Jahre bleiben. Die Regierung in England wußte, daß er nicht aus dem Holz war, aus dem Kabinettsminister geschnitzt wurden, und erachtete es für günstig, wenn er weiter in Vwarda blieb, wo er immerhin eine Funktion erfüllte.

Im September 1968, als der Frühling in schwerer Pracht aufblühte, beendete er sein einundzwanzigstes Dienstjahr und betrachtete Vwarda als seine Heimat und die Menschen dort als seine Schutzbefohlenen, ob sie nun, wie in der Vergangenheit, wilde analphabetische Diener eines Empire waren oder, wie jetzt, wohlmeinende Herrscher einer reichen neuen Republik. Bei Banketten sagte er gern: „Ich wurde für eine Krise von vier Monaten hierherbeordert. Ich blieb einundzwanzig Jahre. Entweder war die Krise größer, als man dachte, oder ich war kleiner."

Er hatte in diesen Jahren des Übergangs, in denen er vom Vertreter der Königin zum bezahlten Beamten einer Negerrepublik wurde, viel Haltung bewiesen. Seine Erziehung hatte ihm geholfen, den Übergang zu ertragen. Beobachter konnten nicht herausfinden, ob Sir Charles durch diesen dramatischen Wechsel in seinen Lebensumständen verbittert war oder nicht.

Wir verbrachten einige Monate mit unseren Bemühungen, die Anleihe unter Dach und Fach zu bringen, die Vwarda den Bau eines Staudammes ermöglichen sollte. Manchmal, wenn ihm etwas mißlungen war, vertraute er mir spätabends seine Enttäuschung an. In seiner mürrischen Art grunzte er: „Am meisten stören mich die verdammten Briefmarken. Früher hatten wir das Porträt der Königin. Und was haben wir jetzt? Diese blöden tropischen Vögel und Tiere... sieht wie ein blöder Zoo aus... kein Gefühl für Würde und Anstand." Später erkannte ich, daß sich sein Groll vor allem gegen die Namensänderung richtete. Eines Abends hatten wir beide ziemlich viel Gin getrunken, und er vertraute mir an: „Ich kann einfach nicht verstehen, warum sie den alten Namen Britisch-Kongo fallenlassen mußten... man wußte, was er bedeutete, wo es lag, was es war. Was bedeutet der neue Name? Einen blöden Fluß, von dem nicht einer unter Tausenden je gehört hat. Vwarda!"

Sir Charles sah in keiner Weise wie ein englischer Landedelmann aus. Er war groß, unförmig fett, ungepflegt und trug verbeulte, mit Saucenflecken bekleckerte Anzüge. Er liebte Klischeeredensarten, was viele zur Überzeugung verleitete, sie hätten es mit einem Dummkopf zu tun. Er sagte ständig „Es würde mich nicht wundern" und „Passen Sie auf" und „Tatsache ist". Außerdem liebte er rhetorische Fragen und war zu Beginn unserer gemeinsamen Arbeit stets überrascht, daß ich diese Fragen beantwortete. „Wir wollen diese Angelegenheit doch nicht mit unnötigen Worten belasten, nicht wahr?"

Kurz nach meiner Ankunft in Vwarda beschloß die Königin von England, Charles Braham in Anerkennung seiner Verdienste im Kongo in den Ritterstand zu erheben. Viele Leute in Vwarda sagten dazu: „Hier fragte kein Mensch: Warum gerade er? – Aber als er sich im Buckinghampalast meldete, ungepflegt, dreißig Kilo übergewichtig, und aussah wie jemand aus dem 19. Jahrhundert, da fragten sich die Leute: Liegt hier nicht eine Namensverwechslung vor?"

Anfang 1959 starb Lady Emily Braham und hinterließ ein mageres, dunkelhaariges siebenjähriges Mädchen. Da ich erst gegen Ende dieses Jahres nach Vwarda kam, lernte ich Lady Emily nie kennen, ich sah nur ihre Photographien: in Tüll und Spitzen bei verschiedenen offiziellen Anlässen, eine zarte Frau, die so gar nicht zu dem unförmigen Mann paßte, der in seiner schlechtsitzenden Uniform neben ihr stand.

Das Kind Monica kannte ich von Anfang an, ja, ich vertrat sozusagen Mutterstelle an ihr und übernahm verschiedene Pflichten, die ihre Mutter erfüllt hätte, wäre sie noch am Leben gewesen. Ich sah sie zum ersten Mal an einem heißen Nachmittag, als mein Flugzeug aus Genf in der Hauptstadt landete. In jenen frühen Tagen zeigten sich nur wenige Negerbeamte, und ich wurde von Sir Charles abgeholt, der in einem schweren blauen Anzug wichtig tat und die

Träger herumkommandierte: „Wir wollen doch nicht, daß er ohne Gepäck dasteht, nicht wahr? Mmmmmmm, ja, paß auf, eh?" Es wirkte wirklich läppisch, und ich war unglücklich, daß ich ausgerechnet mit ihm verhandeln sollte.

Er führte mich zu seinem Regierungswagen, einem auf Hochglanz polierten Rolls-Royce mit dem neuen Wappen von Vwarda, und da sah ich das schöne, zarte Gesichtchen eines kleinen Mädchens aus dem Rückfenster schauen. Als ich mich neben sie setzte, strich sie anmutig ihre dunklen, langen Zöpfe glatt und blickte mich mit dem schelmischen Ausdruck ihrer sehr dunklen Augen an. „Ich dachte, du würdest jodeln. Du bist doch aus der Schweiz, nicht wahr?"

„Ich komme eigentlich aus Indiana. Ich arbeite in der Schweiz."

„Hast du nicht jodeln gelernt?"

„Leider nein."

„Dann fahr zurück und lern es."

Verblüfft wendete ich mich ihr zu, um sie genauer anzusehen. Sir Charles aber sagte: „Kümmern Sie sich nicht um sie. Seit dem Tod ihrer Mutter ist sie unansprechbar." Monica streckte die Zunge heraus, dann zwinkerte sie mir zu und stieß zu meiner Überraschung einen zünftigen Jodler aus, der durch den Rolls hallte. „Das hat sie von einer Schallplatte gelernt", sagte Sir Charles.

Ich telegraphierte meinem Dienstmädchen in Genf, Spielzeug zu schicken, aber Monica verschmähte es und gab es den Kindern ihres schwarzen Kindermädchens. „Was ich wirklich möchte, sind Dirndlkleider." Als diese dann ankamen, wurde ich ihr Lieblingsonkel.

Sie liebte Musik, und während all der Jahre, in denen ich immer wieder den Staudamm inspizieren kam, den wir im Oberlauf des Vwarda bauten, brachte ich ihr Schallplatten aller Art mit und bekam dadurch eine vage Ahnung von Rock and Roll, Merseyside, Beat und Soul. Sie schien Musik zu brauchen, und sooft sie hörte, daß ich nach Vwarda kommen sollte, sandte sie mir Eilbriefe mit ihren Plattenwünschen. Sie liebte die Beatles, die Rolling Stones, die Animals und eine Gruppe namens Procul Harum; die amerikanischen Stile mochte sie nicht. Anfangs versuchte ich, diese Platten daheim abzuspielen, bevor ich sie nach Afrika brachte, aber ich erkannte, daß ich völlig unfähig war, zu beurteilen, ob diese merkwürdig wilden Klänge gute Musik waren oder nicht. Ich lieferte die Platten einfach ab und sah zu, wie Monica die Musik gierig verschlang. Damals hatte ich keine Ahnung davon, wie destruktiv die Texte waren. In meiner Naivität nahm ich an, die Worte wären sinnloses Geplapper, und wußte nicht, daß sie für junge Leute ein Aufruf zur Revolte waren.

Als Monica sechzehn war, bat mich ihr Vater, sie in einer guten englischen Schule unterzubringen, und nannte mir mehrere, die sie angesichts der Tradition der Familie vermutlich aufnehmen würden. Er konnte nicht aus Vwarda weg, um selbst die Wahl zu treffen. So reiste ich im Frühling 1968 durch das ländliche England, die Dokumente von Monica Braham in der Tasche, darunter auch die Photographie eines aparten Kindes mit schwarzen Augen, dunklem Haar und der zerbrechlichen Schönheit einer Elfe. In den ersten zwei Schulen überraschten mich die Direktorinnen damit, daß sie nach einem Blick auf die Photographie sagten: „O du meine Güte! Und sie wurde von ihrem Vater mit eingeborenem Personal aufgezogen. Die wird schwierig zu führen sein." Die erfahrenen Lehrerinnen sahen in der Photographie etwas, das mir entging, und weigerten sich, sie aufzunehmen. In der Schule, die mir am besten gefiel, St. Procas, nördlich von Oxford, studierte die Direktorin jedoch Monicas Zeugnisse, die gute Noten in einzelnen Hauptfächern enthielten, und sagte: „Ich bin ganz und gar nicht sicher, ob das die richtige Schule für die junge Monica ist. Sie sieht sehr unausgeglichen aus, aber wir hatten ihre Cousine Victoria Braham hier, und die bewährte sich." St. Procas nahm Monica also auf Grund einer reinen Spekulation auf, aber man wurde dort nie glücklich über diese Entscheidung.

Im Spätherbst 1968 bat mich ein dringliches Telegramm aus Vwarda, sofort nach St. Procas zu fliegen und die Direktorin zu bewegen, Monica nicht hinauszuwerfen. Ich ließ also meine Arbeit für Ansett Airways in Australien im Stich und kehrte nach Europa zurück. St. Procas hatte guten Grund, Monica hinauszuwerfen. Bei meiner Ankunft empfing mich die Direktorin mit unverhohlener Feindseligkeit, da ich der Mann war, der sie überredet hatte, Monica aufzunehmen, und daher auch ihre Eskapaden zu verantworten hatte: „Ihre Monica war drei Tage aus der Schule verschwunden. Sie scheint mit einem älteren Mann durchgebrannt zu sein, der einen Laden im Dorf mit Schokolade beliefert. Wir glauben, daß sie mit diesem Mann in einem Hotel in Cirencester abstieg. Wir könnten einen Detektiv mit der Sache betrauen, um ihre Verfehlung zu beweisen, aber wir ziehen es vor, keine Details zu wissen." Sie war entschlossen, Monica augenblicklich zu relegieren, aber ich drang in sie ein, dem Kind noch eine Chance zu geben.

„Kind?" wiederholte die Direktorin verblüfft. „Haben Sie sie gesehen?"

Als Monica kam, schien sie um eine ganze Generation älter. Sie war erst sechzehn, aber ihre Zöpfe waren verschwunden, die Zerbrechlichkeit war einer reizenden Reife gewichen, und ihr Gesicht hatte jede Kindlichkeit verloren. Sie war eine Frau, längst den Jugendjahren entwachsen und der Direktorin und auch mir weit überlegen. Ein amüsiertes Lächeln spielte um ihre schönen Lippen, als wüßte sie ein bedeutsames Geheimnis, von dem wir nichts ahnten, aber nichts an ihr war ordinär oder provokant. Man hatte nicht das Gefühl, sie wolle nur herausfordern, sie wolle um jeden Preis hinausgeworfen werden. Ganz im Gegenteil: sie war entzückend, und mein erster Impuls war, sie in die Arme zu nehmen und zu küssen, wie ich es so oft bei meiner Ankunft oder Abreise getan hatte. Aber es war eine Veränderung über sie gekommen, die mich von nun an abhalten würde, sie wie ein Kind zu begrüßen. Sie war ungewöhnlich schön, und sie wußte es.

„Hallo, Onkel George!" sagte sie mit ruhiger Würde und reichte mir die Hand.

„Was hast du angestellt?" fragte ich.

„Ich dachte, es wäre Zeit..." Sie beendete den Satz nicht. Die zarten Schultern hoben sich, sie lächelte und blickte weg.

Ich erreichte, daß sie in St. Procas bleiben durfte, aber einen Monat später wurde ich erneut in die Schule gerufen. Die Direktorin sagte mir, sie habe die Mädchen in Monicas Trakt beim Marihuanarauchen erwischt. Es gäbe zwar keine schlüssigen Beweise, daß Monica in die Sache verwickelt sei, doch hätte ein Mädchen – zugegebenermaßen unter Druck – behauptet, Monica habe das Marihuana während des Ausfluges nach Cirencester gekauft, und ich solle sie nun darüber befragen. Die Schule jedenfalls sei wieder drauf und dran, sie hinauszuwerfen, doch wolle man Gerechtigkeit walten lassen.

Es war ein Wintertag, und ich traf mit Monica in einer verglasten Veranda zusammen, wo die jüngeren Lehrerinnen ihren Nachmittagstee zu trinken pflegten. Die eine oder andere kam auch während unseres Gesprächs herein, und mir fiel auf, daß sie sich eiligst zurückzogen, sobald sie Monica erblickten. Ich befragte meinen Schützling wegen des Marihuana, wobei ich meine Frage so formulierte, daß sie wußte, ich erwartete eine ehrliche Antwort. Sie konnte auch die Antwort verweigern, aber ich war sicher, wenn sie mir etwas sagte, würde es die Wahrheit sein. „Marihuana ist gar nichts", sagte sie verächtlich. „Sie geben nur an damit."

„Hast du es in die Schule gebracht?"

„Ich habe es probiert. Alle Mädchen haben es probiert."

„Meinst du nicht, daß es gefährlich ist?"

„Onkel George! Es ist wie ein Martini für dich... wie Gin und Bitteres für Papi! Wenn man ein Trinker ist, sind solche Dinge gefährlich. Vernünftig genossen, sind sie gar nichts."

„Rauchst du regelmäßig?"

„Was ist regelmäßig?" fragte sie, keineswegs herausfordernd, sondern mit unverschämtem Interesse an meiner Meinung.

„Hast du es in die Schule gebracht?"

„Ellen brachte es. Marjorie brachte es. Ich könnte sechs andere Mädchen nennen, die es hereinbrachten." Dann fügte sie lächelnd hinzu: „In kleinen Mengen."

„Aber die große Menge? Wer brachte die?"

„Ich glaube, ich bin mit St. Procas fertig", sagte sie, und wir ließen es dabei bewenden.

„Wir werden für nächstes Jahr eine andere Schule finden", versicherte ich der Direktorin.

„Es ist besser, sie geht jetzt."

„Aber da ihr Vater in Afrika ist..." Ich überredete die gute Dame, Monica bis Ende des Schuljahres 1968/69 zu behalten. Das war ein Fehler, denn Ende Februar wurde ich in die Schule gerufen, wo eine verzweifelte Direktorin mich anschrie: „Nehmen Sie sie mit! Heute! Hinaus!"

Mit einiger Mühe und mit Hilfe eines vierzehnjährigen Mädchens aus Monicas Trakt rekonstruierte ich, was geschehen war. An drei Tagen der Woche ließ die Schule einen Musiklehrer aus Oxford kommen, einen hageren jungen Mann mit ungebärdigem Haar, der in Paris studiert hatte und dessen Lektionen über Beethoven und Strawinsky nach Ansicht der Mädchen „super" waren. Er war etwa zweiundzwanzig, stammte aus sehr kleinbürgerlichem Milieu und lebte bei seiner Familie. Er hatte eine der neuen Universitäten in Mittelengland besucht und mit Auszeichnung abgeschlossen, aber weder die Universität noch sein Aufenthalt in Paris hatten ihm seine Schüchternheit genommen. Er war ein großer, liebenswerter Kerl, und eines Tages im Januar prahlte Monica ihren Zimmerkolleginnen gegenüber: „Ich wette, ich könnte innerhalb von drei Wochen seine Hosen runterkriegen." Wetten wurden abgeschlossen und bei der Vierzehnjährigen hinterlegt, die mir die Geschichte erzählte. „Die Regeln waren einfach. Wir sollten Monica jede Hilfe gewähren... auch die Mädchen, die gegen sie gewettet hatten... Ich meine, wir sollten ihr ermöglichen, mit ihm allein zu sein. Aber die andere Regel war, daß mindestens zwei Mädchen aus dem Komitee..."

„Welchem Komitee?"

„Dem, das die Regeln aufschrieb!"
„Du meinst, ihr habt das niedergeschrieben?"
„Natürlich." Sie kramte unter ihren Papieren und reichte mir die maschingeschriebenen Regeln. Ich las: „Es wird beschlossen: Monica kann nicht einfach behaupten, mit Mr. Dankerley Geschlechtsverkehr gehabt zu haben. Daher müssen zwei Mitglieder des Komitees in der Lage sein, sie mit ihm im Bett oder wo immer zu sehen."

Monica hatte Mr. Dankerley, offenbar auf Grund ihrer Erfahrungen mit dem Schokoladenvertreter, kundig bearbeitet. Sie ließ ihn wissen, daß sie ihn für den besten Lehrer in St. Procas halte, auch für den verständnisvollsten und nettesten. Dann sagte sie ihm, er sei auch sehr männlich und sie nehme an, er müsse an der Universität Rugby gespielt haben. Was sie aber am meisten anziehe, sagte sie, wären seine Erfahrungen in Paris, wo „ein Mann von den Französinnen sicher alles gelernt hat, was man überhaupt in der Liebe wissen kann". Als sie das sagte, bemerkte sie, daß Mr. Dankerley schwer atmete, und am Abend informierte sie ihren Schlafsaal: „Die Wette ist gewonnen. Nächsten Freitag habe ich seine Hosen unten."

Freitag sorgten die Mädchen dafür, daß das Musikzimmer leer blieb. Dabei war es auf allen Seiten von Wachtposten und den ausgewählten Zeuginnen umgeben. Eine von ihnen berichtete der Gruppe: „Als sie auf dem Boden rollten, konnte man nicht ganz sicher sein, ob sie wirklich Geschlechtsverkehr hatten, aber es ist jedenfalls durchaus möglich."

Am Abend erklärte Monica ruhig, sie habe die Wette gewonnen. Dann fügte sie etwas hinzu, das die Mädchen, die an Albert Finnleys und Richard Burtons Liebeskünsten auf der Leinwand geschult waren, schockierte: „Armer Kerl, er wußte absolut nichts, und ich mußte ihm zeigen, wie er es machen sollte." Das war ein sehr ernüchterndes Ende des Abenteuers.

Bis Montag hatte die Lehrerschaft natürlich Wind von der Wette und ihrem erfolgreichen Abschluß bekommen, und Dienstag früh war der arme Mr. Dankerley mit Schimpf und Schande entlassen und Monica in ihrem Zimmer eingesperrt, bis ich per Flugzeug aus Genf angereist kam. Die Direktorin war wütend und sagte, sie hätte nicht auf meine Entschuldigung nach der Cirencester-Affäre hören sollen. „Ich fürchte, Monica ist ein für immer verdorbenes kleines Ding und Sie werden in den kommenden Jahren mit ihr alle Hände voll zu tun haben. Was wollen Sie jetzt mit ihr anfangen?"
„Ich schicke sie nach Afrika zurück. Heute abend."

„Richtige Entscheidung. Sie ist nicht reif für England."
„Oder umgekehrt."
In sehr düsterer Stimmung fuhr ich Monica zum Flughafen, um sie ins Flugzeug der Air Vwarda zu setzen. Es war lächerlich, daß ein so kleines Land seine eigene Fluglinie nach London haben mußte, aber sie bestand natürlich nur aus einer Maschine der Pan American Airways samt Besatzung, die Vwarda auf Grund von Sir Charles' Arrangements zur Verfügung stand. Ein Neger flog stets als Hilfspilot im Cockpit mit, was er aber dort tat, wußte niemand – Piloten und Bordingenieure waren immer aus Texas.
Als es Zeit war, von Monica Abschied zu nehmen, sah ich sie schon über meine Schulter hinweg Ausschau halten, ob irgendwelche attraktiven Männer nach Süden flogen. Ehe ich den Flughafen verließ, hatte sie sich einen schlaksigen Fußballer aus Südafrika angelacht, der ihr für die lange Heimreise Bonbons kaufte.

Ich wußte es zwar damals nicht, aber ich schickte Monica ausgerechnet zu einem Zeitpunkt nach Vwarda zurück – wo sie übrigens erst nach einem fünftägigen Abstecher nach Südafrika, den sie mit ihrem Fußballspieler unternahm, eintraf –, da ihr Vater einer ernsten Krise gegenüberstand. Im März brachen in Vwarda Unruhen aus und versetzten die Europäer, die große Hoffnungen in die neue Republik gesetzt hatten, in Angst und Schrecken.
Ich las in einer Genfer Zeitung über den Aufruhr und wurde von den Befürchtungen meiner Vorgesetzten angesteckt, die 72 Millionen Dollar in den Staudamm von Vwarda investiert hatten und sie nun verloren glaubten. Soweit ich den Berichten der Londoner Times und der verschiedenen diplomatischen Depeschen, in die das Schweizer Außenamt uns Einsicht gewährte, entnehmen konnte, war der Märzaufruhr lange überfällig gewesen und einfach die Folge davon, daß die Neger des Wartens müde waren.
Vwarda war nun seit elf Jahren ein souveräner Staat, hatte einen Neger als Präsidenten, ein Kabinett aus Negern und einen Neger als Direktor der Nationalbank, aber es war offensichtlich, daß die gehobenen Positionen weiterhin in den Händen von Weißen verblieben. Die Richter des Obersten Gerichtshofes waren Weiße, ebenso die Richter der zweiten Instanz. Alle wirtschaftlichen Schlüsselstellungen hatten Männer der einstigen Kolonialverwaltung, wie Sir Charles Braham, inne. Der oberste General der Armee kam aus Sandhurst, die gutbezahlten Piloten des Jets von Vwarda waren Amerikaner.

Und so war es bis in die mittleren Regionen der Hierarchie, und es überraschte mich daher nicht, daß die Neger rebelliert hatten.

In den ersten zwei Tagen des Aufruhrs töteten sie sechzehn Weiße, brannten einige Lagerhäuser nieder und erließen eine Reihe von aufrührerischen Erklärungen. In Europa glaubte man vielfach, die gefürchtete große afrikanische Revolution sei ausgebrochen und müsse sich auf die Nachbarländer Tansania, Sambia, Kongo und Swasiland ausweiten, aber das traf nicht ein, und als die Ordnung wiederhergestellt war, beauftragten mich meine Direktoren, nach Vwarda zu fliegen und ihnen von dort aus über den Stand unserer Investitionen zu berichten.

Bei meiner Ankunft war Sir Charles, wie nicht anders zu erwarten, tief im Dschungel und inspizierte die Gegend, wo die meisten Morde geschehen waren. In seinem schwarzen Anzug, mit sorgfältig gebundener Krawatte, die seinen schweißnassen Hals einengte, stapfte er über Dschungelpfade und versicherte den Stammeshäuptlingen, es bestünde kein Grund zur Besorgnis. „Wir wollen doch keine Revolution, oder? Tatsache ist: Wer würde unter einer solchen Narrheit leiden? Eure Söhne, nicht meine, und das wollen wir doch nicht, nicht wahr?"

Die unzufriedenen Neger stellten drei Forderungen: Sofortige Einsetzung von Negern als Richter, Verstaatlichung der Diamantenminen und Negerpiloten für die Air Vwarda. Die Regierung stimmte zu.

Die ersten beiden Forderungen zu erfüllen, war kein Problem. Die dritte aber hatte ihre komische Note und geriet bald in Vergessenheit. Als die Agitatoren den Flughafen besetzten, umringten sie die Boeing, die für ihren Flug nach New York aufgetankt wurde, und schrien: „Reginald Huygere muß sie fliegen! Reginald Huygere an den Steuerknüppel!" Huygere, ein intelligenter junger Bursche, der etwa fünfzig Stunden Bodentraining unter Pan-American-Instruktoren hinter sich hatte und kaum das Treibstoffsystem kannte, geschweige denn die Instrumente, steckte den Kopf aus dem Fenster der Pilotenkanzel und brüllte: „Wer? Ich?" Alles lachte, und das Flugzeug startete fahrplanmäßig.

Während ich an meinem Bericht arbeitete, sah ich Monica, die inzwischen siebzehn geworden war, recht oft. Sie hatte, soviel ich wußte, bisher erst drei Liebhaber gehabt: den Schokoladenvertreter, den Musiklehrer Mr. Dankerley, den südafrikanischen Fußballspieler, und machte den Eindruck einer unverdorbenen jungen Frau. Ihr Liebreiz war verblüffend, ihre Fähigkeit, andere zu ihrem

Vorteil auszunützen, unheimlich. Als ich sie jetzt im Haus ihres Vaters sah, kam ich zu dem Schluß, daß es lächerlich gewesen wäre, ein so wissendes Kind an einer Mädchenschule zu halten. Sie hatte zumindest Universitätsreife, und sie wußte es.

Bei unseren Gesprächen zeigte sie zum ersten Mal ihre tiefe Respektlosigkeit ihrem Vater gegenüber. „Das alte Zitterkinn" nannte sie ihn wegen des unkontrollierbaren Zitterns, das in jeder Krise seine untere Gesichtshälfte überkam. „Das alte Zitterkinn ist draußen im Dschungel und spielt den britischen Radscha. ‚Kinn hoch, Jungens' sagt er, während sein eigenes Kinn wie das einer Frau zittert."

„Dein Vater ist ein mutiger Mann", widersprach ich.

„Mutig und dumm", sagte sie.

„Er hat einen Großteil seiner Zeit damit verbracht, dich zu erziehen."

„Und sieh dir das Resultat an."

Ihre Bitterkeit kam so unerwartet, daß ich ihr zu Bedenken gab: „Du fühlst dich schuldig, weil du aus der Schule geflogen bist, und nun schiebst du die Schuld auf deinen Vater ab."

„Keineswegs", korrigierte sie und zündete sich eine Zigarette an. „Mich schaudert nur bei dem Gedanken, daß mein lieber Vater, den man sehr bald aus Vwarda rauswerfen wird, allerlei unmögliche Dinge versucht, um seine Stellung zu halten. Er würde alles tun, um bleiben zu können ... noch ein Jahr, noch einen Monat wenigstens."

„Es war schließlich die Lebensarbeit deines Vaters. Da ist's nur natürlich, daß er ..."

Sie deutete wütend mit ihrer Zigarette auf eine Statue im Rasen vor dem Haus. „Lord Carrington Braham, mein Großvater. Heute oder morgen werden die radikalen Neger kommen und den Alten von seinem Sockel werfen. Recht haben sie. Wir sollten jetzt verschwinden, aber Vater besteht darauf, zu bleiben. Siehst du denn nicht, daß das würdelos ist?"

„Was würdest du tun ... wenn du ein Leben lang einer Nation gedient hättest, die dich immer noch braucht?"

„Ich weiß genau, was ich tun würde. Ich würde mich in Galauniform werfen, mit allen Orden, allen Erinnerungen an meinen Großvater ... Ich gebe zu, daß die Brahams hier gute Arbeit geleistet haben, und ich bin stolz darauf, aber unsere Zeit ist vorbei, und sich an Strohhalme zu klammern, ist degeneriert."

„Was würdest du also tun?" wiederholte ich.

„Ich würde in vollem Staat in das Büro des Präsidenten Hosea

M'Bele marschieren, ihm meinen Vertrag auf den Schreibtisch schleudern und ihm sagen, er soll sich das in den Arsch schieben."

Das Vokabular der heutigen Jugend wirft mich immer wieder um. Ich muß rot geworden sein, denn Monica bewegte ihren Finger drohend vor meiner Nase hin und her, wobei ich den Duft des Zigarettenrauches zu riechen bekam. „Ist das Marihuana?" fragte ich.

„Willst du einen Zug?"

„Du Verrückte!" sagte ich wütend. „Was hast du eigentlich vor? Willst du dein ganzes Leben in einem Jahr durchleben?"

„Ich habe alles satt, wofür mein Vater sich einsetzt", sagte sie. Sie ließ sich in einen Lehnstuhl fallen, schwang ihre schönen Beine um die Lehne, gab ihre bisherige Feindseligkeit auf und sagte nachdenklich, im Ton einer Sechzigjährigen: „Ich habe Vwarda in seinen besten Jahren gesehen, als das Alte durch das Neue abgelöst wurde; nun ist es Zeit, daß wir Brahams gehen. Die Morde sind kein Problem. Jeder Weiße, dem der Kopf abgehackt wurde, verdankt seinen Tod einem Zufall. Und auch das Brandschatzen ist von geringer Bedeutung. Man kann alles wieder aufbauen. Aber das Ende der Idee ..." Sie verfiel in Schweigen, nahm ein paar tiefe Züge von ihrer Zigarette und sagte: „Weißt du, Onkel George, ich habe den Kerl in Südafrika fast geheiratet. Er war nett, und wir verstanden uns prächtig im Bett. Weißt du, warum ich es nicht getan habe?"

„Weil du erst siebzehn bist und ohne Zustimmung nicht heiraten kannst."

„Weil sie in der Rassenfrage so verdammt blöd sind. Sie gehen einer grauenvollen Abrechnung entgegen. Wer will schon davon sein Teil abkriegen?" Sie widmete sich wieder ihrer Zigarette, dann sprach sie weiter: „Vater ist fast genauso schlimm, auf seine liebe, ungeschickte Art. Er weiß, daß es Zeit ist zu gehen, aber er bringt es nicht über sich." Sie drückte ihre Zigarette aus und ließ den Stummel in ihrer Tasche verschwinden, damit ihr Vater ihn bei seiner Rückkehr nicht bemerkte. „Ich jedenfalls werde gehen. Ich werde die idiotischen Blödsinnigkeiten deiner Generation nicht ausbaden." Und sie ging langsam aus dem Zimmer.

„Eines mußt du mir versprechen", sagte Monica Ende März 1969, als sie ihrem Vater für die entscheidende Audienz beim Präsidenten die Krawatte band. „Sag du es ihm, Onkel George. Er darf nicht kriechen. Vater, du darfst nicht betteln."

„Ich habe die Absicht, die Tatsachen sachlich vorzubringen."

„Ich meine", sagte sie, „daß du dich nicht lächerlich machen sollst."

„Monica!" protestierte ich, denn Sir Charles war ohnehin schon nervös genug, und die unfairen Attacken seiner Tochter machten es nur noch schlimmer.

„Ich will nicht, daß sich ein Braham erniedrigt", rief sie, „und schon gar nicht in Vwarda."

„Ich werde nicht kriechen", versprach Sir Charles. Er trug seinen besten dunklen Anzug, mit einem Band im Knopfloch. Der König hatte es ihm für seine Verdienste während des Krieges verliehen. Aber trotz seiner Ausstaffierung sah er kaum präsentabel aus, denn im März war Sommer in Vwarda, und der Schweiß strömte über sein Gesicht. Die Kleider paßten ihm nicht richtig, was auch gar nicht möglich war, denn seine Fleischmassen waren schlecht verteilt und ließen an ihm jedes Jackett zu eng erscheinen. Außerdem wackelte sein Hinterteil beim Gehen. Das Schlimmste aber war die untere Gesichtshälfte, die schon jetzt vor Besorgnis zuckte. „Sehe ich akzeptabel aus?" fragte er hoffnungsvoll.

„Du siehst ganz furchtbar aus", sagte Monica, und dann setzte sie zu unserer Überraschung einen Sommerhut ihrer Mutter auf ihr dunkles Haar.

„Wohin gehst du?" fragte Sir Charles gereizt, da er nur zu gut wußte, wie die Antwort lauten würde.

„Mit euch. Ich erlaube es einfach nicht, daß du dich läppisch aufführst." In mir wurde eben der Wunsch wach, sie tüchtig zu verprügeln, da wandte sie sich mir zu: „Und du darfst nicht für ihn lügen. Sag die Tatsachen, und aus."

„Du bist hier nicht der Chef", sagte ich.

„Doch! Ich bin die Letzte der Brahams in Vwarda, und ich werde Lord Carringtons Andenken schützen." Sie zeigte auf die Statue. „Großvater hätte gewußt, wie man sich in einer solchen Situation zu verhalten hat."

Der Rolls-Royce fuhr am Gartentor vor, und wir drei gingen traurig auf ihn zu. Sir Charles schwitzte und rannte zappelnd voran, Monica ging mit weit ausholenden, festen Schritten, die Last einer bedeutenden Familie auf den Schultern, hinter ihr ich, ein einundsechzigjähriger Pleitenverhinderer aus Genf. Wir fuhren durch die eleganten Wohnbezirke, durch das Geschäftsviertel mit seinen drei Wolkenkratzerhotels und hinaus zum Stadtrand, wo der Palast des Präsidenten stand, ein ehrwürdiges viktorianisches Gebäude, in dem einst die jüngeren Söhne adeliger britischer Familien als Vertreter des Königs residiert hatten. Am Eingang, wo früher schottische Soldaten im Kilt Wache gehalten hatten, standen zwei Negersoldaten und salutierten stramm. An der prächtigen Tür, wo Generationen von Engländern ihre Namen im Buch der Botschaft eingetragen und damit ihre Wichtigkeit bekundet hatten, begrüßte uns ein junger Neger, der in Cambridge studiert hatte, und sagte in makellosem Englisch: „Präsident M'Bele erwartet sie." Aber in dem pompösen Audienzsaal, wo sich einst europäische Kaufleute und schwarze Eingeborene vor der Majestät britischer Macht gebeugt hatten, war der Präsident vorerst nicht zu sehen. Wir standen und warteten auf ihn, eine jämmerliche kleine Gruppe, während die Stuckengel von der hohen Decke auf unser Unbehagen herunterlächelten.

Endlich ging eine der vergoldeten Türen auf, ein eher kleiner, dunkelhäutiger Endvierziger eilte herein, streckte Sir Charles die Hand entgegen und sagte mit Oxfordakzent: „Mein ältester Freund und Berater, willkommen, willkommen." Er küßte Monica die Hand. „Sie sind noch schöner, als meine Frau mir erzählt hat. Sie sah sie beim Tennis." Dann nahm er meinen Arm, hakte sich ein und führte uns in eine intime Ecke des großen Saales. „Mr. Fairbanks, wir sind sehr froh, daß Ihre Vorgesetzten sich entschlossen haben, unsere Anleihe zu erweitern."

„Sie sind dazu bereit, weil wir mit einem wohlhabenden Land in Verbindung bleiben wollen."

„Wir werden unser Land dazu machen."

Dem Aussehen nach war Präsident M'Bele der kleine Mann von der Straße. Er hätte der Pfarrer einer schwarzen Landkirche in Virginia oder der Inhaber eines kleinen Kleiderladens in Soho sein können. Er hätte gut in irgendeine amerikanische Stadt gepaßt: als einziger Negerprofessor am College oder als politischer Reporter für die Negerzeitung. Es mußte in der britischen Regierung zweitausend Weiße geben, die so aussahen und so handelten wie er und Aufgaben erledigten, die ihre gebildeteren Vorgesetzten ihnen stellten. Hier in Afrika aber war er auf Grund seines Studiums in Oxford ein Wertgegenstand, und er bewältigte die Aufgabe, die ihm die Briten bei ihrem Abzug übertragen hatten, besser als jeder andere, auch viel besser, als ein Weißer es je gekonnt hätte. Wie die meisten neuen Führer in Afrika hatte er ein juridisches Studium hinter sich; da aber sowohl Oxford als auch die Sorbonne den Begriff Recht eher großzügig interpretierten, waren die Negerjuristen zumindest ebenso gut zum Regieren qualifiziert, wie jede andere Gruppe, jedenfalls unvergleichlich besser als die Militärs, die anfingen, sie der Reihe nach abzuknallen.

Er setzte sich an einen großen Tisch, breitete die Hände aus, beugte sich vor und sagte: „Ich nehme an, Sie wissen, was der Grund dieses Zusammentreffens ist?" Er machte eine Pause, und als Sir Charles nickte, fuhr der Präsident fort: „Ich fürchte, mein lieber alter Freund, daß der Beschluß unwiderruflich ist. Da war der Aufruhr, wie Sie ja wissen. Die jungen Hitzköpfe bestehen darauf, daß Ihr Aufgabenkreis einer von denen ist, die unsere Leute selbst bewältigen können."

Monica sah ihren Vater streng an – zum warnenden Zeichen dafür, daß sie Haltung von ihm erwartete, Sir Charles fing gut an. „Exzellenz", sagte er leise, „ich bin ersetzbar. Das war schon seit der Unabhängigkeit klar, nicht wahr? Wir alle wußten es, nicht wahr, Monica?" Er wandte sich, um Bestätigung heischend, an seine Tochter, aber sie starrte nur geradeaus. Sie wollte den ihrer Ansicht nach unvermeidlichen beschämenden Ausgang dieser Geschichte nicht beschleunigen. „Aber die Funktion dieses Postens, Exzellenz! Das ist auch etwas ganz anderes, nicht war? Tatsache ist, daß die Funktion dieses Postens für das Wohlergehen der Nation entscheidend ist." Er hielt eine verwickelte Rede, wobei er sich so oft wiederholte, daß ich mich über die Geduld des Präsidenten wunderte. Zweimal warf M'Bele Monica hilfesuchende Blicke zu, als wollte er sie bitten, ihren Vater zum Schweigen zu bringen, aber sie ignorierte ihn. Viel zu spät beendete Sir Charles seine Darlegung: „Also bitte ich doch nicht um Vorzugsbehandlung für mich, Eure Exzellenz, nicht wahr?" Diesmal war die Frage nicht rhetorisch gemeint, aber M'Bele behandelte sie als solche, und Sir Charles endete lahm mit einem Argument, das sein Haupttrumpf hätte werden sollen: „In fünf Jahren könnte Thomas Watallah imstande sein, meine Pflichten zu erfüllen – vielleicht sogar in vier Jahren –, aber sicherlich nicht jetzt, Exzellenz."

Nun mußte der Präsident sprechen. In den wohltönenden Kadenzen seines poetischen Idioms, überlagert vom besten Akzent Englands, erinnerte er daran, wie tief er in Sir Charles Schuld stünde. Ich nahm an, daß er Sir Charles davon abhalten wollte, eben das vorzubringen. „Mein liebster und ältester Freund, Sie müssen von allen Weißen am besten wissen, sie sehr ich Ihnen zu Dank verpflichtet bin. Ich erinnere mich, Sir Charles, wie ich als Kind frisch aus dem Dschungel hierherkam, in eine von meist feindlich gesinnten Weißen besetzte Stadt, und Sie und Ihre liebe Frau Emily waren es, die mich erzogen, die mir eine Ahnung davon gaben, was eine Universität in England für mich bedeuten könnte, die mich überzeugten, daß ich vielleicht sogar in Oxford aufgenommen werden würde. Sie gaben meinem Bruder eine Stellung in Ihrer Familie und behielten ihn achtzehn Jahre lang. Er sagt oft, welche unschätzbare Anregungen er Ihnen verdankt. Diese junge Dame sollte es wissen. Mein Bruder vertrat an ihr Vaterstelle, wenn Sie draußen im Dschungel waren. Daß Sie heute hierherkamen, Sir Charles, um mich daran zu erinnern, daß ich meine gegenwärtige Position Ihnen verdanke, bin ich der erste, diese Verpflichtung anzuerkennen. Wollte Gott, daß alle Beziehungen zwischen Schwarzen und Weißen so fruchtbar gewesen wären."

Ich sah zu meinem Entsetzen, wie Sir Charles eine Träne aus seinem linken Auge wischte und heimlich eine zweite abfing, die über seine fette rechte Wange rann. Sein Kinn begann zu zittern, und ich dachte: Die ganze Geschichte fällt auseinander.

In der Hoffnung, das, was ich fürchtete, verhindern zu können, bemerkte der Präsident: „Aber die geschichtlichen Kräfte in Kongo-Afrika können nicht aufgehalten werden. Sir Charles, Sie müssen noch besser als ich wissen, daß ich in den Städten von radikalen Intellektuellen bedrängt werde, die darauf bestehen, Spitzenpositionen an Schwarze zu vergeben. Im Busch drohen mir die Stämme, die wichtige Stellungen für ihre Angehörigen fordern. Im Interesse der Menschlichkeit müssen die weißen Richter noch zehn Jahre weiter amtieren. Im Interesse der nationalen Sicherheit müssen die beiden irischen Generale bleiben. Was bleibt also noch? Positionen wie die Ihre müssen rasch unter schwarze Kontrolle kommen – um eine Revolution zu verhindern. So einfach ist das, Sir Charles." Er neigte den Kopf, preßte die Handflächen noch fester auf die Tischplatte und murmelte: „So einfach ist das, alter Freund."

Sir Charles ließ keine Sekunde verstreichen, griff das Argument des Präsidenten auf und drehte es zu seinen Gunsten. „Genau das meine ich eben, Exzellenz! Auch ich fürchte eine Revolution! Wenn die wirtschaftlichen Maßnahmen, die ich eingeleitet habe, nicht durchgeführt..." „Vater!" Dieses harte, im Befehlston gesprochene Wort hallte im Audienzsaal und brachte das Gespräch zu grundlegenden Fragen zurück.

„Ich hatte Monica versprochen, mich zu beherrschen, Exzellenz, und ich werde es auch tun. Aber ehrlich: Vwarda ist meine Heimat. Einundzwanzig Jahre lang war es mein ganzes Leben." Er lachte nervös, sein Kinn zitterte unsicher, dann machte er einen kleinen

Scherz, der ihm gefiel: „Einundzwanzig Jahre! Ich habe hier die Volljährigkeit erreicht. Ich bin alt genug, um wählen zu dürfen."

Der Präsident lächelte. Monica sah aus, als würde sie jeden Augenblick aus dem Fenster springen. Sie wollte ihren Vater eben stoßen, als er den Faden weiterspann. „So ist das also meine Heimat. Es ist auch mein Land. Was kann ich tun, wenn man mir plötzlich sagt: ‚Deine Arbeit ist zu Ende?' Ich bin noch nicht alt."

„In Anbetracht dessen, Sir Charles – und auch, wie ich offen sagen darf, wegen Ihrer langen und treuen Dienste für Vwarda, auch in Erinnerung an Ihren Vater, der durch seine Verhandlungstaktik in Versailles den Grundstein dieser Nation legte..." Der Präsident hatte sich in einen Satz verstrickt, der zu viele Voraussetzungen enthielt, warf die Hände hoch und lachte über sich selbst. „Ich rede wie ein Jurist", sagte er. Wie glücklich war Vwarda, dachte ich, in diesen kritischen Jahren einen so vernünftigen Mann an der Spitze des Staates zu haben. „Was ich Ihnen sagen wollte, Sir Charles, ist Folgendes: das Kabinett hat verfügt, daß Sie für den Rest Ihres Lebens die eineinhalbfache Pension beziehen. Sie werden nicht mittellos sein, Sir Charles."

„Es geht mir nicht um Geld, Exzellenz. Es geht mir um Vwarda. Den Staat selbst. Sie brauchen mich." Seine Stimme zitterte. Als er sich wieder unter Kontrolle hatte, fragte er: „Was soll ich im Ruhestand in England tun?"

Präsident M'Bele war verärgert. Er hatte vorausgesehen, daß Braham über seine Entlassung unglücklich sein würde, und eben deswegen persönlich auf eine eineinhalbfache Pension bestanden. Er war verärgert, daß das nun als irrelevant beiseite geschoben wurde. „Wir brauchen Ihre Position", sagte er fest. „Ich gebe heute mittag bekannt, daß Thomas Watallah Ihre Aufgaben übernimmt." Er stand auf, um anzuzeigen, daß die Audienz beendet war. Sir Charles aber hatte noch zahlreiche Argumente auf Lager, von denen er annahm, daß sie jeden denkenden Menschen umstimmen müßten.

„Exzellenz, einen Augenblick! Haben Sie an den Baumwollaustauschhandel mit Ägypten gedacht? Thomas Watallah kann einfach nicht... Und die Abbaurechte für Schwefel... Die Angelegenheit mit dem Staudamm ist noch..."

„Vater!" rief Monica in offen gezeigtem Widerwillen. „Halt den Mund und tu wenigstens so, als wärest du ein Mann!"

Präsident M'Bele wandte sich im Weggehen um, seine dunklen Augen blitzten. Streng sagte er: „Sie sollten sich schämen. Er ist Ihr Vater."

„Ich schäme mich – für ihn“, fauchte sie.

„Bringen Sie ihn nach England zurück. Und bleiben Sie selber dort. Sie haben beide Ihre Zeit in Vwarda überzogen.“

Er ging rasch zur Tür, aber bevor er sie erreicht hatte, fragte Sir Charles herzzerreißend: „Könnte ich nicht bleiben? Ich könnte für Thomas arbeiten und ihm helfen, über die ... Es gibt vieles, was ich tun könnte ...“

„Er wäre Ihrer nicht würdig“, sagte M'Bele und verließ den Saal mit der angeborenen Würde des Mannes aus dem Dschungel.

„Du verdammter Narr!“ rief Monica und packte ihren Vater am Arm. „Weg von hier!“

„Wohin werden wir gehen?“ fragte Sir Charles verwirrt. Sein Hemdkragen war naß vom Schweiß.

„Ins Exil“, sagte Monica leise und führte ihn aus dem Audienzsaal. In diesem Augenblick schien sie ungewöhnlich reif, als hätte nur sie als einzige der vier Gesprächsteilnehmer ganz begriffen, was geschehen war. Eine alte Ordnung verging, neue Kräfte mit neuen Gesichtern drängten auf die Bühne, man ging ab, andere traten auf – ein natürlicher Vorgang. Es verbitterte sie nur, daß ihr Vater seine Rolle so schlecht spielte.

Wir verließen den Palast und gingen zum Rolls-Royce. Monica sagte nichts, aber ich konnte sehen, wie sie ihren Vater mit der Unbefangenheit der Jugend kalt abschätzend ansah. Später sagte sie über diesen Augenblick: „Erinnerst du dich, was geschah, nachdem uns der Präsident stehengelassen hatte? Wir waren in diesem abscheulichen Audienzsaal, ich starrte hinauf zu der blöden Decke mit ihren Gipsengeln, und als ich wieder meinen Vater ansah, schien er mir wie einer von ihnen. Ein nacktarschiger kleiner Engel ohne Selbstachtung. Ich hätte heulen können.“ Als ich sie fragte, wodurch Sir Charles ihre Verachtung verdiene, sagte sie: „Er hat auf das falsche Pferd gesetzt ... Empire ... königliche Würde ... England erwartet von jedem Mann ... all dieser unsterbliche Unsinn. Und als alles vor seinen Augen zerbrach ... Weißt du, ehrlich gesagt, ich mache ihm keinen Vorwurf, daß er zornig war, weil er seine Position an Thomas Watallah abzugeben hatte. Hast du mit dem jemals geschäftlich zu tun gehabt? Nichts weiter als ein Riesenfurz, sag' ich dir!“ Sie schüttelte müde den Kopf bei dem Gedanken an diesen hinterhältigen, völlig ungebildeten Dummkopf, der kaputt machte, was er nur anrührte, und dann die Trümmer stahl. Afrika war nicht gut bedient mit den klugschnäuzigen jungen Männern, die an die Stelle der Engländer, Franzosen und Belgier traten.

„Es muß Vaters Selbstachtung einen argen Stoß versetzt haben", überlegte sie bei einem Glas Bier. „Da redet man sich ein, daß man der Menschheit dient... wirklich unersetzlich... und das ganze Kongobecken verfällt in Chaos, wenn man geht. Aber sie werfen einen hinaus, geben die Stellung einem Narren wie Thomas Watallah, und alles läuft eigentlich ebensogut weiter wie zuvor."

Die beschämende Erinnerung an jene katastrophale Unterredung überkam sie von neuem: „Was mich wirklich fertig machte, war Vaters Würdelosigkeit. Das frißt an mir – daß ein Mensch sein Leben an Seifenblasen vergeudet und am Ende schreit: ‚Man hat mich betrogen!' Glaub mir, *ich* werde nicht jammern, wenn ich am Ende bin."

„Aber du gibst doch zu, daß du schon einmal eine falsche Wahl getroffen hast?"

„Tun wir alle. Der Trick ist nur, die Konsequenzen zu akzeptieren, wenn sie kommen. Ich habe keinen Respekt für deine Generation, Onkel George, weil ihr euch zuletzt doch drückt."

Woraus ich schloß, daß Monica die Absicht hatte, es anders zu machen als wir.

Die nächsten drei Wochen brachten für mich Schwierigkeiten, wie ich sie vorher nur im Sommer des Jahres 1948 gehabt hatte. Damals rannte mein Sohn von zu Hause weg und führte mir dadurch den Bruch zwischen den Generationen vor Augen. Nun wiederholte sich das gleiche mit einem starrköpfigen jungen Mädchen. Sir Charles bat mich, als sein Gast in Vwarda zu bleiben, während er sich der traurigen Aufgabe entledigte, seine Angelegenheiten zu ordnen und zu entscheiden, was er mit dem Rest seines Lebens anfangen sollte. Er war völlig aus der Bahn geworfen, was nicht weiter verwunderlich war, und konnte mit Monicas diversen Rebellionen nicht fertig werden. Also sollte ich das Mädchen ein wenig im Auge behalten.

Er hat sich den denkbar ungeeignetsten Mann dafür ausgesucht. Monica war mir immer sehr ans Herz gewachsen, und ich war daher nicht imstande, autoritär auf sie zu wirken. Ich war oft bei den Brahams zu Gast gewesen, hatte sie verwöhnt, ihr die Platten gebracht, die sie sich wünschte, manchmal auch Kleider oder Schmuck aus London. Es war mir jetzt unmöglich, plötzlich zum Diktator zu werden. Nicht nur, weil ich keine Neigung dazu hatte, sondern auch, weil sie es mir nicht abnehmen würde.

Sie war jetzt siebzehn, mutterlos, ohne Geschwister, die ihre Extravaganzen abgeschwächt hätten, und hatte einen Vater, den sie verachtete. In der Schule hatte sie gut abgeschnitten, sowohl in Rhodesien, wohin ihr Vater sie mit neun Jahren geschickt hatte, als auch in England. In moralischer Hinsicht hatte sie weit weniger entsprochen. Sie war aus der Schule in Rhodesien hinausgeflogen, weil sie den Mathematiklehrer wüst beschimpft hatte, und aus der Schule in England wegen geschlechtlicher Beziehungen zum Musiklehrer. Und in jeder anderen Schule hatte sie Mitschülerinnen mitunter Bücher an den Kopf geworfen.

Sie schien mit jedem Tag schöner zu werden. Sie hatte eine zarte weiße Haut und rosa angehauchte Wangen. Sie begann ihr pechschwarzes Haar zu einem Knoten hochzustecken. Auf meine Frage, warum sie das tue, sagte sie unverblümt: „Ältere Männer gehen nicht gern mit Mädchen, die ihr Haar wie Schulmädchen tragen." Und als ich sie fragte, warum sie denn mit älteren Männern „gehen" wolle, sagte sie: „Weil sie wissen, was los ist, und keine Zeit verschwenden."

Ihre Schönheit lag vor allem in ihren dunklen Augen, die einen ungeheuer ausdrucksstark, fast durchdringend anblickten. Ich konnte die Klage der englischen Direktorin gut verstehen: „Ich fürchte, keine von unseren Lehrerinnen, nette Mädchen aus durchschnittlichem, geordneten Milieu, ist Miß Monica gewachsen." Ich hatte einige von diesen Lehrerinnen kennengelernt und den Eindruck gewonnen, daß Monica viel intelligenter war als sie alle. Auf ihrem schmalen Gesicht zeigte sich oft ein halbes Lächeln, das in den Mundwinkeln nistete, als hätte sie sich noch nicht entschieden, ob sie laut herauslachen solle. Sie wog nicht einmal fünfundvierzig Kilogramm und hätte mager wirken müssen, doch ihre unsagbare Anmut ließ gar nicht erst den Gedanken aufkommen, sie wäre zu dünn. Oft erinnerte sie mich an die Impalas auf den Ebenen im Süden von Vwarda, diese graziösen, poetischen Tiere, die verblüffende Distanzen übersprangen, auf ihren kleinen Hufen landeten und dann ganz verdutzt dreinblickten, daß sie derartige Strecken bewältigt hatten.

In jenen drei Wochen fiel mir auf, daß Monica machmal mit tiefer, heiserer Stimme sprach, wie ich sie nie zuvor reden gehört hatte. Es klang wie bei einem Jungen im Stimmbruch. Manchmal vergaß sie sich dann, und hatte wieder die Stimme eines siebzehnjährigen Mädchens. Sobald sie sich dessen bewußt wurde, sagte sie den nächsten Satz mit tiefer Stimme. Als ich sie befragte, erklärte sie: „Ich übe meine Schlafzimmerstimme."

Wie andere frühreife junge Mädchen hatte auch sie, entweder durch ihre eigene Erfahrung oder in Gesprächen mit älteren Frauen, entdeckt, daß ein Mädchen einen Mann durch anscheinend unschuldige Berührungen auf Gedanken bringen kann. Eines Morgens zum Beispiel, als ich am Fenster stand, Lord Carringtons Brahams Statue betrachtete und an Monicas Prophezeiung dachte, stellte sie sich hinter mich und fuhr mit zwei Fingern meine Wirbelsäule entlang. Das erzeugte einen recht beachtlichen elektrischen Schock, den sie ganz sicher beabsichtigt hatte; als ich mich umwandte, lächelte sie schadenfroh. Dieses Lächeln aber offenbarte nicht die unverhohlene Freude eines Kindes, dem ein Streich gelungen ist, sondern die Genugtuung der berechnenden Frau, die sich vorgenommen hat: „Mal sehen, ob er ein Mann ist oder nicht."

Sie nahm auch oft meinen Arm und preßte ihre Finger in die Innenseite meines Ellbogens, oder sie packte beim Sitzen meine Knie. Ich tat, als bemerkte ich nichts, aber so leicht ließ sie mich nicht davonkommen, denn als ich ihr einmal vorhielt, sie müsse sich endlich überlegen, was sie in London tun wolle, richtete sie sich auf, sah mich provokant an und sagte: „Tun? Ich werde Mätresse des erstbesten Millionärs, den ich kennenlerne." Dann küßte sie mich leicht auf die Wange und flüsterte mir ins Ohr: „Irgendwann wäre es lustig, dir einmal einen richtigen Kuß zu geben. Onkel George."

Ihr Vater war damals meist abwesend. Er machte seine letzte Inspektionsreise im Dschungel, als wäre er immer noch für Vwardas ökonomische Entwicklung verantwortlich. Er wußte, daß sowohl Präsident M'Bele als auch der neue Wirtschaftsminister Thomas Watallah es lieber gesehen hätten, wenn er gleich gegangen wäre, aber er hielt es für seine Pflicht, jede Einzelheit zu inspizieren. So verbrachte er die heißen letzten Märztage in entlegenen Gegenden, schwitzend, die Stammeshäuptlinge anjammernd: „Wir wollen doch nicht, daß der neue Mann eine Schlamperei vorfindet, nicht wahr?"

Als er einmal heimkam, fragte er mich plötzlich: „Ich habe einen merkwürdigen Geruch in der Nähe von Monicas Zimmer bemerkt. Sagen Sie mir, Fairbanks, raucht sie Marihuana?"

„Ja."

„Ist es gefährlich? Wie Heroin?"

„Ich weiß nicht allzuviel darüber. Ich würde es selber nicht anrühren, aber soviel ich höre, ist es eine Phase, die junge Leute durchmachen."

„Würden Sie mit ihr darüber reden? Bitte? Wir wollen doch keine Rauschgiftsüchtige, nicht wahr?"

Ich fragte ihn, warum er nicht selbst mit ihr sprechen wolle, aber er sagte: „In ernsten Dingen würde sie nie auf mich hören. Eigentlich hört sie ja überhaupt nicht auf mich, nicht wahr?“ Dann war er wieder fort, diesmal weit im Nordosten bei den primitiven Stämmen, wo er sehr geschätzt wurde, denn er war der einzige Regierungsbeamte, der sich je in ihren Krals gezeigt hatte. Und es schien auch höchst unwahrscheinlich, daß sich der junge Thomas Watallah je um diese Gegend kümmern würde. In ganz Afrika zogen die neuen Würdenträger es vor, in Städten wie Paris und New York zu leben. Nur ein in der harten Schule des Kolonialdienstes trainierter Engländer konnte sich klarmachen, daß auch der entlegenste Winkel eines Reiches Teil dieses Reiches war.

Da Sir Charles mich darum gebeten hatte, sprach ich mit Monica über Marihuana, und sie lachte mich aus. „Maria Johanna? Das ist doch nur eine angenehme Art der Entspannung, wie ein Cocktail am Abend, aber weniger gesundheitsschädlich.“ Sie wollte unbedingt, daß ich das Kraut selbst versuchen solle, aber ich hatte ganz und gar keine Lust dazu; der widerlich-süße Geruch aus ihrem Zimmer war für mich ohne jeden Reiz. Außerdem wurde meine Aufmerksamkeit durch eine völlig unvorhergesehene Entwicklung in Anspruch genommen. Eines Abends sagte Monica gegen sechs Uhr hastig: „Zieh dich um, Onkel George. Wir haben einen Gast zum Abendessen.“ Sie wollte mir nicht sagen, wer es sei. Um acht Uhr führte sie einen jungen, gutaussehenden und gutgekleideten Neger in den Salon und verkündete: „Mr. Thomas Watallah. Willkommen zum Abendessen bei den Brahams.“ Sie behandelte ihn mit ausgesuchter Höflichkeit, reichte ihm einen Whisky, überschüttete ihn mit Fragen und lauschte seinen Antworten mit einer Hingabe, die den neuen Administrator offenbar beglückte.

Beim Abendessen wußte sie die Konversation so zu lenken, daß Watallah einen guten Eindruck machen konnte. Später, als er und ich standen und rauchten, trat sie leise hinter ihn und ließ ihre Hand über sein Rückgrat gleiten. „Mr. Watallah, falls Sie Verstand haben –, dann weigern Sie sich, dieses Haus zu übernehmen, wenn die Regierung es Ihnen geben will. Bestehen Sie auf einem neuen.“ Dann führte sie ihn herum, wies ihn auf die Nachteile des Hauses hin, und als sie von oben zurückkamen, war es eindeutig, daß sie sich geküßt hatten.

„Onkel George“, sagte sie, „Mr. Watallah führt mich in die Diskothek. Auf Wiedersehen, aber bitte warte nicht auf mich.“

Sechs Tage später ließ mich Präsident M'Bele in seine Residenz rufen. Ich nahm an, er wolle über die Ausweitung des Stromnetzes im Nordosten sprechen, ein Projekt, das Sir Charles eifrig befürwortet hatte und das unsere Gesellschaft finanzieren wollte. Aber es ging um etwas ganz anderes. „Wir sind nun seit zehn Jahren befreundet", sagte er unumwunden, „und Sie haben uns oft geholfen. Jetzt müssen Sie uns wieder helfen. Ich möchte, daß Sie Monica Braham in ein Flugzeug nach London setzen. Sofort."

„Sir Charles ist bei den Stämmen im Nordosten. Ich kann mich nicht mit ihm in Verbindung..."

„Setzen Sie sich mit niemandem in Verbindung. Bringen Sie das Mädchen fort aus Vwarda. Unverzüglich."

„Warum?"

„Wissen Sie es nicht?"

„Marihuana?"

„Nein. Watallah."

„Thomas Watallah?"

„Ja. Sie hat ein Verhältnis mit ihm. Nachtklubs. Küsse im Kino. Sie haben miteinander in einem kleinen Haus auf der Esplanade geschlafen. Und Sie wissen doch, daß er eine Frau und zwei Kinder hat."

„Ich hatte keine Ahnung, Exzellenz."

„Wissen Sie auch, warum Sie es tut?" sagte er bitter. „Sie ist böse, weil Sir Charles heimgeschickt wird. Und noch böser darüber, daß sein Platz von dem jungen Watallah eingenommen wird, der sich natürlich nicht für die Position eignet, aber der beste ist, den wir im Augenblick haben. Und sie will uns bloßstellen – wie engherzig ihre Motive doch sind –, sie will die Regierung eines jungen Staates bloßstellen." Er stand auf und gab mir die Hand. „Ich werde Thomas zu einer Konferenz von Wirtschaftsfachleuten nach Addis Abeba schicken. Letzten Endes streben die meisten dieser jungen Männer Positionen im Kabinett nur deshalb an, damit sie reisen können. Soviel ich höre, ist es in Lateinamerika genauso."

Er begleitete mich zur Tür, die Hand auf meinem Arm, blieb stehen und hielt mich fest. „Sie dürfen keine falschen Schlüsse über uns ziehen, Mr. Fairbanks. Ich glaube nicht, daß, ob es um Vwarda oder Kongo oder Sambia oder Tansania – das sind die neuen Republiken, die ich am besten kenne – schlechter bestellt ist als um Angola oder Mozambique, die noch von weißen Portugiesen regiert werden, oder um Rhodesien, das von seinen eigenen Weißen regiert wird. Vorläufig geht es uns vielleicht schlechter, aber Heute ist ein Vorspiel für Morgen, und auf lange Sicht muß sich doch eine selbstregierende Demokratie mit allgemeinem Wahlrecht als beste Lösung erweisen. Verlieren wir nicht den Mut. In zehn Jahren werden Thomas Watallah und seine Leute den Damm wahrscheinlich verstaatlichen, aber wem wird das schließlich schaden?"

Als wollte er mich seiner guten Absichten versichern, begleitete er mich zu meinem Wagen und fügte noch hinzu: „Aber ich will, daß Miß Braham sofort geht. Zu ihrer eigenen Sicherheit. Sie müssen wissen, Thomas Watallahs Frau kommt aus einem Stamm, der Frauen tötet, die anderen Frauen ihre Männer stehlen. Sie hat viele Verwandte in dieser Stadt. Darum mußte ich ihn auch in den Ministerrat aufnehmen. Die Stammesangehörigen würden nicht verstehen, daß sie nur zum Spaß mit Thomas schläft. Sie würden denken, sie will ihn stehlen, und das dulden sie nicht."

Als ich zum Bungalow der Brahams zurückkam, standen zwei Männer, die ich noch nie gesehen hatte, auf der gegenüberliegenden Straßenseite... taten nichts... gingen nirgendwohin... standen bloß.

Es war wesentlich einfacher für Präsident M'Bele, Monica des Landes zu verweisen, als für mich, sie hinauszubringen. Zunächst war ihr Vater im östlichen Dschungel und würde eine Woche lang unerreichbar bleiben. Innerhalb dieser Zeit aber mußte Monica längst in England sein. Natürlich versuchte ich, ihm Botschaften zu senden, aber die stapelten sich lediglich in der Provinzhauptstadt im Osten auf und warteten auf seine Rückkehr. Ich versuchte auch, mit Sir Charles' Verwandten in England Verbindung aufzunehmen, bekam aber nur entmutigende Telegramme, denn keiner von ihnen wollte Monica. Das endgültige Veto aber kam nicht aus England, sondern aus Vwarda. Monica sagte rundheraus: „Ich denke nicht daran, bei diesen alten Scheißern zu leben."

Ich wurde zornig. „Sag einmal, Mädchen, bist du dir nicht darüber klar, daß wir an einem Wendepunkt deines Lebens stehen? Was du und ich in den nächsten zwei Tagen beschließen, wird entscheiden, was für ein Mensch du werden wirst."

„Du entscheidest?" fragte sie angeekelt. „Wofür zum Teufel hältst du dich eigentlich, daß du irgend etwas entscheiden könntest?"

„Ich bin nicht dein Vater", sagte ich, „aber ich bin ein erwachsener Mensch, der dich sehr lieb hat, der dich sicher von hier wegbringen will, bevor die es tun." Ich zeigte auf die beiden Wachtposten, zwei sehr schwarze Männer von einem Dschungelstamm. „Ich nehme an, du weißt, welche Bewandtnis es mit ihnen hat?"

„Thomas sagte mir, sie würden vielleicht auftauchen. Ich fürchte mich nicht."

„Aber ich. Und Donnerstag nimmst du das Flugzeug nach London und ..."

„Ich gehe nicht nach London. Ich gehe nicht nach England."

„Und wohin willst du gehen?"

„Ich möchte nach Kalifornien."

„Warum Kalifornien?"

„Es gibt einen Ort dort, von dem du wahrscheinlich noch nie gehört hast. Haight-Ashbury. Soll sensationell sein."

„Das war vor ein paar Jahren, Monica. Heute ist es eine primitive Müllgrube für gescheiterte junge Leute. In Haight-Ashbury hieltest du es keine Woche aus." Ich zwang sie, sich zu setzen, und erzählte ihr von einigen Artikeln, die ich kürzlich über den Zusammenbruch dieser Utopie gelesen hatte. Sie wollte nicht weiter zuhören. „Mallorca ist auch gut", sagte sie. „Oder ich könnte Berlin versuchen, das soll toll sein."

„Monica! Du bist siebzehn. Du mußt zurück in die Schule!" Sie stand auf, stellte sich so, daß sie auf mich hinabstarren konnte. „Das schlag dir aus dem Kopf. Ich gehe nicht in die Schule zurück."

Ihre Weigerung war so endgültig, daß ich das Thema fallenließ. Ich zog sie in den Stuhl neben mir. „Warum diese Rebellion?" Sie sagte einfach: „Weil ich alles verachte, wofür mein Vater einsteht. Wenn Schule und Familie in England aus ihm das gemacht haben, was er ist, will ich mit nichts davon zu tun haben."

Ich protestierte, aber sie schnitt mir das Wort ab. „Hast du nicht gesehen, mit welcher Verachtung ihn Präsident M'Bele neulich behandelt hat? Vater sollte man heimschicken, nicht mich."

„Warum bist du so bösartig?"

„Weil es mir das Herz bricht, einen Mann zu sehen, der eigentlich etwas hätte sein können. Er hat sein Leben an falsche Werte verschwendet."

„Er half eine Nation gründen."

„Aus falschen Motiven. Weißt du, warum er weitermacht, trotz aller Demütigungen, mit denen diese Neger ihn überhäufen? Weil er irgendwo im hintersten Winkel seines trivialen kleinen Hirns denkt, daß diese Neger England eines Tages zurückrufen müssen. Und dann würde er Generalgouverneur sein und in dem großen Haus leben wie sein Vater vor ihm."

Das war der erste Hinweis, daß die Art, wie die Neger ihren Vater behandelt hatten, die eigentliche Ursache ihrer Wut war. Ihre Verbitterung ging viel tiefer, als sie zeigen wollte, und ihre merkwürdige Affäre mit Thomas Watallah war nur unter diesem Blickwinkel verständlich. Als die Neger ihren Vater schlugen, schlugen sie damit auch sie, und sie war bereit, zurückzuschlagen.

Je mehr wir in diesen letzten Tagen, als ich versuchte, sie bis zur Ankunft ihres Flugzeuges unter Hausarrest zu halten, miteinander sprachen, um so mehr wurde ich überzeugt, daß sie nicht ihren Vater selbst ablehnte, sondern sein vergeudetes Leben. „Ich liebe ihn", gab sie eines Abends zu, „trotz seiner schrecklich altmodischen, umständlichen Art seines kindischen Schmollens. Ich bin viel mehr Mann als er."

Sie war auch viel mehr Frau, denn obgleich ich versuchte, sie sicher im Haus zu halten, das nun auch von einem Polizisten bewacht wurde, gelang es ihr, an uns allen vorbeizuschleichen – und wozu? – um Thomas Watallah vor seinem Abflug nach Addis Abeba zu treffen. Tollkühn ging sie in sein Büro, ließ sich von ihm in ein Restaurant zum Abendessen ausführen, begleitete ihn in das Haus seines Freundes und verbrachte die Nacht mit ihm. Als er sie wieder in das Haus zurückschmuggelte, nahm er mich beiseite. „Bitte, bringen Sie sie doch dazu, mich in Ruhe zu lassen. Es könnte für uns beide schlimme Folgen haben." Er war ein gutaussehender junger Kerl, offensichtlich nicht allzu intelligent, mit einer ehrgeizigen Frau, die ihn unbedingt zum Präsidenten machen wollte, sobald M'Bele erschossen war. Er hatte sich zweifellos geschmeichelt gefühlt, daß eine schöne Enkelin des Lord Carrington Braham mit ihm schlafen wollte, aber nun war sie ihm lästig. „Sie helfen mir doch, nicht wahr?" bat er und schlich aus der Hintertür.

Das war das Ende der Thomas-Watallah-Affäre. Monica merkte, daß er erst dann erleichtert sein würde, wenn sie im Flugzeug saß. „Er ist genauso blöd, wie alle sagten", erklärte sie beim Frühstück.

„Er ist jedenfalls klug genug, um sich von dir zu trennen", sagte ich in der Hoffnung, sie wachzurütteln.

„Wenn sie ihn je zum Präsidenten machen, ist Vwarda erledigt." Sie war zufrieden, daß sie ihn nicht mehr sehen sollte, aber diese neue Einstellung brachte uns beiden neue Probleme. Eine von den Fluglinien, die die Hauptstadt anflogen, war die Deutsche Lufthansa. Ihre Besatzungen waren beliebt, denn die Stewardessen waren hübsch, und die jungen Männer sahen gut aus. Unter ihnen kam ein Kopilot namens Dietrich regelmäßig nach Vwarda. Ich fand nie heraus, ob das sein Vor- oder Nachname war. Er war groß, blond, von tadelloser Haltung und ein witziger Gesellschafter. Ich hatte ihn bei verschiedenen Cocktailparties getroffen und fand ihn sehr sympathisch. Er war verheiratet und hatte zwei kleine Mädchen, blond wie er und, nach den Photographien zu schließen, ebenso intelligent. Am Nachmittag des Tages, an dem Thomas Watallah Monica im Morgengrauen heimbrachte und mich bat, ihr zu sagen, daß ihre Affäre zu Ende sei, stahl sie sich an dem Polizisten vorbei aus dem Haus und ging in die Stadt. Um fünf Uhr brachte sie Dietrich mit, und wir tranken zusammen Tee.

Er war ausgesprochen nett. Wir unterhielten uns über die verschiedenen Länder, die er beflogen hatte. Er liebte Asien und kannte die Städte, in denen ich gearbeitet hatte. Aber seine größte Liebe gehörte Spanien. „Vor etwa einem Jahr flog ich eine Chartermaschine von Frankfurt nach Spanien. Wir packten zweihundert Touristen in das Flugzeug und brachten sie hinunter nach Malaga, und Gott muß mir freundlich gesinnt gewesen sein, denn als wir abfliegen sollten, meldete unser Bordmechaniker ein Leck im hydraulischen Fahrwerk – er konnte die Räder nicht hochbringen. Wir mußten zwei Tage bleiben. So verließ ich Malaga und fuhr den Touristen nach, in eine kleine Stadt – und fand ein Paradies. Ein wundervoller Ort!"

Er beschrieb den Strand und die Sonne mit solcher Begeisterung, daß Monica und ich ihn ermunterten, fortzufahren. Ich kannte die Gegend, denn ich hatte fast ein Jahr lang in Torremolinos gelebt und unseren Bau dort beaufsichtigt, und ich freute mich, Neuigkeiten über alte Freunde zu hören. Monica aber versetzte seine Beschreibung eines Badeortes voll von Menschen und Musik in eine Art Verzückung; ihre Fragen verrieten, daß sie langsam glaubte, Torremolinos sei vielleicht die Antwort auf die Frage des Wohin.

Ich tat zwar, was ich konnte, um sie über Nacht im Haus zu halten, aber sie stahl sich davon, traf Dietrich in einer Bar und verbrachte irgendwo die Nacht mit ihm. Als ich ihr wegen ihres hemmungslosen und gefährlichen Benehmens Vorwürfe machte, sagte sie: „Onkel George, es scheint dir nicht klar zu sein, daß mein Vater für mich tot ist. Die alten Ideen sind tot, England ist tot, und du klingst auch immer mehr wie ein Geist." Sie stieß mich zur Seite, ging in ihr Zimmer hinauf, ließ sich auf das Bett fallen und schlief den ganzen Tag.

Das heißt, ich nahm an, daß sie schlief. Tatsächlich aber schlüpfte sie gegen vier Uhr nachmittag aus dem Haus, nahm ein Taxi zum Flughafen und bestieg mit nur einer kleinen Handtasche als Gepäck das Lufthansa-Flugzeug nach Deutschland, von wo sie und

Dietrich zu einem ausgiebigen Urlaub nach Torremolinos flogen.

Als ich entdeckte, daß Monica, wie Präsident M'Bele sich ausdrückte, „aus dem Nest ausgeflogen war und uns allen eine Menge Ärger erspart hatte", versuchte ich selbstverständlich, Kontakt mit Sir Charles aufzunehmen, und diesmal hatte ich Erfolg. Aus einer Kleinstadt mitten im östlichen Dschungel telephonierte er mit mir. „Was soll man tun? Wir können sie doch nicht einfach durch Europa trampen lassen, nicht wahr?" Er hatte keine brauchbaren Vorschläge anzubieten, aber er bat mich: „Fairbanks, lieber Freund, könnten Sie nicht nach Europa hinüberschauen und sehen, was los ist?"

„Tut mir leid. Ich bin schon zu lange hiergeblieben. Anfang nächster Woche muß ich in Afghanistan sein."

In Torremolinos nahmen Dietrich und Monica im „Brandenburger" Quartier, einem imposanten deutschen Hotel am Meer, und verlebten sechs glückliche Tage in der gemütlichen Atmosphäre von Bierstuben, Schwarzbrot und Schnitzeln. Der Plattenspieler im „Schwarzwald", dem Nachtklub des Hotels, spielte hauptsächlich deutsche Musik, dazu kam als besonderes Anziehungsmoment die Geselligkeit und Ausgelassenheit der Gäste. An den gescheuerten Holztischen sprach man nur deutsch, aber als Dietrich erklärte, daß Monica die Sprache nicht verstehe, konnte weit mehr als die Hälfte der Touristen Englisch; man erzählte ihr viele interessante Histörchen über Torremolinos, und immer war jemand dabei, der einen Verwandten hatte, der vor dem ersten Weltkrieg in der ehemaligen deutschen Kolonie Südwestafrika gelebt hatte. „Onkel Peter sagt immer, das wären die besten Jahre seines Lebens gewesen", erzählte eine ältere Dame. „Sie dürfen sich glücklich schätzen, Afrika zu kennen."

Es war März, und das Meer war viel zu kalt zum Schwimmen. Einmal versuchte Dietrich es doch, als die Sonne besonders warm schien. „Zu viel Eis", meldete er, und sie verbrachten ihre Zeit in der Nähe des Hotels, liebten einander zwei- oder dreimal am Tag und sättigten sich an der Freude, die sie aneinander hatten. Es war eine Art wilder Flitterwochen, noch erregender durch das Bewußtsein, daß sie einander nachher kaum jemals wiedersehen würden. An einem durchfaulenzten Nachmittag lag Monica erschöpft im Bett und fuhr mit dem Zeigefinger die Nase ihres Geliebten entlang. „Endlich weiß ich, was ein Mann ist", sagte sie zu ihm. „Ich glaube, ich weiß jetzt alles, was man wissen kann, dank dir, und von jetzt an kann ich wählerisch sein, ohne von der Männlichkeit an sich allzusehr erregt zu werden."

„Du hast noch viel zu lernen. Kannst du dir zum Beispiel..." er legte seine kräftigen Hände um ihren Hals, „... vorstellen, unter welchen Umständen ich imstande wäre, dich umzubringen?"

„Natürlich!" Und sie erzählte ihm von ihrer Eskapade mit dem Musiklehrer in der englischen Schule. „Als er nicht genau wußte, was er tun sollte, fing ich zu lachen an und sagte etwas wirklich Scheußliches. Nein, ich werde es nicht wiederholen. Aber er wurde furchtbar rot, und ich kann verstehen, daß er in dem Augenblick imstande gewesen wäre, jemanden zu töten. Ich hatte nicht gerade Angst. Eher tat es mir leid, daß ich ihn verletzt hatte. So schlang ich meine Beine um ihn und zog ihn zu mir heran und zeigte ihm, was er tun sollte, und all seine Bitterkeit strömte aus seinem Körper."

„Aber kannst du dir die andere Seite vorstellen?" fragte Dietrich. „Zum Beispiel, wenn ich von einem langen Flug nach Johannesburg zurückkomme... ich bin erschöpft... meine Nerven liegen bloß wie Nadelspitzen. Und du hast neun Tage lang keinen Sex gehabt und du wartest auf mich und ich komme ins Bett und bin ganz und gar unfähig." Er zog die Laken zurück und berührte leidenschaftslos verschiedene Stellen ihres Körpers. „Du weißt, du bist so schön wie eh und je... mehrere Männer haben versucht, in dein Bett zu kommen, während ich weg war... und ich kann keinerlei Interesse aufbringen. Ich will nichts als schlafen. Verstehst du auch das?"

„So, wie du in diesen fünf Tagen warst, ist es schwer zu glauben", sagte sie.

„Aber es kommt vor", versicherte er, und sie fügte dieses Wissen ihrem Repertoire ein.

Als er zurück mußte, fuhr sie mit ihm zum Flughafen, sah ihn an Bord der Maschine nach Deutschland gehen und verließ den Flughafen ohne Trauer. Zweimal hatten sie von seiner Frau und von seinen Kindern gesprochen, und er hatte gestanden, daß er sie sehr liebte. Auch wußte sie, daß er die Lufthansa-Route nach Spanien nicht flog und daß nur irgendeine unvorhergesehene Fügung ihn in ihre Nähe bringen konnte. Sie lächelte, stellte sich seinen großen, männlichen Körper vor, während das deutsche Flugzeug über sie hinwegflog, und schickte sich an, ihn aus ihren Gedanken zu verbannen. Er hatte sie alles gelehrt, was sie wissen mußte, und für seine einfühlsame, lachende Unterweisung würde sie dankbar bleiben. Während sie dem

Flugzeug nachwinkte, dachte sie: Nach einem Schokoladenvertreter und einem Musiklehrer und einem verängstigten Regierungsbeamten brauchte ich ihn. Aber was nun?

Sie besaß zu diesem Zeitpunkt einhundertundvierzig Pfund und die Sicherheit eines kleinen Legats, das der Großvater mütterlicherseits ihr in London hinterlassen hatte. Die englischen Währungsbeschränkungen würden ihr zwar nicht erlauben, das gesamte jährliche Einkommen aus diesem Konto zu beziehen, aber sie würde genug zum Leben haben, auch wenn ihr Vater ihr nichts von seiner Pension schickte. Sie hatte daher keinerlei Befürchtung, als sie mit dem Autobus in das Zentrum von Torremolinos fuhr, das sie noch nicht kannte, weil sie mit Dietrich nur in deutschen Restaurants gegessen hatte.

Der Autobus hielt vor dem Zeitungskiosk, sie stieg aus, und es trieb sie zu der Bar mit der Tiefterrasse, wo sie einen Tisch mit einem guten Blick auf die vorübergehenden Touristen fand. Es war ein sonniger Nachmittag, und zum ersten Mal fiel ihr auf, daß eine höchst bunte, anziehende Menge von jungen Leuten den Ort bevölkerte. Innerhalb weniger Minuten sah sie Dutzende gutaussehender Schweden, einen ganzen Schwarm attraktiver junger Franzosen vorbeiflanieren. Hochgewachsene Amerikaner schlurften vorbei, und sie fragte sich, wie ein so desorganisiertes Volk Großbritanniens Rolle in der Welt übernehmen wollte.

„Bist du Engländerin?“ fragte ein Junge und stützte sich auf ihren Tisch.

„Nein“, log sie. Sie hatte im Augenblick keinerlei Lust, mit Landsleuten zu reden, und der junge Mann ging weiter.

„Dürfen wir uns zu Ihnen setzen?“ fragte eine fremdartig klingende Stimme, und als sie aufblickte, sah sie zwei japanische Studenten, die einen außergewöhnlich netten Eindruck machten. Ohne Umschweife erzählten beide, sie wären in den Vereinigten Staaten an der Hochschule gewesen und bereisten jetzt Europa, ehe sie heimfuhren. „Und woher kommst du?“ fragten sie.

„Vwarda.“ Sie war überzeugt, daß damit die Konversation beendet war. Doch da hatte sie nicht mit der Weltoffenheit der Japaner gerechnet.

„Ach so!“ rief der eine. „Ehemals Britisch-Kongo. Diamanten, Schwefel, Zinn. Wie macht sich Präsident M'Bele? Werden sie sich mit Sambia zusammenschließen?“

„Wieso weißt du etwas über den Präsidenten M'Bele?“ fragte Monica, erfreut und überrascht zugleich.

„Die Firma meines Vaters hat viele Geschäftsverbindungen mit Vwarda... Tansania... beiden Kongos."

„Was für eine Firma?"

„Stahl. Wir lieferten die Armierung für den großen Damm in Vwarda."

Sie redeten über viele Dinge, dann fragten die beiden, ob sie sie zum Abendessen ausführen dürften. „Könnt ihr ein zweites Mädchen auftreiben?" fragte sie, und sie gingen von Tisch zu Tisch, bis sie eine Französin fanden, die mitkommen wollte. Dann marschierten die vier in ein Fischrestaurant in der Nähe des Strandes, wo sie viele Stunden saßen und sich auf französisch über die schönen Teile der Welt unterhielten.

Gegen Mitternacht fragte ein Japaner: „Monica, warst du schon im ‚Arc de Triomphe'?" Als sie den Kopf schüttelte, rief er: „Dann los!" und sie gingen wieder bergauf ins Stadtzentrum, wo sie Karten für die Diskothek kauften. In dem überfüllten, lärmdröhnenden Raum fühlte sich Monica sofort zu Hause, denn der donnernde Beat war das einzige, was ihr während ihres Aufenthaltes bei den zufriedenen Deutschen gefehlt hatte. „Das ist die Sache!" rief sie, sprang auf den kleinen Tanzboden und begann einen jener Tänze, die keinen Partner erfordern und deren Ursprünge in den ältesten Tempeln Griechenlands und in den dunkelsten Hütten Afrikas zu suchen sind. In wilden Verrenkungen schlenkerten Arme und Beine, unnatürlich verriß sie Kopf und Schultern, ohne sich um den Rhythmus der elektronischen Musik zu kümmern. Es war eine fremdartige, leidenschaftlich-wilde Darbietung; alle, die sie an diesem ersten Abend sahen, bewunderten ihre Schönheit, und einer sagte es dem anderen weiter: „Das tolle Mädchen ist aus Vwarda." Ihre exotische Herkunft half ihr, in Torremolinos Fuß zu fassen.

Sie fand ein Zimmer im „Berkeley Square", einem der englischen Hotels, war aber nicht oft dort. Jeden Abend trieb sie sich in den Bars herum, bis der „Arc de Triomphe" öffnete. Nach kurzer Zeit hatte sie ein regelrechtes Gefolge, junge Männer verschiedener Nationalität, die sich redlich bemühten, in ihr Bett zu gelangen, und auch einige englische und amerikanische Mädchen, die instinktiv erfaßten, daß dort, wo Monica war, am meisten los sein würde. Nacht für Nacht saßen sie in der Diskothek, bei so betäubend lauter Musik, daß jede Konversation unmöglich war, und doch redeten sie, führten sogar ernste Diskussionen in einem kryptischen Stenogrammstil, der für jeden Menschen über fünfundzwanzig unverständlich war.

„Ja, weißt du..."

„Es ist Blödsinn ... Leute wie mein Alter ... er steht darauf ...“

„Wie ich sagte ...“

„Sie mal, das kauf ich. Das kauf ich groß ein ...“

„Freundchen ... mein Alter würde trotzdem nicht ... verstehst du?“

„Ja, aber wenn es sie glücklich macht, was sollst du dich zerfransen?“

„Stimmt – nichts dagegen zu sagen.“

Womit eine philosophische Debatte über die Existenz der Seele beendet war, wobei die Teilnehmer sich auf eine agnostische Haltung im Gegensatz zum ausgesprochenen Atheismus geeinigt hatten. In solchen Diskussionen versammelte Monica Leute von der Sorbonne und aus Oxford um sich, mit denen sie schlagfertig zweisprachige Debatten führte und automatisch aus dem Englischen ins Französische wechselte. Gelegentlich sprach die Gruppe auch in ganzen Sätzen.

Eines Nachts begleiteten die zwei japanischen Studenten sie zum Hotel zurück, und als sie ihr sagten, sie müßten am nächsten Tag heimfliegen, überkam sie plötzlich das Gefühl der Verlassenheit. Sie küßte beide zum Abschied, aber dann hatte sie einen guten Einfall: „Warum bleibt ihr nicht heute nacht bei mir?“ und die Drei gingen leise durch eine Hintertür und stahlen sich unbemerkt auf ihr Zimmer.

Sie entkleidete sich rasch und legte sich ins Bett, wobei sie andeutete, sie dürften neben ihr schlafen, falls sie Platz fänden. Sie schlüpften rechts und links von ihr unter die Decken, und nach einer Weile sagte der eine: „Ich will dich. Saburo kann im Badezimmer schlafen“, aber sie meinte: „Besser nicht. Schlafen wir einfach.“

Am Morgen beschwerte sich jemand über sie beim Hoteldirektor, der steif sagte: „Wir dulden dergleichen nicht. Besonders nicht mit Orientalen.“ Sie antwortete, er solle sich zum Teufel scheren, woraufhin er sie ersuchte, das Hotel zu verlassen und zwar sofort. Sie rief also nach den beiden japanischen Studenten, und miteinander marschierten sie hinaus, wobei sie über die Schulter zurückrief: „Sie können meine Kleider in den ‚Arc de Triomphe‘ schicken!“

Dort saß sie um vier Uhr nachmittags, als das Zimmermädchen mit ihrem Gepäck kam, einem kleinen Pappkoffer, den sie in Malaga gekauft hatte, und der Handtasche, mit der sie aus Vwarda durchgebrannt war. „Wohin gehst du?“ fragte eine sympathische Stimme, und als sie aufblickte, sah sie einen netten jungen Mann, der erklärte, er heiße Jean-Victor.

„Ich bin aus meinem Hotel rausgeflogen“, sagte sie.

„Etwas Ernstes, hoffe ich."

„Nein. Ich ließ zwei sehr nette Japaner mit mir in meinem Bett schlafen."

„Gut! Ein Gruppenmädchen!"

„Putz mal deine Phantasie." Sie lachte und zeigte auf einen Stuhl. „Wo kann man anständig wohnen?"

„Wie alt bist du?"

„Ich bin eine unabhängige Frau", sagte sie.

„Hier kommt mein Mädchen", sagte Jean-Victor. „Sandra, das ist ... wie heißt du?"

„Monica ... Braham."

„Ah, dann bist du die, von der ich in den Londoner Zeitungen gelesen habe?"

„Ich?"

„Ja! Dein Vater ist ein bekannter Irgendetwas. Er hat die Polizei gefragt, wo du bist. Du bist von irgendwo in Afrika durchgebrannt, stimmt's?"

„O mein Gott! Die Zeitungen. Hätte man wissen müssen, daß mein Vater es in die Zeitungen bringen würde. Wo hast du es gesehen?"

Sandra erklärte, ihr Vater habe ihr den Ausschnitt aus London geschickt und sie davor gewarnt, etwas ähnlich Unvernünftiges zu tun. „Ich möchte gern wissen, was er eigentlich glaubt, daß ich hier mache?" fragte sie ehrlich verwirrt.

„Hast du den Artikel?"

„In unserer Bude."

Sandra schlug vor, Monica hinzuführen und ihr den Zeitungsausschnitt zu zeigen, da Jean-Victor noch in der Stadt zu tun hatte. Die beiden Mädchen erkannten schnell, daß sie verwandte Seelen waren, und nach ein paar Minuten in der Wohnung, die Monica super fand, sagte Sandra in plötzlicher Begeisterung: „In der Ecke ist ein alter Schlafsack. Warum bleibst du nicht hier?"

„Darf ich?"

„Warum nicht? Es schlafen oft Leute bei uns auf dem Fußboden."

„Wer ist im zweiten Bett?"

„Ein besonders nettes Mädchen aus Norwegen, die dir sehr gut gefallen wird, und ein todschicker Amerikaner ... sehr ruhig, sehr gute Manieren."

„Hör mal, wenn ihr da ein Quartett habt ..."

„So ist es nicht ... eigentlich nicht." Und sie zog den karierten Schlafsack aus der Ecke und breitete ihn zwischen den beiden Betten auf dem Boden aus, damit Monica ihn ausprobieren könne.

„Nicht schlecht“, sagte Monica, und es war bezeichnend für den Geist, der hier herrschte, daß sie in die Gruppe aufgenommen, zum Abendessen eingeladen, der Norwegerin Britta und dem amerikanischen Bartender Joe vorgestellt wurde, bevor irgend jemand auf die Idee kam, sie zu fragen: „Übrigens, hast du Geld?“

„Ein bißchen von daheim.“

„Du gehörst zu uns“, sagte Jean-Victor, und Monica fragte: „Hat vielleicht einer von euch einen Joint? Zum Feiern?“ Britta und Joe erklärten, sie hätten für Marihuana nichts übrig, Jean-Victor und Sandra aber sagten, sie nähmen welches. Er zog eine Schachtel guter Zigaretten aus Tanger hervor, und nach dem ersten tiefen Zug sagte Monica mit Kennermiene: „Viel besser als das Zeug, das wir in Vwarda bekamen.“

# 4

# CATO

Am Ende der ersten Woche der Studentenkrawalle legte das „Komitee für die Rettung der Universität“ dem Aufsichtsrat der Universität ihre Forderungen vor, deren Punkte in toto akzeptiert werden sollten, bevor eine ernsthafte Diskussion beginnen könne:

1. Jeder schwarze Student, der zwei Jahre High School absolviert hat, muß ohne Aufnahmeprüfung auf der Universität inskribieren können.
2. Jeder schwarze Student, der für das Universitätsstudium zugelassen wurde, muß graduiert werden.
3. Mindestens zwanzig Prozent aller Lehrkurse müssen von schwarzen Professoren abgehalten werden. Ihr Fähigkeitsnachweis wird einzig und allein vom Komitee bescheinigt.
4. Jeder Professor, der in seinen Vorlesungen in irgendeiner Form auf die Geschichte der Neger Bezug nimmt, muß den Text seiner Vorlesung dem Komitee zur Genehmigung vorlegen.
5. Die Arbeitsvermittlungsstelle der Universität muß einem Schwarzen unterstehen, und mindestens sechzig Prozent seiner Assistenten müssen Schwarze sein.

Die Geschichte der amerikanischen Neger kann in einem Satz zusammengefaßt werden: Wer zuletzt kommt, geht als erster.

O Gott, mach die schlechten Menschen gut und die Guten liebenswürdig.

*Kindergebet*

Die weisesten meiner Rasse verstehen, daß in den Fragen der Gleichberechtigung jede Agitation äußerste Torheit ist und jeder Fortschritt im

Kampf um Privilegien das Ergebnis eines harten, immerwährenden Bemühens sein muß, nicht aber der Gewalt.

*Booker T. Washington (1850–1919)*

My mother bore me in southern wild,
And I am black, but O! my soul is white;
White as an angel is the English child,
But I am black as if bereaved of light.

*William Blake*

Ich wollte, ich könnte, um meinen nächsten jungen Mann vorzustellen, ein Pressephoto vorzeigen, das mehr als tausend andere die Emotionen in den Vereinigten Staaten und in gewissem Sinn auf der ganzen Welt konzentriert vor Augen führt. Wenn man das Bild ansah, hielt man inne und begann seine Überzeugungen und Vorurteile ehrlich zu überprüfen. Als ich es zum ersten Mal auf der Titelseite einer Zeitung in Vwarda erblickte, riß es mich hoch und ich rief aus: „Großer Gott, was machen sie nur?"

Die Photographie zeigte die Vorderansicht einer Episkopalkirche in Llanfair, einem der walisischen Vororte von Philadelphia zwischen Bala-Cynwyd und Bryn Mawr. Die Szene spielte an einem sonnigen Sonntagmorgen im März, ungefähr um die Zeit, zu der normalerweise die Pfarrangehörigen an ihrem Pfarrer vorbeidefilieren und ihm die Hand schütteln. Statt dessen verließen drei Neger, mit gezückten Maschinenpistolen rückwärts schreitend, aber über die Schulter blickend, um ihren Fluchtweg zu sichern, die Kirche. Der erste war bärtig, ungepflegt und furchteinflößend, der zweite groß und hager, mit schütterem Bart. Der dritte war ein gutaussehender Junge von etwa neunzehn Jahren, der ein völlig unpassendes Grinsen aufgesetzt hatte. Die Bildunterschrift besagte, der Anführer sei Vorsitzender eines Komitees, das der Episkopalkirche Llanfair soeben eine Forderung über zwei Millionen Dollar als Sühne für an Negern begangene Verbrechen überreicht habe. Die Männer trugen Maschinenpistolen, weil sie gewarnt worden waren, sie würden hinausgeworfen werden, wenn sie ihre Forderung in dieser Kirche präsentierten.

„Keiner wird keinen rauswerfen!" hatte der bärtige Anführer

gebrüllt, als seine Gruppe in die Kirche eindrang, und während er sein Manifest von der Kanzel aus verlas, standen seine zwei Helfershelfer neben ihm, ihre Maschinenpistolen auf die Köpfe der Kongregation gerichtet. Ein Zeitungsphotograph, den die weißen Pfarrangehörigen eingeladen hatten, damit er den Hinauswurf der Neger photographiere, stand wartend in der Menge, als das Trio die Kirche verließ, und es gelang ihm ein Schnappschuß, der ihm den Pulitzer-Preis eintragen sollte.

Der zweite Neger, der große, hagere, erschrak, als das Blitzlicht losging, und schoß in die Luft, was ein Loch in die Decke riß und den Eindringlingen eine zusätzliche Anklage eintrug. Die Polizei hatte, laut Pressebericht, die beiden Bärtigen bereits gefaßt und war zuversichtlich, auch den dritten zu finden.

„Das zweite, was ich an jenem Tag in Vwarda sagte, war: „Teufel, den Jungen da kenne ich!" Ich suchte den Namen in der Bildunterschrift, und natürlich war er es: Cato Jackson aus der Grimsby Street in Nord-Philadelphia. Ich kannte nicht nur ihn, sondern auch seinen Vater, Hochwürden Claypool Jackson, Afrikanische Kirche Unseres Erlösers, und der Grund, warum ich Hochwürden kannte, darf als ein interessanter Beitrag zur Zeitgeschichte gelten.

Meine Arbeitgeber in Genf sind amerikanische Staatsbürger. Ehe sie „World Mutual" gründeten, hatten sie sich in Staaten wie Minnesota und Massachusetts einen guten Namen gemacht. Sie wählten die Schweiz als Standort für ihre neue Gesellschaft, weil die Restriktionen daheim allzu drückend geworden waren und sie ein freieres Operationsgebiet brauchten. Sie verloren viel durch diese Entscheidung, denn sie hätten viel lieber von New York aus gearbeitet. Aber sie gewannen auch einiges.

Sie verloren vor allem die Tuchfühlung mit den Problemen in den Vereinigten Staaten. Trotzdem war unser Team sehr wohl darüber im Bilde, was sich in Amerika tat, und wir wollten an der Entwicklung teilnehmen ... auf unsere Weise.

Ein Problemkreis, an dem wir besonderes Interesse hatten, waren die Rassenbeziehungen. Als internationale Gesellschaft konnten wir es uns nicht leisten, irgendeine Menschengruppe von oben herab anzusehen. Eines unserer ertragreichsten Geschäfte war die Zusammenarbeit mit einer Gruppe anscheinend einfältiger japanischer Unternehmer gewesen, die sich dann als klug genug gezeigt hatten, einen schändlichen Handel mit uns durchzudrücken. Sie konnten es sich leisten, weil sie etwas hatten, von dem wir wußten, daß es uns

Profit einbringen würde – eine neue Art von Stahl. Wie ich bereits berichtet habe, war ich Konsulent einer Negerrepublik.

Wir waren also mehr als willig, allen Negern, die vorhatten, einen Ausweg aus dem Dschungel zu suchen, zu dem Amerika für sie geworden war und in dem sie noch gefangen waren, unser Wissen und unser Geld anzubieten. Unsere Gruppe empfand keine besondere Liebe für die Neger, hatte keine Illusionen, daß sie besser seien als andere. Aber wir wußten, daß sie zwölf Prozent der amerikanischen Bevölkerung ausmachten, und wir fanden in der Weltgeschichte kein einziges Beispiel dafür, daß eine Nation eine Führerrolle übernommen hätte, die einen so hohen Prozentsatz ihres Menschenpotentials zur Halbexistenz verdammte. Sogar die großen sklavenhaltenden Völker der Geschichte hatten ihre Sklaven zu Höchstleistungen ermutigt, und es war undenkbar, daß eine freie Demokratie weniger tun sollte. Wir überprüften daher die Lage in Amerika sehr genau und suchten einen erfolgversprechenden Ansatzpunkt für eine Dreißig- oder Vierzig-Millionen-Dollar-Investition, mit der wir demonstrieren wollten, was durch eine Zusammenarbeit von Negern und weißen Geschäftsleuten erreicht werden konnte.

Wir wählten Philadelphia, weil es in dieser Stadt viele schwarze Stadtteile mit aus dem Süden zugewanderten Negern gab und in den Vororten gebildete und im allgemeinen fortschrittlich eingestellte Weiße lebten. Wie üblich wurde ich beauftragt, Möglichkeiten zu erkunden, jedoch eine Hoffnung nach der anderen zerrann vor meinen Augen. In den Vororten hatte die weiße Führungsschichte keinerlei Verständnis für die Problematik, mit der sie hier überfallen wurde. Im Zentrum waren die Neger in der Finanzgebarung so ahnungslos, daß ich nicht einmal einen Anknüpfungspunkt finden konnte. In diesem Stimmungstief ging ich eines Sonntags in die Afrikanische Kirche Unseres Erlösers, nur um zu hören, mit welcher Art von Religion sich diese führerlosen Menschen trösteten. Es war eine niederschmetternde Erfahrung. Der Pfarrer war Hochwürden Claypool Jackson, ein wohlwollender Mann Ende der Fünfzig, der, wenn man die Größe seiner Kirche in Betracht zog, eine wirkliche Führerpersönlichkeit hätte sein müssen. Statt dessen war er ganz offensichtlich eine Art Onkel Tom in der Sutane mit einer sehr paradiesischen Auffassung von Gott und den Menschen. Er predigte in sehr saftigem Dialekt, wobei er eine höchst farbige Version von Daniel 3 zum besten gab, die er „die Geschichte der drei kleinen Hebräerkinder Schadrach, Meschach und Abed-Nego“ nannte. Er war offenbar von den drei poetischen Namen so fasziniert, daß er sie immer und immer wieder laut zitierte. In der Bibel werden die drei Namen innerhalb von neunzehn Versen dreimal genannt, immer in derselben Reihenfolge, und Hochwürden Jackson fand, was für die Bibel gut genug sei, sei auch für ihn gut genug. Die Namen hallten durch die Kirche, und sooft er sie ausrief, schrie jemand in der Kongregation: „Ach, die armen Hebräerkinder."

Ganz besonders liebte Hochwürden Jackson die Stelle, die die Vorbereitungen für den Feuerofen schildert: „Und er befahl, man solle den Ofen siebenmal heißer machen, denn man sonst zu tun pflegte. Und er befahl den besten Kriegsleuten, die in seinem Heer waren, daß sie Sadrach, Mesach und Abed-Nego bänden und in den glühenden Ofen würfen. Also wurden diese Männer an ihren Mänteln, Schuhen, Hüten und anderen Kleidern gebunden und in den glühenden Ofen geworfen."

Er donnerte weiter, beklagte das Schicksal der drei kleinen Hebräerkinder, aber ich hatte keine Ahnung, worauf er hinauswollte. In seiner Schlußrede nach der Rettung der drei rief er jubelnd: „Und heute haben wir in unserer Mitte einen guten Herrn, der gekommen ist, um uns zu retten. Er sitzt jetzt unter uns, den ganzen Weg aus der Schweiz her ist er gekommen mit Millionen von Dollars für Läden und Kirchen und Schulen und vielleicht sogar Fabriken. Hier sitzt er, ein Herr von großer Macht, und wenn ihr Ältesten mit den Opfertellern höflich seid, wird er uns sicherlich wenigstens fünfzig Dollar geben."

Ich machte mich so klein wie möglich, aber die Ältesten stürzten sich auf mich, und ich konnte nicht umhin, fünf Zehner herunterzublättern, die der Mann mit dem Teller im Triumph zum Altar brachte und der Gemeinde zeigte. Es folgten Hymnen, Ankündigungen, ein langes Schlußgebet, in dem ich lobend erwähnt wurde, dann war der Gottesdienst zu Ende. Ich versuchte, durch eine Seitentür zu entkommen, um Hochwürden Jacksons überschwenglichem Dank auszuweichen, fand aber meinen Fluchtweg von einem schlanken, biegsamen jungen Schwarzen versperrt. „Versuchen Sie auszurücken? Konnten wohl Vaters hochtrabende Affenscheiße nicht verkraften?"

Und so lernte ich Cato Jackson kennen.

In den folgenden Wochen wurde Hochwürden Claypool Jackson zu einer richtigen Plage für mich. Ganz gleich, in welcher Situation, er gab sich als salbungsvoller Narr, der sich keineswegs schämte, die Rolle eines Plantagennegers zu spielen, der den Weißen einseift, um zu bekommen, was er will. In meinem Fall wurde das Problem noch verschlimmert, weil er wußte, daß ich eine große Geldsumme zu vergeben hatte, und sich einbildete, nur er könne mir raten. Besonders irritierte es mich, daß er die Rolle eines Negerführers annahm und für eine Million oder mehr Neger von Philadelphia sprechen wollte. Das wäre erträglich gewesen, wenn er irgendein Verständnis für die Negerbevölkerung gezeigt hätte, aber in seiner kindlichen Einfalt wußte er nicht das geringste vom wirklichen Leben in den übervölkerten Straßen. Jeder Rat, den er mir gab, war nicht nur unwesentlich, sondern sogar schädlich.

Seine neugotische Kirche stand Ecke Grimsby Street und Sechste Straße, sein Haus war zwei Häuserblocks entfernt Ecke Grimsby Street und Vierte Straße. Nimmt man beide Punkte als Brennpunkte einer Ellipse von sechs oder sieben Häuserblocks nach jeder Richtung, so waren Kirche und Pfarrhaus Zentren eines Gebietes, das geradezu einen Modellfall für den Zusammenbruch des städtischen Lebens, soweit es die Neger betraf, darstellte. Innerhalb der letzten zwei Jahre waren in diesem Areal sechs erwachsene Neger, sieben Kinder und Jugendliche und außerdem noch drei jüdische Kaufleute ermordet worden. Neunundsechzig von hundert Geburten waren unehelich, vierzehn erwachsene Männer lebten vom Heroinverkauf an die schwarzen Schüler des nahen Gymnasiums, wo in vier Fällen Schüler die Lehrer in ihren Klassen tätlich angegriffen hatten und eine Lehrerin im Speisesaal vergewaltigt worden war.

Diese Ellipse der Zukunft wurde vor allem von irischen und italienischen Polizisten kontrolliert, deren gefühlsmäßige Bindung an den Katholizismus ihnen jedes Verständnis für die Lebensweise und die Sorgen und Hoffnungen der Negerbevölkerung nahm. Zweimal war der Bezirk am Rand einer Explosion gestanden: einmal, als ein weißer Polizist von einem elfjährigen Negerjungen erschossen worden war, und einmal, als Neger sahen, wie ein weißer Polizist einen Negerjungen durch Mund-zu-Mund-Beatmung zu retten versuchte und selbstverständlich annahmen, der Polizist erwürge den Jungen, woraufhin sie den Polizisten attackierten. In dem Tumult war der Junge gestorben, und der Polizist hatte ein Auge verloren.

Was Prostitution, Rauschgiftsucht, Analphabetismus, Arbeitslosigkeit, Diebstahl und andere Anzeichen des Zusammenbruchs einer Stadt betraf, war der Wohnbezirk um Hochwürden Jacksons Kirche eine Welt für sich. Wir hatten eben darum dieses Viertel für unser Experiment gewählt. Wir waren überzeugt, daß die Menschen hier noch zu retten waren. Wir wollten dieser ratlosen Gruppe helfen, eine solide wirtschaftliche Basis zu finden, auf der sie ihr Gemeinwesen und ihre Familien wiederaufbauen konnte. Für uns war Grimsby Street Herausforderung und Verheißung zugleich. Wir mochten die Neger, hatten Verständnis für ihre besonderen Probleme, und wollten mit ihnen arbeiten. Wir wußten, daß nur radikale Lösungen Aussicht auf Erfolg boten, und waren zu solchen Lösungen bereit.

Ich war daher verzweifelt, als Hochwürden Jackson darauf beharrte, das einzige, was ich tun könnte, um der Negerbevölkerung zu helfen, sei – nun, was wohl? „Mr. Fairbanks, ich bin fest davon überzeugt: Das Allerwichtigste für uns wäre, daß Sie die Hypothek, mit der unsere Kirche belastet ist, abzahlen."

Ich war wie vor den Kopf geschlagen, wollte aber sehen, was er sich vorstellte. „Wieviel?"

„Einhundertachtundachtzigtausend Dollar."

„Wie kommen Sie zu einer so hohen Hypothek?"

„Als wir die Kirche kauften..."

„Was meinen Sie damit?"

„Gott hat uns dieses großartige Gebäude nicht geschenkt. Wir haben es gekauft."

„Von wem?"

„Von den Weißen. Als sie in die Vororte hinauszogen."

„Wieviel haben Sie dafür bezahlt?"

„Zweihundertfünfzigtausend Dollar."

„Und sie haben schon mehr als sechzigtausend von der Hypothek abgezahlt?"

„Ja", sagte er stolz. „Alle unsere Bemühungen – Kuchenverkäufe, Wohltätigkeitsbasar, besondere Sammlungen im Sommer – alles, was wir tun, ist auf das große Ziel ausgerichtet: Gottes Haus frei von Schulden dastehen zu lassen."

Es fiel mir auf, daß er sich in seinen Gesprächen mit mir nicht des übertriebenen Dialekts seiner Predigten bediente. Er war auf einem College im Süden gewesen und hatte offenbar davon profitiert. „Unsere Gemeinde ist darauf angewiesen", erklärte er mir, „daß diese Hypothek abgezahlt wird, so daß unser herrliches Gebäude wie ein Leitstern dastehen und uns an das Leben erinnern kann, das Jesus von uns erwartet."

„Ist die Kirche ein Führer der Jugend?" fragte ich. „O ja! Vergangenen Sommer waren es die jungen Leute, die den Großteil unserer Geldmittel sammelten. Wenn Sie unseren Chor ansehen, werden ihnen die vielen jungen Gesichter auffallen."

„Und die jungen Leute auf der Straße? Jene, die die Lehrer verprügeln?"

„Manche sind vom Herrn abgefallen, aber wenn unsere Kirche stark wird, werden sie zurückkehren. Sie sprechen auf eine gute Predigt an, genau wie die anderen. Ich bin sicher, daß die schwarze Gemeinde in Philadelphia vor allem eines braucht: daß diese Kirche ohne Schulden dasteht. Dann kan sie ihre führende Rolle behaupten."

Bei jeder öffentlichen Versammlung kam Reverend Jackson auf dieses Thema der religiösen Führungsrolle zurück. Vor dem Publikum hielt ihn zwar sein Anstandsgefühl davon ab, die eigene Sache zu forcieren, und er erwähnte die Hypothek nicht, aber nachher fing er mich immer allein ab und flehte mich an, ihm dabei behilflich zu sein, seine Schulden zu bezahlen.

Meine Versuche, Mittel aus Genf zu investieren, brachten der Negerbevölkerung und auch mir zwiespältige Erfahrungen. Einerseits gab es einen kleinen Kreis gebildeter Negerexperten, die mir vernünftige Pläne für einleuchtende Projekte vorlegten: Kleinkreditbanken, Industriezentren, Handelsprojekte, genossenschaftliche Wohnungen für jungverheiratete Arbeiter, dazu eine Idee, die mir besonders gefiel: eine Versicherungsgesellschaft, die sich auf Polizzen für ledige Mütter spezialisieren sollte, um die Erziehung und Ausbildung ihrer Kinder im Falle eines Unglücks sicherzustellen. Nach Zusammenkünften mit solchen Männern kam ich voll Begeisterung in mein Hotelzimmer zurück und dachte: „Diese Gemeinde hat alle Intelligenz, die sie braucht. Morgen fangen wir an."

Anderseits aber war da Nordness, ein hochgewachsener, säuerlich dreinschauender, unfroher Mensch aus Minnesota, der als Bürodirektor für das Philadelphiaprojekt mit mir aus Genf hierhergekommen war und mir fast ein Magengeschwür einbrachte. Sooft ich am Morgen kam, voll Begeisterung für ein vielversprechendes Projekt, erschien Nordness wie ein Gespenst in meinem Büro und begann sein Klagelied. Es war immer dasselbe. „Ich habe unseren Chefsekretär sehr sorgfältig ausgewählt, Mr. Fairbanks. Endlich fand ich einen Neger, der einen viel besseren Eindruck machte als unser Sekretär in Genf. Aber heute ist sein sechster Arbeitstag – und wo ist er?" Am siebenten Tag, am achten und am neunten begrüßte mich Nordness am Morgen mit dem traurigen Bericht, der Sekretär fehle immer noch. Am zehnten Tag lächelte Nordness sein bitteres Lächeln: „Unser Mann ist wieder da. Und als ich ihn fragte, wo er vier Tage lang gewesen sei, was meinen Sie, antwortete er? ‚Hören Sie, Harry war in einer schlimmen Klemme, irgend jemand mußte ihm helfen.' Und wer ist Harry? Ein Vetter dritten Grades!"

Nordness war fest überzeugt, daß für einen Neger jeder Zwischenfall, der irgendeinen Bezug auf das Familienleben hatte, Anlaß war, seine Büropflichten zu vernachlässigen. „Und der Begriff Familie ist im allerweitesten Sinn zu verstehen", sagte er verärgert. „Diesmal war es ein Autounfall, in den der Neffe der Frau, mit der der Onkel dieses Mannes verheiratet ist, verwickelt war. Der Mann blieb zwei Tage lang weg, und als ich ihn fragte, wie er das rechtfertigen könne, sagte er: ‚Es geht doch hier um einen Jungen! Er muß vor den Bullen beschützt werden.'"

Wenn ich ein Projekt vorbereitete, bei dem Leistungskriterien wesentlich waren, hielt Nordness die Dinge zu Anfang recht gut in Gang. Bald aber war er wieder in meinem Büro und schimpfte, er könne die Negervorarbeiter nicht dazu bringen, einen gleichbleibenden Produktionsstandard aufrechtzuerhalten, weil sie sich mit jedem Arbeiter identifizierten, der ein Spezialproblem habe. Eines Tages fragte mich Nordness fast unter Tränen: „Was zum Teufel denken Sie, wo unsere Kassiererin steckt? Ich schicke einen Boten, und er kommt mit der guten Nachricht zurück:, Miß Catherine sagt, sie muß ihre Tante in Philadelphia-West besuchen. Sie wird anfang nächster Woche zurück sein.'"

Leicht ungeduldig sagte ich: „Sie sind offenbar nicht imstande, sich der Negergemeinschaft anzupassen." Dann machte ich einen Vorschlag, der an sich nicht ernst gemeint war: „Vielleicht wären Sie drüben in Genf glücklicher." „Ich könnte noch heute abend gehen!" rief er. „Ich bin offenbar von der Arbeit mit den Deutschen verwöhnt. Bei denen einigt man sich auf ein System, und danach wird dann gearbeitet."

Ich fragte ihn: „Können Sie sich nicht eine Welt vorstellen, in der Deutsche und Neger, jeder auf seine eigene Art, arbeiten?" – „In zweihundert Jahren", antwortete er, „werden die Neger vielleicht lernen, wie die Deutschen zu arbeiten. Bis dahin pfeife ich auf Philadelphia." Er zuckte mit den Achseln, zum Zeichen, daß es ihm völlig egal war, was mit dieser Stadt geschah, und am selben Abend saß er im Flugzeug nach Genf.

So versank ein hoffnungsvolles Projekt nach dem anderen in dem Sumpf der Gleichgültigkeit. Ich vergeudete ein paar Millionen Dollar und erreichte wenig. Sooft aber irgendein Unternehmen scheiterte, war Hochwürden Jackson schon an meiner Seite. „Es ist so, wie ich Ihnen von Anfang an sagte, Mr. Fairbanks: Was braucht

Philadelphia wirklich? Daß die Hypothek dieser Kirche abgezahlt wird, damit sie ihre moralische Autorität geltend machen und für diese guten Leute bindende Richtlinien schaffen kann."

Wenn ich in einer neuen Stadt arbeite und das dortige Wasser trinke, bekomme ich sehr oft eine Fieberblase, und wenn ich nichts dagegen unternehme, kann das sehr lästig werden. Ein österreichischer Apotheker hat eine Salbe entwickelt, mit der man Fieberblasen fast augenblicklich wegbringt, und ich trage meist eine Tube davon bei mir, aber nun hatte ich eben keine. Darum ging ich eines Abends nach einer Gemeindeversammlung in Hochwürden Jacksons prächtiger Kirche in einen Drugstore Ecke Grimsby und Siebente Straße, auf halbem Weg zwischen der Kirche und dem Pfarrhaus. Als ich die Tür öffnete, meldete eine altmodische, durch eine Feder betriebene Glocke dem noch nicht sichtbaren Apotheker, daß jemand sein Geschäft betreten hatte. An der gegenüberliegenden Wand hing eine große Tafel: „Lächeln Sie, der Geschäftsdetektiv beobachtet Sie", und auf Photographien wurde gezeigt, wie eine unsichtbare Kamera Aufnahmen machte, auch wenn der Eigentümer nicht anwesend war. Auf einem recht schmutzigen Tisch lag ein Sonderangebot für puertoricanische Kunden: Emulsion Gimenez, mit dem Portrait eines kahlköpfigen Arztes mit Samtkragen Anno 1905. Auch Agua de Azahar gab es und ein auffallend rotes Paket mit der Aufschrift: Assassine! Bekämpft Wanzen, Schaben und anderes Ungeziefer.

Eine Schwingtür im Hintergrund ging auf, und der Apotheker, ein ältlicher Mann mit einem Zelluloidschildchen auf dem Revers, das seinen Namen, Dr. Goldstein, trug, kam langsam auf mich zu und begrüßte mich. Er hatte von der österreichischen Salbe gehört. Er hatte sie nicht auf Lager, aber er meinte, er könne sie vom Großhändler bekommen. „Kommen Sie morgen wieder, da werde ich sie vermutlich haben."

Wenn ich etwas bestelle, das der Ladeninhaber unter Umständen nicht an jemanden anderen verkaufen kann, zahle ich immer im voraus, und als ich dies jetzt tat, lächelte der alte Mann. „Das geschieht hier nicht oft. In der Apotheke meines Vaters in Deutschland war es üblich."

„Wie sind die Leute hier im Bezahlen ihrer Rechnungen?" fragte ich.

Er seufzte. „Es ist sehr schwierig. Dieses Viertel ist die Hölle auf Erden, zu unserer Prüfung hier eingerichtet."

„Sind die Neger so gewalttätig?" fragte ich.

„Nein! Sie sind im Grund gute Menschen. Die Hölle ist schlimmer für sie als für uns. Aber ich glaube nicht, daß ein Weißer, jedenfalls nicht ein Jude…" Er zuckte mit den Achseln. „Wir müssen weg von hier. Dreimal haben sie die Tür aufgebrochen, um Heroin zu bekommen, aber ich führe es nicht. Da werden sie wütend, schlagen alles kurz und klein und trinken vier Liter Opiumtinktur, die sie umbringt. Ist das zivilisiert?"

Ich fragte ihn nach den Arbeitsmethoden, die Mr. Nordness so entsetzt hatten, und er sagte: „Ich habe es mit Negerassistenten versucht. Meine schwarzen Kunden hatten sich beschwert, daß meine Gehilfen Juden waren, und es war eine gerechte Beschwerde. Also stellte ich dreimal junge Schwarze an – und was geschieht? Entweder sie bestehlen mich schamlos oder sie öffnen an meinem freien Tag den Laden nicht. Also muß ich sie entlassen – und dann werfen sie mir Diskriminierung vor."

„Was wird geschehen?"

„Zeit wird vergehen. Ich könnte Sie in ein Dutzend Wohnungen in dieser Gegend führen, in denen einige der besten Menschen Amerikas leben. Gutgesinnt, großzügig, anständig. Haben Sie von Leroy Clore gehört? Spielt dritte Base für Chicago… American League will ich sagen. Nun, er wohnt einen Block von hier entfernt, und wenn er jetzt hereinkäme und sagte: ‚Morris, ich brauche dreihundert Dollar', so würde ich sie ihm geben. Ich habe große Hoffnung, daß wir in fünfzehn Jahren viele Leroy Clores haben werden. Aber bis dahin – nichts als Schwierigkeiten."

Am nächsten Tag wollte unsere Sitzung kein Ende nehmen. Hochwürden Jackson behauptete, der Mißerfolg unserer kommerziellen Projekte sei ein Beweis dafür, daß wir unsere Gelder den Kirchen zufließen lassen müßten. Die Fieberblase schmerzte, was seinen Refrain doppelt lästig machte, und ich fürchte, ich wurde brüsk. Er lächelte wohlwollend. „Zuletzt werden Sie doch erkennen, daß ich recht habe. Wir müssen die Kirche aufbauen, so daß sie ein Leuchtfeuer sein kann." Das ärgerte mich so, daß ich in Versuchung kam zu sagen: „Warum zünden Sie dann das verdammte Ding nicht an?" Statt dessen preßte ich die Oberlippe gegen die schmerzende Fieberblase und versicherte, wir würden alle Vorschläge prüfen. Angeekelt verließ ich die Sitzung und ging in die Siebente Straße, um zu sehen, ob Dr. Goldstein meine Salbe habe, aber ich konnte nicht zum Laden gelangen.

Eine gaffende Menschenmenge stand da, größtenteils Neger, die zusahen, wie sich zwei Polizeiwagen mit Blaulicht aber ohne Sirenengeheul durch die Menge schoben. In diesem Stadtteil war es tunlich, ohne Sirenen zu fahren, denn schon ein Scheinwerfer konnte eine nicht mehr kontrollierbare Menge anlocken. Die Polizisten, von denen mehr als die Hälfte Neger waren, rannten von den Wagen in ein Wohnhaus, wie es vorerst schien, aber als ich mich endlich durch die Menge geschoben hatte, sah ich, daß sie in die Apotheke geeilt waren.

Dr. Goldstein lag neben der Tür in einer Blutlache, von Mördern niedergeschossen, deren Motiv völlig unklar war. Bevor ich noch Fragen an die Umstehenden stellen konnte, kam ein ältlicher Jude aus einem nahen Gebäude herbeigelaufen und schrie mit lauter Stimme: „Ich habe ihm hundertmal gesagt: ‚Morris, geh fort!' Im nächsten Monat hätten wir den Laden verkauft." Er wies sich als Julius Goldstein aus, Apotheker, Bruder und Teilhaber des Toten.

Ein weißer Polizist wollte ihn zurückhalten, aber Goldstein drängte an ihm vorbei in den Laden, sah den blutüberströmten Leichnam seines Bruders und begann Anklagen gegen die Neger und das dem Untergang geweihte Viertel zu brüllen. Es war eine häßliche Situation, und der Jude erreichte nichts mit seinen generellen Anschuldigungen.

„Bringt ihn weg!" befahl ein weißer Polizist. Als er mich erblickte, rief er: „Sie auch! Raus!" Ein schwarzer Polizist packte mich und schob mich in Richtung Tür, da trat ein junger Mann aus dem Schattten. „Laß das, Mensch. Er ist einer von uns." Der Polizist sah den jungen Mann an, nickte, ließ die Hand von meiner Schulter fallen und fragte: „Was sagst du zu dem, was da geschehen ist, Cato?"

Der junge Mann drehte sich um, musterte den Drugstore, zuckte mit den Achseln und fragte seinerseits: „Überrascht es dich?" Der Polizist zuckte ebenfalls mit den Achseln und ging. Nun sagte der junge Mann: „Wir kennen einander aus der Kirche meines Vaters. Ich bin Cato Jackson."

Diese Nacht war eine Offenbarung für mich. Cato Jackson, dem der Mord sehr naheging, mehr als er im Drugstore gezeigt hatte, ging sechs Stunden lang mit mir durch die dunklen Straßen und Gassen, in denen er aufgewachsen war, und gewährte mir Einblick in seine Verwirrung und seine Ängste. Er war im siebenten Semester an der Universität von Pennsylvanien, mit einem Jahr Vorsprung. Als er vierzehn war, hatte ein Komitee der Fakultät seine hohe Begabung erkannt und ihm ein vorbereitendes Stipendium verliehen. Nun absolvierte er Lehrgänge, die ihn zum Spezialisten in städtischen Angelegenheiten machen würden, und schnitt anscheinend ausgezeichnet ab. Innerhalb einer Stunde sagte er mehr von Belang, als sein Vater in zwei Monaten von sich gegeben hatte. Ich werde nicht versuchen, hier unser Gespräch zu wiederholen, und will mich auf die Hauptpunkte beschränken:

„Mein Vater kam als geweihter Priester von Süd-Carolina hierher. Was das bedeutet, brauche ich wohl nicht zu sagen. Hier in Philly eröffnete er eine Kirche in einem Laden, und wie Sie selbst gemerkt haben, kann er recht gut predigen, also machte er sich. Ich meine, er scharte eine Gruppe getreuer Gefolgsleute um sich und konnte nicht nur selbst leben, sondern auch seine Gemeinde aus der Ladenkirche in einen kleinen Ziegelbau in Grimbsby-Süd übersiedeln – etwa zweiundzwanzig Häuserblocks von seiner jetzigen Kirche entfernt.

Er war immer geschickt im Geldeinsammeln gewesen und hatte den Ziegelbau bald ausbezahlt. Und nun kommt der Haken. Schwarze ließen sich in diesem Viertel nieder und Weiße zogen aus. So entstand die neugotische Kirche, in der Sie neulich waren, meist leer... keine Weißen, während Vaters kleiner Ziegelbau von Schwarzen überfloß. Die weiße Kongregation, die sehr reich war, übersiedelte nach Llanfair, baute dort eine schöne neue Kirche und suchte nach Möglichkeiten, die alte anzubringen.

Die Episkopäler sind schlau. Ich nehme an, alle Christen sind schlau. Jedenfalls schlugen sie einen Handel vor, wonach mein lieber Vater ihnen zweihundertfünfzigtausend Dollar für ihre alte Kirche zahlen sollte. Das war ihr Preis. Es fiel ihnen überhaupt nicht ein, daß sie die Kirche mehr als hundert Jahre lang benützt hatten... daß sie einen Riesenvorsprung hatten und die Kirche den Nachfolgenden geben sollten. Nein, sie nahmen ihre Gewinne, ihre Geschäfte, ihre Steuern mit sich – und dann verkauften sie meinem Vater auch noch ihre alte Kirche.

Er hatte zwanzigtausend Dollar aus den Sammlungen in der kleinen Kirche gespart. Und er konnte den Ziegelbau für dreißigtausend verkaufen. Damit hatte er also seine Anzahlung. Dann bekam er die Zweihunderttausend-Dollar-Hypothek von denselben Christen, die ihm ihre abgenützte Kirche verkauften, und nun arbeiten er und seine Pfarrkinder zwölf Monate im Jahr, um den reichen Leuten draußen den Rest zu bezahlen."

Als er das sagte, überquerten wir eben den Schuykill-Fluß und sahen von der Brücke aus die reizvolle Silhouette des Alexander-Hamilton-Platzes.

„Wenn ich die Umrisse dieses Platzes betrachte", sagte Cato, „was glauben Sie, daß ich da sehe? Sagen zuerst Sie mir, was Sie sehen."

„Ich sehe sehr schöne alte Gebäude", sagte ich. „Sie sollten erhalten bleiben ... wenn Sie das meinen."

„Das meine ich nicht. Ich meine die glänzenden Messingschilder." Er führte mich zu den Häusern die den Platz säumten, und ließ mich die Namensschilder der Organisationen lesen, die in diesen vornehmen Gebäuden ihr Hauptquartier hatten: Frauenklubs, kirchliche Vereine, Stiftungen und all die freiwilligen Gruppen, die für die Wohlfahrt einer Gesellschaft so wesentlich sind.

„Jeder Verein steuerfrei", sagte Cato. „Jeder nimmt Geld von der Stadt und gibt es in den Vororten aus. Dieser Platz ist das geistige Zentrum der Vororte. Und nicht ein einziges gottverdammtes Komitee hier tut irgend etwas für die Stadt. Aber alle sind von den städtischen Abgaben befreit."

Er führte mich zu anderen Plätzen. „Auf diesem Platz sind sechzig Prozent der Gebäude steuerfrei, und jedes einzelne operiert einzig und allein zum Nutzen der Vororte. Hier sind einundfünfzig Prozent steuerfrei. Dort drüben haben die Fabriken geschlossen, sie zahlen keine Steuern. Wohin man auch schaut, überall ist die Stadt ausgeweidet. Alles zieht entweder in die Vororte oder wird steuerfrei."

„Ich nehme an, Sie studieren dieses Problem an der Universität", warf ich ein.

„O nein! Penn ist am allerschlimmsten. Dieser Riesenkomplex hier im Herzen der Stadt, der keine Steuern zahlt für Leistungen, für die wir Schwarzen natürlich bezahlen müssen."

„Aber sie ermöglichen Ihnen eine Ausbildung."

„Ungern."

Wir gingen weiter durch die Stadt, und zum ersten Mal sah ich eine amerikanische Metropole mit den Augen eines verbitterten jungen Negers. „Obwohl die reichen weißen Protestanten mit ihren Vermögen geflohen sind und obwohl sie ihre gebrauchten Kirchen an Leute wie meinen Vater verkauft haben, geben sie die Kontrolle nicht aus der Hand. Sie benützen die Steuerfreiheit, um uns zu terrorisieren. Mit Hilfe der Staatslegislatur halten sie uns davon ab, uns selbst zu regieren. Sie kastrieren die Stadt, rauben sie aus – dann werfen sie sie uns zu und sagen: ‚Jetzt ist sie euer Problem.' Aber sie überlassen uns weder Geld noch Kontrolle."

Zwei Polizisten in einem Streifenwagen fuhren langsam an uns vorbei, verständlicherweise neugierig, wieso ein Weißer nach Mitternacht in diesem Teil der Stadt spazierenging. Sobald die Insassen – ein Weißer und ein Schwarzer – Catos und mein Alter sahen, hielten sie uns für Homosexuelle. „Haltet eure Nasen sauber", riefen sie uns warnend zu.

„Eines behält der Weiße unter Kontrolle, wenn er die Stadt verläßt", sagte Cato, als der Wagen langsam weiterfuhr. „Die Polizei. Die behält er aber verdammt sicher unter Kontrolle. Wissen Sie warum?"

Auf meine verneinende Antwort tat er etwas Seltsames. Er verfiel in einen uralten Dialekt, den seine Familie während ihres Aufenthaltes in den Küstensümpfen von Süd-Carolina gelernt hatte. Geechee nannte es Cato, und es war für mich fast unverständlich, eine Mischung aus afrikanischen Wörtern, Gegrunze und ironischen Verdrehungen. Glücklicherweise war es vermischt mit dem, was Cato als „Mittelhoch-Stepin-Fetchit" bezeichnete. Diese Melange verwendeten Cato und seine Freunde, wenn sie eine „Farce" inszenierten. Dabei verspotteten sie die Weißen, indem sie ihren Rassenphobien in übertriebener Form entsprachen. Cato war ein Meister in dieser Kunst. Leider kann ich die afrikanischen Wörter, die er verwendete, hier nicht wiedergeben, noch auch den ganzen Einfallsreichtum seiner verzerrten Grammatik; dem Sinn nach sagte er etwa Folgendes: „Yassuh, Mister Charley, ich und meine Jungs, eines Nachts versammeln wir uns und ziehen mit Knüppeln und Messern und Schlingen schnurstracks nach Chestnut Hill und Llanfair und Ardmore und all den hochtrabenden Orten, und wir marschieren in die feinen" – er sagte *foihnen* – „Wohnviertel wie Jenkintown und Doylestown und wir morden und vergewaltigen und brandschatzen in den Vororten. Yassuh, Mister Charles, das haben wir vor."

„Einen habt ihr vor ein paar Stunden ermordet", sagte ich verärgert.

„Haben Sie den Bezirk gesehen, in dem ich wohne?" fragte er, wieder ernst werdend.

„Ja."

„Wundern Sie sich nicht, daß nicht mehr Morde geschehen sind?"

„Ein einziger entsetzt mich."

Die Endgültigkeit meiner Antwort ließ ihn verstummen. Dann sagte er unvermittelt: „Sie haben mich gefragt, ob ich meine Ideen aus Penn habe. Ich sagte nein. Würde es Sie interessieren, zu sehen, woher ich sie bekomme?“ Als ich nickte, schaute er auf seine Uhr – eine recht gute übrigens – und sagte: „Gehen wir.“

Er führte mich weit stadteinwärts in eine besonders schmutzige Straße in Philadelphia-Nord, wo er sich vorerst vergewisserte, daß kein Streifenwagen uns gefolgt war. Dann schlich er in eine Nebengasse und lief zum Seiteneingang eines unglaublich schmutzigen Wohnhauses. „Übrigens – nur für das Protokoll – dieses Gebäude gehört einem von der Bande, die meinem Vater die Kirche angehängt hat.“

Wir kletterten über Stiegen hoch, denen sich kein vernünftiger Mensch anvertraut hätte, und stießen eine Tür auf, deren Klinke sicher seit Jahren nicht mehr funktionierte. Es war dunkel im Zimmer, aber in einer Ecke konnte ich undeutlich ein Bett mit einem oder mehreren Schläfern ausnehmen. Cato warf einen Stuhl und irgendein Küchengerät um. Endlich gelang es ihm, das Licht einzuschalten, und nun fand ich mich in einem verwahrlosten Zimmer mit verschrammten Möbeln, in der Ecke stand ein abgeschlagenes Eisenbett, in dem zwei Männer schliefen.

Der eine, bärtig, nackt bis zum Gürtel, setzte sich auf und blickte mürrisch um sich. Der zweite, ein sehr großer, hagerer Mann mit schütterem Bart, war einer von jenen unscheinbaren Menschen, die man oft übersieht. Als der erste aus dem Bett kletterte, sah ich, daß er grüne Basketballshorts trug, auf denen der ehrwürdigste Name aus der Geschichte dieser Sportart zu lesen war: Boston Celtics. „Das ist Akbar Muhammad“, sagte Cato. „Er ist der Professor, bei dem ich in die Lehre gegangen bin.“

Akbar griff nach einem Handtuch, tauchte ein Ende in einen Wasserkrug und fuhr damit über sein haariges Gesicht und fragte: „Was willst du hier?“

„Diesen Weißen solltest du kennenlernen“, sagte Cato. „Er ist der Mensch aus Genf.“

„Der mit den Millionen?“ fragte Akbar.

„Ja, der“, sagte Cato.

Akbar ließ sein Handtuch fallen, schob es mit der Fußspitze zur Seite und machte ein paar große Schritte auf mich zu. „Ich habe von Ihnen gehört“, sagte er und schüttelte mir fest die Hand. „Sie haben Verstand.“ Er schob einen Sessel in meine Richtung und setzte sich auf das Bett. „Haben Sie etwas gefunden, wo Sie investieren können?“

„Nein“, sagte ich.

„Ich dachte auch nicht, daß Sie etwas finden würden."

„Heute abend geschah wieder ein Mord", sagte ich. „Ganz in der Nähe der Kirche, wo wir unsere Sitzung abhielten."

„Es wird weitere geben." Er tippte dem Dünnen an die Stirn. „Geh und hol Vilma", befahl er; der andere kleidete sich rasch an und ging aus dem Zimmer.

„Wer sind Sie?" fragte ich.

„Meinen Namen haben Sie bereits gehört. Sie wollen offenbar wissen, wie ich früher geheißen habe. Eddi Frakus. Detroit. Eltern aus Mississippi. Promovierte an der Michigan-State-Universität. Mr. Fairbanks, Sie können ebensogut nach Genf zurückgehen. Es wird zehn Jahre dauern, bis die Schwarzen in Philadelphia imstande sein werden, zu begreifen, was Sie ihnen zu bieten haben." Er hielt inne, strich mit der Rechten seinen Bart, dann reckte er den Finger gegen mich. „Und bis dahin sind wir so anders geworden, daß sogar Männer guten Willens wie Sie uns keine Hilfe mehr anbieten. Nein, glauben Sie mir! Die Dinge, die wir tun müssen, werden Sie befremden – total abstoßen. Aber was macht das schon aus? Wenn es soweit ist, brauchen wir keine Hilfe mehr."

Er sprach mit solcher Überzeugung, hatte offenbar eine so klare Vorstellung von dem, was er sagte, daß er mir sogleich sympathisch war. „Warum sind Sie so sicher, daß Sie mich verlieren werden?" fragte ich. Er zeigte auf eine Vervielfältigungsmaschine in der Ecke. „Los! Lesen Sie selbst. Kann für Sie eine echte Entdeckung bedeuten." Er beobachtete mich, wie ich hinging und eines der ersten Exemplare eines Manifests in die Hand nahm, das später berühmt werden sollte: Akbar Muhammads Anklage gegen die christlichen Kirchen Pennsylvaniens.

Es war ein so flammender Protest, daß ich kaum glauben konnte, der Mann, der sich eben so konziliant gezeigt hatte, habe es verfaßt. Die Präambel war ein Aufruf zur Revolution, die ersten Paragraphen ein Programm für die schwarze Kontrolle der Stadt. Bürgermeister, Polizeichef, Präsident des Stadtschulrats und Stadtrat für das Wohlfahrtswesen sollten Schwarze sein. Die für diese Funktionen nötigen Geldmittel sollten aus freiwilligen Beträgen der weißen Kirchen, nicht nur der Stadt, sondern auch der Vororte im Umkreis von vierzig Kilometern kommen. Als ich die – übrigens wohldurchdachte und überzeugende – Schrift gelesen hatte, erkannte ich, daß ihr Verfasser es darauf anlegte, den weißen Leser in Wut zu bringen, denn er verhöhnte seine Vorurteile und machte sich über seine tiefsten Überzeugungen lustig.

Jesus Christus sei ein sentimentaler Schwätzer, dessen widersprüchliche Reden von den Weißen zur Unterdrückung der Schwarzen benützt worden waren, und von den Schwarzen als Narkotikum, um ihr Leben in Sklaverei zu ertragen. Die Kirchenführer seien Gangster, die den Neger systematisch ausgeraubt hatten und ihn niederhielten, so daß er aus eigenem nie hochkommen könne; die Mitglieder der Kirchen elende Dummköpfe, die salbungsvoll guthießen, was geschah, und daran zu profitieren suchten. Die steuerzahlende Öffentlichkeit endlich stecke unter einer Decke mit den Kirchen. Abschließend hieß es: „Wir fordern daher, im Namen Akbar Muhammads und der schwarzen Menschheit, von den weißen Kirchen als Sühne eine sofort zahlbare Summe von $ 20,000.000 in bar nach folgender Aufstellung..." Vierzig Religionsgemeinschaften wurden mit den entsprechenden Beträgen angeführt. „Ebenso fordern wir von den weißen Kirchen in den Vororten Philadelphias eine sofort zahlbare Summe von $ 20,000.000 in bar nach folgender Aufstellung..." Und nun kamen die Adressen von etwa neunzig wohlhabenden Gemeinden, von Paoli im Westen bis Doylestown im Norden. Unterzeichnet war das Dokument mit „Akbar Muhammad".

Der Morgen graute bereits, als ich zu Ende gelesen hatte, und noch ehe ich Fragen stellen konnte, kam der dünne Mann mit einem schönen jungen Negermädchen zurück, dessen Beziehungen zu den drei Männern mir nie klargeworden sind. Offensichtlich war sie nicht das Mädchen des Dünnen, der sie geholt hatte, aber Akbar Muhammad behandelte sie mit solcher Gleichgültigkeit, wenn nicht Verachtung, daß ich nicht annahm, sie werde lange Wert auf seine Gönnerschaft legen. Der junge Cato wieder war peinlich bemüht, kein Interesse an ihr zu zeigen, woraus ich schloß, daß einer der anderen ihn zurückgepfiffen haben mußte. Sie war wie ein junges Waldtier, schlank, von natürlicher Anmut, die Haut bronzefarben, die Züge von griechischer Regelmäßigkeit, wie aus kostbarem Marmor gemeißelt.

„Hast du das Gewerkschaftsmaterial getippt?" fragte Akbar Muhammad statt einer Begrüßung.

„Ich habe dir doch gesagt, daß es in Pauls Zimmer ist." Sichtlich gereizt, verließ sie uns und stieg die Treppe hoch in die nächste Etage, wo ich sie herumhantieren hörte. Ein paar Minuten später kam sie mit einem Stoß von Papieren zurück, die Akbar mir reichte. Die Texte enthielten seine Forderungen an die Gewerkschaften von Philadelphia, ähnlich den Forderungen an die Kirchen, aber meiner

Meinung nach gerechtfertigter. Zu Beginn wurden die Schikanen beschrieben, mit denen die weißen Gewerkschaften es den Negern unmöglich machten, handwerkliche Fertigkeiten zu erlernen. Kein Neger könne, Maurer, Elektriker, Stukkateur, Dachdecker, Zimmermann oder Stahlmonteur werden. „Aber ich habe Neger als Zimmerleute gesehen", warf ich ein. „Lesen Sie weiter", knurrte Akbar.

Dann waren die Satzungen verschiedener Gewerkschaften zitiert, schöne Phrasen, wonach allen ehrsamen Menschen der Zutritt zur Gewerkschaft offen stehe, wenn sie nur ihre Lehrzeit absolviert, das Handwerk erlernt und ihre Gewerkschaftsbeiträge bezahlt hätten. Darauf folgte ein Überblick über die tatsächlichen Mitgliedsziffern nach fünfzehn Jahren Agitation der Neger für faire Behandlung:

Gaye Street
Elektriker
1143 Mitglieder 2 Schwarze, 43 Lehrlinge 1 Schwarzer

Petawley
Maurer
219 Mitglieder 1 Schwarzer, 9 Lehrlinge 1 Schwarzer

Philadelphia-Nord
Stahlarbeiter
293 Mitglieder 1 Schwarzer, 11 Lehrlinge 0 Schwarze

Bay City
Zimmerer
1823 Mitglieder 4 Schwarze, 112 Lehrlinge 6 Schwarze

Grimsby
Dachdecker
81 Mitglieder 0 Schwarze, 6 Lehrlinge 0 Schwarze

Radford
Stuckarbeiter
366 Mitglieder 2 Schwarze, 16 Lehrlinge 1 Schwarzer

Und so ging es weiter. Eine große Bauarbeitergewerkschaft hatte über viertausend Mitglieder, darunter sieben Neger; sie bildete 218 Lehrlinge aus, darunter drei Schwarze. Niemand konnte dieses zynische Zahlenspiel betrachten, ohne die Unterdrückung zu sehen, die von der Gewerkschaftsbewegung sanktioniert wurde. Was die Zahlen doppelt widersinnig machte, war die Tatsache, daß dies in Philadelphia geschah, wo mindestens fünfzig Prozent der arbeitenden Bevölkerung Neger waren.

„Und es gibt keinerlei Anzeichen dafür, daß es besser wird", sagte Akbar kalt. „Wenigstens so lange nicht, bis wir die Gewerkschaften um acht Millionen Dollar erleichtert haben. Und das werden wir tun.“

„Hier liegt die eigentliche Schwierigkeit“, warf Cato ein, und während er mit messerscharfer Logik seine Gedanken entwickelte, gewann ich den Eindruck, daß er weit eher Vilma beeindrucken wollte als mich. „Der einzige Ausweg aus diesem Ghetto für den Neger ist Arbeit. Aber hier in Philadelphia sind seine Arbeitsmöglichkeiten von den Gewerkschaften total blockiert. Und wer sind die Gewerkschaften? Gute Katholiken, gute Protestanten, deren Kirchen diesen Übelstand gutgeheißen haben. Und wer sind diese guten Katholiken und Protestanten? Italiener, Polen, Deutsche und weiße Einwanderer aus dem Süden, die Angst haben, wir könnten ihnen ihre Stellen wegnehmen. Sehen Sie jetzt, in welchem Drucktopf sie uns halten? Keine Steuern, mit denen wir unsere eigene Stadt verwalten könnten. Nichts als ewige Frustration.“ Er wandte sich mir zu. „Verstehen Sie jetzt, warum diese Pamphlete notwendig sind?“

Ich fragte Akbar: „Können wir den Mann um Kaffee und Krapfen schicken?“ und gab dem Dünnen fünf Dollar. Nach einer Weile kam er mit einem Armvoll Papiersäcken zurück. „Kein Wechselgeld. Ich habe belegte Brote für die Männer oben gekauft“, sagte er.

Ich saß auf dem Bett und ließ mir die verschiedenen Erfahrungen, die ich bisher auf diesem Gebiet gemacht hatte, durch den Kopf gehen. „Interessiert Sie, was ein praktisch denkender weißer Arbeiter von dem Problem hält?“ Sie nickten. „Ich möchte vier Dinge sagen. Sie werden den ersten drei zustimmen und mir dankbar sein, daß ich sie Ihnen gesagt habe. Ich könnte mir vorstellen, daß Sie sie später in Ihren Reden verwenden werden. Wegen des vierten aber werden Sie mich verachten, und wenn ich gehe, wird eine Atmosphäre allgemeiner Feindschaft herrschen. Aber sei's drum. Erstens: Vor einigen Jahren war ich an der Grenze zwischen Indien und Tibet und sah, wie ein Arbeitstrupp eine Bergstraße baute. Sie verwendeten weibliche Arbeitskräfte. Einige tausend Frauen am Berghang, die mit der Hand Steine zerschlugen. Tausend andere mit kleinen Schilfkörben, die die Felsbrocken trugen. Und weitere tausend saßen auf der Trasse und zerschlugen die Brocken zu Kieseln. Sie legten ganze sechzig Zentimeter Straße am Tag, aber das ging in Ordnung, denn sie hatten nichts Besseres zu tun. Bis einem einfiel, daß einige wenige Männer mit richtigen Werkzeugen und Maschinen und unter richtiger Leitung an einem Tag fertigbringen könnten, wozu diese fünftausend Frauen einen Monat brauchten. Ich redete mit dem Vorarbeiter darüber, und er sagte: ‚Aber wir bekommen die Frauen fast umsonst.' Das ganze Projekt wurde verwässert, weil die Arbeitskraft so billig war. Sooft ich nun nach Asien kam, sah ich mir die Arbeitskräfte an, und es war überall das gleiche. Vor dem Krieg verwendeten sie in den japanischen Stahlwerken Hunderte Arbeiter statt einer Maschine, weil die Arbeiter billig waren. Sie erhielten aber auch ein billiges Produkt, das auf dem Weltmarkt nicht konkurrenzfähig war. In China setzten sie tausend Arbeiter ein, wo zehn genügt hätten, nur weil man sie so billig bekommen konnte, und die Resultate litten darunter. Ich kam zu dem Schluß, daß billige Arbeitskräfte das teuerste Produkt der Welt waren, weil sie dazu verleiteten, die rationellen Arbeitsmethoden zu ignorieren. Zahlt man einem Mann einen hohen Lohn, so verlangt man auch eine hohe Leistung, und aus hohen Leistungen erhält man hohen Profit. Ich bin seither davon überzeugt, daß es das beste ist, dem Arbeiter hohe Löhne zu zahlen und ihn dann zum Wohl des Staates hoch zu besteuern. Was mich an Amerikas Einstellung in bezug auf den Negerarbeiter so abstößt, ist, daß man in ihm genau das sieht, was die indische Regierung in den fünftausend Frauen sah – einen Artikel, den man mißbrauchen kann, weil er billig ist. Und wir schaden uns damit selbst mehr als den Negern. Ich würde jedem Neger wenigstens fünf Dollar Stundenlohn zahlen und ihm dann verdammt hohe Steuern für Schulen und öffentliche Parkanlagen abknöpfen."

Akbar und Cato waren meinen Überlegungen mit Entzücken gefolgt. Das war genau das, worauf sie selbst auch schon gekommen waren. „Mensch, du siehst das Problem!" rief Akbar begeistert. „Die weißen Schweine, die unsere Brüder von den Gewerkschaften ausschließen, schaden sich selbst genauso wie uns."

„Zweitens:" sagte ich. „Als ich auf Guadalcanal bei der Marine arbeitete – das war in den Tagen, als es uns ganz dreckig ging – hatten wir nicht genügend Männer. Wer immer ein Gewehr abfeuern konnte, wurde im Schützengraben gebraucht, denn die Japaner waren lebensgefährlich. Der Henderson-Flughafen stellte uns vor ein besonders schwieriges Problem, denn wir mußten ihn in Betrieb halten, damit unsere Flugzeuge landen und auftanken konnten. Wissen Sie, was wir taten? Es klingt immer noch unglaublich, aber wir haben es getan. Wir holten uns Steinzeitkannibalen von der nahen Insel Malaita ... das ist die rückständigste Insel der Welt, glauben Sie mir. Wir holten diese Männer direkt aus dem

Dschungel, zogen ihnen Khakishorts an, und innerhalb von zwei Wochen fuhren sie Zehntonnenlaster und tankten Flugzeuge auf. Nichts macht mich wütender als das Argument der weißen amerikanischen Gewerkschaften, die Schwarzen könnten nicht lernen. Gäbe es noch die Plantagenwirtschaft des Südens – mit ihren Negersklaven –, sie können Gift darauf nehmen: die Elektriker, Stuckarbeiter und Maurer wären Neger. Sie waren es früher und sie wären es auch jetzt. Und sie wären bessere Handwerker als die Weißen in der Gegend, weil sie ihren Stolz darein legen würden, es zu sein. Einfache Farmarbeit können Sie also leisten. Was ist mit komplizierter?

Das bringt mich zum dritten Punkt. Als ich beim großen Damm in Afghanistan zu tun hatte, sah ich, wie unsere Leute Männer aus der Wüste engagierten, sie drei Monate lang ausbildeten und ihnen dann ein höchst kompliziertes technisches Monstrum anvertrauten. Es ist ein riesiger Bagger – – – Tausende Tonnen schwer. Er fährt ins Sumpfgebiet und hebt Abflußkanäle aus. Wie verhindert man, daß er im Sumpf versinkt? Er führt seine eigene Straße mit sich... riesige Stahlplatten. Mit einem langen Kran legt er die Platten aus, kriecht darauf, schwingt den Kran herum, hebt die die eben verwendeten Platten auf und legt sie vor sich auf den Sumpf. Schließlich steht die Maschine auf ihrer selbstgebauten Plattform eine Meile weit draußen im Moor. Man möchte glauben, es wäre unmöglich, Afghanen aus der Steinzeit diese Maschine bedienen zu lassen. Wir haben es riskiert. Heute kann man einem fähigen Mann fast alles beibringen. Mit weniger als einem Jahr Ausbildungszeit könnten Neger jede gewerkschaftlich organisierte Arbeit übernehmen, und die Leistung würde kaum darunter leiden."

Diese Theorie fand wilde Zustimmung. Sogar der Dünne sagte: „Mein Bruder, der kann Fernsehapparate reparieren, wie Sie es noch nicht erlebt haben." Auch Vilma sagte zum erstenmal etwas. „Die Brüder könnten lernen. Ich weiß, sie könnten lernen."

„Was ist Ihr letzter Punkt?" fragte Akbar Muhammad.

„Der, den Sie ablehnen werden", sagte ich. „Das einzige, was den Neger davon abhält, diese Dinge zu bewältigen, selbst wenn der Weiße ihm erlauben sollte, es zu versuchen..."

„Verdammt noch einmal!" schrie Akbar und sprang vom Bett auf. „So darfst du nicht reden! Die Zeiten sind vorbei, wo die Weißen uns irgend etwas *erlauben* können. Wir werden uns die Jobs einfach nehmen. Und wenn ihr versucht, uns davon abzuhalten, dann wird Blut fließen müssen." Er tobte im Zimmer herum, stieß mit den

Füßen gegen heruntergefallene Stapel seines Manifests. „Wenn ein Mann wie Sie, der das Problem versteht... wenn auch Sie noch davon reden, man sollte uns *erlauben*, unsere Fähigkeiten zu beweisen... Gott verdamm uns, welche Hoffnung gibt es dann noch?" Sein streitbarer Bart befand sich wenige Zentimeter vor meiner Nase.

„Tut mir leid. Mir ist es klar."

„Nein, nichts ist Ihnen klar!" schrie Akbar. „Zum Teufel, nein! Sie verstehen es nicht! Ich sage Ihnen, ich erwarte mir nichts anderes, als in den Straßen Philadelphias niedergeschossen zu werden... noch bevor ich dreißig bin. Du, sag ihm's!"

Der Dünne sagte mit kaum hörbarer Stimme: „Ich erwarte, niedergeschossen zu werden. Aber ich werde ein halbes Dutzend Weiße mit mir nehmen."

„Du, Cato, sag ihm's!"

„Ich bin sicher, daß wir auf die Straße gehen müssen, um die Gleichberechtigung zu erlangen. Es ist uns klar, daß ihr mehr Waffen habt... daß ihr in der Überzahl seid. Ich erwarte, hier in Philadelphia im Kampf zu sterben."

„Einen Augenblick!" rief ich. „Akbar, Sie haben ein Universitätsdiplom. Cato, Sie werden eins erwerben. Es gibt einen Platz für Sie in unserer Gesellschaft."

„Sie scheinen nicht zu verstehen. Es genügt mir nicht mehr, eine Stellung zu finden. Ich möchte, daß jeder schwarze Mann eine faire Chance bekommt. Ich will, daß die Brüder frei werden, und dafür werde ich sterben."

Vilma hatte geschwiegen, während die anderen ihre Erklärungen abgaben, aber nun tat sie etwas noch viel Dramatischeres. Sie durchquerte das Zimmer, riß eine verschlossene Tür auf und zeigte mir ein kleines Arsenal von Schußwaffen und Munition. Wie eine schwarze Johanna von Orleans stand sie neben diesem todbringenden Schatz, sagte nichts, schloß dann die Tür und setzte sich wieder neben den dünnen Mann auf das Bett.

„Was war Ihr viertes Argument?" fragte Akbar.

Ich deutete auf das Arsenal: „Nach dem wäre es wirkungslos."

„Ich möchte es hören."

„Es wird Sie nur zornig machen."

„Nicht zorniger, als ich jetzt schon bin."

„Nun gut. Bis gestern hatte ich einen Bürodirektor namens Nordness. Ich brachte ihn aus Genf mit. Er hat gekündigt. Warum? Er sagte mir, das einzige, was er bei den Negern in Philadelphia erreiche, wären Magengeschwüre. Denn auf keinem Bildungsniveau, das tiefer als das Ihre und das von Cato ist, fand er auch nur einen Funken Pflichtgefühl. Wenn er einen Mann am Montag anstellte, erschien der am Freitag nicht und blieb drei Tage weg. Wenn er eine Filiale am Stadtrand eröffnete und mit Negern besetzte, war es völlig ungewiß, ob sie nächste Woche offen sein würde oder nicht. Nordness war der Meinung, die Gewerkschaftsführer hätten vollkommen recht – ob es euch nun paßt oder nicht –, wenn sie sagen: ‚Sicher, die Neger können lernen, aber man weiß nie, ob sie zur Arbeit kommen oder nicht.' Also wird, solange eure innere Gesellschaftsstruktur nicht erneuert ist, diese furchtbare Selbstverdammnis euch weiterhin treu bleiben ... um den Weg zu guten Dingen verstellen, die ihr haben wollt."

Zu meiner Überraschung hörte Muhammed meine Kritik geduldig an, schürzte nachdenklich die Lippen und sagte: „Nordness hat recht. Wir wissen das – es ist schmerzlich genug –, und nur unser Programm wird die Dinge ändern ... ich meine, den Charakter der Schwarzen."

„Welches Programm haben Sie?" fragte ich, auf die beiden Flugschriften zeigend, die meiner Meinung nach die Neger nur noch mehr isolieren würden.

„Selbstachtung", sagte Muhammad. „Wenn Schwarze die Dinge auf ihre eigene Weise organisieren können ... tun können, was sie für gut halten ..." Er hielt inne, suchte nach Worten, um auszudrücken, was er offensichtlich noch nicht recht zu formulieren wußte, und sagte nichts.

„Ich weiß, was Sie meinen", sagte ich. „Und ich bin Ihrer Meinung. Neger müssen sich ihre eigenen Zitadellen der Selbstachtung errichten. In allen Dingen. Alle Menschen müssen das. Aber wenn Sie glauben, Sie könnten daraufhin einen Lebensmittelladen nach Negerprinzipien führen oder eine Fabrik oder ein Versicherungsbüro, Sie könnten Rentabilitätsfaktoren außer acht lassen oder regelmäßige und pünktliche Arbeit ... Wissen Sie, Mr. Muhammad, es wird keine Sonderregeln für euch Neger geben."

„Hier gehen Sie an der Hauptsache vorbei", sagte Muhammad in plötzlichem Eifer, als hätte er den eben verlorenen Faden wiedergefunden. „Wir werden Unternehmen gründen, deren primärer Zweck es sein wird, den Schwarzen, die sie führen, und den Schwarzen, die dort Kunden sind, Selbstachtung zu geben. Die Konkurrenz gegen die weißen Läden in der Gegend wird nur sekundär sein."

„Hundertprozentig falsch", sagte ich trocken. „Das unumstößliche Motiv jedes Geschäfts, ob schwarz oder weiß, ist der Profit.

Wenn Sie ein Negergeschäft aufmachen und so schlecht führen, wie die meisten Negerunternehmungen geführt sind, die ich bisher sah, dann wird jeder Neger aus dem Viertel im weißen Laden einkaufen, einfach weil es ein besserer Laden ist."

„Geben Sie unserem Komitee hunderttausend, damit wir es auf unsere Art versuchen?"

„Ich werde keinem Komitee etwas geben. Aber wenn gebildete Leute wie Sie oder Cato es versuchen wollen, leihe ich Ihnen das Anfangskapital."

„Es ist nicht meine Aufgabe, Lebensmittelläden zu führen", sagte er.

„Darum funktionieren sie auch nicht."

„Dann sehen Sie also keine Hoffnung?"

„Zu den Bedingungen, die Sie vorschlagen ... nein."

„Es wird keine anderen Bedingungen geben", sagte er, und damit war unsere Diskussion über ökonomische Probleme eingefroren. Doch sofort entbrannte eine neue über ein weit ernsteres Thema.

Der Dünne hatte eine Zigarette angezündet, aber statt sie normal zu rauchen, inhalierte er tief, schloß die Augen, hielt den Rauch lange Zeit in seinen Lungen und blies ihn dann langsam von sich. Ein zweites Mal sog er den Rauch ein, dann gab er die Zigarette an Akbar Muhammad weiter, der noch tiefer inhalierte und den Rauch in schweren Ringen ausstieß, die rund und gelb in der Luft hänge blieben.

„Zug?" fragte er, und bot mir die Zigarette an.

„Was ist es?" fragte ich.

„Mari." Als ich nicht reagierte, sagte er: „Gras, Mensch. Gras."

„Sie meinen Marihuana?"

„Was sonst, Mensch?"

Ich lächelte, und er fragte gereizt, was denn an Gras so lächerlich wäre. „Es ist sieben Uhr früh", sagte ich. „Wir haben noch nicht gefrühstückt." Der Dünne erklärte: „Irgendwie müssen wir ja den Tag durchstehen", und Akbar sagte: „Wir sind unter Freunden. Wir haben vernünftig geredet. Laßt uns feiern."

Ich wollte Cato die Zigarette weiterreichen, aber Muhammad packte meinen Arm. „Sie machen nicht mit?"

„Ich glaube nicht."

Er hielt meinen Arm fest. „Ich sagte Ihnen doch, wir feiern. Rauchen Sie."

„Yeah, Mensch", sagte der Dünne. „Wird Sie nicht umbringen, ein Zug."

Ich sah Cato hilfesuchend an; der nickte, und so nahm ich einen vorsichtigen Zug, schmeckte den süßlichen Rauch, fand ihn weder besonders unangenehm noch aufregend, und reichte die Zigarette an Cato weiter, der zwei tiefe Züge nahm, ehe er sie an Vilma weiterreichte. So ging die Zigarette dreimal im Kreis, wonach der Dünne eine zweite produzierte, die ebenso die Runde machte.

Ich nahm etwa sechs kleine Züge Marihuana, die, soweit ich es beurteilen konnte, keinerlei Wirkung auf mich hatten. Die vier Neger aber atmeten den Rauch tief ein, hielten ihn lange an und bliesen ihn langsam aus, und da sie sich auf jeden meiner Anstandszüge drei- oder viermal die Lunge vollsogen, tat das Marihuana seine Wirkung auf ihr Bewußtsein.

Soviel ich sehen konnte, wurden sie entspannter, freundlicher, waren eher bereit, über ihre widersprüchliche Lage zu lächeln. Das Marihuana machte sie angenehmer, sympathischer. Akbar Muhammad zum Beispiel wurde geradezu herzlich, legte seinen mächtigen Arm um mich und redete frei, als wäre unser vorangegangenes Gespräch nur eine Probe und kein echter Ideenaustausch gewesen. „Mr. Fairbanks, wir werden unsere Forderungen in einer Art und Weise durchsetzen, die Sie bestürzen, vielleicht sogar gegen uns aufbringen wird, aber wir werden das Geld bekommen, weil die Weißen – genau wie Sie und Ihre Freunde in Genf – ein schlechtes Gewissen haben. Sie wissen, daß wir recht haben. Sie wissen, daß sie uns betrogen haben, daß sie ewig in unserer Schuld stehen. Und die Weißen sind klug, sie anerkennen die Wahrheit, und die Wahrheit ist, daß wir ein Recht auf Entschädigung haben. Wir werden sie bekommen, und wenn wir sie bekommen, werden wir unsere eigenen Geschäfte auf unsere eigene Art gründen und sie nach besten schwarzen Prinzipien führen.“

„Und innerhalb von drei Jahren bankrott gehen“, sagte ich ohne Bitterkeit.

„Richtig! Die ersten werden bankrott gehen, alle. Und wir werden aus unseren Fehlern lernen. Und werden eine zweite Welle in den Kampf werfen. Und dann werden wir alle Regeln befolgen, die Sie mir heute beibringen wollten. Und diese Geschäfte werden Erfolg haben.“

„Warum befolgen Sie die Regeln dann nicht beim ersten Mal?“

„Weil wir lernen müssen“, sagte er leise. „Und wir müssen auf unsere eigene Art lernen – so wie jeder Weiße auf dieser Welt gelernt hat. Auf unsere eigene Art. Das alles braucht Zeit und Geld. Und das Experiment kann für alle höchst produktiv werden.“

„Sie haben viel vor in den nächsten Jahren", sagte ich.

„Und ob! Denn wir werden das Volk erneuern und dadurch die Nation erneuern."

Vielleicht hatte das Marihuana doch größere Wirkung auf mich als ich dachte, denn als er das sagte, begann ich zu lachen, und statt zornig zu werden, lachte er mit. Dann fragte er: „Was ist so komisch?" und ich sagte: „Wußten Sie, daß ich einige Jahre lang praktischer Berater der Republik Vwarda war? Ja, ich habe recht intensiv mit den Negerrepubliken gearbeitet. Und im Herzen Afrikas sagten sie genau das, was Sie eben gesagt haben: ‚Wir werden das Volk erneuern und dadurch die Nation erneuern.'"

„Was ist so komisch daran?" fragte er, über einen Scherz lachend, den er nicht verstand.

„Daß die Neger in Afrika und die Neger in Philadelphia-Nord das gleiche sagen ... und aus den gleichen Gründen."

„Was Sie wirklich sagen wollen" – er stieß mich in die Rippen und lachte in sich hinein – „ist, daß wir Wilde sind."

„Legen Sie mir nicht Worte in den Mund", sagte ich, drohte ihm mit dem Finger und lachte über seine Dreistigkeit.

Der Dünne zündete wieder eine Zigarette an, und wir rauchten wie zuvor, wobei ich auch jetzt nur der Form halber mitmachte.

Nach einem tiefen Zug sagte Akbar Muhammad: „Irgendwo haben Sie wahrscheinlich recht. Alle schwarzen Menschen haben dieses Problem – Vwarda auf nationaler, wir auf lokaler Ebene. Aber es ist nicht nur ein schwarzes Problem, es ist das Problem jedes aufsteigenden Volkes. In Michigan State hatten wir einen wirklichen großen Professor. Riesiger Ire, hatte in Notre Dame studiert. Spielte dort in der dritten Mannschaft. Und das will was heißen! Er kam aus Boston, und als er sechzehn Schwarze in seiner Klasse sah, verschob er den Beginn seiner geplanten Vorlesungen und hielt an fünf Abenden Vorträge darüber, wie sich die Iren in Massachussetts etabliert hatten. Wissen Sie, was er sagte? Zwanzig Jahre lang erwies sich jeder Ire, der für ein öffentliches Amt gewählt wurde, entweder als Schuft oder als Hochstapler. Jedes irische Geschäft ging bankrott, weil irgend jemand die Kassa bestahl.

Die Protestanten erzählten unzählige Witze über die Iren, und sie beruhten auf wahren Begebenheiten, aber sie waren irrelevant. Denn mit der Zeit lernten die Iren. Sie begannen, ehrliche Politiker zu wählen. Und sie lernten, ehrliche Angestellte zu suchen. Und nach ein paar Generationen hatte Amerika Jack Kennedy. Die Geduld hatte sich gelohnt."

Er griff nach der Zigarette und tat vier tiefe Züge, dann reichte er sie Vilma weiter. „Während der Jahre des Lernens und Sichzurechtfindens hatten die Iren Whisky, um sich zu trösten. Wir haben Marihuana."

„Paßt nur auf, daß nicht das Marihuana euch hat", sagte ich.

Es war nun fast neun Uhr, und Vilma sagte: „Ich muß jetzt in die Schule." In der Euphorie, die über unsere Gruppe gekommen war, löste diese Ankündigung allgemeines Gelächter aus, und Akbar sagte in breitem Dialekt: „Wenn Fräulein Lehrer fragt: ‚Na, wo warst du, Kleine?' mußt du einfach sagen: ‚Mit den Neuen Muslims hab' ich Pot geraucht.'"

Ich fragte Cato: „Sind Sie ein Neuer Muslim?" und Akbar gab für Cato die Antwort: „Er weiß es selber noch nicht. Er weiß nicht, was er ist."

„Ich bin einer", sagte Vilma, keinesfalls streitbar, sondern mit einem gewissen Stolz. Ich hatte noch immer nicht herausbekommen, wessen Mädchen sie war, aber als sie nun aufstand und zur Tür ging, sagte sie: „Cato, begleitest du mich zur Schule?" Er sprang auf, wandte sich dann um und sagte zu mir: „Sie kommen am besten gleich mit."

Wir gingen langsam die Achte Straße hinunter zur Schule und sahen viele Kinder auf dem Schulweg. Ich überlegte, wie viele von ihnen wohl „Spezialzigaretten" geraucht hatten. Man konnte es nicht feststellen, und ebensowenig, daß Cato und Vilma in einer Welt verfeinerter Empfindungen und Sinneseindrücke lebten, in der die Farben leuchtender, die Klänge einprägsamer waren.

In Muhammads Zimmer war es mir merkwürdig erschienen, daß Vilma Cato bat, sie zur Schule zu begleiten, aber nun kamen wir in ein besonders verwahrlostes Viertel nicht weit von der Schule, und ich begann es zu verstehen, denn hier standen Negermädchen in Gruppen an den Straßenecken und beschimpften Vilma.

„Krätze!" brüllte eine Sechzehnjährige.

„Hast du die ganze Nacht mit Weißen gefickt?" schrie eine andere.

Gemeinste Anschuldigungen wurden ihr an den Kopf geworfen, sie ignorierte sie und drückte sich enger an Cato. Nach diesem Spießrutenlaufen fragte ich: „Was soll das alles?", und Cato sagte: „Sie weigert sich, ihrer Bande beizutreten."

„Welcher Bande?"

„Hauptsächlich Jungen. Es sind die, die die Morde verüben. Im vergangenen Jahr wurden zweiunddreißig Morde von Jungen unter zwanzig begangen. Die Mädchen sind Mitläufer. Eckenmädchen heißen sie."

„Scheinen höchst unangenehme Typen zu sein."

„Ja, sie können sehr unangenehm werden", sagte er.

Wir waren nun am Eingang der Schule angelangt, an dem man in früheren Jahren den Söhnen irischer, deutscher und jüdischer Einwanderer die Grundregeln des amerikanischen Lebens beibrachte. Neben Latein und geduldig gelehrtem Englisch bekamen diese Jungen auch Einblick in die Möglichkeiten der neuen Gesellschaft, zu der sie nun gehörten. Die Absolventen dieser ehemals großen Schule waren heute Industriekapitäne, Schriftsteller, Polizeichefs und Universitätsprofessoren. Kräftig gebaute, gelenkige irische Burschen waren Rugbystars an den Universitäten von Michigan oder Alabama geworden, wissensdurstige jüdische Jungen Philosophiegrößen in Harvard. Es war eine Schule mit großer Tradition, die beim Aufstieg der Stadt und der Nation eine wichtige Rolle gespielt hatte. Nun aber war ihre disziplinäre Hauptsorge, Vergewaltigungen und Messerstechereien auf den Gängen zu verhindern.

Als wir auf das Gebäude zugingen, traten zwei Polizisten uns in den Weg. „Geht nicht näher", sagten sie warnend.

„Warum nicht?" fragte ich.

„Razzia auf Händler", erklärten sie und gingen weiter. „Es geht schlimm zu in dieser Schule", sagte mir Cato. „Erwachsene schleichen sich während der Pausen ein und verkaufen den Schülern Heroin."

Wir standen an der Ecke, und ich hatte Gelegenheit, die berühmte Schule zu betrachten. Die Fassade war mit Aufschriften beschmiert wie: *Denise schläft mit Philip, Alle Macht den Madadors,* und weiter unten ein ominöses *Tod den Madadors.*

„Das ist die Bande, der Vilma beitreten soll", sagte Cato. „Die Mädchen nennen sich Madadoras."

Eine der Gruppen, an denen wir vorbeigekommen waren, marschierte nun geschlossen vorbei, und die Mädchen flüsterten Vilma Drohungen zu. Die Polizisten hielten sie auf, eine Beamtin wurde gerufen, um sie zu durchsuchen. Sie nahm ihnen vier Springmesser ab, dann ließ man sie weitergehen. „Es hat schon etliche Messerstechereien in der Schule gegeben", sagte Cato.

Nun kamen aus Richtung Grimsby Street vier Negermütter, die

ihre Töchter zur Schule begleiteten. In einer weißen Gemeinde hätten die Mütter ihre fünfzehnjährigen Töchter nicht mehr zur Schule geführt, und selbst wenn sie Kleinkinder begleitet hätten, hätten sie sie nur sicher durch den Verkehr gelotst und sich an der Ecke von ihnen verabschiedet. Hier aber führten die Mütter die Mädchen direkt zum Eingang, wo die Polizei sie schützen konnte, denn in den vergangenen Monaten waren grauenvolle Überfälle in der Nähe der Schule geschehen.

Der Unterricht sollte gleich beginnen, also lieferten wir Vilma in dem von der Polizei bewachten Schulareal ab. Cato verabschiedete sich von ihr, und wir sahen ihr nach, bis sie sicher zum Eingang gelangt war. Als sie verschwunden war, gingen drei Mädchen an Cato vorbei und flüsterten so leise, daß die Polizisten es nicht hören konnten: „Wir kriegen die Kleine noch. Den Madadoras wird keiner was blasen und so leben, als ob nichts wär!" Ich sah den Mädchen nach, attraktiven Fünfzehn- und Sechzehnjährigen, deren einzige Sorge Geschichtsprüfungen und Jungen hätten sein sollen. Statt dessen beherrschte eine tödliche Fehde ihr ganzes Denken, und sie schienen dies als einen normalen Aspekt ihrer Gesellschaft anzusehen.

„Das ist harmlos", sagte Cato, als wir weggingen. Ich war jedenfalls zutiefst erschrocken und bestürzt. „Fürchten Sie sich?" fragte Cato. Ich schüttelte den Kopf und ging in mein Hotel, um mich auszuschlafen.

Die folgenden Tage durchlebte ich wie in einem irren Traum. Vormittags und nachmittags diskutierte ich mit Hochwürden Claypool Jacksons Komitee über die ökonomischen Probleme der Neger so, als handle es sich bei den Negern von Philadelphia um die Deutschen oder Iren von einst. Niemals setzten wir uns wie Akbar Muhammad und seine Neuen Muslims mit echten Fragen auseinander oder mit dem Problem der Mädchenbanden, die die Schulwege terrorisierten. Wir gingen über Süchtigkeit, Mord und Verzweiflung hinweg, als gäbe es sie nicht, und dabei sah ich stets die vier Negermütter vor mir, wie sie ihre Töchter zur Schule begleiteten. Ich erreichte nichts und bereitete meine Rückreise nach Genf vor.

An den Abenden aber begab ich mich mit Cato Jackson als Cicerone in eine andere Welt, voll Angst und zugleich voll Hoffnung. Er traf Vilma, offenbar regelmäßig, sie hatte daneben aber auch Verabredungen mit Akbar Muhammad. Wie sie das anstellte, war mir ein Rätsel, jedenfalls wurde sie in Catos Gegenwart fröhlich und wirkte schöner denn je. Sie hatte Sinn für humorvolle Ironie, und ich dachte mir, daß sie, wenn sie das Marihuana aufgäbe, hervorragende Leistungen in der Schule erzielen würde. Wir gingen oft gemeinsam zu Abend essen, und einmal fragte ich sie, ob sie weiterstudieren wolle.

„Ich? Nein... nein."

Es war zweifellos so, daß sie den Gedanken nicht von vornherein ablehnte, also fragte ich sie nach ihren Gründen, und nach einigem Zögern sagte sie: „Ich habe keinen Mister Wister."

„Wer ist das?" fragte ich.

Sie neigte ihre entzückende braune Stirn gegen Cato. „Er wird es Ihnen sagen."

Cato fiel vielleicht aus Verlegenheit in breites Geechee. „Dieser Mister Wister, er gehört zur Kirche der Weißen. Als sie sie meinem Pappi verkaufen wollten, war er der, der sagte: ‚Besser, wir geben ihnen die Kirche. Im Grunde sind wir alle eine Religion.' Die anderen, die lachen über ihn. Als nun der große Handel abgeschlossen war, was meinen Sie? Nun, raten Sie! Mister Wister kommt zu meinem Pappi und sagt: ‚Hochwürden Clapool, wir haben Gott heute ein großes Unrecht angetan', und mein Alter Onkel Tom bis zum bitteren Ende, sagt: ‚Mister Wister, vielleicht hat Gott seine eigenen Gründe. Wir haben eine anständige Heimstatt. Wir haben etwas, wofür wir arbeiten können.' Aber Mister Wister sagt: ‚Hochwürden Claypool, ich werde Ihren Jungen aufs College schicken.' Und er richtete es so, daß ich an die Universität von Pennsylvanien komm. Zahlt alle meine Gebühren. Das tut er, genau das tut dieser gute Mann."

Ich hielt dies zuerst für eine von Catos „Farcen", aber Vilma bestätigte die Geschichte. Wister war ein Quäker, dessen Frau der Llanfair-Kongregation angehörte, jener, die ihre alte Stadtkirche verschachert hatte, und aus einem Schuldgefühl heraus zahlte er Cato ein Stipendium. Vierteljährlich kam er im Pfarrhaus vorbei, um nach seinem Protegé zu sehen, und freute sich jedesmal, zu erfahren, daß Cato sich gegen seine weißen Konkurrenten behaupten konnte.

„Noch ein paar Männer wie Wister", sagte Cato, wieder normal sprechend, „und es könnte noch alles gut werden. Aber die Sorte ist rar."

Vilma sagte, sie habe keine Hoffnung, einen zu finden. Ich versuchte, sie vom Gegenteil zu überzeugen. „Eine intelligente Negerin wie Sie könnte Stipendien an einem Dutzend Hoher Schulen bekommen. Man sucht doch Leute wie Sie. Es ist sogar heute besser, ein intelligenter Neger zu sein als ein intelligenter junger Weißer. Die Chancen sind besser."

„Chancen wofür?" fragte Vilma.

„Wirklich etwas zu erreichen. Absolvieren Sie ein College und ich stelle Sie sofort an."

„Als was?"

„Als meine Sekretärin – geschäftsführende Sekretärin, meine ich; das bedeutet große Verantwortung, wenn ich auf Reisen bin. Sie würden in Genf leben."

„Ist das in Frankreich?"

„In der Schweiz."

Das Wort wirkte wie ein Zauber, ich konnte es deutlich sehen. „Ich habe Shirley Temple gesehen. Jetzt kandidiert sie für den Kongreß, glaube ich. Aber in diesem Film war sie ein kleines Mädchen, das in der Schweiz lebte. Gibt es Alpen in Genf?"

„Direkt vor der Tür."

„Sie machen sich nicht über mich lustig? Sie würden mich wirklich anstellen?"

„Hundert Firmen würden Sie gerne anstellen. Glauben Sie mir, wir wissen ebensoviel über Ihre Sorgen wie Akbar Muhammad."

„Nein", sagte sie kalt. „Glauben Sie wirklich, Sie wüßten etwas davon? Kommen Sie mit."

Sie führte uns in einen Teil von Philadelphia-Nord, der mir völlig unbekannt war. Die Gasse hieß Dartmoor Mews und lag nicht mehr als fünf Häuserblocks vom Gymnasium entfernt. Rechts und links standen in langen Reihen niedrige Mietskasernen, überall lagen Haufen von Unrat. Die Gasse war in jeder Hinsicht häßlich – nur die Kinder, die in Scharen herumliefen, waren schön.

Vilma umging die Löcher im Straßenpflaster, versuchte, einer Gruppe von Mädchen auszuweichen, die, durch Catos Gegenwart in keiner Weise beeindruckt, Drohungen gegen sie ausstießen, und führte uns in ein Haus, wo zu Ende des vergangenen Jahrhunderts ein irischer Straßenbahnschaffner gewohnt hatte, der seinen Sohn von dort nach Villanova geschickt hatte. Dann war es in die Hände eines italienischen Maurers übergegangen, der seine Söhne nach St. Joseph schickte, und einer von ihnen war Priester geworden.

„Damals konnte ein Ire Straßenbahnschaffner werden", sagte sie, während sie uns eine unwahrscheinlich wackelige Treppe hinaufführte, „und ein Italiener durfte Maurer sein." Sie führte uns in eine Wohnung, die eine Hälfte des zweiten Stockwerks einnahm; vier Negerfamilien teilten jetzt, was einst ein Ire bewohnt hatte. Es war ein grauenhaftes Loch mit fleckigen Tapeten und verfaulten Fußböden. Die Toilette befand sich in einem Schuppen im unteren Stockwerk und wurde von allen Familien, die im Haus wohnten, gemeinsam benützt.

Vilmas Familie war eigentlich keine Familie im eigentlichen Sinn; sie bestand aus einer schwer arbeitenden Mutter von sechs Kindern, die die Frau allein zu erziehen versuchte, denn keiner ihrer drei Männer war ihr eine Hilfe gewesen.

Drei Tröstungen hielten sie aufrecht: Vilma und ihre jüngeren Schwestern würden schön sein und daher ein aufregendes Leben führen können; Hochwürden Claypool Jackson war ein guter Prediger, der Gott in seine große Kirche brachte; und Fernsehen war besser als Kino. Sie konnte hoffen, mit diesen drei Betäubungsmitteln über das Elend dieser Gasse und die Präpotenz der jüdischen Fürsorgerin hinwegzukommen, die sie bei Laune halten mußte, wenn sie ihre monatliche Unterstützung weiterbeziehen wollte.

„Mama, dieser Mann sagt, wenn ich ins College gehe, wird er mir eine gute Stellung in der Schweiz verschaffen."

„Was redest du da? College?"

In dieser Antwort lag meiner Meinung nach die ganze traurige Geschichte vieler, allzuvieler junger Neger in Amerika. Wenn sie von der Collegeausbildung zu reden anfingen oder wenn jemand anderer sie vorschlug, machten sich ihre Freunde und sogar ihre Verwandten über die Idee lustig und hämmerten ihnen ein, sie seien größenwahnsinnig und wollten „über ihre Stellung hinaus". In irischen oder jüdischen Familien hatte man hingegen für ein Kind, das Fähigkeiten zu einem höheren Studium zeigte, besonderes Verständnis, denn dieses Kind konnte die ganze Familie retten. Ich erinnere mich, wie ich vom College auf die Farm meiner Eltern zurückkehrte, von wo noch nie jemand auf ein College geschickt worden war, und meinen Eltern sagte, daß meine Lehrer meinten, ich solle weiterstudieren. Meine Mutter schwelgte in Zukunftsvisionen, und mein Vater meinte, jeder junge Mensch habe das Recht auf die beste Ausbildung, die er bewältigen könne, und er würde mir helfen, soweit es seine Mittel erlaubten. Als ich aber Vilmas Mutter versicherte, daß ich es ernst meinte, trat sie zurück und musterte mich zynisch. Dann lächelte sie befriedigt, weil sie glaubte, mich durchschaut zu haben: Kein Weißer half einem schönen farbigen Mädchen, wenn er nicht mit ihr ins Bett gehen wollte.

„Vergiß diesen Unsinn... such dir selber eine Stellung", sagte die Mutter.

„Aber er sagt, er wird mir eine gute Stellung verschaffen..."
„Er sagt! Er sagt!"

Am Morgen des 14. Februar 1969, einem Freitag, verließ Vilma ihr Haus mit einer witzigen Valentinskarte in der Hand, die sie Cato Jackson schicken wollte, aber die Grußkarte mußte ihm von der Polizei ausgehändigt werden, denn bevor sie die Ecke Grimsby Street und Siebente Straße erreichte, einen Häuserblock vor ihrer Schule entfernt, holten sie vier junge Mädchen von den Madadoras ein, und umringten sie und verlangten unter Drohungen, sie solle ihrer Bande beitreten. Als sie sich weigerte, stachen sie elfmal mit Springmessern auf sie ein. Sie konnten später leicht der Tat überführt werden, denn als Vilma zu Boden fiel, stürzten sie sich auf sie und trampelten auf ihrem Gesicht und ihrem Unterleib herum. Davon war Blut auf ihren Schuhen kleben geblieben.

Dies war der zehnte Bandenmord des Jahres, der vierundvierzigste innerhalb der letzten zwölf Monate.

Cato saß an jenem Nachmittag in der Universitätsbibliothek, als er zufällig auf einem Pult die Abendzeitung mit Bildern von Vilma und den vier jungen Mädchen, die sie erstochen hatten, liegen sah. Keine der Mörderinnen war älter als sechzehn Jahre. Sein Schrei hallte durch die stille Bibliothek, dann rannte er hinaus auf die Straße und brüllte wild; Studenten mußten ihn beruhigen und heimführen. Ich hatte eine letzte sinnlose Zusammenkunft mit seinem Vater, und so fiel es mir zu, ihm Trost zuzusprechen.

Ich war hilflos. Wütend ergoß sich sein Haß auf alles, was die Welt seines Vaters repräsentierte, und dazwischen redete er in wilden Worten von seiner Liebe zu Vilma. Während er tobte, fragte ich mich, ob er es ihr je gesagt hatte. Ich nahm Zuflucht zu aller Logik, die ich aufbringen konnte – er sei jung, er könne sich keine Schuld an ihrem Tod zuschreiben, solche Gedanken seien sinnlos, er dürfe nicht alle Weißen verfluchen, denn an dieser Sache seien sie nicht beteiligt gewesen. Darüber geriet er neuerlich in Wut: „Ihr seid es!" brüllte er. „Wem gehört das dreckige Haus, in dem sie wohnte? Wer weigert sich, Steuern zu zahlen, um uns bessere Schulen zu geben? Wer läßt es zu, daß Rauschgift an die Schulkinder verschachert wird? Das ganze System ist schlecht, und Sie tragen daran so viel Schuld wie alle anderen, Fairbanks!"

Voll Bitterkeit, die für keinen Trost zugänglich war, stürmte er aus dem Pfarrhaus und raste durch die Straßen. Ich sah ihn nicht mehr, denn bald darauf fuhr ich nach Vwarda, um dort den Damm zu inspizieren. Aber am Abend sah ich Vilmas Mutter im Fernsehen. Bereitwillig gab sie einer tüchtigen farbigen Reporterin Auskunft: „Ich wollte nie viel für Vilma, sie sollte nur ein gutes Mädchen sein, und tun, was ihre Lehrer sagten. Ich habe sie gut erzogen und sogar zur Schule begleitet, bis die Polizisten dort eingesetzt wurden. Was kann eine Mutter in dieser Stadt tun, wo die Kinder fünf Gassen weit von daheim nicht mehr sicher sind?"

Zwei Wochen später wurden Cato Jackson, Akbar Muhammad und sein hagerer, schweigsamer Gefährte photographiert, wie sie sich mit drohend auf die Menge gerichteten Maschinenpistolen aus der Llanfair Episcopal Church zurückzogen. Für die beiden anderen war es ein lange geplanter Akt, für Cato hingegen eine Geste der Verzweiflung, seine endgültige Absage an das furchtbare Leid, das ihm widerfahren war, und an die verschwommenen religiösen Lösungsversuche seines Vaters.

Das Photo wurde drei Minuten vor zwölf aufgenommen, innerhalb von zwei Stunden hatte die Polizei die drei Eindringlinge identifiziert, das Hauptquartier in der Sechsten Straße durchsucht und das Waffen- und Munitionslager entdeckt. Akbar Muhammad und sein Helfer wurden festgenommen und zahlreicher Verbrechen angeklagt, Cato Jackson aber blieb verschwunden. Polizeibeamte hielten die Afrikanische Kirche Unseres Erlösers unter ständiger Beobachtung, und die Zeitungen machten die Tatsache groß auf, daß Cato der Sohn eines Pfarrers sei. Viermal erschien Hochwürden Jackson im Fernsehen, um zu erklären, daß in dieser schweren Zeit auch die umsichtigsten Eltern gegen das Unheil, das über unser Land gekommen sei, nicht immun seien. Der Verfall der Autorität, Marihuana, die Vietnamagitation und vor allem die Rassenunruhen hätten auf eine Negerfamilie ebenso ihre Auswirkungen wie auf eine weiße, und er hoffe, daß weiße Eltern, die Ähnliches mit ihren Kindern erlebt hätten, seiner in ihren Gebeten gedenken würden. Die jungen Neger in Philadelphia-Nord hörten dieses Geschwätz und sagten: „Cato ist schlau. Cato Jackson werden sie nicht erwischen. Weißt du, was ich gehört habe? Er ist so klug, daß er in Penn nicht fertigstudieren kann, weil es keine drei Professoren auf der ganzen Welt gibt, die so gescheit sind, daß sie ihm noch etwas beibringen könnten. Einer davon war Einstein, und er ist tot, und die anderen zwei sind in Rußland. Glaubst du vielleicht, Cato läßt sich von den Polypen fangen? Nichts zu machen, der ist zu schlau."

Als nach dem Anschlag auf die Kirche plötzlich das Blitzlicht aufflammte, wußte Cato, daß die Sache schlecht gelaufen war und daß die Polizei hinter ihm her sein würde, und tat etwas Waghalsiges. Statt mit Akbar Muhammad, den man sicher erwischen würde, nach Philadelphia-Nord zu fliehen, machte er einen großen Bogen und landete wieder in Llanfair, keine drei Häuserblocks von der Kirche entfernt. Die Garage, die er als Versteck wählte, gehörte Mister Wister, und als Cato sah, daß Wisters Familie vollauf damit beschäftig war, den Nachbarn die Ereignisse in der Kirche zu schildern, pfiff er Mister Wister. Der kam sofort in die Garage.

„Du meine Güte! Was tust du hier?"

„Ich brauche Rat."

„Das glaub' ich gern!"

„Was meinen Sie, was soll ich tun?"

„Ich nehme an, daß niemand verletzt wurde. Ich kann aus dem, was die Frauen erzählen, nicht klug werden, und da ich nicht dabei war..."

„Es wurde niemandem ein Haar gekrümmt. Aber ich bin sicher, daß die Polizei uns alle festnehmen wird."

„Das möchte ich hoffen. Es war eine Dummheit, und du hast wahrscheinlich deine Karriere ruiniert... für den Augenblick jedenfalls."

Es machte Eindruck auf Cato, wie dieser Mann angesichts einer Affäre, die ihn zutiefst erschütterte, so schnell seine Bedächtigkeit wiedergewinnen und die Tatsachen würdigen konnte. Heuchelei oder Frömmlertum waren ihm völlig fremd, er hielt keine Reden, sondern überlegte einfach, was zu tun war.

„Du mußt zunächst einmal untertauchen, bis sich die Aufregung legt. Wenn jemand verletzt worden wäre, würde ich anders reden, aber ich finde, daß ihr im Recht wart, von der Kirche Wiedergutmachung zu fordern. Sie haben deinem Vater eine Unsumme für die alte Kirche abgenommen und sollten wenigstens zwei Drittel des Kaufpreises erlassen. Das Unrecht der Vergangenheit wird zwar keine Wiedergutmachung je ungeschehen machen, aber es wäre keine schlechte Idee, wenn unsere Kirchen sich zu einer Geste der Versöhnung entschließen könnten."

Sie meinen also, daß wir recht hatten?" fragte Cato.

„Sicherlich", sagte Mister Wister und begann, Pläne zu schmieden, wie er Cato wegschmuggeln könne, nicht viel anders als sein Urgroßvater, der in den späten fünfziger Jahren des neunzehnten Jahrhunderts Negersklaven durch Philadelphia geschmuggelt hatte. Er behielt Cato über Nacht in der Garage, fuhr ihn unter dem

Vorwand einer Geschäftsreise nach New York und gab ihm die Adresse eines vertrauenswürdigen Mannes, Professor Hartford von der Universität Yale. Von dort aus könne Cato leicht nach Boston gelangen, wo man ihm den Fluchtweg nach Kanada zeigen würde. Am Washington Square, am Rande von Greenwich Village, verabschiedete er sich von Cato. „An der Universität von Pennsylvanien bist du ja nun erledigt, das kannst du abschreiben. Wenn ich du wäre, würde ich an einer kanadischen Universität inskribieren."

„Wie wäre es mit Europa?" fragte Cato. „Viele Schwarze landen in Europa."

Wie es seine Art war, ließ sich Mister Wister diesen neuen Vorschlag eine Weile durch den Kopf gehen und sagte schließlich: „Das wäre keine schlechte Idee, Cato. Du kommst vielleicht als gebildeter Mann zurück. Und weiß Gott, solche brauchen wir!" Er schüttelte Cato die Hand und fragte als echter Quäker: „Wie steht's mit dem Geld?" Während Cato noch nach einer Antwort suchte, sagte Wister: „Ich habe eine bestimmte Summe für deine Ausbildung bestimmt. Ich hätte nichts dagegen, daß du sie in Europa ausgibst. Schick mir deine Adresse." Und damit stieg er in seinen Wagen und fuhr nach Llanfair zurück, wo sich die braven Bürger einredeten, die gesamte Kongregation sei um ein Haar dem Tod entronnen.

Der Flughafenbus entließ Cato beim Zeitungskiosk in Torremolinos, und wie tausend andere vor ihm landete er auf der Tiefterrasse und fand einen Tisch, wo er endlich Atem schöpfen und die erregende Welt, in die er so unerwartet geraten war, betrachten konnte. Zwei Dinge fielen ihm auf: die Schönheit der Burschen und Mädchen und die Tatsache, daß keine Farbigen darunter waren. Wenn das für junge Leute die Hauptstadt der Welt ist, überlegte er, so gibt es hier jedenfalls herzlich wenige schwarze Wähler. Er fand das besonders merkwürdig, da Afrika nur wenige Kilometer entfernt im Süden lag.

Noch bevor er etwas bestellt hatte, nahm ein gutaussehender junger Mann, offenbar Franzose, an seinem Tisch Platz, als wären sie alte Freunde. „Was bringt dich hierher?"

„Das ganze Drum und Dran."

„Das beste in Europa. Hast du schon ein Hotel?"

„Nein."

„Ich bekomme zehn Prozent, wenn du ins ‚Felipe Segundo' gehst." Er reichte Cato eine Hotelkarte. „Am Meer. Geheiztes Schwimmbecken."

„Wie ist die Lage hier? Gibt es Stellen?"
„Nein."
„Kann man irgendwie Geld verdienen?"
„Bist du pleite?"
„Ich habe ein bißchen Kies ... aber ich werde mehr brauchen."
Die ungezwungene Art, in der die beiden, die einander erst seit drei Minuten kannten, Finanzen und Möglichkeiten diskutierten, gefiel Cato. Er konnte mit diesem Franzosen freier reden als mit einem weißen Amerikaner desselben Alters. „Wie heißt du?"
„Jean-Victor."
„Warst du bei der Studentenrevolte in Paris?"
„Bin kein Franzose. Apropos Geld. Hat jemand auf dem Weg hierher den ‚Sterbenden Schwan' erwähnt?"
„Nein."
„Gute Adresse. Ein athletischer Blondling aus Schweden oder Deutschland kann dort vorbeischauen und sich's ganz gut einrichten ... Taschengeld jedenfalls."
„Ich bin nicht gerade für meine Blondheit berühmt", sagte Cato.
„Das macht dich vielleicht besonders anziehend."
„Geht es wüst zu?"
„Jeder ist sich selbst der Nächste."
Cato lehnte sich zurück, musterte Jean-Victor und fragte: „Bringst du dich so durch?"
„Ich? Ich habe ein Mädchen ... wir wohnen unten am Meer."
„Du bist Schlepper für den ... wie heißt es?"
„Den ‚Sterbenden Schwan'? Nein. Es ist wie meine Abmachung mit dem Hotel." Er tippte auf die Karte am Tisch. „Ich verdiene meine Brötchen mit verschiedenen Kommissionen. Möchtest du den ‚Schwan' versuchen?"
Cato stieß mit dem Fuß an seinen Koffer. „Vergiß nicht, ich habe kein Quartier."
„Laß ihn da." Er rief den Kellner und bat ihn, den Koffer hinter der Bar aufzubewahren. „Beim ‚Schwan' weiß man nie, wie die Dinge sich weiterentwickeln. Sehr gut möglich, daß du kein Hotel brauchst."
Als Cato mir später von seinem Zusammentreffen mit Jean-Victor erzählte, war ich über seine Art, sich zu geben, verblüfft, es war mir, als wäre er zwischen Philadelphia und Torremolinos ein völlig anderer Mensch geworden. Er versuchte, sich zu rechtfertigen: „Tod – haben Sie je ein sechzehnjähriges Mädchen mit zertrampeltem Gesicht gesehen? –, dann die Geschichte mit der Kirche von Llanfair ... und das persönliche Engagement in beiden Fällen. Ich hatte jeden

Halt verloren, und es war mir wirklich völlig gleichgültig, was mit mir geschah. Wenn die weiße Welt von mir verlangte, mich im ‚Sterbenden Schwan' zu verdingen, so sollte es mir auch recht sein."

Jean Victor nahm Cato ins Schlepptau; nach kurzer Zeit tauchte der berüchtigte ‚Schwan' auf, so hingegossen, daß es schien, als würde er jeden Augenblick auf den Gehsteig herabsinken. „Wer immer dieses Schild gemalt hat, sollte die doppelte Gage bekommen", sagte Cato.

Er war etwas nervös, als Jean-Victor ihn durch die Renaissancetür in die verdunkelte Bar führte, und blieb unsicher neben der Tür stehen. Jean-Victor verschwand für kurze Zeit, dann kam er enttäuscht zurück. „Niemand da, den ich kenne. Bestellen wir eine Limonade."

Sie saßen an einem der Tische in der Mitte der Bar; und nach und nach bemerkte Cato, daß aus den umliegenden Nischen Gesichter auftauchten und zu ihnen herstarrten.

Jean-Victor flüsterte: „Das ist der beste Tisch. Jeder kann dich sehen." Zu Catos Überraschung stand jemand auf und trat zu ihnen. Es war eine Frau in einem Tweedkostüm. Mit rauher, tiefer Stimme fragte sie:

„Kommst du aus den Staaten?"

„Ja"

„Macht ihnen die Hölle heiß! Reißt sie in Stücke! Wenn ich jung und schwarz wäre, würde ich die Untergrundbahn in die Luft jagen. Ich stehe in deiner Ecke, mein Sohn." Sie schlug ihn auf die Schulter und kehrte an ihren Tisch zurück.

Gleich darauf kam der Kellner. „Die Damen in der Nische wollen Ihnen Drinks spendieren."

„Chivas Regal", bestellte Jean-Victor prompt. „Zwei." Sobald der Kellner gegangen war, flüsterte er: „Die Weiber sind stinkreich. Bestell die teuersten Drinks, die es gibt."

„Was ist Chivas Regal?"

„Wenn es dir nicht schmeckt, trinke ich es."

Sie blieben fast eine Stunde sitzen, mehrere Männer kamen vorbei, unterhielten sich mit Jean-Victor, den jeder in Torremolinos zu kennen schien, und jeder wünschte Cato schöne Ferien. Schließlich sagte Jean-Victor: „Wir sollten doch ein Quartier für dich suchen. Der Kerl, auf den ich warte, kommt heute anscheinend nicht."

„Wer?"

„Ist aus Boston, heißt Paxton Fell. Haufenweise Geld. Ausgezeichneter Geschmack. Hat ein tolles Haus auf einem Hügel hinter der Stadt. Gästezimmer ... du weißt schon."

„Nicht direkt", sagte Cato offen. „Ich bin ein Neuer hier. Was muß ich tun, um eines von Mr. Fells Zimmer zu bekommen?"

Jean-Victor drehte die Handflächen nach oben und lehnte sich vor, bis sein Gesicht sehr nahe an Catos kam. „Ehrlich gesagt, ich weiß es nicht. Ich habe für verschiedene junge Männer Unterkunft in Fells Haus arrangiert, und ich weiß, sie wohnen dort umsonst und bekommen auch noch ein kleines Taschengeld. Aber was geschieht, wenn die Lichter ausgehen ... wer was mit wem tut ... ich weiß es wirklich nicht."

„Klingt abenteuerlich."

„Mach dir selbst ein Bild", sagte Jean-Victor und deutete über Catos Schulter.

Durch die messingbeschlagenen Türen trat ein Herr, etwa Anfang der Sechzig, sehr groß, sehr schlank, sehr gut gekleidet. Seine Schuhe fielen Cato auf: braun, mit besonders dicken Sohlen und sündteuren Nähten.

„Die Schuhe gefallen mir", flüsterte Cato.

„Mr. Fell!" rief Jean-Victor. „Setzen Sie sich doch zu uns!"

Der Angesprochene sah sich in der Bar um und dankte mit würdevollem Nicken für jeden Gruß. Anscheinend fand er nichts Interessanteres als diesen Tisch, und so setzte er sich mit vornehmer Zurückhaltung, wobei seine Augen anderswo hin gerichtet waren. Dann wandte er sich langsam Cato zu, musterte ihn eingehend und sagte: „Wir haben sehr wenige Neger in Torremolinos."

„Das sah ich vorhin auf der Straße."

„Darum begrüßen wir die wenigen besonders herzlich." Er wartete auf eine Antwort und sagte dann leicht ungeduldig: „Los! Das ist das Stichwort für Sie, zu erklären, wie Sie hierherkommen."

Cato wollte etwas sagen, wußte aber nicht recht, was. Da kam die Frau im Tweedkostüm, die die Drinks bestellt hatte, herbeigeschossen, ließ Mr. Fell unbeachtet und packte Cato an den Schultern.

„Mein Gott!" schrie sie triumphierend. „Er ist es!" Sie warf einen Zeitungsausschnitt mit dem berühmten Photo auf den Tisch. „Das sind Sie doch, nicht wahr?"

Sämtliche Gäste des ‚Sterbenden Schwans' drängten sich um den Tisch, während Jean-Victor und Mr. Fell zugleich nach dem Photo griffen. Endlich erwischte es Mr. Fell, hielt es ins Licht und verglich es mit Cato. „Donnerwetter!" sagte er endlich. „Ein echter Volksheld." Dann lehnte er sich zu Catos Erstaunen über den Tisch und küßte ihn zweimal. „Sie sind ein Genie", sagte er bewundernd, „sich die Episkopäler auszusuchen! Laura ist Episkopalistin" – er wies auf die Frau im Tweedkostüm – „und sie sind alle stinkreich. Wenn man ihnen Geld wegnimmt, ist man sozusagen ein Robin Hood auf kirchlicher Ebene. Du unglaubliches Stück! Mußtest du fliehen?"

„Erzähl uns alles!" sagte Laura und bestellte eine Runde. „Gott, ist das aufregend! Ich möchte die Marseilleise singen." Laut und klar pfiff sie ein paar Takte, dann fragte sie: „Habt ihr etwas aus den Geizhälsen 'rausgepreßt?"

Jean-Victor stürzte zwei Gratiswhisky hinunter, stand auf und flüsterte im Gehen Paxton Fell ins Ohr: „Sie werden mich doch nicht vergessen?"

Die Diskussion ging noch über eine Stunde weiter, dann lud Laura alle zu sich zum Abendessen ein. Sie lebte in einem Schloß westlich von Torremolinos, das mit Antiquitäten vollgestopft war, die sie auf ihren Ausflügen in die Berge in alten Bauernhäusern aufgestöbert hatte. Die schweren Eichenstühle waren Meisterwerke für sich, keiner glich dem anderen, der Eßtisch war zehn Meter lang und eineinhalb Meter breit. Seine Bohlen waren vor vierhundert Jahren mit der Hand bearbeitet worden. Über zwei Meter lange Holzscheite mußten von zwei Männern in den riesigen Kamin gehoben werden. Die Räume hatten indirekte Beleuchtung, da und dort standen Kerzen, deren Flammen in der Zugluft flackerten.

„Kommt herein!" schrie Laura, womit sie zugleich ihre Dienerschaft auf die Beine brachte, und während ihre Gäste sich setzten, legte sie das legendäre Photo auf den Tisch und forderte Cato auf, alles zu erklären. Er blickte sich im Kreis um und bildete sich ein, diese entwurzelten Sybariten hätten wirklich die Absicht, die revolutionären Kräfte zu begreifen, die in ihren Heimatländern Staub aufwirbelten.

Das Abendessen war gegen halb zwei Uhr früh vorbei. Inzwischen hatte Paxton Fell die Überzeugung gewonnen, daß er in Cato Jackson einen gebildeten, höflichen, besonders charmanten jungen Mann von außerordentlicher Vitalität kennengelernt hatte. Wie für Europäer eine hübsche Chinesin, so war für ihn dieser ungewöhnliche Neger eine Herausforderung, und als die ersten Gäste gingen, ergriff er Catos Arm. „Jean-Victor hat mir erzählt, du hättest noch kein passendes Quartier gefunden. Ich habe reichlich Platz." Er führte Cato zu seinem Mercedes-Kabriolett. Als Cato in die weichen Ledersitze versank, sagte er: „Meine Tasche ist noch in einer Bar in der Stadt."

„Ach laß!" sagte Fell. „Ich bin sicher, daß ich einen Schlafanzug und eine Zahnbürste für dich finden kann. Wir holen dein Gepäck morgen früh."

Mit äußerstem Geschick fuhr er den Mercedes hinunter zur breiten Küstenstraße, auf der Fahrer aller Nationen Wagen und Nerven testeten. Der Autoraserei fielen in Torremolinos und Umgebung alljährlich viele Menschen zum Opfer. Auch Fell fuhr den Wagen voll aus, dann bremste er allmählich ab und bog links in eine steile Seitenstraße ein, die zum Rancho de Santo Domingo führte, einem von Mauern umgebenen Privatareal, das ständig unter Bewachung von Uniformierten stand. Innerhalb der Mauern sah Cato eine Reihe großartiger Häuser, die an Pracht und Linienführung miteinander wetteiferten; am Rande der Siedlung stand Paxton Fells Haus.

Im Gegensatz zur Opulenz der anderen war es niedrig und kompakt, doch man sah sofort, daß die ganze Anlage und die exquisiten Details ein Vermögen gekostet hatten. „Ich möchte, daß du den ersten Eindruck von der Terrasse aus gewinnst", sagte Fell und führte Cato in einen Garten mit Aussicht auf das Mittelmeer, das tief unten lag. Der Halbmond warf schimmernde Lichtpfeile über das Wasser, und weit draußen pflügte ein schwachbeleuchteter Orangenfrachter langsam seinen Weg nach Alicante.

„Hier sollst du dich wie zu Hause fühlen", sagte Fell und führte Cato ins Haus. Der große Raum, den sie betraten, war nach dem alten Prunk des Schlosses eine erfrischende Abwechslung, denn er enthielt nichts Extravagantes, ausgenommen vielleicht die drei großartigen Bovedas, die fast die ganze Decke einnahmen.

Cato hatte diese spanischen Kuppeln, die aus in übereinanderliegenden Kreisen gelegten Ziegeln bestanden, noch nie gesehen. Jeder Kreis war enger als der vorhergehende, bis zuletzt, auf eine unbegreifliche Art und Weise, die die Arbeiter nicht verraten wollten, die Schlußziegel eingesetzt wurden, die die obere Öffnung verschlossen. Solange Cato bei Paxton Fell wohnte, bewunderte er diese prachtvollen Bovedas immer wieder; sie waren gleichsam ein Himmel, dem nur Mond und Sterne fehlten.

Als Cato mir später von seiner Bekanntschaft mit Paxton Fell erzählte, fragte ich ihn ohne Umschweife: „Und was mußtest du als Gegenleistung tun?"

Er erzählte mir eine höchst eigenartige Geschichte. „Ich war natürlich auch neugierig, denn ich wußte nicht mehr als Sie. Die erste Nacht nichts. Die zweite Nacht nichts. Langsam wurde ich unruhig. Nur das beste Essen, das man sich denken kann, von zwei spanischen Köchen zubereitet. Und jeden Nachmittag gingen wir natürlich zum ‚Sterbenden Schwan' und saßen dort bis kurz vor Mitternacht, dann gingen wir zu Abend essen. Ich glaube, Fell wollte mit mir renommieren ... als wollte er den anderen zeigen, daß er immer noch Anziehungskraft auf einen Lebendigen ausüben könne.

Am dritten Abend hatten wir Laura und ihre Bande zum Abendessen. Es war toll. Viel Lärm, viel wildes Gerede. Als ich in mein Zimmer gehe, kommt Paxton Fell mit, und ich denke: Nun kommt's. Und Sie werden nicht glauben, was er wollte! Ich sollte mich ausziehen und in eine weiße Marmornische stellen, wo eigentlich eine Statue hätte sein sollen, aber noch keine war. Er leuchtete mich mit einem eigens angebrachten Scheinwerfer an, und während ich dastand, sagte er: „Wie eine griechische Statue ... wie ein unsterbliches Meisterwerk aus Mykenä." Das wiederholte er immer wieder, und dann tat er das Hirnrissigste, was Sie je gehört haben.

Er nahm eine Feder aus seiner Tasche – eine aus purem Silber, wo er sie herhatte, habe ich nicht die geringste Ahnung. Und er kam zu der Nische und kitzelte mit dieser verdammten Feder meine Eier, bis ich eine Erektion bekam. Dann trat er zurück und quasselte wieder über die griechische Statue und Mykenä. Und dann kam er wieder und kitzelte noch einmal, und endlich sagte er sehr überzeugt: ‚Oh, Cato! Mit diesem Instrument wirst du Dutzende Mädchen unendlich glücklich machen.' Und das war's."

„Du meinst, das war alles, was er wollte?"

„Mit mir, ja. Nun hatte er aber verschiedene Freunde – nur Männer –, und er bestand darauf, mich ihnen vorzuführen; und als der eine mich in der Nische stehen sah, wurde er so erregt, daß er später in der Nacht in mein Zimmer stürmte, zu mir ins Bett kroch und mir ganz sensationell einen abblies. Und ein andermal brachte Fell Laura und ihre Weiberbande, und sie bewunderten mich eine halbe Stunde lang. Da fand ich, daß es höchste Zeit war, mich abzusetzen."

Paxton Fell machte Cato keinerlei Vorhaltungen. „Du bist ein prachtvoller junger Amerikaner", sagte er bei ihrem letzten Abendessen,

„und du hast eine glänzende Zukunft vor dir – wenn du die Finger von Maschinenpistolen läßt. Ich bin stolz und froh, dich kennengelernt zu haben.“ Am Morgen fuhr Fell Cato im Mercedes in die Stadt und sagte beim Abschied noch: „Vergiß nicht, du bist am Hügel immer willkommen. Wenn du gelegentlich vorbeikommen willst, hinterlaß Nachricht im ‚Schwan‘.“ Er verneigte sich tief und fuhr los. Noch vor der ersten Kurve hatte er so hundertfünfzehn Stundenkilometer drauf.

Wieder hinterließ Cato seine Sachen beim Kellner – diesmal inklusive vier Paar teurer Schuhe, die Fell ihm geschenkt hatte –, um in der Stadt auf Quartiersuche zu gehen. Doch er war vom Geist von Torremolinos bereits so sehr angesteckt, daß er beschloß, vorerst auszuruhen, ehe er etwas unternahm. Es war April geworden, und es wimmelte von unternehmungslustigen Touristen, die fest entschlossen waren, schwimmen zu gehen, gleichgültig, wie kalt das Meer sein mochte. Er saß auf der sonnenüberfluteten Terrasse, der einzige Neger in der Gegend, dachte über seine Lage nach und fand, sie sei recht vielversprechend. Schlimmstenfalls kann ich bei Fell wohnen... und gleichzeitig Taschengeld bekommen. Für ihn und seinen Kreis ist jeder Neger, der mit Messer und Gabel umgehen kann, exotisch; wenn ich also in Geldverlegenheit bin, werden seine Freunde mir aushelfen. Der fette Kerl, der zu mir ins Bett kam... der andere aus Chikago... oder der mit dem Pudel. Anderseits bin ich sicher, daß ich im Schloß bei Laura irgendeine Stellung finden würde. Diese reichen Weiber fliegen auf einen Schwarzen. Sie haben ihn gern um sich – eine Art Spielzeug, gefährlich, aber reizvoll. Cato, du bist gemacht. Das heißt, du hast ein Sicherheitsventil.

Da fiel ihm Mister Wister ein. Er schüttelte den Kopf bei dem Gedanken, daß Mister Wister ihm wirklich regelmäßig Schecks schicken wollte. Dann lächelte er. Das Gefühl der Sicherheit war nicht zu verachten. Heimgehen kann ich natürlich so lange nicht, bis die Sache mit dem Haftbefehl eingefroren ist. Vielleicht in einem Jahr, viellleicht in zwei. Also muß ich inzwischen in Spanien bleiben, und einen besseren Ort gibt es nicht.

Er lehnte sich zurück und ließ sich die warme Sonne ins Gesicht scheinen. Als er die Augen öffnete, sah er eine Gruppe bildschöner Skandinavierinnen vorbeischlendern. „Mensch, das ist das Leben“, sagte er leise. Der Anblick der Mädchen brachte ihn auf sein Grundproblem. Ich habe so den Eindruck, die Homosexualität ist nichts für mich. Einfach nicht mein Fall – wenn die anderen wollen, bitte... Für mich ist normal besser – oder vielleicht nicht besser, aber ein wenig sauberer. Was ich wirklich brauche, ist ein Mädchen. Wenn ich ein Jahr hierbleiben muß, suche ich mir am besten ein Mädchen, das auch ein Jahr lang hierbleibt.

Er wußte, daß es notwendigerweise ein weißes Mädchen sein würde, Schwarze gab es hier nicht. Kein Problem. In Torremolinos war Schwarz ein Vorteil, man war einzigartig. Die Mädchen brachten Geld. Auch sie waren im Exil, und bestimmt waren manche auf der Suche nach einem festen Freund. Diese Art von Mädchen hatte eine eingewurzelte Neugier für schwarze Männer. – Ich denke, es wird hier einfacher sein, ein Mädchen zu finden, als in Philadelphia. – Mit dieser Verallgemeinerung gab er sich vorerst einmal zufrieden. Aber das Problem bleibt auf der ganzen Welt gleich. Wie willst du eine mit Geld finden? Ich kann mich erhalten, aber ich kann verdammt sicher nicht auch noch ein Mädchen erhalten. Er tröstete sich mit einer Redensart, die er in Philadelphia gelernt hatte: „Man muß ja nicht blöd sein. Man kann sich umsehen. Man kann sich Zeit lassen."

Er stand auf und schlenderte durch die Stadt. Als er am „Nordlicht" vorbeikam, reizte es ihn, einen Blick hineinzuwerfen, um zu sehen, was dort los sei, aber er beherrschte sich, und das aus einem guten Grund: Da geh lieber nicht hinein, die Schwedinnen sind toll, und außerdem scharf auf Schwarze, aber sie sind alle zum billigen Touristentarif hier und haben keinen Pfennig.

Beim „Brandenburger" sah er eine Gruppe attraktiver Mädchen herumstehen, vermutlich aus Berlin, blond, lebhaft, unternehmungslustig. Auch sie fuhren garantiert in zehn Tagen wieder heim. Vor den französischen Hotels gab es unter den ein- und ausgehenden Mädchen sicher die eine oder andere, die hierbleiben wollte. Aber er hatte gehört, daß sie noch weniger Geld hatten als die Schwedinnen. Also lümmelte er bloß eine Weile in der Sonne herum, sah den Mädchen auf die Beine und ging dann weiter.

Am Ende seines Rundgangs hatte er vier Arbeitshypothesen ausgearbeitet: Keine Männer mehr, keine Schwedinnen, keine Deutschen, und wahrscheinlich auch keine Französinnen. Er fürchtete zwar, sein Feld damit allzusehr einzuengen, aber er hatte ja Zeit. Mit der sicheren Rückendeckung eines regelmäßig eintreffenden Schecks von Mister Wister konnte er es sich leisten, sich ein paar Wochen treiben zu lassen. Am Abend wollte er im „Arc de Triomphe" sehen, was sich dort anbot.

Plötzlich sah er einen riesigen Holzrevolver, und darüber stand in großen Lettern: „The Alamo." Das hat mir gerade noch gefehlt, dachte er. Eine Texas-Bar. Die Ku-Kluxers. Er wollte vorbeigehen, da erblickte er durch die offene Tür das schönste blonde Mädchen, das er je gesehen hatte. Sie sah aus wie eine Schwedin – nicht zu groß, nicht zu stark. Sie hatte langes champagnerfarbenes Haar, das in natürlichen Locken ihr reizendes rundes Gesicht umrahmte. Ihre Augen, ihre Zähne, ihre Haut, die Proportionen ihres Körpers waren die Vollkommenheit selbst. Bewundernd blieb er stehen: Darin konnte man sich die ganze Nacht vergraben und am Morgen aufwachen und nach mehr schreien.

Minutenlang stand er an der Tür und folgte der Skandinavierin mit seinen Blicken. Sie schien hier zu arbeiten, denn sie ging zwischen den an den Tischen sitzenden amerikanischen Soldaten hin und her, teilte Getränke aus, und jeder schien sie zu kennen. Die dreisteren unter den Gästen versuchten die Vorbeigehende an den Beinen zu fassen. Derartige Annäherungsversuche wies sie mit gut gezielten Schlägen mit dem Serviertuch und einem herzlichen Lachen zurück.

„Du kannst auch hereinkommen, wenn du willst", sagte ein großer, bärtiger Amerikaner. „Falls du Geld hast." Der Mann reichte ihm die Hand. „Ich heiße Joe und führe die Bude hier. Komm rein und trink ein Bier als Gast des Besitzers. Tut dir nichts, ist gewässert." Er führte Joe in den kleinen Raum und stellte ihn sechs oder sieben Soldaten vor. „Sie kommen alle aus Sevilla herunter", erklärte er. „Die meisten Mädchen hier sind aus Amerika."

„Und die Schwedin?" fragte Cato über seinem Bier.

„Norwegerin. Heißt Britta. Komm mal her, Britt!"

Sie unterbrach ihre Arbeit, kam mit leichten Schritten herüber und reichte Cato die Hand. „Hallo. Ich heiße Britta."

„Und du ... bist sein Mädchen, wenn mich nicht alles täuscht?"

„Ja ... sozusagen."

„Ich könnte mir den Hals durchschneiden. Und dir, Freund" – er wandte sich an Joe – „kann man nur gratulieren. Dir kann man sogar einen Psalm singen. Darf ich euch beide auf ein Bier einladen?"

„Heute nein. Heute bist du der Gast", sagte Joe. „Aber wir werden es anschreiben."

„Und wenn wir das tun", warnte Britta, „vergessen wir nie! Der nette schwarze Amerikaner schuldet uns zwei Bier."

Sie lächelte ihn auf ihre offene, unkomplizierte Art an und wandte sich wieder ihrer Tätigkeit zu.

„Von allen, die ich bisher gesehen habe, macht sie das Rennen", sagte Cato bewundernd.

„Wenn meine Runde komplett ist, ist sie immer noch die beste", stimmte Joe zu.

Sie waren mitten in ihrer Unterhaltung, als einer der Soldaten plötzlich aufsprang und schrie: „Mein Gott! Das ist der Kerl, der alle Leute in der Kirche in Philadelphia niedergeknallt hat!"

Sofort bildete sich ein Kreis um Cato und bombardierte ihn mit Fragen über das Llanfair-Massaker. Die Kommentare waren eher teilnahmsvoll als anklägerisch. „Ist es wahr, daß das Kirchenschiff voller Leichen war?" fragte einer, und in einer Ecke flüsterte ein anderer: „Ich möchte aber nicht, daß so ein Bubu in meiner Kirche 'rumböllert."

„Moment!" protestierte Cato, aber er konnte die Flut bewundernder und doch ängstlicher Bemerkungen nicht eindämmen. Die GIs, für die jeder ehrenwert war, der mit einer Waffe umgehen konnte, behandelten ihn mit Vorsicht. Einer sagte zum anderen: „Ich hab' davon gelesen. Du hast ja auch die Bilder gesehen. Hunderte Tote. Irgend jemand hat mir schon einmal gesagt, daß er sich in Torremolinos versteckt hält."

„Jetzt ist's aber genug!" brüllte Joe und schlug auf die Theke. „Ich habe die Artikel auch gelesen. Dieser Mann und sein Komitee verlangten einfach Geld. Man hat Schüsse abgefeuert, aber niemand verletzt. Die Kirche hat sogar später Geld hergegeben – freiwillig."

„Aber ist nicht ein Haftbefehl gegen ihn ausgeschrieben?"

„Stimmt", sagte Cato.

„Ich hoffe, sie kriegen dich nicht", rief ein Mädchen aus einer Ecke, und die Aufregung legte sich.

Cato gehörte nun zu ihnen. Er hatte dem Establishment auf die Zehen getreten, die Polypen waren hinter ihm her, und damit war er automatisch einer von ihnen. Britta legte einen Stoß Rock-and-Roll-Platten auf, und die Rhythmen der Jugend füllten die Bar, jener ohrenbetäubende Sound, den Cato so liebte und den wenige Menschen über Fünfundzwanzig ertragen konnten. Er hörte zwei GIs einem neuen Gast erzählen: „Das ist der, der die Kirche in Philadelphia zur Hölle gebumst hat. Du hast sicher die Bilder gesehen."

Doch über all dem Lärm und dem ziellosen Gerede war Cato ganz von den anmutigen Bewegungen in Anspruch genommen, mit denen Britta Coca-Cola servierte.

Jeden Tag trieb es ihn in die Bar, denn die Norwegerin zog ihn unwiderstehlich an. Britta und Joe erkannten beide, daß er sich in sie verliebt hatte, und eines Abends sagte Joe: „Warum geht ihr beide nicht essen? Ich kümmere mich um die Bar."

Cato sagte, sie solle sich ein Restaurant aussuchen, und sie wählte ein kleines schwedisches, wo das Essen gut war. Sie redeten ziellos, bis er endlich ihre Hand nahm: „Du weißt ja, daß ich von dir hingerissen bin", und sie lachte und sagte mit ihrem singenden Akzent: „Aber ich bin Joes Mädchen." Er sagte: „Aber angenommen, du wärest nicht Joes Mädchen? Könnte ich ...", und sie sagte: „Du siehst gut aus und du bist intelligent. Ich glaube, jedes Mädchen würde dich gern zum Freund haben", und er sagte: „Aber du bist doch Joes Mädchen?", und sie nickte.

Wieder in der Bar, sagte Cato zu Joe: „Ich habe es ganz wild mit deinem Mädchen getrieben", da zeigte Joe auf die Soldaten, die auf Britta warteten. „Stell dich schön in der Reihe an, Freundchen." Dann fügte er hinzu: „Das Mädchen in der Ecke dort möchte dich gern kennenlernen... wegen der Kirche", und führte Cato zu einem Ecktisch. „Cato Jackson", stellte er sich vor. „Und das ist Monica Braham. Frag sie, wo sie herkommt; du wirst es nicht glauben." Damit ließ er sie allein.

Später erzählte mir Cato in derselben Bar und am selben Tisch: „Ich verliebte mich in Britta, als ich das Lokal betrat, darüber gibt es keinen Zweifel. Denn sie war das schönste Mädchen, das ich je gesehen hatte. Aber als ich dastand und Monica Braham ansah, da schien plötzlich alle Kraft aus meinen Beinmuskeln zu schwinden. Sie war ein so ungewöhnliches Mädchen... irgend etwas fraß an ihr... wir Schwarzen haben ein Gefühl für Menschen in Not... und als sie in ihrer kühlen, wissenden Art fragte: ‚Irgendwelche Kirchen zusammengeschossen in letzter Zeit?', da wußte ich, daß sie mir weh tun wollte, daß ihre folgenden Fragen noch verletzender sein würden. So setzte ich mich und fragte: ‚Woher kommst du?', und sie sagte: ‚Vwarda' und erwartete, ich würde mit der großen Afrikamasche kommen. Nun wußte ich zwar alles über Vwarda, in Philadelphia-Nord hörst du ständig Vwarda dies und Vwarda jenes – man möchte meinen, es ist das neue Athen – aber ich sagte: ‚Wo ist das?', und sie sah mich richtig kühl lächelnd an und sagte: ‚Als ob du das nicht wüßtest, du geriebener Kerl.'"

Monica und Cato blieben bis vier Uhr früh in der Bar. Arm in Arm gingen sie den Hügel hinab zum Strand, das Echo der Musik noch in den Ohren, und sie führte ihn in die Wohnung, wo er die beiden großen Betten stehen sah. Sie erklärte ihm, eines gehöre Jean-Victor – „Dem Zuhälter? Den kenne ich" –, das andere Joe, und als sie sagte, Britta teile es mit diesem, schien ihm, als habe er den Namen vor langer Zeit einmal gehört, seine Trägerin aber bereits völlig aus dem Gedächtnis verloren.

Dann zeigte sie auf den karierten Schlafsack und sagte: „Hier wohne ich", und einen spannungsgeladenen Augenblick lang standen sie einander gegenüber. Dann sagte sie leise: „Ich bin sicher, daß du früher oder später zu mir in den Sack kriechst. Da machen wir es lieber gleich früher." Sie begann sich zu entkleiden, und als sie vor ihm stand, schlank und blaß und schön wie eine griechische Plastik, da wußte Cato, er würde nie einem unwiderstehlicheren Mädchen begegnen. Er sprang sie an, warf sie auf den Schlafsack, sie liebten sich, wie die Phantasie es in ihren wildesten Vorstellungen nicht erträumt hatte, und am Ende schliefen beide erschöpft ein.

Gegen fünf Uhr früh kamen Jean-Victor und Sandra nach Hause. „Wen hat sie sich wohl heute mitgebracht?" fragte er ohne besonderes Interesse. Als dann aber Britta und Joe heimkamen, deutete Britta auf den Schlafsack, lächelte und sagte: „Das mußte ja so kommen."

# 5

# JIGAL

Ein Mann, der sein Vaterland wechselt, gleicht einem Hund, der plötzlich anders bellt: beiden ist nicht mehr zu trauen.

Gott ist nicht tot. Er will sich bloß nicht engagieren.

Die Universität ist dazu da, junge Männer ihren Vätern so unähnlich zu machen, wie nur möglich. *Woodrow Wilson*

Ärger als der Krieg ist die Angst vor dem Krieg. *Seneca*

Bion sagt: Auch wenn Knaben nur aus Spaß Steine nach Fröschen werfen, sterben die Frösche nicht aus Spaß. *Plutarch*

Die Juden werden nichts davon haben, wenn sie alle Kriege gewinnen, bis auf den letzten.

Ich werde nie verstehen, warum Moses so großes Ansehen genießt. In den vierzig Jahren ziel- und planlosen Herumziehens in der Wüste hätte er Großes vollbringen können. Wenn er beispielsweise seine Leute nur dreißig Meter weit in die richtige Himmelsrichtung geführt hätte, wären sie nicht nach Israel, sondern nach England gelangt, und dieses ganze Durcheinander wäre uns erspart geblieben.

Jeder klagt über sein mangelndes Gedächtnis, niemand über sein mangelndes Urteilsvermögen. *La Rochefoucauld*

Jahr für Jahr muß in aller Welt eine kleine Anzahl junger Menschen kurz vor dem einundzwanzigsten Geburtstag eine Entscheidung treffen, die unwiderruflich ist und ihre ganze Zukunft bestimmen wird. Natürlich gibt es in diesem Alter bei jedem Entscheidungen von wesentlicher Bedeutung für das weitere Leben, doch ist man sich dieser Bedeutung meist nicht bewußt. Die jungen Menschen aber, von denen ich spreche, wissen schmerzlich genau, was sie zu entscheiden haben: in einem einzigen kurzen Augenblick müssen sie wählen, welcher Nation sie für den Rest ihres Leben angehören wollen.

Durch Zufälle des Geburtsortes – oder durch besondere Maßnahmen ihrer Eltern zur Zeit ihrer Geburt – haben sie Anspruch auf zwei oder sogar drei verschiedene Pässe. Während ihrer Kindheit reisen sie vielleicht ein Jahr mit einem britischen und ein Jahr mit einem italienischen Paß. Mit einundzwanzig aber müssen sie sich entscheiden und offiziell erklären: Von heute ab bin ich britischer Staatsbürger – oder deutscher, oder amerikanischer.

Ich habe etliche junge Leute mit mehreren Pässen gekannt, der interessanteste Fall war aber der eines jungen Mannes, dessen Schicksal ich von seiner Geburt an – oder eigentlich schon vorher – mitverfolgte. Durch eine Verkettung merkwürdiger Umstände hatte er das Anrecht auf zwei Staatsbürgerschaften – USA und Israel –, und während seiner Reifezeit stand ihm immer klarer vor Augen, daß er sich eines Tages für eines von den beiden Ländern als Heimat entscheiden müsse.

Vor vielen Jahren, als ich noch für Minneapolis Mutual im Mittelwesten arbeitete, vergeudete ich einmal in Detroit zwei Wochen damit, einem Wirtschaftsexperten von General Motors ein Investmentprogramm vorzuschlagen. Markus Melnikoff war ein außergewöhnlicher Mann, ein Jude aus Odessa, der im Automobilwerk als „Mark, unser verrückter Russe“ bekannt war. In Detroit war ein abtrünniger Kommunist nämlich gesellschaftlich weit akzeptabler als ein Jude. Melnikoff war ein Genie im Management von Menschen und Ideen, hatte aber große Schwierigkeiten im Umgang mit seiner hübschen Tochter, die ihr letztes Jahr in Vassar absolvierte und starrsinnige Ansichten und zahlreiche Bewunderer aus Yale und Amherst hatte.

Ich erinnere mich, wie Melnikoff mich im Jahre 1949 eines Nachmittags unterbrach, als ich ihm eben die Vorzüge von Minneapolis Mutual darlegen wollte. „Sie haben Glück, daß Sie nur einen Sohn haben. Schaffen Sie sich bloß keine Tochter an. Himmel, welche Sorgen!“ Ich fragte, warum, und er explodierte: „Weil sie erwachsen werden und heiraten wollen. Vergangenen Sommer war es ein Tennisspieler. Hat in seinem Leben keine Kopeke verdient. Vergangenen Herbst ein Austauschstudent aus Indonesien. Wo zum Kuckuck ist Indonesien? Diesen Winter ein Dozent aus Mount Holyoke mit radikalen Ideen. Meine Frau fragt immer wieder: ‚Warum kannst du dir nicht einen netten, anständigen jüdischen Jungen aussuchen?‘“

Einige Tage darauf wollte ich Melnikoff in seinem Haus in Grosse Pointe aufsuchen. Er erwartete eben den Besuch seines Rabbiners. „Es ist peinlich, wenn dieser Rabbi Fineshriber seinen Ford in unserer Einfahrt parkt“, grollte er. Zunächst dachte ich, es ginge um die Autotype, da die Führung des Konkurrenzkampfes gegen Ford eine seiner Hauptaufgaben bei General Motors war, aber er erklärte: „Als das Gesellschaftskomitee zusammentrat, um zu entscheiden, ob meine Frau und ich für Grosse Pointe genügend gebildet wären, gaben unsere Befürworter uns als geflüchtete russische Wissenschaftler aus. Das schien den Leuten recht aufregend, und wir wurden akzeptiert, aber es gab immer Leute, die uns verdächtigten, Juden zu sein. Und jetzt kommt dieser verflixte Rabbi Fineshriber daher, und jeder weiß es.“ Ich war über diese Haltung bestürzt und wollte ihn deswegen schon zur Rede stellen, doch ich erkannte, daß er sich nur über das System lustig machte, das er überlistet hatte.

Rabbi Fineshriber war ein untersetzter, jovialer Fünfziger, in religiösen Dingen ebenso unorthodox wie Melnikoff in seiner Autobranche. Bereitwillig ging er auf meine Fragen ein. Wir saßen sehr gemütlich bei einem Gläschen und warteten auf Mrs. Melnikoff, eine temperamentvolle Mittfünfzigerin. Sie machte uns gleich darauf aufmerksam, daß der Rabbiner seine Ermahnungen werde wiederholen müssen, sobald Doris vom Hallentennis mit ihrem neuesten Verehrer zurückkäme. „Natürlich ein Goi", sagte Mrs. Melnikoff trocken.

„Ich bin sehr gegen Ihren Plan, Doris nach Israel zu schicken", sagte Rabbi Fineshriber. „Sie wird junge Juden kennenlernen... manche sehr begabt und vielversprechend. Aber es besteht eine Gefahr. Sehr schnell wird sich herumsprechen, warum sie nach Israel gekommen ist. Man wird von Ihrem Vermögen erfahren. Die Bewerber werden Schlange stehen. Also möchte ich, daß Sie mir eines versprechen: Sooft einer einen Heiratsantrag macht, muß Doris entzückt sagen: ‚O, David! Mein Leben lang wollte ich in Israel leben!' Sie werden sehen: Sobald er hört, daß sie dort bleiben und nicht mit ihm nach den Vereinigten Staaten gehen will, wird sein Interesse verfliegen. Wie weggeblasen." Er wedelte wild mit den Händen, um seine Worte zu unterstreichen.

„Sie meinen also", fragte ich, „daß die jungen Israelis in den amerikanischen Mädchen primär den Reisepaß sehen?"

„Für einen Goi drücken Sie sich sehr präzise aus", antwortete er. „Wenn ein Mädchen noch dazu so hübsch ist wie Doris, wird der Drang nach Amerika und nach Ihrem Vermögen... nun, sagen wir... ausgeprägter."

Nun kam Doris vom Tennis zurück, ein großes attraktives, dunkelhaariges Mädchen Anfang Zwanzig. Es schien mir lächerlich, daß ihre Mutter und Rabbi Fineshriber sich Sorgen machten, um einen Mann für sie zu finden; ich war sicher, sie konnte so ungefähr jeden haben, den sie wollte. Melnikoff schien meine Gedanken erraten zu haben, denn er sagte: „Es mag Mr. Fairbanks merkwürdig vorkommen, daß wir bei Doris so großen Wert darauf legen, daß sie einen Juden heiratet." Mir fiel auf, daß Doris keinerlei Verlegenheit bei dieser Diskussion vor einem fast völlig Fremden zeigte. Offenbar war es nicht die erste dieser Art. „Aber wenn man in Odessa aufgewachsen ist, sieht man Beziehungen zwischen Juden und Nichtjuden in einem anderen Licht. Ich bin sehr dafür, daß wir dieses langbeinige Füllen zum Training nach Israel bringen." Er beugte sich vor und gab seiner Tochter einen Klaps aufs Knie.

„Doris", sagte der Rabbiner, „du mußt jedem Burschen, sobald er dir einen Heiratsantrag gemacht hat, sagen: ‚Gott sie gedankt, ich wollte immer schon in Israel leben.'" Er schnippte mit den Fingern. „Besser noch: ‚Ich wollte immer schon in einem Kibbuz leben.‘ Das wird ihn verwirren.“

Es folgte eine Diskussion über Israel, das Rabbi Fineshriber von drei Pilgerfahrten seiner Synagogengemeinde her kannte. Er liebte das Land und verstand, daß Juden den Wunsch hatten, sich dort niederzulassen. Er hoffte, in den kommenden Jahren noch oft dahin zurückzukehren. Aber als praktisch Denkender, der Detroit und Umgebung ebenso kannte, zog er die Vereinigten Staaten vor und fand, ein Jude habe in Michigan ebenso gute Chancen wie irgendwo sonst auf der Welt. Er wollte auf keinen Fall, daß Doris Melnikoff einen Unsinn machte. Dreimal im vergangenen Jahr war sie nahe daran gewesen, eines nichtsnutzigen Goi wegen den Kopf zu verlieren; nun sollte ihr nicht das gleiche mit einem Juden widerfahren. Als ich mich verabschiedete, immer noch erfolglos in meinen Versuchen, Investmentpapiere anzubringen, hörte ich den Rabbiner sagen: „Doris, wenn du wirklich einen netten jüdischen Jungen suchst, warum siehst du dir nicht den Sohn meiner Schwester an? Dicke Brillen, ein Versager in Stanford, fünfzehn Kilo Übergewicht und ein milder Anhänger von Karl Marx.“

Doris Melnikoff fuhr wirklich nach Israel, verliebte sich in einen netten Juden und sagte ihm: „Mein ganzes Leben lang wollte ich in einem Kibbuz leben.“ Das Dumme war nur, daß er begeistert antwortete: „Ich bin ja so erleichtert! Ich hatte gefürchtet, du wolltest, daß ich nach Amerika komme und bei deinem Vater arbeite.“ Er hieß Dr. Jochanan Zmora, war Wissenschaftler und unterrichtete an der Technischen Hochschule in Haifa. Als er Doris die wundervolle Stadt zeigte, die auf einem Hügel am Rand des Mittelmeers liegt, mit der Kreuzfahrerstadt Akkra im Norden und Megiddo im Südosten, wußte sie, daß sie das immer erhofft hatte, und heiratete ihn sofort vom Fleck weg. Sie wollte teilhaben an der erregenden Aufgabe, ein neues Land zu schaffen.

Ich war zufällig bei ihrem Vater in Detroit, als Mr. Melnikoffs Telegramm eintraf. „Mein Gott! Hat einen Juden namens Zmora geheiratet und lebt in Haifa!“ Melnikoff suchte die Stadt in der Bibel und verwechselte sie mit Jaffa. Solange seine Frau in Israel blieb und für die Jungverheirateten die Einrichtung besorgte, vermutete er sie und Doris in einem ganz anderen Teil des Landes. Telegraphisch beauftragte er einen Privatdetektiv in Tel Aviv, herauszufinden, wer dieser Jochanan Zmora sei, und der Mann berichtete: „Ausgezeichneter Ruf. Berufliche Fähigkeiten ausgezeichnet. Aussehen ausgezeichnet. Als englischer Staatsbürger unter dem Namen

John Clifton, Canterbury, Kent, England, geboren. Höhere Studien in Cambridge, emigrierte 1946 nach Palästina. Nahm 1947 den hebräischen Namen Jochanan Zmora an. Ich kann nichts Nachteiliges über diesen Mann berichten, außer daß er in der israelischen Politik linke Tendenzen zeigt."

Melnikoff zeigte mir das Telegramm und fragte mich, wohin er fliegen solle, nach Jaffa oder nach Canterbury. Ich fragte ihn, warum er nicht in Detroit bleiben und auf weitere Nachrichten von seiner Frau warten wolle, aber er fuhr mich an: „Ich habe nicht eine Million Dollar gemacht, indem ich in Detroit hocken blieb. Ich habe ein Rezept: Wenn es Schwierigkeiten gibt, fliege ich hin. Es hilft nie, aber es macht Rieseneindruck auf den Boß." Gegen meinen Rat flog er also nach London, mietete einen Rolls-Royce und kutschierte nach Canterbury, wo er die Eltern seines Schwiegersohnes kennenlernte, ein nervöses schmallippiges Paar, das über seine ungeschliffenen russischen Manieren entsetzt war. Er jedoch war erleichtert, daß sie um ihren Sohn sichtlich ebenso in Sorge waren wie er um seine Tochter. Als er seine Teetasse in die Richtung von Mrs. Clifton schwenkte und fragte: „Ehrlich, wie kann man heutzutage mit starrsinnigen Kindern fertigwerden?", gewann er ihre Sympathie. Mr. Clifton war ein gewissenhafter kleiner Advokat. In einem Ausbruch von Enthusiasmus lud er Melnikoff in seinen Klub ein, ein scheußliches Gewölbe mit dunklen Decken, dunklen Wänden, dunklen Stühlen und dunklen Draperien. Melnikoff sagte: „Sehr hübsch", und Clifton sagte: „Ja, nun... mmmm, ja... Es kostet zwar ein wenig mehr, als man normalerweise für Vergnügungen ausgeben möchte. Aber es ist doch recht nett, nicht wahr?" Nach zwei ergebnislosen Tagen flog Melnikoff nach Detroit zurück, und als ich die Frage seiner Investitionen bei uns ventilieren wollte, knurrte er mich an: „Scheren Sie sich zum Teufel. Wer hat Zeit, Geld zu investieren, wenn seine Tochter in Jaffa ist?"

Zwei Jahre später läutete mein Telephon in Minneapolis, und Markus Melnikoff belferte: „Kommen Sie sofort hierher. Geschäftlich." Während der Fahrt vom Flughafen in die Stadt verfügte er: „Errichten Sie mir einen Fonds – einhunderttausend Dollar – zugunsten meines Enkels." Als ich nach dem Namen fragte, legte er die Stirn in Falten: „Hier liegt eben das Problem. Sobald wir hörten, daß Doris schwanger war, flog Rebekka nach Israel und holte sie heim. Wir bestanden darauf, daß das Kind unter amerikanischer Flagge geboren würde – um ihm einen amerikanischen Paß zu sichern. Wir überredeten Rabbi Fineshriber, ihn als Bruce Clifton zu registrieren, unter dem legalen englischen Namen seine Vaters. In Israel mußte er natürlich als Jigal Zmora eingetragen werden."

„Das klingt eher lächerlich", sagte ich. „Welchen Namen soll ich verwenden?"

„Nicht so lächerlich, wie Sie glauben", sagte Melnikoff ernst. „Wären Sie Jude in Rußland gewesen und hätten zu flüchten versucht – was nicht eine Frage der Vorliebe, sondern des Überlebens war –, hätten Sie es zu schätzen gewußt, daß ein liebender Großvater fürsorglich zwei Namen und zwei Pässe für Sie organisiert hatte. Wenn er erwachsen ist, soll er wählen: die Vereinigten Staaten oder Israel. Bis dahin verwenden Sie den Namen Bruce Clifton. Ich bin sicher, er wird Amerikaner werden."

So wuchs der Junge mit zwei Namen und zwei Heimatländern auf. Sein Vater, nun Professor Zmora und Rektor an Israels angesehener Technischer Hochschule in Haifa, wollte, daß Jigal israelischer Staatsbürger werde und seinen Platz im Leben dieses Landes finde. Großvater Melnikoff hingegen, dessen russische Begeisterungsfähigkeit mit den Jahren noch zunahm, wollte Bruce zu einem guten Amerikaner machen, der eine amerikanische Universität besuchte und seinen Weg in der amerikanischen Gesellschaft machte. Der Zwiespalt brach nie offen aus und soviel ich hörte, schadete er dem Jungen nicht. Jigal verbrachte den Großteil des Jahres bei seinen Eltern in Haifa, flog aber jeden Sommer nach Detroit, damit ihm auch diese Heimat vertraut würde. Professor Zmora und Großvater Melnikoff wetteiferten auf durchaus faire Art um seine Gunst. Ich sah den Jungen zwar damals nicht, aber ich hörte, daß er ein prachtvoller junger Mann geworden sei.

Es ist merkwürdig, daß ich ihn bei meinen Besuchen in Detroit – ich hatte weiterhin geschäftlich mit seinem Großvater zu tun – nie antraf. Nachdem ich zu World Mutual übergewechselt war, verbrachte ich einige Zeit in Haifa mit Rentabilitätsstudien über das israelische Ölgeschäft. Dabei lernte ich Dr. Zmora und seine Frau Doris recht gut kennen, da er bei unseren Diskussionen die israelische Regierung vertrat. Haifa wurde mir unter seiner Führung vertraut, und ich war immer froh, wenn ich wieder einmal in diese Stadt der Treppen kam, mit dem uralten Seehafen, der den Propheten Elias erlebt hatte, die Armeen der Pharaonen, die Schlachtwagen König Salomos und die Gewalttätigkeiten der Kreuzfahrer.

Einmal fragte ich Doris auf einer Wanderung über die Hügel Galiläas, ob sie es je bereut habe, Israel gewählt zu haben. „O nein!" rief sie. „Für mich sind die gewöhnlichen Dinge des Lebens ein

Abenteuer. Ehe, Kinderkriegen, sehen, wie sich die Welt rundum entwickelt. Das ist mir wichtig. Ich wäre auch in Detroit glücklich geworden, aber nicht so glücklich wie hier. In Israel jedoch... nun, hier bekommt man noch etwas dazu."

„Und Ihr Sohn?"

„Er wird sich selbst entscheiden", sagte sie und ließ ihren Blick über das historische Schlachtfeld schweifen, auf dem Saladdin die Kreuzfahrer geschlagen hatte.

Im Frühling 1956 schickte mich World Mutual wegen einer Investition in die neue Ölraffinerie nach Haifa. Selbstverständlich telegraphierte ich Jochanan Zmora, da ich die Verhandlungen mit ihm führen sollte. Als ich von Bord der El-Al-Maschine ging, sah ich unten Doris und ihren Mann warten und neben ihnen stand ein entzückender kleiner Junge von fünf Jahren, mit kurzen Hosen im englischen Schnitt und einer *Kova Tembel*, dem kleinen weißen Käppchen, das die jungen Männer in Israel gern tragen. Es soll sie an die improvisierten Hüte der Freiheitskämpfer im Unabhängigkeitskrieg von 1948 erinnern.

Während seine Eltern auf mich zuliefen und nach Neuigkeiten aus Detroit fragten, blieb der Junge abseits stehen und wartete, bis die Begrüßung vorüber war. Dann trat er höflich vor, reichte mir die Hand und erklärte: „An diesem Ende der Fluglinie bin ich Jigal, am anderen Bruce." Ich schüttelte ihm die Hand, erwiderte seine Verbeugung, und das war der Beginn einer Freundschaft, die sich in gelegentlichen Briefen aus Haifa nach Genf äußerte; zunächst mit riesigen Großbuchstaben, dann in immer geübterer Schrift geschrieben, enthielten sie Bitten Jigals, ihm bei meinem nächsten Besuch jene wichtigen Kleinigkeiten mitzubringen, die in Israel nicht zu bekommen waren.

Später sollte ich ähnliche Briefe aus Vwarda erhalten, von einem verwöhnten, impulsiven Mädchen, das automatisch erwartete, jeder Mann müsse ihr jeden Wunsch erfüllen. In Jigals Briefen war hingegen immer eine von ihm selbst – und nicht von seinem Vater – unterschriebene Geldanweisung beigelegt. Ich konnte mir gut vorstellen, wie seine Eltern zu ihm sagten: „Wenn du etwas haben willst, dann spar dein Geld, geh zum Postamt und schicke Mr. Fairbanks den Scheck."

Was bestellte er? „Ich lese in einem Bericht aus Berlin, daß die Japaner eine neuartige Radioröhre erfunden haben. Könnten Sie mir bitte vier bringen? Schicken Sie sie nicht per Post, sonst muß ich Zoll zahlen." Als er älter wurde, bat er um Platten aus dem Philips-Katalog von Amsterdam und einen kreisförmigen Rechenschieber. Ein andermal wollte er wissen, ob ich für ihn einen neuen, eben in Moskau erschienenen Atlas besorgen könne, aber zunächst müsse er den Preis wissen. Ich teilte ihm mit, es sei eine Publikation für Erwachsene und koste über zwanzig Dollar. Daraufhin stornierte er seine Bestellung, aber bei meiner nächsten Reise brachte ich den Atlas als Geschenk mit. Als ich ihm das große, flache Paket reichen wollte, wußte er natürlich, was drin war. Tränen traten ihm in die Augen. Er behielt die Hände an den Hüften und wollte es nicht nehmen. Als ich versuchte, ihm das Geschenk aufzudrängen, sagte er: „Ich war unfair. Ich habe Sie dazu überredet." Ich dachte einen Augenblick nach. „Ja, du hast mir die Idee eingegeben. Aber nicht deshalb habe ich den Atlas gekauft, sondern weil mir dein Großvater erzählt hat, du wärst schon sehr gut in Geographie."

„Hat er das gesagt?" fragte Jigal ernst.

„Ja, als ich in Detroit war."

„Ja", überlegte der Junge, „als wir auf dem Berg Tabor waren, verirrte er sich, und ich zeigte ihm den Weg."

„So ist es also ein ehrlich verdientes Geschenk", sagte ich, und er rieb mit den Fäusten seine Augen und nahm es an.

In der vierten Volksschulklasse erkannte man in Haifa bereits, daß sein Intelligenzquotient weit über 150 war, doch haftete ihm nichts von jener übergroßen Schüchternheit an, die so oft für außerordentlich intelligente Jungen charakteristisch ist. Sein englischer Vater und seine amerikanische Mutter hatten sehr vernünftige Ansichten über Kindererziehung. Man erwartete von ihm gutes Benehmen, aber er wurde ermutigt, an Familiengesprächen teilzunehmen. Themen aus der englischen, amerikanischen und israelischen Geschichte wurden ebenso diskutiert wie seine Schulprobleme. Die moralische Verpflichtung des einzelnen kam oft zur Sprache, ebenso Kunst und Religion. Die Zmoras konnten die damals in Israel vorherrschenden strengen Ansichten über Religion nicht ernst nehmen und gaben sich keine Mühe, ihre Verachtung für das alberne Benehmen der orthodoxen Rabbiner zu verbergen.

Professor Zmora und seine Frau sorgten auch dafür, daß Jigal mit Kindern seines Alters in Berührung kam. Sie ließen ihn mit ungehobelten jungen Einwandererkindern aus Marokko und dem Iran spielen und kümmerten sich nicht um etwaige Klagen über rohe Behandlung. Sie freuten sich, als er mit einigen dieser Kinder im Keller des Hauses Sendegeräte zu bauen begann, und steuerten die Mittel bei, als er ein Zelt kaufen wollte, um mit einer Gruppe seiner Freunde in den Bergen von Galiläa zu kampieren und per Kurzwellensender mit den in der Stadt verbliebenen Kontakt aufzunehmen. Es amüsierte sie, als die Militärpolizei in ihr Haus kam und sich beschwerte: „Ihr Sohn stört unseren Funkverkehr." Die Polizisten konnten kaum glauben, daß der Schuldige ein neunjähriger Junge war.

Jigal liebte Haifa. Es war eine Stadt starker Kontraste: ein lärmendes Hafenviertel mit Schiffen aus allen Teilen der Welt, ein übervölkertes Geschäftsviertel, das seit Jahrtausenden Handelszentrum war, und der großartige Berg Karmel mit seinen berühmten katholischen Kirchen und den vielen Flüchtlingen aus Deutschland. Alles hier atmete Geschichte; wenige Kilometer entfernt lagen die Höhlen, die fünfzehntausend Jahre lang bewohnt gewesen waren und in die man hineinklettern konnte. In ihren dunklen Nischen fand er Stufen, die seine Ahnen aus dem Stein gehauen hatten. Dazu kamen zahllose Orte, die in der Bibel erwähnt wurden und nicht mehr auffindbar waren, und eine wundervolle unterirdische Begräbnisstätte, wo manche Särge noch an ihrem alten Platz standen und wo man manchmal sogar noch ägyptische Glasscherben finden konnte.

Die Menschen in Haifa waren ebenso interessant wie das Land. Eines Tages zeigte Professor Zmora Jigal einen Zeitungskiosk mit Zeitungen in elf verschiedenen Sprachen. In ihrem Bekanntenkreis war es nicht ungewöhnlich, wenn jemand sieben oder acht Sprachen beherrschte, die meisten sprachen mindestens drei. Es gab die vielfältigsten Nationalgerichte, und die älteren Leute trugen noch die Tracht ihrer früheren Heimat. Ein Junge, der in dieser Stadt aufwuchs, mußte sich bewußt werden, welche Vielfalt an Völkern die Erde beherbergte.

Jigal war nicht groß, eher etwas klein für sein Alter, aber so geschickt und wendig, daß er seinen Spielgefährten gegenüber nicht im Nachteil war. Er liebte Spiele, die Schnelligkeit und Ausdauer verlangten, denn mit seiner Beweglichkeit machte er wett, was ihm an Kraft abging.

Es war daher ganz natürlich, daß er Fußball liebte. „Der Junge würde einen ausgezeichneten Stürmer abgeben", sagten Freunde der Familie in Canterbury, als die Zmora eines Sommers ihre englischen Verwandten besuchten. Meist spielte er mit weit älteren Jungen, und was man an ihm besonders schätzte, war, daß er Teamgeist hatte. „Wenn man ihm den Ball zuspielt", erzählte mir einer seiner Teamkollegen, „spielt er ab und versucht sich nicht allein durchzudribbeln." Höheres Lob kann kein Junge einem anderen spenden.

Sein Hauptinteresse galt aber nicht dem Sport, sondern der Elektronik. Als er neun war, brachte ich ihm aus den Staaten einen Heath-Bausatz, den er zu einem erstklassigen Sendegerät zusammensetzte. Als die Bestandteile, die er aus Europa kommen ließ, eingebaut waren, hatte er ein erstklassiges Gerät und konnte mit allen Teilen der Welt Verbindung aufnehmen. Einmal brachte ich ihm Zusatzgeräte aus Deutschland mit und sah ihm zu, wie er innerhalb weniger Minuten die neuen Bestandteile in den Apparat einbaute. Ich nickte ihm beifällig zu und wollte gehen, aber er packte mich am Arm. „Warten Sie!" Er drehte an der Feineinstellung und war Minuten später mit einem jungen Amateurfunker aus Detroit in Funkkontakt.

Er wurde in der Elektronik so versiert, daß seine älteren Freunde, die ihren Militärdienst in der israelischen Armee leisteten, den erst Fünfzehnjährigen zu Hilfe riefen, sooft Funkprobleme auftraten. Innerhalb kürzester Zeit beherrschte er das Funkerhandwerk besser als sie. In einer Baracke auf einer der Höhen des Berg Karmel zerlegte Jigal zusammen mit seinen Freunden regierungseigene Sender und Relaisgeräte und brachte Verbesserungen an, die er für nötig hielt. Im Sommer begleitete er einige seiner Feunde zu einem Manöver und übernahm die Nachrichtenvermittlung. Natürlich hatte er sich selbst das Morsealphabet angeeignet, doch sein wesentlicher Beitrag bestand in der Kenntnis des neuesten Standes der Entwicklung in der Elektronik.

Seine Eltern wußten von seinen geistigen Interessen und von seiner Liebe zum Militär, und da er wie alle Israelis drei Jahre Militärdienst vor sich hatte, fanden sie, es könnte ihm helfen, wenn er sich frühzeitig spezialisierte. „Unsere Vorhut" nannten sie ihren frühreifen Soldaten. Als ich Ende 1966 das Ölprojekt inspizierte, erzählte mir Doris die Geschichte ihres Soldatensohnes. „Fürchten Sie sich nicht?" fragte ich sie. – „Furcht gehört zum Leben. Fürchten Sie sich nicht?" fragte sie zurück. Wenn ich daran dachte, was alles in der Welt vorging – Hungersnot in Indien, schwarze Revolten in Amerika, Umwälzung in Vwarda – mußte ich ihr beipflichten.

„Nicht allzusehr", sagte ich. „Ich habe noch Hoffnung."

„Wir auch", sagte Doris, und als sich ihr selbstsicherer fünfzehnjähriger Sohn zu uns gesellte, sah ich, daß er ebenso fühlte wie wir.

Soviel über Jigal Zmora. Und Bruce Clifton?

Im Sommer 1956, als er fünf Jahre alt war, hatten jüdische Freunde Markus Melnikoff eine Warnung zukommen lassen; nach ihren Informationen aus Washington war ein Krieg zwischen Israel und den arabischen Staaten unvermeidlich. „Sehen Sie zu, daß Sie Ihre Tochter herausholen", rieten sie.

Er schrieb mehrere Briefe nach Haifa, in denen er drängte, Doris müsse ihre Familie nach Detroit bringen, bis die Gefahr vorüber sei. Aber sie wollte nichts davon hören: „Wenn, wie du sagst, ein Krieg kommt, wird Jochanan für die technischen Einheiten gebraucht, und es wäre undenkbar für mich, ihn zu verlassen und in Amerika Zuflucht zu suchen. Also schlag dir diesen Unsinn aus dem Kopf."

Melnikoff telegraphierte zurück, daß wenigstens der Junge nach Detroit fliegen solle, worauf Doris antwortete: „Ich kenne Jigal sehr gut. Falls wir ihn zwingen, Israel in einer Krise im Stich zu lassen, kann das bei ihm schwere seelische Konflikte zur Folge haben. Wie die Dinge liegen, bringen ihn im Augenblick keine zehn Pferde von hier weg. Mit seinen Freunden spielt er Krieg, und sie schmieden bereits Pläne, was sie tun werden, wenn es losgeht."

Melnikoff zeigte mir den Brief und schnaubte: „Großer Gott, der Junge ist doch erst fünf! Die müssen alle verrückt sein." Er spannte mich dazu ein, ihn zum Flughafen zu fahren, und flog ohne jedes Gepäck nach Israel. Zwei Stunden nach seiner Ankunft hatte er die Zmoras überredet, Jigal mit ihm nach Amerika fliegen zu lassen. Sechs Stunden später waren er und Bruce über dem Atlantik, und ich erwartete sie in Detroit auf dem Flughafen.

Bruce stieg zuerst die Gangway herunter, ein schmaler, wohlerzogener Fünfjähriger mit einer *Kova Tembel* auf dem Kopf. Als er mich erkannte, ging er ernst auf mich zu und verbeugte sich. „Wir hatten einen wunderbaren Flug", sagte er mit britischem Akzent.

Seine Großeltern meldeten ihn in der ersten Klasse der Schule von Grosse Pointe an, und er gewöhnte sich leicht an die amerikanische Lebensart. Als, wie Großvater Melnikoff vorausgesagt hatte, Ende Oktober der Krieg ausbrach, versuchte die Familie vergeblich, diese Tatsache vor Bruce zu verheimlichen. Im Fernsehen und in Gesprächen mit seinen Schulfreunden verfolgte er den Krieg mit dem Interesse eines Erwachsenen und war befriedigt, als sein Land triumphierte. Nachdem Präsident Eisenhower, den Jigals Großeltern mit beträchtlichen Beiträgen unterstützt hatten, wiedergewählt war, fragte er: „Darf ich jetzt heimfahren?“ Es wurde aber beschlossen, daß er das Schuljahr in Grosse Pointe beenden solle, denn, wie Melnikoff zu mir sagte: „Es ist unwahrscheinlich, daß sie in Israel auch so gute Schulen haben.“

Später war es gerade das Schulproblem, das zu ernsten Reibungen zwischen den beiden Familien führte. Großvater Melnikoff fand, Bruce solle in Amerika erzogen werden, Doris aber bestand darauf, daß ihr Sohn in Haifa zur Schule ginge. Die Streitfrage wurde dem Jungen vorgelegt, der sie auf überraschende Art löste: „Ich bin gern in Amerika“, sagte er zu seinem Großvater, „aber eure Schulen sind im Vergleich zu denen in Haifa so schlecht, daß meine Ausbildung darunter leiden würde.“ Melnikoff flog nach Haifa, um der Sache nachzugehen, und fand zu seinem Leidwesen, daß Bruce recht hatte. Jigal hatte das Glück gehabt, in die ‚Reali‘-Schule aufgenommen zu werden, eine der besten der Welt, wo zehnjährige Israelis eine Ausbildung erhielten, die etwa der von Achtzehnjährigen in Amerika entsprach. „Natürlich“, sagte ich, als Melnikoff das Problem mit mir besprach, „in Amerika geht fast jedes Kind in eine ‚High school‘. In Israel schafft es etwa einer von fünfundzwanzig. ‚Reali‘ muß also überlegen sein; die brauchen sich nicht mit den Dummköpfen abzuplagen.“

1966 aber, als Bruce vierzehn war, ließ Großvater Melnikoff nicht mehr mit sich reden, sondern bestand darauf, daß Bruce in Amerika zur Schule gehen müsse. Er versicherte sich meiner Unterstützung, um die Eltern zu überzeugen. Bei meinem nächsten Besuch in Haifa erklärte ich: „Markus hat recht. Wenn ein Kind wie Jigal die doppelte Staatsbürgerschaft hat, verlangt das amerikanische Gesetz ...“

„Das Kind kann sich für die Staatsbürgerschaft entscheiden, die es will ... mit einundzwanzig“, unterbrach mich Doris. „Ich habe es nachgelesen.“

„Offensichtlich haben Sie nicht weit genug gelesen“, fuhr ich fort, „denn das stimmt nur zum Teil. Das Kind wählt mit einundzwanzig, aber es kann nur dann wählen, wenn es fünf Jahre Schulbildung in den Vereinigten Staaten hinter sich hat.“

„Stimmt das?“

„Ich bin nicht sicher, was die Anzahl der Jahre betrifft; das hat mir Ihr Vater gesagt.“

„Vater hat manchmal verrückte Ideen. Wir müssen das überprüfen“, sagte sie.

Wir fuhren nach Tel Aviv, wo ein Angestellter der amerikanischen Botschaft den Gesetzestext auf seinem Schreibtisch liegen hatte: „Jedes in den Vereinigten Staaten geborene Kind ist, ohne Rücksicht auf die Staatsbürgerschaft seiner Eltern, amerikanischer Staatsbürger."

Nachdem sie das gehört hatte, wollte sich Doris auf keine weiteren Argumente einlassen, und wir fuhren nach Haifa zurück. Als sie aber darüber ihrem Vater nach Detroit berichtet hatte, schrieb er ihr einen Brief und schickte mir eine Kopie nach Genf:

„Liebe Doris!
Du und der kluge junge Mann in der Botschaft, Ihr habt das Gesetz auf eine Art gelesen, ich auf eine andere. Du hast die Universität absolviert und hast vermutlich recht. Ich aber bin durch eine viel strengere Schule gegangen als Du, durch die Büros der russischen Geheimpolizei, und dort habe ich einiges gelernt. Also ging ich ins Einwanderungsbüro der Vereinigten Staaten und schlug in den Büchern nach, und dort steht, daß Kinder wie Bruce fünf Jahre lang eine Schule in den Vereinigten Staaten besucht haben müssen, wenn sie mit einundzwanzig die volle Staatsbürgerschaft erlangen wollen. Es kann sein, daß das Bruce nicht betrifft. Vielleicht bin ich übervorsichtig. Wenn ich die besten Rechtsanwälte hier in Pontiac zu Rate ziehe, werden sie Dir vielleicht recht geben und mir sagen, daß ich mir unnötige Sorgen mache. Aber ich will keinen Rat von teuren Rechtsanwälten. Ich hole mir Rat bei den Juden, die nach den Pogromen aus Odessa geflohen sind, bei allen Entrechteten, die nach dem letzten Krieg in den Lagern verrotteten, bei allen Juden, die sich heute noch um die Ausreiseerlaubnis aus Rußland bemühen. Sie sind die wirklichen Experten im Staatsbürgerrecht, und sie rufen mir zu: ‚Melnikoff, wenn es irgendeine Möglichkeit auf Gottes Erde gibt, den Paß deines Enkels sicherzustellen, dann tu es!' Ich erinnere mich noch an die unbeschreibliche Freude, die unser Haus in Odessa erfüllte, als wir endlich den blauen Zettel bekamen, und ich erinnere mich an unseren Schreck, als wir erfuhren, daß Großvater Menachems Name nicht daraufstand. Tapfer schickte er uns fort, in einem Land heimisch zu werden, das er nie sehen würde. Beim nächsten Pogrom wurde er ermordet. Ich möchte, daß Bruce jetzt hier in die Schule geht... sofort... womöglich mit dem nächsten Flugzeug kommt, damit, wenn 1975 irgendein verdammter Idiot unseren blauen Zettel ausfüllt, sein Name daraufsteht. In Liebe, Dein Vater

Markus Melnikoff."

Diesem Plädoyer konnten die Zmoras nicht widerstehen. Dr. Zmora gab zu: „Jigal sollte Amerika eigentlich genauso gut kennen wie Galiläa. Vielleicht liegt dort seine Zukunft.“ So wurde der Junge in ein El-Al-Flugzeug gesetzt und nach Grosse Pointe geflogen.

Glücklicherweise fanden die Melnikoffs eine Privatschule, die nicht genug Schüler hatte, um ein Rugbyteam aufzustellen, und sich daher auf europäischen Fußball spezialisierte. Bruce war der Jüngste und, in vieler Hinsicht, der Beste. Mit vierzehn Jahren verhalf er seinem Schulteam zum Sieg über die Mannschaften weit größerer Schulen. Eine Detroiter Zeitung brachte sein Bild und nannte ihn den besten Stürmer des Staates – es gab fast keine Schulen, die europäischen Fußball spielten – und das war eine Bestätigung dafür, daß Bruce Clifton auf dem besten Weg war, ein guter Amerikaner zu werden.

Die Schule zeitigte bei ihm eine merkwürdige Wirkung. Seine Mitschüler waren zum Großteil Nichtjuden, und er begann langsam zu verstehen, was es bedeutete, Jude zu sein. Seinem Zimmerkollegen erklärte er: „In Haifa sind alle Juden. Es fällt einem nie ein, daß es etwas anderes geben könnte – außer natürlich Araber, und die sind genauso jüdisch wie wir. Der arabisch-jüdische Konflikt ist eher politischer als rassischer Natur.“

Aber die Tatsache, daß er ein Fußballstar war, bedeutete nicht, daß er von den üblichen Vorurteilen einer amerikanischen Privatschule verschont blieb. Es entging ihm nicht, daß in der Schule ein Numerus clausus galt und daß er Glück hatte, weil sein Großvater einflußreich war und für ihn daher einen der wenigen begehrten jüdischen Plätze durchgesetzt hatte. Man sagte ihm, daß gewisse Universitäten ebenfalls ihre Quoten hatten. „Sie schreiben es nicht gerade in die Studienordnung, verstehst du“, erklärte einer seiner jüdischen Schulkollegen, „aber sie nehmen einfach nicht viele Juden auf. Wahrscheinlich dürfen sie nicht.“

„Das ist kein Problem für mich“, lachte Bruce. „An der Hochschule, die ich besuchen werde, ist mein Vater Rektor und alle sind Juden.“

Aber es gab andere Probleme, denen man nicht aus dem Weg gehen konnte. Wenn die Schule einen Tanzabend veranstaltete, luden die jüdischen Schüler jüdische Partnerinnen ein, und man blieb unter sich. Auch hatte Bruce große Schwierigkeiten, den Mund zu halten, was die Qualitäten der Schule betraf. Er sagte oft: „Am Reali in Haifa haben wir diesen Unsinn mit zehn Jahren gelernt.“ Den Lehrern kamen seine lächerlichen Prahlereien zu Ohren, und sie ermahnten ihn deswegen, woraufhin er sich den Lehrplan aus Haifa schicken ließ, und bewies, daß er die Wahrheit gesagt hatte. Israelische Schulen waren den amerikanischen um mindestens drei Jahre voraus. Mr. Melnikoff nahm seinen Enkel beiseite und sagte: „Mit zwei Dingen prahlt ein vernünftiger Mann nie: wie liebenswert seine erste Frau und wie gut seine letzte Schule war. Halt den Mund."

Daraufhin verlegte sich Bruce auf Erzählungen über das militärische Leben in Israel, berichtete, daß Mädchen, die nur wenig älter waren als seine Schulkameradinnen hier, bei der Armee dienten und daß er bei einer Armeeinheit die Ausbildung mitgemacht habe und Funker gewesen sei.

„Ich glaube, er hat Haschisch geraucht", sagte einer der Fußballspieler hinter Bruces Rücken nach einer besonders aufregend klingenden Geschichte von einem dreitägigen Einsatz in der Wüste Negev. Seinem Großvater gegenüber äußerte Bruce: „Ich finde, diese Burschen hier sind furchtbar jung im Vergleich zu den Jungen, die ich in Haifa kannte. Weißt du, was der Unterschied ist? Sie sind zu nichts imstande. Sie sind Stadtkinder. Führ sie zehn Kilometer hinaus aufs Land, und sie sind verloren."

Trotzdem wurde Bruce Clifton mit jedem Tag amerikanischer, und er war über diese Veränderung nicht unbedingt unglücklich. Sein Großvater nahm ihn auf die Pontiac-Teststrecke mit, und obwohl er noch zu jung für einen Führerschein war, durfte er die neuen Modelle ausprobieren und mit hundertdreißig Stundenkilometern über die Bahn jagen. Sein Großvater erzählte seinen Geschäftsfreunden: „Es ist wohl klar, daß sich der Junge entschlossen hat, hier zu leben. Er sollte es jedenfalls tun, denn er gehört hierher."

Aber Bruce war weit davon entfernt, eine Entscheidung zu treffen. Jeden Sommer flog er nach Israel. Und sobald er die sonnenüberfluteten Hügel Galiläas sah oder seine älteren Freunde auf Manöver in den Negev begleitete, meldete sich in ihm von neuem sein Bewußtsein der Zugehörigkeit. Auch seine beiden jüngeren Schwestern bestärkten ihn in seinem Gefühl, daß er eigentlich in Israel zu Hause war. Sie gehörten hierher. Junge Männer in Israel waren nicht viel anders als junge Männer auf der ganzen Welt, doch die jungen Mädchen waren ganz anders als anderswo, und er fand, daß er sie ihren amerikanischen Altersgenossinnen bei weitem vorzog.

„Du hast noch keine amerikanischen Mädchen der guten Klasse kennengelernt", hielt ihm seine Mutter vor. „Warte, bis du ins

College kommst und siehst, was in Vassar und Smith auf dich wartet."

„Das sehe ich mir an, wenn ich in diesem Jahr zurückfahre", erklärte er ihr im Spätsommer 1965. Aber auch das nächste Jahr brachte keine Entscheidung. Er fand keine amerikanischen Mädchen, die ihm gefielen; und seine Freunde langweilte er immer noch damit, daß die Schule in Haifa viel besser war, er empörte sie immer noch mit seinen Berichten von Manövern in der Wüste, bis sein Großvater in seinem Haus in Grosse Pointe eine tolle Sendestation mit einziehbarer Antenne installierte. Als seine Schulkameraden sahen, wie gut Bruce mit der Anlage umzugehen wußte und daß er Funker in der ganzen Welt kannte, begannen sie sich zu fragen, ob das, was er ihnen erzählte, nicht vielleicht doch wahr sei.

Dann kam seine geheime Exkursion in die Rote Stadt, und alles wurde anders.

Die Kinder in Haifa sangen ein Lied, das den Eltern stets Schrecken einjagte. Es hieß „Die Ballade von der Roten Stadt" und erzählte von einer mitternächtlichen Expedition in die Wüste Negev. Als Doris ihren Sohn dieses Lied zum erstenmal leise singen hörte:

„Ich bin ein Mann
und gehe in die Rote Stadt.
Mutig marschiere ich gen Osten..."

rief sie: „Jigal! Du darfst dieses Lied nie wieder singen. Nie wieder!"

Er lachte sie wegen ihrer Angst aus, und zwei Tage später erwischte sie ihn wieder, wie er das provokante Lied sang. Diesmal sagte sie es seinem Vater, und Professor Zmora ermahnte ihn: „Deine Mutter hat recht. Dieses Lied darf dir nicht zu sehr ins Blut gehen."

„Warum nicht?"

„Weil es den Tod verherrlicht. Den sinnlosen Tod. Und ein Tod ohne Sinn ist etwas Furchtbares."

„Ich habe keine Angst."

„Nicht furchtbar für den, der stirbt... aber für die, die zurückbleiben."

Doch Jigal sang weiterhin das Lied wie viele andere junge Leute in ganz Israel. Und eines Morgens im Sommer 1966 stand er wartend im Vorhof. Ein schwarzer Wagen kam langsam herangefahren.

Zwei junge Männer saßen darin, und der eine nickte Jigal ernst zu. Der Wagen fuhr ohne zu halten weiter. Um nicht Verdacht zu erregen, beendete Jigal langsam seine Arbeit, ging dann ins Haus, nahm seine Jacke und schlenderte die Straße hinunter. Seine jüngste Schwester Schoschana kam eben heim und sah die Jacke. Es schien ihr merkwürdig, daß er sie an einem so heißen Tag trug. Sie blickte ihm nach und sah ihn in einen wartenden Wagen springen, sagte aber zu Hause nichts davon. Als jedoch Jigal nicht zum Abendessen erschien, wurde ihr die Wahrheit blitzartig klar.

„Er ist in die Rote Stadt gegangen!" rief sie. „Ich weiß es!" In ihrer Stimme schwang Jubel mit. Die Eltern waren entsetzt, denn für sie gab es keinen Zweifel: Es war geschehen.

Um diese Zeit näherten sich Jigal und seine Freunde bereits der historischen Stadt Beersheba am Nordrand des Negev. Ohne ihr Tempo zu verlangsamen, rasten sie durch jenen Teil der Stadt, wo jeden Donnerstag der Kamelmarkt abgehalten wurde, und dann hinaus in die Steinwüste, die sie von ihrem Ziel trennte.

Tief in der Wüste bogen sie auf eine nach Osten führende Straße ein, die einer der jungen Männer im vergangenen Sommer ausgekundschaftet hatte. Bald war die Straße zu Ende, und sie fuhren durch den Wüstensand. Sie drehten die Scheinwerfer ab und sprachen nur mehr im Flüsterton.

Endlich hielten sie an, stiegen aus und gingen zu Fuß in östlicher Richtung weiter. Bald hatten sie das israelische Staatsgebiet verlassen und den jordanischen Teil des Wadi Arabah betreten, jene riesige, trostlose Senke, die sich nach Süden bis zum Golf erstreckt. Rasch durchquerten sie die Wüste, denn hier waren sie feindlichem Beschuß am meisten ausgesetzt, und erreichten bald das wellige Hügelland. Nun mußten sie sich auf ihre Karten verlassen, denn wenn sie vom Wege abkamen, bestand die Gefahr, daß sie entweder den Feinden – und damit dem sicheren Tod – in die Arme liefen oder sich hoffnungslos verirrten. Ihre Karten waren gut, und gegen zwei Uhr wußten sie an Hand verschiedener Wegmarken, daß sie dem Ziel nahe waren.

Nun war absolutes Schweigen geboten. Die beiden Älteren zogen ihre Revolver und hielten sie schußbereit, während sie durch das Gras krochen. Etwa eine Stunde lang bewegten sie sich kriechend vorwärts, dann erreichten sie einen steilen, zerklüfteten Hang. Der Hang war mit Felsbrocken übersät, von denen jeder einem arabischen Wachsoldaten als Versteck dienen konnte. Auf diesem Hang gab es immer die meisten Verluste. Beide Seiten wußten: Jeder, der die Rote Stadt zu erreichen suchte, konnte hier erschossen werden und würde seinerseits jeden Wachsoldaten anschießen, der ihn aufzuhalten suchte. Sechzehn junge Israelis waren in den letzten zwei Jahren bei diesem entsetzlichen Spiel getötet worden, mehr als dreihundert hatten das gefährliche Terrain bezwungen und im Kriechen geflüstert:

„Ich bin ein Mann,
und gehe in die Rote Stadt.
Mutig marschiere ich gen Osten..."

Am Ende des ermüdenden Aufstiegs erreichten sie ein kleines Plateau. Im fahlen Mondlicht konnten sie sehen, daß es im Abstand von wenigen Metern in einem schroffen Kliff endete. Der erste zeigte mit seinem Revolver, in welcher Richtung es weiterging, und sie folgten ihm schweigend.

Wie Schlangen krochen sie durch die tiefen Schatten, und als sie endlich den Rand des Kliffs erreichten, hielten sie den Atem an. Unter ihnen entfaltete sich einer der großartigsten Ausblicke der Welt – die uralte, rosenrote Stadt Petra, deren Türme und Straßen wie blasse Sterne von unsterblicher Leuchtkraft schimmerten.

Sie lagen etwa fünfzehn Minuten da und tranken die Großartigkeit dieses Anblicks in sich hinein. Viele Jahre vor Christi Geburt war die Stadt in den Felsen gehauen worden. Nun stand sie verlassen da, eine rote Metropole, die einst eine halbe Million Menschen beherbergt hatte. Im blassen Mondlicht sahen die drei Israelis die riesigen Tempel, das Schatzhaus, die Verwaltungsgebäude und all die anderen Symbole einstiger Macht. Kein Gebäude stand frei, jedes war aus dem Fels gehauen, ging in den Fels über. Es war eine ewig werdende, nie vollendete Stadt. Zur Zeit des heiligen Paulus hatte sie das ganze Land im Norden bis nach Damaskus hin beherrscht, aber sie war an Wassermangel zugrunde gegangen. Die Luft war so trocken, daß die Gebäude nicht verwitterten. Wie vor zweitausend Jahren standen sie da, unversehrt, in majestätischer Einsamkeit.

„Jetzt habe ich die Rote Stadt gesehen", sagte einer der drei. Viele sangen davon, nach Petra zu gehen, aber nur wenige wagten es wirklich.

„Ich war in der Roten Stadt", flüsterte Jigal. In diesem Augenblick tauchten zwei arabische Wachsoldaten auf. Näher und näher kamen sie, geradewegs auf die zusammengekauerten Israelis zu. Jigal sah entsetzt, daß seine beiden Freunde ihre Revolver in Anschlag brachten. Doch im letzten Moment wendeten sich die Araber ab und betrachteten die Stadt.

„Niemand hier", sagte einer, und sie gingen weiter. Als sie außer Hörweite waren, schwenkte der Anführer seinen Revolver, und die drei machten sich auf den Abstieg, durchquerten das Wadi Arabah und erreichten ihren Wagen im Negev.

Auf der Fahrt nach Norden waren sie schweigsam. Jeder von ihnen wußte, wie knapp sie dem Tod entronnen waren.

Als Jigal heimkam, hatte die Familie nach langen, leidenschaftlichen Diskussionen beschlossen, daß niemand seine Abwesenheit erwähnen solle. Der Wagen lieferte ihn gegen drei Uhr nachmittags ab. Er kam herein, als ob nichts geschehen wäre. Seine Mutter begrüßte ihn gelassen, und seine beiden Schwestern zeigten demonstrativ Gleichgültigkeit. Beim Abendessen sprach der Vater nur von der Universität, als aber Jigal zu Bett gegangen war und schon im Halbschlaf lag, hörte er leise die Tür aufgehen. Es war Ruth, die ältere seiner beiden Schwestern. „Wie war es?" flüsterte sie.

„Es gibt sie wirklich", sagte er, und sie küßte ihn auf die Wange.

Im darauffolgenden Winter, als er wieder Bruce Clifton in Detroit war, begannen seine Schulkollegen mit Marihuana zu experimentieren. Sie luden ihn ein, mitzumachen. „Es ist aufregend!" versicherten sie. „Junge du hast Visionen wie noch nie. Und Sex! Pause für Errol Flynn, jetzt komme ich!" Er machte ihnen klar, daß er mit diesem Unsinn nichts zu tun haben wolle. „Bist du vielleicht ein Feigling?" fragten sie.

Dann aber kam der Juni 1967, und als Jigals Taten in Detroit bekannt wurden, kam niemand mehr auf den Gedanken, ihn einen Feigling zu nennen.

Bruces Schule hielt die Abschlußprüfung Ende Mai ab, damit die Absolventen Anfang Juni graduieren und sich dann auf die Aufnahmsprüfungen der Hohen Schulen konzentrieren konnten. Bruce war ausersehen worden, seine Aufnahmsprüfung ein Jahr im voraus abzulegen, aber dazu kam es nicht, denn Mitte Mai wurde ihm klar, daß ein Krieg im Mittleren Osten unvermeidlich war.

Bruce und seine Großeltern hatten den Gang der Dinge mit Entsetzen verfolgt. Sie wollten nicht glauben, daß Gamal Abdel Nasser das Risiko auf sich nehmen würde. „Er muß doch wissen", sagte Bruce am Abend, an dem bekannt wurde, daß der Golf von

Akaba für die israelische Schiffahrt gesperrt worden war, „daß unsere Armee die seine jederzeit schlagen kann."

„Wie kannst du so sicher sein?" fragte sein Großvater.

„Ich habe unsere Armee gesehen."

Die Abschlußprüfungen, die mit dem Höhepunkt der Krise zusammenfielen, waren eine Qual. Bruce war gut vorbereitet, aber er mochte sich nicht mit abstrakten Fragen abgeben, während in seiner Heimat Fragen von Leben und Tod entschieden wurden. Am Morgen, an dem er das Haus seines Großvaters verließ, um seine Mathematikprüfung abzulegen, brachte der Rundfunk Berichte aus Damaskus. Die Syrer prahlten, sie würden quer durch Israel vorstoßen, jeden, den sie antrafen, abschlachten und die Überlebenden ins Meer treiben. Der syrische Sprecher sagte: „Wir werden Haifa von der Erde ausradieren."

Als die Prüfung, die letzte einer qualvollen Reihe, vorbei war, nahm Bruce eine seiner Klassenkameradinnen, ein jüdisches Mädchen, beiseite: „Um sechs Uhr heute abend vergiß nicht, um sechs, nicht früher! – rufst du meinen Großvater an und sagst ihm, daß ich nach der Schule bei dir vorbeigekommen bin, um mit dir die Prüfungen zu besprechen. Du mußt ihn überzeugen, daß ich bei euch zum Abendessen bleibe."

„Du willst, daß ich für dich lüge?"

„Du mußt."

„Wo wirst du sein?"

Bruce sah sich um und sagte leise: „Kann ich dir vertrauen?"

„Das weißt du."

„In Israel."

Das Mädchen zuckte zusammen. Sie sagte nichts, als Bruce erklärte, alle Mitglieder seiner Familie hielten ihre Pässe stets in Ordnung, und er käme jeden Herbst mit einer Rückflugkarte nach Amerika. Er zeigte ihr die zwei imposanten Dokumente.

„Ich fahre jetzt sofort zum Flughafen und nehme eine Maschine nach New York; um sieben bin ich auf dem Weg nach Israel. Mein Großvater ist ein schlauer alter Fuchs, und wenn er nichts von mir hört, wird er erraten, was ich vorhabe. Ich rechne damit, daß er gegen sechs Uhr Verdacht schöpft, und ich möchte nicht, daß er die Flughafenpolizei in New York anruft."

So wurde die Sache eingefädelt; und obwohl seine Mitverschworene kein hübsches Mädchen war, küßte er sie.

„Wirst du zur Armee gehen?" fragte sie ihn, und er sagte: „Die meisten meiner Freunde sind in der Armee, und ich helfe ihnen mit dem Funkgerät." Er küßte sie wieder, sprang in sein Pontiac-Kabriolett und raste zum Flughafen von Detroit. Um sieben Uhr flog er von New York nach Israel ab.

Er landete am Vormittag des 2. Juni, einem Freitag. Wie er später an seinen Großvater schrieb, fand er sein „Heimatland" gefangen im Unabwendbaren. Keine Panik. Keine leeren Großsprechereien. Jeder kannte die furchtbaren Drohungen von Radio Damaskus. „Was mich verblüffte, war, daß König Hussein, von dem wir gehofft hatten, er werde die Dinge im Gleichgewicht halten, in den Haßchor eingestimmt hatte. Wir wußten, der Krieg war unvermeidlich, wir wußten, wir würden abgeschlachtet werden, wenn wir ihn verloren. Sie hatten es uns gesagt. Also waren wir entschlossen, ihn nicht zu verlieren."

Er nahm einen *Cherut*, einen der Privatwagen, die auf einer bestimmten Route als Taxi eingesetzt wurden, und fuhr nach Haifa, wo seine Eltern ihn mit Überraschung und Freude begrüßten. Sie hießen gut, was er getan hatte, und sagten, daß eine Familie zu solchen Zeiten beisammen sein solle. „Ich war darauf vorbereitet, sie in stiller, gefaßter Erwartung dessen, was kommen würde, anzutreffen", schrieb er an seinen Großvater, „ich war auch darauf vorbereitet, Haifa in gespannter Erregung vorzufinden; aber ganz und gar nicht vorbereitet war ich auf das, was geschah, als ich meine beiden Schwestern sah. Denn plötzlich wurde mir klar, daß Radio Damaskus Ruth und Schoschona meinte, wenn es drohend schrie, ganz Haifa solle abgeschlachtet werden. Ich brach in Tränen aus."

Obwohl die Familie den Synagogen sonst aus dem Weg ging, sagte Professor Zmora an diesem Abend: „Ich finde, wir könnten in die Schule gehen", und sie gingen gemeinsam hin. Später am Abend nahm Jigal mit seinen älteren Freunden, die in einer Reserveeinheit waren, Kontakt auf. Im Stadtzentrum, auf dem Platz, von wo die Untergrundzahnradbahn zum Berg Karmel hinaufführt, traf er drei seiner Freunde in einem Terrassencafé und sie begrüßten ihn mit Begeisterung. Die über der Stadt liegende Atmosphäre lastete auch auf ihnen. Sie sprachen mit gedämpften Stimmen, damit die Leute an den anderen Tischen sie nicht für ängstlich oder aufgeregt halten sollten.

„Es muß Krieg geben", sagten sie.

„Warum seid ihr nicht an der Front?" fragte er.

„An der Front? Die Front ist überall. Man hat uns noch nicht gerufen, weil nicht genug Platz für alle ist. Wir warten."

Juninächte in Haifa können zauberhaft schön sein; von den

Hügeln hört man das dunkle Flüstern der Zedern, vom Hafen herauf klingt das sanfte Geplätscher der Wellen. An diesem Abend aber, am Rande des Untergangs, schien die Stadt schöner denn je. Die Menschen begegneten einander mit größerer Aufmerksamkeit als sonst, sie wollten die Welt um sich ein letztes Mal in sich aufnehmen.

Dann sah man Privatwagen durch die Stadt fahren, durch die Gäßchen im Hafen, durch die breiten Alleen auf den Berg Karmel. Oft saß ein Mädchen am Lenkrad, niemals in Uniform, und die Männer im Wagen waren ebenfalls in Zivil. Mit laufendem Motor blieb der Wagen stehen, die Männer stiegen rasch aus. Sie gingen von Tür zu Tür, klopften ein- oder zweimal, nickten den Männern zu, die bereits auf den Ruf gewartet hatten. Oft wurde nicht ein Wort gesprochen. Ein wissendes Nicken, ein Lächeln des Erkennens, dann schloß sich die Tür und der Bote war schon wieder beim Wagen, der ihn in ein anderes Stadtviertel trug. Leise, ohne ein einziges Wort im Rundfunk oder auf den Straßen, führte Israel die totale Mobilmachung durch.

Um etwa neun Uhr bog ein Wagen auf den Platz ein, wo Jigal mit seinen Freunden Orangensaft trank. Sie sahen ihn kommen, errieten seine Bedeutung, sobald sie das Mädchen am Steuer erkannten. Das Gefährt hielt an der Ecke, und vier Männer mischten sich unter die Menge. Einer kam zu ihrem Tisch, Erkennen flackerte in den Augen, aber weder der Bote noch die Soldaten in Zivil sprachen. Der Mann sah sie einfach an, nickte und ging. Die jungen Männer standen ruhig auf. Im Gehen wandte sich einer zu Jigal und fragte, ob er mitkommen wolle. Er wollte, er wollte unbedingt, stand auf, als handelte es sich um einen Kinobesuch, und folgte ihnen in die Dunkelheit.

Die Mobilmachungspläne für diese spezielle Einheit sahen vor, daß sie einen *Cherut* und achtzig Liter Benzin von einem Autohändler am Rand der Stadt requirierten und zur Wüstenhauptstadt Beersheba fuhren. Sie sollten sofort und ohne Abschied aufbrechen und würden die notwendige Ausrüstung im Süden vorfinden. Mit einiger Sicherheit war anzunehmen, daß man sie von dort westwärts nach Sinai schicken würde. Ihre Aufgabe war die Infanterieunterstützung für schwere Panzer, und Sinai würde bestimmt Austragungsort einer Panzerschlacht sein. Bei solchen Operationen war es besonders wichtig, daß die Nachrichtenverbindungen intakt blieben.

Auf der Fahrt durch die sternklare, stille Nacht dachte Jigal:

Der Unterschied zwischen einem Amerikaner und einem Israeli ist der, daß meine Großeltern in Detroit jetzt wehklagen und fragen: „Warum hat er das nur getan?“, während meine Eltern in Haifa sagen: „Was hätte er sonst tun sollen?“

Noch vor dem Morgengrauen erreichten sie Beersheba, wo sie sich hinter tausend anderen einreihen mußten, die aus allen Teilen des Landes gekommen waren. Das Armeedepot befand sich in heller Aufregung, so daß Jigals Gegenwart niemandem auffiel. Er war nicht wesentlich jünger als viele andere, und die anderen sahen ebensowenig militärisch aus wie er. Als sich herausstellte, daß ihre Einheit in dieser Nacht nicht mehr viel unternehmen würde, schliefen sie im Wagen ein. Man hätte meinen können, sie warteten auf ein Fußballspiel.

Am 3. Juni, um die Mittagszeit, war die Einheit mehr oder weniger bereit. Der leitende Offizier, ein Major in Zivil, schaute in den Wagen und fragte: „Wer ist das?“ „Er ist ein Radionarr“, erklärten Jigals Freunde, „er kann alles reparieren.“ Der Major musterte ihn. „Kennst du dich mit unseren Geräten aus?“ Als Jigal nickte, sagte der Major: „Wir können ihn brauchen.“ Und auf diese formlose Art zog Jigal Zmora in den Krieg.

Um Mitternacht hatte die Einheit in requirierten Taxis eine Stellung etwa drei Kilometer vor der ägyptischen Grenze erreicht. Die Bezeichnung Grenze war an sich irreführend, denn der Teil Ägyptens, der hier an Israel grenzte, war die Wüste Sinai, jene riesige Öde, die eigentlich der natürliche Puffer zwischen Ägypten und seinen östlichen Nachbarn hätte sein müssen. Statt dessen war sie ein gieriger Schlund gewesen, der viertausend Jahre lang Kamele und Armeen verschlungen und in letzter Zeit einen Appetit auf Panzer und Flugzeuge entwickelt hatte.

Den ganzen langen und heißen 4. Juni warteten Jigal und seine Kameraden. Sie reinigten ihre Gewehre, und er saß am Funkgerät, das er wegen der gebotenen Funkstille nicht richtig testen konnte. Er fing Botschaften aus der Wüste auf, die zwar chiffriert waren, aus denen man aber entnehmen konnte, daß größerer Panzerbewegungen stattfanden. „Wie das wohl ist, wenn man einem Panzer gegenübersteht?“ fragte er seine Freunde. „Wir werden es sehen“, sagten sie stoisch, „denn unsere Panzer werden nicht hier herumstehen, um uns gegebenenfalls zu beschützen, sondern auf das Zeichen hin in Richtung Kairo starten.“

Die Infanteristen wußten, daß sie auf sich gestellt sein würden, sobald der Krieg begann, denn der Sieg hing nicht von ihrer

Sicherheit ab, sondern von der Schnelligkeit, mit der die Panzer nach Ägypten vorstießen. „Zwei Tage nach Kriegsbeginn stehen wir am Suezkanal", prophezeite einer von Jigals Kameraden. „Wir werden so schnell vorstoßen... schau nur, daß du dieses Gerät in Gang hältst, damit sie wissen, wo wir sind."

Die Einheit verfügte über einige, doch zuwenig für den Wüstenkrieg adaptierte Lastwagen. Außerdem hatten sie etliche, aber auch nicht genug Taxis mit Spezialbereifung und Trägern für Benzinkanister. „Eine Paradeeinheit sind wir gerade nicht", sagte Jigals Kamerad. „Die gute Ausrüstung haben die vorn, wo man sie nötiger braucht. Aber weißt du, was? Ich glaube, daß wir sehr bald von den Ägyptern erstklassige Ausrüstung bekommen."

Der Nachmittag verging heiß und träge. Sie fragten Jigal, wie es in den Vereinigten Staaten sei. „Nicht schlecht", sagte er. „Breite Straßen, Klimaanlagen. Es gefällt mir, aber die Schulen sind nicht besonders. Man lernt nicht viel... wenn man vorher in einer guten Schule in Israel war." Keiner seiner Zuhörer hatte eine Höhere Schule besucht, sie konnten es daher nicht beurteilen.

„Würdest du dort leben wollen... ständig, meine ich?"

„Es gibt Schlimmeres."

Die Nacht fiel herein; es herrschte weiter Stille. Nichts regte sich in der Wüste. Die Männer schliefen. Gegen Morgen hörte man ständig Flugzeuglärm. Alles bereitete sich auf eine ägyptische Attacke vor, aber es kam keine, und kurz vor Morgengrauen hieß es „Aufbruch"; die bunt zusammengewürfelte motorisierte Einheit fuhr gegen Westen auf die Grenze zu. Aber schon nach drei Kilometern mußten sie die Straße freimachen und saßen staunend und ein wenig verschreckt im Staub, während eine Panzerkolonne vorbeidröhnte. Die jungen Soldaten begriffen zum ersten Mal, was Krieg bedeutete.

„Antreten!" schrien die Offiziere. Als die Kolonne sich wieder in Bewegung setzte, war alles anders geworden. Vor zwei Minuten war Mobilmachung gewesen, nun war Krieg. Als sie die Grenze erreichten, war es hell. Sie hielten an, was lächerlich schien, da die Panzer offensichtlich schon tief in ägyptisches Territorium vorgestoßen waren. Aber sie hatten noch keine endgültigen Befehle erhalten, und so warteten sie. Bald sahen sie ein Geschwader von Flugzeugen und hielten sie zuerst für Ägypter. „In den Graben!" brüllten die Offiziere, aber noch ehe Jigal aus dem Funkwagen springen konnte, schrie jemand: „Israelis! Israelis!", und die Männer jubelten.

Sie warteten etwa zwei Stunden lang an der Grenze, hörten und sahen nichts, aber gegen acht Uhr kam ein Motorrad dahergebraust und brachte den Befehl zum Weitermarsch. Der Melder war ein Mädchen – etwa zwanzig Jahre alt, sehr breitschultrig –, irgendwie erschien sie ihm menschlicher als die Männer. Sie wendete ihre Maschine um und raste in Richtung Beersheba zurück. Jigal schrie ihr nach: „Viel Glück!“, als ginge sie in die Schlacht, und nicht er.

„Auf nach Kairo!“ rief einer, und alle nahmen den Ruf auf. Die Kolonne setzte sich in Bewegung, überschritt die Grenze und fuhr in die Wüste hinein, in der Gott einst den Kindern Israels auf Tafeln von Stein seine Gebote gegeben hatte.

Aus dem Marschtempo schloß Jigal, daß sie Kairo vor dem Abend erreichen wollten und nicht erwarteten, auf ägyptischen Widerstand zu stoßen. Gaspedale wurden durchgetreten, Schlaglöcher ignoriert. Sie waren etwa fünfundsechzig Kilometer vorgestoßen, als der Krieg zur Wirklichkeit wurde. Vor ihnen stand ein ausgebrannter ägyptischer Panzer, der wie eine ersterbende Fackel hin und wieder aufloderte. Die Männer brachen im Vorüberfahren in Hurrarufe aus.

Am späten Nachmittag hatte sich die Lage wesentlich geändert. Das Terrain wurde viel schwieriger und ein ägyptisches Flugzeug näherte sich in einem wilden und furchtlosen Angriffsversuch. „Der Pilot muß betrunken sein“, sagte einer von Jigals Kameraden. „Ein Kind könnte die Maschine besser fliegen.“

„Seht! Er ist nicht betrunken, er hat Angst!“ sagte ein anderer. Er wies auf den Horizont, wo zwei israelische Düsenjäger über die niedrigen Hügel kamen. Mit hoher Geschwindigkeit jagten sie heran und stürzten sich auf den Ägypter. Es war kein Kampf, nur eine Schießübung. Erst stieß der eine, dann der andere zu. Der Ägypter suchte auszuweichen, begann plötzlich abzutrudeln und explodierte in der Luft. Jigal und die Männer gerieten in wilde Begeisterung.

In der Abenddämmerung, nach ungehindertem Vormarsch durch Sinai, näherte sich die Kolonne einem Einschnitt in den westlichen Bergen, der auf den Landkarten als Paß Quarasch eingezeichnet war. Auf ein Zeichen hin hielten die Lastwagen, und die Soldaten stiegen aus. Nun unterlagen sie der Verlockung, die Höhe zu gewinnen. „Wenn wir nur auf die Paßhöhe kämen, würden wir bis zum Suezkanal sehen.“ Das Erreichen der Paßhöhe wurde ihnen zum Selbstzweck.

Der Major versammelte seine Leutnants um sich. „Die Vernunft sagt, daß dort ägyptische Panzer in Deckung liegen müssen." Seine Untergebenen nickten. „Aber ich glaube, wir sollten durchstoßen." Wieder nickten seine Leute. Er zögerte, ging langsam von einer Gruppe zur anderen und blickte in die Gesichter. Im Zivilleben war er Versicherungsreferent, aber er hatte 1956 in Sinai gekämpft und wußte, daß die Hauptwaffe der Israelis ihre Beweglichkeit war.

„Wir stoßen durch", sagte er ruhig. Niemand rief „Auf nach Kairo!" Für sie ging es jetzt um den Vorstoß in eine dunkle Hügelkette, und die Sonne würde hinter den Kämmen verschwinden, wenn sie den Fuß der Berge erreichten.

„Wir stoßen durch", sagten seine Untergebenen, und alle bestiegen ihre Wagen und ließen das Flachland hinter sich.

Mitten im engen Hohlweg, wo jeder Rückzug unmöglich war, eröffneten die Ägypter von drei Seiten das Feuer. Sie hatten sechs Panzer, die gut gedeckt zwischen den Felsen standen und so der israelischen Luftwaffe entgangen waren. Ein in Panik geratener Leutnant kam zu Jigal gerannt und schrie: „Schick eine Meldung. Wir sind umzingelt!"

Noch bevor Jigal sein Funkgerät in Betrieb setzen konnte, zischte eine ägyptische Granate auf den Lastwagen, zerstörte die Funkanlage und riß dem Leutnant den Kopf ab. Jigals erste Tat in der Schlacht von Sinai war es, den Torso wegzuschieben, dessen offener Hals Blutfontänen über die Reste der Anlage spritzte.

Bis zum Einbruch der Nacht hatten die Ägypter den Israelis vierzehn Fahrzeuge zerschossen; die Israelis hatten zwei Geschütze in Stellung bringen können, und ihre Kampfstärke betrug einhundertzwanzig Mann. Sechshundert Araber mit sechs Panzern und zahlreichen Geschützen hatten die Israelis in der Zange. Durch andauernde Beschießung waren ungefähr dreißig Israelis gefallen, ohne daß die Ägypter nennenswerte Verluste erlitten hätten. Um Mitternacht versammelte der Major seine Offiziere unter einem Lastwagen und besprach die Lage. Jigal hörte sie alle möglichen Alternativen erwägen. Ihren Berichten entnahm er, daß sie wenig Hoffnung hatten. Der Major kam zu ihm und fragte, wie bald das Radio wieder intakt sein werde. „Das große nie", sagte Jigal. „Das kleine bald." – „Du hast mir gesagt, du könntest für Funkverbindung sorgen." – „Sehen Sie sich die Geräte an!" rechtfertigte sich Jigal, und der Major schnappte zurück: „Nun, dann bring sie in Ordnung."

Gegen drei Uhr früh hatte Jigal die Empfangsanlage repariert, und die Offiziere versammelten sich, um die Nachrichten zu hören. So erfuhren sie von dem großartigen Sieg, den Israel am ersten Tag errungen hatte. Sie konnten kaum glauben, was sie hörten: sechshundert feindliche Flugzeuge zerstört; Panzereinheiten knapp vor dem Suezkanal; schwere Kämpfe in Jerusalem und auf den Golan-Höhen; der Himmel frei von feindlichen Flugzeugen.

„Mein Gott!“ sagte ein Offizier ernst. „Wir gewinnen.“

„Die anderen, nicht wir“, berichtigte der Major, und wie um die Richtigkeit zu bekräftigen, bedachten die Ägypter sie mit einem Granathagel.

„Sie wissen nicht, daß sie bereits verloren haben“, sagte der Major, „und wenn der Morgen kommt, werden sie uns aufreiben. Unsere Flugzeuge werden diese Panzer nie finden. Wie steht es mit dem gottverdammten Sender?“

Jigal konnte mit dem Sendegerät nichts anfangen, aber über den Empfänger kam eine ununterbrochene Flut von Berichten. In Jerusalem sprachen die Regierungsmitglieder offen von einem ungeheuren Sieg und weiteren Hoffnungen für den nächsten Tag. Im Finstern freuten sich die Männer des Sieges und wurden sich dadurch nur um so mehr der Lächerlichkeit ihrer Lage bewußt: im Augenblick des nationalen Triumphes standen sie am Rand der Vernichtung.

Vor dem Morgengrauen versammelte der Major seine neunzig Überlebenden um sich und sagte: „Wir werden die Panzer einen nach dem anderen abschießen. Wir werden alle Ägypter von diesem Paß verjagen. Und wir werden keinen einzigen Mann dabei verlieren.“

Sie hatten jede Hoffnung auf Rettung von außen aufgegeben. Wenn ihre Flugzeuge die ägyptischen Panzer gestern nicht entdeckt hatten, würden sie sie auch heute nicht finden. Und solange sie keine Standortmeldung senden konnten, war auch keine Hilfe zu erwarten. „Wir zerstören die Panzer“, sagte der Major“, und ehe der Tag über den zeitlosen Hügeln anbrach, teilten sich die Israelis in elf Angriffstrupps. Jigal und vier seiner Kameraden sollten bei dem zerstörten Funkwagen bleiben und versuchen, irgendwie die Verbindungen zu den israelischen Streitkräften herzustellen. Sie würden – allerdings ohne jeden Schutz – im Mittelpunkt des Einschließungskreises bleiben. „Du bleibst da und arbeitest“, sagte der Major, und Jigal nickte. „Es wird mir schon gelingen.“

„Wie alt bist du eigentlich?“

„Sechzehn.“

„Bist du sicher, daß du etwas von Funkgeräten verstehst?"
„Ich kann sie reparieren."
„Wenn du durchkommst, sag ihnen: Paß Quarasch. Gib die Stärke der Ägypter an. Sechs Panzer. Bald werden es weniger sein."
Die israelischen Trupps stießen erst gegen einen, dann gegen einen anderen ägyptischen Panzer vor, aber erfolglos, denn sie wurden, aus welcher Richtung sie auch kamen, sofort unter Feuer genommen. Jigal blickte ab und zu vom Funkwagen zu den Felsen, sah zwei Panzer einige Meter vorkriechen, Feuersalven auf die nicht sichtbaren Angreifer abgeben und dann in ihre Stellung zurückkehren. Von Zeit zu Zeit beschoß einer der Panzer die Lastwagen, aber anscheinend hielten die Ägypter die Lastwagen für leer, denn sie beschränkten sich auf gelegentliche Feuerstöße.

Verzweifelt versuchte Jigal, sein zerstörtes Gerät in Ordnung zu bringen, und bemerkte nichts mehr vom Kampf rundum. Am späten Vormittag jubelten die vier Männer in seinem Wagen, er blickte auf und sah gerade noch, wie ein ägyptischer Panzer in einem Feuerball verschwand. Ein Trupp Israelis war mit Thermitladungen bis an das Stahlungetüm herangekommen.

In der Aufregung über diesen Erfolg warf einer der Männer etwas aus dem Wagen, und als die Ägypter das sahen, begannen sie den Funkwagen unter wilden Beschuß zu nehmen, ließen dabei ihre Flanken unbewacht, und wieder gingen zwei Panzer in Flammen auf.

Daraufhin schickten die Ägypter zwei Stoßtrupps los. Einer von Jigals Kameraden rief: „Da kommen sie!" Mit einem Blick sah Jigal, daß er und seine vier Gefährten vorerst auf sich allein gestellt waren und zumindest die ersten zwei Angriffe zurückschlagen mußten. Er packte ein Maschinengewehr, mit dem er nicht allzu vertraut war, und warf sich unter den Wagen.

Die Ägypter waren nicht gut geführt, doch sie benahmen sich tapfer und stießen mit großer Entschlossenheit vor. In dem kurzen Augenblick, bevor der Kampf begann, fragte sich Jigal, ob sie wohl über ihr Radio die Meldungen gehört hatten und bereits wußten, daß sie eine Enklave ohne Hoffnung vor sich hatten. Offenbar wußten sie es nicht, denn sie begannen ihren Angriff, als wäre er Teil einer triumphalen Operation.

Jigal und seine Kameraden wehrten die erste Attacke ab und fügten den Arabern solche Verluste zu, daß diese sich zurückzogen und Feuerunterstützung verlangten. Sie bekamen sie auch; doch sobald die Panzer dadurch ihre Position verrieten, bekamen sie es mit den Kommandoeinheiten der Israelis zu tun und mußten sich wieder auf diese konzentrieren. Das Schießen hörte auf, und die ägyptischen Kommandos machten einen neuerlichen Versuch, die Eingeschlossenen zu erledigen.

Diesmal schossen sie besser; sie richteten ihr Feuer gegen den Raum unter dem Chassis des Funkwagens. Mit der ersten Salve töteten sie den Mann links von Jigal. Instinktiv griff Jigal nach dem Gewehr des Toten, für den Fall, daß seines Ladehemmung haben sollte. Durch schnelle und gezielte Schüsse warfen die vier überlebenden Israelis die Angreifer ein zweites Mal zurück.

Dadurch gewann der Major Zeit, sich mit seinen Soldaten von den Panzern abzusetzen, und er verlegte mit seinen geübten Leuten den arabischen Kommandos den Rückzug. Die Israelis schossen einen Gegner nach dem anderen ab – töteten jeden einzelnen aus dem Stoßtrupp. Dann rannte der Major zum Funkwagen. „Alles in Ordnung?"

„Ein Toter."

„Kannst du das Radio richten?"

„Geben Sie mir noch eine halbe Stunde", sagte Jigal.

„Gut. Wir decken euch." Und er kehrte zurück zum Kampf gegen die Panzer.

Jigal und seine Kameraden kletterten wieder in den Funkwagen, ohne auf die vorbeipfeifenden Granaten zu achten. Mit einem Eifer, den er nie zuvor gekannt hatte, überprüfte Jigal jedes Einzelstück. „Das ist in Ordnung. Das ist gut. Das funktioniert. Das bekommt Strom." Er arbeitete ohne jede Angst, und endlich meinte er, das Gerät müsse funktionieren, wenn er noch einen Satz Röhren auswechselte. „Signalisiere ihnen, daß wir es haben", sagte er zu einem seiner Helfer. Bevor er noch die ersten Funksignale gegen konnte, ertönte ein Schrei.

„Wieder ein Panzer erledigt!" Jigal blickte eine Augenblick lang durch die zerschmetterte Hintertür und sah einen Feuerball, heller als die Morgensonne. Dann schickte er die Nachricht, die das Oberkommando und alle Menschen in Israel elektrisierte: „Quaraschpaß. Wir sind umzingelt; von sechs feindlichen Panzern haben wir vier zerstört."

Als die Flieger endlich kamen und die Überreste der ägyptischen Stellung vernichteten, dirigierten die erschöpften Israelis vom Funkwagen aus ihr Feuer. Und nachdem die Flugzeuge zu ihren Heimatflughäfen in Beersheba und Haifa zurückgekehrt waren und man wußte, daß eine Panzerkolonne zum Entsatz unterwegs war, saß der Major müde unter seinen Männern und sagte: „Laßt euch das eine Lehre sein. Wenn ihr je Panzer kommandiert, vergrabt euch nicht in feste Stellungen. Panzer sind nichts wert, wenn man sie nicht in Bewegung hält."

Jigal nahm nicht an den allgemeinen Siegesfeiern teil. Anfangs wurde er als „der junge Funker von Quarasch" gefeiert, doch das ging vorbei. Israel hatte viele junge Helden in diesen Tagen.

Begeistert war Jigal von den neuen Grenzlinien. „Da hätten sie immer schon sein sollen", sagten die einen. „Viel zu weit und gedehnt", warnten die Vorsichtigen. Jigal und seine Freunde hatten erwartet, daß spätestens im August eine Friedenskonferenz einberufen würde. Anfang September war klar, daß man nur schwer – wenn überhaupt – einen Frieden aushandeln werde.

Niemand sehnte sich mehr danach als Jigal. Er war jetzt sechzehn. Auf Grund seiner doppelten Staatsbürgerschaft mußte er die Lage besonders kritisch beurteilen. In Detroit durfte er mit Frieden rechnen – keinem gesicherten Frieden – keinem, der völlig frei war von inneren Unruhen –, aber immerhin einer Art Frieden. In Israel würde es keinen Frieden geben. Der Unterschied beunruhigte ihn. „In Quarasch habe ich gelernt, daß ich kein Feigling bin. Aber ich glaube nicht, daß man sein ganzes Leben im Schatten von Quarasch verbringen sollte. Es war eine großartige Erfahrung, unter dem Major zu dienen, aber eine, die sich nicht wiederholen muß."

Als es Zeit für ihn wurde, nach Detroit zurückzufliegen und seine Ausbildung in Amerika abzuschließen, war er ganz zufrieden, von Israel Abschied zu nehmen. Bei einem letzten Ausflug stieg er mit seiner Schwester auf die Hügel am Rand des Sees Genezareth, dann wanderte er allein zu einer Anhöhe, von der er einen großartigen Ausblick hatte. Die Römer waren hier gewesen, Jesus mit seinen Jüngern, die Araber. Sie alle hatten hier eine Wüste vorgefunden und eine Wüste hinterlassen; die Juden hatten dieses Land zu einem blühenden Paradies gemacht. Er setzte sich und versuchte, mit den großen Begriffen der Geschichte fertig zu werden.

Vielleicht bedeutete die Phrase etwas: Uns ins Meer stürzen! Vielleicht, wenn die Araber durchhalten ... sich weigern, mit uns zu verhandeln ... sich Zeit lassen ... Er zögerte, wollte den Gedanken nicht weiterdenken, aber die Schlußfolgerung kam ungerufen: Vielleicht wird Ähnliches geschehen wie bei den Kreuzzügen. Vielleicht werden die Araber zweihundert Jahre lang ihre Kraft speichern und uns dann, langsam wie ein Gletscher, ins Meer treiben und alles vernichten. Er saß auf einem Hügel, von denen aus Saladdin seinen großen Ausfall gegen die Kreuzfahrer geführt hatte, jenen Ausfall, bei dem er seine Gegner zuletzt ins Meer drängte. Wäre ich ein junger Araber, ich würde Pläne schmieden, wie dieses Ziel erreicht werden könnte. Ich würde von dieser Idee besessen sein... Ich würde nicht aus Vernunftgründen planen, nicht aus Notwendigkeit, sondern mehr aus Sportsgeist.

Er hielt inne, um seine Gedanken zu sammeln. Ich würde es zum Nationalsport machen – Jahr für Jahr, jahrzehntelang.

Es war ihm klar, daß damit eine Wiederaufnahme des Sechstagekriegs unvermeidlich war. Es wird alles von neuem beginnen – Haifa unter Bombenhagel... Panzer... Sinai... Der Major wird ein alter Mann werden und den neuen Panzerführern predigen: „Grabt eure Panzer nie in feste Stellungen ein." Welch ein höllisches Dasein. In den nächsten zweihundert Jahren wird hier nicht gut leben sein. Dann aber dachte er, mit der unzerstörbaren Hoffnung der Jugend: Außer natürlich, wir können zusamenkommen.

Dabei beließ er es. Ohne sich jemandem mitzuteilen, kehrte er nach Detroit zurück, wo eine andere Hölle ihn erwartete, die ihn während des ganzen Schuljahres 1967/68 nicht zur Ruhe kommen ließ. Sentimentale Juden machten einen Helden aus ihm, vor allem sein Großvater, der seinen Bekannten erzählte: „Ständig sagt man, Juden könnten nicht kämpfen, weil sie nichts für Fußball übrig haben. Sie sollten die Geschichte von meinem Enkel hören... sechzehn Jahre alt..." Viel schlimmer noch waren die albernen Witze über die Unzulänglichkeit der Ägypter. Es war klar, daß das nicht geeignet war, eine Lösung des Problems herbeizuführen. Die Ägypter, mit denen er in Quarasch zu tun gehabt hatte, waren zwar schlecht geführt, aber keineswegs Feiglinge gewesen, und schon gar keine Witzfiguren: Männer in einer ausweglosen Situation.

Während der ersten Schultage versuchte Bruce zu erklären, was in Quarasch wirklich geschehen war: die Tapferkeit der Ägypter, wie sie die israelischen Lastwagen zerstörten, wie die Infanteristen angriffen und seinen Freund unter dem Wagen töteten – doch niemand wollte ihm zuhören. Der Krieg war eine Farce und die Ägypter die komischen Figuren.

Weit bedenklicher jedoch war die Tatsache, daß sich überraschend viele gebildete Juden in der Gegend von Detroit gegen Israel wandten und eine proarabische Gesinnung zur Schau stellten. Dieses Phänomen lernte er zum ersten Mal kennen, als ein junger jüdischer Vertreter der Universität von Michigan, der in

Grosse Pointe ein Seminar abhielt, behauptete, Israel sei nicht anders als Hitlerdeutschland, und die Araber seien moralisch nicht zu verurteilen, wenn sie dem, was man als rein amerikanischen Imperialismus ansehen könne, die Stirn böten. Bruce fand die erste Anschuldigung undiskutabel und die zweite unbegründet, aber sogar in seiner eigenen Schule erwiesen sich drei der besten jüdischen Schüler als proarabisch. Auf die Frage, ob sie verstünden, was eine solche Haltung für Konsequenzen habe, fertigten sie ihn kurz ab: „Es ist im Interesse der amerikanischen Juden, dafür zu sorgen, daß Israel so bald wie möglich von seinen Nachbarn absorbiert wird." Diese Äußerung wurde weit verbreitet, und einer der jüdischen Schüler wurde eingeladen, vor den Rotariern eine Rede darüber zu halten.

Intellektuelle Juden mißbilligten vor allem die Haltung von General Dajan. Manche von Bruces Freunden machten Dajan zu einem Volkshelden – man fand immer ein dankbares Publikum, wenn man eine Augenbinde aufsetzte und erklärte: „General Westmoreland, Präsident Johnson hat mich geschickt, um Ihnen zu helfen, den Krieg in Vietnam zu beenden. Ich habe sechs Tage Zeit für Sie." Die Wortführer der Attacken gegen Israel hingegen stellten Dajan als Beispiel für den neuen jüdischen Imperialismus hin. Bruce fragte sich oft, ob sie wußten, wovon sie redeten. Eines Abends nahm er mit seinem Großvater an einer Versammlung teil, bei der ein kluger jüdischer Schriftsteller aus New York diese Einstellung vertrat. Bruce stand im Auditorium auf und fragte: „Sind Sie bereit, zuzulassen, daß zwei Millionen Juden in Israel hingeschlachtet werden?" Der Sprecher lachte: „Junger Mann, Sie haben Märchen gehört", und Bruce rief: „Ich habe Radio Damaskus gehört." Der Redner fertigte ihn verächtlich ab: „Alle Menschen übertreiben – So wie Sie jetzt", und das Publikum hatte behaglich gelacht, weil ein Druck von ihm genommen war.

Bruce konnte sich nicht vorstellen, welche Gründe jüdische Intellektuelle zu dieser unerwarteten Haltung veranlassen mochten. Ein anderes Phänomen hingegen konnte er durchschauen: Grosse Pointe erlaubte die Ansiedlung von Negern nicht, im nahen Detroit aber gab es viele. Reiche Bürger in Grosse Pointe hörten beifällig zu, wenn ihre Negerbediensteten antisemitische Äußerungen von sich gaben. Es war recht aufregend, sein schwarzes Dienstmädchen sagen zu hören: „Adolf Hitler hatte recht. Die Juden, die reißen alles an sich. Sie sind die Feinde aller guten Leute." Weiße Matronen waren versucht, die Neger darin zu bestärken, und nickten ernsthaft, wenn sie hörten: „Schwarze werden in diesem Land nie eine Chance haben, solange wir nicht auf die Juden losgehen, die uns unterdrücken."

In Bruces Schule war es üblich, vier Neger pro Jahr aufzunehmen, wenn irgend möglich Basketballspieler; und da sie streng ausgewählt wurden, waren es meist Burschen von überdurchschnittlichen Fähigkeiten. Vor dem Sechstagekrieg hatten sich diese Neger meist an Jungen wie Bruce angeschlossen, jetzt aber zogen sie sich von den Juden zurück, ganz besonders von Bruce, weil er Israeli war. Man redete viel von „den armen arabischen Flüchtlingen. Vielleicht werden wir hinübergehen müssen, um sie zu befreien."

Im Februar lud die Schule einen der arabischen Delegierten bei den Vereinten Nationen zu einem Vortrag ein. Er machte Witze über die Schlamperei seines Volkes, stellte einige kluge Betrachtungen über den Islam an und entwickelte eine bestrickende Überredungskraft. Er hatte sensationellen Erfolg. Nach seinem Referat kam es zu einer Diskussion, wobei die vier Negerschüler eine Reihe gezielter Fragen stellten. „Die Zukunft eurer Rasse in Afrika liegt darin, daß ihr euch dem Islam anschließt", sagte er unumwunden. „Die Zukunft der amerikanischen Neger ebenfalls." Nach seinem Besuch erklärten zwei der Neger, sie würden Moslems werden, und einer zischte: „Wir werden euch aus dem Land treiben, das ihr gestohlen habt."

In diesem rapid veränderten Klima beendete Bruce Clifton die Schule mit ausgezeichneten Noten; das brachte neue Probleme, denn sein stolzer Großvater ließ alle seine Beziehungen spielen, und Bruce bekam Stipendien an die Universität von Michigan und das California Institute of Technology angeboten. Zur größten Verblüffung seines Großvaters erklärte Bruce: „Ich gehe nicht in Amerika ins College. Ich habe mich am Technion in Haifa angemeldet."

„Du mußt völlig verrückt sein!" brüllte sein Großvater. „Bist du dir darüber im klaren, wie schwer es ist, in die Universität von Michigan aufgenommen zu werden? Oder ins Cal Tech?"

„Ich möchte eine gute Ausbildung", sagte Bruce. „Am Technion..."

„Bloß weil dein Vater dort arbeitet! Bruce, im Vergleich zu Michigan oder zum Cal Tech ist es ein Gymnasium!"

„Auf den Gebieten, die mich interessieren, ist es besser."

„Nationale Engstirnigkeit", schimpfte Melnikoff. „Das ist es. Gottverdammte Engstirnigkeit."

Aber Bruce wollte die Anmeldeformulare nicht einmal ansehen, als sein Großvater sie ihm vorlegte. „Ich gehe ins Technion", erklärte er hartnäckig. Eines Abends kam seine Großmutter ins Zimmer und sagte: „Bruce, wenn ein Junge einen reichen Großvater hat, der ein Testament machen muß, ob er will oder nicht – so einem Großvater sollte man nicht widersprechen." Bruce blickte sie schweigend an. Sie fuhr fort: „Sei also bitte nett und sag ihm, daß du nach Michigan gehst oder auf das Cal Tech. Beide sollen sehr gut sein."

Bruce erklärte, daß er Israel besser kennenlernen müsse, daß er die Verbindung mit Freunden von früher wiederaufnehmen wolle und daß ihn nichts davon abhalten werde, zurückzufahren. Am nächsten Morgen schrieb er hastig ein paar Zeilen an seinen Großvater, ließ sich von einem Freund zum Flughafen fahren und nahm eine Maschine nach Israel. Als das Flugzeug in London zwischenlandete, beschloß er impulsiv, seine Reise zu unterbrechen und seine Großeltern in Canterbury zu besuchen.

Dieser Besuch brachte Bruce eine Überraschung in bezug auf seinen Großvater. Er hatte immer gedacht, die Cliftons seien unbedeutende, eher komische Leute, eine Einstellung, die auf gelegentliche Bemerkungen von Großvater Melnikoff zurückging: „Sie sind blasiert und muffig" oder „Als Anwalt ist er ein Kleinkrämer". Am dritten Tag des Besuchs aber sagte Großvater Clifton: „Ich möchte, daß du zum Mittagessen in meinen Klub kommst. Du sollst die britische Lebensart kennenlernen." Und er führte Bruce in seinen dunklen, düsteren Klub, wo alle aussahen wie Sechzig, auch wenn sie erst Dreißig waren. Er hielt ihn an, die Gerichte zu probieren, die die Hauptstützen des Menüs darstellten: Rostbraten mit Yorkshire Pudding und danach Trifle. Als diese Platte gereicht wurde, nahm Bruce eine kleine Portion, worauf sein Großvater zum Löffel griff und Bruces Teller vollhäufte. „Alle Jungen lieben Trifle", sagte er. „Ich liebte es. Dein Vater auch."

Als sie mit dem Essen fertig waren, führte Großvater Clifton ihn in einen dunkel getäfelten Raum, wo er sich von einem Diener eine prallgefüllte Aktenmappe bringen ließ. „Bruce, ich habe deine Entwicklung genau verfolgt. Du bist ein besonderer Junge. Du hast bewiesen, daß du die drei wichtigsten Dinge besitzt: Charakter, Mut, Intelligenz. Deine Eltern haben dir den Charakter vererbt, Mut hast du selbst, und das Gehirn hat dir Gott geschenkt. Was willst du damit anfangen?"

„Naturwissenschaften, glaube ich."

„Nein, ich meine, welches Land wählst du?"

„Oh... ich habe viel darüber nachgedacht."

„Ich weiß. Und?"

Bruce tat einen tiefen Atemzug. „Es klingt vielleicht arrogant, aber da du der erste bist, der mich rundheraus fragt... der vernünftig darüber redet... Nun, um ehrlich zu sein – wenn ich in Israel bin, sehne ich mich nach den Vereinigten Staaten –, und wenn ich in Detroit bin, möchte ich in Haifa sein."

„Sehr richtig", sagte Mr. Clifton ironisch. „So ginge es mir auch. Aber menschliche Werte sind selten ganz ausgewogen. In welche Richtung neigt sich der Balken der Waage?"

„Wenn er sich in eine Richtung neigt, bin ich nicht klug genug, es zu bemerken."

„Gut. Ich hoffe, du sagst die Wahrheit, denn das würde mir meine Aufgabe erleichtern."

„Welche Aufgabe?"

„Du bist nicht nur auf diese beiden Länder angewiesen, Bruce. Du bist außerdem englischer Staatsbürger."

„Ich bin was?"

„Als du geboren wurdest, hat mich die Umsicht deines Großvaters Melnikoff sehr beeindruck – wie er dafür sorgte, daß du Anspruch auf einen amerikanischen Paß hast. Ich dachte zwei Wochen lang darüber nach, erkannte, daß er recht hatte, und ließ dich als britischen Staatsbürger registrieren."

„Wie?"

„Ich legte immer großen Wert darauf, daß dein Vater seine englische Staatsbürgerschaft behielt, unabhängig von seiner starken Verbundenheit mit Israel. Ich sorgte dafür, daß er als Bewohner von Canterbury angemeldet blieb." Er hielt inne, stöberte unter seinen Papieren, fand das Gesuchte und reichte es Bruce. „Auch du bist Bürger dieser Stadt. Diese Geburtsurkunde beweist es. Und hier habe ich ein Anmeldeformular für einen britischen Paß. Wir besorgen heute nachmittag die Photographien, und morgen hast du den Paß."

Noch ehe Bruce etwas sagen konnte, zauberte Großvater Clifton zwei weitere Formulare hervor, ein Aufnahmegesuch für die Universität Cambridge und eines für das beste College der Universität. „Wenn du dein Leben der praktischen Anwendung der Technik widmen willst", sagte er, „dann studiere bei deinem Vater am Technion in Haifa. Wenn du Brücken bauen willst, inskribiere an einer amerikanischen Universität. Wenn du aber Wissenschaftler sein und das Gebiet als Ganzes erfassen willst, dann geh nach Cambridge."

Während Bruce die Papiere im Schoß hielt, nahm Großvater Clifton noch etwas aus der Tasche, das Sparbuch einer Bank in Canterbury. Von 1952 an waren darin kleine Einlagen bestätigt, Geld, das Clifton für das Studium seines Enkels beiseitegelegt hatte. Die Summe betrug nun über zweitausend Pfund, mühsam erspart aus den niedrigen Honoraren, die er als Provinzanwalt bekam. „Ich wollte nicht, daß du von deinem Großvater Melnikoff abhängig bist", sagte er. „Er ist ein großartiger Mensch, und wenn du ein Rennpferd wärst, würde er dich sehr geschickt trainieren. Aber du bist ein denkender Mensch – ein intelligenter Kopf mit hervorragenden Anlagen –, und ich glaube nicht, daß Melnikoff dafür je Verständnis aufbringen wird."

Die Papiere zeugten von soviel Liebe, daß Bruce nichts sagen konnte. Er erinnerte sich seiner kurzen Besuche in Canterbury. Er war nie besonders freundlich zu seinem Großvater gewesen, hatte ihm nie ein Zeichen besonderer Zuneigung geschenkt. Canterbury war immer nur ein Pflichtbesuch zwischen den beiden wichtigen Polen seines Lebens gewesen.

„Wenn ich nicht zu dir gekommen wäre", fragte er leise, „was hättest du dann mit diesen Dokumenten getan?"

„Ich hätte weiter gewartet. Ich bin sicher, daß jeder intelligente junge Mensch in einem Dilemma wie dem deinen irgendwann einmal unparteiischen Rat suchen muß."

Sie schwiegen lange, dann fragte Bruce: „In welchem Land kann man am besten Jude sein?"

„Jeder Jude sollte drei Ereignisse studieren, den Nationalsozialismus in Deutschland, die Dreyfus-Affäre in Frankreich und ganz besonders das russische Experiment mit Birobidschan. Such es auf der Karte. Es liegt am Amur in Sibirien."

„Das sind nicht die Länder, unter denen ich wählen muß."

„Jude in England zu sein ist auch nicht gerade lustig. Es ist nicht leicht, einer in Israel zu sein, wo die Rabbiner sich in alles einmischen und alle Fehler Europas wiederholen. In den Vereinigten Staaten wäre es, glaube ich, am schwierigsten, die Persönlichkeit zu bewahren, weil die Amerikaner die Juden um jeden Preis assimilieren wollen."

„Was tätest du... an meiner Stelle?"

„Ich würde dieses Bankbuch benützen, um mich von Melnikoff

freizumachen. Er liebt dich, aber Liebe ist niemals ein Schutz gegen Ausbeutung. Ich würde in Cambridge inskribieren ... mich auch vom väterlichen Einfluß lösen. Ich würde studieren – und danach ein neues Land wie Australien versuchen oder vielleicht Kenia. Dort brauchen sie Fachleute, alle, die sie bekommen können. Und sie werden auch Juden brauchen." Er zögerte, dann schloß er: „Aber jetzt zum Photographen, und morgen nach London um den Paß."

Mit diesem Paß flog Bruce Clifton von London nach Israel.

Im Herbst 1968, er war erst siebzehn Jahre alt, begann Jigal sein Studium am Technikon in Haifa. Es war eine erstklassige Hochschule, doch in Jigals Fall mußte sie versagen. Das lag nicht an den Schwierigkeiten des Lehrstoffs – er fand die Anfängerkurse zu leicht –, sondern an seiner Unfähigkeit, sich auf das Studium zu konzentrieren, während andere, wichtigere Probleme seine Aufmerksamkeit in Anspruch nahmen.

Er stellte ununterbrochen Vergleiche zwischen Israel und den Vereinigten Staaten an, wobei beide schlecht wegkamen, und dachte ernsthaft daran, nach Cambridge überzuwechseln und englischer Staatsbürger zu werden. Was er von der Insel gesehen hatte, hatte ihm gefallen. Großvater Cliftons ruhige, überlegene Art wurde ihm immer sympathischer, je länger er nachdachte.

Aus der Entfernung fand er Amerika und Großvater Melnikoff zu ungestüm und auch zu oberflächlich. Er konnte sich nicht vorstellen, daß die Jungen und Mädchen aus seiner Schule in Grosse Pointe einer Invasion so entgegentreten könnten wie seine Freunde in Israel. Und die Rolle der Juden in Amerika, die nun durch die Feindseligkeit der Neger noch komplizierter geworden war, fand er widerwärtig.

In Israel hingegen lebte man unter einer ständigen Spannung. Das machte ihm Angst. Er war kein Feigling, das hatte er zur Genüge bewiesen, aber er suchte Frieden, um den Ideen nachhängen zu können, die sich ihm aufdrängten. Sie hatten nichts mit Naturwissenschaft zu tun; es waren Gedanken über Gleichheit und Gerechtigkeit, wie sie zu allen Zeiten jungen Männern aller Nationen zu schaffen machen.

Jigal Zmora war so durcheinander, daß sein Vater Anfang 1969 zu der Einsicht kam, es wäre für Jigal besser, sein Studium für den Rest des Jahres zu unterbrechen.

Doris stimmte ihm bei. „Er braucht Zeit, er muß das, was er

erlebt hat, verdauen. Ich kann wirklich nicht sagen, was schlimmer ist, der Sechstagekrieg oder Großvater Melnikoff."

„Ich fürchte, Großvater Clifton hat ihn aus dem Gleichgewicht gebracht", meinte ihr Mann. „Mein Vater hat eine teuflische Begabung, an lebenswichtige Fragen zu rühren."

Sie beschlossen, Jigal solle bis Ende des Jahres arbeiten, aber als Großvater Clifton von dem Plan hörte, schlug er vor: „Laßt den Jungen doch bis zum Beginn des Herbstsemesters nach Canterbury kommen. Jetzt sollte er lesen und nachdenken."

Dieser Vorschlag gefiel Jigal. Er flog nach England, sehr gegen den Willen des Großvaters Melnikoff, und stürzte sich in die Lektüre. Am anregendsten waren aber die Gespräche mit dem britischen Großvater, denn Rechtsanwalt Clifton konnte sich in die Denkweise eines Achtzehnjährigen hineinversetzen und wie ein Gleichaltriger mit ihm diskutieren.

Es war ein herrlicher Winter – mit Abendeinladungen, bei denen Bruce die wenigen jungen Juden aus der Gegend von Canterbury kennenlernte; es wäre vielleicht den Sommer über so weitergegangen, wenn Bruce nicht in der Auslage eines Reisebüros das gleiche Plakat gesehen hätte, das einige Monate früher solche Verwirrung im Kopf eines norwegischen Mädchens angerichtet hatte. Er ging aus der Bibliothek nach Hause und dachte an nichts Bestimmtes, als er plötzlich das halbnackte Mädchen neben der Windmühle an der Mittelmeerküste stehen sah. Es war, als stünde sie leibhaftig vor ihm. Er war achtzehn Jahre alt, hatte sich zur Roten Stadt gewagt, auf dem Paß Quarasch gegen die Ägypter gekämpft und noch nie ein Mädchen geliebt.

„Ich möchte meine Ferien in Südspanien verbringen", sagte er beim Abendessen. Seine Großeltern überlegten einen Augenblick, dann nickten sie.

„Es ist wirklich Zeit, daß du einmal etwas Leichtsinniges unternimmst", sagte Großvater Clifton, „und Südspanien soll sehr schön sein."

Am nächsten Tag informierte er sich über Flugkarten und verbilligte Hotelarrangements, dabei sah er das Plakat von Torremolinos und erinnerte sich, wie er mit achtzehn gefühlt hatte. Er buchte die Flugreise und einen Hotelaufenthalt und reichte seinem Enkel wortlos die Karten und Hotelbons. Seiner Frau sagte er nichts von dem, was er sich erhoffte, aber zwei Tage später sah auch sie beim Einkaufen das Mädchen mit der Windmühle. Am Abend sagte sie: „Ich habe das Gefühl, daß die Anziehungskraft von Torremolinos für ihn sehr groß gewesen sein muß. Es ist wahrscheinlich besser, daß er hinfährt, als daß er hier in Canterbury einfach nur herumsitzt."

Britische Fluggesellschaften boten eine Reihe unwahrscheinlich günstiger Arrangements für Torremolinos an. Der Flug London–Malaga–London, zwei Wochen Aufenthalt in einem guten Hotel, dazu Bons für die besten Restaurants kostete einundsiebzig Dollar. In Bruces Flugzeug flog eine Gruppe von sechzehn Mädchen mit, von denen zwei Pamela hießen. Die beiden wurden von ihren Freunden Mini-Pam und Maxi-Pam genannt. Mini-Pam verdankte ihren Namen dem auffallenden Minirock, den sie anhatte; Maxi-Pam war rundlich und von heiterer Wesensart.

Sie waren kaum noch über dem Ärmelkanal, als sich Mini-Pam in den Sitz neben Bruce fallen ließ und ihm von ihren Plänen für Torremolinos erzählte. „Sie bringen uns in einem tollen Hotel unter, im ‚Berkeley Square'. Meine Freundin war vergangenes Jahr dort, und sie sagt, man kann machen, was man will, solange man die anderen Gäste nicht belästigt. Ich werde mir einen Freund suchen und mit ihm dreizehn himmlische Tage im Bett verbringen."

Bruce fing nur wenig von dem auf, was sie sagte, denn seine Aufmerksamkeit war voll und ganz von ihren schlanken, nackten, bis zum Oberschenkel entblößten Beinen in Anspruch genommen, die so nah neben den seinen waren, daß seine Hände sich magnetisch angezogen fühlten. Aber er hatte Angst, sie zu berühren. Sein Mund wurde trocken, und als sie sich mit einer Frage an ihn wandte, ihre strahlenden jungen Augen ihn ansahen und ihre Brüste seinen Arm berührten, konnte er nur schlucken und blieb stumm.

Als sie keine Antwort bekam, plapperte sie weiter: „Es werden Franzosen dort sein und Deutsche und eine ganze Menge richtig ausgehungerter amerikanischer Soldaten. Ein Mädchen, daß seine Karten auszuspielen weiß, findet immer einen Freund in Torremolinos, ganz gleich, was die anderen sagen." Bruce wollte sie fragen, was die anderen gesagt hatten, aber die Worte formten sich nur mühsam in seinem Mund. So holte er tief Atem und legte seine Hand auf ihr Knie. Ein Schauer überlief sie, sie schloß die Augen und flüsterte: „Das tut gut. Gehen wir ganz nach hinten. Nein! Bleib eine Minute da. Ich gehe und hol' mir etwas zu trinken. Du kommst nach einer Weile nach."

Als er den Sitz im Hintergrund erreichte, hatte sie sich mit einer Decke zugedeckt, als wollte sie schlafen, und als er sich neben sie setzte, nahm sie seine Hand und plazierte sie auf ihren Schenkel. „Ist das nicht schön?“ fragte sie.

Innerhalb weniger Minuten war sie praktisch entkleidet und begann sich Bruces Knöpfen zu widmen. Während die Maschine gegen Osten dröhnte, hinderten nur die unbequemen Sitze sie daran, sich zu vereinigen. Dann aber gelang es ihr, die zwischen den Sitzen befindlichen Armlehnen hochzuklappen, woraufhin das Unvermeidliche geschah, wenngleich nur unter bewundernswerten Gliederverrenkungen.

Maxi-Pam sah wohlwollend von vorne zu und machte den anderen Zeichen, was Mini-Pam anstellte. Die fünfzehn Mädchen warfen verstohlene Blicke nach hinten. „Er ist süß“, flüsterte eine. „Ich wäre nicht ungern bei ihm.“

Mehr oder weniger neidisch verfolgte ein Dutzend Augenpaare, wie Bruce erstarrte und dann schlaff in seine Lehne sank. Bald darauf ging Mini-Pam in den Waschraum, und als sie in den Passagierraum zurückkam, fing sie Maxi-Pams Blick auf, lächelte und hob ihre Finger zum V-Zeichen. Sie setzte sich wieder neben Bruce. „Wie heißt du?“ fragte sie.

„Bruce.“

„Der Name ist Klasse, Bruce. Wenn wir nach Torremolinos kommen und ein richtiges Bett finden...“ Ihre Finger streichelten seine Knie. „Du solltest dich zuknöpfen, Bruce.“

In Torremolinos bestand sie darauf, daß er mit ihnen ins ‚Berkely Square‘ kommen müsse, und noch bevor seine Koffer ausgepackt waren, war sie in seinem Zimmer, ausgezogen und im Bett. „Findest du mich zu arg?“ fragte sie, die Decken verschämt bis ans Kinn gezogen. „Es ist nur, weil wir nicht viel Zeit haben, nicht wahr?“

Sie genossen vier stürmische Tage, aber sie hätten ebensogut in Brighton sein können, denn von Spanien sahen sie nicht viel. Und dann zog sie plötzlich in die Ferienwohnung eines deutschen Geschäftsmanns. Bruce war das völlig unverständlich. Er konnte sich nicht vorstellen, wie sie überhaupt einen anderen Mann hatte kennenlernen können, während sie so voll und ganz mit ihm beschäftigt war.

Daß sie ihn allein ließ, war ihm nicht unwillkommen; er hatte jetzt Zeit, das bisher Geschehene zu verdauen. Solange Mini-Pam bei ihm gewesen war, hatten sie zusammen mit Mädchen der englischen Gruppe ihre Mahlzeiten eingenommen. Es entsetzte ihn, wie leer ihrer aller Leben war. Sie hatten nichts gelesen, nichts gedacht, nichts gesehen. Sie waren nun fast eine Woche in Spanien, waren aber weder nach Malaga noch in die Städte im Landesinneren gefahren;

sie lungerten einfach in ihrem Hotel und in englischen Bars herum, waren scharf darauf, Männer zu finden, den meisten gelang es auch, aber keine einzige lernte jemanden kennen, von dem man annehmen durfte, er würde ihr Interesse längere Zeit beanspruchen.

„Es ist doch Urlaub!" hatte Mini-Pam ausgerufen. „Wer will schon reden oder Bücher lesen oder sich mit tiefen Gedanken abgeben, wenn er auf Urlaub ist?"

Eines Morgens tauchte sie wieder im ‚Berkeley Square' auf, so schön und provokant wie zuvor. Sie hatte eine überraschende Neuigkeit auf Lager: „Ich fliege mit der Nachmittagsmaschine nach Palma. Ein sehr netter englischer Herr, den ich in einer Bar kennengelernt habe." Sie habe nicht die Absicht, nach England zurückzukehren, sagte sie, und eines der Mädchen solle es ihrer Mutter schonend beibringen. Sie kam zu Bruce ins Zimmer. „Wirst du an mich zurückdenken?" fragte sie. „Wenn du ein Professor bist, oder ein Abgeordneter, oder sonst irgend was Bedeutendes? An das erste Mal im Flugzeug? Lieber Gott, du hast mir fast das Kreuz gebrochen." Sie schwang herum, faßte seine Hände und zog ihn aufs Bett. „Daran wirst du dich erinnern ... immer", flüsterte sie und ließ ihn noch einmal ihre wilde, zügellose Liebe genießen.

„Lebwohl", rief sie in der Tür. „Du warst süß, und irgendwann einmal werde ich dich im Fernsehen sehen."

Zwei Nächte lang blieb sein Zimmer leer, am dritten Abend aber saß Maxi-Pam auf dem Bettrand und sagte: „Du bist ein geistiger Mensch. Und du bist ein Gentleman, Bruce. Ich habe dich und Mini-Pam beobachtet, und du hast sie immer nett behandelt." Sie saß da und redete lange von ihrem Leben in London und ihren beschränkten Möglichkeiten. „Es wird nie viel aus mir werden", sagte sie. „Ich bin zu einer Hausfrau ausersehen, das ist so ungefähr alles. Aber ich werde eine gute Mutter sein. Meine Kinder werden ohne verrückte Ideen aufwachsen, denn ich weiß, was Liebe bedeutet. Es bedeutet Hingabe an einen anderen Menschen – an den Mann, an die Kinder. Meine Ansicht vom Leben ist ganz anders als die von Mini-Pam. Ich könnte nie Menschen ausnützen. Es ist natürlich möglich, daß ich so sein muß, weil ich nicht so schön bin wie sie, und wenn ein Mädchen nicht schön ist, dann kann sie sich nicht so viel leisten."

„Du bist sehr attraktiv", sagte Bruce. „Wenn du zwölf Kilo abnimmst, bist du umwerfend, genauso wie Mini-Pam."

„Glaubst du wirklich? Wenn ich mich richtig anstrenge?" Sie ließ diesen Tagtraum sogleich wieder fallen, denn sie wußte, wie aussichtslos er war. „Du liest viele Bücher, nicht wahr? Normalerweise würdest du ein Mädchen wie mich nie ansehen... auch nicht eine wie Mini-Pam, stimmt's? Aber das sind eben die Ferien."

Bruce stand am Fenster, von wo er Mini-Pam so oft gesehen hatte, und plötzlich sah er Maxi-Pam, wie sie wirklich war: eine pummelige junge Frau aus dem ärmeren Teil von London auf ihrer ersten und vielleicht einzigen Reise. Das Gefühl der Gutmütigkeit und Herablassung überkam ihn. „Warum bleibst du nicht hier?" fragte er sie. Und sie antwortete, ohne sich ihrer Freude über seine Einladung zu schämen: „Darf ich", und er sagte großmütig: „Warum nicht?"

Er hatte die Folgen dieser Einladung nicht absehen können. Maxi-Pam war einer jener seltenen Menschen, die mit sich selber in Frieden leben und diesen Frieden anderen mitteilen wollen. Sie besaß Würde, eine Art von Würde, die Bruce nie gekannt hatte. Seine beiden Großväter waren ehrgeizig, sein Vater und seine Mutter lebten im Spannungsfeld der Geschichte, Min-Pam nahm gierig, was sich ihr bot. Diese Achtzehnjährige aber, eine einfache Verkäuferin, hatte eine so tiefe Einsicht in die Dinge des Lebens, daß sie Bruce eine völlig neue Vorstellung vom Menschsein zu vermitteln vermochte.

Immer dachte sie nur an ihn und seine Zukunft. „Du mußt auf die Universität gehen", sagte sie. „Du hast etwas Wichtiges zu geben. Himmel, es wäre ein Verbrechen, diese Begabung zu verschwenden."

„Du drückst dich gewählt aus", sagte er, und sie antwortete: „Ich gehe viel ins Kino. Ich höre zu, wie Richard Burton und Laurence Harvey reden. Ich sage immer: Man muß keine Schlampe sein, wenn man keine sein will."

„Woher hast du deine Ideen? Von deiner Mutter?"

„Sie ist getürmt. Hat zuviel getrunken. Sie hat von allen Nachbarn Geld gestohlen und ist durchgebrannt."

„Und dein Vater?"

„Der hatte nie Ideen. Er war kein schlechter Mensch, aber er war schwach. Ich verdiene jetzt mehr, als er je verdient hat. Ich mache meiner Mutter keinen Vorwurf, daß sie davongelaufen ist. Es ist nicht leicht für eine Frau, sich nie ein neues Kleid kaufen zu können."

„Aber deine vernünftige Lebenseinstellung? Woher kommt die?"

„Wir hatten einen sehr guten Pfarrer... für kurze Zeit. Er hatte Tuberkulose, und er ahnte sicher, daß er bald sterben würde. Er wollte uns alles sagen, was er wußte. Ich verglich damals oft meinen

Vater und meine Mutter mit ihm. Ich war zehn, vielleicht auch elf, und ich dachte: Welch ein Riesenunterschied ist doch zwischen starken und schwachen Menschen. Mein Vater hätte ihn natürlich kurz und klein schlagen können. In der Hinsicht war er stark. Aber zwischen ihm und dem Pfarrer lag eine so ungeheure Kluft..." Sie hielt inne, fuhr sich mit der Hand übers Gesicht und sagte: „Damals beschloß ich, stark zu sein – in der richtigen Bedeutung des Wortes."

Je länger Bruce sein Zimmer mit diesem Mädchen teilte, um so klarer wurde es ihm, daß etwas am System falsch sein mußte. In England blieb Mini-Pam und Maxi-Pam versagt, was sie anderswo bekommen hätten. Lag es an der Tradition, am Klassenbewußtsein, an der phantasielosen Erziehung? In Israel hätten beide Pams in der Armee gedient und eine gewisse Bildung genossen. Und dann hätten sie ein erfülltes Leben geführt. Mini-Pam wäre auf Manöver im Negev sicher ebenso mannshungrig gewesen wie in London. Mädchen wie sie gab es in Haifa und Tel Aviv jede Menge, aber wenn sie ihr Männerquantum konsumiert hatten und ihre Triebhaftigkeit zur Ruhe gekommen war, fanden sie ihren Platz im Leben, ohne dauernden Schaden genommen zu haben.

In Amerika hätten es die beiden Pamelas vermutlich auf dem College versucht. Mini-Pam wäre im ersten Jahr hinausgeflogen, wahrscheinlich wegen Marihuana, Maxi-Pam aber würde dabeibleiben und eines Tages in der Lage sein, etwas Schöpferisches zu leisten, vermutlich auf einem Gebiet, von dessen Existenz sie jetzt noch nicht einmal gehört hatte.

Am Tag, an dem die Mädchen nach London zurückfliegen mußten, hielt Maxi-Pam Bruce bis zum allerletzten Augenblick neben sich im Bett. Mit dem Zeigefinger zeichnete sie Muster auf seinen nackten Körper, als wollte sie eine Zeichnung dieses kurzen, unwiederbringlichen Glücks anfertigen, damit sie später davon zehren könne. Sie sagte: „Da ist ein Junge, der mich heiraten möchte. Er ist meinem Vater sehr ähnlich, glaube ich, und es kann gar nicht gut gehen, aber ich nehme an, ich werde keinen besseren finden. Ich werde die Augen offenhalten, was aus dir wird, Bruce. Versprich mir eines: Du wirst nicht aufgeben? Schau, was ist schon verloren, wenn ich untergehe? Aber wenn du untergehst..."

Sie brach in Tränen aus, schmiegte sich an ihn und weinte minutenlang: „O Gott, ich wollte, ich wäre anders. Ich wollte, ich wüßte etwas. Ich wollte, ich hätte etwas gelernt." Sie lag einige Zeit schweigend neben ihm, dann zog sie ihn an sich, um sich mit ihm zu einem langen Ritual der Liebe, das alle Kraft der Erde in sich barg, zu vereinigen.

Als sie sich trennten, sagte sie etwas Merkwürdiges: „Menschen wie du und ich gewinnen aneinander Kraft." Und dann war sie weg, ein dickliches Mädchen nach seinem einzigen Urlaub vor der Gründung eines Heims, ein Mensch, der aus Mangel an Geld und einem ebenbürtigen Partner ewig am Rande einer Katastrophe stehen würde.

Nachdem die Affäre mit den zwei Pamelas vorüber war, fand Jigal Zeit, Torremolinos zu entdecken. Das deutsche Viertel gefiel ihm; er ging zweimal auf ein Sandwich in den „Brandenburger". Die Anhäufung von Wolkenkratzern am Ostrand der Stadt überraschte ihn, aber vor allem fand er den endlosen Strand mit den vielen improvisierten Restaurants und der bunten Reihe von Sonnenschirmen und Badehütten anziehend. Es war billig, häßlich, übervölkert, laut, aufregend – und es gefiel ihm.

Er war nicht glücklich mit dem „Berkeley Square". Es war viel zu englisch inmitten der spanischen Atmosphäre, und obgleich der ständige weibliche Nachschub aus England durchaus reizvoll war, fühlte er sich verpflichtet, mehr von Spanien zu sehen, als dieser enge Stützpunkt es ihm erlaubte.

Er begann also, durch das alte Fischerdorf zu streifen, suchte nach etwas Mediterranem und fand nichts, vor allem deshalb nicht, weil er nicht wußte, wo er suchen sollte. Schließlich kam er in das schwedische Viertel. Vor dem „Nordlicht" blieb er stehen, blickte an der Hotelfassade hoch und stellte sich vor, daß in jedem Zimmer ein schwedisches Mädchen auf ihn warte. Wäre das nicht himmlisch? Aber die einzigen Schweden, die auftauchten, waren ein dickliches Ehepaar aus Dänemark, das sich zankte, weil der Mann für einen Pullover zuviel ausgegeben hatte.

Er ging durch die engen Gassen, in denen sich die Maitouristen drängten, und mindestens die Hälfte waren abenteuerlustige Mädchen aus allen Teilen Europas. Diese Stadt ist noch besser, als die Plakate einem versprechen, dachte er. Er war eben dabei, zu überlegen, wie er es am besten anstellen könnte, möglichst viele dieser Mädchen kennenzulernen, als er ein auffallendes Schild sah: einen riesigen Texasrevolver mit der Aufschrift „The Alamo".

Wenn es genau so mies ist wie der Film, dachte er, dann hat es mir gerade noch gefehlt.

Er blickte durch die halboffene Tür, und was er sah, konnte einen ein Leben lang begleiten: ein skandinavisches Mädchen im Minirock, mit strohblondem Haar, hellem Teint und strahlenden Augen. Im Augenblick servierte sie Bier, aber sie sah ihn auf der Straße und lächelte. Ihre weißen Zähne formten einen wunderschönen Bogen über ihrer Unterlippe. In derselben Sekunde wußte er, daß er hier den unwiderstehlichen Reiz von Mini-Pam und die süße, beständige Fraulichkeit von Maxi-Pam, in einer Person verkörpert, vor sich hatte.

Wie ein Mann, der freiwillig auf Lebenszeit ins Gefängnis geht, betrat er die kleine Bar.

Er wartete, bis sie alle Tische bedient hatte, dann faßte er ihr Handgelenk mit einer Dreistigkeit, die er sich nie zugetraut hätte: „Wie heißt du?"

„Britta. Und du?"

„Jigal. Ich bin aus Israel."

Sie wandte sich zu einem Tisch mit amerikanischen Soldaten und erklärte: „Burschen, das ist Jigal aus Israel." Mit einem gezielten Stoß in den Rücken schob sie ihn zu den Amerikanern und widmete sich weiter ihren Pflichten.

Die jungen Soldaten interessierten sich sehr für Israel und dafür, wie es diesem kleinen Land gelungen war, den Sechstagekrieg zu gewinnen. „Die Ägypter waren nicht solche Nieten, wie die Zeitungen geschrieben haben, oder?" fragte ein Soldat aus dem Süden.

„Ganz und gar nicht. Als Einzelkämpfer waren sie sehr tapfer. Ihre Führer..." Er hielt die Finger an die Nase.

„Könnt ihr sie weiterhin alle zehn Jahre schlagen?"

„Nein. Mit der Zeit werden sie lernen. Dann wird es auch euer Problem sein, nicht nur unseres."

„O nein! Keine neuen Vietnams!"

So fühlten sie einander auf den Zahn, und als Britta mit einem Bier für Jigal zurückkam und es vor ihn hinstellte, sah er ihr in die Augen – und er fühlte einen Stich in der Magengegend. „Wer ist das Mädchen?" fragte er, als sie gegangen war.

„Stell dich hinten an. Das sagen wir allen. Sie ist Norwegerin. Und sie ist noch viel reizender, als sie aussieht. Und sie gehört dem Barkeeper."

„Verheiratet?"

„So gut wie." Der Sprecher zuckte mit den Achseln, folgte Britta eine kurze Weile mit den Blicken und fragte: „Klasse, was?"

Unter den Soldaten war auch ein Jude aus Atlanta, Georgia; gewisse Dinge, die Jigal sagte, erinnerten ihn an Photos, die in der jüdischen Presse erschienen waren. Er musterte Jigal minutenlang, hörte genauer zu, und dann schlug er mit der flachen Hand lärmend auf den Tisch: „Ich weiß, wer du bist. He, Leute, wißt ihr, wer das ist? Das ist der Junge, der die sechs ägyptischen Panzer am Paß aufgehalten hat!"

Alle hörten zu reden auf und sahen den Israeli an, einen schmalen jungen Mann von nur achtzehn Jahren, und aus dem Ausdruck peinlicher Berührtheit, der sich auf seinem Gesicht zeigte, war ihnen klar, daß er wirklich der Held von Quarasch sein mußte. Er wurde mit Fragen bombardiert und verbrachte einige Zeit damit, aus Krügen und Aschenbechern Lagepläne am Tisch aufzubauen.

„Was, weniger als hundert Juden hielten sechs Panzer in Schach? Und erledigten vier davon?"

„Sie waren in feste Stellungen eingegraben", erklärte Jigal.

„He, Britta", rief ein Soldat, „Komm her. Hast du gewußt, daß du einen regelrechten Helden bedient hast?"

Britta kam zum Tisch, hörte sich an, was dieser Junge getan hatte, beugte sich vor und küßte ihn auf die Stirn. „Du hast für uns alle gekämpft", sagte sie. „Ich weiß es. Mein Vater hat das gleiche getan."

An einem Tisch neben der Tür saß unbeteiligt beobachtend ein Amerikaner, nun stand er langsam auf und ging auf Jigal zu. Er war ein Schwarzer, jung, hübsch, bärtig, schick angezogen. Nun stand er neben Jigal, stieß ihn mit dem Zeigefinger an und fragte: „Bist du der Kerl, der die Panzer in die Luft gejagt hat?"

„Ich war der Kerl, der sich im Funkwagen versteckte ... und vor Angst fast in die Hosen machte."

„Aber du warst dort? Quarasch, meine ich?"

„Ich war dort."

„Mann, ich möchte dir die Hand schütteln. Ich heiße Cato. Ich treib' mich hier herum, wir werden uns also oft sehen."

Er zog einen Stuhl heran und ließ eine Salve von gezielten Fragen auf Jigal los: „Wie konnten so wenige so vielen standhalten? Was für Waffen hatten die Juden? Warum gaben die Panzer nicht einfach Gas und zermalmten die ganze Einheit? Wie vermochte der Sabra seine Männer so anzufeuern, daß sie sich an einen Panzer wagten?"

Es war längst Abendessenszeit, als das Gespräch zu Ende war. Die ganze Zeit über hatte Jigal Britta immer wieder angesehen, und er war überzeugter denn je, daß diesem Mädchen seine Liebe gehören würde ... für viele Jahre. Er hörte daher nicht zu, als Cato fragte: „Wo wohnst du?“ Da er keine Antwort bekam, fragte der Neger: „Held, wo schläfst du?“

„Eigentlich suche ich etwas.“

„Du hast es eben gefunden, Held. Wir haben einen Schlafsack in unserer Wohnung, und du kannst ihn haben.“

„Wo ist deine Wohnung?“ fragte Jigal.

„Bester Teil der Gegend. Unten beim Wasser.“

„Kann ich da vielleicht ein Zimmer mieten. Wem gehört sie?“

„Einem Franzosen. Er und seine Süße sind in Marokko ... Marihuana aufkaufen. Ich verwende sein Bett. Es gibt Platz genug. Und einen Schlafsack.“

Der Neger war Jigal sofort sympathisch. Dazu kam, daß es ihn interessierte, was in einem solchen Menschen vorging. Er war bereit, mit ihm zu gehen. Aber seine angeborene Ehrlichkeit verlangte, daß er offen mit ihm redete. „Eigentlich, weißt du, bin ich kein Israeli. Das heißt, ich bin es schon, aber ich habe auch einen amerikanischen Paß. Ich war in Detroit in der Schule.“

„He, wirklich? Was ist dort los? Der große Aufruhr, was war da?“

„Ich war gerade in Israel. Später, natürlich, hörte ich die Version der Weißen. Aber wenn man Jude ist ...“

„Ich versteh’ dich. Ich versteh’ dich gut. Gehen wir, das Zimmer ansehen.“

Als sie die Wohnung erreichten, stieß Cato die Tür auf, und man konnte die beiden Betten sehen. Noch bevor Jigal dazu kam, Fragen zu stellen, erklärte er: „Es ist sauber. Kein Gruppensex oder so was. Das ist hier das Bett vom Boß. Ich benütze es, solange er in Marokko ist. Dieses gehört Joe ... du wirst ihn noch kennenlernen. Und in der Ecke drüben, der Schlafsack: der gehört dir.“

„Kann ich mitzahlen ...“

„Und wie! Ich führe Buch, und wir teilen die Kosten für Bier und Essen und was wir sonst brauchen.“

„Ich meine die Miete.“

„Keine Miete.“

Weitere Diskussionen wurde durch die Ankunft eines Mädchens unmöglich gemacht. Sie war schön, sehr zart, schien aber ungeheuer energisch. Sie riß die Tür auf, warf ihre Pakete auf den Boden und ließ sich auf das Bett fallen, das der Neger als seines bezeichnet hatte. Sie schüttelte ihre Schuhe ab und rief: „Ich bin erschöpft. Gib mir einen Gin, Cato. Wer ist dein Freund?“

„Das ist Jigal. Der Israeli, der auf dem Paß die ägyptischen Panzer zerschossen hat."

„Wirklich ..." Das Mädchen auf dem Bett zeigte mit seiner schmalen Hand auf ihn, dann quietschte es vor Vergnügen: „Willkommen im Schlafsack! Jemanden wie dich haben wir gebraucht, um diese gottverdammten Afrikaner in Schach zu halten."

Cato lachte und sagte: „Monica Braham. Degenerierte Tochter eines degenerierten englischen Adeligen."

Sie tranken Gin, dann meinte Jigal, er müsse seine Sachen holen, aber sie bestanden darauf, daß er bleiben und sie erst am nächsten Tag holen sollte. So redeten sie bis zwei Uhr früh: über England und Vwarda und Detroit und alle brennenden Probleme der Jugend. Bevor sie schlafen gingen, rauchten Cato und Monica Marihuanazigaretten, waren aber nicht böse darüber, daß Jigal ablehnte.

Gegen vier Uhr früh weckte ihn ein Geräusch. Er rührte sich nicht, weil er sehen wollte, was geschah, und nahm im Halbschatten ein Paar aus, das sich zum Schlafengehen anschickte. Er sah den beiden beim Ausziehen zu, und als das Mädchen nackt und ganz nahe neben ihm stand, erkannte er Britta, die Norwegerin aus der Bar. Es war ein schmerzliches, allzu schmerzliches Erkennen. Er war so entsetzt und betroffen, daß er leise aufstöhnte. Dann hörte er sie flüstern: „Joe, ich glaube, es ist jemand im Schlafsack."

Ein großer Mann trat näher, zündete ein Streichholz an und betrachtete den Schlafenden: „Wahrscheinlich hat ihn einer aus der Bar heimgebracht."

Britta beugte sich nieder, um ihn besser zu sehen. „Es ist der junge Israeli! Cato muß ihn mitgebracht haben."

„Ist es der, der die Panzer aufhielt?"

„Ja. Ich bin sicher, daß er es ist."

Das Streichholz erlosch. Die beiden Gestalten entfernten sich. Und Jigal öffnete die Augen, gerade rechtzeitig, um Britta ins Bett steigen zu sehen.

# 6

# GRETCHEN

Ich habe Dutzende von Eltern über das Desinteresse ihrer Kinder klagen hören. Aber sobald das Kind für eine politische Bewegung Interesse zeigt, sind die Eltern entsetzt und beschuldigen es des Radikalismus. Was die Eltern wirklich wollen, ist, daß ihre Kinder sich für dieselben Dinge interessieren, für die sie sich selbst vor dreißig Jahren interessiert haben.

Die Jugend ist der Treuhänder der Nachwelt. *Disraeli*

Kein Wahlspruch der Jugend ist revolutionärer als dieser: „Zahl es ihnen mit Liebe heim!" Sollte das zu einer weitverbreiteten Taktik werden, so könnte es unser ganzes Gesellschaftssystem demoralisieren. Wenn ein Sheriff in den Südstaaten seine Hunde auf eine Gruppe von Negern hetzt und diese für ihn Gebete sprechen und Lieder der Vergebung singen, wird ein Wunder geschehen. Wenn eine Studentin Knüppelschläge über sich ergehen läßt, dann die Hände ihrer Angreifer küßt und ihnen ihre Liebe anbietet, wird sie damit das Programm ganz schön durcheinanderbringen. Diese Taktik wurde vor 2000 Jahren von Christus erfunden und hat später zum Untergang des Römischen Reiches beigetragen.

Von ihnen sterben jeden Tag mehr – von uns werden jeden Tag mehr geboren.

Ende 1967 schickte mich unsere Genfer Zentrale nach Boston, um über die Finanzierung eines größeren Komplexes von Appartementhäusern zu verhandeln, der für die Gegend von Fenway Park geplant wurde. Bei den Gesprächen hatte ich täglich mit einem gefürchteten Bostoner Finanzmann, Frederick Cole, zu tun. Ich fand ihn unnahbar, aber äußerst fähig. Unsere Standpunkte waren meist so weit wie nur möglich voneinander entfernt, seine Beurteilung der Tatsachen stand gegen meine, doch ich habe selten jemanden kennengelernt, bei dem ich so sicher sein konnte, daß er neue Argumente fair beurteilen und gegebenenfalls seine Haltung entsprechend ändern würde. Diese Fähigkeit ist ungewöhnlich, denn die meisten Leute benützen zusätzliche Fakten lediglich zur Verstärkung der eigenen Position, wenn sich jeder Gesprächspartner einmal hinter einer Meinung verschanzt hat. Cole konnte logisch denken.

Am Ende einer mühsamen Sitzung, als unsere Schätzungen um mehr als acht Millionen Dollar differierten und er seine Zahlen kalt verteidigte, wollte ich die Diskussion auf einer freundlicheren Basis abschließen und sagte: „Es ist merkwürdig, einen Iren anzutreffen, der Frederick heißt.“ Er lachte. „Nicht irisch. Deutsch. Als mein Ururgroßvater nach der Revolution von 1848 herüberkam, hieß er Kohl, aber er fürchtete, die Bostonier könnten ihn für einen Juden halten, also änderte er seinen Namen in Cole um. Dann aber dachte jeder, er wäre Ire, und das war damals noch schlimmer.“ Ich lachte, und in seiner frostigen Art fragte er mich, ob ich mit ihm zu Abend essen wolle.

Ich nahm an, wir würden irgendein Restaurant aufsuchen, aber er rief seine Frau an, sagte, daß er einen Gast mitbringen würde und daß wir essen würden, was da sei. Wir nahmen ein Taxi und fuhren über die Huntington Avenue in den besseren Teil von Brookline, wo wir auf einen zwischen Bäumen und gepflegten Büschen gelegenen Garagenplatz fuhren. Das weiße Holzhaus hatte im vergangenen Jahrhundert einem berühmten Professor von Harvard gehört und war über dessen Erben an Mrs. Cole vererbt worden, die offenbar aus einer bedeutenden Familie stammte.

Wir hatten uns kaum zum Essen gesetzt – es gab Rindfleisch mit Kartoffeln und englischen Zutaten: gewürzten Holzäpfeln und Quittenjam auf heißen Brötchen –, als ganz unerwartet die Tochter der Coles erschien und sich zu uns gesellte. Sie studierte am nahen Radcliffe College, war neunzehn, groß, sonnengebräunt und trug ihr braunes Haar in zwei Zöpfen. Ihre Kleider waren das, was man als „sportlich-teuer" bezeichnen würde und ihre Haltung patrizierhaft im besten bostonischen Sinn des Wortes. Sie hatte eine ungewöhnlich schnelle Auffassungsgabe und wußte sofort, ohne daß es ihr jemand sagen mußte, warum ich da war. Es überraschte mich daher gar nicht, als ihr Vater, während seine Tochter nicht im Zimmer war, sagte: „Gretchen ist erst neunzehn und hat schon ihr B. A. summa cum laude. Im Januar setzt sie ihre Studien fort."

„Falls wir ihr diesen Unsinn mit Senator McCarthy ausreden können", wandte ihre Mutter ein.

Nun kam Gretchen zurück und unterhielt uns während des gemütlichen Mahls mit Geschichten über die Ahnungslosigkeit der jungen Leute in McCarthys Hauptquartier. „Sie erwarten sich von der Politik allen Ernstes entweder ein 1810 mit Fackelzügen oder ein 2010 mit Superhirnen, die Superentscheidungen treffen. Sie haben keine Ahnung, wie schäbig dieses 1967 ist, und finden auch keinen Geschmack daran."

Aber es ist nicht in erster Linie das politische Gespräch jenes ersten Abends bei den Coles, an das ich mich so lebhaft erinnere. Nach dem Essen wollte Gretchen zu einer Versammlung in Harvard gehen – als stellvertretende Vorsitzende mußte sie wohl –, aber ihr Vater hielt sie zurück. „Gretchen, du siehst müde aus. Warum entspannst du dich nicht für eine halbe Stunde und singst uns etwas vor?" Sie hatte offenbar die Vernunft ihres Vaters geerbt, denn sie überlegte einen Augenblick lang, nickte eifrig und sagte: „Das ist eine sehr gute Idee. Ich habe den ganzen Tag gearbeitet."

Sie warf ihren Mantel auf eine Couch, ging zu einem Schrank und kam mit einer Gitarre zurück. Im ersten Augenblick schien mir das Instrument zu unhandlich für dieses zarte Wesen. Gretchen setzte sich auf einen niedrigen Schemel, warf ihre braunen Zöpfe zurück und sagte leise: „Child 243". Ich wollte sie fragen, was das bedeutete, aber sie zupfte zwei Akkorde und begann eine verhaltene Melodie zu spielen. Dann sang sie mit sehr hübsch klingender Stimme die alte Ballade von der jungen Frau, die einen Schiffszimmermann heiratet, nachdem man ihr versichert hat, daß ihr Bräutigam in einem fernen Land gestorben sei. Vier Jahre später, als sie und der Zimmermann drei Kinder haben, kehrt der Geliebte zurück:

„Ich hätt' eine Königstochter gefreit
weit hinter dem wilden Meer.
Ja, eine Königstochter hätt' ich zum Weib,
trieb die Sehnsucht nach dir mich nicht her."

Die Frau verläßt ihren Mann und flieht mit ihrer ersten Liebe, nur um zu entdecken, daß er kein Mensch mehr ist, sondern sich in einen Dämon verwandelt hat. Gretchens Stimme wurde zart und ahnungsschwer, als sie schloß:

„Er knickte den Toppmast mit seiner Hand,
den Fockmast mit seinem Knie
und zerbrach wie ein Spielzeug das stolze Schiff –
nie mehr sah man ihn oder sie."

„Wie heißt das Lied?" fragte ich.

„Child 243", sagte sie. Dann lachte sie. „Das ist die Bezeichnung, die wir verwenden. Eigentlich heißt es ‚Der Teufelsfreier'. Die Child-Nummer habe ich von einem alten Freund der Familie."

Mrs. Cole erzählte, daß gegen Ende des vorigen Jahrhunderts ein berühmter Harvard-Professor, Francis James Child, nicht weit von ihrem Haus gelebt und historische Balladen gesammelt habe. Fast fünfzig Jahre verbrachte er über dieser Aufgabe und ging jeder bekannten Variation der einzelnen Balladen nach. Kurz vor seinem Tod veröffentlichte er die Ergebnisse seiner Forschungsarbeit: zehn große Bände mit der lückenlosen Entstehungsgeschichte von 305 klassischen Balladen.

„Das Lustige ist nur", sagte Mrs. Cole, „daß der gute Professor Child jeden Frühling Boston verließ, um auf der Suche nach seinen kostbaren Balladen in England und Schottland herumzuwandern. Er opferte diesem Vorhaben all seine Energie und all sein Geld. Und um die gleiche Zeit verbrachte ein englischer Gelehrter regelmäßig seine Ferien in den Bergen von Kentucky und Tennessee, auf der Suche nach genau denselben Balladen. Denn, wie Sie sicher wissen, brachten die ersten englischen Siedler, die sich in den Bergen im Süden verbargen, die alten Balladen mit. Und oft haben diese Bergbewohner in Kentucky sie in reinerer Form erhalten als die Engländer."

„Meine Frau weiß so viel darüber", erklärte Mr. Cole, „weil Professor Child ihre Mutter viele von den Balladen lehrte. Hier in diesem Zimmer. Und Gretchen lernte sie von ihrer Großmutter."

„Dürfte ich einen Band sehen?" fragte ich.

„Leider sind sie jetzt ziemlich teuer", sagte Cole, „und unsere Familie hat nie eine komplette Ausgabe besessen. Gretchen studiert ihr Material in der Bibliothek. Liebling, sing uns 173."

Ich verstehe nicht genug von der Materie, um sagen zu können, welche die Krone aller Balladen ist. Später sollte ich Gretchen und ihre Freunde viele Balladen über tapfere Ritter und unerschrockene Seefahrer singen hören, und manche dieser alten Lieder waren mitreißend. Für mich persönlich gibt es jetzt eine schönste: Child 173. Vom ersten Augenblick an fesselte mich die Geschichte von Mary Hamilton, dem jungen Landmädchen, das nach Edinburgh kam, um als eines der vier Mädchen mit Namen Mary der Königin Mary Stuart zu dienen. Unglücklicherweise verliebte sich der Gemahl der Königin in sie und schwängerte sie.

„Nie hätte meine Mutter geahnt,
wenn sie mir ein Wiegenlied sang,
daß eines Tages, weit von daheim,
ich enden würd' durch den Strang."

Als Gretchen zur letzten Strophe kam, die in ihrer Traurigkeit so großartig ist wie die erste, sang sie leise und herzzerreißend, so wie sie es von ihrer Großmutter gelernt hatte, die es wieder von dem Professor übernommen hat. Ich habe nie ein Volkslied mit einem vollkommeneren Abschluß gehört. Vielleicht habe ich auch deshalb diesen Eindruck gewonnen, weil ich mich immer an die Stille erinnere, die im Raum hing, als Gretchen Cole zu Ende gesungen hatte:

„Gestern abend waren es vier Marien,
heute abend sind's nur noch drei:
Mary Seaton und Mary Beaton und Mary Carmichael –
und gestern war ich noch dabei."

Mrs. Cole erzählte: „Sooft meine Mutter 173 sang, erzählte sie uns Kindern nachher die wahre Geschichte von Mary Hamilton, wie Professor Child sie ihr erzählt hatte, und wir zitterten dann immer vor Angst."

„Großmutter erzählte mir die Geschichte, als ich ganz klein war", sagte Gretchen. „Und heute noch kommen mir die Tränen, wenn ich die letzte Strophe singe. Manchmal sagen die Leute zu mir: ‚Du singst die letzte Strophe mit so starker innerer Beteiligung.' Ich sage ihnen dann nicht, daß das daher kommt, weil Großmutter mir die Geschichte der wirklichen Mary Hamilton erzählt hat."

„Wer war sie?"

Mrs. Cole antwortete: „Hofchroniken aus der Zeit Königin Elizabeths zeigen, daß Mary Stuart in ihrer Jugend in Frankreich tatsächlich vier schöne Hofdamen hatte, die alle Mary hießen. Aber keine von diesen war es, die gehenkt wurde, sondern eine schöne schottische Abenteuerin, die ein Jahrhundert später, zur Zeit Peter des Großen, lebte, und nach Petersburg kam. Irgendwie gelangte sie an den Hof, und manche Quellen behaupten, daß sie Peters Geliebte wurde. Jedenfalls bekam sie ein Kind, das sie in eine Windel wickelte und in einen Brunnen warf. Sie wurde zum Tod verurteilt, nicht weil Peter es so wollte, sondern weil er vor kurzem einen Erlaß herausgegeben hatte, nach welchem Frauen, die ihre unehelichen Kinder töteten, ohne Ausnahme mit dem Tod zu bestrafen seien.

Die Enthauptung war eine große Angelegenheit, und Mary Hamilton erschien in ihrer schönsten Seidenrobe. Als ihr Kopf aufs Pflaster rollte, hob der Zar ihn auf, küßte ihn zweimal und hielt eine Leichenrede. Dann küßte er ihn wieder und warf ihn in die Gosse zurück."

Anfang 1968 kamen Frederick Cole und ich nach harten Verhandlungen zu einer Einigung bezüglich des Fenway-Park-Projektes, und er lud mich zu einem Champagnerdiner nach Brookline ein, zu dem ich ein besonderes Geschenk mitbrachte, das ich in London aufgestöbert hatte. Als wir uns zum Essen setzten, war ich sehr enttäuscht, daß Gretchen nicht dabei war. „Sie ist in New Hampshire und leitet eines der McCarthy-Büros", sagte ihre Mutter einigermaßen angewidert. „Sie hat den Slogan ‚Be Clean for Gene' ganz ernst genommen und einen Friseur angestellt, der sämtlichen Freiwilligen umsonst die Haare schneidet."

Ich sagte, ich fände es eher erfrischend, daß junge Leute Anteil an der Politik nähmen. „Ach, das macht mir gar nichts aus", sagte Mrs. Cole. „Frederick und ich sind natürlich Republikaner, Sie doch sicher auch, und ich gebe zu, es kommt uns etwas merkwürdig vor, daß unsere Tochter sich so sehr für einen Demokraten einsetzt. Aber daran können wir uns gewöhnen. Mich beunruhigt, daß sie die Universität aufgegeben hat. Sie hat nicht einmal die ersten Vorlesungen besucht. Ich finde: das ist schade."

„Sie ist jung", sagte Cole. „Ein Jahr Reife wird ihr guttun."

An diesem Abend konnte ich also mein Geschenk nicht überreichen, aber als Gretchen nach McCarthys großartigem Sieg in New Hampshire nach Boston zurückkam, lud die Familie mich wieder ein. Gretchen war nun zwanzig und noch erfrischender, noch reizender als vor einem Jahr. Sie war voll von Geschichten über die Vorwahl in New Hampshire: „Präsident Johnson ist definitiv erledigt. Wir gehen alle nach Wisconsin... das ganze Team... Sie sollten die Stimmung erleben. Verlassen Sie sich darauf, daß wir die Politik in diesem Land ändern werden. Nie wieder wird jemand so etwas wie Vietnam anzetteln können."

„Du solltest jetzt lieber selber etwas de-eskalieren", sagte Mr. Cole. „Mr. Fairbanks hat ein Geschenk für dich."

Nun wurde sie das kleine Mädchen, das sich auf ein Geschenk freut. Als ich ihr die große, schwere Kiste zeigte, legte sie die Fingerspitzen auf den Mund und versuchte zu raten, was es sein könnte. Ich bin sicher, daß sie nicht die leiseste Ahnung hatte, denn auch als sie das Einpackpapier entfernt hatte und den starken Karton sah, war sie offensichtlich immer noch nicht auf der richtigen Fährte. Sie öffnete den Deckel, stieß auf Seidenpapierlagen und rief: „Was ist es? Sie machen mich wahnsinnig."

Als sie endlich das Seidenpapier entfernt hatte, sah sie die zehn schönen Bände von Professor Childs „Englischen und Schottischen Volksballaden, 1882–1898", von ihrem früheren Besitzer in schweres Leder gebunden. Sie brachte kein Wort heraus.

Sie nahm einen Band in die Hand, blätterte in den Seiten, die sie von ihren Bibliothekstudien so gut kannte, und rief: „Diese hier werde ich Ihnen zum Dank vorsingen!" Sie holte ihre Gitarre und reichte mir den geöffneten Band IV: Child 113. Der große Silkie von Sule Skerry.

„Was für ein Titel!" sagte ich.

„Ein Silkie ist ein Seelöwe. Wenn er an Land geht, verwandelt er sich in einen Mann. Unser Seelöwe hat mit einem Mädchen, das er verführt hat, einen kleinen Sohn, und kommt nun nachsehen, wie es ihm geht.

„Und ein Sonntag liegt dann heiß in der Luft,
und die Sonne brennt, glühendes Blei,
da sage ich meinem Kind, meinem Sohn:
Schwimme, mein Sohn, schwimme frei."

Die Melodie, die diese seltsamen Worte begleitete, war berückend schön. Man konnte das Flüstern der kalten schottischen See hören und ahnte jene im Dunkel liegende Zeit, da Robben und Menschen ihr Wesen tauschten. Der Seelöwe sagt dem Mädchen, er hole sich nun seinen Sohn, um ihn das Leben der Seelöwen zu lehren, sie aber werde mit dem vielen Gold, das er ihr gebracht habe, ein herrliches Leben führen.

„Und ein Mann, der den Seelöwen fängt, wird dein
Mann sein,
ein Jäger, frei wie der Wind,
und trifft mit dem ersten Schuß
mein leibwarmes, blutwarmes Kind."

Als ich während der folgenden Monate in Boston an unserem Projekt arbeitete, sah ich die Coles ziemlich häufig. Gretchen war zwar oft für Senator McCarthy unterwegs; doch wenn sie in der Gegend war, suchte sie mich auf. Sie war eine weit bessere Sängerin, als ich ursprünglich gedacht hätte. Sie sang in Kaffeehäusern und gelegentlich mit Gruppen bei Konzerten vor Studenten aus der Gegend um Boston. Während sich die anderen auf Protestlieder spezialisierten, daß man meinen konnte, die Revolution stünde unmittelbar bevor, hielt sie sich an die Child-Balladen und war unbestritten der Star jedes Konzertes, in dem sie auftrat.

Sie trug ihr Haar immer noch in Zöpfen, bevorzugte einfache Kleider und braune Schuhe mit flachen Absätzen. Sie hatte einen reinen Teint, der wenig Make-up verlangte, und war hübsch genug, um die Aufmerksamkeit auf sich zu ziehen. Ihr Gesangsstil war sauber und frei von Affektiertheit. Sie kopierte weder den ungehobelten Bergdialekt, was eine beliebte Manier aller Podiumsgrößen von damals war, noch vergröberte sie ihre Lieder durch Anspielungen auf Tagesereignisse oder Sex. Sie hielt sich streng an den Text, als könnte der alte Professor jeden Augenblick auftauchen, um nachzusehen, was man aus seinen Balladen gemacht habe. Eines Abends erklärte sie mir: „Je weiter man in der Auswahl seiner Texte zurückgreift, desto wahrscheinlicher ist, daß man damit recht hat." Ich fragte sie, was sie damit meine, und sie zeigte mir einen Band. Von Child 12 – vielleicht der populärsten unter den 305 Balladen –, die von Lord Randal erzählt, den seine Geliebte vergiftet hat, gab es fünfzehn verschiedene Versionen, darunter eine, die von Sir Walter Scott stammt. „Hätte ich mich für die jüngste entschieden, würden Sie merken, daß sie durch die Retuschen, die sie verbessern sollten, lediglich verflacht worden ist. Greift man aber auf die frühen Versionen zurück, so zeigt es sich, daß diese immer hart und streng und sehr echt sind. Ich glaube, darum sind die jungen Leute auch so begeistert."

Mit der Zeit lernte ich etliche der Childschen Balladen recht gut kennen. Der Höhepunkt eines jeden Konzerts kam, wenn Gretchen mit ihrer weichen Stimme ankündigte: „Ich singe jetzt Child 173." Dann applaudierte das Publikum wild, denn in der Gegend um Boston war ihre „Mary Hamilton" bereits gut bekannt. Ich aber zog Child 113 vor, die Ballade von der Todesahnung der Robbe. Sie sang sie nicht bei jedem Konzert, denn manchmal war die Stimmung des Publikums nicht richtig, manchmal wieder sang sie erst spät abends, wenn unter ihren Zuhörern vor allem junge, über den Krieg in Vietnam beunruhigte Männer saßen. Der sonderbare Schluß bestürzte die Männer. Es war, als hätte dieses kluge Mädchen ihre geheimsten Gedanken gelesen und wüßte genau, was sie wirklich bewegte:

„... und trifft mit dem ersten Schuß
mein leibwarmes, blutwarmes Kind."

Der Gedanke, daß Gretchen Cole in Schwierigkeiten sein könnte, kam mir zum ersten Mal, als sie eines Nachmittags zu mir ins Büro in der Nähe von Fenway Park hereingestürzt kam. „Könnten Sie mir zweihundert Dollar geben ... sofort?"

Ihre Bitte kam überraschend und war mir zudem unverständlich, denn ihre Familie war mehr als wohlhabend, so daß ich fragte: „Wofür?"

Sie sah mich ungeduldig an. „Wollen Sie es wirklich wissen?" Als ich nickte, sagte sie: „Nicht für eine Abtreibung, wie Sie sicher dachten. Und ich laufe auch nicht von zu Hause fort."

„Damit sind die interessanten Gründe erledigt", sagte ich. „Aber Sie wollen es immer noch wissen?" fragte sie einigermaßen gereizt.

„Bei zweihundert Dollar, ja.“

„Es wird Ihnen keine Freude machen“, sagte sie, ging auf den Gang und pfiff leise. Zwei junge Männer tauchten auf. Außer in den Nachrichten im Fernsehen hatte ich noch nie ein so herabgekommenes Paar gesehen. Der eine war groß, sehr mager, langhaarig, verknittert und regelrecht schmutzig, der andere, untersetzt kurzgeschoren, blickte wütend um sich. Sie waren beide etwa in Gretchens Alter, nur fehlte ihnen ihre Selbstsicherheit. Das einzig Hoffnungsvolle, das mir an ihnen auffiel, waren ihre schneeweißen, ebenmäßigen Zähne, die den Eindruck erweckten, daß ihre Eltern sie regelmäßig zur Zahnregulierung geführt hatten.

„Das ist Harry aus Phoenix und Carl aus New Orleans. Sie brauchen jeder hundert Dollar.“

„Wozu?“ fragte ich und ahnte, daß sie recht gehabt hatte, als sie sagte, ich würde es nicht wissen wollen.

Sehr ruhig antwortete sie: „Sie müssen über die Grenze... nach Kanada. Harry flüchtet vor der Einberufung, Carl ist schon einberufen... er desertiert.“

Als sie das sagte, gingen mir eine ganze Reihe von Einwänden durch den Kopf, in einer Reihenfolge, die Gretchen gewiß schon oft gehört haben mußte. Erst denkt er: „Diese Mieslinge, nehmen Geld von einem Mädchen.“ Dann denkt er: „Die Armee würde ihnen verdammt guttun. Ich sollte die Polizei rufen.“ Dann denkt er: „Ich könnte eine Menge Schwierigkeiten haben, wenn ich dem Burschen aus Phoenix Geld gebe, damit er der Einberufung entgeht. Schlimmer noch, wenn ich dem anderen desertieren helfe. Man kann mich wegen Vorschubleistung einsperren.“ Und endlich denkt er: „Ich will nichts damit zu tun haben.“

„Weißt du, daß das, was du tust, ungesetzlich ist?“ fragte ich Gretchen ernst.

„Und notwendig.“

Ich wandte mich an die jungen Männer: „Warum meint ihr, daß ihr davonlaufen müßt?“ Sie zuckten mit den Achseln, als wollten sie sagen: „Hör mal, Bruder, wir können diese ganze Sache nicht wieder aufwärmen. Gib uns die zweihundert Dollar oder gib sie uns nicht, aber laß um Himmelschristiwillen das Predigen.“

„Ich will eure Namen nicht wissen. Ich will überhaupt nichts von dieser Sache wissen. Ich borge dir die zweihundert, Gretchen, aber meine Sekretärin soll sie dir übergeben, persönlich, vor Zeugen.“ Ich führte die beiden Flüchtlinge zur Tür, und sie gingen. Als sie außer Sicht waren, rief ich meine Sekretärin: „Miß Cole möchte sich zweihundert Dollar ausborgen. Würden Sie sie bitte vom Kassier holen?"

„Ihr persönliches Konto?"

„Selbstverständlich."

Als wir allein waren, sagte Gretchen: „Sie sind sehr vorsichtig, nicht?", und ich erklärte: „Hören Sie, mein Fräulein, ich arbeite von Genf aus mit einem Dutzend Ländern. Eine Menge Leute wären überglücklich, mich dabei zu erwischen, wenn ich am schwarzen Markt handle, oder Geld schmuggle oder Rauschgift ... oder jungen Asseln helfe, dem Wehrdienst zu entkommen. Wenn das Ihr Bier ist, schön. Meines ist es nicht." Ich rief zwei Zeichner unter dem Vorwand, daß ich ihre Arbeit sehen wollte. Sie sollten anwesend sein, wenn meine Sekretärin mit den zweihundert zurückkam. Sie sahen, wie ich Gretchen das Geld übergab, und hörten mich sagen: „Hier sind zweihundert bis nächsten Freitag. Vergeude sie nicht."

Am späteren Nachmittag kam sie wieder in mein Büro und bedankte sich. „Es war eine echte Krise. Einen Tag noch, und die zwei armen Kerle wären wirklich in Schwierigkeiten gewesen. Morgen um diese Zeit sind sie schon sicher über der Grenze."

„Tun Sie ständig solche Dinge?" fragte ich, und sie entgegnete: „Warum, glauben Sie, singe ich so viel in den Cafés? Jeder Pfennig, den ich verdiene, dient dazu, Wehrdienstverweigerern zu helfen. Mein Taschengeld ebenso."

„Aber warum?"

„Weil wir in einer grausamen, sinnlosen Situation stecken. Im vergangenen Jahr hatten etwa zwanzig von uns Mädchen aus Radcliffe einen Kurs mit Leuten aus Harvard. Wir merkten bald, daß den Burschen die schlechten Zensuren bleiben würden, wenn wir die guten bekamen, und damit würden sie ihren Aufschub verlieren und zur Armee müssen. Also organisierte ich die Mädchen. Wir beschlossen, uns dumm zu stellen ... damit die Burschen die höchsten Zensuren bekämen. Aber nach der ersten Prüfung rief uns der Professor zu sich und sagte: ‚Ich weiß, was ihr tut. Ihr seid weit intelligenter, als eure Prüfungsarbeiten zeigen. Laßt das sein.' Wir versuchten ihm die Sache mit dem Wehrdienst klarzumachen, aber er ließ uns nicht ausreden. ‚Bevor dieser Kurs begann, hatte ich beschlossen, jedes Mädchen um zwei Noten schlechter und jeden Jungen um zwei Noten besser zu klassifizieren. Also schreibt, bitte, eure besten Arbeiten, kümmert euch um euer Studium und laßt mich die Burschen beschützen! Es wurde meine einzige Drei. Sie ist mir sehr teuer."

Ich lud sie zum Abendessen ein, und sie schilderte mir die zahlreichen Tricks, die sie anwandte, um die Burschen dem Wehrdienst zu entziehen: Drogen, die vor der ärztlichen Untersuchung hohe Temperaturen herbeiführten, andere Drogen, die Herzfehler simulierten, gefälschte ärztliche Zeugnisse, gefälschte Schulzeugnisse und ein Schleusensystem, ähnlich dem, das man schon für die Negersklaven um die Mitte des neunzehnten Jahrhunderts verwendet hatte: von New York nach New Haven und Boston und bis hinauf nach Montreal. Eine ihrer Studienkolleginnen in Radcliffe, die Tochter eines Pfarrers, hatte sich darauf spezialisiert, junge Atheisten zu Wehrdienstverweigerern aus Gewissensgründen auszubilden.

Der Vietnamkrieg hatte eine Korruptionsseuche ausgelöst, die sich unaufhaltsam ausbreitete. Und Gretchen Cole steckte mittendrin.

„Ich weiß, daß es schmutzig ist, gesunde junge Tarzans über die Grenze nach Kanada zu schmuggeln, aber nichts von dem, was wir tun, ist auch nur im entferntesten vergleichbar mit dem weit größeren Verbrechen, einen offiziell nie erklärten Krieg zu führen, der junge Amerikaner tötet und Leute wie Sie und meinen Vater in Ruhe ihren normalen Geschäften nachgehen läßt. Diese zweihundert Dollar waren keine Anleihe, Mr. Fairbanks. Sie waren eine Steuer."

Nach dem Abendessen gingen wir in einen Klub, wo sie sang; und als ich sie im Scheinwerferlicht hinter der Gitarre sitzen sah, die Zöpfe auf den Schultern, dachte ich: Hier ist ein Mädchen, das rein ist wie ein Kristall. – Wenn sie die alten Balladen sang, schien sie sie aus einem tiefen Reservoir menschlicher Erfahrung hervorzuholen, fast als wäre sie eine Priesterin, die dafür zu sorgen hatte, daß die Dinge bewahrt blieben, die die Menschheit für gut befand.

Ich dachte darüber nach, wie wenig ich von der Musik wußte, die ich Monica und Jigal auf Platte mitgebracht hatte, und wie groß doch der Einfluß dieser Musik auf die junge Generation war.

An sich war es Ironie: Kinder der begüterten Klasse saßen in Kellern in Haifa oder in Bungalows in Vwarda und lauschten Klageliedern über Mörder, Bankräuber, Vagabunden, Revolutionäre und Motorrad-Robin-Hoods, gesungen von unrasierten jungen Männern in Jeans, die eine Million Dollar im Jahr verdienten. Die Lieder, die ich in jenem Winter in Boston hörte, waren ein Aufruf zur Rebellion, und ich erkannte zum ersten Mal, daß sich die Dinge in der Welt der Erwachsenen ändern mußten, wenn begabte junge Leute wie Gretchen in den entscheidenden Jahren ihres Lebens solche Lieder in sich aufgenommen hatten.

Diese Entdeckung war für mich so neu, daß ich eines Abends über die Musik weghörte und mich nur auf die Worte konzentrierte, die ein bekannter Solist sang: in vier Liedern mit einem für derartige musikalische Nummern charakteristischen Text empfahl er einen Gefängnisausbruch, einen Bankraub, die Vergewaltigung zweier vierzehnjähriger Mädchen und eine Heroinorgie. Es war starke Kost, und ich konnte verstehen, daß Gretchen, die unter solchen Einflüssen aufgewachsen war, beschlossen hatte, Wehrdienstverweigerer und Deserteure zu unterstützen.

Ich war daher erleichtert, als sie aufstand und ein einfaches Liebeslied vortrug: Child 84. Es erzählte die Geschichte von Barbara Allan, die herzlos die Liebe eines jungen Mannes zurückwies:

„Seine Läufer liefen hinab in die Stadt
und suchten, bis sie gefunden:
‚Ach, unser Herr ist krank nach dir,
komm, Lady, mach ihn gesunden.‘

Die Lady schritt zum Schloß hinan,
schritt über die marmornen Stufen,
sie trat ans Bett, sie sah in an:
‚John Graham, du ließest mich rufen.

Wir haben gewechselt, ich und du,
die Sprossen der Liebesleiter,
du bist nun unten, du hast es gewollt,
ich aber bin oben und heiter.‘“

Während sie ihr Lied beendete, fiel mir ein, daß ich sie nie mit jungen Männern gesehen hatte, außer in einer größeren Gruppe, und es wunderte mich, daß ein so anziehendes, begabtes Mädchen keinen jungen Mann für sich allein haben sollte.

Ich dachte immer noch über dieses Problem nach, als Gretchen zu mir an den Tisch kam. Während wir bei unseren Gläsern saßen – sie trank Ginger Ale –, trat ein Professor von Harvard an unseren Tisch: „Danke, Gret, daß du diesen zwei Burschen geholfen hast. Sie erzählten es mir, bevor sie nach Norden aufbrachen.“ Sie nickte, und das war für lange Zeit das letzte, was ich von ihr und ihren Problemen erfuhr, denn am nächsten Tag ehielt ich ein Telegramm von Sir Charles Braham aus Vwarda, in welchem er mich bat, in England für seine Tochter eine Schule zu finden. Ich flog nach England, um mich dieser angenehmen Aufgabe zu widmen.

Im März fuhr Gretchen mit ihrer Studentengruppe nach Westen, um Senator Gene McCarthy bei der Vorwahl in Wisconsin zu unterstützen. Im Hauptquartier in Milwaukee hörte sie in einer Gruppe freiwilliger Helfer eine ältere Dame sagen: „Wenn der Senator nominiert wird, dann sollte er sich jemanden wie Gretchen Cole als Vorsitzenden eines Komitees ‚Junge Republikaner für McCarthy' aussuchen." Ein Student rief: „Was heißt Komitee? Sie sollte in der Regierung sein!" Und die ältere Dame erklärte: „Wenn man jetzt ein Komitee leitet, kommt man später in die Regierung."

Man nahm sie also in Wisconsin ernst, und den Abend, an dem Präsident Johnson erklärte, er ziehe sich von der Präsidentschaftskampagne zurück, feierten die jungen Leute begeistert. Sie fühlten mit Recht, daß sie endlich Einfluß auf die nationale Politik ausgeübt hatten. „Johnson wußte genau, was er tat", riefen die Jungen aufgeregt. „Wir hätten ihm in dieser Vorwahl die Hosen verbrannt... und in Oregon und Kalifornien auch." Gegen Morgen, als sich die Gesellschaft verlaufen hatte, nahmen zwei junge Männer aus Berkeley Gretchen beiseite. „Der echte Test kommt erst in Kalifornien", sagten sie warnend. „Bobby Kennedy wird jetzt den Starken spielen, nachdem Johnson von unserem Gene erledigt wurde. Die Kennedys werden Geld in unseren Staat gießen wie Wasser."

„Meint ihr, daß Gene Kalifornien nehmen muß, um sich zu halten?" fragte sie.

„Unbedingt. Bring deine ganze Gruppe hin ... und schnell. Kannst du eine anständige Summe Geld auftreiben?"

„Nein, aber ich kann Leute finden, die die Arbeit machen."

„Komm!"

Gretchen und fünfzehn andere Mädchen organisierten an den angesehenen Colleges im Osten einige Autos und fuhren im April quer durchs Land nach Sacramento, wo sie sich den Kaliforniern anschlossen, die McCarthy unterstützten. In dieser Kampagne standen sie jedoch vor einer neuen Situation. Bob Kennedy war ein außerordentlich sympathischer junger Mann mit Ideen, zu denen auch sie sich bekennen konnten. Es war leicht gewesen, Präsident Johnson zu bekämpfen, als es noch aussah, als müsse McCarthy gegen ihn antreten, doch war die Lage nicht mehr so eindeutig, wenn der Gegner nun Kennedy hieß. Zwei Mädchen, überwältigt von seinem persönlichen Auftreten, wechselten sogar zu Kennedy über.

Als Kennedy McCarthy in Kalifornien besiegt hatte, waren die Gefühle vieler junger Leute um Gretchen ins Wanken geraten. Sie zweifelten daran, ob McCarthy sich schließlich durchsetzen werde, ob sich nicht zuletzt mächtige Kräfte verschwören und ihm die Kandidatur streitig machen würden. Sie hatten immer mit der Möglichkeit gerechnet, irgendein farbloser, unprofilierter Politiker werde sich durchsetzen. Daher waren sie erleichtert, als nun Kennedy als Alternative auf den Plan trat. „Kennedy könnte ich akzeptieren", erklärten viele von ihnen und trösteten sich so im voraus über das drohende Debakel McCarthys.

Nicht so Gretchen Cole. Sie besaß die Gabe unbedingten Einsatzes, die man so oft bei den Bewohnern Neuenglands, und da wieder besonders unter gebildeten Frauen findet. Schon vor einem Jahr, als andere kaum noch von McCarthy gehört hatten, war sie auf Grund ernster Überlegungen zu der Überzeugung gelangt, daß dieser stille Mann Vernunft in den Wirbelstrom unserer Zeit bringen könne. Sie klammerte sich an diese Überzeugung und fand sie durch McCarthys Erfolge in New Hampshire und Wisconsin bestätigt, so daß sie nun imstande war, die Niederlage bei der Vorwahl in Kalifornien zu ertragen. Bob Kennedy beeindruckte sie als junger Senator, aber sie konnte und wollte ihn charakterlich nicht auf eine Stufe mit Eugene McCarthy stellen.

Nach der Niederlage blieb sie in Kalifornien, um mit verschiedenen McCarthy-Gruppen zu arbeiten und die große Offensive beim Parteikonvent in Chikago vorzubereiten. Sie saß gerade im stillen und fast leeren Hauptquartier in Los Angeles, als sich an jenem Mittwochmorgen ein arabischer Wirrkopf einbildete, er könne die Probleme seiner Heimat ausgerechnet damit lösen, daß er den Mann erschoß, der sie am ehesten entwirrt hätte. Gretchen saß an einem Schreibtisch und arbeitete an einer Liste, als ein Student ins Zimmer stürzte. „Sie haben Kennedy erschossen!"

Andere drängten von der Straße herein, man diskutierte, und bis lange vor Mitternacht jagte ein Gerücht das andere. Jemand brachte ein Transistorradio, und die lange Nachtwache begann. Ein Mann, der Kennedy kannte und den Mordanschlag miterlebt hatte, versicherte im Radio: „Bob Kennedy wird wieder Football spielen!", worauf die Anhänger McCarthys applaudierten. Aber Mittwoch warnte in der Abendsendung ein Neurologe aus New York, der den Fall aus einer Entfernung von fast fünftausend Kilometern diagnostizierte: „Mit den Verletzungen des Gehirns, die aus Los Angeles gemeldet werden, könnte er, bestenfalls, nur mehr dahinvegetieren", und das Grauen verdichtete sich.

Donnerstag um zwei Uhr früh kam dann die Nachricht: „Senator Kennedy ist gestorben."

Das Gefühl furchtbarer Verzweiflung überkam das McCarthy-Lager. Das Irrationale, gegen das sie gekämpft hatten, hatte wieder einmal triumphiert und verbreitete eine undefinierbare Vorahnung des Zusammenbruchs an allen Fronten. Die ehrenhafte Alternative im Falle einer Niederlage McCarthys war ihnen genommen worden. Gretchen blieb an ihrem Schreibtisch sitzen, den Kopf über einen Stoß Adressenkarten gebückt, und es war, als hätte man ihr etwas Lebenswichtiges genommen, und etwas, das den Idealismus und die Hoffnung auf eine heile Welt genährt hatte.

Sie blieb in Kalifornien. Im Fernsehen verfolgte sie die Totenmesse in der St.-Patrick's-Kathedrale in New York. Am Abend trafen sich die McCarthy-Wahlhelfer mit Studenten, die für Kennedy gearbeitet hatten. Sie gingen in eine Bierstube am Stadtrand, wo sie ungestört miteinander reden konnten, und suchten nach einem Ausweg aus dem tristen Engpaß, in den sie geraten waren. Ein Student sagte ahnungsvoll: „Es sieht mir nicht danach aus, als ob die Kennedy-Leute McCarthy unterstützen werden, also geht alles flöten", aber ein kluger Junge von der Universität von Virginia meinte: „Jetzt müssen wir uns alle hinter Ted Kennedy stellen. Glaubt mir, mit ihm können wir Chikago überrennen. Und dann kann er gewinnen."

„Teddy Kennedy würde ich nicht wollen", sagte Gretchen.

„Warum nicht?"

„Weil ich ihn kenne. Er ist zu jung. 1972 oder 1976 würde ich ihn unterstützen – 1968 nicht."

Sie suchten nach weiteren Möglichkeiten, doch es bot sich einfach nichts an, und ihre Verzweiflung wuchs. Endlich sagte einer der Kennedy-Leute: „Gretchen, du hast Tränen in den Augen!" Sie senkte den Kopf. Man drängte sie, zu erklären, warum sie weine, und sie sagte leise: „Ein sehr guter Mann ist uns genommen worden. Er war nicht mein Mann, aber er war eine Hoffnung. Da sollen mir nicht Tränen kommen." Niemand sprach, denn sie hatte gesagt, was alle fühlten. Der Student aus Virginia schneuzte sich, dann sagte er betont frisch: „Sag, hat mir nicht jemand erzählt, du wärst eine Sängerin, Gretchen?"

„Sie ist groß", sagte einer von den McCarthy-Leuten. „Die Balladen!"

„Bei Gott!" rief der Virginier, „Jetzt brauchen wir eine Ballade. Gespenstisches Hochmoor und Liebende zu Pferd. Komm."

Gretchen erklärte, sie könne ohne Gitarre nicht singen, daraufhin wurde eine große Suchaktion gestartet, aber ohne Erfolg. Sie lächelte, zuckte mit den Achseln und sagte: „Es hat keinen Sinn."

Aber ein McCarthy-Anhänger drängte: „Ich glaube, es ist wichtig, Gretchen. Du brauchst keine Gitarre."

Sie blickte in die Gesichter der führerlosen Kennedy-Anhänger, in die Gesichter der McCarthy-Leute, in denen sich schon die Vorahnung der Niederlage abzeichnete, und sagte leise: „Child 1818."

„Du hättest keine bessere wählen können", sagte ein Mädchen aus Wisconsin.

Und Gretchen sang mit ihrer klaren Stimme die großartige Klage um den Earl of Murray:

„O Hochland und o Südland!
Was ist auf Euch geschehn?
Erschlagen der edle Murray,
Werd' nie ihn wiedersehn.

Ein schöner Ritter war er
In Wett- und Ringelauf;
Allzeit war unsrem Murray
Die Krone oben drauf.

Ein schöner Ritter war er
Bei Waffenspiel und Ball.
Es war der edle Murray
Die Blume überall.

O Königin, wirst lange
Sehn über Schlosses Wall
Eh du den schönen Murray
Siehst reiten in dem Tal."

Ihre Stimme erstarb, und die jungen Leute schwiegen.

Als Gretchen von Boston zurückkehrte, war sie noch ernster als zuvor. Ihre Eltern waren betrübt, weil ihr der Mord an Kennedy so naheging. Sie wollte nicht mit ihnen darüber sprechen, doch einmal sagte sie beim Abendessen: „Es ist jetzt unbedingt notwendig, daß wir McCarthy nominieren. Ich gehe nach Chikago, und wir werden alles Geld brauchen, das wir bekommen können." Dabei blickte sie ihren Vater unverwandt an, bis dieser endlich fragte: „Was meinst du damit?", und sie sagte: „Vom nächsten Jahr an, wenn ich einundzwanzig bin, habe ich ein Einkommen aus der Hinterlassenschaft meines Großvaters. Könntest du ...?"

„Dir einen Vorschuß geben? Nein! Es gehört zu den unmoralischsten Dingen auf der Welt, einem Erbe vorzugreifen." Er warf seine Serviette auf den Tisch, was unter den Bankiers von Boston als Zeichen gilt, daß ein Thema abgeschlossen ist.

„Vater!" flehte sie, aber er sagte: „Narren und Leute ohne Verantwortung borgen auf eine Erbschaft. Ich bin sicher, daß es Schurken in Boston gibt, die auf diese Aussicht hin Geld leihen würden – zu fünfundzwanzig Prozent –, aber wir geben uns nicht mit ihnen ab. Diese Familie nicht!"

Sie sah, daß hier nichts zu machen war. An ihrem einundzwanzigsten Geburtstag würde sie über ihr Einkommen verfügen können, bis dahin war sie als Minderjährige der Aufsicht ihres Vaters unterstellt, und die Familie setzte voraus, daß sie das akzeptierte. „Gut", sagte sie, „gibst du mir fünfhundert Dollar?"

„Ja", sagte Cole. Er selbst unterstützte Nixon und konnte Senator McCarthy fast ebensowenig leiden wie Gouverneur Rockefeller, aber wie viele Väter meinte er, es könne zu etwas Gutem führen, wenn seine Tochter sich für eine Idee einsetzte, auch wenn sie dabei einem Irrtum zum Opfer fiel. Er gab ihr das Geld, und sie fuhr mit ihrem Komitee von Enthusiasten nach Chikago.

Ihre Erlebnisse und Erfahrungen waren von der Art, wie Dante sie in seinen späteren Jahren verwertete, als er seine politische Reisen beschrieb. Sie mietete mit ihrem Geld Zimmer im Hilton-Hotel, ein Stockwerk über dem McCarthy-Hauptquartier, und brachte dort die Studenten unter, die mit ihr in New Hampshire, Wisconsin und Kalifornien gearbeitet hatten. Sie waren eine sympathische Gruppe, sauber und engagiert. Da im demokratischen Lager der Traum von Teddy Kennedy zerplatzt war und die Republikaner Richard Nixon aufgestellt hatten, schien es den McCarthy-Anhängern klar, daß ihr Mann kandidieren müsse, um den Wählern eine echte Alternative zu geben. Junge Leute wie Gretchen redeten sich ein, McCarthy habe eine echte Chance, die Kandidatur und dann die Präsidentschaft zu erreichen.

„Überlegen wir doch logisch", meinte ein Jusstudent von der Duke University. Gretchen fand ihn noch netter als die anderen, weil er nicht nur einen scharfen Verstand besaß, sondern auch eine Gitarre, auf der er die Kentucky-Versionen der Balladen spielte, die sie nach den englischen Quellen gelernt hatte. Er war im Osten von Tennessee aufgewachsen und hatte ein Stipendium in Davidson und dann ein Fortbildungsstipendium der juridischen Fakultät von Duke gewonnen. Er schien ein Südstaatler im besten Sinn des Wortes zu sein: vorsichtig, aber begeisterungsfähig, wenn es um große Ideen ging. „Nixon ist ein gefährlicher Gegner. Er ist großartig im Wahlkampf, in der Vietnamfrage aber auf die Linie Johnsons festgefahren; da wird er uns nicht aus der Patsche ziehen. Die Wähler werden das merken und eine klare Alternative verlangen. Und der einzige, der genug Mut hat, sie anzubieten, ist McCarthy."

Am Freitag und Samstag vor dem Parteikonvent waren die McCarthy-Anhänger noch voll Hoffnung, aber als die Komiteeberichte erschienen und die Einstellung der Delegierten offenkundig wurde, begann sich Panik unter den Studenten auszubreiten. Und als wieder einmal die Parade von Gewalttätigkeit, Gleichgültigkeit und politischer Rohheit über die Bildschirme der Fernsehapparate ging, bedrängte ein Gefühl tragischen Unglaubens die jungen Leute. Es konnte doch einfach nicht geschehen ... der ritterliche Senator, der über ein Jahr lang den Kampf geführt hatte... er konnte nicht kalt abgeschossen werden... die Stimmen die er in Pennsylvanien gewonnen hatte, konnten ihm nicht gestohlen werden.

Mittwoch abends verließen Gretchen und der Jusstudent von Duke das Hotel und überquerten den Michigan Boulevard, um sich unter die Demonstranten in Grant Park am See zu mischen. Von dem Parteikonvent waren sie durch Polizeikordons abgeschnitten; sie konnten überhaupt nichts mehr für eine Sache tun, die nun wie Unrat im Spülwasser einer Toilettenmuschel herumgewirbelt wurde. Was sie eigentlich vorhatten, hätte keiner von beiden sagen können, aber sie gingen zwischen den Polizeibarrikaden durch, um inmitten der Geschehnisse zu sein.

Im blassen Licht der Parklaternen, in das sich die Scheinwerfer der Polizeiwagen mischten, sahen sie Tausende ziellos umherstreifende junge Leute, die meisten nicht so ordentlich gekleidet wie sie. Eine fast greifbare Woge von Enttäuschung und Zorn schien durch die Menge zu gehen. Bittere Reden waren zu hören, und Gretchen war überrascht, als Polizisten mit Helmen aus der Reihe brachen und auf einige besonders ausfällige Studenten losgingen. „Sie haben es vermutlich verdient", sagte sie zu ihrem Begleiter.

„Ich weiß nicht", sagte er. Sie waren neben einem Hydranten stehengeblieben. „Ich bin an sich gegen jede Polizeiaktion. Man sieht so etwas sehr oft im Süden, und es ist immer unrichtig."

Der Zwischenfall war rasch erledigt. Die Studenten zogen sich zurück, und die Polizisten bildeten wieder eine Kette, ohne daß es Verletzte gegeben hätte. In der Ferne aber sah Gretchen in schattenhaften Umrissen die Anzeichen eines anderen Zusammenstoßes, der nicht so glatt auszugehen schien. Sie und der Jusstudent rannten über den Rasen, aber ein paar Nationalgardisten mit Helmen und schußbereiten Waffen – neunzehnjährige Jungen, die schwere Gewehre schwangen – beorderten sie zurück, so daß sie nur undeutlich verfolgen konnten, was offensichtlich mehr als ein kleines Handgemenge war.

„Was ist los?" fragte der Jusstudent einen Gardisten.

„Ich weiß es nicht, aber seid froh, daß ihr hier herüben seid."

„Schießerei?"

„Nein. Nur eingeschlagene Köpfe." Er hatte das kaum ausgesprochen, als eine Gruppe von Polizisten von dem Gedränge weg auf die Nationalgardisten zulief, die ihnen Platz machten. Sie trugen einen bewußtlosen Polizisten, dessen Gesicht blutverschmiert war.

„Zurück, verdammt noch einmal!" schrien sie, als sie sich durch die Menge hinter Gretchen einen Weg zu bahnen suchten. Sie sah einen aufgeregten Polizisten seinen Knüppel schwingen, nicht bösartig, sondern eher wie ein Dirigent seinen Stab, um sich den Weg freizumachen. Er gab einem jungen Mann einen leichten Schlag, und der knurrte: „Schweine!" woraufhin ein anderer Polizist den Protestierenden hart auf den Kopf schlug. „Schweine, Schweine!" schrien andere, aber die Polizisten hatten inzwischen einen Ambulanzwagen erreicht und waren weggefahren. Der junge Mann, der geschlagen worden war, lehnte an einem Baum und rieb seinen Kopf. „Bist du verletzt?" fragte Gretchen. „Nein, aber die Schweine kommen daher, als gehöre alles ihnen."

Gretchen und der Jusstudent verließen diesen Teil des Parks und stießen zu einer großen Menge, die sechs junge Männer und ein Mädchen umstand, deren Gesichter blutüberströmt waren. Niemand konnte erklären, wie es passiert war. Es kam auch keine Ambulanz, aber ein junger Arzt aus der Menge bat um Taschentücher – nur saubere – und stillte die Blutungen. „Dieses Mädchen müßte man ins Krankenhaus bringen", sagte er. Sie hatte eine große Platzwunde auf der Stirn.

„Man hat sie mit einem Gewehrkolben geschlagen", sagte eine ältere Frau. „Sie hat gar nichts getan, aber die Soldaten kamen durch die Menge."

„Ist geschossen worden?" fragte Gretchens Begleiter.

„Nein. Es war, ehrlich gesagt, eigentlich ein Unfall. Sie war nur zufällig im Weg."

Wohin sie auch kamen, überall war vor wenigen Minuten etwas geschehen, aber sie selbst sahen nichts mehr. Viele Verwundete lagen auf dem Rasen, aber es gab keine Toten, und sobald die Ambulanzwagen sich durch die Menge schieben konnten, wurden die Verletzten weggebracht. Bei den Verwundeten standen keine Polizisten, aber an einer Ecke saß ein Zeitungsphotograph mit zerschmetterter Kamera und einer offenen Schädelwunde. „Die Schweine! Die Schweine!" sagte er zu Gretchen. Sie fragte, wen er meinte, aber er wiederholte nur: „Die Schweine!" Es sah aus, als würde er jeden Augenblick ohnmächtig werden, und sie blieb bei ihm, während der Jusstudent versuchte, einen Ambulanzwagen zu holen. Soldaten, die dies beobachteten, hielten ihn für einen Randalierer und trieben ihn mit ihren Gewehrkolben zurück. Glücklicherweise konnte er zur Seite springen und wurde nicht getroffen, aber als er zu Gretchen zurückkam, sagte er: „Wir müssen fort. Die spielen auf scharf." Sie sagte, sie können den Photographen, der inzwischen bewußtlos geworden war, nicht im Stich lassen, also versuchte der Jusstudent nochmals, Hilfe zu holen. Diesmal kam eine Polizeieinheit herbei.

„Gottverdammter Zeitungskerl", knurrte einer, aber der verantwortliche Offizier sagte: „Bringt ihn ins Krankenhaus. Und nehmt seine Kamera mit." Er pfiff mehrmals, bis ein Streifenwagen erschien. Einer der zwei Polizisten, die den Bewußtlosen hineinhoben, war der, der ihn vorhin „Zeitungskerl" genannt hatte, und er packte ihn grob an den Schultern und warf ihn mit dem Kopf voran achtlos in den Wagen.

„Was machen Sie?" rief Gretchen und rannte zum Streifenwagen.

Der Polizist drehte sich um, packte Gretchen an ihrem Kleid und zerrte sie zu sich heran. Er hatte nach dieser Nacht offensichtlich die Nerven verloren. „Du halt deine beschissene Schnauze, wenn du nicht alle Zähne verlieren willst." Er sah sich um, dann stieß er sie derb von sich, ihrem Kollegen in die Arme. „Verdammt, bring sie weg von hier!" brüllte er, sprang auf den anfahrenden Streifenwagen und schwang einen Knüppel, während der Wagen sich durch die Menge schob.

„Ich glaube, das ist ein guter Rat", sagte der junge Mann und führte das verstörte Mädchen aus dem Park ins Hotel zurück.

Was dann geschah, ist schwer zu rekonstruieren. Spätere Polizeiberichte behaupteten, einige Burschen aus dem Stockwerk, wo Gretchen und ihre Studenten wohnten, hätten Papiersäcke mit menschlichen

Exkrementen auf die Köpfe der unten postierten Polizisten geworfen. Gretchens Komitee bestritt das. Sicher ist, daß eine Gruppe wutentbrannter Polizisten durch das Stockwerk raste, Türen aufriß, Studenten aus den Betten zerrte und erbarmungslos mit Knüppeln, schlagringen und nackten Fäusten bearbeitete.

Wortlos drangen vier Polizisten in Gretchens Zimmer, warfen ihr Bett um und begannen, mit Knüppeln auf sie einzuschlagen. Einer stieß mit dem Fuß nach ihr, traf aber nur ihr Kissen, ein anderer boxte sie mit den Fäusten auf den Kopf. Sie sah keinen von ihnen, war viel zu benommen, um zu verstehen, was da vorging, aber als sie aus dem Zimmer rannte, hörte sie einen mit wutschnaubender Stimme sagen: „Das nächste Mal bleibt im College, ihr Klugscheißer."

Gretchen war nicht verletzt, nicht einmal wirklich angeschlagen, denn die Knüppel hatten sich in ihren Decken verfangen, und der Hieb gegen den Kopf hatte sie nicht getroffen. Als sie auf den Gang lief, bot sich ihr ein Anblick, den sie nie vergessen würde. Der Jusstudent von Duke war aus seinem Zimmer gezerrt und unter der Lampe, die den Angreifern bessere Sicht gewährte, mit den Knüppeln so lange geschlagen worden, bis sein Kopf und sein Gesicht unter der Masse eingedickten Blutes nicht mehr sichtbar waren. Sein Kiefer war gebrochen und hing häßlich herab, und jemand hatte so wild auf seine Schulter eingedroschen, daß auch das linke Schlüsselbein gebrochen war. Er machte einige Schritte auf Gretchen zu, die er durch den Blutschleier erkannte, und brach zusammen.

Gretchen kniete neben ihm nieder, um seinen Kopf zu halten, und ihr Blick fiel in das Zimmer, aus dem er gezerrt worden war. Die Polizisten hatten die Fernsehröhre zerschlagen, aber der Lautsprecher funktionierte noch, und eine Stimme berichtete vom Tagungsort: „Wir können nun mit Sicherheit sagen, daß der einsame Kreuzzug, den Senator McCarthy führte, erfolglos war. Er siegte in Wisconsin und in New Hampshire, aber in Chikago war er gegen die Parteimaschinerie machtlos."

Der zusammengeschlagene Jusstudent richtete an Gretchen, ohne es zu ahnen, eine unheilvolle Bitte, durch die ihr Leben eine völlig neue Richtung nahm. Als sie ihn im Krankenhaus besuchte, um zu sehen, wie es um seine Verletzungen stand, und mit ihm das Unheil der demokratischen Partei beklagte, fand sie einen treffenden Vergleich für ihrer beider Schicksal: „Wir sind wie zwei mittelalterliche Kreuzfahrer, die in blitzender Rüstung auszogen, um im Heiligen Land

Wunder zu vollbringen. Diebe haben uns überfallen, bevor wir unser Schiff erreichten. Jetzt sind wir nur noch ein Paar hilflose Narren."

„Diese Schlacht ist verloren", kam es gepreßt aus seinem Mund mit dem genagelten Kiefer hervor. „Aber sie werden zu uns zurückkommen müssen, denn wir hatten recht."

„Hast du genug Geld, um heimzukommen?"

„Ja. Aber eines könntest du für mich tun. Hast du in mein Zimmer geschaut?"

„Ein Chaos."

Er stöhnte, hob die schmerzenden Schultern und sagte: „Ich nehme an, sie haben die Gitarre zerdroschen."

„Ich habe keine gesehen."

„Die Schweine."

„Verwende das Wort nicht, das ist für Kinder."

„Nach dem, was sie gestern getan haben?"

„Sag es trotzdem nicht."

„Es kann sein, daß sie die Gitarre übersehen haben. Sie war im Schrank. Oben. Wenn sie noch dort ist, nimm sie mit, du kannst mir sie dann später schicken."

Als sie ins Hotel zurückkam, ging sie in sein chaotisches Zimmer, das die Hotelleitung eben für die Versicherung photographieren ließ, und sah im Schrank nach. Dort lag unversehrt eine sorgfältig polierte, alte Gitarre. Sie schlug ein paar Akkorde an und freute sich am Klang des Instruments.

Gretchen hatte nie eine Gitarre mit sich geführt, denn sie fand das unnötig und auch zu auffallend, das taten nur Mädchen, die auf Abenteuer aus waren. Sie war daher nicht glücklich über die Bitte des Jusstudenten, aber wenn sie an seinen schmerzgeplagten Zustand dachte, schien es ihr eine kleine Gefälligkeit, die sie nicht abschlagen konnte.

Aber ihre böse Ahnung täuschte sie nicht. In der Stadt Patrick Henry östlich von Chikago hielten zwei Polizisten die jungen Leute auf und zwangen sie, ihren Wagen am Fahrbahnrand abzustellen. Sie brummten zufrieden, als sie die Gitarre sahen: „Das muß eine von ihnen sein. Komm mit."

Sie zerrten Gretchen heraus und stießen sie in ihren Streifenwagen. Einer der Männer ging zurück, packte die Ärgernis erregende Gitarre und warf sie auf den Rücksitz. „Und du", knurrte er den Fahrer an, „scher dich mit diesen Leuten zum Teufel."

„Was machen Sie mit ihr?" rief der Fahrer.

Der ältere Polizist fuhr herum, stürzte auf den Wagen zu und brüllte in ohnmächtiger Wut: „Hört einmal, ihr Rotznasen, wir haben mehr als genug von euch. Ein Wort noch ... nur eines ... und ich reiß' euch in Stücke. Jetzt schert euch zum Teufel ... aber schnell."

Der Fahrer, der an der Yale-Universität englische Literatur studierte, hatte genug, also griff er ruhig in sein Handschuhfach, nahm einen Block heraus und schrieb die Dienstnummern der Polizisten und die Nummer des Streifenwagens auf. Dann legte er mit aufreizender Bedächtigkeit den ersten Gang ein und fuhr los.

Der Polizist lief zornrot an, weil ihm nichts Besseres eingefallen war, womit er die jungen Kerle hätte erschrecken können. Er setzte sich in den Wagen, riß am Schalthebel und raste durch die Straßen zur Polizeidirektion. Dort zerrte er Gretchen auf den Gehsteig und in ein Backsteingebäude. Er schob sie vor einen Journalbeamten, knurrte: „Einweisen", und sobald diese Formalität erledigt war, schleppte er sie einen Gang entlang und stieß sie in ein leeres Zimmer. Die Gitarre warf er ihr nach. Wenige Minuten darauf kamen vier Polizisten und ein Detektiv in Zivil herein.

„Das ist die, die den Polizisten mit einem Ziegelstein ins Gesicht geschlagen hat", sagte der Beamte, der sie festgenommen hatte. „Zöpfe, Gitarre, gut gekleidet", las er aus einem Fernschreiben vor. „Das ist sie. Wir schicken sie nach Chikago zurück."

Von den fünf Männern im Raum sagten zwei während des ganzen Verhörs kein Wort: der Detektiv in Zivil und der jüngere der beiden Beamten, die sie festgenommen hatten. Die anderen nannten ihn Woiczinsky. Er schien ruhig, stark und ein Neuling in diesem Beruf.

Die drei Fragesteller waren Typen, die man nicht so leicht vergaß. Der, der sie verhaftet hatte, war untersetzt und rot im Gesicht. Der zweite war groß und sprach mit leiser Stimme. Der dritte war klein, mager, hatte rasche Bewegungen und ein Vogelgesicht. Rotgesicht, Leise Stimme, Vogelmensch.

Vogelmensch wollte wissen, was sie in Chikago getrieben habe ... halte sie es für richtig, einen Polizisten zu attackieren? Er erklärte, sie rauche Marihuana und man habe Heroin in ihrem Zimmer gefunden. „Warum spielt ein hübsches Mädchen wie du mit dem Zeug herum?" fragte er wiederholt.

Rotgesicht wendete die Einschüchterungsmasche an: Er stürzte auf sie zu und schrie: „Warum glaubt ihr superschlauen Studenten, ihr könnt einfach Polizisten mit Ziegeln ins Gesicht schlagen?"

Gretchen brachte kein Wort heraus. Sie hatte sich noch nicht von dem Schock in Chikago erholt und konnte einfach nicht fassen, was hier mit ihr geschah. So stand sie schweigend da.

Es war Leise Stimme, der die Wende zum Unheil herbeiführte. Sehr ruhig fragte er die anderen: „Woher sollen wir wisssen, daß sie nicht Heroin schmuggelt?“ Seine Frage wurde mit Schweigen aufgenommen, also fügte er hinzu: „Ich meine, woher sollten wir es wissen? Wenn sie ein Junkie ist?“

Vogelmensch kam sehr nahe und fragte: „Bist du ein Junkie? Bist du ein Fixer?“

Als sie noch immer schwieg, schaltete sich Rotgesicht ein und brüllte: „Wir haben mit dir geredet. Jetzt antworte! Warum bist du ein Junkie?“

Nun wurde Gretchen klar: Sie werden mich nicht schlagen. Wenn sie mich schlagen wollten, hätten sie es jetzt getan. Ich kann ihre Beschimpfungen ertragen... wenn sie mich nicht schlagen. Sie erriet aus der Art, wie die Männer vorsichtig vermieden, sie anzutasten, daß man ihnen Verhaltensmaßregelungen gegeben hatte: Mißhandelt die Gefangenen nicht... besonders Mädchen. Und sie erriet auch aus den Blicken, die die drei Fragesteller gelegentlich auf den Detektiv warfen, daß er da war, um die Einhaltung dieser Vorschrift zu gewährleisten.

Nun nahm Leise Stimme seinen Faden wieder auf. „Wie können wir sicher sein, daß sie kein Heroin schmuggelt? Erinnert ihr euch an das Mädchen, das es in der Gitarre versteckt hatte?“ Er sah den Detektiv an, der nickte, woraufhin Leise Stimme die Gitarre nahm, schüttelte, die Finger ins Schalloch steckte, sie drehte und wendete und dann, mit einer plötzlichen Bewegung, die Gretchen den Atem nahm, über seinen Kopf schwang und auf dem Boden zertrümmerte.

„Jetzt wirst du aber reden“, sagte Rotgesicht drohend, „sonst zertrümmern wir dich genauso“.

„Kein Heroin da“, berichtete Leise Stimme, während er die Holztrümmer durchstöberte. „Vermutlich hat sie es versteckt.“ Wieder war Stille im Raum, und Leise Stimme wiederholte fast flüsternd: „Sie hat es vermutlich versteckt.“ Diesmal währte die Stille viel länger, was Gretchen nicht verstehen konnte. Sie blickte auf den Detektiv, der langsam nickte.

„Ausziehen!“ brüllte Rotgesicht ihr ins Gesicht. „Ausziehen, habe ich gesagt.“

Von einem plötzlichen grellen Lichtschein und den drohenden Gesichtern in panische Angst versetzt, machte Gretchen eine verständnislose Geste. Leise Stimme kam näher und sagte mahnend: „Ausziehen, hat er gesagt. Deine Kleider ablegen. Wir wollen sehen, wo du das Heroin versteckt hast.“

„Ich kann nicht“, wollte Gretchen flüstern, aber sie war so eingeschüchtert, daß sie keinen Laut herausbrachte.

„Bist du vielleicht schamhaft oder was?“ schrie Rotgesicht. „Du schläfst mit den Gammlern im Auto. Du vögelst jede Nacht mit ihnen. Wahrscheinlich Gruppensex. Und jetzt bist du schamhaft. Gnädigste ...“

Vogelmensch mischte sich ein: „Gnädigste, du bist unter Arrest. Auf dich wartet ein ganzer Berg von Anklagen. Und du wirst dich jetzt ausziehen. Jetzt!“

Gretchen war so verwirrt, daß sie weder sprechen noch sich bewegen konnte. Leise Stimme kam noch näher, einen festen Lederriemen in der Hand. „Ich zähle bis sechs, und wenn du nicht angefangen hast, deine Kleider abzulegen, dann schlag ich dir die Scheiße aus dem Leib. Los!“ Er begann in bösartigem Flüsterton zu zählen: „Eins, zwei, drei“, und obwohl Gretchen sicher war, daß er sie nicht schlagen würde, verminderte es ihre Zuversicht beträchtlich, daß der Mann sichtlich ein Psychopath war. Von den fünfen war er der, der sie schlagen könnte, also begann sie halbbetäubt vor Angst, ihr Kleid aufzuknöpfen. „So ist's besser“, sagte Leise Stimme beruhigend, „wir werden den Riemen nicht brauchen.“

„Alles ab“, kommandierte Rotgesicht. „Ja, jeden gottverdammten Fetzen. Ihr superschlauen Collegemädchen glaubt, es ist in Ordnung, mit jedem zu schlafen. Neue Moral nennt ihr es. Nun, wir werden etwas von dieser neuen Moral sehen.“

Jemand kicherte, und Leise Stimme sagte: „Wir wollen sehen, wo du das Heroin versteckt hast.“

Als Gretchen in Büstenhalter und Höschen dastand, zögerte sie, da brüllte Leise Stimme: „Alles!“ Er griff wieder nach dem Lederriemen und schwang ihn drohend.

Sie zauderte, und er knallte den Riemen mit beängstigender Kraft auf den Boden, direkt neben ihrem linken Fuß. „Zieh dich aus, verdammt noch einmal! Jetzt!“

Zitternd öffnete Gretchen ihren Büstenhalter und ließ ihn fallen. Wie hinter einem Schleier erfaßte sie, daß jeder der fünf Männer sich vorbeugte. Niemand sprach, und sie rollte ihr Höschen hinunter. In der langen Stille seufzte einer. „Wie wär's damit unterm Christbaum, Woiczinsky?“ fragte Leise Stimme heiser. Die Männer lachten nervös, dann fragte Rotgesicht ehrlich verwirrt: „Gnädigste, warum will ein so tolles Mädchen wie du sich mit Politik abgeben? Warum suchst du dir nicht einen netten jungen Mann und kriechst mit ihm ins Bett und bekommst eine Menge Kinder?“

„Hast du einen Freund?“ fragte Leise Stimme. „Ich meine, einen speziellen? Einen, mit dem du regelmäßig ins Bett gehst?“

„Gefällt es dir im Bett?“ fragte Vogelmensch. „Ich meine, hast du richtig Spaß, wenn er an Bord kriecht?“

Gretchen ballte die Fäuste und kämpfte gegen ihre Übelkeit an. Aber obwohl sie die ganze ihr verbliebene Kraft zusammennahm, war sie schlecht vorbereitet auf das, was dann geschah. „Bück dich“, sagte Leise Stimme. Als sie unbeweglich unter den Lichtern stehen blieb, wiederholte er sanft: „Du mußt dich jetzt vorbeugen.“ Sie machte noch immer keine Bewegung, da ließ er den Riemen neben ihrem Fuß niedersausen und brüllte: „Bück dich, du Hurenvotz!“

„Wir wollen sehen, wo du das Heroin versteckt hast“, sagte Vogelmensch leise, und zum ersten Mal berührte sie einer der Männer. Vogelmensch nahm ein Metallineal, legte es ihr vorsichtig auf den Kopf und drückte sacht, bis Gretchens Kopf fast den Boden berührte. Leise Stimme schwang eine der grellen Lampen herum, bis sie auf Gretchens Gesäß schien, dann sagte er anerkennend: „Ziel für heute abend. Wie gefallen dir diese Äpfelchen, Woiczinsky?“

Gretchen konnte nicht sagen, wer als nächster herantrat, aber während das Stahllineal des Vogelmenschen ihren Kopf hinunterdrückte, nahm jemand einen Bleistift und stocherte in ihren Körperöffnungen herum. „Kein Heroin da“, berichtete Leise Stimme.

Die Männer traten zurück, und Gretchen richtete sich langsam auf. Verzweifelt blickte sie um sich und murmelte ihre einzigen Worte: „Ihr seid wirklich Schweine.“

Aus der Dunkelheit sprang Woiczinsky sie an, schlug sie wütend mit der Faust über den Kopf und stieß sie in eine Ecke.

„Du Scheißidiot!“ schrie der Detektiv. „Bringt ihn weg!“

Rotgesicht und Vogelmensch drängten den jungen Polizisten aus dem Zimmer, während Leise Stimme in die Ecke kam und Gretchen mit seiner Schuhspitze abtastete. „Sie ist nicht verletzt“, sagte er zu dem Mann in Zivil, der ihr ihre Kleider zuwarf: „Zieh dich an, Schlampe.“

Entsetzt kauerte Gretchen in der Ecke, und erst jetzt dämmerte ihr auf, was mit ihr geschehen war. Ihr Büstenhalter war nicht da, und sie tappte hilflos suchend im Zimmer herum. Sie war immer noch mit diesem sinnlosen Versuch beschäftigt, als sie Stimmen auf dem Korridor hörte. Sie kamen näher, und jemand stieß die Tür auf. Mit einer Erleichterung, die sie nicht ausdrücken konnte, sah sie, daß es der Fahrer ihres Wagens war, der Literaturstudent aus Yale. Er hatte einen Rechtsanwalt konsultiert, der den Bürgermeister gerufen hatte. Diese drei betraten den Raum und sahen Gretchen nackt unter ihren verstreuten Kleidern stehen.

„Was zum Teufel ist hier geschehen?“ fragte der Anwalt.

„Aber, aber!“ sagte der Bürgermeister beruhigend. „Es ist niemand verletzt.“ Er sah Gretchen an: „Sie wurden doch nicht vergewaltigt, oder?“

Als Gretchen den Kopf schüttelte, sagte der Anwalt: „Es gibt viele Arten, wie ein Mädchen sexuell belästigt werden kann.“

„Aber nur eine, die zählt“, sagte der Bürgermeister. Während Gretchen sich ankleidete, inspizierte er ihr Gesicht und fragte: „Nichts gebrochen, nicht wahr?“ Als er sich überzeugt hatte, daß kein wesentlicher Schaden entstanden war, sagte er zu Gretchen: „Ein Fehler, ein bedauernswerter Fall von Verwechslung. Sie wurden doch nicht irgendwie verletzt, nicht wahr?“

Gretchen verstand die Frage, verstand die Absicht, die man damit verfolgte. Sie wurde ersucht, einen Zwischenfall zu vertuschen, den alle bedauerten und dessen Aufdeckung nur Schwierigkeiten bringen konnte, ihr ebenso wie den anderen. Es war eine echte Versuchung, zu sagen, es sei nichts geschehen, aber gerade als sie zustimmen wollte, blickte sie zu Boden und sah die zerschmetterten Stücke der Gitarre. Leute in einer Autoritätsposition, die absichtlich eine Gitarre zerschmetterten, weil sie ein Symbol für Dinge war, die sie nicht verstehen konnten, verdienten keinen Schutz.

„Ja“, sagte sie leise, im vollen Bewußtsein dessen, was sie tat, „ich wurde angegriffen... brutal... vom Wachebeamten Woiczinsky.“

„Maggidorf!“ schrie der Bürgermeister. Als der Detektiv eintrat, brüllte der Bürgermeister: „Dieses Mädchen sagt, daß Nick Woiczinsky sie tätlich angegriffen hat.“

„Woiczinsky!“ der Detektiv holte Luft. „Der ist in Gary. War den ganzen Tag dort. Hat den Kerl wegen Mordverdacht eingenäht.“ Er rief die drei anderen Polizisten, die dem Bürgermeister versicherten, Nick Woiczinsky sei am Vormittag nach Gary gefahren und würde erst in ein paar Stunden zurückkommen.

„Wo soll ich denn den Namen gehört haben?“ fragte Gretchen hartnäckig. Sie wandte sich an den Rechtsanwalt, der mit den Achseln zuckte.

„Das beste, was ihr tun könnt“, rief der Anwalt, „ist, euch in euren Wagen zu setzen und nach Osten zu fahren.“ Gretchen wollte protestieren, aber er warnte sie: „Sonst können Sie wegen falscher Anschuldigung gegen die Polizei inhaftiert werden. Wachebeamter

Woiczinsky hätte Sie gar nicht angreifen können, weil er heute nicht in der Stadt war."

Als Gretchen dieses schändliche, betrügerische Einverständnis zurückwies, lächelte er ungerührt. „Fräulein, wenn diese vier braven Beamten bezeugen, daß Nicholas Woiczinsky heute nicht in der Stadt war..."

Als der Anwalt das sagte, trat der Literaturstudent vor und setzte zum Reden an, aber Gretchen erriet, was er sagen wollte, und ließ ihn nicht zu Wort kommen. „Ich glaube, wir gehen", sagte sie leise.

„Das ist brav", sagte der Bürgermeister freundlich. „Ich bin sicher, daß Sie nicht verletzt wurden, und ich bin sicher, daß all das vergessen werden kann. Die letzten Tage... Chikago... es war sehr schwierig... für uns alle."

Als sie die Stadt hinter sich hatten, fragte Gretchen den Fahrer: „Du wolltest sagen, du könntest Woiczinsky identifizieren, nicht wahr?"

„Ich habe seine Dienstnummer notiert", sagte der Fahrer.

„Gut." Sie saß schweigend, dann wiederholte sie: „Gut. Wenn wir nach Cleveland kommen, möchte ich, daß du mich zu Associated Press führst. Denn ich habe genug."

Als die Geschichte Schlagzeilen machte, hörte Gretchen Reaktionen von drei Seiten: von der Bostoner Gesellschaft, von den akademischen Kreisen in Cambridge und von ihrer verzweifelten Familie – und keine davon hätte sie in dieser Form erwartet.

In Boston waren die älteren Leute wohl empört, aber nicht über die Polizisten von Patrick Henry, „die nur ihre Pflicht taten", sondern über Gretchen, weil sie ihre Schande in der Öffentlichkeit preisgegeben hatte. Eine Dame erklärte: „Diese Studenten müssen lernen, daß die Polizisten mit Knüppeln und Gewehren ausgerüstet werden, um für Ordnung zu sorgen; und wenn man ständig mit Protesten und Demonstrationen die Ordnung stört, muß man damit rechnen, die Knüppel auch ein wenig zu fühlen." Eine andere Dame drückte die allgemeine Meinung von Boston aus, als sie sagte: „Jeder vernünftige Mensch weiß; gelegentlich kommt es vor, daß Frauen vergewaltigt werden. Aber man rennt damit nicht gleich zu den Zeitungen. Es ist ein Mißgeschick, das eine Familie schweigend hinnehmen muß." Eine weit gewichtigere Frage, die man stellte, war jedoch: „Was hatte eigentlich ein anständiges Mädchen wie sie in einer Stadt wie Chikago zu tun?" Man munkelte auch, daß es nicht schicklich gewesen sei, mit einem jungen Mann, den sie kaum kannte, so weit zu fahren, „auch wenn er aus Yale kam". Und als sowohl der Bürgermeister von Patrick Henry als auch sein Polizeichef beeidigten, Nicholas Woiczinsky sei an jenem Tag nicht in der Stadt gewesen, und damit Gretchen Lügen straften, verdichtete sich die Ansicht: „Wieder einmal eine junge Radikale, die sich in ihrer eigenen Falle gefangen hat."

Die Reaktionen an den Hochschulen in Cambridge waren völlig anders. Die Studenten aus Harvard und vom MIT ebenso wie die Mädchen aus Radcliffe waren bereit, Gretchens Geschichte Wort für Wort zu glauben. Die meisten hatten Bekannte, die ungute Erfahrungen mit der Polizei oder der Nationalgarde gemacht hatten, und als Berichte darüber erschienen, wie die Leute des Bürgermeisters Daley die Presseleute, die nicht demonstrierten, mißhandelt hatten, war damit Gretchens Version bestätigt. Sie wurde sozusagen als Heldin angesehen, und jüngere Professoren sagten: „Sie haben für die ganze zivilisierte Gesellschaft gehandelt." Ein Jusprofessor von Harvard sagte ihr: „Betreiben Sie ihre Anklage weiter, ein Staatsbürger braucht sich diese schändliche Behandlung nicht bieten zu lassen." Er trug sich an, sie kostenlos zu vertreten, wenn es zu einer Verhandlung kommen sollte. Was sie aber am meisten überraschte, war die heftige Reaktion ihrer liberalen Freunde. Neger sagten ihr: „Jetzt weißt du, wovon wir geredet haben. Jetzt weißt du, warum es zu Straßenkämpfen kommen muß." Ein Aktionskomitee aus Harvard trat mit ihr in Verbindung und erklärte: „Nach Chikago ist offener Widerstand notwendig. Häuser werden brennen." In ihrer Verwirrung fühlte sie sich unfähig, solchen Drohungen entgegenzutreten.

Am meisten bestürzte sie die Reaktion ihrer Familie. Man war natürlich empört, daß Gretchen mißhandelt worden war, und verteidigte sie beharrlich; aber man schämte sich auch, daß sie in eine so mißliche Situation geraten konnte. Gretchen hörte Aussprüche, die den Verdacht andeuteten, die Polizei sage vielleicht doch die Wahrheit. „Wo Rauch ist, ist auch ein Feuer", schien die Einstellung zu sein. Und daß Gretchen der Presse von Cleveland die Schande offenbart hatte, ging über alle Vorstellungskraft. „Ich hätte gedacht, du würdest es geheimhalten", sagte ihre Mutter eines Nachmittags und betupfte ihre nassen Augen. Und als Gretchen antwortete, ein Jusprofessor aus Harvard wolle sie in einem Zivilprozeß gegen die Stadt Patrick Henry unterstützen, verlor ihre Mutter völlig die Beherrschung.

Zu diesem Zeitpunkt zeigte sich Frederick Cole als der standhafte Verfechter, als den ich ihn in unseren Verhandlungen kennengelernt hatte. „Wenn unsere Tochter das alles tatsächlich erlitten hat", erklärte er im Familienkreis. „werden wir sie bis zum Äußersten verteidigen. Nicht um ihrer selbst willen, sondern auch im Interesse aller anderen jungen Leute, die in eine ähnliche Situation geraten könnten."

„Du willst es wieder in den Schlagzeilen austragen?" fragte seine Frau. „Das wäre zuviel. Gretchen, sag ihm, er soll aufhören."

Als Kompromißlösung ersuchte Mr. Cole einen der Detektive in Brookline, herauszufinden, was wirklich geschehen war. Dieser fuhr Anfang Oktober nach Patrick Henry, arbeitete zwei Wochen lang und kam mit beunruhigenden Nachrichten zurück. Bei einer Besprechung, an der Gretchen, ihre Eltern und die Firmenanwälte teilnehmen, berichtete er: „Ich habe alle Protokolle überprüft, und sie scheinen in Ordnung zu sein. Die Polizei von Chikago hat einen gültigen Haftbefehl gegen Sie erlassen wegen Verdachts, einen Polizisten tätlich angegriffen zu haben. Vier Zeugen in Chikago identifizieren Sie auf Grund der Photographien als das Mädchen mit der Gitarre, das den Polizisten mit einem Ziegel – oder einem Stein – oder irgend etwas – ins Gesicht schlug."

„Aber ich hatte in Chikago doch gar keine Gitarre", protestierte Gretchen.

„Die Polizei hat eine Photographie von Ihnen mit einer Gitarre", sagte der Detektiv und reichte ein Bild herum, das sie mit der Gitarre des Studenten von Duke zeigte, dessen Kiefer zerschmettert worden war.

„Aber das ist nicht diese Gitarre", protestierte sie wieder, und blickte dabei die Gesichter ihrer Eltern und der Familienanwälte an, und jedes war ausdruckslos, weil alle wußten, daß Gretchen eine Gitarre besaß.

„Was nun Patrick Henry betrifft, so gibt es überwältigende Beweise, fast unwiderlegbare, würde ich sagen, daß der Wachebeamte Nicholas Woiczinsky an dem Tag nicht in Patrick Henry Dienst machte. Außerdem haben der Bürgermeister und der Rechtsanwalt Hallinan beeidete Aussagen hinterlegt, daß Fräulein Cole voll bekleidet war, als sie zur Polizeistation kamen, und daß nichts geschehen ist. Ich habe das sichere Gefühl; wenn Sie sich wieder nach Patrick Henry wagen sollten, würden Sie im Gefängnis landen, entweder wegen des bewiesenen Angriffs in Chikago oder auf Grund einer Anklage, falsches Zeugnis gegen die Polizei abgelegt zu haben."

„Aber was ist mit dem Fahrer unseres Wagens? Er sah Woiczinsky. Er sah mich auf der Polizeistation."

Der Detektiv hüstelte: „Das wollte ich eigentlich nicht aufs Tapet bringen. Aber ich habe hier drei Zeugenaussagen. Die erste gibt an, daß die Polizei den jungen Mann überprüft hat, und daß er im Staat Connecticut verurteilt wurde... Warum, glauben Sie? Marihuana. Was die beiden anderen Aussagen betrifft" – hier reichte er Gretchen zwei Dokumente – „werden Sie es vielleicht vorziehen, Sie für sich zu behalten. Ich habe sie Ihren Eltern nicht gezeigt."

Gretchen sah, daß sich das erste Dokument auf das Blue-and Gray-Motel an der Breezewood-Auffahrt der Pennsylvania-Autobahn bezog. Der Nachtportier bezeugte, daß am Donnerstagabend, dem 29. August, Gretchen Cole aus Brookline, Massachusetts, und Randolph Pepperdine aus New Haven, Connecticut, dort Quartier nahmen. Die zweite Aussage stammte von dem Zimmermädchen Claribelle Foster aus Somerset, Pennsylvanien, die beschwor, die beiden hätten ein Zimmer geteilt. „Vor Gericht würde die Marihuanaaffäre das Zeugnis des jungen Mannes völlig wertlos machen", warnte der Detektiv, „und damit" – er wies auf die Dokumente in Gretchens Hand – „machen Sie einen sehr schlechten Eindruck. Nehmen Sie meinen Rat, begraben Sie diese Dokumente in einer Schublade, und vergessen Sie die ganze Angelegenheit."

Gretchen war in Versuchung, das zu tun, aber irgend etwas in ihr machte eine Kapitulation unmöglich, und ohne die Konsequenzen zu bedenken, warf sie die Aussagen vor ihren Vater hin und rief: „Das sind Lügen. Wir sind in dem Motel abgestiegen... zusammen mit drei anderen Studenten. Sie alle können beschwören, daß ich mein Zimmer mit zwei Mädchen teilte."

Aber sobald sie das gesagt hatte, sah sie voll Entsetzen, daß nur ein Mensch im Zimmer ihr glaubte. Für die anderen war es einfach unvorstellbar, daß eine Studentin recht und ein Bürgermeister unrecht haben sollte. Sie war ein junger Mensch mit merkwürdigen Anschauungen und noch merkwürdigeren Freunden, und nichts, was man ihr vorwarf, schien unmöglich. In hilfloser Wut blickte sie von einem Gesicht zum anderen, und es wurde ihr klar, daß das die Jury war, die ihren Fall in Patrick Henry beurteilen würde. Die furchtbare Ausweglosigkeit ihrer Lage bedrückte sie schwer. Eben die Menschen, die sie hätten verteidigen sollen, waren ihre Ankläger geworden.

Nun sprach ihr Vater zum ersten Mal. Er war der einzige, der an sie glaubte. „Ich habe die vergangene Woche damit verbracht, die vier jungen Leute zu überprüfen, die mit dir im Auto waren, und ich bin überzeugt, daß du die Wahrheit sagst." Gretchen sah ihn mit jener mitfühlenden Liebe an, die eine junge Frau manchmal für ihren Vater empfinden kann, wenn sie ihn plötzlich als Mann betrachtet, der gegen die Welt kämpfen muß. Sie erwartete, daß er den Anwälten sagen würde, sie sollten Anklage erheben. Aber statt dessen hörte sie: „Aber wir können absolut nichts tun. Mit ihrem Lügengewebe haben sie uns in die Ecke getrieben."

„Was meinst du?" rief sie.

„Daß es Fälle gibt, in denen eine Verschwörung den einzelnen hilflos macht."

„Warten Sie einen Augenblick, Mr. Cole!" protestierte der Detektiv. „Wenn Sie mich für blöd halten, daß ich eine Verschwörung nicht merke..."

„Natürlich ist es eine Verschwörung", sagte Cole ruhig. „Ich habe Randolph Pepperdines Notizbuch gesehen; er hatte Woiczinskys Namen und Dienstnummer notiert. So etwas erfindet man nicht."

„Der Junge ist süchtig."

„Er ist nichts dergleichen, und Sie wissen es auch. Aber die Tatsache bleibt bestehen: Wenn der Bürgermeister von Patrick Henry und sein Polizeichef und der Rechtsanwalt Hallinan ihre Geschichten aufeinander abstimmen, können wir nichts tun."

Gretchen war von dieser Schlußfolgerung wie vor den Kopf geschlagen. Bestürzt zeigte sie auf die Zeugenaussagen auf dem Tisch: „Die glaubst du wohl auch?"

Mr. Cole legte den Arm um seine Tochter und sagte: „Ich glaube, daß ich weiß, was in dem Motel geschehen ist. Denkst du wirklich, deine Mutter und ich würden solchen Aussagen Glauben schenken?"

Gretchen sah die Anwälte an, ihre verweinte Mutter, den verstockten Detektiv. In ihrer Enttäuschung und Verbitterung verbeugte sie sich vor dem Detektiv und sagte: „Die Bewohner von Brookline können sich sicher fühlen, da Sie sie beschützen." Dann floh sie aus dem Zimmer, und als sie draußen war, ließ ihre Mutter den Kopf auf den Tisch fallen und murmelte: „Gott sei Dank, daß es nicht weitergehen wird."

Der Rest des Jahres war eine schwere Zeit für die Coles. Nach der Besprechung mit dem Detektiv und der Niederschlagung der Anklage lebte Gretchen weiterhin zu Hause, aber sie fand es unmöglich, mit ihren Eltern zu sprechen. Mrs. Cole versuchte eine Versöhnung herbeizuführen, mit Aussprüchen wie: „Wir sind auf deiner Seite, Liebes, gleichgültig, was du in Chikago getan hast." Gretchen verachtete sie und hielt sie für dumm, doch das war ungerecht.

Mr. Cole bemühte sich aufrichtig, Verständnis für die Qualen zu zeigen, die seine Tochter litt. Einmal schrieb er mir nach Genf:

„Sie erzählten mir einmal in London, daß Sie einem Engländer in Vwarda halfen, seine Tochter wieder ins Lot zu bringen. Ich wollte, Sie könnten das auch für mich tun. Das reizende Kind mit Zöpfen und Gitarre, das Sie gesehen haben, hat ein erschütterndes Erlebnis gehabt, das sie völlig verstört hat, und ich stehe hilflos daneben. Wiederholt habe ich versucht, ihr mein Verständnis und Mitgefühl zu zeigen, aber umsonst. Ich unternahm große Anstrengungen und sogar Manipulationen, um sie davon abzuhalten, gerichtlich gegen bestechliche öffentliche Beamte vorzugehen. Ich wollte ihr nur helfen, aber meine Bemühungen machten alles nur noch schlimmer. Sie haben einmal erzählt, Sie hätten einen Sohn. Ist es einfacher, einen Sohn aufzuziehen?"

Er machte seiner Tochter viele Vorschläge, gab sogar zu, daß er unrecht gehabt hatte, als er sie dazu überredete, ihre Anklage gegen die Polizei fallenzulassen, aber er konnte ihre Achtung nicht zurückgewinnen; sie lebten als Feinde in dem Haus, das der Hort ihrer Kindheit gewesen war.

Ihre Studienkollegen, die wußten, was vorging, fragten sie, wie sie es ertragen könne, im Elternhaus zu bleiben, und sie erklärte: „Ich werde erst im Januar einundzwanzig. Aber mit dem ersten Einkommen aus meinem Erbe verlasse ich Brookline für immer."

Ende Oktober war es eindeutig, daß sie sich nicht auf ihre Arbeit in Radcliffe konzentrieren konnte. Auch für die Wahl konnte sie sich nicht begeistern, da sie sicher war, daß sowohl Nixon als auch Humphrey von den alten Auffassungen nicht loskamen. Sooft einer der beiden von Gesetz und Ordnung sprach, fuhr sie zusammen. Und Mitte November versuchte sie nicht einmal mehr den Schein zu wahren, daß sie regelmäßig Vorlesungen besuchte.

Anfang Dezember vesuchten einige Jusstudenten von Harvard, sie dazu zu bewegen, den Vorsitz über ein Komitee zu übernehmen, das Richter Abe Fortas' Ernennung zum Richter des Obersten Gerichtshofes im Kongreß unterstützen sollte, aber sie vermochte keine Begeisterung dafür aufzubringen. Trotzdem war sie von dem Gesetz fasziniert, und sie überlegte, ob die jungen Radikalen nicht recht hatten, wenn sie predigten: „Wenn dich die Gesellschaft beleidigt, dann revanchiere dich sofort mit Superliebe." Sie ließ alles andere beiseite und verbrachte einen ganzen Tag damit, einen Brief zu entwerfen, den sie dann eingeschrieben absandte:

Brookline, Massachusetts
10. Dezember 1968

An den
Wachebeamten Nicholas Woiczinsky
Polizeidirektion
Patrick Henry, Indiana

Lieber Inspektor Woiczinsky,
ich bin die junge Frau, die Ihre Kollegen vergangenen August in Ihrer Polizeidirektion gedemütigt haben, ich bin die mit der Gitarre, die ohne gesetzliche Handhabe verhaftet wurde, als wir durch Indiana fuhren.

Ich habe oft an jenen Tag zurückgedacht, und ich erinnere mich, daß Sie während der ganzen Zeit, die ich in jenem Raum verbrachte, nichts gesagt und nichts getan haben, was mein Elend noch verschlimmert hätte. Jetzt erst wird mir klar, daß Sie sich der ganzen Vorgangsweise schämten.

Auch ich schäme mich. Ich schäme mich, daß ich die Haltung verlor und Sie Schweine nannte. Es war ein böses Wort, das ich nicht hätte verwenden sollen. Sie waren im Recht, so zu reagieren, wie Sie es taten, und ich verzeihe Ihnen, daß Sie mich durch das Zimmer gestoßen haben. Ich hätte in Ihrer Lage vielleicht das gleiche getan, und ich möchte mich entschuldigen.

Es wird Sie vielleicht wundern, daß ich keine Anklage erhob, wie ich es angedroht hatte. Die beeideten Aussagen Ihres Bürgermeisters, Ihres Polizeichefs, des Rechtsanwaltes und des Inspektors Maggidorf überzeugten meine Eltern und ihre Anwälte, daß ich ein Lügner sei. Sie waren außerdem davon überzeugt, daß Sie an jenem Tag nicht in Patrick Henry gewesen sind. Ich wollte, Sie wären es nicht gewesen, denn Sie waren besser als die anderen. Bitte bleiben Sie so.

Hochachtungsvoll,
Gretchen Cole

Am nächsten Tag wurde sie vom Institutsvorstand gerufen, der sie fragte: „Sind Sie so durcheinander, wie es den Anschein hat?" Als sie nickte, schlug er vor: „Warum setzen Sie nicht für ein Semester aus? Gehen Sie doch nach Florida oder auf die Jungferninseln, irgendwohin, und versuchen Sie, wieder mit sich ins reine zu kommen." Er schien der erste Erwachsene, der ihr Problem verstand.

„Das könnte ich tun", sagte sie. „Nach Neujahr".

„Wozu warten?"

„Im Januar werde ich einundzwanzig."

Er nahm seine Brillen ab. „Sie sind erst zwanzig? Mit Ihren ausgezeichneten Studienerfolgen?" Er blätterte in ihren Studienprotokollen und las einige beigefügte Notizen. „Haben Sie nicht in einem Café gesungen?" Als sie nickte, sagte er: „Machen Sie das doch wieder. Vergessen Sie für den Rest des Jahres Ihre Studien."

„Was meinen Sie, was sollte ich tun, wenn ich dann wieder weitermache?" fragte sie.

„Sie könnten eigentlich in jede Richtung gegen", sagte er. „Haben Sie politische Ambitionen?"

„Ich glaube nicht. Ich dachte, ich würde gerne ... nun ... einen Punkt in der Geschichte finden, wo die Werte im Fluß waren ... vielleicht den Hundertjährigen Krieg ..."

„Und dann darüber schreiben?"

„Ja."

„Einfach großartig! Ein faszinierendes Projekt! Und ungeheuer wichtig!" Gretchen lächelte über seine Begeisterung. Es tat so gut, wenn ein Erwachsener beipflichtete, anstatt durch ein Dutzend Einwände zu begründen, warum ein Vorschlag undurchführbar sei. „Wie ist Ihr Latein?"

„Acht Jahre immer eine Eins."

„Deutsch?"

„Ich kann es lesen."

„Französisch?"

„Nicht so gut."

„Dann ist es ganz einfach." Er erhob sich und ging in seinem Arbeitszimmer auf und ab. „Mein Gott, ich wollte, alle Probleme, die in diesem Büro auftauchen, wären so einfach zu lösen. Sie sind ein hochbegabtes Mädchen, eine der fähigsten Studentinnen, die ich je hatte. Fahren Sie nach Besançon, lassen Sie sich dort im Amerikanischen Institut einschreiben. Verbessern Sie Ihr Französisch. Dann kommen Sie zurück und gehen richtig an die Arbeit." Er blätterte in einem Katalog für Auslandstudien und fand den Namen, den er gesucht hatte. „Karl Ditschmann. Großartiger Mensch ... Elsässer ... hat in Michigan und Middlebury unterrichtet. Sagen Sie ihm, daß ich Sie geschickt habe und Sie keine Prüfung abzulegen brauchen.

Schmökern Sie in der Bibliothek... gehen Sie auf den Hügeln spazieren... stellen Sie sich vor, Sie sind im Jahr 1360... der erste Teil des Krieges ist vorbei... Crécy und Poitiers sind vorbei... der Schwarze Tod ist vorüber... alles atmet erleichtert auf... stellen Sie sich den tödlichen Schrecken vor, als die Kämpfe erneut ausbrechen... Agincourt und der Bauernkrieg liegt noch vor Ihnen." Er lief in dem kleinen Raum auf und ab. „Lassen Sie sich vom Geist Frankreichs durchdringen. Die aufrührerischen Bauern kommen durch dieses Tal – dieses Tal zu Ihren Füßen – und stürmen vorbei. Und wenn Sie das alles geistig erfassen – dann könnten Sie vielleicht wirklich etwas schreiben, was für unsere Zeit von Bedeutung ist."

Er steckte sie mit seiner Begeisterung an, und sie notierte die Namen des Institutes in Besançon. Als sie sich verabschiedete, fügte er noch hinzu: „Aber es ist vielleicht noch wichtiger, daß Sie wieder singen." Und sie entgegnete: „Haben Sie je eine zertrümmerte Gitarre gesehen? Das hat eine nachteilige Wirkung auf das Singen, wissen Sie."

So lungerte sie die letzten Wochen des Jahres 1968 im Haus herum, las wahllos, was ihr über den Hundertjährigen Krieg unterkam, und schloß sich von den anderen ab. Studenten aus Harvard, Amherst und vom MIT kamen gelegentlich vorbei, um mit ihr zu reden, aber sie zog sich von ihnen zurück, als wären sie Aussätzige. Einmal, als vier von ihnen da waren, verwandelten sich ihre Gesichter plötzlich in die Polizisten von Patrick Henry.

Der „Nachtfalter" lud sie ein aufzutreten, sowohl am Erntedankfest, als auch zu Weihnachten, aber sie brachte es nicht über sich. Sie sang nicht einmal, wenn sie allein zu Hause war. Das einzige, was sie noch interessierte, war die Arbeit im Komitee, das Kriegsdienstverweigerern half, nach Kanada zu flüchten. Ein großgewachsener Kalifornier, dem sie Geld gegeben hatte, riß sie aus ihrer Lethargie, denn er schien die Verwirrung zu verstehen, die sie überkommen hatte. Doch als er sie zum Abschied und zum Dank für das, was sie getan hatte, küssen wollte, wich sie vor ihm zurück.

Am 10. Januar, ihrem Geburtstag, marschierte sie ins Büro ihres Familienanwalts und teilte ihm mit, daß sie regelmäßig ein Viertel ihres Jahreseinkommens zu beheben wünsche. Sie sagte, sie würde ihm zu Beginn jedes Quartals brieflich mitteilen, wohin weitere Schecks geschickt werden sollten. Er setzte zu der Frage an, was sie mit ihrem Geld anfangen sollte, doch sie unterbrach ihn: „Ich werde es morgen um neun Uhr abholen."

„Geben Sie diesmal acht, in welche Gesellschaft Sie geraten..."

Sie sah ihn voll Verachtung an. Er hatte am dringlichsten von einer Anklage abgeraten. Er hatte zuerst gesprochen, und im Anschluß an seine Vorbehalte hatten die anderen alle Anschuldigungen gegen sie akzeptiert. Eine ganze Reihe gescheiter Bemerkungen fiel ihr ein, aber sie wußte, daß jede Auseinandersetzung mit diesem übervorsichtigen alten Mann unmöglich war, und deshalb beherrschte sie ihren Zorn und ging. Er folgte ihr auf den Gang hinaus, um zu fragen: „Wohin, sagten Sie, sollten spätere Zahlungen geschickt werden?", und sie konnte sich nicht zurückhalten, zu antworten: „Vielleicht Neapel. Vielleicht Marrakesch. Ich weiß es selbst noch nicht, aber ich werde Sie auf dem laufenden halten."

Am 11. Januar holte sie ihren ersten Scheck ab, ging zur Bank, ließ sich eine Handvoll Reiseschecks geben und besorgte sich ihre Flugkarte bei der Air France. Am Nachmittag teilte sie ihrer Mutter mit: „Ich fliege mit der Acht-Uhr-Maschine nach Frankreich."

„Wann?"

„Heute abend. Du kannst es Vater sagen." Mehr über ihre Pläne mitzuteilen, schien ihr überflüssig.

Mrs. Cole telephonierte sofort mit ihrem Mann, der sich in ein Taxi stürzte. „Was soll das?"

„Ich fahre nach Frankreich", sagte sie. „Sobald ich mich endgültig entschieden habe, werde ich euch meine Pläne wissen lassen."

„Wie kannst du nach Frankreich gehen?" rief ihr Vater.

„Ganz einfach. Ich nehme ein Taxi, fahre zum Flughafen und besteige ein Flugzeug."

„Aber wir können dir das Geld nicht geben... deine Universitätsgebühren verfallen..."

„Ich brauche dich nicht, Vater", sagte sie kalt. „Im Oktober hätte ich dich dringend gebraucht."

„Du meinst wegen der Geschichte in Patrick Henry?" fragte ihre Mutter. „Liebling, wir haben dir verziehen... was immer geschehen ist... wir haben es vergessen."

„Ich nicht", sagte sie. Sie erlaubte ihnen nicht, sie zum Flughafen zu begleiten.

Besançon war ideal geeignet, einem verwirrten amerikanischen Mädchen wieder auf die Beine zu helfen. Inmitten von Hügeln an einem Fluß liegend, war es immer Grenzstadt gewesen. Julius Cäsar machte es zu einem Stützpunkt, und römische Legionen, die der Verfolgung der Barbaren im Norden müde waren, marschierten gern nach Besançon in die Etappe. Später lag die Stadt an der Grenze zwischen Deutschen und Franzosen, und ihre soliden Steinhäuser mußten oft als Zuflucht dienen. Besançon war keine schöne Stadt, aber die Bewohner waren beständig und tapfer, und Gretchen fühlte sich dort wohl und geborgen.

Dr. Ditschmann war ein beleibter Elsässer, der jeden Tag ein Dankgebet sprach, daß er das Glück gehabt hatte, nach den langen Jahren des Exils in Michigan und Vermont in die Zivilisation zurückkehren zu dürfen. Er war von einem Konsortium amerikanischer Universitäten gewählt worden, um in loser Verbindung mit der Universität von Besançon, einem der wichtigsten Zentren für Sprachstudien in Europa, ein Seminar zu leiten. Ditschmann begeisterte sich für seine Arbeit und fand nach so langer Abwesenheit das akademische Leben in Europa überaus erfrischend. Er hatte Verständnis für die Probleme der jungen Amerikaner. „Es ist heute schwieriger, ein denkender Amerikaner zu sein, als vor zweitausend Jahren ein denkender Römer", sagte er oft, und seine amerikanische Frau, die einen skurrilen, typisch englischen Sinn für Humor besaß, stimmte ihm zu. „Ich frage mich immer, wie die Amerikanerinnen mit ihren Knöpfen am Rücken fertig werden." Die Ditschmanns machten gern kurze Ausflüge nach Deutschland, Italien oder in die Schweiz und nahmen immer ihre Studenten mit.

Ditschmann war sehr damit einverstanden, daß Gretchen sich mit dem Land vertraut machte, um Zugang zu den Ursachen des Hundertjährigen Krieges zu finden. „Heute sind Sie der Bauer und ich bin der Ritter", schlug er einmal vor. „Und ich komme geritten, um Ihre Tochter zu entführen." „Viel würdest du erreichen", scherzte seine Frau. „Du könntest sie nicht einmal einfangen." Er führte sie nach Cravant und Agincourt, wo Schlachten geschlagen worden waren, und nach Orléans, wo Johanna in den Krieg eingetreten war. Aber Mitte April hatten Gretchen und die Ditschmanns erkannt, daß sie die Wertordnung nicht fand, die sie suchte. Ihr Französisch war besser geworden, aber ihre Beziehung zu den Kriegen praktisch verflogen.

„Sind Sie von mir enttäuscht?" fragte sie die Ditschmanns auf der Heimfahrt von Troyes, wo einst ein Vertrag unterzeichnet worden war.

„Keineswegs", sagte er. „Gerade für die besten Köpfe ist es mitunter schwierig, sich zu entscheiden. Eine Geringere hätte sich verpflichtet gefühlt, weiterzumachen. Sie aber prüfen zwölf Wochen lang ... finden eine Menge Schwächen ... in sich selbst oder in dem Gegenstand ... da ist es am besten, aufzugeben."

Mrs. Ditschmann fragte: „Was gab für sie den Ausschlag?"

„Johanna von Orléans. Sie ist zu amorph. Sie verschlingt die Landschaft, und ich bin nicht imstande, mit ihr fertig zu werden. Ich brauche eine solidere Basis ... unter den Bauern."

So wurde beschlossen, daß sie Besançon verlassen sollte; doch sie mußte warten, bis ihr nächster Scheck kam. Selbstverständlich gab die Bank ihre Adresse an ihren Vater weiter, der feststellte, daß Besançon ganz in der Nähe von Genf lag. Er richtete telegraphisch an mich die Anfrage, ob ich ihn nicht treffen könne, damit wir gemeinsam ein Gespräch mit seiner Tochter führten, aber ich war in Afghanistan, und meine Sekretärin schickte das Telegramm nicht nach, da sie mich jeden Augenblick in Genf zurückerwartete. Ich kam in der letzten Aprilwoche zurück und telegraphierte Cole sofort, ich würde nach Besançon fahren, denn ich war begierig zu erfahren, was mit Gretchen geschehen war.

Ich liebe das französische Bergland, denn an ihm ist nicht nur die moderne Zeit, sondern auch der Fortschritt vorbeigegangen, und es ist immer erfreulich, auf alten Bauernhöfen noch die alten Sitten anzutreffen. Sprachforscher behaupten, daß in Besançon das beste Französisch gesprochen wird, und es war daher für die amerikanischen Universitäten naheliegend gewesen, ihr Institut dorthin zu verlegen. Als ich ankam, erfuhr ich, daß Dr. Ditschmann und seine Frau einige Studenten in die vielbelagerte Stadt Belfort geführt hatten. Sie würden zum Abendessen zurück sein. Seine Sekretärin sagte mir, Mr. Frederick Cole aus Boston würde mit dem Abendflugzeug ankommen, aber als ich fragte, ob ich Miß Cole sehen könne, murmelte die Sekretärin, Dr. Ditschmann würde bei seiner Rückkehr alles erklären, und so nahme ich an, Gretchen sei nach Belfort mitgefahren.

Ich zog mich auf mein Zimmer zurück. Welches Problem sie hatte, wußte ich nicht; daß sie eines hatte, schien mir sicher, denn ihr Vater war nicht der Mann, ein Flugzeug nach Besançon zu nehmen, nicht einmal eines nach Washington, wenn nicht etwas Ernstes vorlag. Ich erinnerte mich an eine Bemerkung Gretchens: „Vater wird nicht laufen, wenn er gehen kann, und nicht fliegen, wenn er auf der Erde bleiben kann." Da läutete das Telephon. Cole erwarte mich in seinem Zimmer.

In Boston hatte ich diesen Mann respektiert, in Besançon war er mir sympathisch, denn er erwies sich als fühlender Mensch, der in großer Sorge um seine Tochter war. „Ich habe Ihnen nicht früher geschrieben, daß sie in Ihrer nächsten Nähe war", erklärte er, „weil ich es selbst nicht wußte. Ja, wirklich, sie hat uns völlig abgeschrieben. Es war unsere Schuld, aber nachdem wir den Fehler einmal gemacht hatten, ließ sie keine Wiedergutmachung zu. Wie, glauben Sie, haben wir erfahren, wo sie ist? Durch die Bank. Traurig."

„Warum ist sie fortgegangen", fragte ich.

Die Bündigkeit seiner Antwort überraschte mich: „Häßliche äußere Ursachen. Schlimmere innere."

„Was löste es aus?"

„Sie war, wie Sie wissen, an McCarthys Kampagne beteiligt. Beim Parteikonvent in Chikago kam es zu einer Reihe unglückseliger Begebenheiten – was wirklich geschehen ist, wissen wir nicht. Auf der Heimfahrt wurde ihr Wagen von Kleinstadtpolizisten aufgehalten, die sie... „– er zögerte, blickte auf seine fest ineinander verkrampften Finger –" ... die sie bearbeiteten, wie die Zeitungen das nennen. Furchtbar für ein Mädchen... für jeden Menschen. Sie war empört – mit vollem Recht – und lancierte eine öffentliche Anklage... durch die Zeitungen von Cleveland, man stelle sich das vor, Mrs. Cole und ich verloren den Kopf. Nur in Gretchens Interesse unternahmen wir Schritte, um die Sache zu vertuschen, und Gret hatte das Gefühl, daß wir sie im Stich ließen. Mrs. Cole sagte einige unpassende Dinge, und mein Betragen muß sehr charakterlos gewirkt haben. Damit begannen die inneren Schwierigkeiten. Sie lehnte uns ab, gab ihr Studium auf, verlor völlig den Kopf . . . oder noch schlimmer . . . und da sind wir nun."

Er ließ sich in einen Stuhl fallen, schenkte sich ein halbes Glas Whisky ein und schob mir die Flasche zu. „Außerdem war noch irgendein Unsinn mit einem Jusstudenten aus Duke und eine Marihuanageschichte in Yale. Was eigentlich geschah, wissen wir nicht."

Ich versuchte dieses Gewirr von Informationen zu verarbeiten, aber ich konnte nicht klug daraus werden, denn ich sah Gretchen vor mir, wie ich sie kannte: zurückhaltend, aber von jener Selbstsicherheit und inneren Würde, die keine Polizei und kein Jusstudent aus Duke unterminieren konnten. „Sie müssen es falsch verstanden haben", hielt ich ihm vor. „Ich habe Gretchen in Boston recht gut kennengelernt. Nein, vielleicht kann ich es Ihnen so erklären: Nehmen wir das englische Mädchen aus Vwarda, von dem ich Ihnen erzählte... wenn sie jetzt behaupteten, sie hätte denen in

Chikago die Hölle heiß gemacht, würde ich sagen: ‚Wundert mich gar nicht.‘ Nicht aber bei Gretchen.“

„Darum eben wollte ich, daß Sie herkommen und mit ihr sprechen... weil Sie sie kennen.“

„Ich möchte selber unbedingt erfahren, was geschehen ist“, versicherte ich ihm.

Um sieben Uhr abends nahmen wir ein Taxi zum Institut, um Gretchen zu treffen. In der Halle empfing uns die Sekretärin und teilte uns mit, Dr. Ditschmann und seine Frau würden gleich kommen. Mr. Cole zuckte mit den Achseln und sah mich an, als wollte er sagen: „Was hat das arme Mädchen nun wieder angestellt?“

Seine Überlegungen wurden von der Ankunft der Ditschmanns unterbrochen. Er war rotbackig, quicklebendig, wirkte wie ein deutscher Gymnasialdirektor aus der Provinz. Sie war Amerikanerin, viel jünger als er und von der gleichen ansteckenden Begeisterungsfähigkeit. Beide hatten offensichtlich Freude an ihrer Arbeit. Es schien, als würden sie keine Bedenken haben, Mr. Cole mitzuteilen, was mit seiner Tochter geschehen war. Aber das Gespräch geriet von Anfang an auf eine falsche Bahn.

„Mein lieber Freund Cole!“ rief Ditschmann, als er hereinkam, und ergriff meine Hand.

„*Ich* bin ihr Vater“, sagte Cole steif.

Ditschmann ließ seinen Blick zwischen uns beiden hin und her gehen und sagte dann zu mir: „Ich hätte geschworen, Sie wären Cole. Sie sehen europäischer aus. Gretchen ist sehr europäisch, wissen Sie. Außerordentlich sprachbegabt.“ Ohne Verlegenheit wandte er sich Cole zu und schüttelte ihm die Hand. „Sie haben eine ganz wunderbare Tochter.“

„Ein entzückendes Mädchen“, stimmte Mrs. Ditschmann zu.

„Sie ist also nicht in Schwierigkeiten?“ fragte ich.

„Gretchen? Du lieber Himmel, nein. Ich wollte, alle unseren jungen Leute...“

„Könnten wir sie sehen?“ fragte Cole abrupt.

Dr. Ditschmann sah ihn überrascht an. „Sie sehen? Hat Sie Ihnen nichts gesagt?“

„Sie sagt uns nichts“, sagte Cole leise.

„Mein lieber Freund!“ sagte Ditschmann. „Bitte nehmen Sie Platz.“

Mrs. Ditschmann zog einen Stuhl herbei und nahm Mr. Coles Hände. „Wollen Sie damit sagen... daß sie Ihnen nichts von ihren Plänen geschrieben hat.“

„Nein“, sagte Cole und zog seine Hände zurück. „Nichts.“

Die Ditschmanns tauschten Blicke, und er neigte den Kopf, als wollte er sagen: Sie muß einen verdammt guten Grund gehabt haben. – Laut sagte er: „Dann wissen Sie also nicht, daß Gretchen schon seit zwei Wochen nicht mehr bei uns ist?“

„Wo ist sie?“

„Das weiß ich wirklich nicht“, sagte Ditschmann. Er wandte sich an seine Frau: „Hat sie dir irgendeine Andeutung gemacht, wo sie am“ – er blickte auf seine Schweizer Uhr, um das Datum festzustellen – „am 5. Mai sein würde?“

„Nein“, sagte Mrs. Ditschmann ohne irgendein Zeichen von Besorgnis. „Ich glaube, sie wollten das Loiretal sehen ... dann vielleicht die Côte d'Azur.“

„Kein Grund zur Aufregung“, sagte Ditschmann beruhigend. Wieder wandte er sich an seine Frau: „Wer war in der Gruppe?“

Sie überlegte einen Augenblick, dann sagte sie: „War da nicht der Junge aus Dänemark? Und das deutsche Mädchen? Die Amerikanerin, ja. Und ein anderer Junge. Er war nicht vom Institut.“

„Meinen Sie, daß Sie nicht einmal wissen ...“

„Mr. Cole“, erklärte Ditschmann geduldig, „wir haben viele junge Leute hier. Aus allen Teilen der Welt. Sie kommen und gehen, wirklich wertvolle Menschen, die besten, die man auf dieser Welt finden kann. Ihre Tochter ist jetzt mit drei oder vier von ihnen unterwegs. Wo, weiß ich nicht. Irgendwo in Europa. Zu gegebener Zeit wird sie es uns wissen lassen.“

„Ich bin sehr erstaunt“, sagte Cole. „Unsere Tochter inskribiert hier ... und Sie wissen nicht einmal, wo sie ist. Irgendwo in Europa. Mit drei oder vier ebenso verantwortungslosen jungen Leuten.“

„Mr. Cole“, korrigierte Mrs. Ditschmann, „Gretchen ist nicht verantwortungslos. Sie ist im Gegenteil eine der verantwortungsbewußtesten Studentinnen, die wir je hatten. Sie hat alles in sich aufgenommen, was wir ihr geben konnten, und ist intelligent genug, es zu behalten und zu verwenden. Wo sie jetzt ist? Sie sucht.“

„Was?“ fragte Cole.

„Ideen“, sagte Dr. Ditschmann. „Sie kam hierher mit einer Absicht ... über den Hundertjährigen Krieg zu schreiben. Nachdem sie die historischen Orte aufgesucht hat, findet sie, daß es nicht das richtige für sie ist. Sie hatte den Mut, den Plan einfach fallenzulassen. Und nun sucht sie etwas anderes.“

„Was?“ wiederholte Cole.

„Ich sagte ihnen schon; eine Idee. Sie sucht in Frankreich nach einer Idee, die groß genug ist, um für die nächsten zehn Jahre ihr Interesse und ihr Talent zu fesseln. Solche Ideen sind schwer zu finden. Wir müssen ihr alle viel Glück wünschen."

„Das ist erschütternd", murmelte Cole. „Eine Bildungsinstitution, die nicht einmal weiß, wo ihre Kinder..."

Dr. Ditschmann lächelte. „Wir halten einundzwanzigjährige Mädchen mit einem Intelligenzquotienten von über 170 nicht für Kinder. Ihre Tochter war wahrscheinlich überhaupt nie ein Kind. Zur Zeit ist sie höchstwahrscheinlich genau dort, wo sie sein sollte."

„Wo?" beharrte Cole.

„Unterwegs mit einem gelben Pop-Top ... irgendwo in Europa ... zusammen mit ein paar aufgeweckten jungen Leuten..."

„Was ist ein gelber Pop-Top?" fragte Cole, sichtlich bemüht, seine Beherrschung nicht zu verlieren.

Dr. Ditschmann ließ seine Frau erklären: „Die deutschen Volkswagenwerke haben diese neue Art von Campingbus entwickelt. Sehr beliebt bei jungen Leuten. Bietet ein sinnreiches Arrangement von Stockbetten, dazu ein aufklappbares Dach, wodurch man Platz gewinnt und auch noch eine herrliche Aussicht genießt."

„Stockbetten?" wiederholte Cole, als trenne ihn eine Kluft von den Ditschmanns.

„Als Gretchen sich entschloß, das Institut zu verlassen", erklärte Dr. Ditschmann – „Mit unserer vollen Zustimmung", warf seine Frau ein –, „hatte sie eben einen ziemlich hohen Scheck aus Boston erhalten. Zweifellos von Ihnen. Da hatte sie die glückliche Idee, einen Pop-Top zu kaufen. Meine Frau half ihr beim Aussuchen."

„Wir haben ihr zugeredet", korrigierte Mrs. Ditschmann. „Sie müssen wissen... vom ersten Tag an, an dem Pop-Tops auf den Markt kamen, wünschten Karl und ich uns einen. Es wäre großartig für Campingreisen mit den Studenten, und ich glaube, man kann sagen, daß wir, indem wir Gretchen unterstützten, nur unsere eigenen Wünsche sublimiert haben. Jedenfalls hatte sie ihr Herz an einen gelben Pop-Top gehängt. Keine andere Farbe kam in Frage. Der Händler hatte einen roten, wirklich dufte..."

Bei dem Wort „dufte" zuckte Mr. Cole zusammen, und ich fürchtete schon, das Gespräch würde ein katastrophales Ende nehmen, aber Mrs. Ditschmann ignorierte ihn. „Also rief unser Händler hier in Besançon einen Kollegen in Belfort an, der einen leuchtend gelben hatte, und wir fuhren hin, um ihn anzusehen. Gretchen sah ihn in der Sonne glänzen, lief hin, küßte ihn und sagte: ‚Ich habe zu lange dunkle Dinge gehabt.' Sie kaufte ihn sofort, bezahlte bar und fuhr am nächsten Tag nach Süden." Sie zögerte, dann fügte sie hinzu: „Mit unserer Zustimmung, Mr. Cole. Mit unserer vollen Zustimmung."

„Wo ist sie jetzt?" fragte Mr. Cole leise.

„Wir haben keine Ahnung", sagte Dr. Ditschmann.

„Kutschiert in Europa herum?" fragte Cole zynisch. „Mit Burschen, die Sie nicht einmal kennen?"

Dr. Ditschmann seufzte, lehnte sich in seinem Stuhl zurück, und sagte: „Ihre Generation muß lernen, den Tatsachen ins Auge zu sehen, Mr. Cole. Soweit ich Gretchen kennengelernt habe, fehlt ihr nur eines. Ich weiß nicht genau was, aber es hat wahrscheinlich mit Sex zu tun. Es muß ihr etwas sehr Schlimmes widerfahren sein. Im Augenblick ist es für sie am wichtigsten, sich von diesem Erlebnis, was immer es gewesen sein mag, zu distanzieren. Meine Frau und ich konnten ihr dabei nicht helfen. Sie waren vermutlich ebenso machtlos. Nur Leute ihres Alters können ihr helfen. Eigentlich nur Burschen ihres Alters. Beten Sie zu Gott, daß sie die richtigen findet."

Ich erwartete, daß Cole nun hochgehen würde. Aber zu meiner Überraschung entspannte er sich und folgte fast zustimmend dem, was Mrs. Ditschmann nun sagte. „Sie haben eine wundervolle Tochter, Mr. Cole, sensibel, in jeder Hinsicht reizend. Karl und ich wären stolz, wenn wir eine solche Tochter hätten. Aber wenn wir eine hätten, würde sie sicher auch nicht so handeln, wie wir es wollten ... nicht so, wie ich mich eine Generation früher am Smith College verhielt. Alles hat sich geändert ... zum besseren in meister Hinsicht. Sehen Sie den an!" Studenten gingen auf dem Weg in den Speisesaal vorbei, und sie zeigte auf einen rundlichen jungen Kerl mit sagenhaftem Wuschelkopf und struppigem Schnurrbart. „Er wird wahrscheinlich bald Dirigent des Bostoner Symphonieorchesters sein. Und der dort! Er wäre heute schockiert, wenn ich ihm sagte, daß er eines Tages Bankier in Denver sein wird. Und das Mädchen mit den gräßlichen Hosen ... sie könnte Senator werden –. Ob es uns nun recht ist oder nicht, Mr. Cole, diese jungen Leute werden einmal die Welt lenken."

„Diese liebenswerten Kinder, die sich einfach treiben lassen?" fragte Cole mit überraschender Wärme.

„Welche Alternative gibt es denn?" fragte Dr. Ditschmann. „Sehen Sie sich den jungen Mann dort an", er zeigte auf einen Neger mit wüster afrikanischer Haartracht. „Sie sollten sich auf den Tag vorbereiten, an dem Ihre Tochter ihn als Schwiegersohn ins Haus bringt. Ein brillanter kluger Junge ... und sehr sympathisch."

Cole betrachtete den Neger, lächelte und fragte leise: „Sie sprechen natürlich allegorisch?"

„Nicht unbedingt", gab Ditschmann zurück.

Da tat Cole etwas höchst Überraschendes. Er stand auf, ging zu dem Neger und fragte: „Könnten Sie heute abend mit uns essen? Entschuldigen Sie, ich bin Gretchen Coles Vater."

„Gern. Was hören Sie von Gret?"

„Ich hatte gehofft, Sie würden mir etwas erzählen."

„Sie war ganz versessen auf das Loiretal. Ich wollte mitkommen, aber ich muß die Prüfung für das dritte Jahr Französisch bestehen, sonst verliere ich mein Stipendium in Stratford."

Cole legte den Arm um die Schultern des jungen Mannes und brachte ihn zu uns herüber. „Dr. Ditschmann, können Sie und Ihre Frau heute mit uns essen?" Sie nickten, und Cole fuhr fort: „Es muß doch in der Gegend ein Restaurant im bäuerlichen Stil geben. Machen wir uns einen netten Abend."

Wir nahmen ein Taxi und fuhren an den Stadtrand, wo ein Restaurant im elsässischen Stil Rotkraut, Bratwurst auf sieben Arten und dunkles, säuerlich schmeckendes Brot servierte. Als wir vor unseren Bierkrügen saßen, sagte Cole: „In Boston bin ich Kurator der Schule St. Peter. Sie ist eher eine von der anständigen Sorte. Ihre Einstellung zu Erziehungsproblemen, Dr. Ditschmann, fasziniert mich. Die Studenten kommen und gehen, wie sie wollen, Ihnen ist das völlig egal, und junge Männer wie dieser gedeihen unter dem System. Sie würden frischen Wind nach St. Peter's bringen – wenn Sie es versuchen wollten."

Dann wandte er sich an den Neger und fragte: „Wie ist Gretchen in Besançon zurechtgekommen?"

„Sieg auf allen Linien."

„War sie glücklich?"

„Nein. Und sehr verschlossen." Der junge Mann zögerte, dann fügte er hinzu: „Ich war so ungefähr der achte, der sie zu küssen versuchte. Sie lebte unter einer furchtbaren Spannung. Wir hätten eigentlich erwartet, sie würde früher von hier abziehen."

„Sie waren einverstanden, daß sie ging?"

„Wir alle waren einverstanden", sagte der junge Mann. „Es war Zeit für sie, wegzugehen."

Später, nachdem wir die Ditschmanns und ihren Studenten aus Arkansas am Institut abgesetzt hatten und Cole und ich allein zum Hotel zurückfuhren, lachte er plötzlich laut auf. „Ich hoffe, ich werde den Tag erleben, an dem der Junge mit der abenteuerlichen

Haartracht das Boston Symphony Orchestra übernimmt. Können Sie sich unser Freitagspublikum vorstellen?" Dann vergrub er sein Gesicht in die Hände und sagte leise: „Und können Sie sich vorstellen, man fliegt nach Europa, um seiner Tochter zu helfen, und kann nicht einmal feststellen, wo sie sich aufhält?"

Als der gelbe Campingbus in Avignon ankam, hatte Gretchen nur noch einen Mitfahrer. Der Däne war ausgestiegen, als sie das Loiretal verließen; Elsa und Fleurette waren bis Bergerac mitgekommen und dann zum Institut zurückgefahren. So blieb nur Anton, ein großer, düster dreinblickender Tscheche, der mit dem Problem rang, ob er nach Prag zurückkehren und helfen solle, die russische Besatzung zu bekämpfen. Er war Gretchen dankbar, weil sie ihm so verständnisvoll half, seine Zukunftsmöglichkeiten zu analysieren, und stimmte ihr zu, daß es die beste Lösung wäre, wenn er noch zwei Jahre in Westeuropa bliebe und sein Studium beende, um dann in Prag sein Glück zu versuchen.

„Aber was ist, wenn die Amnestie bis dahin abgelaufen ist? Angenommen, ich kann nicht zurückkehren?"

„Die zweitbeste Lösung wäre, nach Kanada zu gehen", sagte sie. „Ich glaube, daß dort eine große Zukunft liegt."

Er bat sie, zur Brücke von Avignon zu fahren. Als Kind hatte er mit seinen Schwestern das bekannte Lied gesungen, und so fuhren sie also die Rhone entlang bis zu der berühmten Bogenbrücke, die so vielen Kindern lieb ist, er summte das alte Kinderlied und Tränen traten ihm in die Augen. Er erzählte Gretchen, daß seine Schwestern prachtvolle Mädchen seinen und daß das Heimweh nach ihnen die schwere Bürde seine Exils sein würde. Er fragte sie, ob er sie zum Abschied küssen dürfe, und sie stand wie ein Eisblock da, als er ihre Wange berührte. Er sagte, er würde ihre Großzügigkeit nie vergessen.

„Ich hatte keinen Pfennig", sagte er, „und du warst so großzügig. Wenn ich nach Kanada komme, werde ich es dir zurückzahlen. Das ist ein feierliches Versprechen." Auf der Mitte der Brücke schlug er die Hacken zusammen, machte eine knappe Verbeugung und stellte sich mit in Richtung Besançon zeigendem Daumen an den Rand der Straße.

Nun war sie allein, ein hübsches einundzwanzigjähriges Mädchen mit einem eigenen, gelben Campingbus auf dem Weg durch Südfrankreich zu den großartigen Städten Italiens. Sie hatte sich einen

Reiseführer für Italien gekauft und auf der Landkarte ihre Route eingezeichnet: Mailand–Florenz–Siena–Orvieto–Rom. Sie freute sich auf die Kathedralen mit ihren Altären und Fresken und auf die Plätze mit den Statuen von Michelangelo und Verrocchio. Sie hoffte, irgendwo in Italien ihr Thema zu finden; vielleicht würde es mit der Geschichte Sienas zu tun haben, vielleicht würde sich sich mit der Geschichte dieses Stadtstaates befassen. So breitete sie in ihrem kahlen Hotelzimmer in Avignon die Karte von Siena aus und versuchte sich vorzustellen, wie es um die Mitte des vierzehnten Jahrhunderts dort ausgesehen haben mochte.

An diesem Abend nahm sie ihren Reiseführer zum Abendessen mit und konzentrierte sich während des Essens auf Siena. Sie ignorierte die bewundernden Blicke einiger Franzosen, die laut und ungeniert darüber diskutierten, warum sie allein esse. Einer kam zu ihrem Tisch und fragte, ob er sie auf ein Glas Champagner einladen dürfe. Sie lächelte und lehnte ab, aber unwillkürlich dachte sie: „Wie nett er aussieht!" Als sie den Speisesaal verließ und in einer Ecke der Halle am Flugbüro vorbeikam, fiel ihr Blick auf ein Plakat in leuchtenden Farben, das für Torremolinos in Spanien warb. Halblaut sagte sie: „Wer war es nur, der den Ort erwähnte? Vielleicht brauche ich im Augenblick keine Kathedralen und Kapellen." Das Büro war geschlossen, aber am Vormittag machte ein lebhaftes junges Mädchen Dienst, mit dem Gretchen französisch sprach.

„Torremolinos!" rief das Mädchen. „Ah, wenn Sie Zeit haben ... und Geld ... mein Gott, lassen Sie sich Torremolinos auf keinen Fall entgehen!"

„Ich war eigentlich auf dem Weg nach Italien", sagte Gretchen; sie war schwankend geworden.

„Italien kann warten!" rief das Mädchen mit ansteckender Begeisterung. Der Eingebung des Augenblicks folgend, schloß sie ihr Büro und überredete Gretchen, mit ihr im Café ein Glas Wein zu trinken, obgleich die meisten Hotelgäste noch beim Frühstück saßen. „Torremolinos ist eine Notwendigkeit", erzählte das Mädchen, während sie in der hellen Frühlingsluft saßen. „Einmal im Jahr fliegt uns unsere Gesellschaft irgendwohin ... damit wir wissen, worüber wir reden können. Sie haben einen großen Fehler gemacht, als sie mich nach Torremolinos brachten. Es ist der einzige Ort, den ich empfehle; und da es nur ein kurzer Flug ist, verdienen wir nicht viel daran. Der Boß fragt mich: ‚Können Sie sich nicht entschließen, Kreta zu lieben?', und ich sagte ihm: ‚Ich werde Kreta lieben, wenn ich so alt bin wie Sie und Erholung brauche'."

„Ich fürchte, Sie verschwenden Ihre Zeit an mich", sagte Gretchen. „Ich fliege nicht. Ich habe meinen eigenen Wagen."

„Na und?" fragte das Mädchen. „Sagen Sie ein Wort und ich komme mit. Zum Teufel mit diesem Job, wenn ich nach Torremolinos zurück kann."

„So schön ist es?" fragte Gretchen.

„In Torremolinos gibt es kaum Enttäuschungen", sagte das Mädchen. „Da gibt es Musik und Strand und junge Leute, die den Kalender verloren haben. Um Gottes willen, fahr nicht nach Italien. Nicht, wenn du einen eigenen Wagen hast und so eine Figur."

Gretchen bestand darauf, ihre Getränke zu bezahlen, aber das Mädchen wollte nichts davon wissen. „Das ist meine gute Tat für heute!" Gretchen verließ das Hotel mit dem festen Entschluß, nach Italien zu fahren. Nachdem der Portier ihr Gepäck im Wagen verstaut hatte, ging sie noch einen Sprung ins Reisebüro, um dem Mädchen zu danken. „Ich fürchte, es muß doch Italien sein."

Die Französin hob bedauernd die Schultern. „Wenn wir beide sechzig und mit Millionären verheiratet sind und uns in irgendeinem Restaurant in Paris treffen, wirst du sagen: ‚Was für ein Vollidiot war ich doch damals in Avignon!'" Und sie lachten beide.

Gretchen fuhr aus der Stadt; als sie zu der Gabelung kam, wo es links nach Aix und Nizza und Italien ging und rechts nach Nimes und Perpignan und Spanien, ertappte sie sich dabei, daß sie ihren Wagen unerklärlicherweise scharf nach rechts wandte und dabei laut rief: „Italien kann warten. Sie singen in Torremolinos, und sie brauchen mich!"

Am 3. Mai 1969, um vier Uhr nachmittags, blickten die Habitués, die im Café gegenüber dem Zeitungskiosk herumlungerten, auf und sahen einen staubigen gelben Campingwagen mit französischer Nummerntafel ins Stadtzentrum fahren. Am Steuer saß eine attraktive junge Frau, die allein reiste. Jeder sagte sich: „Ich möchte wissen, was so ein Mädchen allein hier macht", und die meisten Männer schlossen die Überlegung an: „Irgendein Glücklicher wird es mit der gut haben." Sie beobachteten, wie das Mädchen anhielt, ausstieg, sich kurz umsah, doch nicht zu erkennen gab, daß sie die Bar und deren Gäste bemerkt hatte, einen Packen französischer und deutscher Zeitungen kaufte, wieder in den Wagen stieg und wegfuhr.

„Die kommt wieder!" sagte ein amerikanischer Student zu seinem

Nebenmann. Da sah er, daß der Wagen an einem Verkehrslicht anhielt, rannte hin und fragte freundlich: „Kann ich irgendwie helfen?"

„Ja. Wo ist der Campingplatz?"

„Gibt keinen. Schau am Strand entlang und such dir einen Platz aus."

„Ist der Strand in der Richtung?"

„Ja."

„Danke."

Als er zur Bar zurückkam, berichtete er: „Amerikanerin, Teure Kleider. Kein fremdes Gepäck im Wagen. Sie muß allein reisen. Sie will am Strand parken. Ihre Zeitungen waren französische und deutsche, also muß sie vom College sein ... vielleicht von irgendwo in Europa." Und die Zuhörer merkten sich, daß sie keinen Freund hatte und am Strand parken würde. Und jeder nahm sich vor, der Sache nachzugehen.

Gretchen fuhr bis zum Strand, und als sie die weite Sandbucht bis hinüber nach Malaga vor sich hatte, verstand sie, warum das Mädchen vom Reisebüro in Avignon so begeistert gewesen war. Sie fuhr langsam ostwärts bis zum „Brandenburger", dem großen deutschen Hotel mit dem einladenden Strand davor. – Hier lasse ich mich nieder, sagte sie zu sich. Sie fand eine kleine ebene Stelle am Strand, in die sie im Rückwärtsgang einzuparken begann, so daß sie durch das große Heckfenster das Mittelmeer und durch die Windschutzscheibe das deutsche Hotel und die Berge dahinter sehen konnte. Es war eine gute Wahl. Als sie ihre Sachen arrangiert hatte, ging die Sonne eben unter. Während die Dunkelheit rasch über Berge und Meer herabsank, überkam Gretchen das Gefühl behaglicher Geborgenheit.

Die deutschen Hotelgäste zeigten sich sehr freundlich. Zunächst waren sie nur neugierig, warum ein Mädchen allein kampierte. Als sie entdeckten, daß Gretchen Deutsch sprach, nahmen sie persönliches Interesse an ihr, luden sie in die Bierstube des Hotels ein und unterhielten sich stundenlang mit ihr über deutsche und amerikanische Politik. Sie interessierten sich besonders dafür, was beim Parteikonvent in Chikago vorgefallen war, und Gretchen bekam den Eindruck, daß die Deutschen auf Grund ihrer Erfahrungen mit Hitler Anzeichen böser Dinge, die da kommen würden, zu erkennen glaubten, die den Amerikanern entgingen. Sie baten sie zum Essen und überredeten den Hotelmanager, sie die Toilette benützen zu lassen.

„Wenn Sie baden wollen", ermutigte sie eine Hausfrau aus Hamburg, „kommen Sie nur zu uns herauf. Als wir jünger waren, kampierten Willi und ich viel."

Nicht einmal in Frankreich hatte sie Menschen kennengelernt, die ihr sympathischer waren als diese gleichmütigen, höflichen Deutschen. Wenn sie nachts allein in ihrem Wagen lag, dachte sie darüber nach, daß eigentlich auch sie eine Deutsche war und nun die Beziehungen zu ihren Vorfahren aufnahm. Was sie bisher von ihnen gesehen hatte, gefiel ihr. Mehrere junge Männer versuchten mit ihr auszugehen, aber ihre Erfahrung mit den Polizisten saß ihr noch so in den Knochen, daß sie keinerlei Neigung verspürte, irgend etwas mit Männern zu tun haben. Ein besonders gut aussehender Stuttgarter bestand einmal darauf, sie zum Wagen zurückzubegleiten, und als er die beiden Betten sah, sagte er: „Wenn es niemand benützt, das zweite..." Aber sie hatte keine Lust, sich in ihrem eigenen Wagen mit einem Mann herumzubalgen, für den Sie kein Interesse aufbringen konnte.

Am Ende der zweiten Woche sehnte sie sich plötzlich danach, Amerikaner zu sehen. Sie manövrierte ihren Wagen daher langsam aus dem Sand, in dem er bereits tief eingesunken war, und fuhr in die Stadt, wo sie auf dem großen Platz neben dem Postamt parkte. Sie kletterte aus dem Wagen und begann, die verschiedenen Läden und die wirre Vielfalt der Restaurants zu erforschen. In einer Hintergasse sah sie ein Schild, das ihre Aufmerksamkeit erregte: einen Holzrevolver mit der Aufschrift „The Alamo".

Genau das, was ich brauche, dachte sie. Texasgeschichten. Sie stieß die Tür auf und hatte einen sehr kleinen Raum vor sich, in dem sichtlich kein einziger der Gäste Texaner war. Das Mädchen, das an der Bar bediente, war eindeutig Skandinavierin, aber an einem Ecktisch lümmelten Amerikaner, von denen keiner über zwanzig sein konnte. Als Gretchen sich setzte, kamen zwei herübergeschlurft und fragten: „Bist du Amerikanerin? Was machst du hier?" Sie erklärten, sie wären Soldaten aus dem amerikanischen Stützpunkt in der Nähe von Sevilla, und luden sie zu ihren Tischen ein. Gretchen setzte sich zu ihnen, aber sie war entsetzt, wie kindisch ihre Gespräche waren. Sie schienen sich wirklich für nichts außer Baseball und Stierkampf zu interessieren. Auf ihre Fragen erfuhr sie allerdings, daß keiner von ihnen ein College besucht hatte und nur die Hälfte von ihnen eine höhere Schule. Sie schwiegen plötzlich alle, als ein Neger mit einem außergewöhnlich reizvollen jungen Mädchen hereinkam.

„Pssst", machte ein junger Soldat, „das ist der Kerl, der die Kirche in Philadelphia kurz und klein schoß ... der alle die Episkopäler ermordete ... hast du davon gelesen?"

Selbstverständlich hatte sie. Die Pariser Ausgabe der „Herald Tribune" war im März voll davon gewesen, und sie hatte mit zwei schwarzen Studentinnen am Institut darüber diskutiert. Die beiden hatten sowohl die Tat als solche als auch die ihr zugrunde liegende Einstellung verteidigt, aber sie hatte ihnen nicht zustimmen können, denn sie war der Meinung, daß die Neger, wenn sie auf einer bewaffneten Auseinandersetzung bestünden, sie auch bekommen würden – aber zum Schaden aller. Sie betrachtete den eben Eingetretenen daher mit Interesse und fragte einen Soldaten: „Könnte ich ihn kennenlernen?" – „Warum nicht? Er kommt jeden Tag hierher." Der Junge rief den Neger an ihren Tisch und sagte: „Cato, das ist meine gute Freundin aus Amerika – wie heißt du?"

„Gretchen Cole."

„Cato Jackson." Er sah sich nach seiner Freundin um, aber sie half der Skandinavierin hinter der Bar.

„Diese Leute haben mir erzählt, Sie waren an dem Zwischenfall in Philadelphia beteiligt."

„Stimmt", antwortete er ruhig. Er war nie sicher, welche Haltung ein weißer Fragesteller einnehmen würde.

Die Diskussion zog sich eine Weile hin, etliche Soldaten überraschten Gretchen dadurch, daß sie treffende Bemerkungen beisteuerten, Cato aber argumentierte geschickt, zeigte reife Intelligenz und hohes moralisches Niveau. Sie gewann den Eindruck, daß er sie mit manchen seiner Kommentare aufs Eis führen wollte. Aber er gefiel ihr, und sie hoffte, ihn bald wieder zu treffen.

Als sie zu ihrem Campingplatz zurückfuhr, wartete ein deutscher Geschäftsmann, ein Herr Kleinschmidt aus Berlin, mit guten Nachrichten auf sie: „Sie haben neulich von Gitarren gesprochen ... Sie sagten, sie wollten eine spanische kaufen. Nun, ich habe herausgefunden, wo sie gemacht werden, und morge bringe ich Sie hin."

Es war ein Städtchen im Bergland von Malaga.

Die Straße, die hinaufführte, war tückisch, aber Gretchen bewältigte sie und landete schließlich auf dem Hauptplatz eines Ortes, der El Cid als Versteck gedient haben mochte. Die Zeitlosigkeit und das

Alter der Stadt faszinierten sie, und sie war neugierig, was es in dem Laden des Kunsthandwerkers, zu dem der Deutsche sie führte, zu kaufen geben würde. Der Besitzer war ein alter Spanier mit vier Zähnen und einer Schaffelljacke. Auf Regalen über seinem Kopf lagerte er altes Holz, aus dem er, wenn die Feuchtigkeit gerade richtig war, ländliche Gitarren machte, große, handfeste Instrumente mit starken Balken und festen Griffbrettern, in die die Holzwirbel noch nach alter Machart eingepaßt waren. Er verwendete Darmsaiten, und als Gretchen eines der Instrumente nahm und einen Akkord anschlug, erfreute sie sich an dem vollen Klang.

„Eine gute Gitarre", sagte der Handwerker auf spanisch.

Sie besprachen den Preis, wobei der deutsche Geschäftsmann als Dolmetsch fungierte, und Gretchen fand ihn zuerst zu hoch. „Aber das ist eine gute Gitarre", beharrte der Mann. Gretchen spielte eine schnelle Akkordfolge und mußte zugeben: „Ich habe selten eine bessere gespielt. Ich nehme sie."

„Aber erst muß ich sie polieren", sagte der Mann, und Gretchen sagte, sie würde warten. Doch er erklärte, das Polieren nähme zwei Tage in Anspruch, und so fragte sie ihren deutschen Begleiter: „Können Sie irgendwie nach Torremolinos zurückkommen?" Er erkundigte sich und erfuhr, daß um vier Uhr ein Autobus ging. Sie meinte: „Ich komme auch ohne Spanisch aus. Wissen Sie, diese Gitarre ist es wert, daß man auf sie wartet." So fuhr der Deutsche allein zurück.

Als der Bus in Richtung Malaga abfuhr, war sie wieder allein, so völlig allein, wie sie es immer gewesen war, und sie spazierte durch das ärmliche Dorf und suchte nach einem guten Platz für ihren Wagen. Sie fand einen neben einem Bergbach, fuhr den Wagen hin und parkte ihn so, daß das Kopfende ihres Bettes fast direkt über dem plätschernden Wasser zu stehen kam. Als sie eine Weile im Wagen gelegen hatte und die Dämmerung noch nicht gekommen war, fühlte sie den unwiderstehlichen Drang zu singen, ging zu dem Instrumentenbauer zurück und bat ihn, ihr eine seiner Gitarren zu leihen. Er gab ihr eine, und sie ging damit durch die Straßen, und die Kinder folgten ihr, auch ältere Männer, denn sie hatten nichts Besseres zu tun. Als sie zum Wagen kam, setzte sie sich auf einen Felsen neben dem Bach und begann, die alten Balladen zu spielen.

Nach einer Weile bat ein alter Mann aus dem Dorf um die Gitarre und sang eine traurige Flamenco-Weise, darauf sang eine Frau einen wilden Flamenco. Sie gaben ihr die Gitarre zurück und baten sie, sie möge wieder singen. Die tröstliche Einsamkeit der Jugend überkam sie, und sie sang die Totenklage um den Earl von Murray. Und obgleich die Bauern nicht ein einziges Wort verstanden, wußten sie doch, daß in ihrem Lied etwas Gutes, das zugrunde gegangen war, beklagt wurde, und sie trauerten mit ihr.

„Ein schöner Ritter war er,
Bei Waffenspiel und Ball.
Es war der edle Murray
Die Blume überall."

Zwei Tage lang blieb sie in dem Dorf und sah zu, wie der Instrumentenbauer ihre Gitarre polierte. Jedesmal, wenn er Öl auftrug, rieb er es eine Stunde oder länger ein, und von Zeit zu Zeit reichte er ihr die Gitarre, damit sie ihren wachsenden Ton prüfen könne. „Sie wird süßer", sagte er ihr. „Nächstes Jahr um diese Zeit wird sie wie eine Turteltaube singen."

Nachts aber, wenn das Singen mit der geliehenen Gitarre zu Ende war und die Bauern heimgegangen waren, lag sie in ihrem Wagen und lauschte dem Flüstern des Bergbaches und dachte daran, wie einsam sie war. Es schien, als gäbe es für sie keinen Menschen auf der Welt, und sie fragte sich, ob das ihr ganzes Leben lang so sein sollte. Sie hatte viele junge Männer gekannt, aber sie hatte nicht einen kennengelernt, für den sie echte Sympathie aufzubringen vermochte. Sie überlegte, ob es vielleicht an einem verborgenen Mangel in ihrem Charakter lag, den die häßliche Erfahrung in Patrick Henry nur in ihr Bewußtsein gehoben hatte. Doch als vernünftiger Mensch zog sie es vor, nicht an diese erschreckende Möglichkeit zu glauben. Ich bin ganz in Ordnung, beruhigte sie sich.

Gegen Morgen der zweiten Nacht aber, als die Hähne sich anschickten zu erwachen, konnte sie sich nicht mehr einreden, daß sie bald einschlafen werde. Da stand sie auf, nahm in der Stille ihres Wagens die Gitarre vom Haken und spielte sinnlose Akkorde. Dann, nachdem sie minutenlang wie traumverloren den Akkorden gelauscht hatte, begann sie zu singen.

„Gestern abend waren es vier Marien,
heute abend sind's nur noch drei:
Mary Seaton und Mary Beaton und Mary Carmichael –
und gestern war ich noch dabei."

Und während sie sang, überlegte sie, ob das nicht vielleicht das Wesentliche im Leben war: zu dienen, zu tun, was getan werden mußte, und sogar den Tod hinzunehmen. Vor allem aber teilzuhaben am Leben, teilnehmend mitten im Leben zu stehen.

Langsam merkte sie, daß die Dorfbewohner ihren Wagen umstanden. Sie betrachteten sie und kamen allmählich näher, um herauszufinden, was für ein Mensch dieses seltsame, einsame amerikanische Mädchen war.

7

# TORREMOLINOS

Gott ist groß, aber Gras ist sanfter.

Fünf Jahre lang wohnte er über einer Bar in Torremolinos und schrieb an seinem großen Spanienroman. Er gab mir zwei Kapitel zu lesen, und in mir stieg die Vermutung auf, er müsse etwas durcheinander sein, als ich entdeckte, daß sein andalusischer Matador Leopold Kupferberg hieß.

Jedes Jahr knapp vor Ostern kämmt die spanische Polizei alle Lokale und Bars durch und setzt jeden vor die Stadt, der wie Jesus Christus aussieht. Und es ist erstaunlich, wie viele sie finden, die Christus ähnlich sehen.

Südflorida ist voll von Leuten, die 68 Jahre alt sind und in ihrem Leben etwas Großes vollbringen wollten, damit aber warteten, bis kein Risiko dabei wäre. Jetzt haben sie kein Risiko und sind 68 Jahre alt.

Bitte, benehmen Sie sich, wie es wohlerzogenen jungen Damen und Herren ansteht: keine Selbstmorde, keine Sprengkörper, keine Fehlgeburten.
*Hinweis auf dem Schwarzen Brett eines Hotels in Torremolinos*

Manchmal geht sogar griechischen Großreedern das Geld aus. Ich habe schon mehrere Male die Gruppe von Wolkenkratzern erwähnt, die wie ein riesiger, ans Mittelmeer verfrachteter nordamerikanischer Pueblo am Ostende von Torremolinos stand. Der Komplex war von einem Konsortium griechischer Schiffseigentümer geplant und in pompösem Stil begonnen worden. Nach seiner Fertigstellung sollte es aus einunddreißig siebzehn Stock hohen Gebäuden bestehen: im ganzen 527 Stockwerke oder 3162 Appartements. Und da jedes Appartement vier Betten enthalten würde, bauten die Griechen sozusagen aus dem Nichts eine Stadt für 12.648 Bewohner.

Unglücklicherweise ging ihnen im Sommer 1968 das Geld aus, nachdem achtzehn Gebäude fertiggestellt waren und dreizehn weitere sich in den verschiedensten Baustadien befanden, von bloßen Baugruben bis zu Rohbauten ohne Dach; sie mußten das Projekt entweder aufgeben oder sich um zusätzliches Kapital umsehen. Ihre Suche brachte sie zu World Mutual, und so verbrachte ich den Mai, Juni und Juli 1968 in Torremolinos und überprüfte die Möglichkeiten, wie wir sie aus der Patsche ziehen könnten.

Aber es war schwer, mit ihnen zu verhandeln. Wie sehr ich mich auch bemühte, ihnen ihre Lage darzulegen und erklärte, inwieweit World Mutual auf einem Kontrollrecht bestehen würde, wenn wir das fehlende Geld – nach meiner Schätzung etwa sechsundzwanzig Millionen Dollar, wenn man die Einrichtung und die Gartengestaltung einbezog – zur Verfügung stellten, sie weigerten sich standhaft, irgendwelche Rechte abzugeben. Sie wollten nichts als das Geld, zu einem niedrigen Zinssatz, und an diesem Felsen scheiterten unsere Verhandlungen.

So kämpften sie sich mit ungenügenden Mitteln und mit Schwierigkeiten auf allen Linien durch die zweite Hälfte des Jahres 1968, aber Anfang 1969 wurde es eindeutig, daß sie entweder sofort Geld bekommen oder das Projekt aufgeben mußten. Nun kamen sie nach Genf und flehten uns an, ihnen zu welchen Bedingungen auch immer beizustehen. Unglücklicherweise war das ein Zeitpunkt, zu dem wir uns in Australien, Philadelphia und Vwarda so stark engagiert hatten und an uns bei unseren langfristigen Projekten in Portugal so unerwartete Anforderungen gestellt wurden, daß wir ihnen nicht sogleich helfen konnten. Dies wirkte sich natürlich zu unserem Vorteil aus, da die Situation in Torremolinos sich rapid verschlechterte und die Griechen argwöhnten, wir zögerten nur, um sie noch weiter in Verlegenheit zu bringen.

Wir hatten ihnen jedenfalls 1968 zu günstigen Bedingungen Bargeld angeboten; nun bremsten wir. Aber Mitte April hatte sich unsere Position so weit gebessert, daß unsere Direktoren mir sagten: „Fliegen Sie nach Torremolinos und kaufen Sie die Griechen aus. Schieben Sie sie ab. Stellen Sie Ihre Bedingungen."

So flog ich am 5. Mai nach Málaga und sprang in einen Rolls-Royce, in dem die ahnungslosen Griechen auf mich warteten. Als wir auf Torremolinos zufuhren, sahen wir die achtzehn fertigen Wohntürme und die Stümpfe der anderen Gebäude, an denen seit fast zwei Jahren die Arbeit ruhte.

„Ein großartiges Projekt", sagte mir einer der Griechen voll nervöser Begeisterung. Ich enthielt mich jeder Äußerung, und sie führten mich in ein luxuriöses Appartement, das sie für mich im 17. Stockwerk eines der Gebäude reserviert hatten. Als ich die schimmernde Küstenlinie vor mir sah, die sich gegen Osten bis weit hinter Málaga, nach Westen fast bis Gibraltar hinzog, mußte ich tief Atem holen. Dies war zweifellos einer der schönsten Orte Europas, eine Vision des Tourismus der Zukunft, wo man Städte für mehr als zwölftausend Einwohner aus dem Boden stampfen würde, um Reisende aus Südamerika, Afrika und den Antipoden zu verwöhnen.

Sieben nervöse Griechen warteten ängstlich darauf, daß ich etwas sagte. So lächelte ich und überblickte im Geist die Studie, die die Experten in Genf für mich vorbereitet hatten und die ich in meiner Aktentasche trug.

„... Wir folgern daraus, daß sich das griechische Konsortium in einem Komplex von 31 Gebäuden festgefahren hat, deren Endkosten etwa $ 57,000.000 betragen müssen, oder $ 18.000 pro Appartement. Sie haben bereits etwa $ 27,000.000, um das Projekt zu Ende zu führen. Unser einziges Interesse ist, sie vollkommen auszukaufen. Wir sollten ihnen zunächst ein Angebot von $ 17,000.000 für sämtliche Rechte machen, könnten aber bis etwa $ 25,000.000 hinaufgehen. Auf Grund unserer gegenwärtigen Erfahrungen im Kongo und in Rhodesien schätzen wir, daß die 3162 Appartements um je $ 30.000 abgeschlagen werden könnten, zu einem Gesamtbetrag also von $ 90,000.000. Wenn wir die Griechen zu etwa $ 20,000.000 auskaufen könnten und nicht mehr als weitere $ 26,000.000 investieren müßten, würde das einen guten Profit darstellen."

„Sie haben hier eine meisterhafte Anlage gebaut", sagte ich anerkennend, fügte aber schnell hinzu, „und World Mutual schlägt Ihnen vor, Ihnen das ganze Projekt – Land, Gebäude, Einrichtungen – für siebzehn Millionen Dollar abzunehmen."

Jemand schnaufte, und einer setzte zum Sprechen an, aber ich sagte schnell: „Was eine Anleihe betrifft; keine Möglichkeit... überhaupt keine."

„Wir gehen zu Walter Agnelli", brauste einer der Männer auf.

„Auch in Italien keine Möglichkeit."

Nach einer harten Auseinandersetzung mußten die Griechen die Tatsache akzeptieren, daß keinerlei Aussicht auf eine Anleihe bestand. Sie mußten sich entscheiden: entweder an uns verkaufen oder aber das Projekt für Bankrott zu erklären und damit lediglich einen Bruchteil dessen zu retten, was wir anboten. Nachdem sie in der Frage der Anleihe kapituliert hatten, flüsterten sie untereinander, dann sagte ihr Sprecher zögernd: „Ihr Angebot von siebzehn Millionen Dollar..."

„Ist eine Diskussionsgrundlage", sagte ich vollkommen aufrichtig.

Allgemeines Aufseufzen. Ich wußte aus unserer Studie, daß sie bei siebzehn Millionen Dollar beträchtliche Verluste erleiden würden. Unsere Leute hatten keineswegs die Absicht, ihnen die Haut über die Ohren zu ziehen, und waren bereit, bis zu einer Summe zu gehen, die einem fairen Handel entsprach. Aber welche Summe? Dies zu entscheiden würde Zeit und schwierige Balanceakte erfordern.

So ließen mich die Reeder in meinem luxuriösen Penthouse allein, und während sie sich zum Lift begaben, wurde mir klar, daß langwierige Verhandlungen bevorstanden. Ich schätzte, daß ich mindestens einen Monat in Spanien verbringen würde, doch diese Aussicht störte mich nicht. Nach der Hektik in Philadelphia, Vwarda und Afghanistan würde mir längeres Sonnenbaden nur gut tun. Beim Auspacken fand ich die vier großen Schachteln Bircher

Müsli, die ich mitgebracht hatte. Sie würden für wenigstens vier Wochen reichen und mich wieder in gute Kondition bringen, wenn ich sie vernünftig rationierte. Es gibt kein besseres Frühstück als Müsli. Und wenn ich lange Zeit nur fettige afghanische oder schwere amerikanische Kost gegessen habe, nehme ich Müsli nicht nur zum Frühstück, sondern auch zum Mittagessen. Ich beschränke mich auf ein kleines Abendessen und komme so sehr rasch wieder in Form. Ich aß eine Schüssel und legte mich zu einem Nachmittagsschläfchen nieder.

Die Verhandlungen mit den Griechen zogen sich hin, wie ich vorausgesehen hatte. Sie wußten, daß ihre Lage hoffnungslos war, aber sie wollten sich nicht geschlagen geben. In einem Fall wäre es für sie leicht gewesen, die fehlenden siebenundzwanzig Millionen aufzutreiben. Sie brauchten nur einige der Schiffe zu verkaufen, mit denen sie ihr Vermögen gemacht hatten. Aber das wäre Wahnsinn gewesen. Wenn sie ihre Schiffe verloren, verloren sie ihr Herzblut. Und dumm waren sie nicht.

Aber noch konnten sie sich nicht mit dem Zusammenbruch ihrer Traumstadt am Mittelmeer abfinden, und so wanderte ich zufrieden durch die Stadt und ließ ihnen Zeit, denn ich wußte: wenn sie die wöchentlichen Verlustziffern betrachteten, würden sie immer mehr dazu neigen, unsere Konditionen zu akzeptieren. Sie brauchten Bargeld, um ihre Schiffahrtslinien in Gang zu halten, und sie bekamen es nur, wenn sie ihre Gebäude an World Mutual abgaben. Wir konnten warten, sie nicht.

Bei meiner selbstauferlegten Diät verlor ich Gewicht, gewann meine Energie zurück und war jeden Nachmittag um vier Uhr hungrig wie ein Wolf. Während die Griechen sich mit dem Problem abquälten, welche Summe sie für ihre Wolkenkratzer akzeptieren sollten, quälte ich mich mit der Frage ab, welches Restaurant ich am Abend besuchen sollte. Dank ihrem internationalen Publikum bot die Stadt eine reiche Auswahl an guten Restaurants: ein großartiges Smörgasbord, ein ausgezeichnetes deutsches Restaurant im „Brandenburger", ein indisches Restaurant, das alle in New York befindlichen übertraf, sechs oder sieben exzellente chinesische, ein französisches, das mindestens einen Stern im Michelin verdient hätte, und eine wundervolle alte spanische Kneipe, die sich natürlich „El Cabollo Blanco" nannte. Es war ein Vergnügen, jedem Hungergefühl mit dem Bewußtsein dieser Fülle begegnen zu können. Kurz: ich aß in Torremolinos besser als an den meisten anderen Orten, in denen ich gearbeitet hatte. Wenn ich in mein Appartement am Abend verließ, um Essen zu gehen, schickte ich oft ein kleines Gebet zum Himmel: „Gott sei Dank, daß ich nicht in Afghanistan oder Marrakesch bin."

Nichtsdestoweniger begann mich die erzwungene Untätigkeit zu langweilen, denn die Griechen beschäftigten mich nur zehn oder fünfzehn Minuten am Tag. „Ja, wir könnten weitere drei Millionen in Betracht ziehen... mit gewissen Zugeständnissen sogar vier... sechs unter keinen Umständen." Ich begann, mich nach etwas umzusehen, das mich ablenkte. Man kann nur so und so viele Stunden am Tag Simenon lesen, und die über hundert Nachtklubs und Bars sind mit der Zeit recht ermüdend, wenn man die Sechzig hinter sich hat. So wanderte ich denn eines Abends gegen zehn Uhr mit recht flauen Erwartungen durch eine Seitengasse, da erblickte ich ein absurdes, grob geschnitztes Schild: einen riesigen Holzrevolver, auf dessen Lauf die Worte standen: „The Alamo". Lärm drang aus der Bar, untermischt mit rauhen Flüchen im Dialekt von Brooklyn, und ich dachte, es wäre erheiternd, zu sehen, was die Amerikaner anstellten. Die Tür war offen, und ich betrat einen winzigen Raum mit drei Tischen und einer schäbigen Polsterbank an der einen Wand. Den Wandschmuck bildeten Darstellungen des alten Westens, von Fliegen besudelt und an den Ecken abgerissen. Die Theke war kurz, ihr linkes Ende nahmen ein Plattenspieler und ein riesiger Stapel Platten ein, das rechte war vollgeräumt mit Kisten, in denen Flaschen mit gallfarbigem Orangensaft standen.

Und noch etwas war da! Hinter der Theke stand ein siebzehn- oder achtzehnjähriges skandinavisches Mädchen von solcher Schönheit und Natürlichkeit, daß mein Blick an ihr haften blieb und ich die Vollkommenheit ihres blonden Haares und ihres kühlen Teints bewundern mußte. Sie fing meinen Blick auf und lächelte, neigte reizend den Kopf und zeigte ihre weißen Zähne. Nur mit Gesten fragte sie, ob ich ein Bier wolle, und als ich nickte, schenkte sie mir ein Glas ein und brachte es mir. Nun konnte ich ihren Minirock und ihre wohlgeformten Beine sehen und fragte: „Schwedin?"

„Norwegerin", sagte sie einfach, und ohne mir selbst erklären zu können, warum ich es tat, außer weil sie offensichtlich ein so reizendes Menschenkind war, zitierte ich aus der berühmten Schenkenballade:

> „Zehntausend Schweden
> krochen durch das Gras,
> verfolgt von einem Norweger."

„Schschscht!“ machte sie, den Finger in gespieltem Entsetzen an die Lippen gepreßt. „So fangen Raufereien an. Wo haben Sie das gelernt?“

„‚Die Belagerung von Kopenhagen‘. Jeder kennt es...

Wir alle nahmen Schnupftabak
doch nicht genug
bei der Belagerung von Kopenhagen.“

„Sagen Sie das vor einem patriotischen Schweden, und er schlägt Ihnen den Kopf ein“, warnte sie.

„Ich rezitiere es nicht vor Schweden.“

Sie setzte sich ein paar Minuten zu mir, stand auf, um zurück zur Theke zu gehen, überlegte es sich anders, als ein großer Amerikaner mit dichtem Bart die Bar übernahm, und setzte sich wieder. Wir redeten über viele Dinge, denn sie nahm Anteil an allem, was auf der Welt vorging. Sie fragte mich, ob ich je in Ceylon gewesen sei. Ich verneinte, und sie begann eine Melodie zu summen, die mir seit meiner Kindheit vertraut war. Ich sang die Worte dazu:

„Ich höre wie im Traume
die Stimme wundersam...“

„Sie kennen es!“ rief sie begeistert. „Ich wette, Sie hatten als kleiner Junge eine Platte von Caruso...“ Sie hielt plötzlich inne, musterte mich und sagte: „Sie sind meinem Vater sehr ähnlich. Sie armer Mann. Sie tun mir so leid.“ Sie nahm meine rechte Hand, küßte sie und verschwand, aber ich konnte noch sehen, daß sie den Tränen nahe war.

Später kam sie zurück, und wir begannen das erste unserer endlosen Gespräche. Sie war einer der vitalsten Menschen, die ich je kennengelernt hatte. Alle ihre Sinne schienen stets auf Hochtouren zu arbeiten, sie beobachtete, nahm in sich auf, erwog, beurteilte, bewahrte. In ihrer Selbsteinschätzung war sie streng: „Mr. Fairbanks, wenn ich wirklich einen erstklassigen Kopf hätte, glauben Sie, ich hätte dann mit siebzehn meine Erziehung abgebrochen? Ich hätte weitergemacht, um Ärztin zu werden... oder“ – sie zögerte, suchte nach einem bestimmten Wort und beendete den Satz mit dem, das ich am wenigsten erwartet hätte – „oder Philosophin.“

„Sie können wieder anfangen“, sagte ich. „Mit achtzehn beginnt ja erst die eigentliche Bildung.“

„Ja, aber mir fehlt auch die Vorstellungskraft. Ich habe keine Ideen ... ich bin kein Künstler."

„Warum können Sie nicht einfach ein gebildeter Mensch sein?"

„Ich möchte einen Beitrag leisten ... etwas Konstruktives."

Ich hätte nicht sagen sollen, was ich nun sagte, aber ich tat es trotzdem: „Denken Sie denn, daß man das in einer Bar in Torremolinos tun kann?"

Sie zuckte mit keiner Wimper. „Ich bin eigentlich auf der Suche nach mir selbst."

„Und?"

„Ich bin zu einem Schluß gekommen. Ich bin nicht dazu bestimmt, ohne Sonne zu leben. Ich arbeite hier bis vier Uhr früh ... Nacht für Nacht. Die Burschen stören mich nicht. Die amerikanischen Soldaten fassen gern meine Beine an ..., was macht das, es ist ein Job. Aber zu Mittag, am nächsten Tag, wenn die Sonne hoch steht, bin ich am Strand. Eine Stunde Sonnenschein, und ich bin wieder wie neu. Das habe ich gelernt."

„Und danach?"

„Ich werde mein Aussehen bis dreißig behalten."

„Viel länger", versicherte ich ihr.

„Sie kennen mich nicht. Mein Gott, ich esse so gern. Wenn ich bis dreißig durchhalte ... nun, das heißt also: ich habe gute zwölf Jahre, um mich umzusehen. Das sind hundertvierundvierzig Monate. Ich bin nicht dumm. In hundertvierundvierzig Monaten werde ich etwas finden." Sie tauschte mit einigen Soldaten freundliche Worte, dann fuhr sie fort: „Aber nichts von dem, was ich in diesen Monaten entdecken werde, ist größer als das, was ich schon entdeckt habe. Daß ich von der Sonne lebe. Wenn sie eine Abordnung aus Oslo schicken würden, die mir sagte: ‚Britta Björndahl, du bist zum Premierminister von Norwegen gewählt', würde ich antworten: ‚Verlegt die Hauptstadt nach Málaga, dann nehme ich an.' Da sie das kaum tun werden, habe ich jede Hoffnung aufgegeben, Premierminister zu werden."

„Heirat?"

„Das ist eine gute Frage." Sie überlegte eine Weile, dann sagte sie: „Ich mag Männer. Ich bin nicht so wie manche Mädchen, die zusammenbrechen, wenn sie keinen Mann um sich haben; aber ich mag sie. Nur, wenn es sich ergeben sollte, daß ich keinen finde ... könnte ich auch ohne leben ... das heißt, ohne Mann auf permanenter Basis."

„Haben Sie hier jemanden gefunden?"

Mit einem Kopfnicken deutete sie auf den großen Burschen hinter der Bar. Ihre Geste verriet, daß sie für den jungen Mann zwar keine Geringschätzung, aber auch keine Begeisterung empfand. Ich hatte sie gefragt, ob sie einen Mann für sich hatte, und ihre Antwort hieß soviel wie: Nun, ja, könnte man sagen. Das ist er.

Nun sah ich mir den Barkeeper zum ersten Mal näher an. Er war groß, schlank, gut gebaut und hatte eine angenehme Art. Er trug das Haar im „Christusstil", von den Jungen auch Gibran-Masche genannt. Das heißt, daß ihm das Haar fast bis auf die Schultern fiel und ein wallender Bart sein Gesicht bedeckte. Er trug enge, abgewetzte Jeans und Texasstiefel. Er war eine imponierende Erscheinung mit ruhiger Stimme und stiller Art. Und er führte die Bar gut. Britta sagte mir, er sei ein Kriegsdienstverweigerer, wie so viele von den Amerikanern, die ich in Torremolinos kennenlernen sollte.

Der junge Barkeeper war mir sofort sympathisch, und ich wollte das eben sagen, als sie plötzlich erklärte: „Sie müssen mir meinen Gefühlsüberschwang von vorhin verzeihen, als Sie die Arie sangen. Was halten sie von den ‚Perlenfischern', als Oper, meine ich?"

„Ich habe die Oper nur einmal gesehen. Sie ist ziemlich ähnlich wie ‚Norma' und ‚Lakmé'. Eine eingeborene Priesterin verliebt sich; in ‚Lakmé' ist er ein Europäer, in ‚Norma' ein Römer, in den ‚Perlenfischern' ein Inder. Natürlich gibt es einen Hohenpriester, der die Baßpartie singt, und zum Schluß stirbt das Mädchen. Sie ist nicht besser und nicht schlechter als die anderen."

„Ich meine die Musik."

„Nun ... das ist etwas anderes. Die ‚Perlenfischer' sind sicherlich die schwächste Oper von den dreien. Man darf nicht vergessen, daß Bizet erst vierundzwanzig war, als er sie schrieb. Es ist eine melodiöse, jugendfrische Musik, und Leuten in Ihrem Alter sollte sie gefallen."

„Ich mag sie aber nicht", sagte sie. „Ich finde sie furchtbar langweilig. Ich wollte nur wissen, was Sie davon halten."

„Aber Sie haben sie gesungen", sagte ich; und daraufhin erzählte sie von den Jahren, die ihr Vater mit seinen Träumen von Ceylon vergeudet hatte, und wie seine Besessenheit sie beeinflußt hatte. „Ich möchte die Insel wirklich sehen", sagte sie. „Wenn irgendein junger Kerl – und er müßte gar nicht so jung sein – in diese Bar spazierte und sagte, er führe nach Ceylon, würde ich morgen mit ihm fahren, ganz sicher."

„Sie haben alle Brücken abgebrochen, nicht wahr?"

„Ich werde nie nach Norwegen zurückkehren. Ich habe siebzehn

Dollar gespart, das ist mein ganzes Vermögen. Trotzdem würde ich ohne zweimal nachzudenken nach Ceylon fahren ... solange es dort Sonne gibt."

In diesen Gesprächen, während ich beim Bier im Alamo saß, lernte ich die neue Art von jungen Mädchen verstehen, die sich durch Europa treiben ließen und deren attraktivste Vertreterin sich in Torremolinos versammelten. Sie waren intelligent, sie waren schön, sie waren fest entschlossen, sich nicht zurück in die Routine saugen zu lassen, und sie waren eine Herausforderung für jeden, dem sie begegneten. Da sie eine neue geschichtliche Kraft darstellten und für mich etwas Neues, nie Erlebtes waren, habe ich oft überlegt, wie ich sie am besten beschreiben könnte. Am geeignetsten illustrieren diese Generation die Anschläge, die am Ankündigungsbrett im „Alamo" und in Hunderten von Lokalen in Torremolinos zu finden waren und deren Texte etwa so lauteten:

> Schwedisches Mädchen, neunzehn, möchte Süditalien sehen. Kann Auto fahren. Teilt Kosten. Gruppe oder einzeln. Näheres beim Barkeeper.

> Englisches Mädchen, siebzehn, gute Fahrerin, muß unbedingt nach Amsterdam. Hat elf Dollar. Nimmt jedes Angebot.

> Kalifornisches Mädchen, achtzehn, hat neuen Peugeot. Fährt nach Wien. Nimmt Partner mit, wenn er fahren kann und seinen Teil der Kosten zahlt. Näheres beim Barkeeper.

Ich habe diese drei Anzeigen gewählt, weil ich zufällig die betreffenden Mädchen kennenlernte und jeder junge Mann von gesundem Verstand mit jeder einzelnen von ihnen zum Mond gefahren wäre. Es war eine erregende Zeit in Torremolinos.

An jenen ersten Tagen, als Britta Björndahl mir von Tromsö erzählte, hatte ich noch nicht mit Joe gesprochen. Ich hatte ihn nur hinter der Bar gesehen und wußte damals auch nicht, daß vier andere junge Leute, die ich von früher kannte, in der Stadt waren. Ich nahm an, Gretchen Cole reise irgendwo durch Südfrankreich und Cato Jackson sei in Newark oder Detroit versteckt. Ich wußte weder, daß Jigal Zmora die Hochschule seines Vaters in Haifa verlassen, noch, daß er seine englischen Großeltern in Canterbury besucht hatte. Und das letzte, was ich von Monica Braham gehört hatte, war, daß sie sich in der Pilotenkanzel eines Lufthansa-Flugzeugs aus Vwarda fliegen ließ. Sie konnte überall zwischen Buenos Aires und Hongkong sein.

Während meiner ersten zwei Besuche im „Alamo" begegnete ich keinem von ihnen. Später erfuhr ich, daß Cato, Monica und Jigal einen Wagen geliehen hatten und auf einer Fahrt zu den drei historischen Städten Ronda, Antequera und Granada in den Bergen unterwegs waren. Gretchen saß noch allein in ihrem Campingbus.

Bei meinem dritten Besuch im „Alamo" lernte ich dann Joe kennen. Ich führte ihn und Britta zum Abendessen in ein chinesisches Restaurant, und wir unterhielten uns etwa zwei Stunden lang. Anfangs stieß mich seine Haartracht ab und die Tatsache, daß er sich selbst als Wehrdienstverweigerer bezeichnete. Ich hatte im Zweiten Weltkrieg in der Marine gedient, und unter meinen Bekannten war mir nicht ein einziger Kriegsdienstverweigerer untergekommen.

„Die beiden Situationen sind nicht zu vergleichen", sagte Joe, als ich die Frage aufwarf. „In ihrem Krieg ... hatten Sie einen greifbaren Feind ... jeder kannte ihn ..."

Ich war überrascht, wie treffend er seine Gedanken formulierte. Im Lauf des Abends hörte ich ihm immer aufmerksamer zu. „Wie sind Sie eigentlich zum Rebellen geworden?" fragte ich.

Seine langen Finger spielten mit seinem Bart. „Das hier macht mich nicht zum Rebellen. Die Tatsache, daß ich eine absurde Musterung nicht mitmachen kann, macht mich nicht zum Revolutionär. Am liebsten möchte ich an die Universität zurückkehren ... einen akademischen Grad erwerben."

„Um was zu tun?"

Das setzte ihn in Verlegenheit. Er kaute an seiner Unterlippe, rutschte auf seinem Stuhl hin und her und sagte leise: „Ich weiß nicht. Ich weiß es wirklich nicht."

„Wieso?"

„Nun, wenn man noch nichts geleistet hat – nicht einmal ein Diplom hat –, wäre es da nicht überheblich, große Reden zu schwingen, was man vollbringen will?"

„Aber Sie haben doch schon gewisse Vorstellungen?"

„Ja."

„Zum Beispiel?"

Er sah, daß ich ihn drängte, eine Erklärung abzugeben, auf die er noch nicht vorbereitet war. Aber das irritierte ihn nicht, denn er sah auch, daß ich bereit war, mit ihm über wichtige Dinge zu reden.

So blickte er zur Decke und sagte: „Am Abend des 4. Januar war ein Schneesturm in Wyoming. Ich war mittendrin.“ Er hielt inne, sah mich an und fragte: „Waren Sie je in einem Schneesturm?“

„Nicht in Wyoming.“

„Ich stand auf der Straße... die Wagen konnten nicht weiterfahren... die Welt schien plötzlich zwei Gesichter zu haben: das eine beschränkter und winziger, als man es sich je vorgestellt hatte – ein enger Kreis, den die Schneeflocken um einen beschrieben; sie war aber zugleich auch viel ungeheurer, als ich je gedacht hatte, dehnte sich in alle Richtungen so weit aus, daß man das Gefühl hatte, die Weiten träfen in einem selbst wieder aufeinander. Das gleiche Gefühl hatte ich, als ich von Madrid hierherfuhr... über die leeren Ebenen. Die Riesenhaftigkeit der Entfernung und die Nähe des Teilchens, auf dem man eben stand.“

„Und wohin führte das?“ fragte ich.

„Spekulationen“, sagte er, und es war offensichtlich, daß er nicht weiter darüber reden wollte. Britta erzählte, wie viele Schneestürme sie erlebt hatte, unzählige sogar, aber Joe starrte mir weiter in die Augen. „Spekulationen“, hatte er gesagt und ich hatte keine Ahnung, wohin sie führen würden. Aber ich vermutete, daß ich einen jungen Mann vor mir hatte, dem ein Weltbild aufgezwungen war, und eben das ist der Beginn konstruktiven Denkens.

An den folgenden Tagen, während die nervösen Griechen ihr zersplitterndes Imperium überblickten und die Entscheidung hinausschoben, saß ich oft in der Bar, während Joe Getränke servierte und den Plattenspieler in Gang hielt und mir dazwischen in kurzen Sätzen die Geschichte seiner Flucht erzählte. Er bezweifelte, ob er in die Vereinigten Staaten zurückkehren würde, denn er fühlte sich nicht zum Helden berufen und hatte keine Lust, ins Gefängnis zu gehen. Er überlegte, was er im Hinblick auf sein Studium anfangen solle, denn er ersparte sich in Torremolinos nur wenig Geld und beherrschte keine Fremdsprachen, was ihm erlaubt hätte, an einer europäischen Universität zu studieren.

Je mehr ich mit ihm über wichtige Dinge sprach, desto lieber gewann ich ihn. Am ersten Abend hatte ich ihn zum Abendessen eingeladen, weil er an Britta gebunden war, nun lud ich Britta ein, weil sie zu ihm gehörte. In unseren Gesprächen versuchte ich, etwas über seine Eltern zu erfahren, doch er nahm alles vorweg, indem er seine Mutter als „grotesk“, seinen Vater als „bemitleidenswert“ abtat. Das war alles.

Er war der Typus des vielversprechenden jungen Mannes, von

Natur aus Einzelgänger, großzügig, indem er darauf bestand, Britta und mich zum Abendessen einzuladen. Gegenüber Gammlern, die ihn in der Bar belästigten und um Unterstützung oder um Tips für die Arbeitssuche anweinten, zeigte er sich stets hilfsbereit, mit Mädchen, besonders mit Britta, wußte er besonders nett umzugehen. Er war keineswegs der wilde, animalische Typ, für den junge Männer mit langen Haaren und Lederjacken gemeinhin gehalten werden. Er war einfach liebenswert, nur etwas verwirrt von seiner Gesellschaft und seiner Beziehung zu ihr, und immer ratlos, was er als nächstes tun sollte. Aber in seiner Konfusion entwickelte er Charakter, und ich war sicher, daß er, falls er je einen Ausweg aus seinem gegenwärtigen Dilemma finden konnte, Bemerkenswertes leisten würde.

Eines Abends, nachdem wir im Smörgasbord gegessen hatten und ich fasziniert zugeschaut hatte, wie Joe und Britta viermal ihre Teller beluden, schlug er vor: „Ich habe für eine Amerikanerin, die Schecks einlösen will, Dokumente in der Wohnung aufbewahrt. Wollen Sie sehen, wie wir leben?“ Wir verließen das Stadtzentrum und schlenderten langsam den Hügel hinab in das alte Fischerdorf, wo wir zu einer Reihe niedriger Häuschen kamen und vor einem stehenblieben, das direkt aufs Meer hinausblickte. „Ein guter Platz“, sagte ich, während Joe die Tür aufstieß und das Licht andrehte.

Er erklärte, Britta und er benützten die Wohnung, während der Besitzer in Marokko sei und dort eine Nachschubbasis für Gras aufziehe, und ich war daher mehr oder weniger auf das vorbereitet, was ich sah: Zwei Betten und wenige Möbelstücke. Als ich den Wandschmuck sah, fing ich zu lachen an. Über dem linken Bett hing ein sehr großes Plakat, das einen wohlwollenden, jedoch mahnenden Papst Paul zeigt, mit lächelnden sanften Augen und drohenden Zeigefinger. Darunter stand in fetten Lettern:

„Die Pille ist Pfui-Pfui!“

Über dem anderen Bett, auf das Joe und Britta ihre Sachen warfen, hing das berühmte Plakat des Clowns W. C. Fields, in schwarzgerändertem Zylinder, Abendmantel und weißen Maurerhandschuhen, der Pokerkarten hält und einen Schurken zu seiner Rechten vernichtend ansieht.

Mein Lachen weckte die beiden Schläfer im Bett unter dem Papst. Schlaftrunken schlugen sie die Decken zurück, unter denen ihre Gesichter versteckt gewesen waren; und als ich sie erblickte – eines sehr weiß, das andere tief schwarz –, rief ich aus: „Großer Gott! Die beiden kenne ich!"

Sie setzten sich im Bett auf, eindeutig nackt, aber die Decken bis an den Hals gezogen. Es klingt lächerlich, aber sie sahen wie zwei Engel auf einer kitschigen Weihnachtskarte aus.

In diesem Augenblick schrie die verschlafene Monica: „Onkel George!" und wollte zu mir laufen, da fiel ihr ein, daß sie nichts anhatte. „Wirf mir einen Bademantel herüber!" quietschte sie. Britta tat es, und als Monica hineingeschlüpft war, rannte sie durchs Zimmer, stürzte auf mich zu und küßte mich voll Begeisterung. „Wie kommst du hierher?"

„Seit wann kennst du ihn?" fragte ich zurück und wies auf Cato, der eben in eine Hose schlüpfte.

„Ewig lang... einfach ewig", sagte Monica. Cato gab mir die Hand und sagte: „Philadelphia scheint so weit weg."

„Wie habt ihr euch kennengelernt?" fragte ich.

„In der Bar", sagte Cato. „Im ‚Arc de Triomphe'. Diese Stadt ist dufte für richtige Typen."

„Wir müssen feiern!" rief Monica und öffnete einen Schrank, in dem der Besitzer der Wohnung einen Teil seiner Waren hinterlassen hatte. Innerhalb weniger Minuten hatte sie eine riesige Marihuanazigarette gewickelt, die Cato für sie anzündete. Wir saßen auf den zwei Betten und die Zigarette ging langsam von Hand zu Hand, während wir von früheren Erlebnissen redeten. Ich saß neben Britta, die mir nach einem Zug höflich die Zigarette anbot, aber ich reichte sie rasch an Cato weiter.

„Ach, komm doch, Onkel George!" rief Monica. „Versuch es doch. Du wirst dich zwanzig Jahre jünger fühlen."

„Das tu ich bereits", sagte ich.

So saßen wir und unterhielten uns über Vwarda und Philadelphia. „Du mußt wissen", erklärte ich Cato, „sie ist kein gewöhnliches Mädchen."

„Sie rennen offene Türen ein, Sir", erklärte er ironisch und zwickte Monica ins Bein.

Ich sprach weiter: „Als die Königin von England Monicas Vater zum Ritter schlug, sagte sie: ‚Sir Charles Braham, Baumeister der Freiheit Vwardas.' Er war es auch."

Es fiel mir auf, daß Monica die Zigaretten am längsten behielt und die tiefsten Züge nahm. Sie trug wenig zu dem Gespräch bei, und mit der Zeit wurde offenkundig, daß sie sich langweilte. Endlich machte sie sich eine besonders große Zigarette, sog den Rauch tief ein und überraschte uns alle mit der Erklärung: „Wenn man wirklich angetört ist und es im High macht, kann es ewig weitergehen. Es ist, als pflügte Gott ein Feld. Komm, Cato, sieh zu, daß du stoned wirst. In Granada warst du überhaupt nichts wert."

Cato nahm keinen Anstoß daran, aber als Monica ihm die Zigarette aufdrängen wollte, reichte er sie an Joe weiter. Monica starrte ihn verachtungsvoll an, und ich fürchtete schon, es würde eine Szene geben, aber dann warf sie plötzlich die Arme um seinen Hals und sagte: „Also rauch aus, Baby. Ich geh' sofort ins Bett, und Britta auch. Onkel George, du kannst laufen. Wir haben zu tun."

Sie warf ihren Bademantel ab, sprang ins Bett und rief: „Dreht das verdammte Licht aus, bitte!" Noch ehe ich das Zimmer verlassen hatte, war sie eingeschlafen. Britta begleitete mich zur Tür und flüsterte: „Monica redet mehr, als sie tut."

Im Weggehen sah ich einen karierten Schlafsack zu meinen Füßen, ich fragte: „Wer schläft da unten?", und Cato sagte: „Ein wirklich feiner Kerl. Er ist noch einen Tag länger in Granada geblieben. Sie werden ihn in der Bar kennenlernen."

Mit einer Hartnäckigkeit, die ich bewundern mußte, machten die Griechen unerwartete Geldquellen flüssig und hofften, genug einzubringen, um die Wolkenkratzer weiterbauen zu können, ohne die Eigentümerrechte an World Mutual abgeben zu müssen. Berichte verschiedener Geldinstitute, die es abgelehnt hatten, ihnen unter die Arme zu greifen, hielten mich auf dem laufenden. Eines Abends kamen sie wieder zu mir und fragten, ob wir ihnen gegen gute Zinsen elf Millionen Dollar leihen würden. Sie versuchten, mich durch den Hinweis zu überzeugen, daß sie sechzehn der fehlenden siebenundzwanzig Millionen zusammengebracht hätten, aber ich sagte ihnen unverblümt, meine Gesellschaft sei nicht daran interessiert, Geld zu verleihen. Wir bestünden darauf, daß das Projekt in unseren Besitz übergehe. Sie nahmen meine Antwort ohne Groll entgegen und zogen sich zurück, um weiterzusuchen.

„Wir sehen Sie nächste Woche wieder", sagten sie. So war ich wieder mir selbst überlassen und hatte nichts zu tun. Ich unternahm lange Spaziergänge, sonnte mich in meinem Appartement, las Thomas Mann und ging in die Bar, um mich mit den jungen Leuten zu unterhalten.

Es war ungemein reizvoll und fesselnd, Cato und Monica zu beobachten. In mancher Hinsicht waren sie wie junge Tiere, sie reagierten automatisch und mit Begeisterung auf jeden Reiz. Ich fand Monica noch egozentrischer, als sie in Vwarda gewesen war. Was jemand anderer dachte, war ihr völlig gleichgültig, sie war ein hemmungsloses Wesen, sehr direkt, und durchaus bereit, die Konsequenzen ihrer Handlungen auf sich zu nehmen. Ihre kristallklare Schönheit lockte etliche Soldaten aus den Südstaaten, und sie versuchten, ihr Cato Jackson auszureden. Sie boten sich nicht nur als Ersatz an, sondern ließen sie auch wissen, daß die amerikanische Gruppe es zu schätzen wüßte, wenn sie Cato verließe und dafür einen weißen Mann nähme.

Sie gab ihnen eine Antwort, die sie wütend machen mußte: „Ich habe bisher vier Liebhaber gehabt, zwei weiße, zwei schwarze, und wenn einer von euch Herren meint, er könne mir im Bett anbieten, was die schwarzen Herren anzubieten haben, soll er seine Referenzen beim Barkeeper abgeben."

Als ich nach Sir Charles fragte, sagte sie: „Der gute Alte! Er hat mir die Polizei auf den Hals gehetzt, und eine Weile war die Hölle los. Ich glaube, er züchtet in Sussex Rosen."

Mehrere Mitglieder der britischen Kolonie in Torremolinos, die Sir Charles kannten, versuchten, bei seiner Tochter die Aufseherrolle zu spielen. Zwei dieser Damen, die erfahren hatten, daß sie sich in der amerikanischen Bar herumtrieb, kamen eines Nachmittags, um sie einzuladen. Aber als Monica sie kommen sah, bat sie mich, sie wegzuschicken und floh hinauf in den Waschraum. Bevor ich aber etwas sagen konnte, erklärte Britta den Damen: „Sie ist oben im Waschraum, aber sie wird gleich kommen", und nun oblag es mir, Konversation zu machen.

„Wir haben ein reizendes Klubhaus am Berg", versicherten die Damen, „Monica würde es genießen ... Garten ...... gute englische Küche ... alte Freunde aus Indien und Afrika ... es ist wirklich großartig, und freitags haben wir immer offizielle Abende mit den lebhaftesten Diskussionen."

Ich sagte, daß Monica sicher interessiert sein würde, und nachdem wir lange gewartet hatten, bat ich Britta: „Hol sie doch." Monica kam zögernd die Treppe herab, setzte einen Fuß schwer vor den anderen und funkelte mich böse an, während sie drohend mit dem Daumen über ihre Kehle fuhr.

„Wir sind gekommen, um Sie in unseren Britischen Club einzuladen", sagte einer der Damen.

Weil sie so drohend blickte, erwartete ich, daß Monica ausfällig werden würde, aber sie blieb ganz Charme. „Das ist aber furchtbar lieb", sagte sie mit Schulmädchenmanierlichkeit. „Natürlich erinnere ich mich, Sie waren in Rhodesien stationiert. Natürlich würde ich nichts lieber tun, als Ihrem Club beitreten. Aber da ist ein Problem."

„Ich bin sicher, daß es kein Problem gibt", sagte eine Dame.

„Sie kennen meinen Mann nicht", sagte Monica. „Er ist ein sehr großes Problem. Dort sitzt er." Die erstaunten Damen sahen zu Cato hin. Dieser saß auf einem Barhocker, hatte den Ellbogen auf eine Orangensaftkiste gestützt und das Kinn auf der Hand liegen. „Komm her, Liebling", rief Monica, und Cato stelzte zu uns herüber.

Mit jener Bauernschläue, die mir schon in Philadelphia an ihm aufgefallen war, erfaßte Cato die Situation und verfiel in seinen unangenehmsten Negerslang. „Wie ich mich freue, mit euch Damen bekannt zu werden." Er schnüffelte zwei- oder dreimal wie ein Heroinsüchtiger, riß seinen Kopf herum und plapperte weiter: „Ich sage immer, was ein Freund von Miß Monica ist, ist auch ein Freund von mir." Er verstummte und lächelte die beiden stupid an, wirklich wie ein Vollidiot. Er schnüffelte noch ein paarmal, dann schlug er Monica schallend auf den Popo. „Ich will dich nicht die ganze Nacht in der Bar 'rumlungern sehen. Geh heim. Tu deine Arbeit." Und damit schlurfte er zu seinem Hocker zurück.

„Er ist der Sohn eines Häuptlings", sagte Monica im Ton peinlicher Verlegenheit. „Sein Vater wollte ihn nach Oxford schicken ... aber ... nun, Sie sehen ja selbst." Sie hielt inne und sagte dann leise: „Es wäre völlig unmöglich. Hätte er gewußt, daß Sie Briten sind, er hätte Ihnen einen Vortrag über Imperialismus gehalten."

Die Damen zogen sich zurück, und als sie außer Hörweite waren, sagte ich: „Ich sollte dich übers Knie legen". Und Monica antwortete: „Das Leben ist verdammt kurz."

Cato profitierte in jeder Hinsicht von seinem Aufenthalt in Europa. Er war jetzt modisch gekleidet, und abgesehen von seiner Farbe unterschied er sich in nichts von eleganten Franzosen oder Deutschen. Er hörte zu, wenn andere sprachen, und gewann Einblick in europäische und afrikanische Probleme. Vor allem aber verstand er es, sich bei den Menschen beliebt zu machen.

Mit Ausnahme einiger Soldaten, die Monica für sich haben wollten, mochten ihn auch Amerikaner aus dem tiefen Süden. Er brachte sie mit seinen freimütigen Argumenten in Wut, gleich darauf aber entzückte er sie mit der Versicherung, daß es in der nächsten Generation viele Schwarze wie ihn geben würde, die bereit sein würden, ernsthaft zu reden, bereit, die notwendigen Konzessionen zu machen, damit das Spiel weitergehen könne. Er liebte es, mit Europäern zu reden, die etwas über Amerika erfahren wollten. Mit ihnen war er brutal aufrichtig, er bestärkte sie in ihrer Abneigung und verschreckte sie im nächsten Augenblick durch herausfordernde Bemerkungen. Ich gewann den Eindruck, daß er seine Kräfte versuchte, daß er ausprobierte, wie weit er gehen konnte und was in einer Debatte zum Erfolg führte. Ich hatte keine Ahnung, worauf er hinauswollte, aber ich war sicher, daß er langsam ein Bild von sich gewann und überlegte, was mit diesem Bild anzufangen war.

Er verärgerte mich oft. Er beherrschte nun sechs verschiedene Idiome: die Gossensprache von Philadelphia, das Geechee des tiefen Südens, den Akzent der Universitätskreise von Pennsylvania, elegantes Französisch, das Spanisch der Granden und die gewollt komische und nervenaufreibende Redeweise, mit der er jeden überfiel, dessen Fragen zu tief in sein Bewußtsein als Neger bohrten. Er konnte einen wirklich verrückt machen.

Aber wie sehr mich Cato auch reizen mochte, ein Aspekt seines Verhaltens flößte mir Achtung ein: in seiner Beziehung zu Monica blieb er immer anständig. Viele junge Männer, die eine Affäre mit einem Mädchen aus besserer Familie haben, fühlen sich genötigt, den Unterschied zu kompensieren, indem sie dem Mädchen das Leben sauer machen. Nicht so Cato. Auch kommt es häufig vor, daß ein Mann, der mit einem Mädchen geht, das mehr Geld hat als er, seine Männlichkeit unter Beweis stellen muß, indem er sie schäbig behandelt. Nicht so Cato. Daß sie die Tochter eines adeligen Engländers war, zwang ihn nicht, sie zu erniedrigen, und die Tatsache, daß sie weiß war, brachte ihn nicht dazu, sie in der Öffentlichkeit herabzusetzen. Er blieb ein normaler, sexbetonter, liebenswerter junger Mann, und ich hatte viel Spaß daran, ihn und sein Mädchen zu sehen.

Eines Abends zum Beispiel suchte ihn im „Alamo" ein amerikanischer Journalist auf, der erfahren hatte, daß er der junge Mensch sei, der die Kirche in Llanfair zusammengeschossen hatte. Während die Stammgäste im Kreis um die beiden herumsaßen, interviewte er Cato.

Er fragte ernst: „Überflutet die schwarze Revolution Ihrer Meinung nach alle Teile Amerikas?"

Mit übertriebener Präzision antwortete Cato: „Bisher war es mir nur erlaubt, Philadelphia und New York kennenzulernen, mit gelegentlichen Besuchen bei den Brüdern in Newark, aber Boten erreichen mich ständig aus den Provinzen, und wenn ich zusammenstückle, was sie mir erzählen..." Er zuckte mit den Achseln zum Zeichen des Bedauerns. „Kalifornien ist völlig verloren... verloren... verloren. Diese dreckigen Mexikaner mit ihren gottverdammten Weintrauben haben uns die Show gestohlen. Man könnte sieben Tonnen TNT mitten in Watts explodieren lassen, und es würde nicht *so* viel Unterschied machen." Er schnippte mit den Fingern. „Die verdammten Mexikaner reißen alles an sich."

Der Reporter versuchte ihn mit der Frage festzunageln, was die Revolution eigentlich erreichen wolle, aber Cato fiel ihm ins Wort. „Was ich über Kalifornien sagte, bezieht sich noch stärker, fürchte ich, auf New York." Ein Soldat begann über seine Ausdrucksweise zu lachen, aber seine Freunde hielten ihm den Mund zu. „In New York sind es die verdammten Portorikaner. Sie reißen alles an sich. Wenn du ein Portorikaner bist, machst du Schlagzeilen. Wenn du schwarz bist, wen interessiert das schon? Aber in Städten wie Birmingham und Tupelo zählen wir. Also haben meine Freunde, soweit ich höre, Kalifornien und New York abgeschrieben. Das sollen die dreckigen Spanier haben. Aber eins können Sie Ihren weißen Lesern sagen: Wenn wir losschlagen, dann werden wir im Ernst losschlagen."

Der Reporter hatte inzwischen begriffen, daß Cato eine Show für ihn abzog, aber er drang weiter in ihn, offensichtlich in der Hoffnung, verwendbare Aussprüche für die Haltung der Neger den spanischsprechenden Minderheiten gegenüber zu bekommen. Wieder fuhr Cato dazwischen: „Was soll dieses weiße Wort Neger? Wer ist ein Neger? Ich bin kein Neger. Das ist ein dreckiges imperialistisches Wort, das bibelsüchtige Weiße erfunden haben und das eine bestochene Presse am Leben erhält. Sie sollten sich schämen, ein solches Wort zu gebrauchen. Ich dachte, das wäre ein freundliches Interview." Mit französischem Akzent legte er nun los und verwirrte den Reporter so sehr, daß die Diskussion nicht weiterging.

Zuletzt nahm der Reporter Monica beiseite und fragte: „Blödelt er immer so?", und sie vertraute ihm an: „Nein. Er ist sonst ganz vernünftig, aber seine Frau erwartet ein Baby." – „Ich wußte nicht, daß er verheiratet ist", sagte der Journalist. „Ja, mit einer reizenden Spanierin. Ihre Familie hielt ihn für einen Marokkaner... sehr naive Leute. Nun sind sie dahintergekommen. Sie setzen das arme Mädchen unter furchtbaren Druck, und Mr. Jackson fürchtet, sie könnte das Baby verlieren." Der Reporter zögerte, konsultierte seine Unterlagen und sagte: „Augenblick! Vor drei Monaten war er in

Philadelphia. Hatte Spanien nicht einmal gesehen!" „Ich weiß", sagte Monica steif. „Das ist ja die Tragödie an der Angelegenheit. Der Vater des Kindes ist ein finnischer Geschäftsmann. Mr. Jackson hatte sie geheiratet, um ihren guten Namen zu retten." Der Reporter spielte mit und sagte im Weggehen zu Cato: „Ich hoffe, Ihre Frau kommt gut durch", und Cato, der vermutete, daß Monica irgendeinen Unsinn gemacht hatte, antwortete, ohne zu zögern: „Gott sei Dank gibt es ja heute Transfusionen."

Bei dieser Gelegenheit hatte Cato auch für mich eine Überraschung parat, denn als der Reporter gegangen war und er und Monica sich zu mir setzten, sagte er: „Raten Sie, wer um Mitternacht durch diese Tür kommen wird."

Als ich erklärte, sie müßten mir einen Hinweis geben, sagte Monica: „Der Mensch, der im Schlafsack schläft. Der in Granada war."

„Es hat uns umgehaut, als er sagte, er kenne Sie", erklärte Cato.

Kurz vor Mitternacht ging die Tür auf, und im Eingang stand Jigal Zmora, in Shorts, blauem Strickhemd und mit israelischem Idiotenkäppchen. „Schalom!" rief er mir zu. Er breitete die Arme aus und zeigte auf die Bar und ihre Insassen. „So studiert man Technik!" Es war eindeutig, daß die amerikanischen Soldaten ihn als „den Kerl von Quarasch" respektierten.

Als ich ihn fragte, wie er die anderen kennengelernt habe, antwortete Cato für ihn: „Ebenso wie ich. Fiel zufällig auf einen Drink hier herein, sah Britta und verliebte sich in sie."

Ich sah, wie Jigal bis über die Ohren errötete, und erkannte, daß Cato einen Witz gemacht hatte, der für Jigal nicht komisch war und es auch nie sein würde. Er starrte auf meinen Bierkrug, während Britta an einem anderen Tisch bediente, und für den Rest der Nacht schien er Angst zu haben, sie auch nur anzusehen.

In meiner Schilderung von Torremolinos habe ich oft Sätze wie „Wir redeten in der Bar" oder „Jemand sagte im ‚Alamo' zu mir" gebraucht, aber das muß in einem besonderen Sinn verstanden werden. Denn diese Bar war, wie alle anderen in Torremolonos, ständig erfüllt vom ohrenbetäubenden Lärm der Musik.

Sobald die Bar um elf Uhr vormittags öffnete, legte Joe die erste Platte auf, und bis er um vier Uhr früh am nächsten Tag zusperrte, dröhnte die Musik fort und fort, und jede einzelne Nummer schien noch lauter als die vorige. Wenn durch irgendeinen Zufall eine leisere Platte gespielt wurde, brüllte garantiert sehr bald jemand: „Lauter!“

Wir mußten uns daher über diesen Niagara von Lärm hinweg unterhalten. Er war konstant und unveränderlich, als fürchteten sich die jungen Leute, mit ihren Gedanken allein zu sein. Woraus bestanden diese Tonkaskaden? Zunächst hätte ich es nicht sagen können. Ich liebte klassische Musik, hörte auch gerne die Jazzmusik meiner Generation, Armstrong, Duke Ellington und Konsorten, doch die musikalische Explosion nach dem Krieg konnte ich nicht mehr verstehen. Sie stieß mich nicht ab – das konnte keine Musik – aber die Musik hatte eine Richtung genommen, die ich nicht verfolgen wollte. Die einzigen Nummern, die mir aus jener düsteren und lärmenden Periode im Gedächtnis blieben, waren „Nel Blu Dipinto di Blu“ und „Rock around the Clock“. Die erste fesselte mich, wie auch die ganze Welt, weil ich verstand, was der Autor sagen wollte. „Rock around the Clock“ hörte ich zum erstenmal von einem Eislaufplatz unter meinem Hotelfenster in Österreich. Der Besitzer hatte einen meterhohen Stapel von Schallplatten, aber es schien mir, daß jede dritte Nummer dieses laute, hämmernde Stück war. Den Titel konnte ich aus dem Tongedröhne nicht entnehmen. Endlich ging ich hinunter, wo rotwangige junge Österreicher über das Eis glitten, und fragte einen: „Was ist das für ein Stück?“

„Rrruck around ze Klllluck“, erklärte er.

Ich verstand noch immer nicht, und so fragte ich ihn, ob ich die Platte sehen dürfe, sobald sie abgespielt war. Er zeigte sie mir voll Stolz. „Aus London“, sagte er. „Sehr beliebt“. Dieses Stück, das solcherart unaufhörlich in mein Hirn gehämmert wurde, war meine Einführung in Rock and Roll, und ich prophezeite: „Das kann sich nicht halten.“

Ich war daher keineswegs auf das vorbereitet, was mich im „Alamo“ überflutete. Ich hörte nur überwältigenden Lärm. Manchmal, wenn keine jungen Leute da waren, saß ich in einer Art Betäubung da und versuchte zu ergründen, was die Musik und die gemuffelten Worte bedeuteten, aber ich gab immer klein bei. Dann war es erquickend, zum „Brandenburger“ hinunterzuwandern, wo vernünftige, deutsche Volkslieder gespielt wurden. Es war angenehm, Musik mit Melodien und verständlicheren Texten zu hören.

Und dann saß ich eines Tages im „Alamo“ und wartete auf Monica und Cato, tat nichts und dachte nichts, und plötzlich geschah das Wunder. Während ich nur mit halbem Ohr den gräßlichen Lärm aus dem Plattenspieler wahrnahm, hörte ich auf geheimnisvolle

Weise plötzlich zum erstenmal wirklich die Musik und die Worte. Die Schallmauer war durchbrochen. Was einen Augenblick vorher bloßes Geräusch gewesen war, wurde plötzlich eine Folge besonderer Klänge voll Kraft und tiefer Bedeutung. Es war ein Song ähnlich dem „Nel Blu Dipinto di Blu", ein Schrei aus tiefstem Herzen, und die Worte sagten etwas, das auch ich gesagt haben konnte. Die heisere Stimme eines gequälten Mannes klagte: „Someone left the cake out in the rain ..." Ich bat Joe, die Platte zu wiederholen, und weil nur wenige Gäste da waren, legte er sie noch einmal auf. Und das war der Beginn meiner Auseinandersetzung mit jener Revolution, die längst schon im Gange war, ohne daß ich sie wahrgenommen hätte, und bei der diese Musik Pate gestanden hatte.

Nun waren meine Besuche in der Bar nicht nur eine Flucht vor den Griechen, die mich hinhielten und immer noch nicht genügend Geld zusammengetragen hatten, um ihre Wolkenkratzer zu retten; sie wurden vor allem zu einem Abenteuer in Tönen. Ich hörte die Platten an, beobachtete die Reaktionen der jungen Menschen und betrat eine Welt, die viel mächtiger war als die des Marihuana, viel überzeugender als die des LSD.

Da ich die Musik nun endlich wirklich hören konnte, fiel mir auf, wie abwechslungsreich sie war. Was ich bisher als Lärm in einen Topf geworfen hatte, begann nun verschiedenste Gestalt und Qualität anzunehmen. Langsam konnte ich in jeder Kategorie Nummern auswählen, die mir musikalisch wertvoll erschienen. Mit jeder Entdeckung kam ich der Welt näher, die die jungen Menschen um mich bewohnten. So wurde die Musik zum Paß in ein unbekanntes Land, und wenn ich heute an die faulen Tage in Torremolinos zurückdenke, gehören sie für mich zu den produktivsten meines Lebens.

Ich fand, daß ich die rauhe, in die Eingeweide gehende Musik einiger Gruppen mit so merkwürdigen Namen wie „Chicago Transit Authority", „Canned Heat", „The Animals" und besonders „Cream" am liebsten hatte. Ich verstand, was die Gitarren sagen wollten, und obgleich die Worte unwichtig erschienen, lernte ich es, vollen Sound und pulsierenden Beat zu schätzen.

Langsam erkannte ich aber in dieser Sturzflut von Musik auch manches, was mir in der ersten Aufregung entgangen war. Es beunruhigte mich, daß die Sänger es fast ohne Ausnahme – sogar auf den in England produzierten Platten – für notwendig hielten, den Akzent ungebildeter Schreihälse aus den Südstaaten zu imitieren. Ich nahm mir die Mühe, herauszufinden, woher verschiedene Sänger stammten, sie kamen aus allen Teilen des Nordens, und auch aus England, aber sobald sie vor dem Mikrophon standen, verfielen sie in das Gemurre eines Baumwollpflückers, der die ganze Welt haßt. Der gebildete Mann, die kultivierte Frau hatten keinen Platz in dieser Musik.

Es beeindruckte mich auch, daß so viele Songs Gangster, Strolche, Gescheiterte und Degenerierte verherrlichten. Bonnie und Clyde, Pretty Boy Floyd, der Flüchtling auf dem Weg nach Phoenix, der Junge im Totenhaus, der versucht, seinem Mädchen die letzten Worte zu sagen, das rauschgiftsüchtige Mädchen, die jungen Außenseiter, die die Polizisten herausfordern, sie zu verprügeln: das waren die Helden dieser Generation.

Erst nach einiger Zeit kam ich darauf, daß so viele Lieder die Wirkung des Rauschgifts verherrlichten. Marihuana, LSD und Heroin schienen eine neue Religion zu sein, und ich dachte oft, daß ein dreizehnjähriges Kind, das solche Platten ununterbrochen gespielt hatte, wohl kaum umhin konnte, diese Drogen bei erster Gelegenheit zu versuchen.

In bezug auf Sex war es eigentlich ein Spaß, wenn man herauszufinden versuchte, welche neue Prozeduren die Songs predigten. Wie Geheimnisse gingen die neuen Texte von Mund zu Mund. Diese jugendliche Torheit erinnerte mich an Kinder, die ich in Boston gekannt hatte. Sie waren von einer neuen Fernsehserie begeistert, die sich „Batman“ nannte; darin war ein anscheinend normaler junger Mann aus begüterter Familie, der in einem großen Haus am Stadtrand lebte, in Wirklichkeit Batman, der Rächer des Bösen. Jeder kleine Junge und jedes kleine Mädchen, mit dem ich sprach, war restlos davon überzeugt, nur er oder sie wüßte, daß der nette junge Mann Batman war, und wenn sie mir zuflüsterten: „Er ist Batman, weißt du“, teilten sie mit mir eines der kostbarsten Geheimnisse. Sie wußten es, und ich nicht. Die jungen Leute im „Alamo“ benahmen sich genauso, nur war ihr Wissen berauschender.

Unter dem Eindruck solcher Überlegungen saß ich eines Tages in der Bar, als Joe aus seinem Plattenstoß „Michael from the Mountains“ herausholte; ein kristallreines, einfaches Lied über ein junges Mädchen, das einen fremden jungen Mann aus den Bergen beobachtet und sieht, wie vertraut er mit der Natur ist. Sie ahnt, daß sie ihn eines Tages in ferner Zukunft gut kennen wird. Es war eines der echtesten Lieder, das ich je gehört hatte. Es hätte von Schubert geschrieben sein können. Ich bat Joe, es noch einmal zu spielen, aber die Sängerin hatte erst wenige Takte gesungen, als ein Soldat protestierte: „Das ist ja uralt“, und Joe etwas Neueres auflegte. Das Lied war erst vor einem Jahr herausgekommen.

Bei meinen Spaziergängen über den Strand kam ich immer am „Brandenburger“ vorbei und ging manchmal auf ein Glas Bier hinein. Dabei bemerkte ich einen gelben VW-Campingwagen, der am Strand geparkt war. Eines Nachmittags, als ich die Bierstube verließ, war das Dach gerade herausgeklappt, um Luft und Sonne hineinzulasen, und ich dachte: Das ist es wohl, was sie als Pop-Top bezeichnen. – Ich ging zu dem Bus hinüber. Es war niemand da, und als ich durch die Vorhänge schaute, um zu sehen, wie die Inneneinrichtung aussah, verließ ein deutscher Tourist seinen Tisch auf der Wiese und kam über den Sand zu mir.

„Suchen Sie etwas?“ fragte er streng.

„Ich wollte nur sehen...“

„Der Wagen gehört nicht Ihnen“, sagte er vorwurfsvoll.

„Ich weiß“, stotterte ich. „Ich wollte nur wissen...“

„Lassen Sie ihn besser in Frieden“, sagte er. „Der Besitzer würde nicht wollen, daß Sie...“

„Ich sehe ihn mir nur an. Ist das Ihr Wagen?“

„Nein. Aber ich passe auf ihn auf, wenn der Besitzer nicht da ist. Also gehen Sie, bitte.“

Wie ein ertappter Dieb verließ ich den Volkswagen und setzte meinen Weg zum „Alamo“ fort.

Es war Nacht, als ich zu meinem Appartement zurückkkehrte, und als ich am „Brandenburger“ vorbeikam, fiel mir wieder der gelbe Volkswagen auf, von dem mich am Nachmittag der Hotelgast verscheucht hatte. Jetzt brannte Licht im Wagen, und aus der Öffnung im Dach kam der Klang eines Musikinstruments. Einer plötzlichen Eingebung folgend, ging ich auf den VW-Bus zu und klopfte an die Tür. Ein Mädchen sagte auf deutsch: „Wer ist da?“

Ich setzte zu einer Erklärung an, da ging die Tür auf, und im schwachen Licht sah ich eine schöngewachsene junge Frau in Shorts, die eine Gitarre in der Hand hielt: Gretchen Cole. Als sie mich erkannte, warf sie die Gitarre auf das Bett und flog in meine Arme.

„Oh!“ rief sie, das Gesicht an meine Brust gepreßt. „Wie froh bin ich, Sie zu sehen!“

Ich ergriff ihre Schultern, schob sie ein Stückchen zurück, so daß ich ihr Gesicht sehen konnte, und fragte: „Wie kommen Sie hierher?“

„Sie würden es nicht glauben."

„Ich war in Besançon. Mit Ihrem Vater."

„Woher wußte er, daß ich in Besançon war?"

„Von der Bank. Zeitungen wissen nie etwas. Privatdetektive ebensowenig. Banken immer, weil wir um Geld schreiben müsssen."

„Von wo ich wohl nächstes Mal schreiben werde?"

„Was ist Ihnen zugestoßen, seit ich Boston verließ?" fragte ich.

„Hat Vater es nicht erzählt?"

„Er sagte..."

„Ja?" fragte sie streng. „Was sagte er?" Sie setzte sich auf ihr Bett und wies auf einen Faltstuhl, aber bevor ich mich noch setzen konnte, tönte lautes Klopfen an der Tür, und eine Stimme fragte auf deutsch: „Alles in Ordnung, Fräulein?"

Gretchen stieß die Tür auf. Es war der Mann, der mich am Nachmittag vertrieben hatte. „Es ist alles in Ordnung, Herr Kleinschmidt. Das ist mein Onkel."

Herr Kleinschmidt starrte mich argwöhnisch an: „Wir halten sehr viel von dieser jungen Dame."

„Nicht nur Sie", sagte ich.

Als er in der Finsternis verschwand, wandte sich Gretchen mit schwachem Lächeln an mich. „Alle waren so gut zu mir in dem deutschen Hotel." Plötzlich sprang sie auf, lief zur Tür und rief: „Herr Kleinschmidt! Warten Sie einen Augenblick!"

Sie packte meine Hand und zog mich mit sich. Wir liefen ein paar Schritte zu dem wartenden Deutschen. „Gehen wir hinüber zur Bierstube auf ein Glas!" Sie hakte sich bei ihm ein, nahm mit der anderen Hand meinen Arm und führte uns zum „Brandenburger", wo wir einen Tisch fanden und deutsches Bier tranken, während verschiedene Gäste, die Gretchen kannten, auf ein paar Worte an unseren Tisch kamen. Mir wurde klar, daß Gretchen mich hierhergebracht hatte, um ihre Berichterstattung hinauszuschieben. Die gesellschaftliche Gewandtheit, die sie im Umgang mit ihren deutschen Freunden zeigte, war kein Beweis dafür, daß sie ihre innere Unsicherheit überwunden hatte.

Nach einer halben Stunde forcierter Geselligkeit, einer Vorstellung, die nur meinetwegen arrangiert worden war, gingen wir zum Wagen zurück, und sobald wir drinnen waren, sagte ich: „Nun erzähl mir, was geschehen ist." In einem plötzlichen Anfall von Offenheit erzählte sie mir von Chikago. Ich bemerkte, daß sie die häßlichen Zwischenfälle auch jetzt, neun Monate nach den Ereignissen in Patrick Henry, noch nicht verwunden hatte. Sie war immer noch versehrt. Als sie ihre Erzählung beendet hatte, ergriff ich ihre Hände und sagte: „Gretchen, ich habe eine reizende Gruppe von jungen Menschen in einer Bar in der Stadt kennengelernt. Drei kannte ich von früher. Jedenfalls gehen wir beide jetzt hin. Ja, jetzt gleich." Sie protestierte, meinte, es sei schon viel zu spät, aber ich sagte: „Es ist wichtig, daß du sie kennenlernst... daß du aus dieser Trübsal ausbrichst..."

„Wer sagt, daß ich trübsinnig bin?" Sie riß sich los und rief trotzig: „Ich habe viele Freunde im Hotel."

„Und ich sage, du bist trübsinnig. Komm!"

Ich zog sie aus dem Wagen, aber sie riß sich wieder los. „Ich muß abschließen", sagte sie und rief im Vorbeigehen jemandem auf der Wiese vor dem Hotel zu: „Passen Sie, bitte, auf den Volkswagen auf, während ich weg bin", und eine tiefe Stimme antwortete auf deutsch: „Wir werden ein Auge darauf haben."

Auf halbem Weg zur Stadt fragte sie: „Wohin gehen wir?" – „Eine kleine Bar... eine amerikanische." – „Ah, ins ‚Alamo.' Ich war dort." Sie sagte es nicht geringschätzig, sondern mit einer gewissen Neugier, daher erwiderte ich: „Vielleicht hast du schon jemanden von meinen Freunden kennengelernt." – „Ich habe dort eine Menge amerikanischer Soldaten aus dem Stützpunkt in Sevilla gesehen", sagte sie, „aber der einzige, an den ich mich erinnere, war ein junger Schwarzer."

„Namens Cato Jackson?" fragte ich.

„Der, der die Kirche zusammenschoß... ja."

Ich wollte eben erklären, daß er die Kirche nicht wirklich zusammengeschossen hatte, aber sie redete weiter: „Ich würde mich freuen, ihn wieder zu sehen. Er ist klug." Sie packte meinen Arm und begann, schneller zu gehen, ein junges Mädchen, das es nicht erwarten kann, Leute ihres Alters kennenzulernen.

Cato und Monica waren nicht in der Bar, die anderen drei aber saßen da. Es war fast ein Uhr und nicht mehr viel los, nur ein Tisch war noch mit Soldaten besetzt. Ich machte Gretchen mit Britta bekannt, und die beiden Mädchen waren einander sofort sympathisch. Britta stellte Jigal vor, dann Joe. Joe sagte förmlich: „Wir haben in Boston miteinander zu Abend gegessen." Sie musterte ihn genauer, offenbar konnte sie ihn nicht von den vielen anderen langhaarigen Kriegsdienstverweigerern unterscheiden, denen sie nach Kanada geholfen hatte. Als er aber hinzufügte: „Ich sagte damals, daß ich nach Torremolinos wolle", rief sie: „Natürlich! Damals habe ich den Namen zum ersten Mal gehört!"

Gegen zwei Uhr früh wurde die Tür aufgerissen und Cato polterte mit Monica am Arm herein. Sie hatten getrunken und vermutlich auch Pot geraucht, denn ihre Augen waren geweitet und glänzten unnatürlich.

„Große Neuigkeiten!“ rief Cato. „Paxton Fell lädt uns für morgen abend ein, zu einer tollen Party, uns alle, er schickt uns einen Wagen.“

Dann sah er Gretchen und ging auf sie zu: „Dich kenn’ ich. Du bist die Kleine aus Boston. Du bist in Ordnung.“ Er holte Monica, und stellte sie vor, und sogleich kam ein Gespräch in Fluß. Cato war wirklich ein Gewinn für jede Gesellschaft. Seine Gegenwart wirkte anregend, er steckte die anderen förmlich mit seiner Mitteilsamkeit an.

Britta hatte sogleich erfaßt, warum ich Gretchen in die Bar gebracht hatte. „Wenn du deinen eigenen Pop-Top hast und er am Strand geparkt ist... sag, warum parkst du ihn nicht vor unserem Haus... du könntest unser Badezimmer benützen.“

Die Idee schien so vernünftig, daß die Gruppe darauf bestand, sie sofort auszuführen. „Schließt du die Bar?“ fragte Joe einen Soldaten, der sich sofort dazu bereit erklärte.

Cato rief: „Ziel für heute abend: ein Pop-Top.“ Als sie die Phrase hörte, die die Polizei in Patrick Henry so anstößig verwendet hatte, begann Gretchen zu zittern und hielt sich auf dem Weg zum Wagen eng an mich.

Beim Anblick des gelben Campingbusses gab die Gruppe laut ihrer Begeisterung Ausdruck, und sogleich gingen in etlichen Zimmern im „Brandenburger“ die Lichter an. „Alles in Ordnung“, brüllte Cato, „nur eine freundliche Bandenvergewaltigung!“

„Ist etwas los, Fräulein?“ rief eine heisere Stimmme auf deutsch.

„Alles in bester Ordnung!“ rief Gretchen zurück, während Jigal den Wagen startete. „Ich fahre an einen anderen Platz.“

„Oh, Fräulein!“ protestierten mehrere Stimmen.

„Ich komme wieder“, versprach sie, aber da war auch schon Herr Kleinschmidt im Schlafanzug und mit Taschenlampe bei uns. „Ist wirklich alles in Ordnung?“ fragte er fürsorglich, und nachdem wir schon eingestiegen waren, stand er noch immer mit seiner Taschenlampe da und sah uns nach.

Mir war bisher nicht aufgefallen, daß sich neben Jean-Victors Haus ein kleiner offener Platz befand, wo man den Volkswagen abstellen konnte. Nun hatte Gretchen einen viel besseren Parkplatz als an der

Küste, denn sie war auf beiden Seiten geschützt und hatte dazu noch die Annehmlichkeit eines Badezimmers in nächster Nähe.

Sobald der Wagen geparkt war, studierte Cato die Schlafstellen und fragte: „Wer von uns teilt das Bett mit dir?" Sie blieb todernst: „Das ist mein Prärogativ." Cato lachte: „Wenn ich wüßte, was das Wort bedeutet, würde ich wissen, ob ich beleidigt worden bin oder nicht." – „Faß es als Beleidigung auf", sagte sie.

Als wir ins Haus gingen und Gretchen die Posters mit dem Papst und W. C. Fields sah, mußte sie lachen. „Großartige Idee", sagte sie zu Britta und faßte sie an der Hand, „daß du mich hierhergebracht hast. Schlaft ihr Mädchen in diesem Bett?" „Nein", sagte Monica und deutete mit einer Geste an, daß sie und Cato das päpstliche Bett teilten, während Joe und Britta unter der Obhut von Fields schliefen.

Dann sah Gretchen den karierten Schlafsack. „Schläfst du hier?" fragte sie Jigal, und er nickte, worauf Monica sagte: „Siehst du, Gretchen, es wäre so viel praktischer, wenn Jigal bei dir schliefe." – „Praktischer für Jigal, aber nicht unbedingt für mich", erwiderte Gretchen. Monica faßte das als Herausforderung auf. „Ich wette mit dir um fünf englische Pfund, daß einer von diesen drei Männern innerhalb von dreißig Tagen mit dir im Pop-Top schlafen wird." – „Wenn ich fünf Pfund hätte", sagte Gretchen, „würdest du verlieren."

Innerhalb der nächsten Tage stabilisierte sich das Leben der jungen Leute. In der Wohnung behielten Joe und Britta ihr Bett, Cato und Monica das ihre. Jigal machte es nichts aus, auf dem Boden zu schlafen, und obwohl er Britta nach wie vor innig liebte, wußte er, daß da nichts zu machen war. Ein- oder zweimal fand er im „Arc de Triomphe" ein Mädchen, meist aus Frankreich, das seinen Schlafsack gern mit ihm teilte; am folgenden Morgen lernte die Neue dann Britta und Monica und Gretchen kennen, und sie unterhielten sich lebhaft. Aber keine dieser Bindungen war von Dauer. Monica hänselte ihn deswegen: „Was ist los? Wollen die Mädchen keine Reprise?" „Ich suche", sagte er.

Gretchen war ein ganz besonderer Fall. Ihre Art verriet den Männern, daß sie keinerlei Interesse an Annäherungsversuchen hatte. Wenn sich jemand in einem Restaurant oder in einer Bar an sie heranmachte, erlaubte sie ihm nie, sie nach Hause zu begleiten, womit es sich für sie erübrigte, sich nachher im Pop-Top hoffnungsvolle Bewerber vom Leibe zu halten. Den drei Männern in der Wohnung gegenüber verhielt sie sich korrekt, sprach wenig, war aber ein guter Zuhörer. Stundenlang saß sie auf einem der Betten und ermutigte Cato oder Jigal, von ihren Erlebnissen zu erzählen. Joe sprach wenig, wie immer, und sie bemühte sich nicht besonders, ihn aus der Reseve zu locken.

Damals und auch später wunderte ich mich oft darüber, daß ich mich in meinem Alter mit dieser merkwürdigen Gruppe junger Leute abgab. Die Griechen hielten mich mit ihrer Verzögerungstaktik in Torremolinos zurück, und wenn sie nicht gewesen wären, dachte ich, hätte ich längst meinen Standort gewechselt. Rückblickend möchte ich das aber bezweifeln. Die Tatsache, daß ich im Sommer immer wieder Vorwände erfand, um sie an verschiedenen Orten zu besuchen, verriet jedenfalls meinen Wunsch, mit ihnen in Kontakt zu bleiben – zu sehen, was mit ihnen geschah.

Aber tiefer noch war das uneingestandene Gefühl, im Hinblick auf mein Alter von einundsechzig sei dies die letzte Gruppe junger Leute, mit der ich Kontakt hatte. Mein eigener Sohn war für mich auf Grund bitterer Mißverständnisse verloren, und ich wollte verstehen, was die jungen Menschen unserer Zeit bewegte. In ihnen sah ich die einzige Hoffnung für die Zukunft, die Lebenskraft unserer Gesellschaft, und viele ihrer Versuche schienen mir gut zu sein. Wenn ich an die furchtbare Einsamkeit zurückdachte, unter der ich als junger Mann auf meinen Reisen durch Europa zu leiden hatte – wie entsetzlich etwa Antwerpen für einen jungen Mann von der Universität von Virginia sein konnte, der sich für schüchtern und unvorbereitet hielt –, dann schien mir die neue Haltung der Jugend weitaus besser, die es einem Burschen wie Jigal erlaubte, in den „Arc de Triomphe" zu gehen und zahlreiche lebenslustige junge Damen zu finden, die bereit waren, ihn belgisch, holländisch, italienisch oder dänisch oder auch ganz ohne Wort zu lieben.

Eines Nachmittags erfuhr ich in der Bar, was die jungen Leute von mir hielten. Ich half eben im Hinterzimmer, eine Lieferung Orangenlimonade entgegenzunehmen, als einer der Soldaten Monica fragte: „Warum gebt ihr euch eigentlich mit dem alten Fuchs ab?" – „Fairbanks?" antwortete sie, „er ist ein harmloser alter Scheißer." Britta sagte: „Er ist furchtbar konservativ, aber er tut niemandem weh." Und Cato meinte: „Eines muß man ihm lassen: er hat nicht ein einziges Mal den Schwarzen Freitag erwähnt", worauf Monica hinzufügte: „Wir nehmen ihn hin, weil ... nun, man hat das Gefühl, wenn man früh genug an ihn herangekommen wäre, wäre er zu retten gewesen."

Das war es also. Die neue Generation fühlte sich ihrer Werte so sicher, daß sie uns Ältere nicht nach unseren, sondern nach ihren

Richtlinien beurteilte. Ich war eine Niete, aber wenn sie mich vor vierzig Jahren erwischt hätten, wäre ich noch zu retten gewesen. Diese Haltung ärgerte mich. Denn ich meinerseits glaubte nie daran, daß ich die beiden jungen Männer hätte retten können, wenn ich sie nach meinen Grundsätzen erzogen hätte. Und ebensowenig glaubte ich das von Monica oder Gretchen. Dieser Hochmut der Jugend, diese Überheblichkeit war mir neu.

Ich glaube, daß ich in jenem Frühling auch dann in Torremolinos geblieben wäre, wenn die Griechen ihre Finanzprobleme schnell gelöst hätten, denn nichts auf der Welt ist interessanter als die Entfaltung der Jugend; die durfte ich miterleben, auch wenn diese Jugend mich für einen harmlosen alten Scheißer hielt.

Sie hatten mehrere Gründe, mich für erzkonservativ zu halten. Ich stellte immer wieder Fragen über ihre Musik und ärgerte sie, wenn ich ihnen vorhielt, daß ihre Musiker wenig handwerkliches Können zeigten. „Sie wissen einfach nicht, wie sie eine Komposition beenden sollen. Ihr müßt doch selber hören, wie viele eurer Platten mit dem primitiven Trick ausklingen, daß die letzte Phrase wiederholt wird, während der Toningenieur das Volumen drosselt. Hört ihr nicht, wie ungeschickt ihr von einer Tonart in die andere übergeht? Wo ist die Modulation, die ein Lied sangbar macht?"

„Wir wollen sie primitiv", sagte Monica. „Die alten Tricks: Dadadumdi, und wir sind in einer neuen Tonart – das ist doch längst überholt. Wenn man eine andere Tonart will, spielt man sie eben."

Es irritierte sie auch, glaube ich, daß ich mich weigerte, ihre Terminologie anzunehmen und sie „Kinder" zu nennen. Sogar Gretchen verwendete diese Bezeichnung. „Hi, Onkel George. Weißt du, wohin die Kinder zum Essen gegangen sind?" Oder: „Die Kinder machen ein Picknick in den Bergen. Willst du mitkommen?"

Ich versuchte ihnen klarzumachen, daß junge Leute in ihrem Alter keine Kinder seien, aber es fiel mir auf, daß die Gruppe das Wort auch für Leute um die Dreißig verwendete, vorausgesetzt, daß die Männer lange Haare hatten und die Frauen Sandalen trugen. Sie bestanden darauf, Kinder zu sein, als wäre es etwas Häßliches, erwachsen zu werden, und als müßte die Verantwortung so lange wie möglich hinausgeschoben werden.

Das Schlimmste war aber, daß ich bei ihrem Marihuanarauchen nicht mitmachen wollte. Cato und seine schwarzen Freunde hatten mich an jenem Morgen gezwungen, mitzurauchen, und ich saß auch jetzt oft in der Runde, wenn sie das Zeug weiterreichten. Fragten sie mich aber, dann sagte ich ihnen immer, daß ich es ablehnte. „Bist du einer von denen, die glauben, Gras führt zu Heroin?" fragte Cato einmal spät abends.

„Ja."

Das verursachte einen Aufruhr, wobei Gretchen und Britta besonders beredt Studien zitierten, die bewiesen, daß Marihuana weder ein Suchtgift sei noch zu stärkeren Drogen hinführe.

„Lehnst du solche Studien ab?" fragte mich Monica aggressiv.

„Ja, weil sie sich nur auf die biochemischen und physiologischen Tatsachen beziehen. Ich denke an die psychologischen."

„Das heißt?" fragte Cato verächtlich.

Seine Verachtung richtete sich nicht gegen mich, denn er hatte mich lang genug in den Slums von Philadelphia erlebt, um zu wissen, daß ich mich nicht in der Rolle des Wohltäters sah. „Das heißt, daß Marihuana an sich nicht zu einer Eskalation führen muß, wohl aber das Milieu, in dem es geraucht wird. Die Atmosphäre in diesem Zimmer zum Beispiel."

„Führt zu Heroin?" fragte Gretchen.

„Zweifellos", sagte ich.

„Sie meinen", fragte Joe langsam, „daß einer von uns zu LSD übergehen wird?"

„Ja."

„Aber warum? Wir haben doch bewiesen, daß Marihuana nicht süchtig macht."

„Marihuana nicht, aber Torremolinos. Bleibt nur lange genug in diesem Zimmer oder in dieser Stadt..."

Monica stand auf und kam auf mich zu. Sie hielt eine dicke Zigarette in der Hand, die sie Britta reichte. Dann fragte sie mich: „Du glaubst, einer von uns in diesem Zimmer wird es mit Heroin versuchen?"

„Ohne Frage."

„Du hast unrecht", sagte sie verächtlich. „Weil wir es alle versuchen werden."

Einen Augenblick lang herrschte Schweigen, dann sagte Gretchen: „Alle außer einer" und Britta fügte hinzu: „Außer zweien."

Monica sah sich im Zimmer um und sagte fröhlich: „Onkel George, mir scheint, daß ich wieder eine Wette abschließen muß. Jeder in diesem Zimmer wird vor Ende des Jahres Heroin versuchen. Und du bist mit eingeschlossen, du alter Lüstling."

Paxton Fell schickte für seine Gäste den Mercedes und eine englische Limousine. Die beiden Wagen konnten natürlich die enge Gasse zum „Alamo" nicht passieren, aber ein livrierter Chauffeur kam in die Bar und verkündete, daß die Wagen warteten. Joe warf einem Soldaten seine Schlüssel zu und wir zogen los.

Es war ein Galaabend. Cato war der einzige, der Fells Haus kannte, und als wir die anmutigen *Bovedas* sahen, die wie Himmelskuppeln wirkten, waren wir restlos begeistert. Monica rief: „So muß man Geld ausgeben... wenn man es hat", und die anderen Gäste applaudierten.

Laura, die Schloßherrin, war auch unter ihnen, aber diesmal nicht im Tweedkostüm, sondern in einer prunkvollen Abendrobe. Ebenso prunkvoll wie sie waren einige Prinzessinnnen aus abgesetzten Königshäusern gekleidet. Außerdem gab es zwei Barone, die ebenfalls Ovationen einheimsten, und einen englischen Baronet, der nie etwas von Sir Charles Braham, übrigens auch nicht von Vwarda, gehört hatte.

Die Reaktionen der fünf jungen Leute, die diesen Lustgarten zum erstenmal sahen, waren verschieden. Monica betrachtete flüchtig die Statuen und machte sich dann das Haus zu eigen. Sie ließ sich in einen tiefen Lehnstuhl fallen, nahm einen Whisky-Soda und erklärte einem der Barone: „Es ist so gemütlich... mit nur einer Spur von..." Sie zuckte mit den Achseln und lächelte.

Britta war von der Kostspieligkeit beeindruckt, aber fest entschlossen, es sich nicht anmerken zu lassen. Mit raschen Blicken musterte sie die Einrichtung und die Gäste. Sie setzte sich nicht, sondern wanderte langsam von einem Aussichtspunkt zum anderen, offensichtlich ohne sich bewußt zu sein, wie großartig ihre nordische Schönheit vor dieser Kulisse wirkte.

Joe war sprachlos. Seit seiner ersten Begegnung mit Fell hatte er oft darüber nachgedacht, wie wohl ein Leben mit dem alternden Genießer aussähe, aber seine Phantasie hatte ihn im Stich gelassen. Der Luxus, die sinnliche Vollkommenheit stießen ihn ab und faszinierten ihn gleichzeitig. „Hier zu leben, wäre leicht", flüsterte er mir zu, als wir über den Garten auf das Meer hinausblickten.

Jigal war nicht beeindruckt. Er hatte in Grosse Pointe luxuriösere Häuser gesehen und eindrucksvollere Ausblicke von den Hügeln Haifas aus genossen.

Gretchen durchschaute die Atmosphäre genau. „Wann beginnen die Orgien?" flüsterte sie nach ein paar Minuten. Mit wachsendem Ekel musterte sie die Einrichtung und die Haltung der Gäste.

Wenn man in Boston aufgewachsen war, entwickelte man ganz unbewußt ein Gefühl für Haltung und Würde; dank den anerzogenen Maßstäben war man von keinem Unsinn so leicht aus der Fassung zu bringen. Sie wußte intuitiv, daß manche der Frauen von Lauras Reichtum schmarotzten und daß die zwei gutaussehenden jungen Männer sich weder für sie noch für Britta interessieren würden, jedenfalls nicht in Paxton Fells Anwesenheit. Und sie wußte, ohne daß es ihr jemand erzählen mußte, daß Cato einmal in diesem Haus gelebt hatte, so wie jetzt die beiden jungen Männer und daß man ihn jetzt als eine Art Ausstellungsobjekt zurückgeholt hatte, so wie Radcliffe College-Absolventen einlud, die Bücher geschrieben oder in New York Karriere gemacht hatten. „Ist das vielleicht das, was die jungen Leute hier anstreben?" fragte sie mich leise.

„Du nicht. Und Britta nicht. Und Joe sicherlich nicht. Und Jigal? Schau nur, wie er die Barone abwehrt."

„War das je dein Ideal, Onkel George?"

„Der Luxus, ja. Das Gefühl kultivierter Verderbtheit, ja. Ich habe es mir überlegt, aber nie ernsthaft genug, um es in die Tat umzusetzen."

„Du Schwindler! Du findest das genau so albern wie ich."

Paxton Fell hatte aus einem Bergdorf eine Gruppe von Sängern geholt, die nun in Volkstracht erschien. Die Lichter in den Bovedas wurden gelöscht, die Gäste senkten die Stimmen. Die Sänger und der Gitarrist waren ausgezeichnet. Während einer Pause kam mir eine Idee. „Wissen Sie, Mr. Fell", sagte ich, „daß eine von unseren jungen Damen wunderbar Gitarre spielt?"

Stimmengewirr erhob sich, ich schob Gretchen zu den Sängern hin, und nach einigem Drängen von seiten des Publikums nahm sie die Gitarre, bat um einen hohen Stuhl und zupfte ein paar Akkorde. Der Gitarrist applaudierte, was sie ermutigte, ein schwieriges Stück nur für ihn allein zu spielen. Er schien ehrlich beeindruckt. Dann nahm er die Gitarre, um ihr zu zeigen, was er könne. Nach ein paar brillanten Passagen reichte er ihr die Gitarre zurück.

Sie sang eine Ballade, „Geordie", ein wehmütiges kleines Lied von einer jungen Frau, die den Richter um Gnade für ihren Mann anfleht. Sie sang es so eindringlich, daß alles im Raum verstummte. Doch niemand hörte mit offensichtlicherer Begeisterung zu als die spanischen Sänger, die kein Wort verstehen, aber dennoch auf eine unerklärliche Weise alles aufnehmen konnten.

Das Lied hatte großen Erfolg, und die Gäste wollten unbedingt noch mehr hören. Aber Gretchen hatte genug gesungen. Sie gab die

Gitarre ihrem Besitzer, dankte den Musikern und zog sich in eine Ecke des marmorverkleideten Raumes zurück. Mehrere ältliche Herren versuchten, sie ins Gespräch zu ziehen, aber sie blieb unnahbar.

Dreiundzwanzig Minuten nach eins ließ Paxton Fell das Abendessen auftragen, was für Spanien nicht besonders spät war; allmählich zeigten die Gäste Zeichen von Trunkenheit. Da keiner von ihnen arbeitete, da sie schlafen konnten, so lange sie wollten, und wohl erst um drei oder vier Uhr nachmittags aufstanden, tranken sie ungeheure Mengen von Alkohol, die einen normalen Menschen glatt umgeworfen hätten. Gegen drei Uhr früh zeigten dann aber auch sie Zeichen des Zusammenbruches. Wenn die Trunkenheit sie übermannte, verließen sie den Tisch und schliefen in einem Lehnstuhl ein oder sie streckten sich am Rand des Teppichs aus. Es war kein lärmendes Fest, man hörte nur die Musik im Hintergrund und die ruhigen Gespräche am großen Tisch.

Um diese Zeit verlor ich die sechs jungen Leute aus den Augen. So war ich mit der älteren Gruppe allein und beobachtete, wie sie einschliefen, wie sie weitertranken, obwohl sie längst kein Bedürfnis und kein Verlangen mehr nach Alkohol hatten. Hier zeigte sich, daß jede Zeit und jedes Volk seine Außenseiter hervorbrachte. Der Prozentsatz blieb konstant, nur die Erscheinungsformen änderten sich.

Als die letzten von Paxton Fells älterer Gruppe friedlich eingeschlafen waren oder sich mit ungewohnten Partnern in ungewohnte Betten zurückgezogen hatten, suchte ich nach meinen Freunden. Ich fand sie in einer Ecke der Garage mit den Dorfmusikern zusammensitzen; Gretchen sang leise ihre Balladen vor.

Britta machte den Vorschlag, Gretchen solle ihre Gitarre ins „Alamo“ bringen und zu der pausenlosen Schallplattenmusik eine Abwechslung schaffen, indem sie regelmäßig Konzerte gab. „Die Gäste würden die Musik sicher schätzen. Denk nur an die Spanier neulich. Und sie konnten nicht einmal den Text verstehen.“ Da Boß Jean-Victor noch immer in Marokko war, mußte man nur Joe zu Rate ziehen, und als er den Vorschlag hörte, sagte er: „Warum nicht?“

Ich erlebte Gretches ersten Auftritt. Einige Soldaten schimpften über die Unterbrechung, aber nach den ersten Akkorden der Gitarre hörten sie aufmerksam zu, und schon nach wenigen Tagen zeigten sie ihre Wünsche an, indem sie die Child-Nummern brüllten.

Das wurde ihnen erleichtert, als einer der Soldaten die Taschenbuchausgabe von Professor Childs Balladensammlung mitbrachte und der Bar widmete. In jedem Bändchen befand sich ein Stempel: „Dieses Buch ist Eigentum des Luftstützpunktes Moron", aber wahrscheinlich waren die Bücher in Torremolinos viel nützlicher als auf dem Stützpunkt.

Die Balladen hatten natürlich Konsequenzen, die ich eigentlich hätte voraussehen sollen. Wenn Gretchen sich auf einen hohen Stuhl setzte, ihren linken Fuß um eine Sprosse klemmte und ihr rechtes Bein überkreuzte, bot sie ein höchst anziehendes Bild.

Kaum ein Tag verging, ohne daß ein Mann sie zum Essen, zum Schwimmen oder auf eine Fahrt nach Marbella einlud. Aber sie schlug alle Einladungen mit einer Kälte aus, die die Männer in höchste Verwirrung stürzte. Stammgäste, die immer wieder versucht hatten, Gretchen in ihre Wohnungen zu locken, verbreiteten das Gerücht, sie sei frigid oder Lesbierin oder jedenfalls verkorkst. Interessante Spekulationen machten die Runde, und gelegentlich zogen die Männer auch Joe oder Cato zu Rate.

„Was ist los mit Miß Boston?" fragten sie.

„Sie ist okay", sagte Cato.

„Was geht in dem gelben Pop-Top vor?"

„Sie schläft dort", sagte Joe.

„Das weiß ich. Aber mit wem?"

„Mit sich allein. Und du laß die Finger von ihr! Wenn sie Gesellschaft braucht, bist du der letzte, der eine Einladung bekommt."

„Ich kann einfach nicht verstehen", sagte einer von den Amerikanern, „daß, an einem Ort wie Torremolinos, wo alle Mädchen verrückt nach Verabredungen sind, diese hier immer nur nein sagt."

„Vielleicht ist ihr nach nein zumute", meinte Cato.

„Da irrst du aber gewaltig. Denn ich seh sie mir an, wenn sie singt, und diese Lieder kommen aus dem Herzen."

„Du siehst doch bloß ihre Beine an", sagte Cato.

„Wie willst du denn sonst wissen, was ein Mädchen denkt?" fragte der Soldat.

Und dann kam Clive aus London geflogen, und die Musik wurde anders und das „Alamo" war zwei Wochen lang verzaubert.

Ich wartete auf Instruktionen aus Genf und saß eines Nachmittags in der Bar, als ein Soldat, der zufällig auf die Gasse geblickt hatte, aufsprang und schrie: „Da ist Clive!"

Ich schaute hinaus und sah einen eigenartig aussehenden jungen Mann auf dem Gehsteig stehen. Die Sonne schien ihm ins Gesicht.

Er war Anfang zwanzig, schlank, ziemlich groß und wirkte weich und weibisch. Er trug langes Haar und einen Christusbart, über dem die größten, feuchtesten Augen standen, die ich je bei einem Mann gesehen hatte. Er war im Londoner Stil gekleidet, trug eine teure Samtjacke und um den Hals eine schwere Renaissancekette, an der ein großer, flacher Metallanhänger mit der Abbildung eines Verrocchio-Kopfes baumelte. Er machte den Eindruck eines jungen Fauns, dem nur die Hörner und ein Lorbeerkranz fehlten.

Die Soldaten stürmten hinaus. „Das ist unser Junge!" Sie packten ihn und zogen ihn in die Bar. Er küßte jeden auf die Wange und sagte zu denen, die er von früheren Besuchen kannte: „Lieber Junge, es ist großartig, dich wieder da zu haben."

„Du bist ja der, der weg war", sagte ein Soldat.

„Liebster", protestierte Clive, „ich bin niemals weit weg von hier. Torremolinos, Mekka der Welt, ich beuge mich dreimal", und damit reichte er mir, was er in der Hand hatte, ließ sich auf den Boden fallen und schlug den Kopf dreimal gegen die Bretter. „Ich bin überglücklich, hier zu sein", sagte, er noch liegend, und warf Küsse nach allen Seiten. „Und die guten Dinge, die ich euch mitgebracht habe! Oh!"

Die flache, lilafarbene Stofftasche, die er mir in die Hand gedrückt hatte, war nicht sehr groß, aber ziemlich schwer. Bevor er sie zurücknahm, umarmte er alle seine alten Freunde und begutachtete die drei Mädchen. „Du bist ein prachtvoller Zuwachs", sagte er zu Britta. Er küßte Monica auf die Wange: „Ah, dieser englische Teint! Pfleg ihn nur fleißig mit Pond's Cream, sonst geht er zum Teufel." Er versuchte auch Gretchen zu küssen, aber sie wich ihm auf eine Art aus, die ganz klar zeigte, daß sie nichts mit solchem Unsinn zu tun haben wollte. Zu ihrer Überraschung packte er ihre linke Hand, preßte sie leidenschaftlich an seine Lippen und rief: „Man erkennt eine wirkliche Dame immer sofort. Sie hält die Knie beisammen." Ehe Gretchen noch protestieren konnte, stand er vor mir. „Und nun, mein lieber Herr, dürfen Sie mir die Juwelen zurückgeben, *s'il vous plaît.*"

Die Amerikaner umringten ihn. Er machte auf der Theke Platz für seine Tasche und öffnete vorsichtig den Reißverschluß. Dann warf er den Deckel zurück und enthüllte zwei Stöße Grammophonplatten mit Umschlägen im gängigen Stil: merkwürdige Montagen, das stilisierte Photo einer Eierfrucht, die grobkörnige Photographie einer öffentlichen Hinrichtung aus Belgrad aus dem Jahre 1877 und eine Serie von Vignetten aus dem amerikanischen Westen, darunter die Darstellung der Skalpierung einer weißen Frau in voluminösen Unterröcken. Platten zweier englischer Rock-Gruppen herrschten vor: „Octopus" und „Homing Pigeons". Die Platten schienen noch nie gespielt worden zu sein.

„Womit soll ich beginnen?" fragte er sein Publikum. „Gestern waren diese Edelsteine in London, unberührt von menschlichen Händen, heute bieten wir sie den Schweinen an." Er nickte den Soldaten zu. „Ich glaube, die größte Neuigkeit... das wirklich Erschütternde, das jede andere Musik aufhorchen läßt... ist dies."

Er suchte unter seinen Platten und nahm eine heraus, deren Umschlag einen Gangster in Begleitung dreier verrückter Typen auf einer Lichtung unter einem kahlen Baum zeigte. Die abschreckend wirkende Photographie ließ keine Rückschlüsse auf die Musik zu, aber Clive erklärte: „Es ist ein überraschender, neuer Weg für Dylan. Ein wilder Angriff gegen die Kirche."

„Ah!" rief einer der Soldaten. „Muß großartig sein."

Was Bob Dylan auf seinen neuen Platten tat, war für die jungen Leute wichtiger als neue militärische Regeln oder Leitartikel in der New York Times. Musik zählte, andere Kulturbereiche waren in der Hand des Establishments oder von alten Leuten wie mir beherrscht; diese Musik aber gehörte ihnen, und die Tatsache, daß sie die gesetzteren Stützen der Gesellschaft in Rage brachte, machte sie doppelt kostbar.

Sie sahen gespannt zu, wie Clive die Platte aus der Hülle nahm. Der Engländer vollzog eine feierliche Zeremonie; nur die Fingerspitzen berührten den Rand der Platte, um diese nicht zu beschädigen. Geradezu zärtlich legte er sie auf den Plattenteller, stellte auf höchste Lautstärke ein und lehnte sich erwartungsvoll zurück.

Es war eine merkwürdige Platte, in der jede Redewendung verborgene Bedeutung hatte. Wenn Dylan sich in nasalen Tönen an seinen Hausherrn wandte, der ihn offensichtlich hinauswerfen wollte, meinte er damit laut Clive „natürlich Gott". Der einsame Landstreicher im nächsten Lied schien die betrogene Menschheit zu sein. Der böse Bote hingegen, erklärte Clive, sei die Priesterschaft aller Religionen, die die Gläubigen verführte und bestahl. Ich fand das besonders brutal. Tom Paine, von der organisierten Religion bitter enttäuscht, und ein desillusionierter St. Augustin waren die Helden weiterer Lieder.

Ich fand die meisten Songs unreif: Gedanken, die man in Gesprächen im College – und zwar im ersten Jahr, nicht im letzten –

bewältigt haben sollte. Nur eine Nummer schien mir besser als die anderen. Sie erzählte von einem „armen Einwanderer, der ißt, aber nicht satt wird", und zeugte von tiefem, zeitlosem religiösem Geist. Als die Platte zu Ende war und die Amerikaner Gelegenheit hatten, die radikale Botschaft zu verdauen, entnahm ich ihren Bemerkungen, daß Dylans Interpretation der modernen Religion für sie weit mehr Bedeutung hatte als irgendeine Enzyklika des Papstes. An den folgenden Tagen baten sie Clive immer wieder, die Platte zu spielen.

Clives nächste Entdeckung war die Londoner Gruppe namens „Octopus". Die Nummer hieß „I Get All Hung Up", und der Sänger brüllte diesen Satz siebenundvierzigmal, mit nur einigen wenigen ungrammatikalischen und frenetischen Zwischensätzen, die durchaus nicht erklärten, warum er so unten durch war. Die Zuhörer fanden, diese Nummer sei die beste, die „Octopus" je gemacht hatten. Als ich sie fragte, warum die endlose Wiederholung eines einzigen Gedankens so löblich sein sollte, erklärten sie mir: „Sie haben das Wesentliche nicht verstanden. Es ist der musikalische Hintergrund." Als die Platte wieder gespielt wurde, was in Abständen von weniger als fünfzehn Minuten geschah, konzentrierte ich mich auf die Begleitung und vermochte eine elektronische Orgel herauszuhören, die einen den Worten entsprechenden Klageschrei hervorbrachte, und zwei elektrische Gitarren, die wie musikalische Maschinengewehre knatterten. Das dritte Instrument konnte ich nicht identifizieren, aber ein Soldat klärte mich auf: „Es ist eine Mundharmonika – sehr nahe am Mikrophon gespielt."

Doch das Ganze war mit solcher Lautstärke aufgenommen worden, daß ich eigentlich nur ungeheuren Lärm ohne jede Konturen wahrnahm.

Als ich Monica das sagte, schlug sie sich mit der Hand auf den Mund. „Du Idiot! Hast du diese wunderbaren Verschlingungen des Klangs nicht erfaßt – wie die Arme eines Tintenfisches? Woher glaubst du denn, hat die Gruppe ihren Namen?"

Ich hörte also wieder zu, und sie erklärte mir, daß die zwei Gitarren und die Orgel ständig ineinander verschlungen seien, während die schrille, stakkatoartig spielende Mundharmonika die Melodie weitertreibe. Es war ein magerer musikalischer Beitrag, aber endlich verstand ich ihn.

Wer war Clive eigentlich? Ich habe seinen Familiennamen nie gehört, aber er kam aus London, stammte anscheinend aus guter Familie, denn Monica kannte ihn von früher. „Sein Vater und meiner taten irgend etwas miteinander", erzählte sie mir, „aber ich weiß wirklich nicht, ob in der Schule oder an der Universität."

Mit sechzehn war Clive kurzfristig die Sensation in einer Gruppe gewesen, die eine Reihe neuer Sounds produzierte. Ich erfuhr nie, wer die Gruppe war, aber ich sah eine Photographie von ihm aus jener Zeit: im typischen Edward-Stil gekleidet, an einem Cembalo mit zwei Manualen sitzend, was für Rock and Roll etwas ganz Neues gewesen sein muß. Als er achtzehn war, hatte seine Gruppe ihre Popularität eingebüßt, und mit zwanzig war er ein verbrauchter alter Hase. Jetzt, mit dreiundzwanzig, schrieb er Songs für andere – sehr gute Songs, wie ich hören sollte –, und um seine Phantasie frisch zu halten, reiste er durch die Zentren der Inspiration: Mallorca, Torremolinos, Antibes, Marrakesch. Auf diesen Reisen nahm er nur eine kleine Tasche mit sich – und seine violette Stofftasche mit den neuesten Platten aus London und New York.

Gleich nach seiner Ankunft suchte er dann eine Bar oder eine Café mit einem Plattenspieler auf, etablierte sich dort als Disc-Jockey ohne Bezahlung und berichtete über die Ereignisse in der Musikwelt, spielte seine Platten mit höchster Lautstärke und ließ die ganze Gegend von dem Sound widerhallen, der in den vergangenen sechs Monaten geschaffen worden war. Der Höhepunkt seines Besuches kam immer dann, wenn er eine seiner eigenen Kompositionen auf den Plattenteller legte. Im „Alamo" war es gegen ein Uhr morgens soweit. Jeder hörte besonders aufmerksam zu. Clives Songs waren in ihrem musikalischen Aufbau streng, klangen stellenweise an Mozart an, und die Texte waren eine Mischung aus Lyrik und mehr oder weniger rhythmischer Prosa, ihr Inhalt establishmentfeindlich.

Gegen zwei Uhr früh sagte Clive: „Es war ein langer Tag. Ich bin müde. Ist der Schlafsack noch da?"

„Jigal verwendet ihn."

„Was ist frei?"

Britta antwortete: „Du könntest im Pop-Top schlafen."

„Moment!" protestierte Gretchen. „Meine Einladungen mache ich selbst."

„Ich meine", erklärte Britta errötend, „daß Jigal und Clive im Pop-Top schlafen könnten und du den Schlafsack übernimmst."

„Das ist eine vernünftige Idee", sagte Gretchen, und ohne weitere Planung gingen sie zu Bett.

In einem Punkt hatte ich einen falschen Eindruck von Clive bekommen. Auf Grund seines femininen Gehabens hatte ich ihn für einen Homosexuellen gehalten. Die Soldaten, die ihn zum ersten Mal sahen, waren ganz sicherlich dieser Meinung, denn ich hörte recht eindeutige Kommentare; aber ein Amerikaner, der schon seit drei Jahren hier stationiert war, klärte sie auf. „Ihr habt Clive in die falsche Kehle bekommen. Bei einem Besuch hier wohnte er bei mir und hatte so viele Mädchen, die ein- und ausgingen, daß die Guardia Civil nachsehen kam, ob wir ein Bordell führten. Als sie den dünnen Clive mit seinen dreiundsechzig Kilogramm sahen, fragte mich einer von der Guardia: ‚Was für Masche hat er bei den Mädchen?'"

Der Soldat hatte recht. Da Gretchen im Haus schlief, hatten Clive und Jigal den Campingbus für sich, und sie arrangierten die Betten so, daß vier Personen bequem schlafen und von ihren Kissen aus das Meer sehen konnten. Diese Lösung war ideal dazu geeignet, junge Damen einzuladen, die später das Badezimmer benützten und auf eine Tasse Kaffee in die Wohnung kommen konnten. Sooft ich auf Besuch kam, war die Wohnung mit hübschen Mädchen bevölkert. Clive war an der ganzen Küste beliebt, und manche seiner Damen kamen von weither, um mit ihm über Musik zu reden und nachher das Bett zu teilen. Er war ein Rattenfänger, der die beste Jugend von Hameln anzog; bald bemerkte ich aber, daß er zwar mit etlichen der jungen Damen schlief, die ihm nachliefen, primär aber an Gretchen interessiert war.

Ich war dabei, als er sich in sie verliebte. Es ist mir ein Rätsel, wie sich ein junger Mann während einer Woche vier verschiedenen Mädchen in einem Campingbus widmen und gleichzeitig in die Besitzerin des Bettes, das er verwendet, verliebt sein kann. Die jungen Leute fanden es nicht ungewöhnlich. Es war an seinem dritten Tag in Torremolinos; wir waren alle im „Alamo", wo er seine Platten spielte.

„Ich habe eine ganz neue Nummer aus den Staaten, die einfach herrlich ist", rief er. „Ihr werdet erstaunt sein, wenn ich euch sage, wer sie gemacht hat. Johnny Cash. Ja, der Hillbilly. Hört sie euch an!" Es war ein übermütiges Lied über einen Spieler aus dem Süden, der seinen Sohn Sue nannte und ihn dann im Stich ließ. Vater und Sohn treffen sich in einem Saloon in Gatlinburg, wo bald die Hölle los ist. Es war, wie Clive gesagt hatte, ein Lied, das alle mochten. Während er es zum zweiten Mal spielte, dachte ich immer wieder, daß die neue Musik in Amerika das entdeckte, was Autofabrikanten und Zigarettenfirmen schon lange wußten: daß in der modernen Welt mit ihren übervölkerten und schmutzigen mechanisierten Städten Romantik nur in den Weiten des Südens und Westens fortbesteht. Man kann ein Dutzend Automobilwerbungen im Fernsehen ansehen und wird den Eindruck bekommen, jeder amerikanische Wagen fahre auf ungepflasterten Straßen im fernen Westen. Ähnlich ist es bei den Zigarettenrauchern; nie sieht man sie in der Stadt, immer neben einem kühlen Bach oder im Begriff, weißgefleckte Hereford-Rinder über die Mesa zu treiben.

Während ich noch darüber nachdachte, betrat eine Gruppe von Amerikanern und Schweden die Bar, hörte eine Zeitlang Clives Platten an und sagte dann zu Joe: „Wir dachten, das Mädchen würde um fünf singen." Sie warfen Clive tadelnde Blicke zu, und Joe sagte: „Sie wird singen"; er erklärte Clive, daß Gretchen in den letzten Wochen zur Gitarre Balladen gesungen hatte.

„Großartig!" schrie Clive. „Einfach toll." Er hob die Nadel auf und steckte die Platte umsichtig in die Hülle zurück. Dann ging er zu Gretchen: „Ich hatte keine Ahnung, meine Liebe, keine Ahnung."

„Mir ist deine Musik lieber", sagte sie. Aber sobald ein Stuhl bereitgestellt war und sie ihre Gitarre gestimmt hatte, sah ich, wie Clives Augen schon bei den ersten Akkorden immer größer wurden. Er sah mich an und nickte heftig, als wollte er sagen: „Die kann's." Sobald der Applaus verklungen war, rief er: „Exquisit! Du solltest nach England kommen! Die Plattenfirmen wären einfach hingerissen... einfach hingerissen."

Gretchen hatte nicht den Ehrgeiz, Plattenaufnahmen zu machen. Aber sie redete gern mit Clive über Musik, und an den sonnigen Frühlingstagen waren sie viel beisammen. Doch Gretchen wollte nichts anderes als reden.

Einmal fragte mich Clive: „Was ist los mit Gret?" Und ich sagte: „Vielleicht ist es ihr unangenehm, daß du den Pop-Top mit anderen jungen Damen bevölkerst... noch dazu ihren Pop-Top!"

„Oh!" Er lächelte mich an. „Aber wirklich, heutzutage stört so etwas die Mädchen nicht. Diese Kinder im Wagen... wer macht sich schon darüber Gedanken?"

„Ich meine aber..." Ich versuchte etwas Bedeutendes zu sagen, daß Liebe zeitlos sei und sich nicht allzusehr nach der Mode richtet, daß jedes Mädchen mit Selbstachtung es nicht zulassen könne, von einem Mann umworben zu werden, der mit einem anderen Mädchen – genaugenommen mit einer ganzen Schar – lebe; aber meine Worte klangen so altmodisch, daß ich mitten im Satz abbrach; und als

Clive mich in die Rippen stieß, meinte ich nur: „Also wirklich, alter Freund..."

„Nein", sagte er, „sie hat gar nichts gegen mich. Etwas sehr Häßliches bedrückt sie. Wenn sie singt, ist sie ein anderer Mensch – voll Romantik und Begeisterung. Aber wenn sie die Gitarre weglegt, verfliegt der Traum."

Clives Anwesenheit in Torremolinos hatte Folgen, die er selbst nicht ahnen konnte. Monica und er hatten einen halben Nachmittag lang über alte Bekannte in England geredet, als Jigal an meinen Tisch kam und sagte: „Nach Canterbury war ich von England sehr beeindruckt. Die Mädchen in dem englischen Hotel gefielen mir. Aber jetzt kommen mir langsam Zweifel."

„Wieso?"

„Ich habe Clive und Monica beobachtet. Ich meine, ich habe ihnen zugehört. Sie verwenden ein so übertriebenes Vokabular... so aufgeblasen. Alles ist scheußlich oder qualvoll oder zauberhaft oder einfacht furchtbar."

„Laß dich nicht von einer Mode abschrecken", sagte ich. „Amerikanischer Jargon ist auf seine Art ebenso arg."

„Was ich meine", sagte Jigal, „ist, daß ich im Grunde meines Wesens Jude bin. Wenn ich die Sonne ansehe, möchte ich sie genau so groß sehen, wie sie ist, und nicht größer. Ich möchte in einer realen Welt bekannter Ursachen und Wirkungen leben. Großbritannien ist ausgezeichnet, wenn du Clive oder Monica bist und in deiner eigenen Märchenwelt leben kannst, aber es ist die Hölle für einen Juden, der die Dinge eben nicht als grauenhaft oder umwerfend oder einfach phantastisch ansieht."

„Legst du nicht nebensächlichen Dingen zu viel Bedeutung bei?" fragte ich.

„Vielleicht liegt da doch der fundamentale Gegensatz", sagte er. „Israel und Amerika sind sachlicher... wir sehen die Dinge, wie sie sind... versuchen, so gut wir können, damit fertig zu werden."

„Was hältst du von Churchill?" fragte ich.

„Sehr übertrieben, was ich von ihm gelesen habe. Die Theatralik war wirklich nicht notwendig. Er mußte sie verwenden, weil er zu Clive und Monica sprach. Es ist ihre Welt, nicht meine."

Clive beeinflußte die, die mit ihm in Kontakt kamen, auch auf andere Art. Er war zum Beispiel ein leidenschaftlicher Liebhaber von Picknicks. „Morgen fahren wir in die Berge", erklärte er oft, und Joe fand dann immer einen Soldaten, der bis zum Abend die Bar übernahm.

Clives Picknicks waren eine kunstvolle Kombination aus derbstem ländlichem Essen und feinsten Spezialitäten. Wenn wir in einer Schlucht die Körbe öffneten, über uns die spanischen Berge, deren Hänge seit fünfhundert Jahren von Schmugglerpfaden durchfurcht waren, wußten wir nie, was wir vorfinden würden. Eines aber war sicher: jeder würde seine eigene kleine Schüssel mit irgendeiner Köstlichkeit erhalten. „Ich hasse Picknicks mit Sandwiches", erklärte er, und solange er Expeditionsleiter war, durften keine gerichtet werden.

Eines Nachmittags saßen wir auf einem Hügel über Gibraltar. In der Ferne schimmerte die Küste Afrikas und vor uns trieben Hirten ihre Herden zusammen. Plötzlich rief er aus: „Morgen mögen meinetwegen Bomben auf Gibraltar fallen. Heute, bei Gott, heute haben wir ein Fest."

Bei seinen Picknicks lud er Gretchen immer ein, zu singen, und er saß in ihrer Nähe und flüsterte die Worte vor sich hin. Es war Frühling, das Meer war graublau, Falken kreisten in den Höhen, und man hörte das leise Blöken neugeborener Lämmer.

„Liebe Mutter mach ein Bett für mich,
unter Weiden und Eschen geborgen;
John Graham ist heute gestorben um mich,
und ich sterbe um ihn morgen!"

Aus irgendeinem Grund, den niemand verstand, duldete die spanische Polizei – eine der härtesten und schlagkräftigsten in Europa – in Torremolinos eine Freiheit, die sonst in ganz Spanien unbekannt war. Drogen wurden auf regulären Nachschubwegen ein- und ausgeführt. Eine endlose Prozession junger Leute, hoffnungslos schmutzig und degeneriert, schob sich durch die Gassen; sie lebten in Löchern oder schliefen am Strand und waren zu jeder Abnormität bereit. Unter ihnen gab es erstaunlich viele Amerikaner – Mädchen aus guter Familie und junge Männer, deren Eltern glaubten, sie studierten an irgendeiner europäischen Universität – vor allem aber waren es Deutsche, Franzosen und Skandinavier.

Es kam auch zu Gewalttaten. Jedes Jahr gab es vier oder fünf ungelöste Morde in Torremolinos. Ein belgisches Barmädchen wurde mit durchschnittener Kehle am Strand gefunden. Ihre Eltern telegraphierten aus Lüttich: „Begrabt sie und schickt uns die Rechnung." Seit Jahren schon hielten sie sie für tot. Gelegentlich überfielen Herumtreiber auch einen Touristen; dann versuchte die Polizei, die Schuldigen zu finden. Aber da so unabsehbar viele als Täter in Betracht kamen, war ihre Aufgabe hoffnungslos. Die meisten Morde blieben ungeklärt.

Ende Mai erlebte die Gruppe eines Morgens in Jean-Victors Wohnung ein Beispiel dieser Gewalttätigkeit. Als Joe und Britta gegen fünf Uhr früh nach Hause kamen, nachdem sie das „Alamo" geschlossen und etwas gegessen hatten, fanden sie auf den Stufen zu ihrer Wohnung einen noch nicht zwanzigjährigen Jungen, dem man den Schädel eingeschlagen hatte. Sie knieten neben ihm nieder, und weil seine Glieder noch warm waren, begannen sie um Hilfe zu rufen. Sie dachten, er wäre vielleicht noch zu retten, wenn man ihn rechtzeitig ins Krankenhaus schaffte. Aber als sie die klaffende Schädelwunde sahen, sagte Britta: „Mit dem ist's aus", und ging hinein, um Gretchen und die anderen zu fragen, ob sie etwas gehört hätten. Joe ging zum Pop-Top, wo Clive und Jigal mit zwei Schwedinnen schliefen, die sofort verschwanden, als sie hörten, was geschehen war.

„Holt sofort die Polizei", riet Gretchen.

Als die Polizisten ankamen, zuckten sie mit den Achseln und schrieben den Mord an das Ende ihrer langen Liste. Sie waren bereit, den jungen Leuten zu glauben, daß drei von ihnen in der Wohnung und zwei im Wagen geschlafen und nichts gehört hatten. Die Polizisten fragten, ob die Leiche von anderswo hierhergeschleppt worden sein könnte; Britta sagte: „Als Joe und ich heimkamen, sahen wir zwei Männer dort unten verschwinden", und die Polizisten blickten die leere Straße hinab.

Jedes Jahr im Frühling, wenn der Touristenstrom anschwoll und Torremolinos sich mit Urlaubern aus allen Teilen der Welt füllte, unternahm die Polizei energische Schritte, um den Ort zu säubern. Polizisten marschierten durch die Stadt und hielten jeden Mann mit langem Haar und jedes Mädchen, das aussah, als hätte es seit drei Monaten nicht gebadet, an.

„Hinaus!"

„Aber wohin..."

„Hinaus."

„Wohin sollen wir gehen?"

„Hinaus bis heute abend... oder den Sommer über im Gefängnis."

Damit begann der traurige Auszug. Die Glücklicheren fuhren übers Mittelmeer nach Marokko. Andere verschwanden in die spanischen Berge und ließen sich nicht blicken, bis die Touristenflut im September abebbte. Wer Flugkarten hatte, fuhr per Anhalter zum Flughafen von Málaga und wirkte neben den auf dem Heimweg nach Kopenhagen befindlichen sauberen Skandinaviern besonders schmierig und abgerissen. Ein paar von ihnen, die keine andere Möglichkeit finden konnten, landeten im Gefängnis.

Clive war der erste der Gruppe, der angehalten wurde. „Bis heute abend 'raus aus Spanien", sagten die Polizisten. In Erwartung eines Protestes knurrten sie: „Mit diesem Haarschnitt sind Sie hier nicht willkommen."

„Nun gut. Ich habe meine Karte nach Tanger."

„Benützen Sie sie." Sie ersahen aus ihren Aufzeichnungen, daß er am Morgen des Mordes im Pop-Top gewesen war. „Sie wissen ja, daß Sie noch unter Mordverdacht stehen." Er bewahrte eine ernste Haltung und sagte, er hoffe, sie würden den wirklichen Schuldigen bald erwischen. Sie nickten würdevoll und machten eine kleine Konzession: „Wir geben Ihnen Zeit bis morgen abend."

„Ich werde weg sein", versprach er. Dann aber mußte er lächeln: „Im Oktober bin ich wieder da." Die Polizisten nickten und sagten: „Oktober ist in Ordnung."

Wir begleiteten ihn zum Flughafen, wo er sich den Gescheiterten Europas anschloß. Mit wirren Haaren und zerfetzten Kleidern standen sie da; manche wurden sogar von Polizisten bewacht, die dafür zu sorgen hatten, daß sie auch wirklich an Bord gingen. Manche waren in Begleitung ihrer Freundinnen, mit denen sie im Winter gelebt hatten und die sie höchstwahrscheinlich nie wieder sehen würden. Es gab tränenreiche Abschiedsszenen wie auf jedem Flughafen. In den kommenden Monaten würde Torremolinos ordentlicher aussehen als im Winter.

Clive verließ uns ohne Groll. „Ich bin ohnehin schon länger geblieben, als ich vorhatte", sagte er und sah dabei Gretchen an. „Wir werden uns irgendwo wieder treffen ... ein paar Platten miteinander machen." Er küßte die drei jungen Männer, umarmte Britta und Monica und schüttelte Gretchen die Hand. Als er zu mir kam, sagte er: „Wenn ich Sie ein Jahr unter meinen Fittichen hätte, würden Sie unsere Musik verstehen lernen." Er schüttelte mir die Hand und verschwand in der Menge, schmal, unscheinbar, mit der violetten Stofftasche und der kleinen Reisetasche in der Hand.

Noch ehe wir uns zum Campingbus durchdrängen konnten, wurden wir von einem Polizisten aufgehalten, der Joe am Arm packte. „Morgen ... raus!"

„Was habe ich getan?" protestierte Joe.

„Raus!" Gegen diesen Beschluß, der innerhalb eines Augenblicks gefaßt war und nur auf Joes Haartracht zurückzuführen war, gab es keine Berufung. Der Polizist schrieb in sein Buch: Bar El Alamo. Raus.

Die jungen Leute waren niedergedrückt. Es ging nicht nur um das Problem, wer Jean-Victors Bar übernehmen würde, wenn Joe so plötzlich abreisen mußte, sondern auch darum, wie Joe überhaupt leben sollte, denn er hatte nur wenig erspart.

Cato saß schweigend hinter dem Lenkrad. Keiner von uns hatte brauchbare Ideen, bis Gretchen mit den Fingern schnippte. Sie hatte offensichtlich Berechnungen angestellt und war mit ihrer finanziellen Lage zufrieden. „Warum verlassen wir nicht alle Torremolinos? Ich meine es ernst. Wir könnten hier zwei zusätzliche Stockbetten aufschlagen... Das könntest du doch, Jigal, nicht? Und wir könnten nach Italien fahren."

„Mit welchem Geld?" fragte Joe.

„Ich stelle dich als Fahrer an, und außerdem mußt du dich um das Gepäck kümmern." Sie legte die Hand auf seinen Arm. „Bitte sag ja. Wir brauchen dich."

Joe zupfte an seinem Bart, sah keine bessere Möglichkeit und sagte ja.

Nun kam Gretchen in Fahrt. „Ich weiß, daß Cato und Jigal Geld aus den Staaten bekommen. Ihr habt es mir gesagt. Und du hast auch welches, nicht wahr Monica?" Die drei nickten, und Gretchen sagte: „Ihr habt also keine Probleme." Instinktiv sahen wir alle Britta an, die tief errötete. „Was ist mit dir, Britt?" fragte Gretchen.

„Pleite", sagte sie.

Stille folgte, bis Gretchen leise sagte: „Du bist die liebste Freundin, die ich je hatte. Also bist du nicht pleite."

Aus diesem impulsiven Beginn entwickelten die sechs jungen Leute nun ein kompliziertes Programm für eine Europafahrt, und als wir Torremolinos erreichten, war es Jigal und Joe klar geworden, was gebraucht wurde, um zwei weitere Betten in den Campingbus einzubauen. In der Stadt fuhren wir sogleich zu der großen Eisenhandlung neben dem Postamt, wo die Männer Schrauben, Federn und Gurten besorgten.

Ich wollte eben weggehen, denn ich hatte eine Verabredung mit den Griechen in einem chinesischen Restaurant, aber Joe hielt mich auf: „Wenn Britta und ich wegfahren, wird irgend jemand sich um die Bar kümmern müssen, bis Jean-Victor zurückkommt. Könnten Sie jemanden für uns finden, Mr. Fairbanks?“ Und er warf mir die Schlüssel zu.

Laura hatte uns zu einem Abschiedstrunk zu sich geladen. Ich sagte, ich könne nicht mitkommen, weil ich jemand für die Bar finden mußte.

Joe versicherte mir: „Ich habe nach Marokko telegraphiert. Jean-Victor ist in ein paar Tagen zurück.“

„Marihuana?“

„Man muß sich durchschlagen.“

„Was ist mit Britta? Wer übernimmt ihre Stelle?“

„Wer?“ Joe wies mit einer weiten Geste auf Torremolinos. „Hier gibt es mindestens fünftausend Mädchen, die eine Stellung suchen. Man muß nur wählen.“

„Wie?“

„Eine mit hübschen Beinen. Es ist ja eine Bar.“

Als er gegangen war, machte ich einen ernsten Fehler. Ich vertraute den Soldaten an, daß ich ein verläßliches Barmädchen suche, und innerhalb von fünfzehn Minuten paradierte vor mir der gräßlichste Haufen von Nutten, der mir je untergekommen war: Mädchen letzter Güte aus Australien, Abenteuerinnen aus Paris, verbrauchte Blondinen aus Stockholm, Deutsche, die kein Wort Englisch konnten. Ich war versucht, sie daran zu erinnern, daß ich eine Bar und kein Schlachthaus besetzen wollte, aber ich drückte mich und sagte: „Ich gebe Ihnen bis morgen Bescheid.“ Was ich allerdings morgen tun würde, war mir völlig unklar.

Ich hielt die Bar bis gegen drei Uhr früh offen, bis ich, im Gegensatz zu den Jungen, schläfrig wurde. Aber ich sollte nicht ins Bett kommen, denn als ich eben zusperren wollte. kam Joe angerannt und schrie: „Fairbanks! Wir brauchen Ihre Hilfe!“

„Was ist geschehen?“

„Monica!“

„Was hat sie getan?“

„Schauen Sie sich das an!“

Monica kam die Gasse herab, splitternackt, von applaudierenden Nachtschwärmern umgeben. Hinter ihr, nur in Unterhosen, kam Cato, der einen Besen über ihren Kopf hielt, als wäre er ein ägyptischer Sklave, der sie vor der Sonne schützte. Sie stand unter Drogeneinfluß, verteilte majestätisch Kußhändchen nach rechts und links. Beim ersten Anblick dieser Prozession fielen mir die bunten Magazine meiner Kindheit ein, aus denen ich damals mein Wissen über Sex bezogen hatte. Ein Bild hatte ich besonders geliebt: die halbnackte Königin von Saba, von palmenwedelnden Schwarzen geleitet, auf König Salomon zuschreitend. Monica sah genau so aus.

„Sie läßt sich nichts sagen", rief Joe drängend. „Die Polizisten kriegen sie sicher."

Ich rannte zu ihr hin, als sie eben die Richtung ins Zentrum der Stadt einschlug, wo an jeder Ecke Polizisten standen. „Monica!" rief ich.

Beim Klang meiner Stimme wandte sie sich mir zu, sah mich verständnislos an, stieß mich zur Seite und schritt weiter, ihrer unvermeidlichen Verhaftung entgegen. Ich packte Cato und schrie: „Was soll das?" Aber auch er stieß mich beiseite, blickte mich ausdruckslos an und folgte der weißen Königin, ängstlich darauf bedacht, seinen Besen über ihrem Kopf zu halten.

„Was ist passiert?" schrie ich Joe an.

„Diese verdammte Laura", knurrte er.

Ich versuchte nicht erst, Näheres zu erfahren, sondern riß mir das Hemd vom Leibe, rannte Monica nach und hüllte sie ein. Gleichzeitig zog ich sie von der Hauptstraße weg, aber schon hatte ein Polizist, der zwei Häuserblocks entfernt stand, den Tumult bemerkt, wenn auch nicht seine Ursache. Er kam auf uns zugelaufen, also reichte ich Monica an Joe weiter, der sie aufhob und mit ihr auf dem Arm die Gasse hinunterannte. So stand ich nun um drei Uhr morgens ohne Hemd im Zentrum von Torremolinos. Ich drückte mich in eine Mauernische in der Nähe der Bar, bis der Polizist verschwunden war. Dann wagte ich mich heraus und stieß mit einer Amerikanerin und deren Mann zusammen.

„Schämen Sie sich nicht?" fragte sie. „In Ihrem Alter?"

Aus einem anderen Versteck tauchte Cato auf, und ich lief ihm nach, in der Hoffnung, etwas zu erfahren, aber er war wie erstarrt und unfähig, vernünftige Antwort zu geben. Bald kamen Gretchen und Jigal angelaufen. „Wo ist Monica?" fragten sie.

Ich packte Gretchens Arm: „Was ist geschehen?"

„Diese verdammte Laura. Hat ihr LSD gegeben. Sie und ihre Bande haben es verwendet."

„Joe hat Monica mitgenommen", sagte ich.

Jigal führte uns zu dem großen Platz vor dem Postamt, und dort stand auch Joe, mit der halbnackten Monica auf seinen Armen.

Gretchen fragte: „Was habt ihr mit dem Wagen gemacht?“ Die beiden waren sichtlich nicht imstande, vernünftig zu antworten. Gretchen erzählte mir: „Sie zogen sich in Lauras Wohnzimmer aus und rannten zum Strand. Lauras Bande fand das riesig lustig, aber plötzlich kletterten sie in den Wagen und rasten stadtwärts. Ich schrie ihnen nach, aber einer von Lauras Freunden sagte: ‚Was kann schon passieren?‘ – ‚Sie können verunglücken!‘ sagte ich, und er sagte: ‚Der Wagen ist doch versichert, oder nicht?‘ Ich fürchte, sie sind irgendwo an einen Telephonmast gekracht.“

Wir fanden den Wagen in der Halle des Hotels „Nordlicht“, in die Cato direkt hineingesteuert hatte. Der Direktor stand daneben, inmitten eines Haufens von Glasscherben, und hielt die Wagenschlüssel in der Hand. Unsere Gruppe versammelte sich um ihn. Aber auch nachdem wir uns alle in den Wagen verfrachtet hatten und Gretchen für den angerichteten Schaden aufgekommen war, wußten Monica und Cato immer noch nicht, was geschehen war oder in welchem Zustand sie sich befanden.

„Es ist so großartig!“ murmelte Monica. „Du siehst Farben... so leuchtend... sie umfassen die ganze Welt.“ Sie verlor das Bewußtsein, und ich fragte ängstlich: „Was sollen wir tun?“ Joe, der schon LSD-Fälle in der Bar erlebt hatte, sagte: „Ins Bett stecken.“

Das taten wir dann auch. Ich fragte Gretchen: „Warum hat Laura ihnen LSD gegeben?“ – „Sie wußte gleich, daß Monica irgend etwas nahm. Solche Leute suchen immer jemanden, dem sie's auch anhängen können.“

Nachdem wir die beiden ins Bett gesteckt hatten, saßen wir noch einige Zeit in der Wohnung beisammen und redeten davon, daß die Sache um ein Haar schiefgegangen wäre. Gretchen meinte: „Bevor wir nach Italien fahren, sollten wir uns irgendeinen ruhigen Ort suchen, weit weg von Pot und LSD. Wir sollten einmal ganz abschalten.“ Dabei sah sie mich an, als würde ich einen solchen Ort kennen, und mir fiel jener Teil Europas ein, der mir immer als der lieblichste und friedlichste erschien: die Landschaft am fernen und unbekannten Südende Portugals, die Algarve heißt.

Als ich ihnen von den weiten Buchten erzählte, von den Hügeln voller Mandelbäumen und den kleinen versteckten Städten mit Kreuzritterburgen, und als ich dann auch noch die niedrigen Preise erwähnte, da leuchteten ihre Augen auf und sie meinten, das wäre genau das, was sie suchten.

„Algarve“, sagte ich ihnen, als der Morgen schon graute, „ist ein Torremolinos von vor zweihundert Jahren, nur noch schöner!“

Um acht Uhr früh, als Monica und Cato sich von der Wirkung des LSD erholt hatten, kletterten die sechs jungen Leute in den Campingbus. Joe saß am Steuer, denn er war nun der offizielle Chauffeur, die anderen waren in allen erdenklichen Lagen verstaut. Die Betten, die zum Wagen gehörten, waren hoch aufgeklappt, die zwei zusätzlichen Liegen waren mit Seilen und Winden an die Decke angeschnallt. Der Wagen war mit Menschen und Gepäck – Büchern, Konservendosen, Weinflaschen – vollgestopft. Joe hupte kurz, Gretchen lehnte sich heraus, um den Nachbarn noch einen Gruß zuzurufen, und die alten Frauen standen in den Türen und winkten ihnen nach.

Auf der Hügelkuppe hielt ein Polizist den Wagen an, überzeugte sich, daß Joe und sein Christusbart die Stadt verließen, und gab ihnen dann den Weg frei.

# 8

# ALGARVE

Ein Spanier ist ein Portugiese mit Verstand,
ein Portugiese ist ein Spanier mit Charakter.

Die Natur irrt selten, der Brauch immer.

*Lady Mary Wortley Montagu* (1698–1762)

Kinder unterhalten sich beim Spiel, die niedrigen Klassen beim Stierkampf, Herren bei edlen Gesprächen.

Meine Mutter sagte mir immer: „Mein Sohn, das Glück kannst du nicht kaufen!“ Aber sie sagte mir nie, daß ich es auch nicht mieten könne.

Junge Leute glauben, daß die Alten Narren sind; aber die Alten *wissen*, daß die Jungen Narren sind. *George Chapman*

In einem siebzigjährigen Jüngling steckt mehr Spannkraft und Optimismus als in einem vierzigjährigen Mann.

*Oliver Wendell Holmes* (1809–1894)

Die Fahrt nach Portugal sollte zweien aus der Gesellschaft entscheidende Eindrücke vermitteln.

Joe, der den Wagen steuerte, war entsetzt von der Häßlichkeit der Küste zwischen Málaga und Gibraltar. Von Torremolinos bis Fuengirola war ein Betonwald aus dem Boden gewachsen, hier drängten sich hohe Appartementhäuser am Strand, landeinwärts erstreckte sich ein Dschungel von Bretterbuden und Würstchenständchen. Und was dazwischen unverbaut geblieben war, wurde in Golfplätze umgewandelt.

„Wo ist hier Spanien?" fragte Joe und starrte die häßlichen Häuser an, die an der einst so zauberhaften Straße zwischen Marbella und Estapona in die Höhe geschossen waren: Ferienwohnungen für reiche Nordländer, die die Gegend nur als Spielplatz verwenden würden.

„Sieht ganz nach einem Ausverkauf aus", sagte er, während er auf Gibraltar zufuhr. Im Geist sah er Landschaften vor sich, die er auf seiner Fahrt quer durch Amerika gesehen hatte, und erinnerte sich mit Wehmut an die unendliche Weite Wyomings.

Zu Gretchen, die neben ihm saß, sagte er: „Wenn ein paar Europäer imstande waren, die Gegend hier zu verunstalten..." – er konzentrierte sich auf den Verkehr, dann setzte er fort – „... stell dir vor, was wir in Amerika ruinieren könnten, wenn wir uns wirklich dahinterklemmten!"

Es war ein trüber Gedanke. „Vielleicht wird die Welt bis dahin mehr Vernunft angenommen haben", sagte Gretchen. Er schüttelte den Kopf: „Glaub bloß das nicht!"

Den ganzen Weg bis Gibraltar hielt seine trübe Stimmung an.

Seine Passagiere hätten gern den Felsen besucht, aber ein unsinniger Zwist zwischen der spanischen und der britischen Regierung verhinderte das; also parkten sie an der Barriere und kletterten aus dem Wagen, um die berühmte Festung anzusehen, die nur wenige hundert Meter entfernt von ihnen lag und doch unerreichbar war.

„Warum können wir nicht hin?“ fragte Cato.

„Die Regierung“, sagte Monica. „Immer wenn man etwas völlig Blödsinniges antrifft, steckt eine Regierung dahinter.“

„Welche?“ fragte Cato.

„Meine“, keifte Monica. „Ein Gutes kann man für die Engländer anführen: Sie sind unparteiisch. Sie versauen zwar Vwarda und Gibraltar, aber ebenso versauen sie auch Wales und Irland.“

Verärgert kehrten sie zum Wagen zurück und begannen die lange Fahrt die Küste entlang nach Cádiz. In mancher Hinsicht war diese Gegend noch trauriger, denn hier wurde nicht mit fremdem Kapital gebaut wie in der Gegend von Marbella, sondern spanische Unternehmer versuchten ohne die nötigen Mittel, pompöse Werke zu verwirklichen.

„Brandneue Slums“, sagte Joe bitter.

Am Abend parkten sie am Ufer des breiten, schlammigen Guadalquivir. Schwärme von Insekten schwirrten um die Moskitonetze. Monica besprühte sie mit einem Insektenvertilgungsmittel, wobei sie rief: „Weg da, ihr schwarzen Bastarde!“, und Cato brummte: „Paß auf, was du sagst, Mädchen!“

Joe konnte nicht einschlafen, verließ den Wagen und spazierte am Fluß entlang. Nach einer Weile kam Gretchen ihm nach, und sie redeten von Spanien und von dem desolaten Zustand jenes Teils der Küste, den sie durchfahren hatten. „Im College hatten wir Vorlesungen über spanische Geschichte“, sagte Gretchen. „Es wurde davon gesprochen, daß die Spanier ihr Land immer schlecht behandelt haben ... von Schafen war die Rede und von Mißachtung der Landwirtschaft. Ein maurisches Erbe, glaube ich, nannte man es. Das Landesinnere hat man schon vor vierhundert Jahren veröden lassen. Jetzt machen sich die Zerstörer an die Küste.“

„Tun wir nicht das gleiche ... in Amerika, meine ich?“

„Wie Monica sagt: ‚Wenn eine Regierung Fehler machen kann, wird sie es tun.‘“

„Aber wir haben eine entgegengesetzte Tradition“, sagte Joe. Er erzählte, wie seine Heimatstadt sich bemüht hatte, eine Waldlandschaft zum Naturschutzgebiet zu erklären. Die Gemeindeväter waren nach Washington geflogen. Dann schloß er trocken: „Während wir auf unserer Seite des Waldes für seine Erhaltung kämpften, kämpften die Rancher auf der anderen Seite für die Abholzung."

„In Spanien gewinnen die Rancher", sagte sie.

Am nächsten Morgen fuhren sie nach Sevilla, um die Kathedrale zu besichtigen. Sie kampierten in der folgenden Nacht in einem Weingarten und fuhren dann langsam nach La Rabida, um die Küste zu sehen, von der aus Columbus sich eingeschifft hatte, um Amerika zu entdecken. Zur Überraschung der anderen schien Britta am meisten beeindruckt. Sie blieb am Strand stehen und starrte nach Westen. Im Morgengrauen des nächsten Tages fuhr Joe den Campingwagen an das Ufer des Rio Guadiana, der Spanien von Portugal trennt, und die Mädchen hielten den Atem an, als er den Wagen unendlich sanft auf die wackelige Fähre setzte, die schon leer in Gefahr schien, zu sinken. *„Ave Maria, gratia plena"*, rezitierte Monica, als sie die gebrechlichen Planken betrat.

„Mein Gott!" rief Cato. „Seht!" Ein riesiger, mit Rohren beladener Lastwagen fuhr die ungepflasterte Abfahrt zur Fähre herab.

„Werden Sie den an Bord kriegen?" fragte Britta den Fährmann auf spanisch.

„Warum nicht?" Er gab dem Fahrer mit der Hand Zeichen, vorsichtig auf das Fährboot zu steuern. Als die Vorderräder auf die Fähre fuhren, senkte sie sich auf der einen Seite um mehr als einen halben Meter und Wasser schwappte an Bord; aber der Lastwagen kam vorwärts, bis die Hinterräder auf der Fähre landeten und die Bordplanken nur wenige Zentimeter über Wasser standen.

„Gerade richtig!" rief der Fährmann fröhlich.

„Was hat er gesagt?" fragte Jigal, und als Britta übersetzte, sagte Monica „Amen" und bekreuzigte sich. Es war eine aufregende Überfahrt über den schlammigen Fluß. Auf der portugiesischen Seite entstand einige Konfusion, alle Arbeit wurde niedergelegt, während die Zollbeamten mit freundlicher Miene an Bord gingen, um den Campingwagen zu inspizieren. Der Chef kletterte hinein und ließ sich von Gretchen zeigen, wo sie alle schliefen.

Ein junger Portugiese zeigte zuerst auf Joe und Gretchen, dann auf das Bett, in wortloser Frage, ob sie es teilten, aber noch ehe jemand von ihnen antworten konnte, wies der Chef den jungen Mann zurecht. Britta begann mit ihm spanisch zu reden, aber er blickte sie streng an und antwortete auf französisch: „Wir sprechen hier nie spanisch. Wir können, aber wir tun es nicht." Er fand eine Straßenkarte, die er Gretchen galant überreichte. Sein kurzer, dicker Zeigefinger fuhr die Straßen Portugals nach und hielt bei einem unscheinbaren Dorf in einiger Entfernung vom Meer. „Das ist Alte mit den vier Bergen. Alte am rauschenden Strom. Ich hoffe, Sie werden mir den Gefallen tun. Fahren Sie nach Alte hinauf. Ich möchte, daß Sie Portugal von seiner besten Seite kennenlernen."

Er schüttelte jedem von ihnen die Hand und wünschte ihnen einen angenehmen Aufenthalt in seinem Land. Sein Assistent reichte Joe die ordnungsgemäß gestempelten Autopapiere, und als der Campingwagen die Zollbaracke verließ, wandte sich der Chef dem spanischen Lastwagenfahrer plötzlich mit strenger Miene zu, und Britta hörte ihn knurren: „Und was zum Teufel willst du mit diesen Rohren?"

Schon der erste Eindruck war eine Offenbarung. Keine modernen Scheußlichkeiten, nur sanftes, jungfräuliches Bergland, das zur unverbauten Küste abfiel. Auf den Hügeln standen schlanke, gerade gewachsene niedrige Bäume. Joe hielt den Wagen an und überredete Britta, zu fragen, was das für Bäume seien. Sie versuchte es auf spanisch, aber der Mann, den sie anredete, weigerte sich, diese Sprache zu verwenden, obgleich sie mutmaßte, daß er sie sehr wohl verstand. „Mandeln", sagte er auf französisch. „Im Januar hätten Sie hier sein müssen, als sie blühten. Man riecht sie kilometerweit."

Es gab auch Orangen, alte Eichen, immergrüne Bäume und eine Unzahl kleiner Bauernhöfe, deren Felder von Steinmauern umfriedet waren. Die Häuser duckten sich an den Boden und sahen aus, als wären sie aus der Erde gewachsen.

Langsam fuhren sie durch die zauberhafte Landschaft von Wald, Berg und Ozean, die Algarve heißt. „Essen wir in Albufeira", schlug Joe vor, während er die Karte studierte. „Es liegt am Meer. Anschließend können wir in die Berge fahren und sehen, was Alte zu bieten hat." Die anderen waren einverstanden, und nach vielen Aufenthalten, bei denen sie die einsame Küste bewunderten, erreichten sie jene merkwürdige Stadt am Meer, zu der die Straße sich durch zahlreiche Tunnels hinunterwindet. Man fuhr auf einer Hügelkuppe und befand sich zwei Linkskurven später direkt unter der Stelle, wo man vorher gewesen war. Monica war entzückt und rief: „Es ist so herrlich anders als Torremolinos." Joe aber fiel auf, daß sie zum Essen instinktiv die einzige Bar aussuchte, die dreckig genug war, um nach Torremolinos zu passen.

Drinnen lümmelte in einer Ecke ein knochiger, bleicher Engländer, den man Churchill nannte. Mit sicherem Instinkt fand er sofort die einzige Engländerin der Gruppe heraus.

„Hallo", murmelte er verschlafen. „Du bist Engländerin, wie ich sehe."

„Ich heiße Monica. Wie ist das Essen hier?"

„Grauenhaft."

„Und das Bier?"

„Annehmbar, wenn du mich einlädst."

„Nur, wenn du uns etwas über diesen Ort erzählst." Sie wies Cato an, die Tische zusammenzuschieben, und sagte zu Churchill: „Setz dich zu uns."

Er sagte, er sei nicht hungrig, aber er setzte sich zu ihnen, trank ein Bier und teilte ihnen seine Meinung über die Provinz Algarve mit: „Eine britische Kolonie." Seine knochigen Finger wiesen auf Touristen, die den Platz überquerten. „Diese zwei sind Engländer. Und die drei dort. Teufel, alle sind Engländer. Es ist zum Kotzen."

Als der Kellner zwei fettige Speisekarten brachte, warf Churchill sie auf den Boden und befahl dem Mann in lebhaftem Portugiesisch: „Geh über die Straße und bring uns sechs Portionen *caldeirada de peixe*."

„Was haben Sie bestellt?" fragte Britta.

„Sie werden essen, was auf den Tisch kommt", sagte er grob. Er war etwa vierzig, sehr mager, unrasiert, ungepflegt und machte einen sehr gelangweilten Eindruck. Aber er war gut informiert, und als Joe sagte: „Ich denke, wir werden uns Alte ansehen", stützte er sein Stoppelkinn in die behaarten Hände und sagte: „Gott muß euch seinen Kompaß geliehen haben. Ich gratuliere! Das schönste Plätzchen in der Algarve."

Während er sich über die Gegend äußerte und dazwischen in großen Schlucken das dunkle Bier trank, kam der Kellner mit drei großen Terrinen auf einem Tablett zurück und stellte eine vor jedes Mädchen. „Was ist das?" fragte Britta. Er nahm einen Löffel, langte in die Schüssel und fischte ein paar Stück Schalfisch und einen winzigen Tintenfisch heraus, hob sie hoch in die Luft und ließ sie wieder in die Terrine fallen. „Meeresfrüchte", knurrte er. „Erstklassig".

Britta ließ sich von seinem Benehmen nicht stören, lächelte freundlich und fragte: „Nehmen Sie nichts davon?" – „Einen Bissen oder zwei, von Ihnen", antwortete er und fischte einen kleinen Oktopoden heraus, hob ihn hoch und ließ ihn in seinen Mund plumpsen. Ein Fuß des Tieres hing ihm aus dem Mund, er zog ihn mit lautem Schlürfen ein, kaute schmatzend, schluckte und sagte: „Das beste Gericht in Portugal." Er stieß seinen Löffel in Monicas, dann in Gretchens Terrine und stahl von jeder einen Tintenfisch.

Das Essen war eine gute Einführung in die portugiesische Küche: heißes Knoblauchbrot, grüner Wein und reichlich Zwiebeln. Britta stocherte in ihrer Portion herum, um den Inhalt festzustellen: Aal, Schaltier, Barsch, Sardinen, Tintenfisch und die winzigen Oktopoden, süß und zäh und stark nach Meer riechend. „Das ist gut", sagte sie zu Churchill, der wieder knurrte: „Erstklassig! Ich habe es euch ja gesagt."

Erst am späten Nachmittag verließen sie Albufeira. Sie fuhren eine gute Strecke in die Hügel hinein, bevor sie die Straße nach Alte fanden. Nach mehreren Kilometern sanfter Steigung kamen sie zu einer Kehre, von der aus man auf ein kleines Dorf hinabsah. Neben einem Wasserfall, der in eine enge Schlucht stürzte, lag Alte, zwischen vier Berge gebettet, ein Spielzeugdorf, und das hübscheste, das sie je gesehen hatten.

Der Abend dämmerte, Viehtreiber kamen aus den Bergen zurück und führten ihre Pferde am Halfter. „Hier wird es mir gefallen", sagte Joe.

Brittas Leben erfuhr durch die Fahrt nach Portugal eine Wendung. Als es am ersten Abend der Reise Zeit wurde, den Wagen zum Schlafen zu richten, wurde sie vor eine Entscheidung gestellt, die sie schon in den vergangenen Wochen beschäftigt hatte. Die sechs Schlafstellen mußten aufgeteilt werden. Ursprünglich hatte der Campingwagen vier Schlafstellen: ein Doppelbett über die Länge des Wagens, groß und bequem, ein kleines über den Vordersitzen und eine Hängematte unter dem Dach, die weder bequem noch groß war. Die beiden Zusatzbetten, die Jigal und Cato gebastelt hatten, waren an den Seitenwänden befestigt, groß, aber nicht sehr weich.

Das Zubettgehen wurde daher zu einem taktischen Problem, ähnlich dem, das der Mann zu bewältigen hat, der Heringe in die Dose schlichtet: Wer liegt neben wem? Das Arrangieren mußte beim Doppelbett beginnen, denn davon hing alles weitere ab, und Gretchen löste als Besitzerin des Wagens die Frage auf eine Art, die keine Diskussion zuließ.

„Joe muß fahren und braucht seine Ruhe. Er bekommt das große Bett. Cato ist groß, also schläft er mit Joe. Monica ist die kleinste, sie bekommt das Katzenbettchen vorne, und Jigal ist klein genug, um in der Hängematte Platz zu finden. Damit bleiben die neuen Betten für Britt und mich." Monica wollte etwas einwenden, aber Gretchen ließ sie nicht zu Wort kommen. „Und wenn zwei unbedingt miteinander ins Bett gehen wollen, so können sie am Nachmittag das große Bett haben." Dabei nickte sie Monica und Britta leicht zu.

Damit war Britta nun gezwungen, ihre Entscheidung zu fällen. Sie war nun vier Monate von daheim weg, und als sie mühsam in ihr Bett kletterte, wobei sie über Joe steigen mußte, fiel ihr ein, daß diese erzwungene Einschränkung als glückliche Fügung betrachtet werden konnte. Sie hatte seit einiger Zeit gefühlt, daß ihr Verhältnis mit Joe sich totzulaufen begann.

Was können wir eigentlich noch voneinander erwarten, fragte sie sich, als sie in dem ungewohnten Bett lag. Er ist ein feiner Kerl ... aber wohin soll das führen?

Daß Joe kein Geld hatte, um sie zu erhalten, und in naher Zukunft auch keines verdienen würde, spielte keine Rolle. Auch daß er sie kaum je heiraten würde, störte sie nicht. Sie genoß den Sex, nahm die damit verbundenen Dinge in Kauf und war durchaus bereit, auf eigene Verantwortung mit einem Mann zu leben. Eines Tages wollte sie heiraten, wenn – wie so viele Mädchen ihres Alters gern sagten –, „alles gut ging". Aber damit meinte sie, daß sie den richtigen Mann finden mußte und die geeigneten Vorbedingungen für eine produktive Zukunft. Wenn es sich nicht so ergab, würde es ihr auch nichts ausmachen, so weiterzuleben wie in den vergangenen vier Monaten.

Sie hatte Joe so rücksichtsvoll und anständig gefunden, wie sie erwartet hatte, als sie zum ersten Mal zu ihm ins Bett gekrochen war. Sie hatten es schön gehabt, und wenn ihre weiteren Beziehungen nur halb so befriedigend sein würden, brauchte sie sich nicht zu beklagen. Während sie direkt über dem Mann lag, den sie aus ihrem Leben streichen wollte, kam sie bei ihren Überlegungen zu dem Schluß, daß es für sie keine Ehe geben würde, sondern nur eine Folge von Joes. In kleinen Dingen habe ich Glück, nicht aber in großen. Nun, auch das wird mich nicht umbringen.

Als wir uns wieder trafen, erzählte sie mir, was ihr damals durch den Kopf gegangen war: „Ich erkannte, daß aus uns beiden nichts werden konnte. Es war schön im Bett, aber wie weit hatten wir wirklich eine Beziehung zueinander? Wir würden nie ein Heim gründen, oder Kinder haben, oder auf das selbe Ziel hinarbeiten – wozu also?"

„Sind ein Heim und Kinder dein Ziel?" fragte ich einigermaßen überracht.

„Nicht unbedingt. Aber ich möchte ..." Sie zögerte, dann lachte sie. „Der wirkliche Grund, Mr. Fairbanks, ist, daß mit Joe keine

Möglichkeit bestünde, nach Ceylon zu kommen. Joe ist kein Sonnenmensch. Er ist wie mein Vater. Er wird irgendwo eine dunkle Ecke finden und seine Kämpfe allein ausfechten.“

Wäre damals ein halbwegs passabler junger Mann auf den Plan getreten und hätte sie nach Ceylon oder Hongkong eingeladen, sie hätte wohl ihre Sachen gepackt und uns verlassen. Und falls die Sache nicht nach Wunsch gelaufen wäre, wäre sie sicher augenblicklich bereit gewesen, Ceylon fallen zu lassen und nach Lima oder Wellington zu gehen, wenn eine dieser Städte ihr ein erfüllteres Leben verheißen hätte.

Ich konnte nie herausfinden, was sie unter einem erfüllten Leben verstand. Es war nicht Sex oder Ehe, ein Heim oder ein gesichertes Einkommen oder sonst etwas von den Dingen, die die Mädchen beschäftigten, als ich ein junger Mann war. Als ich eines Nachmittags um eine nähere Definition bat, sagte sie einfach: „Es geht mir um *Anständigkeit.* Ich möchte, daß alle Teile meines Lebens zusammen etwas Anständiges ergeben.“

So beschloß sie in jener Nacht in einem Olivenhain neben dem Guadalquivir, daß das von Gretchen getroffene Schlafarrangement eine bleibende Einrichtung sein sollte. Ihr Verhältnis mit Joe war zu Ende.

Nach dem Besuch in Sevilla, als sie am Abend vor der Überfahrt nach Portugal um das Lagerfeuer saßen, sagte Britta: „La Rábida hat mir gefallen. Ich glaube, es bedeutet mehr für einen Norweger, an der Stelle zu stehen, wo Columbus in See stach, als für euch andere.“

„Warum?“ fragte Gretchen.

„Es wirft eine neues Licht auf die Geschichte der Wikinger. Wir haben Amerika ein paar Jahrhunderte vor Columbus entdeckt, das ist allgemein bekannt. Aber wir haben nichts damit anzufangen gewußt. Wir waren tapfer, aber wir hatten keine Ideen. Ich habe oft überlegt, was die Wikinger ihren Leuten erzählten, als sie heimkamen. Ich nehme an, sie sagten: „Da draußen gibt's Land.“ Und die Könige sagten: „Na und?“, und damit war die Sache erledigt. Mit der Zeit vergaßen wir sogar, daß wir in Amerika gewesen waren. Columbus aber kam voller Ideen nach Hause... seine Reise bedeutete etwas... nicht wegen seiner Tapferkeit, sondern wegen seiner Ideen.“

Als niemand etwas sagte, lehnte sie sich zurück und blickte in den Himmel. „Mit Amerika ist es ähnlich. Ich glaube, eure Männer werden im nächsten Monat auf dem Mond landen. Aber es wird nicht sehr viel bedeuten, weil die Amerikaner, die Wikinger unserer Zeit sind. Tapfer, aber dumm. Euch fehlen die Ideen... und aus ist's mit dem Mond. Jahre später wird euch jemand nachfolgen, vielleicht die Japaner, und eine ungeheure Vision von dort mitbringen, und dann werden sie es sein, die den Mond wirklich entdecken."

Wieder sagte niemand etwas, aber Gretchen überraschte sie, indem sie Britta und Cato an den Händen faßte. „Es ist ehrenhaft, ein Wikinger zu sein. Dumm, egozentrisch, ohne Phantasie... aber sehr tapfer. Letzten Endes sind es die Tapferen, die den Weg weisen."

Ohne es zu wissen, hatte sie damit einen bloßliegenden Nerv getroffen. Cato sprang auf und warf seinen Picknickteller ins Feuer. Sein Messer und seine Gabel hüpften durch die verglosenden Scheiter. „Dieser gottverdammte Mond! Ich versuche es euch zu sagen, aber ihr hört mir ja nicht zu. Du, verdammt noch einmal, du!" Er zeigte mit dem Finger auf Gretchen. „Heute hast du die Unverschämtheit gehabt, mich zu fragen, ob ich überempfindlich bin? Wer zum Teufel glaubst du eigentlich, daß du bist?"

„Wovon redest du?" fragte Gretchen verblüfft.

„Vom verdammten Mond! Davon rede ich. Und von den Brüdern."

„Cato", sagte Gretchen, „ich verstehe immer noch nicht."

„Du hörst nicht zu. Amerika schaut tatenlos zu, wie seine Städte zum Teufel gehen, seine Schwarzen verkommen, seine Schulen versagen. Das einzige, was wir gut machen, sind die Straßen. Für Städte, Eisenbahnen oder Schwarze haben wir keinen Cent übrig, aber wir schmeißen mit dem Geld um uns wie ein betrunkener Matrose am Freitagabend. Sechsundzwanzig Milliarden Dollar, um einen Mann zum Mond zu bringen!"

„Prioritäten sind immer ein Problem", sagte Gretchen.

„Ich rede nicht von Prioritäten", schnappte Cato. „Hast du nie das Raumfahrtzentrum im Fernsehen gesehen? Oder das Werk, das die Dinger baut? Oder irgend etwas sonst, das mit dem Raumfahrtprogramm zu tun hat? Der Präsident kommt lächelnd herein. Ein sechzehnköpfiges Komitee empfängt ihn, ebenfalls lächelnd. Und sie gehen durch die ganze Anlage... tausend Tische... hinter jedem ein lächelnder Mann... und..."

Er hielt inne. Das Feuer warf flackernde Schattten auf die Gesichter, dazu gesellte sich das fahle Licht des Mondes „Nicht einer von euch weiß, wovon ich rede, ihr Idioten, oder?" schloß er.

„Worauf willst du hinaus?" fragte Joe.

„Unter all den Gesichtern siehst du nicht ein schwarzes. Dieses ganze Programm... Milliarden Dollar... für etwas, wovon die

Schwarzen ausgeschlossen sind. Die Menschen, die gerade jetzt am meisten Hilfe brauchen..." Er hatte die Stimme bis zum Schreien erhoben, und sie schien in der Stille von Südspanien fehl am Platz. Er stieß mit dem Fuß gegen das Feuer. „Es ist überhaupt nicht lächerlich, zu denken, daß die Vereinigten Staaten deshalb beschlossen haben, ihren ganzen Reichtum auf das Raumfahrtsprogramm zu konzentrieren, weil sie es isolieren konnten – von all den tausend Dingen, die für sie ihr Geld hätten ausgeben können – weil die Schwarzen nicht daran teilhaben können. Es war nicht leicht, sich den Mondflug auszudenken, aber Präsident Kennedy hat es fertiggebracht. Genau wie alles andere, was er tat, um die Schwarzen zu degradieren. Der schlimmste Freund, den wir je hatten. Nixon ist besser, bei ihm wissen wir wenigstens, wo er steht."

Britta brach das lastende Schweigen. „Wir Wikinger haben Fehler gemacht, einen nach dem anderen, und wir sind aus der Geschichte gegangen, ohne irgend etwas zu hinterlassen. Wenn das weiße Amerika das gleiche tut, wird es genauso untergehen."

Als es Schlafenszeit wurde, nahm Gretchen Britta beiseite und flüsterte: „Britt, wenn du mit Joe schlafen willst, können wir es irgendwie arrangieren", aber Britta sagte: „Nein! Ich habe beschlossen, nicht mehr mit ihm zu schlafen."

„Weiß er es?"

„Nein. Ich habe mich eben erst dazu entschlossen."

Als Gretchen in ihr Bett klettern wollte, packte Joe sie am Handgelenk und zog sie neben sich. „Ich glaube, du solltest Cato und Monica das Bett lassen", flüsterte er. „So ist es für sie ein elender Zustand." – „Was ist mit dir und Britt?" fragte Gretchen, und Joe sagte sehr leise: „Ich glaube, das ist eigentlich zu Ende. Du warst ein kluges Mädchen, die Betten so zu arrangieren. Ich glaube nicht, daß Britta und ich..." Er verstummte. „Dann lassen wir es, wie es ist", flüsterte Gretchen. Und am folgenden Morgen setzten sie über nach Portugal.

Nicht weit vom Zentrum von Alte fand sich ein schöner Platz neben dem schäumenden Wasserfall. Mit seinen ausladenden Bäumen, seinem winzigen Musikpavillon und den von roten Ziegeln gesäumten Wegen sah er wie ein großer Saal aus. Auch wenn die Kapelle nicht spielte, gab es hier immer Musik, dafür sorgte das über die Felsen herabstürzende Wasser.

Über dem Platz thronte die derb gehauene Statue des einzigen bedeutenden Sohnes der Stadt. Mit steinernen Zügen blickte Candido Guerreiro hinunter auf den Platz, den er geliebt hatte. Damals war er noch nicht gepflastert gewesen. Auf einer Tafel unter seiner Bartspitze standen die Worte:

a memoria do grande poeta altense
„Weil ich am Fuß der vier Berge geboren wurde,
wo das Wasser vorbeisingt..."

Offenbar waren dies die ersten zwei Verszeilen seines Lobliedes auf Alte. Ich hörte sie einmal zu einer so traurigen Melodie gesungen, daß ich daraus schloß, der alte Dichter sei nicht ganz sicher gewesen, ob Alte der ideale Aufenthalt für ihn war.

Es war nicht erlaubt, den Campingwagen auf der Plaza zu parken. Von einem der vier Berge her wurde das Wasser zu einem Steinbrunnen geleitet, der in die Mauer eingelassen war, auf der der Dichter stand. Zu diesem Brunnen kamen alle Frauen von Alte mit riesigen Tonkrügen und holten Wasser. So war der Platz das eigentliche Stadtzentrum, denn hier befand sich das Zentrum der Wasserversorgung.

Gretchen fragte einen Polizisten, wo sie parken dürften, und er wies ihnen einen Platz unter den Bäumen, gleich neben dem Wasserfall an. Später sagte mir jeder der sechs, unabhängig vom Urteil der anderen: „Wohin ich auch kommen werde... ich werde immer an Alte denken, für mich war's der schönste Teil der Reise."

Ein Grund, daß sie mit solcher Liebe an Alte zurückdachten, war die Musikkapelle. Freitag, Samstag und Sonntag abends versammelten sich die Musiker mit ihren altersschwachen Instrumenten im Pavillon und gaben Konzerte. Da es hier weder Fernsehen noch Kino und nur wenige Radios gab, stellte das die einzige Unterhaltung dar, und der Platz war immer gedrängt voll von Menschen.

„Woher kommen sie alle?" fragte Gretchen und begann, Erkundigungen einzuziehen. Sie erfuhr, daß wenigstens die Hälfte der Zuhörer aus der Umgebung kam. „Ich weiß nicht, ob ich richtig verstanden habe", erzählte sie der Gruppe eines Abends, während sie neben dem Wasserfall ihr Abendessen kochten, „aber ich bin sicher, daß sie sagten, manche Frauen kämen zehn Kilometer weit zu Fuß."

„Hin und zurück?" fragte Britta.

„Zehn Kilometer her und zehn Kilometer zurück."

Jigal pfiff anerkennend. Am Samstagabend, als sie zum Konzert auf die Plaza kamen, sahen sie, daß die Zuhörer aus der Stadt einen gepflasterten Raum in der Mitte freihielten. Sie setzten sich auf ihre mitgebrachten Stühle. Die Kapelle spielte eine lärmende Weise, und die jungen Landleute begannen zu tanzen. Bald war der Platz überfüllt von Bewegung. Die Alten sahen beifällig zu.

Die Tanzschritte waren etwas kompliziert, aber erlernbar, und nachdem sie einige Minuten lang zugesehen hatten, faßte Jigal Gretchen an den Händen und zog sie auf den Tanzplatz. Sie ernteten Applaus. Als die nächste Nummer begann, forderte Cato Britta zum Tanz auf. Sie gaben ein prachtvolles Paar ab. Britta beherrschte die alten norwegischen Tänze und paßte sie an diese Musik an, Cato tanzte einfach Jitterbug, und die Portugiesen bekundeten laut ihre Zustimmung.

Beim dritten Stück bat der Alkalde der Stadt Gretchen zum Tanz, und so begann die Einführung der sechs in das Leben des Ortes. Sie waren so jung, so liebenswert in ihrer Natürlichkeit, daß die einfachen Menschen der Stadt sie sogleich ins Herz schlossen. Sie wurden zu Mahlzeiten von derber Einfachheit eingeladen, wo man sie mit Großzügigkeit bewirtete. Sie gingen mit den Stadtleuten in die Kirche, begleiteten den Arzt auf seiner Runde, gaben Picknicks in den Bergen und stiegen jeden Tag zu der Aussichtsterrasse hinauf, von der aus sie die ganze Stadt überblicken konnten. Sie paßten sich dem jahrhundertealten Lebensrhythmus der Bewohner an und revanchierten sich für die Gastfreundschaft mit Konzerten an jenen Abenden, an denen die Kapelle nicht spielte.

Gretchen brachte dann ihre Gitarre und spielte die alten Balladen, deren jede aus dem täglichen Leben dieser Menschen gewonnen sein konnte. Das wurde ihr schon am ersten Abend klar, an dem sie sang. Am Rand der Menge stand eine hagere Bäuerin, die aussah wie eine Siebzigjährige. Sie war in Begleitung ihrer ungewöhnlich schönen, sechzehn- oder siebzehnjährigen Tochter. Beide waren barfuß, standen ein wenig abseits von der Menge und hörten mit sichtlicher Begeisterung zu. Die alte Frau schlug den Takt mit und schien ständig drauf und dran, mitzusingen.

Gretchen überlegte, wer die beiden sein mochten, da kam eine Frau aus der Nachbarschaft und sagte ihr: „Das ist die, von der ich erzählt habe. Sie ist zehn Kilometer gegangen." Zwischen zwei Liedern ging Gretchen zu der Frau und schüttelte ihr die Hand. Sie sprach die Tochter auf französisch an, doch das Mädchen verstand nicht, und so standen sie eine Weile, bis jemand kam, der dolmetschen konnte.

„Ja, meine Tochter und ich leben in den Bergen..."

„Ja, wir sind zehn Kilometer gegangen..."

„Ja, wir haben Schuhe, aber wir heben sie zum Tanzen auf..."

„Ja, wir haben einen Mann, aber er arbeitet zu schwer, um sich mit Musik abzugeben..."

„Ja, in den Bergen weiß man, daß ihr hier seid."

Die beiden waren auch unter den Zuhörern beim Konzert am nächsten Tag, einem Freitag, und am Samstag erschien das Mädchen in reizender Tracht, mit gerippten Strümpfen und hochhackigen Schuhen. Sie war sichtlich das schönste Mädchen auf dem Platz, und ihre Mutter war schamlos stolz auf sie. Mehrere Männer baten sie zum Tanz, und um die Mitte des Abends trat Jigal zu ihr, verneigte sich und streckte ihr die Hand entgegen. Sie sah ihre Mutter an, die die Stirn runzelte, aber da führte Jigal sie schon zum Tanzplatz.

Sie waren ein schönes Paar, obgleich das Mädchen etwas größer war als Jigal; dann forderte Joe sie zum Tanz auf, und anschließend Cato. Sie sagte ihnen, daß sie Maria Concepciao heiße, und Gretchen fand später heraus, daß sie weder lesen noch schreiben konnte.

Am Sonntagabend, nach dem letzten Konzert, wickelte Maria vorsichtig ihre Schuhe und ihr gutes Kleid ein, und die beiden begannen den Heimweg anzutreten. Aber Gretchen hielt sie an und sagte, sie würde sie heimfahren. Weder Maria noch ihre Mutter schien den Vorschlag ganz zu begreifen, bis Joe mit dem Wagen angefahren kam. Cato und Monica blieben zurück, um sich im Wald zu lieben, die anderen vier aber verfrachteten sich mit den zwei Portugiesinnen in den Wagen und fuhren über die gewundenen Bergstraßen.

Es war schon spät, als sie Maria Concepciaos Haus erreichten; der Schock des Vaters, als er seine Frauen in einem Privatwagen heimkommen sah, wurde nur noch von dem der jungen Leute übertroffen, als sie sahen, wie die Portugiesen lebten. Sie fanden eine Steinhütte, die über einen einzigen Raum verfügte, der Boden war aus gestampftem Lehm, es gab ein Fenster und eine offene Feuerstelle, die den Rauch ins Zimmer spie. Das Bett war ein Strohsack auf Brettern, wenige Zentimeter über dem Boden. Es schien Gretchen und Britta, daß das Mädchen dort bei den Eltern schlafen mußte. Der Raum war leer bis auf einen wackligen Tisch und einen kleinen Schrank, in dem die drei offenbar ihre Kleider, ihr Eßgeschirr, ihr ganzes mageres Besitztum aufbewahrten. Die jungen Leute fragten sich, wie es möglich sei, daß Maria Concepciao so wunderschön gekleidet zum Tanz gehen konnte. Gretchen sah interessiert zu, wie das Mädchen seine kostbaren Kleider sorgfältig in den Schrank legte, Britta aber, die wußte, was Armut war, blickte weg, denn sie hatte Tränen in den Augen.

Maria und ihre Eltern erwiesen ihnen ihre ganze Gastfreundschaft. Da sie keine Stühle hatten, wiesen sie ihren Gästen das niedrige Bett als Sitzplatz an, anstelle von Tee schenkten sie ihnen sauren Rotwein ein, und für den fehlenden Kuchen mußten kleine Stücke Brot und harter Käse herhalten. Da sie keine gemeinsame Sprache redeten, verständigten sie sich, wie man es unter solchen Umständen tut, mit Gesten und Lächeln und Kopfschütteln. Gretchen konnte den zwei Frauen klarmachen, daß sie und Joe am nächsten Donnerstag kommen und sie in die Stadt fahren würden. Die drei Portugiesen sahen sie ungläubig an, als überstiege das ihr Verständnis.

Donnerstag fuhr Gretchen in die Berge, um Maria Concepciao abzuholen, und Jigal kam natürlich mit. Bei den inoffiziellen Konzerten, wenn Gretchen spielte, saßen Jigal und Maria beisammen. Auch beim Freitagskonzert der Kapelle saßen sie nebeneinander, und beim Tanz am Samstag erschienen sie als erste auf dem Tanzboden. Auf der langen Heimreise saß Jigal neben Maria. Sie konnten zwar kein Wort miteinander reden, aber sie hielten sich an den Händen und teilten einander schweigend ihre Gedanken mit. Als sie die Hütte erreichten, holten Gretchen und Britta Weinflaschen und kleine Körbe mit Eßwaren hervor, die der Vater und die Mutter in Demut und Dankbarkeit entgegennahmen.

„Die Mahlzeit in der Hütte", erzählte mir Gretchen später, „gehört zu den eindrucksvollsten meines Lebens. Für den Rest meines Lebens werde ich Wein und Käse lieben." Bei einem Besuch, der der letzte sein sollte, sah Gretchen zufällig den Vater an und dachte: Er ist unglücklich. Sie blickte über ihre Schulter zurück und sah, daß Jigal Maria küßte.

Zwei Tage darauf kam der Dorfpfarrer in den Campingwagen, als die Gruppe eben beim Mittagessen saß. Er wollte ihnen sichtlich etwas sagen, doch zuerst teilte er ihr einfaches Essen mit ihnen.

Nachher sagte er auf französisch: „Maria Concepciao und ihre Eltern haben gebeten, daß Sie nicht mehr in die Berge fahren."

„Warum nicht?" fragte Gretchen. „Kommen sie nicht zum Tanz?"

„Sie kommen", sagte der Priester zögernd. „Ja, sie kommen." Er kaute ein Stück Salzfleisch, dann fügte er hinzu: „Aber sie wollen zu Fuß kommen." Wieder zögerte er. „Und ebenso zurückgehen."

„Ist es meinetwegen?" fragte Jigal unverblümt.

„Sind Sie der junge Mann, der sie geküßt hat? Nein, es ist nicht Ihretwegen ... obwohl ich annehme, es waren eigentlich Sie."

Sie konnten nicht verstehen, worauf er hinauswollte, und Britta sagte in ihrem guten Spanisch: „Hochwürden, wir verstehen Sie nicht."

„Ich verstehe es selbst nicht", entschuldigte er sich, „ich war auf der Universität."

Das war noch weniger zu verstehen, also schlug Gretchen vor: „Hochwürden, erzählen Sie es uns auf ihre Art. Maria Concepciaos Familie will nicht mehr mit uns fahren. Warum?"

„Das ist der Kern der Sache." Er nahm Jigals Hand und sagte: „Offenbar lieben Sie sie. Sie waren so hilfreich ... so großzügig. Vermutlich hat Maria Concepciao Sie gern, junger Mann. Sie läßt sich gern küssen, und das soll sie auch. Aber in den Hügeln Portugals hat ein Mädchen nur eine einzige Chance im Leben. Wenn sie auch nur den kleinsten Fehler macht, zum Beispiel in einem teuren Wagen zum Tanz zu fahren ..." Er musterte den Pop-Top und sagte zu Gretchen: „Die Leute erzählen mir, Sie schlafen alle in diesem kleinen Wagen." Als Gretchen nickte, sah er auf ihre, dann auf Brittas rechte Hand. „Und Sie sind nicht einmal verheiratet. Nun, ich bin sicher, es schadet nicht und Sie dürfen solche Dinge tun. Ein Mädchen aus den Bergen aber nicht."

„Sie hat nichts Schlechtes getan, nie ..." protestierte Jigal.

„Aber sie ist gefahren, statt zu gehen. Sie ist in einem Alter, wo sie einen Mann finden oder für den Rest ihres Lebens unfruchtbar bleiben muß. Eine Kleinigkeit genügt, um vielleicht ... etwas eingebildet zu erscheinen". Er blickte jeden der sechs an und nickte müde. „Das ist das Wort, das ich gesucht habe ... eingebildet. Wenn man von ihr sagt: ‚Sie ist eine, die ein Auto haben muß' ... Das könnte ihre Chance ruinieren, einen Mann zu finden."

Er sah Britta an, die einen guten Eindruck auf ihn gemacht hatte, und sagte: „Sie sind Skandinavierin. Sie müßten verstehen, was ich sage."

Gretchen fragte auf französisch: „So ist es also nicht Jigal! Bin eigentlich ich es?"

„Ja." Der Priester nickte. „Sie stehen für die ‚große Welt'. Sie verschrecken die Leute, und wenn die jungen Männer in dieser Gegend sich einbilden, Maria Concepciao würde so werden wie Sie ... sie würde einfach keinen Mann bekommen." Er hielt inne, wischte über seine Stirn und sagte fast ängstlich: „Sie verstehen das vielleicht nicht, aber bei uns hat ein Mädchen nur eine einzige Chance."

Gretchen wurde zornig. „Chance?" wiederholte sie. „Sie meinen: Wenn sie ein braves Mädchen ist und zwanzig Kilometer barfuß läuft und nur ein Kleid besitzt ... Sie meinen, dann wird sie vielleicht das Recht erwerben, wie ein Schwein in einem Zimmer ohne Möbel zu leben ... für den Rest ihres Lebens?"

„Genau das meine ich", sagte der Priester.

„Es wäre besser, sie ginge mit uns nach Lissabon, und mag geschehen, was da will."

„Für Sie, und für Sie" – er legte seine Hand auf Brittas Arm – „nicht aber für Maria Concepciao. Ihr Platz im Leben ist hier."

Niemand sprach, und nach einer Weile stand der Priester auf und schüttelte jedem die Hand. Er sagte Gretchen, er habe sie eines Abends spielen gehört und finde sie gut. Dann fügte er hinzu: „Aber wenn Maria Concepciao und ihre Mutter diese Woche kommen, laßt sie im Schatten bleiben. Und Sie dürfen nie wieder mit ihr tanzen, junger Mann, denn dann würden Sie ihr Leben auf eine nicht wieder gut zu machende Art ändern." Er verneigte sich und ging.

Da geschah etwas völlig Unvorhergesehenes. Jigal packte Joe an der Kehle und sagte bitter: „Du großes Lautmaul." Nun war Joe alles andere als ein Lautmaul, und niemand verstand, was Jigal meinte. Er fuhr fort: „Du erzählst uns ununterbrochen, um wieviel schöner Portugal ist als Spanien, um wieviel besser sie hier alles machen. Aber ein Land zu führen ist verdammt schwieriger, als eine Küste zu erhalten. Da sind auch noch die Menschen. Und in Spanien sah ich Menschen, die wenigstens ein erträgliches Leben führen konnten."

„In Torremolinos hast du keinen einzigen Spanier gesehen", verteidigte sich Joe.

„Du hast recht. Warum, glaubst du, bin ich in Spanien in die Berge gegangen? Um das Land wirklich zu sehen. Hinter Ronda, hinter Granada. Ich weiß, wie die Spanier leben, weil ich dort war ... mit ihnen, in ihren Häusern. Und sie sind verdammt arm, manche von ihnen, aber sie leben, und wenn irgend ein Priester einer Familie sagen wollte, ihre Tochter dürfe nicht tanzen, würden sie ihn in den Hintern treten."

„Du magst das Mädchen", sagte Joe.

So abrupt, wie er angefangen hatte, hörte Jigal auf. „Es tut mir leid", sagte er und schüttelte Joes Hand. „Aber es gibt manches hier in der Gegend, was du nicht verstehst!"

Maria Concepciao und ihre Mutter wurden nicht mehr erwähnt. Am Donnerstag erschienen sie wieder barfuß, um die Musik zu hören, aber keine von ihnen sprach mit den Ausländern. Am Samstag erschien Maria in ihrem schönsten Kleid und Schuhen, strahlend schön wie eh und je, aber keiner der Fremden sprach mit ihr und nach einer Weile forderten die jungen Männer aus der Umgebung sie zum Tanz auf.

Während die Gruppe in Alte auf der Plaza tanzte, arbeitete ich in Genf. Die Verhandlungen mit den griechischen Reedern hatten mit einer Überraschung geendet. Durch ein Wunder hatten sie genügend Geld aufgetrieben, um ihren Besitz in Torremolinos zu retten. Sie brauchten von uns nur mehr eine Anleihe von drei Millionen Dollar, und unser Aufsichtsrat beschloß, sie ihnen zu gewähren. Wir waren sicher, die Griechen würden bis Ende 1970 bankrott gehen und wir würden die Appartements dann in die Hand bekommen. Die Verhandlungen dauerten länger als vorgesehen, aber der Tag kam, an dem die Arbeit erledigt war, und nun hatte ich ein paar untätige Wochen bis zu meinem Urlaub im Juli.

Auf meinem Schreibtisch lagen zwei Postkarten aus der Algarve. Eine zeigte einen Berghang voll Mandelblüten in der Nähe von Albufeira. In sauberer Schrift stand zu lesen: „Das ist die Art Schnee, die ich gern habe." Unterschrieben: Britta. Die andere zeigte einen der typischen farbigen Kamine mit dem üblichen Storch, und auf der Rückseite stand zu lesen: „Dieser Kerl bleibt besser weg von uns – Monica und Cato."

Ich bekam Sehnsucht, als ich die Karten ansah, denn ich kannte die Algarve seit 1954 und liebte diese Gegend, ihre Sauberkeit, ihre Zeitlosigkeit, ihre unvergleichliche Küste und die gesünde bäuerliche Kost.

Durch einen Mann namens Martin Rorimer war ich zum ersten Mal hingekommen. Sein Name tut nichts zur Sache, ich werde ihn nicht wieder erwähnen. Gegen Ende des Zweiten Weltkrieges war er am Rand eines Gletschers in Alaska stationiert gewesen, und als er dort an einem Winternachmittag die Sonne untergehen sah, hatte er seine „große Idee" gehabt, wie er sagte.

Es war ganz einfach. Er stellte sich vor, daß Hunderttausende wie er in kommenden Jahren einen stillen, sonnigen Platz am Meer haben wollten. „Land am Meer!" sagte er sich, „Das ist das Geheimnis!"

Nun haben viele Menschen vielleicht ein- oder zweimal in ihrem Leben eine gute Idee, aber wenige handeln danach. Er aber machte, kaum daß er aus der Armee entlassen war, alle seine Ersparnisse flüssig, borgte von Freunden und überredete seine Mutter, ihm sein Erbe im voraus auszuzahlen. Und dann ging er an alle Orte am Meer, die er in den letzten fünfzehn Jahren besucht hatte, und kaufte jeden Flecken Land, den er bekommen konnte. Als der große Landhunger, wie vorausgesehen, eintrat, hatte er Land am Meer zu verkaufen.

Seinen größten Erfolg hatte er in Hawaii, wo er ein Hektar Land um 4000 Dollar einkaufte und um 167.000 Dollar verkaufte, und in St. Thomas auf den Jungferninseln, wo er 139.000 Dollar für 3000 Dollar zurückbekam. Er kaufte auch am Mittelmeer, in Südfrankreich, in Acapulco, im Waldgebiet nördlich von Seattle und an der Costa Brava in Spanien. Sein riskantestes Unternehmen war der Ankauf von sechshundert prächtig gelegenen Hektar an der Südküste der Türkei. Er war überzeugt, daß das Land bis 1975 ein Vermögen wert sein würde.

Als seine Käufe getätigt waren, kam Rorimer mit dem Vorschlag nach Genf, World Mutual solle die Verwaltung aller seiner Liegenschaften übernehmen. Wir stimmten vor allem deshalb zu, weil er ein halbes Dutzend Baugründe besaß, auf denen wir bauen wollten. Ich hatte das Vergnügen, mit ihm um die Welt zu fliegen, um zu sehen, was er eingekauft hatte. Sooft er eine Parzelle mit Profit in Hawaii verkaufte, investierte er den Großteil seines Gewinns wiederum in Land an den Küsten von Australien oder Japan.

Aber das Land, das ihm am allerliebsten war, lag in jenem bis dahin unbekannten Teil Portugals, der Algarve heißt. Als er den Namen in Barcelona erwähnte, hörte ich ihn zum ersten Mal. Als ich dann mit ihm nach Faro flog und diese wunderbare Gegend sah, begriff ich die Möglichkeiten, die diese Landschaft einer täglich mehr überbevölkerten Welt zu bieten hatte.

Als ich jetzt in Genf saß und die Ansichtskarten in der Hand hielt, wurde mir klar, daß ich Sehnsucht hatte; ob nach den weißen Felsen und Kaminen oder nach den jungen Leuten, die dort waren, hätte ich nicht sagen können. Ich überlegte, ob ich hinunterfliegen sollte, doch dann dachte ich: Wozu? – Ich hatte keine Ahnung, wo sie kampierten. Dann überlegte ich, daß die Algarve schließlich nicht so groß war und die Einwohner sicherlich wissen würden, wo sich etwas so Auffälliges wie ein gelber Campingbus herumtrieb.

Plötzlich erschien es mir ungeheuer wichtig, zu wissen, was die jungen Leute trieben. Also packte ich mein Rasierzeug, steckte es in eine Aktentasche mit Papieren über unsere Liegenschaften in Algarve und war auh schon auch dem Weg zum Flughafen. Gepäck brauchte ich keines, denn da ich so oft wegen unserer Besitzungen nach Faro mußte, hatte ich dort einen Koffer mit Anzügen und Hemden in Aufbewahrung.

Wo waren die jungen Leute? Ich fragte hier und dort, aber niemand hatte sie gesehen. Doch im Laufe meiner Erkundungen sagten mir zwei Männer unabhängig voneinander: „Es gibt da einen Engländer, der ausgerechnet Churchill heißt. Treibt sich in einer Bar in Albufeira herum. Er müßte es wissen." Auf diese Chance hin borgte ich mir den Firmenwagen aus und fuhr nach Albufeira, wo ich die Bars durchsuchte, bis ich zu der am Hauptplatz kam. In einer Ecke saß ein großer, heruntergekommen aussehender Mann in Tennisschuhen, die Ellbogen auf dem Tisch, das unrasierte Kinn auf knochige Finger gestützt. Er war auffallend grau im Gesicht, wie eine Eidechse, und wirkte teilnahmslos.

Ich fand ihn unangenehm und wollte eben gehen, als er weinerlich sagte: „Nehmen Sie kein Bier? Es ist sehr gut, müssen Sie wissen." Ich bestellte zwei, und während er seines schlürfte, beschrieb er die sechs Vaganten, die ich suchte.

„Die Norwegerin ... ruhig, ausgeglichen ... eine richtige Wikingerprinzessin. Der schwarze Junge ist ein Nervenbündel und fühlt sich Monica gegenüber nie ganz sicher. Wußten Sie, daß sie die Tochter von Sir Charles Braham ist? Eine echte englische Lady, aber ich wette, im Grunde genommen gehört sie in die Gosse. Und der Jude? Ich habe nicht viel für Juden übrig. Zu klug. Dieser ist genau wie die anderen. Das Mädchen aus Boston? Die hat's. Verschwendet hier nur ihre Zeit." Er studierte mich aufmerksam. Wenn ihn jemand über mich ausfragte, würde er mich wahrscheinlich ebenso treffend charakterisieren. „Ja. Joe habe ich nicht erwähnt. Er ist ein Einzelgänger. Mir sehr ähnlich."

Ich starrte ihn an, entsetzt über den Vergleich. „Wie komme ich nach Alte?" fragte ich. „Die Straße nach Silves hinauf, dann rechts." Er stand nicht einmal auf, als ich ging.

Sobald ich die Stadt erreichte, hielt ich bei einer Bar, um zu fragen, ob irgend jemand wüßte, wo die Amerikaner seien. Drei Männer riefen sofort entzückt: „Dort oben!" und kletterten zu mir in den Wagen. Sie hatten gelernt, daß es Wein und vielleicht Gitarremusik gab, wenn sie etwas für die Amerikaner taten.

Sie führten mich eine mit Katzenköpfen gepflasterte Straße hinauf zu einer Plaza, wo die Frauen Wasser holten. Sie zeigten mir den Bus unter den Bäumen jenseits des Platzes. Britta, die in einem Liegestuhl lag, sah mich zuerst: „Onkel George!“ schrie sie, und einen Augenblick später purzelten Menschen aus dem Wagen, und Cato schüttelte heftig meine Hand und schrie: „Du alter Kracher! Natürlich konntest du nicht wegbleiben!“

Ich zeigte auf meine drei Führer, und Cato brummte: „Die drei hungrigsten Männer von Portugal“, er holte Wein und Käse hervor, und wir feierten neben dem Wasserfall unser Wiedersehen.

Es war nicht überraschend, daß Churchill Monica so richtig beurteilen konnte. Jedesmal wenn Gretchen nach Albufeira fuhr, um einzukaufen, kam Monica mit. Mit ihrem unheimlichen Instinkt für schlechte Gesellschaft hatte sie bald mit Churchill Freundschaft geschlossen; sie begann „Trips“ von ihm zu kaufen und unter seiner Anleitung einzunehmen.

Ein „Trip“ war ein kleines Stückchen Reispapier, etwa dreieinhalb Zentimeter im Quadrat. In der Mitte hatte es eine graue Verfärbung. Churchill verstaute seine Trips in seiner Brieftasche, daher waren die Ecken verbogen. Wenn man Anfänger war, riß man das Papier in der Mitte durch, kaute nur einen halben Trip und schluckte ihn langsam; später ging man zu einem ganzen Trip, was eine weit ernstere Angelegenheit war. Beim Kauen verspürte man keinen feststellbaren Geschmack.

Bei ihrem ersten Versuch schluckte Monica, wie nicht anders zu erwarten, gleich einen ganzen Trip. Doch Churchill hatte Erfahrung in der Behandlung von Anfängern; beim zweiten Mal klappte es, und Monica hatte die erste erregende Erfahrung mit Lyserg-Diäthylamid, das ihrer Generation als LSD-25 bekannt ist.

Ihr Trip dauerte etwa sieben Stunden. Nach etwa drei Stunden begannen die fünf anderen, sie zu vermissen, und wurden immer unruhiger. Cato dachte als erster an den Engländer in der Bar, und als er und Britta hingingen, um sich zu erkundigen, sagte der Kellner in gebrochenem Englisch: „Sie oft kommt her. Sie in sein Zimmer, ich glaube.“ Als Cato in eifersüchtigem Zorn auffuhr, lachte der Kellner. „Nicht bum-bum. Ssssst!“ sagte er und schoß eine imaginäre Spritze in seinen Arm.

Für fünf Escudos zeigte er ihnen, wo Churchill wohnte. Es war im dritten Stock eines sehr alten Hauses am Meer, und schon an der Tür zu seinem Zimmer hörten sie Monica stöhnen und lachen und Churchills nasale Stimme: „Es geht großartig. Alles in Ordnung." Als Cato die Tür aufstieß, trat Britta zuerst ein und sah Monica fast völlig entkleidet auf einem ungemachten Bett liegen, den Kopf hintenübergeneigt auf einem schmierigen Kissen. Ihre geweiteten Augen waren auf etwas gerichtet, das ihre gedopte Phantasie ihr vorgaukelte.

„Was zum Teufel tust du?" schrie Cato. Churchill beruhigte ihn: „Schsch. Wir dürfen sie nicht plötzlich aufwecken!"

„Du Hund!" schrie Cato und stürzte sich auf den Engländer. Dieser wich zur Seite. „Sei kein Esel", sagte er. „Sie kommt gerade aus ihrem Trip zurück und braucht Ruhe."

So saßen Cato und Britta auf dem Boden und beobachteten, wie Monica langsam in ihren normalen Zustand zurückfand. „Die unendliche Weite", murmelte sie immer wieder. Sonst gab sie keine Beschreibung ihres Trips.

„Sag den anderen, daß wir sie gefunden haben", befahl Cato Britta. Als sie gegangen war, kleidete er Monica an, die immer noch zwischen ihrer unendlichen Weite und der realen Gegenwart hin und her pendelte. Als sie endlich erkannte, wo sie war und bei wem, gab sie Churchill einen Kuß. „Du lieber, lieber Junge! Zehnmal besser, als du gesagt hast." Und ihre ersten Worte zu Cato sollte sie noch oft während ihres Aufenthaltes in Portugal wiederholen: „Cato, du mußt es versuchen! Die Farben ... die Empfindungen ... Großer Gott, Sex während eines Trips ... Cato, wir müssen es ausprobieren!"

Sie brachten sie in den Wagen und zurück nach Alte. An der frischen Luft wurde ihr Denken klarer, und sie fing an, vernünftig zu reden: „Als ob jedes Sinnesorgan einzeln funktionieren würde ... und viel schärfer als sonst. Ich erinnere mich, wie ich den unebenen Mörtel an der Wand betrachtete. Kleine Buckel wurden zu Bergen. Ein Riß wurde zu den Alpen, jeder kleinste Mörtelfleck zu einem Gipfel. Ich hörte Churchill sagen: ‚Es geht wunderschön.' Ich hörte die Worte. Ich verstand sie. Wißt ihr: man ist die ganze Zeit bei vollem Bewußtsein. Alles ist einem bewußt." Sie hielt inne, dann sagte sie: „Als Churchill zu mir sprach ... nur drei Worte! Aber es war die erhebendste Rede, die ich je gehört habe. Er brauchte vielleicht fünfzehn Minuten, um zu sagen: ‚Es geht großartig!' aber die ganze Welt jubelte dazu. Herrgott, wie sie jubelten!"

Sie hörte nicht auf, uns zuzureden: „Kinder, ihr müßt es einfach versuchen. Das erste Mal in Torremolinos mit diesem Mannweib ... das war nichts. Aber ein richtiger Trip, mit Churchill als Führer und einem Bett ... es war das Größte. Es ist hundertmal besser als Sex."

Sie bestand darauf, daß Britta und Gretchen sie auf ihrem nächsten Trip begleiten sollten, aber die beiden lehnten ab. Jigal wollte auch nicht, und Joe sagte: „Du mußt verrückt sein." Doch es gelang ihr, Cato zu überreden, und drei Tage später wanderten sie und Cato in die Stadt. Es war ausgemacht, daß wir sie zehn Stunden später abholen sollten.

Als Britta uns in Churchills schmutziges Zimmer führte, lagen Monica und Cato nackt im Bett, und Churchill betrachtete sie lüstern. „Diesen Trip werden sie nie vergessen", versicherte er uns. Als sie nach Alte zurückkehrten, bestätigten sie, was Churchill gesagt hatte. „Habt ihr je darüber nachgedacht, wie es sein könnte, wenn man vierundzwanzig Stunden lang auf dem absoluten sexuellen Höhepunkt stehenbleiben kann?" fragte Monica, und Cato fügte hinzu: „Nicht übel, Kinder."

So ging Monicas Werbekampagne weiter. Einen Tag bearbeitete sie Britta, dann wieder Jigal. Als Monica eines Tages versicherte, Britta müsse LSD versuchen, weil es ihren Horizont erweitern würde, antwortete die Norwegerin: „Mein Geist weitet sich jeden Morgen, wenn ich aufstehe und die Sonne sehe. Du kannst das nicht verstehen, du warst nie einen Winter lang in Tromsö."

Jigals Ablehnung fiel weit schroffer aus: „Ich habe sowieso schon Schwierigkeiten mit dem Integral und will mein bißchen Gehirn nicht noch mehr durcheinanderbringen." „Du feiges Huhn!" schrie Monica. Jigal starrte sie wortlos an. Joe sagte: „Der ist kein Huhn. Kampfhahn paßt schon eher."

Verärgert wandte sich Monica an mich. „Du hast in Asien gearbeitet, Onkel George, wo sie es verstehen, den Geist zu erweitern. Was meinst du?"

„Ich kann nicht begreifen, warum irgend jemand solche Risiken mit einer unerprobten Droge auf sich nehmen sollte", sagte ich. Joe mischte sich ein: „Weil sie völlig verrückt ist!" Damit brach eine lebhafte Diskussion los, und Monica verstieg sich zu der Behauptung: „Es ist eine neue Entwicklungsphase der Menschheit. Zum Teufel, Onkel George, von dir kann man gar kein Verständnis erwarten, 1938 hatte man es noch nicht einmal entdeckt, und niemand versuchte es vor 1943."

„Woher weißt du das?" fragte Joe.

„Churchill hat es mir erzählt. Er beliefert die ganze Algarve. Bezieht seine Chemikalien aus der Schweiz. Aber die Hauptsache ist, daß es eine völlig neue Erfahrung ist, und daß man sie nicht ablehnen kann, solange man sie nicht versucht hat."

Zu meiner Überraschung schlug diese Beweisführung gerade dort Wurzeln, wo ich es am wenigsten erwartet hätte. Eines Morgens kam Gretchen zu mir, als ich mit Joe bei dem steinernen Dichter spazierenging, und sagte: „Onkel George, ich habe eine Bitte. Paß auf mich auf, während ich LSD versuche."

„Bist du von Sinnen?" fragte Joe.

„Nein, aber ich möchte es sein. Ich glaube, daß Monica recht hat. Es ist eine Zukunftsvision. Es könnte eine ganz neue Lebensform bedeuten." Sie blickte auf ihre Hände. „Weiß Gott, ich bin mit meiner jetzigen nicht einverstanden."

„Glaubst du denn, daß LSD eine Lösung sein kann?" fragte ich.

„Ich glaube gar nichts. Aber ich möchte es selber versuchen." Wieder starrte sie auf ihre Hände. „Was ich brauche, ist ein Weltbild – ein folgerichtiges, wo jedes Ding seinen Platz findet. Ich kann es allein nicht finden." Sie schluckte krampfhaft. „Allein kann ich es einfach nicht."

„LSD wird dir auch nicht helfen", warnte Joe.

„Vielleicht doch."

Sie blieb so hartnäckig bei ihrem Vorhaben, daß ich mich endlich bereit erklärte, sie nach Albufeira zu fahren, wo wir Churchill antrafen, grau und teigig wie immer, das dunkle Haar zu beiden Seiten seiner Stirne festgeklebt. Gretchen sagte: „Monica hat mich geschickt. Sie sagte, Sie würden es überwachen..."

„Heute vormittag habe ich zu tun."

„Das tut mir leid", sagte Gretchen, und ihre Enttäuschung war so offensichtlich, daß Churchill mich am Arm faßte und sagte: „Aber wenn er bereit ist, bei dir zu bleiben, dann ist es kein Problem."

„Ich weiß überhaupt nichts über LSD", protestierte ich.

„Sie brauchen auch nichts zu wissen. Sie müssen nur bei der Versuchsperson sitzen und sie von Zeit zu Zeit beruhigen. Die Bilder werden nämlich recht konfus, und man braucht einen Anhaltspunkt."

Das klang überzeugend. Schließlich gab es den Ausschlag, daß er sagte: „Du wirst ja ohnehin nur einen halben Trip nehmen, denke ich." Er führte uns in sein Zimmer im dritten Stock, und während ich aufs Meer hinausstarrte, nahm er einen seiner Trips aus der Brieftasche, hielt ihn gegen das Licht, um zu sehen, wieviel LSD er enthielt, riß ihn säuberlich in der Mitte durch und reichte Gretchen eine Hälfte mit der Weisung: „Laß das Reispapier im Mund zergehen, dann schlucke es.“ Damit ging er.

Gretchen hielt das feine Papier in der Hand, und ich versuchte ein letztes Mal, sie vor dem Experiment mit dem Rauschgift abzuhalten. „Du brauchst es nicht“, versicherte ich ihr, aber sie kam mir wieder mit dem Spruch, den sich Menschen meines Alters in der ganzen Welt anhören müssen: „Wie kann ich es wisssen, bevor ich es selbst versucht habe?“ Ich wurde ungehalten. „Kannst du nicht manche Dinge auf Grund der Erfahrung anderer akzeptieren? Angenommen, du wärest schwanger und wolltest Contergan nehmen, und ich sagte dir: ‚Nach den furchtbaren Folgen, die wir in Deutschland gesehen haben, soll Contergan von schwangeren Frauen nicht genommen werden.‘ Würdest du trotz aller Beweise finden, du müßtest es selbst noch einmal beweisen?“

Intelligent wie sie war, hielt sie inne, betrachtete das Papier und überlegte, was ich gesagt hatte. Ich erwartete schon, daß sie das Papier zerreißen würde. Aber dann überlief sie ein Zittern, und sie sagte leise: „Du kannst dir nicht vorstellen, wie elend mir zumute ist. Wenn LSD auch nur eine entfernte Möglichkeit ist, eine Antwort zu bekommen ...“

Sie behielt es etwa eine Minute im Mund. „Wenigstens schmeckt es nicht schlecht“, sagte sie. Ich sah, wie sie schluckte, und erwartete irgendeine sofortige Reaktion. Aber es kam keine. Sie blieb vollkommen normal, und wir redeten fast eine Stunde lang über die Fahrt von Torremolinos nach Portugal.

Dann war sie plötzlich eingeschlafen. Etwa eine Stunde lang lag sie regungslos da. Ich beobachtete sie aufmerksam. Sie war keine auffallende Schönheit, doch immerhin ein reizendes, gutgewachsenes Mädchen, intelligent, sympathisch. Sie hatte Persönlichkeit und nahm das Leben sehr ernst. Sie war eine von den jungen Frauen, denen man nur Gutes wünschte.

Zu Beginn der dritten Stunde begann sie leicht zu zucken und stöhnte: „Es ist großartig.“ Ihr Körper wurde von rhythmischen Bewegungen erfaßt, als gingen langsam riesige Wellen durch den Raum, von deren Gewoge sie – zuerst ihr Kopf, dann die Schultern, dann ihr ganzer Körper – erfaßt würde. Sie stand sichtlich unter den Einflüssen von Kräften, die sie nicht beherrschen konnte und auch in den nächsten vier oder fünf Stunden nicht beherrschen würde. Ich erinnerte mich an meine Instruktionen und versicherte ihr: „Es geht großartig.“

Anscheinend war ich nahe an der Wahrheit, denn sie murmelte

immer wieder „Wunderbar“, „So zart“ und „Die Farben, die Farben“. Ihre Worte versetzten mich in den Zustand entspannenden Dahindösens. Soweit ich bisher sehen konnte, war die Wirkung von LSD ziemlich harmlos, und ich begann mich zu fragen, ob meine Gegenwart wirklich notwendig sei.

„Ahhhh!“ Ein schrecklicher Schrei kam vom Bett, und ich sprang aus meinem Stuhl. Irgendeine Kraft riß Gretchen hin und her, zerrte ihren Kopf und ihren Körper in verschiedene Richtungen. Sie litt unter wilden Krämpfen, schrie immer nur.

Ich versuchte, ihre Schultern auf die Matratze niederzudrücken. So kämpften wir einige Zeit, bis der Krampf nachließ; dann erschlaffte sie, weinte leise vor sich hin, zitterte wie unter Fieberschauern. Während dieser Zeit sagte sie nichts. Ich hatte schreckliche Angst; versuchte sie zu beruhigen, doch sie hörte nicht auf mich.

Das wiederholte sich dreimal. Zwei Stunden vergingen, und meine Angst wuchs. Zu Beginn der fünften Stunde verfiel sie wieder in angenehmen Schlaf und hatte die gleichen Visionen wie am Anfang. Ich nahm an, die Krise sei vorüber und sie würde für den Rest des Trips ruhig bleiben. Ich war froh, daß ich in den schlimmen Stunden bei ihr gewesen war, und überlegte, was sie wohl unter dem Zwang dieser furchtbaren Leidenschaften getan hätte, wenn sie allein gewesen wäre.

Im Zimmer war es still. Plötzlich stieß sie einen Schrei aus, viel furchtbarer noch als vorhin, und verfiel in grauenhafte Krämpfe. Ich war machtlos. Es war furchtbar anzusehen: verzerrtes Gesicht, zuckende Schultern, um sich schlagende Arme und Beine, und dazu die schrecklichen unartikulierten Schreie.

Der Angstschweiß brach mir aus – kleine Wasserbäche rannen an meinem Rücken hinunter. So sehr ich mich bemühte, ich konnte das Mädchen nicht halten: Ihr Kopf und ihre Füße glitten abwechselnd vom Bett herab, zuckten, wanden sich wie selbständige Lebewesen. Sie riß an ihren Kleidern, und einen grauenhaften Augenblick lang mußte ich lachen, denn sie erinnerte mich an die ägyptischen Dirnen in einer Filmorgie von Cecil B. DeMille. Nun sprach sie zum erstenmal das Wort „Tod“ aus. Sie sagte es zuerst leise, dann mit steigender Angst, bis es schien, als sei das ganze Zimmer von der Gegenwart des Todes erfüllt, der persönlich gekommen war, um sie zu holen. Sie flehte, versuchte sich ihm zu entwinden, bat mich um Hilfe. Ihr Gesicht wurde aschgrau, und einige Augenblicke lang verfiel sie in eine Art Koma. Ich dachte schon, dies sei der Tod oder zumindest der Vorbote des Todes.

„Gretchen!" schrie ich und schlug sie ins Gesicht, um sie ins Leben zurückzuholen. Ich schwitzte am ganzen Körper, meine Hände waren naß und glitten ab, als ich ihre Schultern packte und sie schütteln wollte.

„Tod!" rief sie: „Onkel George, laß mich nicht sterben!"

Was immer ich tat, es schien sinnlos. Ihr Atem stockte, ihre Glieder wurden steif. Ich fand ein Glas, füllte es mit kaltem Wasser und schüttete es ihr ins Gesicht, aber die einzige Wirkung war, daß ihr Haar zu nassen Strähnen wurde, wie bei einer Ertrunkenen. Ihr Mund öffnete sich, die Zunge trat hervor.

In höchster Verzweiflung rannte ich hinaus zur Stiege und begann, nach Churchill zu rufen, verfluchte ihn, machte ihn für dieses Unglück verantwortlich, aber er antwortete natürlich nicht. Er verkaufte in Faro und in anderen Küstenstädten seine Trips.

Als ich wieder an das Bett trat, war Gretchen in einen passiven Zustand verfallen, der in mancher Hinsicht noch schrecklicher wirkte. Sie stöhnte, sie sei von Schlangen bedrängt, die über ihren Körper krochen, ihre kalten Häupter wanden sich unter ihren Achseln, an ihrem Leib und um ihre Beine.

„Gott, Gott! Nimm sie weg!" bettelte sie. Ihre Stirn war von Schweiß bedeckt.

„Töte sie!" flehte sie, und einmal, als ich zu ihr trat und sie zu beruhigen versuchte, umklammerte sie meine Hand und bat mich, einen Stock zu holen, es müsse einer im Zimmer sein, und damit die Schlangen zu vertreiben.

Mit der sechsten Stunde kam wieder der Tod. Gräßliche Schreie und Verrenkungen, die so grauenhaft anzusehen waren, daß ich mich abwenden mußte. Gretchen fürchtete, ich könne sie im Stich lassen, kroch vom Bett, umklammerte meine Beine und flehte mich an, bei ihr zu bleiben. Dann kollerte sie auf den Boden, und ich war nicht mehr imstande, sie ins Bett zurückzuschaffen. Sie blieb liegen, ein zitterndes Bündel Angst.

Die nächste halbe Stunde kann ich nicht beschreiben. Es war die Hölle. Stöhnen und Schreien, Schluchzen, ein Dutzend Arme, die nach mir griffen. Heute weiß ich, daß Gretchen nicht in Lebensgefahr war, damals aber befürchtete ich das Ärgste. Meine Panik wuchs, als sie von neuem langgezogene Schreie ausstieß. Endlich begann sie, sich zu entspannen, und die sanften Wellen, die zu Beginn des Trips über sie hinweggegangen waren, kehrten wieder.

Die siebente Stunde verbrachte sie schlafend, zuerst auf dem Fußboden, dann im Bett, denn als ich versuchte, sie aufzuheben, half sie mit und klammerte sich einen Augenblick an mich. „Gott sei Dank, daß du da warst“, flüsterte sie und fiel in tiefen Schlaf, aus dem sie wieder als menschliches Wesen erwachen sollte.

Gretchen konnte den anderen nie von ihrem Trip erzählen. Das Grauen war offenbar so groß gewesen, daß sie sich glücklich schätzte, es überlebt zu haben, und die Erinnerung aus ihrem Kopf verbannte. Aber als Monica und Cato die anderen immer wieder bedrängten, es doch zu versuchen – sie wollten sogar mich überreden, mitzumachen –, wurde Gretchen wütend. Ihre Hand auf Joes Arm gelegt, sagte sie: „Wenn ich die Dinge so klar sähe wie du, Joe, würde ich keine Erweiterung des Geistes brauchen.“ Worauf Monica antwortete: „Aber wie kann er wissen, wie die Welt ist, bevor er sie richtig gesehen hat?“ – „Was ich gesehen habe, hätte ich nicht sehen müssen“, sagte Gretchen. „Hattest du Angst?“ stichelte Monica, und Gretchen antwortete: „Nein. Ich akzeptiere, was ich gesehen habe, und ich habe meinen Frieden damit geschlossen. Es ist begraben. Und ich bin zufrieden, wenn es begraben bleibt.“ Worauf Monica sagte: „Bis zu dem Tag, an dem es explodiert und dich zerstört.“ Und Gretchen entgegnete: „Ich glaube, das ist das Leben: Die Dinge im Gleichgewicht halten und die Explosion ein wenig hinausschieben. Wenn sie endlich kommt... ist es der Tod.“ Sie wandte sich an Joe: „Es wäre Wahnsinn, wenn du es versuchtest. Du hast es nicht notwendig.“

„Willst du damit sagen, *ich* hätte es notwendig?“ forderte Monica sie heraus.

„Wir sind alle verschieden“, sagte Gretchen. „Vielleicht kannst du es bewältigen. Ich kann es nicht.“

„Willst du behaupten, Joe könne es nicht?“ fragte Monica. „Ein großer Mann wie er?“

„Wenn du mich so unumwunden fragst: Ich habe Zweifel, ob Joe es bewältigen könnte. Er erlebt so intensiv, es könnte ihn zerstören.“ Sie hielt inne und blickte zu Joe. „Manchmal sind es gerade die Großen, Starken, die sich zerstören. Du brauchst nichts zu beweisen, Joe.“

Nun wandten sich Monica und Cato an Jigal und fragten ihn, wie er die Systeme der Wissenschaften erfassen wolle, wenn er sie nicht im LSD-Rausch sehen könne. „Glaube mir“, predigte Monica, „die neuen wissenschaftlichen Entdeckungen werden von Männern kommen, die LSD nehmen. Sie werden Beziehungen entdecken, von denen ihr Dummköpfe nicht einmal träumt. Schau, wenn ein ungebildeter Mensch wie ich unter LSD-Einfluß ein Stück Beton betrachtet und dabei jedes einzelne Molekül sehen kann ... jedes einzeln für sich ..."

Als Monica und Cato erneut einen Druck auf Britta ausüben wollten, erlebten sie eine starke und endgültige Reaktion. Tagelang lehnte sie höflich ab, doch als die beiden eines Morgens auf der Plaza behaupteten, sie würde nie das Wesen des Geschlechts verstehen, ehe sie nicht unter LSD-Einfluß Geschlechtsverkehr gehabt habe, wurde sie so zornig, wie wir sie noch nie gesehen hatten, hob die Arme und schrie: „Verdammt noch einmal, laßt mich endlich in Frieden! Ihr seid genau wie mein Vater mit seinen Schallplatten."

Diese Erklärung war so überraschend, daß wir alle sie anstarrten. Sie lehnte sich an den steinernen Dichter und sagte: „Ich habe meine Überzeugungen aus dieser Erfahrung gewonnen, und keiner von euch kann sie ändern. Also versuche es nicht weiter, Monica!"

„Welche Überzeugungen?" fragte Monica sanft. Es überraschte mich immer, wie diese jungen Leute knapp an einem Streit vorbeigehen und sich ohne angeschlagenes Selbstgefühl zurückziehen konnten. Es ist eine bewundernswerte Fähigkeit, die man verliert, wenn man älter wird. Wenn Britta so hart mit mir gesprochen hätte, wäre ich drei Tage lang beleidigt gewesen, aber die kleine Monica sagte unbefangen: „Okay, laß hören."

„Ich habe Mr. Fairbanks erzählt, daß mein Vater von einer Oper besessen war", sagte Britta. „‚Die Perlenfischer'. Er kannte sie nur von alten Schallplatten mit italienischen Sängern. Mit dem ersten Lohn, den ich von Herrn Mogstad – er war ein richtiger Jammerlappen – bekam, ließ ich mir eine Gesamtaufnahme der Oper aus Oslo kommen. Es war die größte Summe, die ich bis dahin ausgegeben hatte – die Oper, die er liebte, in Zellophan gepackt. Er hatte Tränen in den Augen, als er sie bekam. Er legte die erste Platte auf, als wäre sie ein Juwel – ihr wißt schon, ohne die Ränder anzufassen.

Und dann geschah etwas ganz Unerwartetes. Als er die Sänger französisch singen hörte – in der Sprache, in der die Oper geschrieben ist –, wurde er ganz zornig und rief: ‚Was treiben sie denn?' An einer Stelle bittet die Priesterin die Götter, die Fischer zu schützen. Auf der italienischen Platte hatten sie, wohl um Geld zu sparen, keinen Chor, nur die Stimme des Soprans mit einer Geige statt des

Chors. Auf der neuen Platte war natürlich ein Chor, die Wirkung war großartig, aber er rief: ‚Was tun die da hinten?‘ Und hörte sich die Platte nie wieder an.

Er wollte die Oper in seiner Vorstellung so bewahren, wie er sie zuerst auf seinen alten Platten gehört hatte. Damals erkannte ich: Wenn er je wirklich nach Ceylon käme, würde es ihn vernichten. Er würde die Farbbilder erwarten, die er gesehen hatte, als er in den Bergen versteckt war. Das wirkliche Ceylon würde ihn umbringen.“

„Und was willst du damit sagen?“ fragte Monica.

„Du suchst eine Vision von dieser Welt, Monica ... nicht die wirkliche Welt.“

„Und du?“

„Ich möchte die Welt genau so sehen, wie sie ist. Wenn Gott sie auf französisch geschrieben hat, möchte ich sie nicht auf portugiesisch. Ich will keine Träume. Also laß es bleiben!“

Monica belästigte sie nicht mehr.

Ich war äußerst vorsichtig in meinen Gesprächen über Marihuana und LSD. Von meinem Beruf her war ich gewöhnt, oft hart am Rande der Unwahrheit vorbeibalancieren zu müssen. Den jungen Leuten gegenüber wollte ich aber nichts behaupten, an das ich nicht selbst unbedingt glaubte, und meine eigene Erfahrung mit Rauschgift war eher bescheiden.

Zu Beginn meiner Tätigkeit in Genf wurde ich nach Kambodscha geschickt, um den beim Bau eines Dammes beschäftigten Amerikanern Investmentanteile zu verkaufen. In meiner Freizeit lungerte ich im Hotel Bijou in Phnom Penh herum, wo sich eine Schar amerikanischer Journalisten versammelt hatte, um über die neue Unabhängigkeit Kambodschas zu berichten. Die Stadt war äußerst langweilig. Wochenlang konnte man nichts tun, als die schmalhüftigen Mädchen in ihren *Sampots* zu beobachten.

Ich freundete mich mit den Journalisten an, die ebenso unter der Langeweile litten wie ich. Wir besuchten buddhistische Tempel, machten Morgenrundgänge mit Mönchen in safranfarbenen Roben, die uns um Reis anbettelten, fuhren ins Landesinnere zu den verträumten Tempeln in Angkor und unternahmen Ausflüge ins Nachtleben.

In Phnom vereinigen sich zwei Flüsse, der schlammige Mekong und der kleinere Tonle-Sap, und in der Nähe ihres Zusammenflusses standen mehrere Reihen niedriger, grasbedeckter Hütten, in denen

Kulis und Straßenkehrer wohnten. Man konnte gleich erkennen, welche Familien gut verdienten, weil die es sich leisteten, Wellblechstücke auf ihre Grasdächer zu legen, was in ganz Südostasien ein Zeichen des Reichtums ist.

Eines Abends, als die Fliegen im Hotel Bijou besonders lästig waren, sagte ein etwa fünfundzwanzigjähriger Journalist aus Denver: „Gehen wir hinunter zum Kai"; alle, die es hörten, verstanden, was er meinte. Etwa sieben von uns sagten: „Warum nicht?", und wir mieteten vier Rikschas und zogen los. Ich saß neben dem Mann aus Denver. Unterwegs sagte er zu mir: „Es wäre doch dumm, in Phnom Penh gewesen zu sein und es nicht versucht zu haben." Ich stimmte ihm zu, und die anderen offenbar auch.

Unsere Rikschas blieben vor einer Hütte mit einem Wellblechdach stehen, In der Tür stand ein sehr magerer Kambodschaner oder Chinese und nickte uns freundlich zu. Er führte uns hinein und fragte auf französisch: „Hat einer der Herrn schon einmal geraucht Opium?" Wir verneinten, und er versicherte uns: „Ist nicht schwer. Ich zeig ihnen."

Er hatte zwei Rauchzimmer, jedes groß genug für sechs, und wir teilten uns in zwei Gruppen. Der Mann aus Denver blieb bei mir. Die traditionelle Vorstellung von schlaffen Körpern auf engen Lagern, die die meisten von uns hatten, fand sich nicht bestätigt. Wir saßen in Stühlen und blieben durchaus beweglich und im Vollbesitz unserer Sinne. Ein Diener brachte uns entzündete Pfeifen, die einen dichten Rauch mit dem charakteristischen, schweren, nicht unangenehmen Duft verströmten.

Wir inhalierten langsam, in der Erwartung, von der Gewalt des Opiums niedergestreckt zu werden, aber es geschah nicht viel, jedenfalls nicht in unserem Zimmer. Ich bemerkte, daß der Rauch durchdringender und anhaltender war als der von normalen Tabak. Das war aber auch alles. Meine Sinne blieben klar, ich erlebte keine Visionen und fühlte auch nicht die berühmte Lethargie des Opiumrauchers.

Für sechs von uns sieben war das alles. Nur der Mann aus Denver wollte der Sache weiter nachgehen; er fand die Adresse eines eleganten Etablissements im Wohnviertel der Stadt heraus und lud mich ein, ihn dorthin zu begleiten. „Kein Opium mehr für mich", sagte ich, und er meinte: „Wer zwingt Sie dazu? Warten Sie einfach auf mich. Ich möchte nur ausprobieren, wie das Zeug wirklich funktioniert."

Eine Rikscha brachte uns zu einem Gebäude mit überladenem Zierat, das aussah wie ein Bordell des amerikanischen Mittelwestens in den achtziger Jahren des vorigen Jahrhunderts. Roter Plüsch, vergoldete Spiegel und ein Personal, das einen mit wohleinstudierter Gleichgültigkeit empfing. Der Eigentümer, diesmal eindeutig ein Chinese, sprach uns in gutem Englisch an. Mein Freund erklärte, er sei amerikanischer Reporter und wolle sich etwas umschauen und dann eine oder zwei Pfeifen rauchen. Der Eigentümer verneigte sich.

Diesmal sahen wir die Sofas und die halb besinnungslosen Männer. „Stammgäste", erklärte uns der Chinese. Es gab vielleicht ein Dutzend Räume, und nirgends war eine Frau zu sehen. Damals gewann ich die Überzeugung, daß Narkotika und Sex nicht zusammengehörten, wovon ich übrigens auch später überzeugt blieb, trotz gegenteiliger Propaganda. Wir landeten in einem kleinen, hübsch dekorierten Raum, wo der Mann aus Denver sagte: „Ich werde solange rauchen, bis etwas geschieht."

Ich ging in den Empfangsraum zurück, wo ich mich mit dem Eigentümer über sein Geschäft unterhielt. Er erzählte mir, daß er sein Opium aus China beziehe ... keinerlei Schwierigkeiten ... die Franzosen hätten den Handel gestattet und die Kambodschaner nichts daran geändert. Er war der Meinung, die Droge schade nur wenigen. „Meine Kunden sind meist ältere Männer, die mit ihrer Arbeit und ihren Frauen fertig sind. Für sie ist das Leben vorbei. Wenn sie hier Entspannung finden, macht das ihr Leben ein wenig erträglicher."

Wir redeten etwa eine Stunde lang, während wohlhabend aussehende ältere Männer kamen und gingen. Dann erschien ein Diener, flüsterte dem Eigentümer etwas zu, worauf dieser in Lachen ausbrach. „Ihr Freund übergibt sich", sagte er. Eine Weile später kam der Journalist in den Empfangsraum zurück, sehr blaß und sichtlich verlegen. „Opium wird nie die Welt erobern", sagte er.

Zwei Wochen später bestand er jedoch darauf, daß wir ein anderes Etablissement besuchten, um Heroin zu schnupfen, und ich erinnere mich, daß ich diesmal tatsächlich eine gewisse Macht, aber auch Angst, verspürte. Zwei Amerikaner injizierten sich sogar kleine Mengen Heroin in den Arm und berichteten von einer starken Wirkung. „Geradezu furchterregend", sagte der Mann aus Denver. „Ich würde nie ein zweites Mal mit diesem Zeug spielen." Später in jenem Jahr hatte ich in Tokio zu tun und teilte drei Wochen lang das Zimmer mit dem Journalisten. Er hatte eine stürmische Liebesaffäre mit einer Nachtklubtänzerin von der Ginza namens Hirokosan. Sie kannten einander seit etwa drei Jahren, und während seiner Abwesenheit in Phnom Penh hatte sie begonnen, sich Helipon, ein in Japan verbreitetes Heroinderivat, zu injizieren.

Ich erinnere mich, daß sie sich jeden Donnerstag – warum ausgerechnet an diesem Tag, weiß ich nicht – zwei Ampullen Helipon in den linken Arm spritzte. Im Rausch stürmte sie dann in unser Zimmer, auch wenn ich gerade im Bett war, warf alle seine Smokinghemden auf den Boden, sprang darauf mit ihren hohen Absätzen herum, schüttete dann Haarwasser über den Haufen und fluchte dabei auf englisch und japanisch. Wenn er nach der Arbeit heimkam, fand er sie immer auf den verdorbenen Hemden zusammengerollt und reumütig schluchzend. Jedesmal gab es eine leidenschaftliche Versöhnung, die stets damit endete, daß sie die Heliponampullen auf den Boden warf und mit den Schuhen zertrat... mitten auf seinen Abendhemden. „Nie wieder nehme ich Helipon!" versprach sie, aber am nächsten Donnerstag kam sie wieder mit den Ampullen nach Hause.

Ich fand das Ganze ziemlich amüsant – bis zu dem Donnerstag, an dem sie auch meine Hemden aus dem Schrank riß und ihre Ampullen auf ihnen zertrat. „Hiroko-san muß gehen", erklärte ich, aber der Journalist sagte: „Besser, Sie gehen. Ich glaube, ich kann sie in Ordnung bringen." Da ich nur eine beschränkte Anzahl Smokinghemden besaß, beschloß ich, ausziehen.

Aber noch bevor es so weit kam, schrie eines Tages der Mann aus Denver über den Gang: „Fairbanks, um Gottes willen, helfen Sie mir!" Ich rannte in sein Zimmer, wo Hiroko-san unter dem Einfluß der Droge zuerst seine Hemden auf den Boden geworfen und mit Haaröl durchtränkt hatte, hierauf die zerbrochenen Ampullen darauf zertrat, sich auf den Haufen warf und mit einem Rasiermesser die Kehle durchtrennte. Deshalb sehe ich heute immer Hiroko-sans Blut auf den weißen Hemden vor mir, wenn von Heroin die Rede ist.

Ich meine: Ein junger Mann, der im Orient arbeitet und weiß, daß er dort mehrere Jahre leben muß, wird die Grundtatsachen über Opium und seine Derivate erfahren wollen. Ich habe etwa zwei Dutzend amerikanische Journalisten kennengelernt, die auf Ostasien spezialisiert waren. Die meisten von ihnen hatten irgendwann einmal mit Opium experimentiert, wenn sie in Städten wie Bangkok oder Saigon hängengeblieben waren. Aber nur der Mann aus Denver war zu einem zweiten Versuch zurückgekehrt. Nicht ein einziger meiner Freunde war auch nur im entferntesten süchtig geworden. Ich kenne aber keinen Menschen, der eine gewisse Zeit Heroin nahm und nicht ruiniert worden wäre. Es mag Leute geben, die die Sucht überwunden haben, aber ich kenne niemanden, dem das gelungen wäre;

das sagte ich auch den jungen Leuten, als sie mich um meine Meinung fragten.

Als LSD am medizinischen Horizont auftauchte, wurden Hoffnungen laut, es könne bestimmte Arten von Geisteskrankheiten heilen. Dies bewahrheitete sich nicht; der Mißbrauch, den viele junge Leute damit trieben, und die grauenhafte Wirkungen überzeugten mich, daß man sich am besten nicht darauf einließ. Monica und Cato schienen es mit minimaler Wirkung vertragen zu können, aber für Gretchen wäre es fast ruinös geworden. Ich selbst würde LSD nicht anrühren, hauptsächlich deswegen, weil ich seine Wirkung auf das Nervensystem fürchte.

Marihuana ist weitaus schwieriger zu beurteilen, weil so wenige verläßliche Tatsachen über die Droge bekannt sind, obgleich sie seit mehr als zweitausend Jahren verwendet wird. Ich hatte viele Marihuanaraucher aus nächster Nähe beobachtet, die Wirkung schien nicht destruktiv, aber zwei unbequeme Fragen blieben offen: Führte Marihuana zu gefährlicheren Drogen? Verursachte es eine allgemeine Laxheit, die die Willenskraft untergrub? Medizinisch schien erwiesen, daß Marihuana an sich kein Suchtmittel war, und ich hatte niemanden kennengelernt, der zugab, ein Verlangen verspürt zu haben, das nur von stärkeren Drogen befriedigt werden konnte. Aber es war für mich eindeutig, daß das gesellschaftliche Milieu, in dem Marihuana geraucht wurde, weitere Experimente förderte.

In der Frage der Laxheit war ich sozusagen ein Experte. Ich hatte in sieben Ländern gearbeitet, wo Marihuanarauchen so verbreitet war, daß man es fast als nationale Gewohnheit betrachten konnte, und der Kulturzustand dieser Länder war äußerst trist. Wo waren die Bibliotheken, die Kinderkliniken, die Grundschulen, die Straßen, die Komitees für soziale Gerechtigkeit? Ich sah nur Lethargie, in den Einzelmenschen und in der Gesellschaft, und kam zu dem Schluß, daß Marihuana mit einem menschenwürdigen Dasein unvereinbar war. Es zerstörte den Willen.

Das Argument, Marihuana sei für die Jungen dasselbe wie Martini für die Alten, verfing bei mir nicht, denn es beruht auf einer falschen Analogie, die einen Gegensatz zu verschleiern sucht. Das Milieu des Martinitrinkens führt weder zu Heroin noch zu sozialer Lethargie. Mit anderen Worten: der Martinitrinker kann konstruktiv wirken, auch wenn er sich vielleicht persönlich schadet. Und was die oft wiederholte Behauptung betrifft, das Opium habe Thomas De Quincy nicht daran gehindert, gut zu schreiben, so kann ich nur sagen, daß mich das Resultat nie besonders begeistert hat.

Die jungen Leute hatten gesagt, sie kämen zu einem *Caldeirada*-Essen nach Albufeira, also ging ich in die Bar, um sie dort zu treffen. Während ich wartete, drehte Churchill das Grammophon an. Ich wußte es zwar noch nicht, aber er wollte mich als Trottel bloßstellen.

Da diese Bar keiner von Clives Anlegehäfen war, besaß sie keine der neuesten Platten; was Churchill spielte, war daher überholt und mir unbekannt. Es gefiel mir nicht, und ich hörte nur mit halbem Ohr zu, bis ich plötzlich einen hämmernden Sound hörte und fragte: „Was ist das?“ – „Sergeant Pepper“, sagte er. „Wer ist Sergeant Pepper?“ fragte ich, und er blickte mit jener müden Verachtung auf mich herab, die nur ein Mann aufbringen kann, der in Oxford studiert und in der Algarve mit LSD handelt. „Die Platte heißt so. Das sind die Beatles.“

„Ich wußte nicht, daß die Beatles Cello verwenden“, sagte ich. Er sah mich kalt an: „Mein guter Mann, sie verwenden alles.“ Dann sagte er: „Das kennen sie wohl auch nicht?“ und legte eine andere alte Platte auf. Es war eines der entzückendsten Lieder, die mir in den letzten zwölf Jahren untergekommen waren:

> Mal dir mal aus, du in 'nem Boot auf 'nem Flüßchen
> mit Pampelmusenbäumen plus Himmel aus Orangen-
> marmelade.
> Jemand ruft nach dir. Du antwortest langsam
> einem Mädchen mit kaleidoskopischen Augen.
> Cellophanblumen so gelb und so grün
> hängen dir über den Kopf.
> Sieh nach dem Mädchen mit der Sonne in den Augen.
> Sie ist fort.
> Lucy in the Sky with Diamonds.
> Lucy in the Sky with Diamonds.

„Gefällt es Ihnen?“ fragte Churchill, zum ersten und einzigen Mal geradezu liebenswürdig.

„Ganz reizend“, sagte ich. „Vor eineinhalb Jahrhunderten hat John Keats eine ähnliche Märchenatmosphäre mit fast ebenso fremdartigen Worten beschrieben.“

„Dann sollten sie auch einmal zu mir auf mein Zimmer kommen“.

Ich sah keine Verbindung zwischen der Tatsache, daß mir ein populärer Song gefiel und einem Besuch in seinem Zimmer, aber bevor ich der Sache nachgehen konnte, trafen die sechs jungen Leute ein, und wir bestellten unseren Fischtopf von gegenüber.

„Hört einmal, was euer Mr. Fairbanks als sein Lieblingslied gewählt hat", sagte Churchill hämisch. Als „Lucy in the Sky with Diamonds" durch die Bar klang, fingen meine Freunde laut zu lachen an. „Ich werde dich nie verstehen, Onkel George", sagte Gretchen, aber Monica meinte boshaft grinsend: „Ich habe es immer gewußt, daß du ein alter Lustmolch bist." Ich fragte, was das alles bedeutete, aber die jungen Leute gaben keinerlei Erklärung. Churchill spielte die Platte noch zweimal. Meine Gruppe kannte sie sichtlich gut, denn sie summten mit. Dann kam der Kellner von gegenüber mit unseren sieben Terrinen voll *Caldeirada*, aus denen Churchill seinen üblichen Tribut an Tintenfischen herausholte.

Während des Essens vergaß ich das Lied, aber Monica, die wenig aß, war als erste fertig und legte die Platte wiederum auf. „Du weißt noch immer nicht, was es ist?" fragte sie.

„Nein."

„Der Name! Der Name! *L*ucy in the *S*ky with *D*iamonds. Bist du ganz blöd?" Ich muß sehr verständnislos dreingesehen haben, denn sie sagte: „LSD. Es ist die Nationalhymne von LSD!"

Ich war sprachlos. Churchill verspeiste lässig seinen letzten Tintenfisch, dann sagte er: „Dieser Song hat mehr dazugetan, die Jugend der Welt auf die Wunder von LSD aufmerksam zu machen als irgend etwas anderes."

„Ist also Ihr Werbeschlager?" fragte ich aufgebracht, weil man mich zum Narren gehalten hatte.

„Und wie! Es hat meinen Handel enorm unterstützt."

Der Fischtopf schmeckte mir nicht mehr. Als Monica die Platte wieder auflegte, die Augen ekstatisch geschlossen, packte mich der Ekel. Ich sprang auf, ging zum Plattenspieler, riß den Tonarm weg, nahm die Platte und zerbrach sie über meinem Knie.

Die jungen Leute waren entsetzt, und Monica, die bei der rüden Unterbrechung die Augen geöffnet hatte, rief: „Onkel George! Was tust du?" Aber Churchill erklärte salbungsvoll: „Vergebt ihm. Er ist ein alter Mann in einer neuen Welt."

Gretchen kam eines Morgens aufgeregt zu mir. „Komm mit! Wir machen einen Ausflug nach Silves."

Sie hatte entdeckt, daß Silves, die uralte Hauptstadt der Provinz Algarve, eine guterhaltene Kreuzritterburg besaß. Sie sei im zehnten Jahrhundert von den Moslems erbaut worden, erzählte sie mir. Als ich sie fragte, wie sie zu einer Kreuzfahrerfeste geworden sei, und das in Portugal, leuchteten ihre Augen auf. Die Begeisterung hatte sie gepackt. So hatte ich sie seit Boston nicht mehr gesehen.

Sie erzählte mir ein merkwürdiges Stück Geschichte. Bei einem der frühen Kreuzzüge entdeckte eine Gruppe von Rittern aus England und Deutschland – mehr fromm als tapfer – zu ihrer Erleichterung, daß sie nicht bis ins Heilige Land zu segeln brauchten, um gegen die Ungläubigen zu kämpfen. Es gab Mauren in Portugal, verschanzt in Burgen, die vom Meer aus leicht erreichbar waren und von denen aus man die Herrschaft über fruchtbares Ackerland innehatte.

So gingen die widerstrebenden Eroberer südlich von Lissabon vor Anker, wo sie am Horizont einige Burgen erblickten, und nachdem sie die Gebäude gebrandschatzt und die Einwohner niedergemetzelt hatten, erfuhren sie, daß es sich um Christen handelte. Die Mauren, keuchte einer der Überlebenden, lebten weiter südlich.

So segelte die Horde die Küste hinunter und setzte weitere Burgen in Brand. Nun stellte sich heraus, daß diese Burgen Norwegern gehörten, die gute hundert Jahre früher die Mauren vertrieben hatten. „Die Feinde", erklärten die Überlebenden, „leben jenseits der Biegung, an der Südküste."

Also segelten die Ritter noch weiter nach Süden, umfuhren Cabo de Sao Vicente und erreichten eine Stelle der Küste, von wo aus sie den echten Feind in Gestalt der maurischen Burg von Silves sehen konnten. Mit Feuer im Herzen stürmten sie an Land, verheerten die Gegend zwischen Küste und Burg und belagerten die heidnische Feste. Es war ein langer, blutiger Kampf, und nach vielen Wochen siegten die Christen. Für sie war damit der Kreuzzug zu Ende. Sie verschanzten sich in der Burg, eigneten sich das umliegende Land an und versetzten die Küste im Umkreis von hundert Meilen in Angst und Schrecken.

„Sie waren", sagten die Leute in der Gegend, „die ersten Engländer, die sich in der Algarve niederließen, große Räuber, die für alle Nachkommen das schlechte Beispiel setzten." Das Wappen von Silves zeigte die von zwei bärtigen Kreuzfahrern bewachte alte Burg und daneben zwei mordlüsterne Mauren im Turban. Die Einwohner sind sich nicht darüber einig, welche Figurengruppe furchterregender aussieht.

Wir fuhren über die hochgelegene Straße im Landesinneren nach Silves. Gelegentlich gewährten uns die Hügel den Blick auf den Ozean. Es beeindruckte mich, wie Gretchen allem, was sie sah, ihre ganze Aufmerksamkeit schenkte. Einmal bat sie Joe, den Wagen anzuhalten, damit sie das Land genauer betrachten könne.

Schon der erste Blick auf Silves von der Straße aus ließ das wechselvolle Geschick der Stadt ahnen. Am Nordende erhoben sich die dunkelbraunen Mauern der vieltürmigen maurischen Burg, an der Ostseite strebten die Türme einer gotischen Kathedrale in den Himmel. Die Stadt selbst lag an einem Bergfluß. Die Straßen sahen recht sauber aus, pastellfarbene Gebäude aus dem neunzehnten Jahrhundert standen zwischen sieben- und achthundert Jahre alten Steinhäusern. Wie die anderen Städte der Provinz Algarve war Silves klein genug, um mit einem Blick erfaßt zu werden.

Gretchen fing eine Debatte darüber an, was die Christen und die Mauren in jenen Jahrhunderten gedacht haben mochten, als sie ständig gegeneinander Krieg führten. Cato knurrte: „Belanglosigkeiten... genau wie Russen und Amerikaner..." Britta korrigierte ihn: „Wenn du glaubst, der Kommunismus sei belanglos, dann hast du nie Seite an Seite mit ihm gelebt."

Joe meinte: „Es ist schwer, sich die Religion als eine so bestimmte Kraft vorzustellen... eine ganze Zivilisation im Krieg gegen eine andere." – „Du weißt offenbar nicht, was in Irland geschieht", sagte Jigal. „Und sie sind alle Christen." Gretchen fragte: „Beschäftigen sich die Mohammedaner heute so ausschließlich mit den Juden wie damals mit den Kreuzfahrern?" Sie zeigte auf die Burg in der Ferne, und Jigal antwortete: „Wenn man heute in Israel lebt, so hört man das Wort ‚Kreuzzüge' jeden Tag."

Cato hatte schweigend zugehört. Jetzt wandte er sich zu mir. „Wissen Sie", sagte er nachdenklich, „ich fange an zu glauben, daß mein Vater doch recht hat. Vielleicht ist die Religion viel wichtiger, als ich dachte."

Nachdem wir die Burg und die merkwürdige Kathedrale besichtigt hatten, fuhren wir etwa elf Kilometer nach Süden zur Küste, wo Gretchen ausstieg, in den Atlantik watete und sich vorzustellen versuchte, was ein Kreuzfahrer fühlte, wenn er an die Küste stürmte, um unbekanntes Land in Besitz zu nehmen.

„Wer geht mit mir zur Burg zurück?" fragte sie. Cato erklärte sich bereit, denn auch er war von der Festung begeistert und wollte sehen, wie sie langsam hinter den Hügeln auftauchte. So marschierten die beiden los, wanderten die elf Kilometer zurück und blieben alle Augenblicke stehen, um die Landschaft mit den Augen eines Marodeurs zu studieren. Wir anderen folgten ihnen langsam, kauften europäische Zeitungen, überholten sie gelegentlich. Falls Gretchen je über die Kreuzfahrer in Portugal schreiben sollte, kannte sie nun wenigstens das Terrain gründlich.

Der Ausflug nach Silva nahm ein trauriges Ende. Als wir Alte erreichten und eben den Hang hinunterfahren wollten, schrie Britta auf. Wir drehten uns erschrocken um.

Unter den Zeitungen, die wir gekauft hatten, war auch eine aus Schweden, seit langem die erste skandinavische Zeitung, die Britta in die Hand bekam. Im Innern war sie auf folgende Notiz gestoßen:

> „Tromsö. Die norwegische Regierung erklärte heute, daß die Stadt in der Arktis, deren Zentrum vergangene Woche einem Brand zum Opfer fiel, ein Darlehen für den Wiederaufbau erhalten wird, damit das wirtschaftliche Leben der Stadt weitergehen kann.
> Das Feuer, dessen Ursache bisher nicht bekannt ist, zerstörte weite Teile der Stadt, unter anderem 47 größere Betriebe und viele Privathäuser. Berühmte historische Gebäude im Hafenviertel wurden ein Opfer der Flammen. Die Einwohnerschaft dringt auf einen raschen Wiederaufbau der zerstörten Baulichkeiten."

Plötzlich waren wir alle mit dem Schicksal einer fernen unbekannten Stadt verbunden.

„Herr Mogstad hatte sein Geschäft in einem der ganz alten Häuser am Meer. Armer Mann."

„Neulich sagtest du, er wäre ein Jammerlappen", erinnerte Cato sie.

„War er, und jetzt ist er ein armer Mann."

Wir überlegten, wie Britta weitere Informationen erhalten könnte. Gretchen hatte eine gute Idee: „Morgen suchen wir ein SAS-Büro. Die werden alte Zeitungen haben."

„Könnten wir nicht schon heute abend etwas tun?" fragte Joe. Er versuchte Britta zu beruhigen, sagte, daß es nicht so schlimm sein müsse, wie sie fürchtete, aber sie zeigte auf eine Stelle des Berichtes und sagte: „Weite Teile zerstört. Das steht da."

Monica sagte: „Warum nicht telephonieren?", und wir eilten hinunter nach Albufeira, wo die Telephonistin des größten Hotels Tromsö zu erreichen versuchte, aber nur den Flughafen von Bardufoss in der Nähe bekommen konnte. Wir hörten zu, während Britta in einer Sprache redete, die keiner von uns verstand. Dann sagte sie uns, daß der Mann auf dem Flughafen ausrufen ließe, ob jemand aus Tromsö im Warteraum sei. Hierauf buchstabierte sie Namen: Britta Björndahl. Holger Mogstad. Gunnar Liddblad. Dann folgte eine lange Pause, während der sie zu weinen begann. Sie dankte und legte den Hörer auf die Gabel. Sie war Tromsö entflohen, und es war ihr nach Portugal gefolgt.

Wir gingen in die Bar und waren froh, daß Churchill nicht da war. In düsterer Stimmung tranken wir unser Bier, während Britta erzählte, was geschehen war. Das Feuer hatte vom Hafenviertel seinen Ausgang genommen, ein Gebäude nach dem anderen erfaßt, bis das halbe Geschäftsviertel der Stadt in Flammen stand. Historische Gebäude, unter ihnen auch das, von dem aus Amundsen zum Nord- und Südpol aufgebrochen war, wurde vernichtet. Der Schiffsbauer, der Fridtjof Nansens „Fram" ausgerüstet hatte, war ausgebrannt, Otto Sverdrups alte Firma war verloren, und Herrn Mogstads Werft war total zerstört.

„Wieviel ist noch übrig?" fragte Joe.

„Die meisten Wohnviertel", sagte Britta. „Ich nehme an, unser Haus ist verschont geblieben."

Als sie „unser Haus" sagte, biß sie sich auf die Lippen, denn sie hatte uns wiederholt erklärt, es sei nicht mehr das ihre. „Ich glaube, ich kann den verdammten Ort nicht loswerden. Ich wußte gar nicht, daß ich meine Eltern so liebe." Das führte uns zu einer mitternächtlichen Diskussion über die Werte des Lebens.

Sie fragten mich, wie ich darüber dachte, und ich sagte: „Mich beeindruckt, wie vernünftig ihr in euren Beziehungen zueinander seid. Ihr seid wesentlich weiter, als meine Generation mit zwanzig war. Ihr würdet gar nicht glauben, wie unreif unsere Einstellung zu Sex und Arbeit war. Aber die Schwierigkeit im Leben ist nicht, mit den Jahren zwischen siebzehn und fünfundzwanzig fertig zu werden. Das kann jeder, und es ist anscheinend viel einfacher, als ich früher glaubte. Das Problem ist, etwas aufzubauen, an das man sich von fünfunddreißig bis sechzig halten kann. Eine Arbeit zu finden, die einem Freude macht. Einen Menschen zu finden, mit dem man in den schwierigen Jahren leben kann. Seine Kinder vernünftig zu erziehen. Vor allem aber den Verstand und die Begeisterungsfähigkeit nicht zu verlieren."

Gretchen wollte wissen, was meiner Meinung nach die Kriterien des Erfolgs seien, und als ich sagte: „Vor etwa fünfzehn Jahren, als ich den Konkurrenzkampf mit ansah, zog ich mich zurück. Ich werde nie Präsident von World Mutual sein. Ich wollte reisen... selbständig sein. Damals kam ich zu dem Schluß: Wenn ein Mann sechzig werden kann, ohne im Gefängnis oder im Narrenhaus zu landen, dann hat er Erfolg gehabt. Alles andere ist nebensächlich."

„Meinen Sie wirklich?" fragte Joe.

„Ja." Niemand hatte etwas zu sagen, also fügte ich nach einer Weile hinzu: „Ich finde es großartig, wie ihr jungen Leute zusammenleben könnt... die Freiheit, die ihr habt. Aber ich habe noch keine Beweise dafür gesehen, daß ihr auch nur einen Schritt näher daran seid, die großen Probleme zu lösen. Welchen Beruf? Welches Mädchen? Welche Stadt? Welche Überzeugung? Ihr seid nicht weiter, als ich in eurem Alter war. Vielleicht seid ihr sogar im Nachteil, weil ich in meinem Alter noch gewisse Illusionen und Ideale hatte, die mir Rückhalt gaben."

Cato sagte: „Ich sollte eigentlich nicht darüber reden – aber sind Sie nicht geschieden? Ist ihr Sohn nicht irgendwo im Gefängnis? Also sind Sie mit den großen Problemen auch nicht gerade sehr gut fertig geworden."

„Nein. Aber trotzdem hat sich der Kampf gelohnt. Ich bin einundsechzig. Ich bin nicht im Gefängnis. Ich bin nicht verrückt. Also finde ich, ich bin am Gewinnen."

„Sie glauben nicht, daß wir es auch sind?" fragte Cato.

„Ich sehe vorläufig keine Anzeichen... außer einem: Ihr habt eine gewisse Vitalität. Und das ist wichtig."

Plötzlich wurde Britta von neuem bewußt, was in ihrer Heimat geschehen war, und sie vergrub den Kopf in den Armen. Gretchen versuchte sie zu trösten: „Nimm's nicht so schwer, Britt", und Britta blickte uns an und sagte: „Ist es nicht merkwürdig, wie ein Feuer in Tromsö einen versengen kann?"

Ich sagte: „Ich erinnere mich, wie ich eines Tages in Torremolinos eine von diesen Hippie-Kommunen sah, alle waren unter zwanzig, keiner hatte irgendwelche Verpflichtungen, alles war wundervoll. Und eine eigenartige Frage drängte sich mir auf: Mit welchem Ritual werdet ihr eure Toten bestatten? Das Leben verlangt gewisse Übergangsriten. Sie sind unvermeidlich. Ich habe nie viel für die alten Riten übrig gehabt, aber sie haben ihre Funktion erfüllt. Ich möchte gerne wissen, welche neuen ihr euch ausdenken werdet."

Die Antwort kam völlig unerwartet. Churchill betrat die Bar, und Monica sagte: „Cato und ich möchten zwei verdammt gute Trips. Gehen wir zu dir hinüber."

Gretchen fragte, ob das vernünftig sei, aber Monica sagte: „Hast du was entdeckt, von dem du weißt, daß es super ist, dann bleib bei der Stange!" Und sie und Cato gingen.

Am nächsten Morgen – ich packte eben in Faro meine Aktentasche, um nach Genf zurückzufliegen – wurden die jungen Leute in Alte früh geweckt. Ein großer, schwarzhaariger, etwa dreißigjähriger Mensch klopfte kurz nach Tagesanbruch an die Tür ihres Wagens. Churchill, der bei Tageslicht ziemlich grauenhaft aussah, stand neben ihm.

Als Cato, der neben der Tür schlief, seinen Kopf herausstreckte, sagte der Fremde in gutem Englisch: „Ich muß mit dir reden", und Cato fragte: „Was habe ich getan?" und der Schwarzhaarige sagte: „Mit euch allen... allen sechs."

„Auf, auf!" rief Churchill durch das Moskitonetz am Dach. „Schau, wie sie schlafen, Salvatore." Der, den er mit Salvatore angeredet hatte, kletterte hinauf, um hineinzugucken, und fand sich Britta gegenüber. „Die ist schön", sagte er anerkennend.

Die jungen Leute versammelten sich in mehr oder weniger dürftiger Bekleidung um die Tür des Campingwagens. Die Frauen aus dem Dorf, die Wasser vom Brunnen holten, blieben stehen und starrten. Churchill sagte: „Das ist Salvatore aus Mailand. Er hat euch etwas höchst Interessantes vorzuschlagen."

„Wie bist du hier heraufgekommen?" fragte Cato, und der Italiener zeigte mit einigem Stolz auf einen großen Mercedes-Benz-Combi, fast ein Lastwagen, der grau wie ein Schlachtschiff unter den Bäumen stand. „Das ist meiner", sagte er, „unserer, wenn alles klappt."

„Was klappt?" fragte Cato.

Churchill mischte sich ein: „Salvatore hat es schon dreimal gemacht, es ist also nicht unmöglich. Wenn er sagt, er fährt hin, so fährt er."

„Wohin?" beharrte Cato.

„Nun, der liebe Kerl hat diesen – wollen wir es Lieferwagen nennen – in Düsseldorf gekauft und wird ihn nach Nepal fahren – Nepal! – und mit einem hohen Gewinn verkaufen. Davon lebt er."

„Was hat das mit uns zu tun?"

„Für nur einhundert Dollar pro Kopf – für Benzinspesen und Essen – bringt euch Salvatore nach Nepal."

Der Vorschlag wurde schweigend entgegengenommen. Es war zu früh am Morgen, um die Möglichkeit einer Fahrt durch Europa, den

Nahen Osten und in das Herzland Asiens, in das Bergkönigreich Nepal, ernstlich ins Auge zu fassen. Monica war die einzige, die nach einer Weile etwas sagte: „Ich habe gehört, daß das Gras in Nepal wundervoll ist."

„Stimmt", rief Salvatore mit wachsender Begeisterung. Er war groß, stark, sportlich, der Typ, den jedes College in New Mexico als Fußballer anheuern würde. „In Katmandu findest du mehr Swingers . . . Das Hotel des Russen, das mußt du wirklich gesehen haben, wenn du im Bilde sein willst."

„Wann fährst du?" fragte Monica.

„In zwei Stunden."

„Eine großartige Gruppe geht mit ihm", unterbrach Churchill. „Ich habe sie alle gestern kennengelernt." Er zählte sie an seinen langen Fingern ab: „Da ist ein Junge aus Australien, ein Junge aus Texas, zwei Mädchen aus Belgien und zwei aus Kanada."

„Ist das nicht schon eine volle Ladung?" fragte Gretchen.

„Nein", sagte Salvatore. „Wir alle haben Campingausrüstung. Ihr schlaft unter dem Wagen, an der Straße oder in alten Kirchen."

„Fährst du mit?" fragte Gretchen Churchill.

„Nein, meine Süße. Ich bin nur als Freund daran interessiert. Du mußt wissen: Salvatore hat meinen Nachschub aus der Schweiz mitgebracht. Und auf dem Rückweg aus Nepal bringt er mir viele interessante Dinge."

„Also wenn einer von euch mit will", sagte Salvatore, „es kostet nur hundert Dollar. Aber wir fahren in genau zwei Stunden aus Albufeira los." Er ging zu Britta, die noch nicht gesprochen hatte. „Hast du Interesse?"

„Nicht sehr", sagte sie.

„Und du?" fragte er Jigal. Der antwortete: „Ohne mich."

Gretchen wollte nicht, wegen ihres Wagens. Joe war interessiert, hatte aber kein Geld. Cato zeigte Interesse, mußte aber in der Nähe von Albufeira bleiben, bis sein Scheck von Mister Wister eintraf. Monica hatte als einzige Feuer gefangen. „Ich möchte Nepal sehen", sagte sie.

„Hast du das Geld?" fragte Salvatore. „Ja." Ein unbehagliches Schweigen folgte, das sie mit nervösem Lachen durchbrach: „Aber ich bleibe lieber bei der Gruppe."

„Es sind vier Mädchen mit", versicherte Salvatore.

„Hier sind auch zwei", antwortete sie. Salvatore zuckte mit den Achseln, nickte jedem kurz zu und sagte: „Ihr versäumt eine interessante Fahrt."

„Hier versäumen Sie auch eine interessante Fahrt", sagte Britta und gab der Kühlerhaube des Campingwagens einen Klaps.

„Das glaub' ich dir gern, meine Schöne." Er warf ihr eine Kußhand zu und ging zu seinem Mercedes.

Als ich zwei Stunden später in Alte eintraf, fand ich den Campingwagen in Aufruhr. „Onkel George!" rief Gretchen, als ich auftauchte, um mich zu verabschieden. „Monica ist durchgebrannt. Hast du sie beim Herauffahren gesehen?"

„Ich kam von der Landseite ... aus Faro. Wo ist sie hin?"

„Nach Nepal." Noch bevor ich Atem holen konnte, reichte sie mir einen Zettel, auf dem in Schulmädchenschrift stand: „Ich habe die 100 Dollar und fahre. Monica."

„Was heißt das?" Sie klärten mich auf, und ich sagte sofort: „Wir müssen sie aufhalten." Ich sah sie im Geist mit ihren siebzehn Jahren in Zentralasien herumtrampen, in den verwanzten Teestuben schlafen, die ich von Afghanistan her kannte, und wiederholte nachdrücklich: „Wir müssen sie aufhalten."

Ich sagte den beiden Mädchen, sie sollten hier auf uns warten. Dann sprangen wir vier in den Campingwagen und sausten die Straße nach Albufeira hinunter. Schnell fuhren wir die wichtigsten Plätze ab, fanden jedoch keine Spur von ihnen. Also hielten wir vor Churchills Bar an. „Ja, das gute Mädchen hat die richtige Entscheidung getroffen", sagte er. Er blickte auf meine Uhr, da er keine eigene hatte. „Sie ist seit vierzig Minuten auf dem Weg nach Nepal ... mit ganz prima Typen ... machen Sie sich also keine Sorgen."

Ich wollte ihm am liebsten ins Gesicht schlagen und ihn zwingen, uns zu sagen, in welche Richtung sie gefahren waren, aber Joe, der die Karte studierte, sagte: „Sie müssen auf jeden Fall über Loulé." Also sprangen wir wieder in den Campingwagen und fuhren in Richtung Loulé los.

Joe war normalerweise ein vorsichtiger Fahrer, aber nun hetzte er den Volkswagen um die Kurven und die Steigungen hinauf, und keiner von uns bat ihn, langsamer zu fahren. Wir waren entschlossen, den Mercedes zu überholen. „Das wird eine harte Arbeit sein", warnte Jigal. „Falls wir ihn überhaupt einholen."

„Der fährt nicht schneller", meinte Joe, und er hatte recht, denn auf der Bergstraße nördlich von Loulé erblickten wir den Mercedes hoch über uns, wie er vorsichtig eine Kurve nahm. „Am ersten Tag einer langen Reise fährt man nicht schnell", sagte Joe.

Es dauerte einige Zeit, bis wir den Mercedes einholen konnten. Dann erfaßte der Lenker, wer wir waren, und fuhr den Wagen so, daß wir nicht an ihm vorbeikonnten. So ging es eine lange Strecke. „Das wird mühsam", meinte Jigal, und Joe sagte: „Macht nichts."

„Versuch nicht, ihn auf den Außenkurven zu überholen", warnte ich, denn der Hang fiel steil ins Tal ab. Joe beruhigte mich: „Wenn es sein muß, bleibe ich die nächsten achtzig Kilometer hinter ihm. Irgendwann muß dieser Scheißkerl auch einmal stehenbleiben."

Nun erschien Monica am Heckfenster und deutete uns, zurückzufahren. Ich war entsetzt, wie zerbrechlich und klein sie aus dieser Entfernung aussah. Der Eindruck wurde noch verstärkt, als die beiden Männer neben ihr sich umwandten und uns anstarrten. „Der Texaner und der Australier", murmelte Cato. „Unser Pech." Die beiden waren offensichtlich groß und kräftig, der Italiener ebenfalls, also konnte die Gegenpartei im Mercedes höchst unangenehm werden. Ich hatte das Gefühl, daß Cato bei einer Rauferei keine besondere Hilfe sein würde, und Jigal war nicht sehr groß. Joe würde sich zu schlagen wissen, jedenfalls zeigte er keinerlei Absicht, umzukehren, noch irgendein Zeichen von Furcht, als die Männer im Mercedes drohende Gesten machten.

Plötzlich – in einem Manöver, daß uns im Campingwagen ebenso überraschte wie die drei Männer im Mercedes – brach Joe aus der Fahrspur, überholte den verblüfften Italiener und stellte den Volkswagen quer über die Straße, so daß der Mercedes mit quietschenden Bremsen anhalten mußte.

„Was zum Teufel soll das?" brüllte es aus dem Mercedes, und der riesige Texaner sprang mit Vehemenz aus dem Wagen. „Willst du uns alle umbringen?"

„Ich will euch aufhalten", sagte Joe und stieg aus. „Wir nehmen das englische Mädchen mit zurück."

„Glaubst du!" rief der Australier, ein drahtiger Kerl, und trat langsam auf die Straße. Er hatte offensichtlich mit Monica erste Kontakte gepflegt und war keineswegs bereit, etwas aufzugeben, das so viel Vergnügen auf der bevorstehenden langen Fahrt durch Asien versprach.

Joe blieb ruhig. „Sie kommt jetzt mit!"

„Rühr sie an", sagte der Australier, „und du gehst zu Boden."

„Dann los", sagte Joe und schlug auf den Australier ein. Er streifte nur den Kiefer des Mannes, aber das genügte, um ihn zurückzutreiben.

Bevor ich noch begriff, was die drei verhandelt hatten, war die Bergstraße ein Getümmel von hämmernden Fäusten und ringenden Körpern. Jeder der drei aus dem Mercedes war größer als der größte von uns, und es sah aus, als würden unsere drei schnell erledigt werden, aber Joe schenkte seinen Gegnern nichts und war hart im Nehmen, Cato war tüchtiger, als ich gedacht hatte, und Jigal einfach phänomenal. Mit einem Mut, den ich nicht erwartet hätte, obwohl ich von seinen Leistungen in Quarasch wußte, wirbelte er herum und landete einen Schlag nach dem anderen. Als Salvatore sich umwandte, um ihn anzugreifen, erwartete ich, daß Jigal bald zu Boden gehen würde. Aber er hielt eine ganze Weile stand, bevor er in die Knie ging. Es war offensichtlich, daß die andere Seite gewinnen mußte, denn der Texaner und der Australier konzentrierten sich nun auf Joe und verprügelten ihn nach Strich und Faden. Ich eilte an Joes Seite, um ihm zu helfen, soweit ich konnte, aber der Texaner sah mich kommen und rammte mir den Kopf in den Bauch, was mich auf den Hintern warf. „Misch dich nicht ein, du alter Scheißer!“ knurrte er mich an und kickte mich zum Abschied in die Seite.

Ich war empört. Ich hatte zumindest erwartet, ehrenvoll mit einem Kinnhaken bedacht zu werden. Gerammt und gestoßen zu werden, war demütigend. Ich fühlte, wie das Blut mir zu Kopf stieg und sah mich in blinder Wut nach einem Stein um, mit dem ich ihn erschlagen könnte, fand aber keinen. Und er war wieder dabei, auf Joe einzudreschen.

Dann sah ich in dem Wäldchen neben der Straße einen großen Ast, der von einem alten Olivenbaum abgeschnitten worden war. Er war zu groß, um eine ideale Waffe zu sein, doch wenn ich es zustande brachte, ihn zu schwingen, würde er das Seine beitragen. Zusammengekrümmt vor Schmerz kroch ich den Obstgarten hinunter, packte den Ast und kehrte auf das Schlachtfeld zurück.

Ich schwang den Ast mit aller Kraft und erwischte den Texaner direkt am Halsansatz. Er fiel um wie ein Sack. Cato sprang rittlings auf ihn wie auf einen gefallenen Ochsen und hieb auf ihn ein, bis er das Bewußtsein verlor.

Nun wandte ich mich dem Australier zu, der Jigal hart bedrängte. Ich traf ihn mit meinem Ast in den Kniekehlen. Er fiel um. Sicherheitshalber schlug ich noch einmal drein, und Jigal erledigte ihn dann.

Salvatore sah mich mit meinem Prügel kommen. Er wußte, daß Joe zwar angeschlagen, aber noch lange nicht fertig war, und ergab sich. „Nehmt die Ziege“, zischte er.

„Das hatten wir vor“, sagte Cato grimmig, kletterte in den Mercedes und packte Monica am Arm.

„Schöne Helden“, sagte Salvatore. „Brauchen einen alten Mann mit einem Prügel.“

„Das war ein Job, der erledigt werden mußte", sagte Cato, während er Monica zum Campingbus zerrte.

„Und was ist mit ihm?" fragte Salvatore, auf den immer noch regungslos daliegenden Texaner zeigend.

Joe blieb gelassen. „Er ist nicht tot, also ist er nicht unser Problem: Und ich würde an eurer Stelle nicht zur Polizei gehen, denn sonst zeige ich euch an, daß ihr ein siebzehnjähriges Mädchen gekidnappt habt..."

„Sie kam freiwillig. Churchill kann es bezeugen."

„Und ich werde sagen, daß du LSD und Heroin nach Portugal schmuggelst... regelmäßig." Der Italiener antwortete nicht. Die beiden standen sich Auge in Auge gegenüber. Dann schob Joe seinen Gegner vorsichtig zur Seite und sagte: „Ich wende jetzt und fahre nach Alte zurück. Keine Einmischung! Packt euch in euren Wagen und fahrt nach Nepal!"

Er wendete den Campingbus in einem Bogen, so daß die äußeren Räder fast über den Straßenrand ragten, und fuhr zurück.

Auf dem Weg nach Alte widerfuhr mir etwas Peinliches. Zunächst benahmen wir uns wie Schulbuben, die von ihrem ersten Basketballmatch auf dem Platz des Gegners siegreich heimkehren.

„Du hast vielleicht den Texaner verprügelt!" sagte Cato immer wieder zu Joe.

Joe lobte Jigal: „Du hast schön mitgemischt. Ich dachte, der Australier würde dich entzweibrechen."

„Hätte er auch", rief Cato, „wenn ihn nicht unser alter Freund mit seinem Ast niedergeschlagen hätte. Ich glaube, seine Knie werden nie wieder funktionieren."

Während die Krieger diskutierten, saß Monica wie Helena da, offenbar noch ganz verwirrt von den Geschehnissen. „Ich dachte, ich wäre auf dem Weg nach Nepal", sagte sie.

„Mit diesen Affen?" fragte Cato. „Sie hätten dich in der Türkei hängengelassen."

Ich nahm an der Selbstbeweihräucherung teil und gab eben meiner Bewunderung für Joes Leistung Ausdruck, als plötzlich alles zusammenbrach. Die Spannung warf mich um. Rückblickend war ich entsetzt, daß ich an einer solchen Rauferei teilgenommen hatte. Es war unter allen Umständen schändlich, einen ahnungslosen Gegner mit einem Knüppel auf den Kopf zu schlagen, in meinem Alter war das unverzeihlich. Meine Seite schmerzte, und ich begann zu zittern. Ich faltete die Arme eng über meinen Magen, aber ich konnte das Zittern nicht verbergen.

Monica bemerkte es als erste. Sie lehnte sich vor, gab mir einen Kuß und sagte: „Nimm's nicht so schwer, Onkel George."

„Was ist los?" fragte Cato.

„Schau. Es schüttelt ihn."

„Bist du verletzt?" fragte Jigal. „Ich habe gesehen, wie er dich getreten hat."

„Ich habe Angst", sagte ich. „Angst davor, was hätte geschehen können." Das verstanden sie. Auch sie hatten Angst, aber als junge Männer verdrängten sie ihre Ängste einfach. Ich konnte es nicht.

In Alte bestanden alle darauf, daß ich meinen Rückflug nach Genf verschieben müsse, und als Britta mich überredete, mein Hemd auszuziehen, und den großen blauen Fleck sah, brachte sie mich zu Bett und holte warmes Wasser von einem Haus in der Nähe. Eine Frau, die hörte, daß jemand krank sei, kam und bereitete mit wissenden Händen einen Umschlag. Ich schlief sofort ein.

Ich wurde von denselben Worten geweckt, mit denen ich gestern bei meiner Ankunft in Alte empfangen worden war: „Monica ist durchgebrannt!" Ein Junge aus dem Dorf hatte gesehen, daß jemand sie nach Albufeira mitgenommen hatte, und sobald ich das hörte, wußte ich, was geschehen war. Und ich wußte ganz genau, wo sie sein würde.

Wir fuhren in die Stadt, und ich ließ die anderen in der Bar warten und ging allein in Churchills Zimmer hinauf. Die Tür war versperrt, aber ich warf mich gegen sie, wobei ich mich wieder verletzte, und drinnen fand ich, was ich erwartet hatte: Monica mit Churchill im Bett.

„Zieh dich an und wir gehen!" herrschte ich sie an.

„Altes Quatschmaul", murmelte sie.

„Nur ich weiß davon, und ich werde es für mich behalten."

„Sie ist ein freier Mensch . . .", begann Churchill.

„Halt's Maul", brüllte ich, „oder ich schlag dir die Scheiße aus dem Leib. Und sie weiß, daß ich es kann."

Er setzte zum Sprechen an, und zum zweiten Mal innerhalb weniger Stunden stieg mir das Blut zu Kopf. „Ein Wort noch, Churchill, und ich . . ." Ich hatte keine Ahnung, wie ich die Drohung beenden sollte, und schwieg.

Monica kleidete sich mit aufreizender Gemächlichkeit an, ging mehrmals nackt an mir vorbei, und als ich sie die Treppe hinunterführte, fragte sie: „Woher wußtest du, daß ich da bin?"

„Weil du uns weh tun wolltest ... nicht nur Cato ... uns allen. Indem wir dich von den Kerlen retteten, bewiesen wir, wie sehr wir dich lieben ... und du wolltest uns weh tun."

„Du bist blöd", sagte sie, „aber dumm bist du nicht. Hast du es den anderen erzählt?"

„Nicht nötig. Jeder erklärt sich deine Abwesenheit auf seine Art ... weil sie dich auch lieben."

Am letzten Treppenabsatz nahm sie meinen Arm. „Du hattest wirklich Angst auf dem Heimweg, nicht wahr?"

„Hast du nie Angst?"

„Nie."

Ich brachte Monica zur Gruppe zurück, und wie üblich fragte niemand, wo sie gewesen war.

„Ich glaube, ihr solltet jetzt gleich von hier wegfahren. Der Italiener könnte zurückkommen."

„Ich möchte ihn nicht wiedersehen", sagte Jigal.

„Wohin sollen wir fahren?" fragte Britta.

„Dort hinüber", sagte Joe und zeigte nach Westen.

„Ich weiß!" sagte Gretchen. „Wir fahren in Richtung Silves! Ich will die Burg noch einmal sehen."

So einigten sie sich, sofort nach Silves aufzubrechen und von dort weiterzufahren, wohin sie eben Lust hatten. Aber Gretchen stellte eine Bedingung. „Ich fahre nicht weg, ohne mich von den Leuten in Alte zu verabschieden."

„Genau dort wird der Kerl uns suchen, wenn er zurückkommt."

„Ist mir gleich. Diese Leute haben so viel für uns getan. Wir können nicht einfach verduften."

So fuhren wir nach Alte zurück. Ich glaube, wir alle hatten Angst, der ominöse graue Mercedes könnte auftauchen, aber nichts geschah. Die jungen Leute nahmen Abschied von den Bergbewohnern, es flossen Tränen, und Gretchen gab einer Frau zehn amerikanische Dollar für Maria Concepciao, wenn sie wieder zum Tanz käme.

Dann begleiteten sie mich zu meinem Wagen. „Wenn wir Sie nicht mehr sehen", erklärte Joe, „möchte ich Ihnen nur eins sagen: Sie sind ein Teufelskerl!"

„Wohin fahren Sie jetzt?" fragte Britta.

„Ich muß nach Genf zurück. Denn die ersten zwei Juliwochen bin ich immer in Pamplona."

Gretchen schnippte mit den Fingern. „Ist das nicht dort, wo Hemingway war? ‚Fiesta?'" Ich nickte. „Hast du Juli gesagt?" sagte sie aufgeregt.

„In sieben Tagen."
„Mein Gott! Wir könnten heute abend nach Silves fahren, dann hinauf nach Lissabon ... und dann ..."
Britta fragte: „Wo sind Sie in Pamplona zu finden?"
„Bar Vasca", sagte ich. Im Hinunterfahren konnte ich noch durch mein Heckfenster sehen, wie sie ihre Landkarten entfalteten.

# 9

# DER TECHNISCHE BERATER

Die Welt ist ein Ort, an dem nur Schatten hausen. Der Gast verweilt einige Nächte, geht verwirrt fort und weiß niemals, wo er gewesen ist. Hinter dem Horizont, so glaubt er, wird er sicher eine größere Stadt finden, bessere Möglichkeiten, schönere Gesänge. Aber wenn seine Kamele wieder im Stall angebunden sind, findet er sich auch hier wieder von Schatten umgeben.

Ubi bene, ibi patria. *Cicero*

Das ist die Tür, durch die du gehst, wenn du Fachliteratur über Amerika brauchst, und hier ist das Fenster, von wo aus du bei der nächsten Demonstration die Bombe werfen kannst.

Zeige mir einen Mann, der mit beiden Füßen auf dem Boden steht, und ich zeige dir einen, der seine Hose nicht ausziehen kann.

Ich, für meinen Teil, reise nicht, um irgendwo hinzukommen, sondern ich reise einfach um des Reisens willen. *Stevenson*

Wir können unseres Mutes nicht sicher sein, solange wir uns nicht in Gefahr befunden haben. *La Rochefoucauld*

Es war der erste Juli. Also wanderten meine Gedanken nach Afghanistan, und während ich meinen Schreibtisch in Genf schloß, sah ich das große Plateau vor mir, mit den Kamelkarawanen, die von der russischen Grenze herunterkommen, mit wimmelnden Basaren, den besten Melonen der Welt und schmutzigen Teestuben, wo die Männer drei Stunden lang über einer Tasse hocken und die Nichtigkeiten bereden, die seit fünftausend Jahren die Nomaden beschäftigen.

Es ist ein Land der Männer – unbeherrschter Männer von uralter Rasse; und wenn vor mir jemand das Wort Afghanistan aussprach, wo immer ich war, wollte ich sofort losziehen. Ich wollte Kabul wiedersehen, den hochaufragenden Hindukusch und die Karawanen, die abends durch die Stadttore von Herat oder Mazar-i-Sharif einzogen. Ich hatte dreimal in Afghanistan versucht, Investitionsmöglichkeiten für World Mutual auszukundschaften, aber nie etwas erreicht, weil die Russen jedesmal bessere Bedingungen anboten. Von allen Ländern der Welt, in denen ich gearbeitet habe, ist Afghanistan eines, in das ich immer zurückkehren möchte.

Als ich an diesem ersten Juli an Afghanistan dachte, geschah es aus ganz anderen Gründen. Vor meinem geistigen Auge tauchten weder Berge noch Karawanen auf, sondern das Gesicht eines Mannes Mitte vierzig, mit schwarzem Haar, stillen grauen Augen und durchfurchten, wetterharten Zügen. Ich sah ihn vor mir, in seinem gemieteten Haus in Kabul, ganz in der Nähe des sehr behelfsmäßig wirkenden Flughafens. Das Haus war unvergeßlich, weil darin eine geradezu einschüchternde Ordnung herrschte. Im Badezimmer hingen die zwei Zahnbürsten – grün für morgens, rot für abends – ordentlich neben dem Spiegelkästchen, in welchem jedes Fläschchen seinen Platz hatte, der Bademantel hing an einem eigenen Haken, die Handtücher waren säuberlich in drei Größen gestapelt, die Waage stand chromglänzend neben der Tür, der Rückenschrubber hing neben der Badewanne.

Das gleiche galt im ganzen Haus. Sein Garderoberaum enthielt ordentliche Stapel weißer Hemden und Unterhosen, die Anzüge hingen in militärisch gerader Reihe. Es war keineswegs das Haus eines kleinlichen Pedanten, sondern das eines ordnungsliebenden Menschen, der um sich herum keinen Wirrwarr duldete. In der Halle fiel sofort sein sauberer Gewehrschrank ins Auge, und im Arbeitszimmer wirkte ein riesiges Tigerfell als Blickfang.

Das war das Heim von Harvey Holt, Bürger von Wyoming, geschieden, Absolvent des Colorado Agricultural and Mechanical College, Experte für Radar, von der Union Communications Company of New York der Regierung Afghanistans zur Verfügung gestellt. Kurz: Harvey Holt war technischer Berater.

Und an diesen Mann, mit dem ich viele Stunden meines Lebens im Fernen und Nahen Osten geteilt hatte, mußte ich jetzt denken.

Soweit ich in meinen späteren Jahren finanziell Glück hatte, verdanke ich es vor allem meinem Umgang mit den technischen Beratern, diesen harten, schwierigen Männern, die an den Außenposten der modernen Industrie ihre Arbeit tun. In unzivilisierten Gegenden habe ich am liebsten einen technischen Berater an meiner Seite, denn auf Leute seiner Sorte ist stets Verlaß.

Was ist ein technischer Berater? Angenommen, Pan American Airways hat ein paar altmodische Propellerflugzeuge, die auf Langstreckenflügen gegen die Konkurrenz der Jets nicht mehr aufkommen können. Also verkauft man sie billig an ein kleines Land, das eben seine eigene Fluglinie aufbaut und Maschinen für Kurzstreckenflüge braucht – sagen wir Burma. Um den Handel zu versüßen, arrangiert Pan American, daß Lockhead, die Herstellerfirma, ein Team von sechs technischen Beratern mitschickt, die den Burmesen die Handhabung der alten Flugzeuge beibringen.

Dieses Team arbeitet sieben Monate in Burma, und zwar auf jedem Flugplatz, wo die Maschinen landen. Falls nicht anders möglich, leben die Männer in Grashütten, durchqueren Flüsse, bekämpfen Dschungeltiere und wissen sehr bald besser über Burma Bescheid als alle Experten. Meist lernen sie auch etwas Burmesisch. Ihre Hauptaufgabe ist es, die Maschinen flugfähig zu halten. Wenn es sein muß, fabrizieren sie auch an Ort und Stelle einen Ersatzteil. Und daneben bilden sie die Burmesen aus.

Nach sieben Monaten kehren fünf der sechs in die Vereinigten Staaten zurück. Der sechste Mann bleibt in Burma und versorgt alle Lockheads im Land. Allein richtet er sich auf ein seltsames, manchmal auch sehr schönes Leben ein, mit einer Wohnung in Rangun, einem Absteigquartier in Mandaley, einer Bar in Myitkyina, wo er Kleidung zum Wechseln hinterläßt, und einer Hütte oben in den Bergen, am Ende der Fluglinie. Oft nimmt er sich eine burmesische Geliebte oder auch mehrere in verschiedenen Flughäfen, und wenn er einige Zeit in Rangun gelebt hat, wird er wahrscheinlich bittere Auseinandersetzungen mit dem amerikanischen oder britischen Diplomaten haben, denn er ist Burmese geworden und verteidigt die Interessen der Eingeborenen. Er versteht die Probleme Burmas besser als die seines eigenen Landes.

Jahre vergehen, und er bleibt in Burma. Er kann nicht nur die Flugprobleme lösen, die sich ergeben, sondern auch die Instandhaltung, das Service der Bremsen, die Überholung von Radios und die Erneuerung des hydraulischen Systems. Sein technisches Wissen ist ungeheuer. Zeitweilig hält er die ganze burmesische Luftflotte funktionsfähig. Ohne ihn könnten die Maschinen nicht fliegen. Und er arbeitet bei jedem Wetter, in jeder Höhe, in jeder Notlage.

In den entlegensten Weltgegenden habe ich technische Berater getroffen – im Flug- und Nachrichtenwesen, als Betreuer von Röntgenapparaturen, bei Coca-Cola-Füllanlagen, beim General Motors Service – und sie alle hatten vier charakteristische Eigenschaften.

Sie sind erstens intelligent. Die meisten haben es nicht bis zu einem Diplom gebracht, aber sie wissen viel mehr als ein durchschnittlicher Diplomingenieur. Und sie bilden sich ihr ganzes Leben lang weiter. Wenn Lockhead für irgend etwas eine bessere Methode entdeckt, wird der technische Berater in seiner Dschungelhütte den Bericht studieren, bis er jede Einzelheit der Neuentwicklung kennt. Sollte Lockhead etwas übersehen haben, wird der technische Berater in Burma oder Pakistan ein Gerät erfinden, das das Problem löst.

Zweitens sind sie schwierig zu behandeln. Ganz auf sich gestellt, allein im Dschungel von Burma, funktionieren sie prächtig. Bringt man sie nach Kalifornien zurück, gehen sie drauf. In der Zivilisation werden sie meist Alkoholiker und Weiberhelden, sie sind unzufrieden und verantwortungslos. Sie sind die Lieblinge des technischen Stabs und der Schrecken der Personalabteilung.

Spätestens zwei Wochen nach der Rückkehr eines technischen

Beraters in die Zentrale schreit garantiert der Leiter des Zentralbüros: „Schafft mir diesen Kerl vom Hals!" Schickt man aber einen Mann nach Burma, der sich nicht zum technischen Berater eignet, sind die sich daraus ergebenden Schwierigkeiten weit größer, und derselbe Boß knurrt bei der Lektüre der Berichte von der burmesischen Regierung: „Holt diesen Jammerlappen zurück und schickt ihnen einen richtigen Mann." Dann fliegt der Schwierige, Ungezähmte mit dem nächsten Flugzeug hinaus, und es gibt keine Schwierigkeiten mehr in Burma.

Drittens hat fast jeder Schwierigkeiten mit Frauen. Er liebt sie ... er liebt jede von ihnen, konstant, auf seine eigene Art. Aber er kann nicht mit ihnen leben. Sie verwirren ihn und machen ihn mit ihrer weiblichen Inkonsequenz fertig. Unter hundert technischen Beratern sind wenigstens achtzig geschieden, manche mehrmals. Keiner von ihnen klagt über seine ehemalige Frau. Meist sagen sie ratlos: „Ich weiß nicht, was geschehen ist. Wahrscheinlich konnte sie das Leben so fern von daheim nicht ertragen." Man hört keine Vorwürfe. „Nun ja, ich sollte sieben Monate in Formosa bleiben. Es war kein Platz für sie, also ließ ich sie in Amarillo zurück und sah sie nie wieder." Aber man hört auch tolle Geschichten. „Ich lernte dieses süße Mädchen in Hongkong kennen und richtete ihr einen Hutsalon ein. Eine Geschäftspartnerschaft. Ich steckte zwölftausend Dollar hinein, und nachdem ich genau zwei Monate in Hokkaido war, verkaufte sie das Geschäft und brannte mit den zwölftausend durch – mit einem Journalisten von der ‚Chicago Tribune'."

Aber keine Enttäuschung und keine schlechten Erfahrungen können einen technischen Berater zum Frauenfeind machen. Sie fallen von einer Katastrophe in die andere, und der Mann, dessen chinesische Freundin mit zwölftausend Dollar durchbrennt, wird seiner neuen japanischen Geliebten am nächsten Tag vierzehntausend leihen. Die Narben der Liebe, die diese Männer tragen, sind keineswegs immer nur seelischer Natur; viele rühren von Messern oder Glasscherben her. Ich kannte zwei, deren wankelmütige Frauen sie angeschossen hatten. Wieder ein anderer hatte immer größere Dosen Gift bekommen, bis er protestierte: „Diese Hafergrütze ist entweder verdorben oder vergiftet, und ich habe das verdammte Zeug erst gestern gekauft." Aber bei der Gerichtsverhandlung weigerte er sich, gegen seine Frau auszusagen. Als sich herausstellte, daß drei ihrer ehemaligen Männer eines ungeklärten Todes gestorben waren – und alle drei hatten Hafergrütze geliebt –, sagte er einfach: „Da bin ich noch einmal gut davongekommen." Er erzählte mir das in einer Hütte im Norden von Thailand, wo er seiner siamesischen Geliebten beigebracht hatte, Grütze aus Hafermehl zuzubereiten, das er sich vom US-Stützpunkt bei Bangkok erbettelte.

Viertens war bis jetzt noch jeder technische Berater, den ich kannte, verrückt auf Plattenspieler und gab viel Geld für seine Stereoanlage aus. Wo immer sie ihre Zelte aufschlugen, sei es noch so tief im Dschungel, gilt ihre erste Sorge der Beschaffung eines guten Gerätes, und sie geben sich unendlich viel Mühe, eine erstklassige Klangwiedergabe zu erreichen. Weil die Elektrizitätsversorgung von Land zu Land verschieden ist, muß ein technischer Berater, um nicht von dem lokalen Netz abhängig zu sein, seine eigenen Transformatoren und Schalt- und Sicherungsanlagen mitbringen. Um die dauernden Schwankungen unterworfenen 220 Volt in Burma in die gleichmäßigen 110 umzuwandeln, die amerikanische Geräte verlangen, benötigt der technische Berater oft eine halbe Jeepladung an Geräten, und die schleppt er vergnügt von einem Ort zum anderen mit. Es macht ihm nichts aus, Zeit und Geld in das Projekt zu investieren, solange gute Tonqualität das Endresultat ist.

Die Anlagen kommen aus aller Herren Ländern: Leak-Lautsprecher aus England, Tandberg-Tonbandgeräte aus Schweden, Sony-Verstärker aus Japan, Dual-Plattenteller aus Deutschland und McIntosh-Vorverstärker aus den Vereinigten Staaten. Es bedarf einiger Findigkeit, diese komplizierten Apparaturen verschiedensten Ursprungs zusammenzubauen. Eines der ersten Dinge, die ein technischer Berater in einem neuen Land tut, ist, festzustellen, wie er die einzelnen Geräte auftreiben kann. Piloten der SAS bringen verläßlich die Tandbergs, deutsche Techniker, die im Land arbeiten, können meist einen der ausgezeichneten Plattenteller aus dem Ruhrgebiet organisieren, und früher oder später stellt der technische Berater den Kontakt zu jemandem in der amerikanischen Botschaft her, der McIntosh- oder Fisher-Geräte beschaffen kann. Es ist gar nicht ungewöhnlich, wenn einer zwei- oder dreitausend Dollar für eine Anlage ausgibt.

Überraschend viele technische Berater spielen nur klassische Musik, wobei Vivaldi und Mozart die Lieblinge sind. Andere ziehen zuckersüße Walzer aus der Zeit ihrer ersten Liebe vor; sie sitzen da, starren vor sich hin und denken an die Lieben und Ehen, die so wundervoll begonnen und in einer solchen Hölle geendet hatten. Der Großteil jedoch bevorzugt Platten mit Titeln wie „Musik für einen Regentag", „Musik für Liebende", „Musik für die Stunden vor Sonnenaufgang".

Gleichgültig, welchen Stil der jeweilige technische Berater vorzieht, man findet bestimmt in seiner Sammlung eine erkleckliche Anzahl von Enoch-Light-Platten. Light ist, soviel ich weiß, in den Vereinigten Staaten nicht allzu bekannt, in Übersee aber ist er ein Held, denn er hat eine Serie von Platten für Männer vom Kaliber der technischen Berater arrangiert. Diese Platten bringen die besten Schlager, manche uralt wie „What is this thing called Love?" und „Tea for Two", und so instrumentiert, daß man die Melodie hören kann, die einzelnen Stimmen aber von verschiedenen Richtungen zu kommen scheinen. Ich bin stundenlang in entlegenen Stationen in Sumatra oder der Türkei gesessen und habe zugehört, wenn ein technischer Berater seine Enoch-Light-Platten spielte. „Sie müssen aufpassen, wie diese Raspel im linken Kanal einen Halbton höher kommt." Einmal zeigte mir einer von ihnen den Aufsatz eines deutschen Psychologen, der behauptete, ein Mann, der seine Umwelt, und ganz besonders die Frauen nicht bewältigen könne, suche Bestätigung in einer High-Fidelity-Anlage, er finde seelischen Trost darin auf einen kleinen Knopf zu drücken und damit ein kompliziertes System in Aktion zu setzen. Der Psychologe schloß, daß kein wirklich normaler Mann eine derartige mechanische Bestätigung seines Ich nötig habe.

Ich ließ den Artikel kopieren und zeigte ihn verschiedenen technischen Beratern. Sie lachten über die Analyse, aber es war auffallend, daß jeder einzelne von ihnen geschieden war.

Auch ich besitze in Genf eine prachtvolle Stereoanlage.

Ich habe schon erzählt, daß ich meinen finanziellen Rückhalt den technischen Beratern verdanke. Als ich 1945 aus der Marine entlassen wurde, schlug ich mich einige Zeit mit verschiedenen Jobs herum, in Texas, Connecticut, Kalifornien, aber wie viele Kriegsteilnehmer fand auch ich, daß Routinearbeit schal schmeckte, und so landete ich nach einiger Zeit bei einer Gesellschaft in Minneapolis als Vertreter für Investmentfonds. Das gab mir die Möglichkeit zu reisen. Dann wurde 1954 World Mutual gegründet, und unsere Gesellschaft in Minneapolis war unter den ersten, die sich anschlossen. Nun hatte ich einen weltweiten Markt, und nach meiner ersten Auslandreise war mir klar, daß sich diese Arbeit für mich eignete. Ich meldete mich freiwillig für alle entlegenen Gebiete, die kein anderer haben wollte. Denn ich wußte etwas, was die anderen nicht wußten. Amerikaner auf Außenposten in Indonesien, Kambodscha oder Afghanistan verdienen gutes Geld. Und während ein beschäftigter Mann in Brüssel einem nicht genügend Zeit für ein Verkaufsgespräch widmet, sind die Männer in der Wildnis neugierig, was man zu sagen hat.

In diesen Außenposten traf ich die technischen Berater zum ersten Mal, und als ich sah, wie sie ihr Geld zum Fenster hinauswarfen, spezialisierte ich mich darauf, ihnen Vernunft zu verkaufen. World Mutual gab eine ganze Reihe recht hochtrabender Handbücher für Vertreter heraus, aber keines enthielt die Methode, deren ich mich bediente.

„Hör mal, du blöder Hund! Im vergangenen Jahr hast du zwanzigtausend Dollar versoffen und an die Huren von Singapur verschwendet. Und was hast du davon? Syphilis. Ich schreibe dich jetzt für fünfzehntausend Dollar auf."

„Wer sagt das?"

„Ich. Hier, unterschreib!"

Einer der ersten, der bei mir investierte, war ein besonders schwieriger Fall. Er arbeitete damals in der Türkei. Ich war sechsundvierzig, er achtundzwanzig, ein ehemaliger Hauptmann der berüchtigten Marines, dessen Frau ihn eben durch die Mangel drehte, bitter, hart, tüchtig. Er leistete seinen ersten Auslandsdienst als technischer Berater von United Communications, New York, die vor kurzem hier in der Türkei ein Flughafen-Nachrichtensystem installiert hatten. Die anderen Mitglieder des Teams waren in die Staaten zurückgekehrt, und Holt war für alle Anlagen im Land verantwortlich. Er mußte sich eine Wohnung in Ankara halten, verbrachte aber den Großteil seiner Zeit am Yesilkoy-Flughafen bei Konstantinopel, den die großen viermotorigen Maschinen anflogen, um für die Asienroute aufzutanken.

Holt war nicht leicht zugänglich, denn das Reden fiel ihm schwer, und er sprach sehr wenig von sich. Erst als er einen Nutznießer für seine Anteile bestimmen mußte, erfuhr ich, daß er geschieden war. Ernst sagte er: „Schreiben Sie Lora Kate. Mit dem Kind geht sie großartig um." Ich hätte ihm helfen können, weit mehr zu sparen, aber er bestand darauf, für seinen kleinen Sohn einen viel höheren monatlichen Scheck zu schicken, als er verpflichtet war. Er sah den Jungen einmal in fünf oder sechs Jahren. „Ich hätte ja gern, daß er ein Jahr mit mir zusammen verbringt, aber wo gibt's hier eine Schule?"

Holt selbst hatte eine erstklassige Schulbildung gehabt. In Laramie High im Osten von Wyoming hatte er einen ausgezeichneten Physiklehrer, der ihn in einem Freizeitklub höhere Elektronik lehrte. Als Holt mit siebzehn zur Marineinfanterie ging – er gab an, zwei Jahre älter zu sein –, machten sie ihn zum Nachrichtenspezialisten. In

Iwo Jima bediente er den Sender, der die Landemanöver leitete, und in Okinawa bekam er mehrere Auszeichnungen für seine Tapferkeit.

Gegen Ende des Zweiten Weltkriegs war er neunzehn und sollte mit der ersten Angriffswelle in Japan landen. Sein Charakter war bereits geformt und sollte sich wenig ändern: schweigsam, furchtlos, tüchtig. „Ich respektiere Leute, die etwas leisten!" Dieser Ausspruch war der Schlüssel zu seinem Wesen. Wie nicht anders zu erwarten, meldete er sich bei Ausbruch des Koreakrieges freiwillig, und nördlich von Seoul erfuhr er dann von seiner Scheidung. Eine Woche später wurde er zum Hauptmann befördert. Der gerechte Ausgleich schien geschaffen.

Später traf ich Holt an diversen exotischen Punkten der Erde: Sumatra, Thailand, im Westen Australiens und zuletzt in Afghanistan, in seinem wohlorganisierten Haus in Kabul, mit dem Tigerfell auf dem Boden, einer phantastischen Stereoanlage auf dem Bord und einer hübschen Maid in der Küche, die das Abendessen zubereitete. Gegenüber der Eingangstür hing ein Schild an der Wand:

*Sie befinden sich in*
*KABUL, AFGHANISTAN*
*34° 30' Nord 69° 13' Ost*

*Wenn Sie diesen Breitegrad in Richtung Ost entlangfliegen, passieren Sie Malakand, Sian, Suchow, Hiroshima, Santa Barbara, Prescott, Little Rock, Wilmington, N. C., Fez, Limassol, Homs, Herat, Kabul.*
*Wenn Sie diesen Längengrad in Richtung Nord entlangfliegen, passieren Sie Taschkent, Petropawlowsk, Nordpol, Medicine Hat, Great Falls, Tuscon, Guaymas, Südpol, Kerguélen, Bhuj, Kabul.*

Harvey Holt legte Wert darauf, genau zu wissen, wo er war.

Einmal war Holt in Sumatra, um das von UniCom für die indonesische Regierung installierte Kommunikationssystem zu betreuen. Er hielt sich gerade in Simpang Tiga, dem Flughafen bei Pakanbaru, auf, wo er einen Defekt an einer kleinen Relaisstation auf einem niedrigen Hügel im Dschungel reparieren wollte. Die Temperatur betrug 38 Grad, die Luftfeuchtigkeit 100 Prozent. Die Ausrüstung war innerhalb der ersten zwei Monate verrostet.

Als Holt eine Safari von Pakanbaru zu der Bergstation organisierte, warnten ihn einige alte Hasen in Sumatra: „Nimm lieber einen Berufsjäger mit!“ aber er sagte: „Ich habe meine Gewehre.“ Sie zuckten mit den Schultern und sahen ihm beunruhigt nach.

In der Abenddämmerung des ersten Tages hörte der Trupp einen grauenhaften Schrei, und als sie sich umwandten, sahen sie gerade noch, wie dem letzten Mann in der Reihe das Gesicht von einem riesigen Tiger zerfetzt wurde, der von der Nase zu den Hinterpfoten gute drei Meter maß. Fast jeder, der einen Tiger im Zoo betrachtet, sieht nur die riesigen Zähne und denkt: Damit könnte er einen Mann entzweibeißen. Aber das ist es nicht. Ein Tiger schleicht sein Opfer von hinten an. Man hört ihn nie kommen. Dann wirft er mit einem mächtigen Sprung die rechte Pfote ins Gesicht seines Opfers, während er die linke in die Schulter und Kehle krallt. Mit dem ersten, furchtbaren Prankenhieb reißt der Tiger seinem Opfer Gesicht und Augen vom Schädel, mit dem zweiten zerreißt er Luftröhre und Aorta. Innerhalb von dreißig Sekunden ist das Opfer tot.

An jenem Abend schleppte der Tiger den Arbeiter in den Dschungel, noch ehe Holt mit seinem Gewehr nach hinten stürzen konnte.

Holt wußte, was getan werden mußte. Er ließ die Arbeiter ein Lager aufschlagen und ein Feuer in Gang halten. Er würde den Tiger jagen. Sie warnten ihn. Kein Mensch könne einen Tiger bei Nacht verfolgen. „Ich verfolge ihn nicht“, sagte er.

Er ging allein los, folgte im schwindenden Licht den Blutspuren über den holprigen Pfad, auf dem der Tiger den Leichnam geschleppt hatte. Die blutige Spur führte in den dichten Dschungel, doch Holt blieb weiterhin auf dem Pfad. Schließlich kam er zu einer kleinen, dicht mit Dschungelgras bewachsenen Lichtung. In den letzten Minuten, bevor die Dunkelheit hereinbrach, wählte er einen Baum, dessen Äste etwa vier Meter über dem Boden eine Doppelgabel bildeten.

Schwitzend, die Hände von der rauhen Borke zerschnitten, erreichte er diese primitive Plattform, stützte sich ab und band sein Knie vorsichtshalber mit dem Gürtel an einen Ast, damit er nicht hinunterfallen konnte, auch wenn er einschlafen sollte. Dann wartete er.

Er hielt sein Gewehr in der rechten und eine starke Taschenlampe in der linken Hand. In den Stunden vor Mitternacht lauschte er den wilden Nachtgeräuschen, die aus dem Dschungel drangen. Er hörte Schweine und Nachtvögel und Insekten. Eine fast nicht wahrnehmbare Bewegung in einem Baum in der Nähe schrieb er einer

Schlange zu, aber es gab keine giftigen in der Gegend, also achtete er nicht darauf.

Den Ton, auf den er wartete, das zufriedene Knurren eines satten Tigers, der nach einem Festmahl seinen Weg nach Hause sucht, hörte er in dieser Nacht nicht. Bei Tagesanbruch löste er seinen Gürtel von den Knien, kletterte vom Baum und schlief mehrere Stunden lang im Schatten. Der Tiger würde sicherlich ebenfalls schlafen. Die schlimmste Zeit kam am Nachmittag, als ihn die Insekten plagten. Die Hitze wurde unerträglich. Der Schweiß rann ihm in Bächen über den Rücken. Er hatte kein Wasser und konnte nicht riskieren, auf die Suche zu gehen, denn über sich sah er Geier kreisen, die auf ihren Anteil an der Leiche warteten. Der Tiger mußte also den Schauplatz seines Mahles verlassen haben und streifte irgendwo durch den Dschungel.

Holt war überzeugt, daß der Tiger nun, da er gesättigt war, die Tiefen des Dschungels verlassen und die Lichtung überqueren würde, um auf der anderen Seite den Pfad weiter zu verfolgen. Er wußte: Bin ich höher als vier Meter, kommen die Äste ins Sichtfeld, bin ich niedriger, kann mich der Tiger erwischen, wenn er nach dem Licht springt.

Also kletterte Holt in der Dämmerung auf seinen Platz zurück – müde, verschwitzt, von Insekten zerstochen, mit ausgedörrtem Mund. Zweimal schlief er ein, aber die Gürtelsicherung hielt ihn fest.

Die Stunden vergingen. Die Nacht war wieder erfüllt von Geräuschen des Dschungels, aber der Tiger kam nicht. Um zwei Uhr früh hörte er einen neuen Ton, aber es war irgendein kleines Tier, das seinen Geschäften nachging. Um vier Uhr früh noch immer kein Tiger, und Holt wurde schwer vom Schlaf. Endlich, um fünf Uhr dreißig, knapp vor dem Morgengrauen, hörte er ein wildes Knurren. Als das Geräusch näher kam, begann Holt zu schwitzen.

Die Dschungelnacht war so finster, daß man die Hand nicht vor den Augen sah. Holt mußte warten, bis der Tiger die Lichtung erreichte, um das Tier dann mit dem plötzlichen Lichtschein seiner Taschenlampe zu blenden. Der Tiger würde einen Augenblick verwirrt anhalten, und in diesem Augenblick mußte er ihn direkt ins Herz treffen. Schoß er daneben, so hatte er einen verletzten Tiger auf der Fährte, der niemals aufgeben würde, bevor er an Blutverlust starb oder ihn eingeholt und getötet hatte.

Holt schoß daneben. Er hätte eine Haltevorrichtung für die Lampe gebraucht, um beide Hände für den Schuß frei zu haben, oder einen Helfer, der die Lampe hielt. Der plötzliche Lichtschein überraschte ihn ebenso wie den Tiger, der direkt unter seinem Baum stand. Als die Taschenlampe das Metall des Gewehrlaufes berührte, rutschte sie ab; im Versuch, sie fester zu halten, geriet Holts linke Hand ins Schwanken und verlor die Kontrolle. Der Schuß ging daneben. Sogleich packte er Lampe und Gewehr und feuerte ein zweites Mal. In diesem Augenblick sprang der Tiger, und das Geschoß traf seine linke Schulter. Der Anprall war stark genug, um das Tier mitten im Sprung zurückzuwerfen, aber kein lebenswichtiges Organ war getroffen. Holt hörte das wütende Tier unter den kleineren Bäumen und Büschen wild herumschlagen, als es im Dschungel Zuflucht suchte.

Obgleich der Morgen noch nicht angebrochen war, löste er seinen Gürtel, fädelte ihn methodisch durch die Schlaufen an seinen Hosen, steckte die Taschenlampe ein und kletterte vorsichtig vom Baum. Dann ging er langsam um den Baum, den Stamm stets im Rücken. Er hoffte, das Tier würde ihn angreifen. Leider war zu befürchten, daß die Raubkatze sich zurückziehen und erst am Abend wieder zum Angriff übergehen würde.

Im ersten blassen Schimmer des Tages sah Holt die Blutspur, der er folgen mußte. Es fiel ihm nicht ein, daß er eine andere Wahl hätte. In den Eingeborenendörfern von Sumatra, Malaya und Burma lautet die Regel: Hast du einen Tiger verwundet, verfolge und töte ihn. Tust du es nicht, wird er ganze Dörfer vernichten.

Den ganzen Tag blieb Harvey Holt geduldig auf der Fährte des verletzten Tigers, mit wachsender Vorsicht, denn er wußte: in dem Maße, in dem sich der Tiger von dem Schock erholte, würde auch sein Rachedurst wachsen. Um die Mittagszeit erkannte er, daß er nicht mehr der Verfolger, sondern der Verfolgte war.

Dieser heiße Nachmittag, ohne Nahrung und ohne die Möglichkeit, an einem Bach zu halten, weil sonst der Tiger ihn anspringen würde, war die reinste Hölle. Später erzählte er mir: „Woher ich wußte, daß er hinter mir war? Ich fühlte es. Aber er war natürlich im Vorteil. Er hörte mich, ich ihn nicht."

Beim Einbruch der Dämmerung erfaßte Holt zum ersten Mal Panik. Wenn er das Tier nicht in den wenigen noch verbleibenden Minuten des Tageslichts traf, was konnte er in der Dunkelheit tun?

Die Befürchtung, daß der Tiger ihn verlassen könnte, war unbegründet. Als die Nacht Holt wieder auf den Baum trieb, kam das Tier näher und erfüllte die Leere der Nacht mit seinem Gebrüll. Der Tiger wußte, daß der Mann am Morgen heruntersteigen müsse.

Er brüllte die ganze Nacht. Holt knipste von Zeit zu Zeit seine Taschenlampe an und hoffte, einen Schuß anbringen zu können. Er sah den gestreiften Leib, konnte aber nicht schießen, weil die Äste die Kugel abgelenkt hätten. Und der Tiger strich um den Baum wie ein böser Geist.

Nun überfielen ihn Hunger und Durst. Zweimal glaubte er vom Baum springen zu müssen, um nach Wasser zu suchen. Er prüfte sogar mit seinen Knien, ob er den Gürtel zerreißen könnte. Seinen Erzählungen in späteren Jahren entnahm ich, daß er zeitweise im Delirium gewesen sein mußte. So verging die Nacht.

Bei Tagesanbruch zog sich der Tiger zurück. Holt schnallte sich vom Baum los, zog seinen Gürtel durch die Schlingen seiner Hose, steckte die Taschenlampe ein und kletterte hinunter. Den ganze Vormittag lang umkreisten Mann und Tier einander, und jeder versuchte, den anderen in einer für ihn günstigen Stellung zu erwischen. Holt hatte zwei schwere Kugeln in seinem Gewehr, der Tiger hatte zwei Pranken. Kein Sonnenstrahl drang durch das dichte Blätterdach. Einmal mußte Holt neben einem blattübersäten Wasserlauf auf die Knie fallen und trinken, denn er war am Verdursten, aber schon nach wenigen Schlucken fühlte er eine Bewegung hinter sich und mußte weiter.

Zu Mittag wurde die Feuchtigkeit des Dschungels unerträglich. Einmal fragte mich Holt: „Wie kann ein Mann, der vor Durst fast stirbt, so viel schwitzen?" Zweimal während dieser Zeit verlor er fast das Bewußtsein, aber die Drohung dessen, was sich hinter ihm im Schutz der Blätter bewegte, hielt ihn wach.

Und dann, um die Mitte des Nachmittags, als die unbarmherzige Schwüle ein wenig nachgelassen hatte, kam Holt zu einem zweiten Fluß. Sein Durst war so groß, daß er sich nicht mehr zurückhalten konnte und zu Boden fiel, um zu trinken. Damit hatte der Tiger gerechnet. Er schoß aus seiner Deckung, war mit drei riesigen Sprüngen heran und blickte in den Lauf eines schweren Gewehrs, das im allerletzten Augenblick in Anschlag gebracht worden war.

Ein betäubender Knall, und noch einer. Holt zielte direkt auf die Brust des springenden Tigers. Seine Hände waren so ruhig, daß die zweite Kugel fast genau an der Stelle einschlug, wo die erste getroffen hatte, den Knochen des ungeheuren Tieres zertrümmerte und sein Herz zerriß.

Als wären sie von einem selbsttätigen Willen belebt, hieben die Krallen wild nach Holt, aber sie trafen nicht. Das massige Haupt kam ihm so nahe, daß Holt die Zähne an seiner Schulter fühlte. Der

Körper, schon zitternd im Todeskampf, fiel über ihn und das strömende Blut ergoß sich über seine Kleider.

Auch Harvey Holt liebte die Musik und Hi-Fi-Anlagen. Seine Anlage, die ich oft in Afghanistan hörte, war ein Meisterwerk, das weit über dreitausend Dollar gekostet hatte. Er hatte ein Marantz-Mischpult aus Amerika, vier Lautsprecher aus London, eine Spezialkonstruktion von Mirachord aus Deutschland als Plattenteller, ein Roberts-Tonbandgerät mit in Japan eingebauten Teilen und eine Menge anspruchsvoller Zusatzgeräte aus Schweden und Frankreich. Es gab etwa siebenundzwanzig Knöpfe, mit denen er spielen konnte. Er hatte es nicht gern, wenn ein Fremder seine Anlage berührte – sie war viel zu kompliziert für einen Laien –, aber er führte sie gern stundenlang vor, wenn sich jemand für sie interessierte.

Es gab nicht viele, die Holt mochten. Respektieren, ja – mögen, nein. Höchst beliebt war er aber bei allen Musikliebhabern in der Gegend, denn er hatte eine herrliche Plattensammlung: klassische Musik, Rock and Roll, Volksmusik – einfach alles. Er überspielte die Platten auf Tonband, stellte etwa zweistündige Programme zusammen und machte dann ein halbes Dutzend Kopien für seine Freunde.

Besonders liebte Holt die amerikanische populäre Musik der dreißiger und vierziger Jahre. In mühevoller Sammlertätigkeit hatte er die besten dieser Zeit zusammengetragen und auf Tonbänder überspielt. Nach einiger Zeit fiel mir auf, daß in jedem Programm unweigerlich drei Nummern waren: „A String of Pearls“ mit Glenn Miller, „In the Mood“ mit Tex Beneke als Leader der alten Miller-Band und „Take a Train“ mit Duke Ellington. In Burma versuchte ich einmal, ihn über diese Stücke auszufragen, aber er ging nur auf meine Frage nach „String of Pearls“ ein. „Vermutlich das beste Musikstück, das je geschrieben wurde“. Das war alles, was er sagte, aber aus verschiedenen anderen Andeutungen entnahm ich, daß er diese Nummern so besonders liebte, weil sie an die Zeit erinnerten, als er zum ersten Mal mit Mädchen ausging.

„Es war großartig“, sagte er einmal. „Man hat einen Ford. Zwei Pärchen. Man fährt achtzig Kilometer nach Cheyenne, um Glenn Miller im Chrystal Ballroom zu hören, oder sogar zweihundert Kilometer nach Denver, wo Charley Barnett in Elitch’s Gardens spielt. Die Lichter sind...“ Er verstummte. „Das gibt es nicht mehr. Nirgends.“

Es war nicht einfach, Holt zum Reden zu bringen. Die längsten Fragen beantwortete er mit einem Grunzen. Auch war es schwierig, die Orte zu identifizieren, über die er redete. Er sprach nie von Städten oder Ländern, nur von Flughäfen, wo er UniCom-Systeme installiert hatte. „Das war in Jesilkoy, wo ich Big Rally II einbaute." Das bedeutete, er hatte auf dem Flughafen von Konstantinopel ein Kommunikationssystem zweiter Größenordnung installiert. Ich habe keine Ahnung, woher der Name Big Rally kommt, aber es gab vier Stufen, und nur die größten Flughäfen wie Kennedy und Orly hatten Big Rally IV, wozu Radar, Bänder, ein Fernsehnetz und ein halbes Dutzend Relaisstationen im ganzen Land gehörten.

Auch für ein anderes Thema: das Leben, die Leidenschaften, Triumphe und Niederlagen, verwendete Holt seinen eigenen Jargon. Hier bezog er alle Aussagen auf Spencer Tracy und Humphrey Bogart. Wie der Jazz der dreißiger Jahre, so repräsentierten die Filme dieser beiden Männer für Holt seine gesamte Lebenserfahrung. Das äußerte sich dann so:

Zwei Männer umwarben eine Sekretärin der französischen Botschaft in Konstantinopel. Holt bemerkte dazu: „Man hat doch gesehen, was geschah, als Humphrey Bogart und William Holden beide in Audrey Hepburn verliebt waren."

Oder er sagte einem Assistenten, der vor der schwierigen Aufgabe stand, ein schweres Gerät zu einem Außenposten zu transportieren: „Du erinnerst dich doch, wie Humphrey Bogart und Raymond Nassey ihr Schiff nach Murmansk zu bringen hatten."

Über eine Installation, die das Budget zu sehr belastete: „Genau das hat Spencer Tracy erlebt, als er Elizabeth Taylor verheiraten wollte."

Über eine schwierige Aufgabe, die nur mit unbeugsamer Willenskraft bewältigt werden konnte: „Dein Problem ist das gleiche, das Spencer Tracy vor sich hatte, als er unbedingt diesen Fisch fangen wollte."

Man hatte zunächst den Eindruck, daß sich Holts ganzes Gefühlsleben von diesen beiden Schauspielern nährte. Es war genau umgekehrt. Die Filme spiegelten das Leben des Durchschnittsamerikaners jener Zeit. Nicht Holt ahmte Tracy und Bogart nach, sondern sie ihn. Die Kunst folgte dem Leben, was eigentlich die bessere Reihenfolge ist. Holt erinnerte sich an fast jeden Film, den Tracy und Bogart gemacht hatten, und fand es richtig, daß sie nie im selben Film aufgetreten waren. Als er mir das sagte, glaubte ich mich an ein Szenenphoto zu erinnern, das sie gemeinsam in einem

Film über einen Gefängnisaufruhr zeigte. „Unmöglich", knurrte Holt. „Sie würden einander umbringen." Aber ich konnte das alte Photo nicht aus meinem Kopf bringen, also schrieb ich an eine Filmzeitschrift und erhielt die Bestätigung, sie hätten in Tracys erstem Film gemeinsam gespielt, dann aber nie wieder. Ich sandte Holt den Brief nach Burma, und er schrieb zurück: „Muß ein schrecklicher Film gewesen sein. Ich würde ihn gern einmal sehen."

Einmal hatten wir gemeinsam in Pakanbarn einen alten Bogart-Film gesehen, von dem er, wie immer, tief beeindruckt war. Auf der Rückfahrt fragte ich ihn, einem plötzlichen Impuls folgend: „Damals, als du dem Tiger nachgegangen bist, hast du dir damals vorgestellt, du wärest Humphrey Bogart?"

Er wandte sich vom Lenkrad ab und blickte mich verblüfft an, ohne ein Wort zu sagen. Ich zeigte auf die Straße, und er widmete sich wieder dem Autofahren. Nach einigen Minuten des Schweigens sagte er: „Soviel ich weiß, war Humphrey Bogart nie in Sumatra."

Im Camp angekommen, fragte er: „Möchtest du etwas Musik hören?"

Er legte ein Tonband auf, das Lieder und Balladen des Goldenen Zeitalters enthielt. Wir saßen im Dunkel des Dschungels und hörten „That Old Black Magic", „Falling in Love with Love" und „Night and Day". Als unerwartet „Green Eyes" erklang, entschuldigte sich Holt für diesen Eindringling. „Ich habe ja nichts für diesen Klimbim übrig, aber das war eine Lieblingsnummer von Lora Kate."

„Wo hast du sie kennengelernt?"

„College. Colorado Aggies in Fort Collins. Kam aus Fort Morgan."

„Was geschah?"

Das Tonband war bei einer von Holts Lieblingsmelodien angelangt; „Sentimental Journey". „Ich habe das zum ersten Mal in Iwo Jima gehört. Ich war achtzehn. Ich fragte mich, ob ich jemals schöne Frauen kennenlernen würde wie die, die ich bei den großen Bands gesehen hatte. Helen Forrest, weißt du, und Martha Tilton. Oder auch Bea Wain." Er zögerte. „Nicht, daß ich Angst gehabt hätte, getötet zu werden. Ich hatte so viele gesehen, die es erwischt hatte, daß ich wußte, es war reiner Zufall. Wie Humphrey Bogart, als er mit Sidney Greenstreet um die Statue kämpfte."

Er spulte das Band zurück, um „Sentimental Journey" noch einmal zu hören. „Als ich dann heimkam und dieses wirklich tolle Mädchen sah... sie studierte Chemie... wir heirateten... ich wollte in Übersee arbeiten... Wyoming und Colorado konnten mir gestohlen werden...“ Er lachte. „Hast du je versucht, eine Frau aus Fort Morgan, Colorado, in Jesilkoy glücklich zu machen?“

Bis zum Morgengrauen spielten wir Musik. Als Ella Fitzgerald „I've Got You Under My Skin“ sang, wiederholte Holt die Aufnahme noch dreimal. Beim Schlafengehen sagte er: „Ich habe nie besonders viel für die Schwarzen übrig gehabt, aber singen können sie wirklich!“

Holt wurde gut bezahlt. Als technischer Berater konnte man Prämien einstecken, wenn man sich für gefährliche Aufgaben meldete. Holt tat das immer. Obgleich er vor den hohen Türmen, auf denen die Apparaturen montiert waren, Angst hatte, zwang er sich dazu, hinaufzuklettern.

„Ich war in Gago Coutinho stationiert...“

„Wo?“

„Mozambique“, sagte er ungeduldig. „Coutinho flog Jahre vor Lindbergh über den Atlantik. Wir hatten Big Rally II installiert, und die anderen waren heimgefahren. Der Taifun blies über den Indischen Ozean – nicht direkt in unsere Richtung, aber auch seine Ausläufer konnten noch mächtig zuschlagen. Die Spitze unseres Turms fünf Kilometer außerhalb von Gago Coutinho brach ab – aber nicht ganz. Ein Träger wollte nicht brechen... die ganze Stahlmasse hing daran... und zerdrosch alles, was noch übrig war. Also mußte jemand hinaufklettern, den Träger abschneiden. Man muß diesen Dingen entgegentreten. So wie Humphrey Bogart diesen Laster fuhr, als er Ann Sheridans Restaurant verließ.“

Später erzählte mir ein portugiesischer Wetterwart in Mozambique, was damals geschehen war. „Ein schrecklicher Sturm. Hundertfünfzig Stundenkilometer, schätze ich. Ein störrischer Träger wollte nicht brechen. Wir konnten es mit dem Fernglas sehen. Der Flughafendirektor brüllte: ‚Einer muß hinauf und das Zeug losschneiden.‘ Man hörte es gegen den Turm krachen. Wenn es einen Mann traf, würde es ihn sofort zerschmettern, also brüllte der Direktor nach Freiwilligen. Er selbst tat jedenfalls nichts, und keiner von den Portugiesen oder von den Eingeborenen wollte etwas damit zu tun haben. Er sagte mir: ‚Sie sind der Wetterwart. Es ist ebensosehr ihr Turm wie unserer.‘ Aber ich drückte mich. Dann kam Harvey Holt angefahren, und als der Direktor ihn anbrüllte, sagte er: ‚Bringt mir einen Azetylenbrenner!‘ Und ob Sie es glauben oder nicht, er kletterte auf den Turm, während die Stahlmassen gegen die Verstrebung krachten. Wir konnten ihn von hier unten sehen ... das weiße, flackernde Licht hoch oben ...“

Holt band sich an dem Träger fest, dessen verbogene Spitze nicht losbrechen wollte, und begann das verbeulte Metall loszuschneiden Aber während er arbeitete, schlug der Rest der Spitze dauernd gegen den Mast. Er mußte ständig seine Hände und Füße wegziehen, sonst wären sie vom Stahl zerschmettert worden. So arbeitete er fast eine halbe Stunde lang. Sooft eine kurze Windstille es erlaubte, schnitt er ein wenig, aber den Großteil der Zeit duckte er sich vor dem auf ihn zukommenden Stahlträger.

Als der Träger fast abgeschnitten war, fegte ein wilder Arm des Taifuns vom Ozean her und trug nicht nur die Spitze, sondern auch einige Träger davon. Der Wetterwart berichtete: „Gelähmt vor Schrecken sahen wir, wie die Spitze zu Boden stürzte. Wir dachten, Holt sei auf diesem Teil, aber sein Träger muß sehr fest gewesen sein, denn auch diesmal hielt er stand, obgleich alle anderen brachen. Das Stahlstück pendelte noch wenigstens zehn Minuten lang im Sturm hin und her ... Wir waren sicher, er würde entweder zermalmt oder abgeworfen werden.“

„Ich klammerte mich an“, sagte Holt später.

Als der Orkan genügend Schaden angerichtet hatte und an Kraft verlor, löste Holt vorsichtig die Gurte, kletterte von dem schlagenden Stahl zu einem tieferen Stück hinab und schnitt in aller Ruhe den Träger ab. Als ich ihn fragte, wie er es fertigbrachte, den Schneidbrenner in der Hand zu behalten, sagte er: „Wenn man die Aufgabe hat, Stahl zu schneiden, dann paßt du verdammt auf, daß man den Brenner nicht fallen läßt.“

Höhepunkt in Holts Leben war seine Dienstzeit in der Armee, und da wieder nicht Iowa Jima oder Okinawa oder Korea, wo er sich überall Auszeichnungen erwarb, sondern seine Grundausbildung in Parris Island, wo er einem Drillsergeanten namens Schumpeter in die Hände fiel. „Er übernahm mich als Jungen und schickte mich als Mann hinaus“, sagte Holt. Offensichtlich verehrte er Schumpeter fast so sehr wie Humphrey Bogart und Spencer Tracy, aber er sprach selten über ihn, nur daß er Schumpeter sein Leben und seine Lebensanschauung verdanke.

In den ersten Jahren meiner Bekanntschaft mit Holt nahm ich an, Schumpeter habe ihn während der Ausbildungszeit in Parris Island bei irgendeinem Unfall gerettet, aber das war es nicht, was Holt meinte. Die „Rettung“ bestand in Schumpeters eisernem Drill, mit dem er den jungen Männern die Grundlagen des Nahkampfes beibrachte. „Eine Menge Kerle, die älter waren als ich, glaubten, sie wüßten alles besser“, sagte Holt. „Von einem Fettbauch wie Schumpeter wollten sie sich nichts erzählen lassen. Sie sind alle tot.“

„Was hat er dir beigebracht?“

„Eine Menge Dinge ... nützliche Dinge ... besondere Tricks, ein Gewehr zu pflegen .... oder ein Bajonett zu gebrauchen.“ Holt wollte nicht über seine Kriegserlebnisse reden, aber er fügte eines hinzu: „Jeder gute Rekrutenunteroffizier kann einem das natürlich beibringen. Was Schumpeter hinzufügte, war die Philosophie des Krieges. Er meinte, es käme auf zwei Dinge an: Kriege müßten gewonnen werden und man sollte sie überleben.“

Ich versuchte oft, Holt weiter auszufragen, aber er sagte nur noch, daß Schumpeter zwar ein Fettbauch war, wie die anderen behaupteten; doch als man ihn mit den Marines strafweise nach Okinawa schickte, weil er einen Offizier geschlagen hatte, zeigte es sich, daß er auf dem Schlachtfeld noch mehr leistete als auf dem Exerzierplatz. „Ein großer Mann mit einem großen Bauch“, sagte Holt grimmig. „Er war kein Aufschneider.“

Eines Abends erfuhr ich in Bagdad durch Zufall Näheres über Holt im Krieg. Ein Marineoberst, der als Ausbildner zur irakischen Armee zugeteilt war, saß zufällig neben mir in der Hotelbar, und wir kamen ins Gespräch. Als er hörte, daß ich viel mit technischen Beratern zu tun hatte, fragte er: „Haben Sie zufällig einen Kerl namens Harvey Holt kennengelernt?“

Es erwies sich, daß er in Okinawa Holts Leutnant gewesen war. „Er war gerade achtzehn, mit sternenklaren Augen, ein netter Junge, gradlinig und draufgängerisch, aber er brachte mich fast zur Verzweiflung. Sooft ich einen Befehl gab, sagte er: ‚Sergeant Schumpeter sagte uns, wir sollten es so machen‘, bis ich verlangte, er solle zu einer anderen Einheit versetzt werden. Der Hauptmann ließ uns rufen und sagte, er sei sicher, daß diese Angelegenheit geregelt werden könne, aber ich sagte, es hinge mir zum Hals heraus, immerzu von Sergeant Schumpeter zu hören. Der Hauptmann fragte Holt: ‚Was ist damit, mein Sohn?‘ und Holt sagte: ‚Ich weiß nur, daß ich es in Iwo Jima so machte, wie er sagte, und deshalb lebe ich noch. Und die Neunmalklugen sind tot.‘ Der Hauptmann wiederholte, er sei sicher, ich könne Holt zur Räson bringen, also fragte ich: ‚Ist Schumpeter nicht das Großmaul, das vergangenen Monat degradiert wurde, weil er in Parris Island einen Offizier schlug?‘ Wir gingen der Sache nach und fanden heraus, daß man den Mann strafweise nach Okinawa geschickt hatte.

Holt rannte sofort wie ein Irrer über die Insel, bis er Schumpeter fand. An diesem Nachmittag schlugen die Japse los. Es war ein Höllenzirkus, und genau dort, wo sie uns am empfindlichsten trafen, waren Holt und Schumpeter, eine Zwei-Mann-Armee. Es war wirklich sehenswert. Ich war etwa hundert Meter hinter ihnen, völlig eingekesselt. Es war die Hölle, die reinste Hölle. Und diese zwei Männer hielten durch, ein junger Bursch und ein degradierter Sergeant mit einem fetten Bauch.

An dem Abend, nachdem Schumpeter und Holt zu uns zurückgekehrt waren und jeder ihnen sagte, wie toll sie gewesen waren und daß sie zumindest einen Silbernen Stern bekommen mußten, nahmen ein paar Japaner eine Stellung ein, aus der sie direkt auf uns schießen konnten. Ich suchte Freiwillige, die sie von hinten angreifen sollten – eine nicht allzu schwierige Aufgabe – und sah zufällig, wie sich Schumpeter in einer Ecke richtig versteckte. Nachdem der Trupp losgezogen war, sagte ich halb im Scherz: ‚Schumpeter, Sie sehen drein, als hätten Sie Angst', und Holt fuhr mich an: ‚Natürlich hat er Angst. Sie würden auch Angst haben.' Ich drehte mich zu dem Jungen und wollte ihn eben fragen, was er damit meine, aber er ließ mich nicht ausreden und sagte: ‚Im Ausbildungslager lehrte uns Schumpeter, daß ein Mann an jedem Tag nur soundsoviele Chancen hat, und wenn sie aufgebraucht sind, soll man in Deckung gehen. Er lehrte uns auch, daß ein Mann ein Volltrottel ist, wenn er sich in die Schwierigkeiten einer anderen Einheit einmischt. Das hier ist nicht seine Einheit, und für heute hat er seine Chancen aufgebraucht.'

Ich nehme an, heutzutage würden die Psychiater beweisen, daß Holt und Schumpeter eine latente homosexuelle Beziehung hatten. Jedenfalls suchte Holt über den Kopf des Hauptmanns hinweg um Versetzung an und kam zu Schumpeters Einheit, wo er – wie er Ihnen vermutlich erzählt hat – eine ganze Reihe Auszeichnungen bekam."

„Er hat mir gar nichts erzählt."

„Ich sagte Ihnen schon, sie waren eine Zwei-Mann-Armee. Eigentlich eine Ein-Mann-Armee, mit Schumpeter als Ausbilder. Holt war einer der wirklichen Helden von Okinawa. Er wurde in den Offiziersrang erhoben. Er sollte eine Einheit an Land führen, wenn wir in Japan landeten. Er erbat sich Schumpeter als Unteroffizier, aber der Dickbauch sagte, sein Glück wäre aufgebraucht, und fuhr heim. Er ist immer noch Rekrutenunteroffizier in Parris Island. Wenn die Marines einen guten Mann erwischen, dann behalten sie ihn."

Das Überraschendste an Harvey Holt war seine Fähigkeit, Gedichte zu zitieren, denn er war nicht literarisch interessiert. Aber in seinem ersten Jahr in Colorado Aggies hatte ein Professor Carrington während der ersten Englisch-Vorlesung gefragt, wie viele Studenten ein ganzes Gedicht rezitieren könnten, gleichgültig, wie lang. Als nur zwei Hände aufzeigten, rief er: „Schändlich. Gedichte sind der Brunnen, in dem die Welt ihre Erfahrungen bewahrt hat, und ihr solltet wenigstens einige davon kennen." Er fügte etwas hinzu, das auf Holt einen tiefen Eindruck machte, obwohl es keineswegs originell war: „Lernt ein Gedicht auswendig, und es gehört euch ein Leben lang!" Carrington machte seinen Studenten dann folgenden Vorschlag: „Für je vierzehn Zeilen, die ihr vor Mitte des Semesters auswendig könnt, gebe ich euch fünf Extrapunkte bei der Prüfung. Warum nenne ich vierzehn Zeilen als Maß?"

Ein findiges Mädchen sagte: „Weil das ein Sonett ist."

Holt hatte das Wort nie zuvor gehört.

„Also lernt zwanzig Sonette auswendig, und ihr werdet nicht nur eine gute Note bekommen, sondern auch innerlich reicher sein."

Holt ging am Nachmittag in Carringtons Büro und fragte ihn, was er auswendig lernen sollte. „Lang oder kurz?" fragte Carrington, und zu seiner eigenen Überraschung antwortete Holt: „Vielleicht eher lang." Und Carrington sagte: „Wie wär's mit ‚Der Zigeunerscholar' von Matthew Arnolds, dem ‚Verlassenen Dorf' von Oliver Goldmith oder Thomas Grays ‚Elegie, geschrieben auf einem Dorfkirchhof'?"

Die ersten zwei erschienen Holt zu lang. Er sagte: „Ich werde Thomas Gray versuchen."

Als er das Gedicht vor Professor Carrington aufsagen sollte, verdrehte er einiges im schwierigen Mittelteil, aber die letzten drei Strophen hatten sich Zeile für Zeile in sein Gedächtnis geprägt, und er sprach mit tiefem Ernst dieses Epitaph für den jungen Mann, der in einem vergessenen Dorf unbekannt gelebt hatte und unbekannt gestorben war:

> Hier ruht sein Haupt im kühlen Erdenschoß
> Ein Jüngling, fremd dem Glück und fremd dem Ruhm;
> Der Muse Gunst umwob sein ärmlich Los,
> Die Schwermut wählt' ihn sich zum Eigentum.

Professor Carrington hüstelte und sagte dem Okinawaveteranen: „Gut."

Auf Außenposten hatte Holt in seinen einsamen Mußestunden dieses Gedicht immer wieder gelesen, und nun konnte er es praktisch fehlerfrei aufsagen.

Die zwei Gedichte aber, die Holt am meisten liebte, hatte ich nie zuvor gehört. Das erste war eine Ballade, die er von Australiern gelernt hatte: „Der Mann vom Snowy River". Sie erzählte von der Verfolgung wilder Pferde. Es war ein Männergedicht voll männlicher Bilder und robuster Rhythmen. Wenn Holt die Verse sprach, warf er den Kopf zurück, und man sah ihn förmlich dahingaloppieren durch Fels, Schluchten und Gestrüpp.

„Er ließ die Kiesel fliegen, doch das Pony strauchelte nicht,
fegte das Fallholz weg von seinem Weg,
stieg nicht vom Sattel, Mann vom Snowy River.
Großartig war's, den Reiter anzuseh'n.

Das andere Gedicht stammte aus dem amerikanischen Westen. In Wyoming oder Colorado gab es an jedem Lagerfeuer wenigstens einen, der es auswendig kannte.

.... Lasca ritt immer
auf einem mausgrauen Mustang nah' an meiner Seite.

Es geht um einen ausgestoßenen Cowboy, der nur einen Freund auf der Welt hat, ein zähes mexikanisches Mädchen namens Lasca, das viele Abenteuer im Westen mit ihm durchsteht.

Ich nehme an, Holt liebte das Gedicht, weil es ihm die Versicherung gab, daß ein Mann gelegentlich doch eine Frau finden kann, die an seiner Seite durch die Wildnis reitet. Als Ford seinen Mustang herausbrachte, kaufte Holt einen der ersten und ließ ihn sich nach Sumatra kommen, verkaufte ihn aber bald wieder.

Auf der Fahrt durch die Steppe Afghanistans sagte er mir einmal: „Was ich wirklich gern hätte, wären zwei Pferde in einem Dorf am Rand der Wüste. Und ein Mädchen, das bereit wäre, mit mir zu reiten . . . sie hätte ihren Mustang, weißt du, und ich den meinen."

Er bemühte sich stets, höflich und aufmerksam zu den Frauen seiner Arbeitskollegen zu sein. Er sagte, die Ehe sei im großen und ganzen etwas Gutes, und man sollte tun, was man könne, um den Frauen das Gefühl zu geben, gebraucht zu werden. Er machte sich offensichtlich Vorwürfe, daß seine Ehe gescheitert war.

Ich hörte ihn nie schlecht von seiner Frau reden, aber ein Mann, der die beiden in der Türkei kennengelernt hatte, sagte: „Eine richtige Schlampe. Schlief in Istanbul mit drei verschiedenen Männern und ließ sich auf der Heimfahrt mit dem Steward ein. Harvey kann froh sein, daß er sie loswurde."

Harvey war nicht dieser Meinung. Er sprach oft davon, wie großartig sie für ihren Sohn sorgte, und einmal zeigte er mir eine Photographie des Jungen. Neben ihm sah ich eine blonde, sehr attraktive Frau um die Dreißig. „Sie ist noch hübscher als die Mädchen, die mit den Bands sangen", sagte ich, und er pflichtete mir bei.

Harvey Holt war ein Patriot, im besten wie im schlechtesten Sinne des Wortes. Er konnte nicht in den Vereinigten Staaten leben, aber trotzdem liebte er das Land und alles, wofür es stand. „Alles in allem ist es die beste Nation der Welt, und wer uns nicht trauen kann, kann niemandem trauen." Wenn man ihn fragte, warum er sich mit siebzehn zu den Marines gemeldet habe, murmelte er etwas über sein Land in Not. Und als ich ihn fragte, warum er eine gute Stellung bei UniCom aufgab, um nach Korea zu gehen, sagte er: „Wer kann ruhig schlafen, wenn sein Land Krieg führt?" Und auch jetzt, obwohl er die Problematik um Vietnam nicht allzu klar verstand, unterstützte er die Regierung; er fand, Eisenhower und Kennedy hätten gewußt, was sie taten. Über Johnson war er sich nicht ganz sicher.

Seiner Meinung nach tat das Militär jedem jungen Mann gut, und er wünschte nur, daß manche der heutigen Jungen einige Zeit mit Sergeant Schumpeter verbringen würden: „Er würde Vernunft in ihre Schädel schlagen."

Er hatte den Vormarsch zur chinesischen Grenze mitgemacht und dann, Ende November 1950, die Katastrophe von Hungnam miterlebt, als die Chinesen sie vernichtend schlugen. Er empfand sie um so schmerzlicher, als er sie vorausgesehen hatte.

In späteren Jahren versuchte Holt, diese Niederlage in Korea objektiv zu sehen. Die Tatsache, daß die militärische Führung so schlecht war, konnte den Marinesoldaten nicht angelastet werden. Vorwürfe konnte man nur dem Oberkommando machen. Wenn Holt als Leutnant die Katastrophe voraussehen konnte, hätten die hohen Tiere im Kommando die Gefahr schon viel früher erkennen müssen.

General MacArthur gab er überhaupt keine Schuld. „Er war in Tokio und war auf das angewiesen, was man ihm über die Lage in Korea berichtete." Ich fragte ihn, ob MacArthur nicht hätte wissen müssen, daß die Marines im Gänsemarsch in den Rachen von dreihunderttausend Feinden marschierten?" „Ein General kann nicht alles wissen. Ich gebe MacArthur keine Schuld. Es war wie damals, als Humphrey Bogart sein Boot ins Schilf führte, wo die Blutegel waren. Er konnte nicht alles wissen."

Mit der Zeit betrachtete Holt die Katastrophe von Hungnam als ein Mißgeschick, wie es allen Armeen und Nationen widerfahren kann. Als der Krieg in Vietnam begann, bemühte er sich sogar sehr darum, ein Kommando zu erhalten, aber man teilte ihm mit, er sei zu alt für seinen Rang. Er sagte mir einmal, seiner Meinung nach sei der Vietnamkrieg ein überdimensionales Hungnam. „Irgend etwas ist irgendwo schiefgegangen. Aber ein paar gute Männer könnten es wieder in Ordnung bringen."

Daß ich Harvey Holt auf meinen Reisen immer wieder aufsuchte, und daß er unter all den technischen Beratern, mit denen ich je zu tun hatte, der einzige war, der mein Freund wurde, hat folgenden Grund.

Ich lernte Holt, wie gesagt, 1954 in Jesilkoy kennen, kurz nachdem seine Frau ihn verlassen hatte. Da sein Haus nun leer stand, bot er mir ein Zimmer für die Zeit an, da ich in der Gegend von Konstantinopel World Mutual verkaufen würde. Eines Tages wollte ich eben duschen gehen, und Holt kam mit einem Handtuch um die Mitte aus dem Badezimmer. Auf seiner Brust prangte eine große, gezackte Narbe, als hätte ein Blitz hier seine Brandspur hinterlassen. Es ist üblich, die Verletzungen anderer zu ignorieren, aber diese Narbe war so auffallend, daß ich fragen mußte.

„Haben Sie das in Korea erwischt?"

„Nein. Pamplona. Voriges Jahr."

Der Name Pamplona sagte mir nichts. Holt hatte offenbar nicht die Absicht, weitere Erklärungen abzugeben. Plötzlich kam mir die Erleuchtung. „Ist das nicht die Stadt in Nordspanien, von der Hemingway schrieb?"

„Ja."

„Dann hat das ein Stier getan?"

„Ja." Das war alles, was er an diesem Tag sagte, aber ein paar Tage später erzählte er mir: „Wir installierten ein Big Rally III in Portela, und Ende Juni fragten mich Kollegen, die schon ein paar Jahre in Portugal waren, ob ich zum Stierlaufen nach Pamplona fahren wolle. Ich hatte nie von dem Ort gehört, aber es klang so interessant, daß ich sagte, ich würde gerne mitkommen, doch ich dächte nicht daran, vor den Stieren herzulaufen. „Wir haben mit den Stieren nichts zu tun“, sagten sie. „Wir nehmen in der Bar Vasca Quartier, sind acht Tage lang betrunken, hören Musik und sehen zu, wie die Verrückten mit den Stieren rennen. Das ist was für Idioten.“

So fuhr ich nach Pamplona und wohnte in der Bar Vasca, sah drei Vormittage lang zu, wie die anderen vor den Stieren rannten, und am vierten Vormittag – warum, werde ich nie wissen – war ich plötzlich in der engen Gasse, und die Stiere donnerten an mir vorbei. Und am achten Vormittag erwischte mich ein großer Pablo Romero mitten auf der Brust. Aber Pamplona hat die besten Ärzte der Welt für solche Blessuren. Sie haben viel Praxis.“

Nach dieser ersten Erfahrung mit Pamplona bekam Holt von UniCom vertraglich zugesichert, daß sein Urlaub stets am 1. Juli beginnen sollte. An diesem Tag fuhr er zum nächsten Flughafen und flog zuerst nach Rom. Auf dem reizenden Platz vor der alten Kirche Santa Maria in Trastevere vertat er zwei Tage damit, das Gewimmel von Touristen, Priestern, Schmarotzern, hübschen Mädchen, Gigolos und geplagten Kellnern zu betrachten. Am Spätnachmittag des 3. Juli flog er dann nach Madrid, wo ich ihn erwartete, denn seit meinem ersten Besuch im Jahre 1958 war auch ich Pamplona und der verrückten Fröhlichkeit von Bar Vasca verfallen. Am 4. Juli suchte Holt die amerikanische Botschaft in Madrid auf, wo er sich ins Gästebuch einschrieb und dem Botschafter seine Reverenz erwies. An diesem Abend gingen wir zeitig zu Bett, am nächsten Tag standen wir vor Morgengrauen auf, nahmen zum letzten Mal für lange Zeit ein warmes Bad, schafften das Gepäck in unseren Mietwagen und waren bei Sonnenaufgang unterwegs.

Wir planten unsere Ankunft in Pamplona für den späten Nachmittag, um in der Bar Vasca noch eines von den schöneren Zimmern – besonders gut war keines – zu bekommen; am 6. Juli saßen wir dann immer auf dem Hauptplatz, sahen uns das Feuerwerk an und begrüßten alte Freunde aus allen Teilen Europas. Am nächsten Morgen versammelten sich schon um fünf Uhr dreißig auf der Plaza vor der Bar Vasca die Musikkapellen, und die Hölle brach los. Holt kletterte gemächlich aus dem Bett und kleidete sich an. Am Vorabend hatte er sich säuberlich zurechtgelegt, was er brauchte: Tennisschuhe, weiße Hosen, rote Schärpe, weißes Hemd und rotes Halstuch. In diesem traditionellen Aufzug verließ er das Haus, um den Stieren entgegenzutreten.

Für Holt war das Laufen mit den wilden Stieren zu einer Art

von religiösem Ritual geworden, das seinem Leben Bedeutung und Tiefe verlieh. Als er mir zum ersten Mal erklärte, wie der Lauf vor sich ging, hatte ich keinen Begriff davon, wieviel es für ihn und die anderen bedeutete, daran teilzunehmen; und als ich den Lauf zum ersten Mal miterlebte, konnte ich darin nicht mehr sehen als chaotischen Wahnsinn. Dann aber sagte mir jemand, der Holt kannte: „Ich nehme an, er hat Ihnen die großartigen Photos von 1953 gezeigt." Ich verneinte. Sie waren in dem Kodak-Geschäft um die Ecke ausgestellt, und wir gingen hinüber, um sie anzusehen. 1969 hingen die Bilder immer noch im selben Schaufenster, und jedes Jahr werden Kopien davon an die Touristen verkauft.

Ich habe die ganze Serie in meinem Büro in Genf hängen. Immer wieder bleiben Besucher staunend davor stehen: Holt, ein paar Meter vor den rasenden Stieren laufend; Holt, lachend über die Schulter auf seine Verfolger zurückblickend, als handelte es sich bei dem Lauf um den größten Spaß der Welt; Holt stolpert; fünf Stiere rasen über ihn hinweg; der dramatischeste Schnappschuß: ein Stier hat sein Horn in Holts Brust gerammt und wirft ihn in die Luft. Das letzte Bild der Serie zeigt, wie Holt mit dem Kopf voran auf dem Pflaster landet, auf seinem weißen Hemd sind dunkle Flecke zu sehen.

Erst wenn man diese Photos kennt, versteht man Pamplona, erst wenn man weiß, daß Holt seither sechsmal mit den Stieren gelaufen ist, versteht man ihn.

„Warum tut ein Mann so etwas?" fragen viele meiner Gäste.

Die Antwort gibt eine weitere Photographie, die meiner Meinung nach die unwirkliche Atmosphäre von Pamplona am besten einfängt. Es ist früh am Morgen, die Straßen, durch die die Stiere rennen, sind voll von Männern in ihren weißen Kostümen. Harvey Holt ist sichtlich wie verrückt vor den Hörnern hergerannt; es kam der Moment, wo er nicht mehr weiterkonnte. Er sprang zur Seite, und man sieht ihn auf den Zehenspitzen stehend, die Arme hoch in die Luft geworfen, um die Stiere an sich vorbeizulassen, ihre Hörner nur einige Zentimeter von seiner Brust entfernt. Holt scheint in der Luft zu schweben, hängt zwischen Raum und Zeit. Und man fragt sich: „Warum sollte er außer diesem auch noch irgend etwas anderes tun?"

# 10

# PAMPLONA

Der Tor wandert, der Weise reist. *Thomas Fuller* (1608–1661)

Verschiebe nicht auf morgen, was du auch heute tun kannst; denn wenn es dir heute Spaß macht, kannst du es morgen wieder tun.

Leg dich hin. Ich glaube, ich liebe dich.

Mein alter Herr schreit: „Verdammt nochmal, hör auf den Rat, den ich dir aus achtundfünfzigjähriger Erfahrung gebe!" In Wirklichkeit hat er die Erfahrung eines Jahres achtundfünfzigmal wiederholt.

Es scheint das unwandelbare Gesetz der menschlichen Natur zu sein, daß sich die junge Generation für ihre Art zu reden, sich zu kleiden, Musik zu hören und zu lieben immer jene Form aussucht, die am meisten dazu angetan ist, die Älteren zu entzürnen.

Ein großes Land kann kleine Kriege nicht führen.
*Herzog von Wellington*

Echte Tapferkeit ist es, alle Dinge, die man vor den Augen der Welt zu tun fähig ist, auch ohne Zeugen tun zu können. *La Rochefoucauld*

Vor Pamplona kommt man zu einer wunderschönen römischen Brücke, der Puente La Reina – Königinbrücke. Elfmal hatten Harvey Holt und ich bereits die Fahrt von Madrid nach Pamplona gemacht, doch als wir uns am Spätnachmittag dieses 5. Juli der Brücke näherten, fühlten wie das vertraute Gefühl freudiger Erregung wieder in uns aufsteigen. Auf der Mitte der Brücke sagte Holt: „Noch genau neuneinhalb Kilometer", und wir fuhren weiter, auf die Hügel jenseits des Flusses zu.

Nach neuneinhalb Kilometern erreichten wir die Höhe eines Passes, Puerto del Perdón hieß er, Paß der Vergebung, und dort hielt Holt den Wagen an. Wir stiegen aus. Vor uns lag Pamplona, eingebettet in das weite Hügelland.

Gleich vor uns erhoben sich die viereckigen, aus rotem Stein erbauten Türme, die seit den Zeiten der Römer das Land bewachten, und weit dahinter, am Fuß der Pyrenäen, war die weiße Silhouette von Pamplona zu sehen. So wie wir mochten Karl der Große oder Ignatius von Loyola hier gestanden und auf die Stadt hinabgeblickt haben; und Ernest Hemingway hatte in den Tagen, da er seinen ersten großen Roman plante, von dieser Stelle aus zum ersten Mal die Stadt gesehen.

Die Dämmerung färbte den Himmel violett. Die Stadt lag ruhig und friedlich vor uns, als ahnte sie nichts vom Trubel der kommenden Tage.

Im Zentrum von Pamplona steht das alte Rathaus. Jedes Jahr am 5. Juli meint man, daß die Bewohner einen neuen Einfall der Westgoten über die Pyrenäen erwarten. Alle Fenster sind verbarrikadiert, die Türen verriegelt; wo sonst ein Polizist steht, stehen jetzt vier. An den Ladentüren verkünden Schilder: „Neun Tage geschlossen."

Kaum waren wir vor dem Rathaus angelangt, ging Holt zu der in der Mauer eingelassenen Tafel: Höhe über dem Meeresspiegel in Santander: 443,80 Meter. Das las er jedesmal, wie um sich zu vergewissern, daß sich die geographischen Bedingungen nicht geändert hatten. Die Höhe erklärte, daß es hier auch im Juli sehr kalt werden konnte.

Hinter dem Rathaus lag etwas tiefer ein kleiner, schmutziger Platz, an dessen Seite Marktbuden standen und ihnen gegenüber eine sehr merkwürdige Kirche. Sie hieß Iglesia de Santo Domingo und schien sehr alt zu sein, denn der Boden des Kirchenschiffs lag gute fünf Meter unterhalb des jetzigen Straßenniveaus. Die Fassade war zugemauert worden und sah aus wie ein Wohnhaus mit einer Scheinarchitektur von Balustraden, Fenstern, kleinen marmornen Kuppeln und einem wunderschönen Glockenturm.

Hinter der Westfront der Kirche befand sich ein eigenartiges Gebäude, auf das Holt und ich nun zugingen: die Bar Vasca mit ihren fünf Stockwerken, deren jedes einer anderen Stilepoche entstammte. Von der Straße Santo Domingo aus, die von der Kirche hinauf zum Rathaus führte, betrat man das Erdgeschoß mit der dunklen, winkeligen Bar, die für die nächsten neun Tage der Mittelpunkt unseres Lebens sein würde.

Ein hohes, schmales Podest lief die Wände entlang, darauf standen vierundzwanzig große Bottiche mit Sherry, billigem roten Tischwein, gutem Weißwein, schlecht verschnittenem Rosé und starkem Kognak. Die Bottiche waren dunkel vor Alter, ihre Messingreifen leuchteten hell auf dem gewachsten Holz. Unter dem Podest waren kleine Nischen für die Gäste, und in jeder dieser Nischen hingen als Wandschmuck kleine Keramikfliesen mit weisen Sprüchen, wie:

Stört dich bei der Arbeit der Wein dann gib die Arbeit auf. –
Mehr wiegt eine froh durchzechte Nacht als ein Jahr nachgedacht.

Alljährlich füllte sich die Bar zu Beginn der Feria mit zwielichtigem Volk aus allen Teilen Europas. Da gab es Schweden, die an der Sonne und den Stieren ihre Freude hatten, mutige Deutsche, die den Narrenkitzel des Stierlaufes erleben wollten, amerikanische Studenten, die im College von Pamplona gehört hatten.

Holt und ich kamen seit elf Jahren in dieses Lokal, teils wegen der

Musik – die auf so merkwürdigen Instrumenten wie einer Dorfoboe und der Txistula dargeboten wurde – und teils, um die Frau wiederzusehen, nach der die Bar benannt war: Raquel La Vasca, die Baskin.

Sie war eine wahre Riesin mit gigantischem Appetit. Als wir an diesem Abend die Plaza de Santo Domingo erreichten, parkte Holt den Wagen, holte seine Tasche und sein Tonbandgerät heraus und eilte über das Kopfsteinpflaster auf den Eingang zu. In der Tür rief er: „Raquel!“ Sie kam herausgeeilt, packte Holt, hob ihn mit ihren gewaltigen Armen hoch und küßte ihn auf beide Wangen. Sie mußte schon in den Sechzigern sein, aber sie war noch ebenso lebhaft wie damals, als ihr Mann diese Bar gekauft hatte.

„Ist das Essen fertig?“ fragte Holt.

„Wo warst du dieses Jahr, kleiner Tiger?“ fragte die große Frau.

„Afghanistan.“

Sie sah ihn verständnislos an. Das Wort bedeutete ihr nichts. Dann klatschte sie in die Hände und rief den Mädchen zu, sie sollten das Essen auftragen.

Die Portionen in der Bar Vasca waren riesenhaft; dennoch war das Essen gut. Holt aß dreimal am Tag das gleiche. Er steckte sich die Serviette in seinen Kragen. „Für unseren kleinen Tiger“, sagte Raquel beifällig und half dem Mädchen, eine große Terrine auf unseren Tisch zu stellen. Sie enthielt dicke weiße Bohnen, die mit Schinkenknochen und Würzkräutern gargekocht worden waren. Es war üblich, daß die Kellnerin beim Servieren von *Pochas,* wie die Speise hieß, so lange Kelle um Kelle auf den Teller häufte, bis der Gast *„Basta!“* sagte. Mit großer Geste begann Raquel höchstpersönlich aus der Terrine zu schöpfen, und Holt wartete lächelnd, bis sein Teller fast überging. Endlich rief er: „Basta!“, und das Mahl begann.

Zu seinen *Pochas* nahm er grünen Salat, wie er um diese Zeit in Nordspanien auf den Markt kam, und etwas geschmortes Rindfleisch, das von den Stieren stammte, die Tags zuvor in der Arena gekämpft hatten. Zum Nachtisch gab es Vanillepudding. Getrunken wurde starker Rotwein, den Raquel bei einem Bauern in der Gegend von Rioja, westlich von Pamplona, kaufte.

Da ich weiße Bohnen nicht mehr vertragen konnte, beschränkte ich mich auf grünen Salat und Schmorfleisch, und das zweimal im Tag während der ganzen Feria. Das Essen war so gut, wie es nur sein konnte, Raquel saß an unserem Tisch und erzählte, was sich im vergangenen Jahr ereignet hatte, in einer Ecke saßen ein paar Holzfäller und sangen, und ich war glücklich.

Dann sagte Raquel plötzlich: „Senor Fairbanks, *los jóvenes*, die Sie mir geschickt haben, sind heute nachmittag angekommen. Sie sind oben."

„Ich habe niemanden geschickt."

„Sie sagte es aber. Aus der Algarve."

„Wunderbar!" Ich freute mich, daß sie sich an die Bar Vasca erinnert hatten. Ich wollte hinaufgehen und sie begrüßen, aber die Frau rief: „Essen Sie fertig! Eh, Manolo, hol die jungen Amerikaner", und gleich darauf hörte man die sechs jungen Leute über die Treppe herunterpoltern.

„Hast du unseren Wagen nicht gesehen?" rief Monica, beugte sich über den Tisch zu mir herüber und gab mir einen Kuß. Sie deutete durch das Fenster auf den Platz, und dort stand der gelbe Campingbus, ganz in der Nähe unseres Wagens.

„Wir hatten es satt, so zusammengepfercht zu schlafen, und beschlossen, das Fest in großem Stil zu feiern", erklärte Gretchen. Es war anzunehmen, daß sie die Zimmer bezahlte.

„Ich möchte euch einem alten Freund vorstellen", sagte ich. „Er weiß mehr über Pamplona als jeder andere – Harvey Holt, aus Afghanistan."

Sie stellten sich vor und schüttelten Holt die Hand. Es war ihm anzusehen, daß er über Catos Gegenwart leicht befremdet war.

„Wie oft waren Sie schon in Pamplona?" fragte Monica.

„Das ist mein siebzehntes Jahr."

„Prima!"

Holt sah die Engländerin an, aber bevor er noch den Mund auftun konnte, wurde er mit Fragen bombardiert, mußte über Pamplona erzählen, und fand kaum Gelegenheit, sich von Zeit zu Zeit einen Bissen in den Mund zu schieben.

Nach dem Essen boten sie sich an, uns in unsere Zimmer zu geleiten. Cato nahm Holts Reisetasche und Joe die meine. Sie führten uns in den dritten Stock, wo wir schon seit Jahren wohnten. Da waren sie, die dunklen, kleinen Kammern, die Balkone, von denen aus man den Stierlauf verfolgen konnte, die elende Toilette am Ende des Ganges, das schäbige Badezimmer, wo es niemals heißes Wasser gab, der Gestank von Wanzen, der Lärm von der Plaza.

„Wir wohnen auch in dieser Etage", sagte Gretchen und führte uns zu einem Zimmerchen, das noch kleiner war als unseres. Sie hatte das Zimmer zusammen mit Britta. Daneben befand sich ein fensterloser Raum, in dem Joe und Jigal hausten. Blieb noch eine dritte winzige Kammer für Monica und Cato.

Als Holt und ich allein im Zimmer waren, fragte er im Flüsterton: „Das heißt also, daß sie und der schwarze Junge miteinander schlafen?"

„Schon seit einigen Monaten", sagte ich.

„Das würde ihrer Mutter das Herz brechen", sagte Holt mit Nachdruck.

„Ihre Mutter ist tot."

„Dann dreht sie sich sicher im Grab um."

Holt und ich hatten ein Ritual entwickelt, das für uns ebenso Teil von Pamplona war wie das Anhalten auf dem Puerto del Perdon und die *Pochas* in der Bar Vasca. Wir fragten die jungen Leute, ob sie mitkommen wollten.

Wir gingen zur Plaza, wo die Stierkampfarena stand, kauften ein großes rotes Halstuch und gingen feierlich zu dem Granitsockel, auf dem die Bronzestatue von Ernest Hemingway stand: Hemingway, wie man ihn kannte, mit Bart und Rollkragenpullover. Ich ließ mich auf ein Knie nieder und ließ Holt auf mein anderes Knie und sodann auf die Schulter steigen, so daß er den Hals der Statue erreichen und das rote Tuch um ihn binden konnte. Als er heruntersprang, applaudierten wir: nun gehörte Don Ernesto richtig dazu. Dann kehrten wir zum Hauptplatz zurück und fanden einen Tisch in der Bar Txoco, wo die Stammgäste Holt begrüßten; man begann, von früheren Ferias zu reden.

Ein deutsches Mädchen, das Holts berühmte Photos besaß, bat diesen um ein Autogramm. „Was sind das für Bilder?" fragte Joe. Das Mädchen sagte: „Ihr sitzt mit diesem Mann an einem Tisch und wißt nicht, wer er ist?" Sie breitete die Bilder vor meinen jungen Freunden aus.

„Das waren wirklich und wahrhaftig Sie?" fragte Jigal. Holt nickte, und der Junge sagte: „Sie müssen verrückt gewesen sein."

Monica wies auf das Bild, das zeigte, wie Holt auf dem Pflaster landete, und scherzte: „Du siehst doch: er ist auf den Kopf gefallen."

Britta war fasziniert. „Bohrte sich das Horn wirklich in Ihre Brust? So tief, wie es hier aussieht?"

Holt hatte offenbar nicht die Absicht, darauf zu antworten, so sagte ich: „Ja", nahm Brittas Hand und legte sie auf sein Hemd, so daß ihre Finger die Narben fühlen konnten. Sie hielt ihre Hand sekundenlang auf seiner Brust und starrte in Holts wetterhartes Gesicht und sagte: „Sie waren dem Tod sehr nahe."

„Eigentlich“, sagte er leise, „kam das Horn nicht nahe an ein lebenswichtiges Organ. Wie die Säbelwunden bei den Mensuren der schlagenden Verbindungen. Sehen scheußlich aus, sind aber harmlos.“

Die Erwähnung der schlagenden Verbindungen brachte Gretchen auf eine Fährte. „Fühlen sich Männer wie Sie dazu getrieben, mit den Stieren zu rennen, weil sie sich von der Gesellschaft unterdrückt fühlen?“

Holt starrte sie an: „Was meinen Sie damit: Männer wie ich?“

Sie zeigte auf die Photographien und sagte: „Es gibt doch viele, die das tun. Ich meine . . .“

„Lady“ – Holt sparte sich diesen Ausdruck der Verachtung für besondere Gelegenheiten auf – „es sind etliche tausend Männer auf der Straße, und jeder hat wahrscheinlich seinen guten Grund dafür, warum er dort ist. Ich war dort, weil es mir Spaß macht.“

„Sie meint“, mischte sich Cato ein, „daß irgend etwas an Ihnen nagt und Sie sich getrieben fühlen, es zu kompensieren.“

Holt blickte von einem zum anderen. „Euch treibt vielleicht die Gewalttätigkeit eurer Gesellschaft. Ich habe einfach Spaß dran. Elf Monate im Jahr schinde ich mich zu Tode, und im zwölften komme ich nach Pamplona, um Spaß zu haben. Wißt ihr, sogar Gott arbeitete nur sechs Tage, und am siebenten hatte er Spaß.“

„Das nennen Sie Spaß?“ fragte Jigal und zeigte auf das Bild, das Holt im Fallen zeigte, mit blutbeflecktem Hemd.

Noch bevor er antworten konnte, sammelte das deutsche Mädchen ihre Bilder wieder ein. „Ihr macht das viel zu kompliziert. Seht ihr nicht, wie glücklich er dreinschaut?“ Sie beugte sich über den Tisch und küßte Holt auf die Wange. „Er ist einer der Tapfersten hier in Pamplona, und wenn ihr ihn in den nächsten paar Tagen im Auge behaltet, werdet ihr sehen, was es bedeutet, ein Mann zu sein . . .“

Gretchen war damit nicht zufrieden. „Meinen Sie, Mr. Holt, daß Sie persönlich nicht das Gefühl haben, unter einem inneren Zwang zu handeln? Getrieben vom Gefühl der Unzulänglichkeit?“

Holt schüttelte den Kopf. „Lady, sind Sie vielleicht aus einem inneren Gefühl der Unzulänglichkeit nach Pamplona gekommen?“

„Ja.“

Die Antwort verblüffte ihn. Einen Augenblick lang war er verwirrt, dann sagte er: „Sie sind an einen verdammt guten Ort gekommen, um es zu befriedigen.“ Er stand auf, aber Gretchen packte ihn am Arm und zog ihn auf seinen Stuhl zurück. „Mr. Holt, all das ist uns neu, und wir versuchen, es zu verstehen. Bitte.“

„Nun gut. Wenn ihr Pamplona verstehen wollt, müßt ihr am 7. Juli zeitig aufstehen, auf euren Balkon hinausgehen, euch den Lärm anhören und auf den Böllerschuß warten. Dann werden sechs Stiere und zehn Ochsen so schnell vorbeigaloppieren, daß ihr kaum Zeit habt, sie zu betrachten. Nichts wird geschehen, und wenn es vorbei ist, werdet ihr einander ansehen und sagen: ‚Na und?' Aber vielleicht wird einer von euch, vielleicht dieses hübsche Mädchen hier" – er legte einen Augenblick die Hand auf Brittas Schulter und zog sie dann rasch zurück – „vielleicht wird sie im Augenblick, wo die Stiere vorbeikommen, ein Gesicht sehen – das Gesicht eines Mannes, der in panischer Angst vor einem Stier herrennt –, und sie wird von euch allen die einzige sein, die versteht, was hier geschieht."

Für Holt war das eine lange Rede gewesen, aber das Thema lag ihm am Herzen. Nach einer Atempause fügte er hinzu: „Natürlich, wenn zufällig ein Stier verrückt wird und einen Kerl direkt unter eurem Balkon aufspießt, werdet ihr noch eine ganze Menge mehr begreifen."

Jigal beugte sich vor und fragte: „Aber Sie tun es doch als Kompensation für etwas anderes, nicht wahr?"

Ich merkte, daß Jigal Holt unsympathisch war. Vermutlich fand er, Jigal sei der typische jüdische Besserwisser. „Junger Mann, ich weiß nicht, was Ihnen fehlt – nach Ihrem Gesicht zu schließen, eine ganze Menge –, aber ich bin okay. Wenn ihr mich jetzt entschuldigt . . ."

Aber so leicht sollte er nicht davonkommen, denn Britta fragte: „Sie sagten, Sie arbeiten elf Monate im Jahr. Was denn?"

Holt stand bereits, aber als er in das reizende Gesicht blickte, erkannte er, daß sie ihn mit ihrer Frage nicht ärgern wollte. Er setzte sich wieder. „Ich arbeite an Orten, von denen Sie nie gehört haben . . . Kemajoran, Don Muäng, Mingaladon, Dum-Dum . . . alle zwei Jahre ein anderer Ort."

„Und wenn Pamplona vorbei ist . . . wo dann?"

„Noch ein Ort, von dem Sie nie gehört haben. Wir fangen ein Big Rally II in Ratmalana an. Ich werde zwei oder drei Jahre dort sein . . . und dann an einer anderen Stelle, von der Sie auch nicht wissen würden, wo Sie sie auf der Landkarte suchen sollten."

„Und was tun Sie?"

„Habe ich eben gesagt. Big Rallies installieren."

„Kommunikationsanlagen für Flughäfen", erklärte ich.

„Das muß wunderbar sein", sagte Britta, „so zu reisen." Sie hielt inne, als koste sie in Gedanken dieses Leben aus, dann fügte sie impulsiv hinzu: „Sagen Sie, liegen diese Orte in der Sonne?"

„Natürlich scheint die Sonne."

„Ich meine: Ist es heiß dort?"

Holt sah mich an und lachte. „Mein Fräulein, wenn Sie achtunddreißig Grad Celsius, und das durch Wochen, als heiß bezeichnen, dann sind die Orte, wo ich arbeite, heiß."

Bis dahin hatte Joe kein Wort gesagt. Nun lehnte er sich über den Tisch und tat etwas Merkwürdiges. Langsam knöpfte er Holts Hemd auf, bis die Narbe sichtbar wurde. Er starrte sie an und sagte: „Sie waren dabei."

Britta, die neben Holt saß, drehte sich so, daß sie die zackigen Wundränder sehen konnte. Sie sagte nichts, aber Monica stand auf und verneigte sich: „Meine Hochachtung!"

Holt war über die Vertraulichkeit mehr als erstaunt. Er knöpfte sein Hemd wieder zu und sagte: „Wenn es euch wirklich interessiert: ich habe auch ein schönes Exemplar auf meiner linken Arschbacke." Er begann seinen Gürtel zu lösen, aber Gretchen sagte: „Wir glauben Ihnen." Britta wandte sich mir zu: „Ist es wahr?"

„Noch drei", sagte ich.

Sie blickte Holt in die Augen. „Nachdem wir die Narbe gesehen haben, sagen Sie uns: Warum tun Sie es?"

Holt starrte zurück. „Nachdem ich euch junge Leute gesehen habe – Mr. Fairbanks hat mir von euch erzählt –, sagt zuerst ihr mir, warum ihr es tut?"

„Was?" fragte Britta.

„Von daheim durchbrennen. Euch in Europa herumtreiben. Marihuana rauchen. Miteinander schlafen." Bei seiner letzten Bemerkung starrte er Monica an.

„Es ist ganz einfach", antwortete Monica. „Wir tun es, weil das Leben daheim unsagbar langweilig ist."

„Und Sie?" fragte Holt Jigal.

„Wenn ich es Ihnen erzählen wollte, würden Sie es nicht glauben", antwortete der junge Jude.

„Sicher nicht." Sein Blick fiel auf Joe, der ihn ignorierte, also wandte er sich an Gretchen. „Sie sehen intelligent aus."

„Polizei und Menschen", sagte Gretchen. „Die Polizei in Patrick Henry, die Menschen bei mir zu Hause."

„Wie ist das zu verstehen?" fragte mich Holt.

„Die Polizei hat sie schlecht behandelt."

„Hat sie wahrscheinlich verdient."

„Und die Menschen", sagte Gretchen ruhig, „waren die charakterlosen Schweine in meiner eigenen Familie."

Holt errötete, als hätte sie ihn persönlich angegriffen. „Ein hübsches, wohlerzogenes Mädchen wie Sie sollte nicht so von seinen Eltern reden", sagte er.

Cato wartete nicht darauf, gefragt zu werden. „Ich bin hier, Mr. Holt, weil Männer wie Sie mich aus Philadelphia hierhergetrieben haben."

Holt nickte, sagte nichts und sah dann Britta an. „Ich bin von allen die einzige, die wirklich davongelaufen ist . . . vor der Dunkelheit . . . die Kälte . . . der Schönheit des Nordens."

„Im Augenblick ist es hier ziemlich kalt", antwortete er und betrachtete ihr leichtes Kleid.

„Aber bei Tag scheint die Sonne. Und wenn man jeden Tag die Sonne nur für einige Augenblicke sehen kann, entschädigt das einen für alles." Ihr melodiöser norwegischer Akzent schien gerade richtig für Pamplona, und Holt lächelte. Dann wandte er sich wieder an Joe: „Sie haben noch nicht geantwortet."

„Ich bin hier, um dem Wehrdienst zu entkommen", sagte Joe und strich mit der rechten Hand seinen Bart.

Holt wurde merklich steif, starrte den jungen Mann an, hustete zweimal und sagte dann: „Habe ich richtig verstanden? Sie sind im wehrpflichtigen Alter?"

„Ja."

„Und man hat Sie einberufen?"

„Ja."

„Und Sie sind weggerannt?"

„Ja."

Holt stand auf, entfernte sich einige Schritte, wandte sich dann um und sagte in einem Ton, der keinen Widerspruch duldete: „Mit Wehrdienstverweigerern setze ich mich nicht an einen Tisch. Wenn Sie es tun wollen, Fairbanks, bitte. Aber ich will verdammt sein, wenn ich es tue!" Und er marschierte über den Hauptplatz davon.

Einige Stunden später, nachdem ich die anderen die Abkürzung zur Bar Vasca zurückgeführt hatte und wir in den dritten Stock hinaufgestiegen waren, fanden wir an Holts Tür sein traditionelles Schild angeheftet.

*Sie sind jetzt in*
*PAMPLONA, SPANIEN*
*42° 48' Nord 1° 37' West*
*Wenn Sie diesen Breitengrad in östlicher Richtung entlangfliegen, passieren Sie Orvieto, Sofia, Taschkent, Sapporo, Milwaukee, Detroit, Santiago de Compostela, Vitoria, Pamplona.*

*Wenn Sie diesen Längengrad in nördlicher Richtung entlangfliegen, passieren Sie Cherbourg, Leeds, die Shetland-Inseln, Nordpol, Wrangel, Suva, Gisbourne, Südpol, Kumasi, Ouagadougou, Tlemcen, Calatayud, Pamplona.*

Wir betrachteten das Plakat, waren überrascht, wie weit nördlich Pamplona lag und wie nahe am Londoner Meridian. Als ich wegging, stand Britta immer noch dort, fuhr mit ihrem Finger die Reihe der Orte ab und versuchte wahrscheinlich, sich das jeweilige Klima vorzustellen.

In mancher Hinsicht war der 6. Juli der erfreulichste Tag des Festes. Es gab keinen Stierkampf, und daher auch keinen Lauf, aber wir trafen einander beim Frühstück, und während Holt seine *Pochas* aß, tranken wir Raquels zähflüssige, bittersüße Schokolade.

Zu Mittag gingen wir zum Rathaus, wo sich eine ungeheure Menge versammelt hatte, um den Bürgermeister von Pamplona das Fest mit dem Ruf „*Viva San Fermin!*“ eröffnen zu hören. Gleichzeitig wurde eine Rakete abgeschossen, sie schoß in die Höhe und schien das Dach des Verwaltungsgebäudes mit sich nehmen zu wollen. Sobald das Echo erstarb, begann die Herrlichkeit von San Fermin. Man hat behauptet, Pamplona habe keine Musik. Das stimmt nicht. Holt und ich schwelgten in den Klängen, die uns während der vergangenen elf Monate in unserer Erinnerung begleitet hatten.

Am eindrucksvollsten waren die Musikkapellen – riesige, dröhnende Haufen, deren Herzstück die größten und lautesten Trommeln waren, die ein Mann tragen konnte. Ich weiß nicht, was den Trommeln von Pamplona diese Lautstärke verlieh, aber ihr Ton war in der ganzen Stadt zu hören und wurde während der folgenden Tage zum nie ruhenden Pulsschlag des Festes.

Die Txistulari waren Flötenspieler, die ihre eigenen Trommler mit sich führten. Sie erzeugten schrille Töne, die die Bürger vom Pamplona über alles liebten. Die Gemeinde engagierte sie, damit sie in den Straßen zum Tanz aufspielten, und wo immer sie auftauchten, waren sie sogleich von jungen Leuten umringt.

Dann gab es noch Musiker, die kein Fremder hier je erwartet hätte: die Dudelsackpfeifer, Landleute aus den Bergen, die auf ihren Instrumenten traurige Weisen spielten.

Und schließlich gab es auch noch jene merkwürdigen Instrumente, die seit jenem Tag, da ich sie zum erstenmal hörte, für mich Pamplona bedeuteten. Es waren Bauernoboen, die Ahnherren des heutigen Holzblasinstruments, die stets im Duett zum Einsatz kamen, zur Begleitung von Trommeln und winzigen Zimbeln. Die Musik ist von ergreifender Einfachheit, Lieder, die vom Leben und von Turnieren im Mittelalter erzählen. Im Trubel dieses Tages blieben sie meist unbemerkt, aber wenn man sie an einem der kommenden Tage in einer ruhigeren Nebengasse antraf, begleitet von Tanzgruppen, waren sie ein unvergeßliches Erlebnis.

Am Spätnachmittag sprach es sich herum, daß Riesen kämen, und die Volksmassen gerieten in Erregung. Aus verschiedenen Richtungen kamen sie zum Rathaus marschiert, gewaltige Figuren auf Stelzen, begleitet von kleinen Männchen mit Papiermachéköpfen. Letztere trugen aufgeblasene Schweinsblasen bei sich, mit denen sie die Kinder schreckten. Die Riesen waren als Könige, Königinnen, Piraten und Mauren kostümiert, und während der kommenden Tage sah man sie oft durch die Straßen gehen.

Neun Tage lang wird vierundzwanzig Stunden am Tag in den Straßen getanzt. Man kommt um zwei Uhr früh aus einer Bar nach Hause, biegt um die Ecke und findet sich plötzlich inmitten einer Gruppe von Leuten jeden Alters und jeder Nationalität, die die *Jota* tanzen. Die Tanzenden begleiten einen einige Zeit, bleiben zurück, und gleich darauf stößt man einige Gassen weiter auf eine andere Gruppe. Im Morgengrauen, zu Mittag, nach dem Abendessen und besonders in der Nacht wird in den Straßen getanzt. Viele Besucher Pamplonas sehen nicht einen einzigen Stierkampf; sie sind nur gekommen, um die Musik zu hören und zu tanzen.

Die Menge schien in diesem Jahr ungewöhnlich schick und manierlich. Unser Aufzug war typisch für Pamplona. Harvey Holt war jeden Tag gleich gekleidet: er trug weiße Hosen, weißes Hemd, rotes Halstuch, rote Schärpe, weiße Leinenschuhe mit Hanfsohlen und roten Schnürsenkeln. Mit der Zeit wurde sein Hemd blaßrot von Wein, der auf seine Hemdbrust tropfte, wenn er aus den Weinschläuchen trank, die ihm gereicht wurden. Ich trug eine verblaßte Marineuniform und ein Barett. Joe trug sehr enge Jeans, kein Hemd, eine Lederweste mit Schaffellfutter und Texasstiefel. Sein dichter Bart wucherte wild. Cato hingegen pflegte seinen Bart regelmäßig, und seine sehr modische Kleidung war stets makellos. Jigal trug Kordhosen, Armeestiefel, eine Militärjacke und sein kleines israelisches Idiotenkäppchen.

Die Mädchen hatten Probleme. Sie wollten ihre hübschen Minikleider tragen, aber sie merkten bald, daß das in der freizügigen

Menge zu zahlreichen Belästigungen führte. Britta sagte: „Ich hatte keine Ahnung, daß tausend Männer achttausend Hände haben können!“ Sie zogen schließlich Hosen an, und nur wenn wir abends in ein Restaurant gingen, trugen sie Kleider.

Als ich darauf hinwies, wie sauber die Menge in diesem Jahr aussähe, lachte Joe. „Sie wissen doch, warum, oder nicht?“ Ich wußte es nicht, also fuhr er uns einige Kilometer aus der Stadt hinaus in Richtung Saragossa, und wir sahen, wie die Polizei jeden Wagen mit Gammlern anhielt und den Insassen sagte: „Wascht euch, zieht euch anständig an, macht euch sauber. Oder kehrt um.“ Wenn sie protestierten, schickten die Polizisten sie in die entgegengesetzte Richtung. „Genauso ist es auf den Straßen aus Frankreich“, sagte Joe. Ich fragte: „Und wie sind Sie hereingekommen?“ und er antwortete: „Ich sehe vielleicht ruppig aus, aber ich stinke nicht.“

Am 7. Juli erwachte die Bar Vasca schon um halb sechs Uhr früh. Zugleich erwachte ganz Pamplona; schon marschierten die Txistularis durch die Stadt, bliesen auf ihren Flöten, trommelten, und an Schlaf war nicht mehr zu denken. Innerhalb von Minuten waren wir angekleidet und marschierten auf die Arena zu, zusammen mit tausend anderen, die aus allen Richtungen kamen und sich uns anschlossen. „Müssen wir so schnell gehen?“ rief Monica ungehalten. „Um es richtig zu machen: ja“, antwortete ich, und sie rief zurück: „Und wir legen großen Wert darauf, alles richtig zu machen, nicht wahr?“

Der Grund für meine Eile wurde klar, als wir die Arena erreichten, denn schon zu dieser frühen Stunde drängten sich hier mehr als dreitausend Menschen, die darauf warteten, daß die Tore geöffnet würden. Wir hatten Glück, denn wir konnten uns so weit nach vorn schieben, daß ich, als die Tore endlich aufgingen, die Betonstufen hinauflaufen und einen guten Platz auf der Treppe mit Aussicht auf die Straße ergattern konnte.

„Besetzt, besetzt!“ rief ich Fremden zu, die sich hereindrängen wollten, und so hielt ich sieben Plätze frei, bis die jungen Leute nachkamen und sich neben mich stellten. Britta und Gretchen waren an meiner Seite, und ich erklärte ihnen, daß wir nun eine Stunde lang in der Kälte warten müßten.

„Wird es der Mühe wert sein?“ fragte Monica, und ich zeigte auf die Menschenmenge, die sich hinter uns staute, darauf hoffend, wenigstens etwas von dem zu sehen, was wir genau verfolgen würden.

„Wir tun es für zwanzig Sekunden Aufregung“, erklärte ich.

„Das müssen aber schon zwanzig sehr gute Sekunden sein“, erwiderte Monica.

Um sieben Uhr früh waren zwanzigtausend in der Arena, und draußen auf der Plaza standen fünfzehntausend, von denen manche sogar auf den Kopf der Hemingway-Statue geklettert waren. Plötzlich hörte man vom anderen Ende der Stadt den Knall einer Rakete. Die Zuschauer, die den Lauf schon einmal erlebt hatten, lauschten gespannt, bis ein zweiter Knall ertönte, was bedeutete, daß sechs Stiere in geschlossener Formation das Gehege verlassen hatten. „Wenn die zweite Rakete nicht abgeschossen wird“, erklärte ich, „weiß man, daß ein Stier zurückgeblieben ist, und das bedeutet Schwierigkeiten.“

Jetzt gerieten die Menschen auf der Plaza in Bewegung. Zunächst verließen die Polizisten, die die Bahn freigehalten hatten, auf der die Stiere zur Arena galoppieren würden, die Szene und brachten sich in Sicherheit. Die Masse wogte nervös hin und her. Dann begannen die, die mit den Stieren laufen würden, zu hüpfen, um sich aufzuwärmen. Sie wußten, daß in zwei Minuten die Stiere da sein würden. Sogar Monica wurde von der allgemeinen Erregung gepackt, faßte Joe am Arm und rief: „Möchtest du jetzt da unten sein?“

Die Entfernung von den Korralen zur Arena betrug etwa eineinhalb Kilometer, und da ein Mensch diese Entfernung in vier Minuten, ein Stier in nur etwas mehr als zwei zurücklegen konnte, wurde jeder, der vor den Stieren lief, schnell eingeholt und war gezwungen, sich irgendwie in Sicherheit zu bringen, wenn die Stiere vorbeirasten. Britta rief: „Schau!“ und wir sahen Männer auf die Plaza stürzen, als wäre der Teufel hinter ihnen her. Einen Augenblick später erschienen die ersten Stiere, große, dunkle Kerle, die zielstrebig auf die Arena zugaloppierten, hin und her blickten, aber nicht mit den Hörnern stießen. Eine geschlossene Masse von Läufern schien ihnen den Weg zu verlegen, aber sobald die Stiere nah genug waren, öffnete sich ihnen eine Gasse, die sich wieder schloß, sobald sie vorbei waren.

Auf der Plaza rannten die Tiere etwa hundert Meter geradeaus, dann wandten sie sich bei einem großen Gebäude mit der Aufschrift „Teléfonos“ nach links und verschwanden in jenem engen Gang, der direkt unter unseren Füßen in die Arena führte. Als die Stiere die Linkswendung machten, kamen die vor ihnen laufenden Männer einander in die Quere, und ich hörte Monica schreien: „Mein Gott! Schau! Der dort in Blau!“

Ein Läufer war gestürzt, und es sah aus, als würden ihn die Stiere zertrampeln, aber wie durch ein Wunder setzten alle sechs ihre Hufe so, daß der Gestürzte nicht verletzt wurde. „Er muß einen Schutzengel gehabt haben", hauchte Monica.

Nun waren die Stiere unter uns im Gang, und vor ihnen rannten, fielen, kämpften, stießen Hunderte Männer. „Oh!" Gretchen atmete hörbar, als die Woge von Männern und Stieren sich in die Arena ergoß.

„Schnell!" schrie ich, sobald der letzte Stier verschwunden war, und wir rannten lange Treppen hinauf und einen Gang entlang, bis wir wieder ins helle Sonnenlicht der Arena gelangten. Wir erreichten unsere Plätze, als die letzten Stiere eben in die Ställe getrieben wurden, aus denen sie an diesem Nachmittag um halb sechs zum Kampf erscheinen würden.

Im Sand der Arena wimmelte es von jungen Männern in weißen Gewändern, mit roten Tüchern und roten Gürteln, jeder mit einer zusammengerollten Zeitung in der rechten Hand. „Paßt auf dieses Tor auf", sagte ich; da wurden auch schon seine Flügel aufgerissen, und eine Kampfkuh, die scharfen Hörner in Leder gehüllt, sprang mitten hinein in die Masse gelenkiger Körper. Mit einer Wut, die nicht zu beschreiben ist, warf sie sich gegen die vielfältigen Ziele rundum, rannte erwachsene Männer mit einem Kopfstoß um und richtete ein so harmloses Gemetzel an, daß die Zuschauer pausenlos lachten. Ich rechnete mir aus, daß die Kuh in den elf Minuten, die sie in der Arena war, ungefähr neunzig Männer umgeworfen haben mußte. Die Regel schrieb vor, daß kein Läufer sie anfassen durfte, weder an den Hörnern noch am Schwanz. Er durfte sie nur stoßen oder mit seiner Zeitung schlagen, aber wenn er das tat, lief er Gefahr, daß sie auf ihn losging, ihm den Kopf in den Bauch rannte und ihn zu Boden warf.

Jeden Vormittag wurden fünf Kühe losgelassen – manchmal gleich zwei auf einmal – und die folgenden wirkten immer kräftiger und wilder als die vorherigen, oder es schien nur so, weil die Läufer zusehends müder wurden. Jedenfalls war es ein wüster Tagesbeginn, der die Stimmung tüchtig anheizte. Um acht Uhr hatte sich die Arena geleert. Im Hinausgehen sagte Cato: „Diese Weibchen verstehen es!" Jigal meinte: „Das Ganze ist lächerlich." Joe sagte nichts. Er dachte an den aufregenden Moment, als die Woge dunkler Kraft sich in die Arena ergoß.

Unsere drei jungen Männer erregten Holts Mißfallen: Joe wegen seines Pazifismus und seines Bartes; Jigal wegen seiner unverhüllten Abneigung gegen Stierkämpfe und weil er zögerte, Amerika als seine Heimat zu wählen; Cato, weil er abfällige Äußerungen über Religion machte und mit einem weißen Mädchen schlief.

Holts Einstellung zu den drei Mädchen war nicht so eindeutig. Gretchens bösen Erfahrungen mit der Polizei stand er skeptisch gegenüber: er meinte, daß jeder, der mit dem Gesetz in Konflikt kam, vermutlich selbst schuld war; auch war er mißtrauisch gegen junge Leute, die mit ihren Eltern stritten, obgleich er selber mit seinen Eltern gestritten hatte, als er zu den Marines gehen wollte, aber das war etwas ganz anderes. Monica mochte er nicht. Er war der Meinung, sie bilde sich etwas darauf ein, Engländerin zu sein, und spreche aus reiner Arroganz mit einem Akzent, der in den dreißiger Jahren unter den Radioansagern im Westen beliebt gewesen war. Er verachtete sie, weil sie ein Verhältnis mit einem Neger hatte. Außerdem war sie ihm zu zynisch, was ihn keineswegs gestört hätte, wenn sie um zehn Jahre älter gewesen wäre. Britta war ihm verdächtig, denn wie konnte ein Mädchen wie sie Marihuana rauchen; und er mochte es nicht, daß sie respektlos von ihrem Vater sprach, schon deshalb nicht, weil er, wie sie erzählte, während der Nazibesetzung Widerstandskämpfer gewesen war.

Beim Mittagessen erhielt seine Ablehnung neue Nahrung, obwohl sich vorerst alles gut anließ. Einige Spanier kamen vorbei, um ihm zu seinem Lauf zu gratulieren, und Jigal, der sich versöhnlich zeigen wollte, sagte: „Sie müssen es ihnen wirklich gezeigt haben."

„Genau wie Humphrey Bogart, als er sein Schiff von Kuba wegbrachte", sagte Holt. „Kein großes Problem, wenn das der Job ist, den man hat."

„Ich dachte, Errol Flynn hatte ein Schiff in Kuba", sagte Monica.

„Als er Lauren Bacall sagte, sie solle pfeifen", erklärte Holt.

„Ah, Sie meinen einen Film! Nie gesehen."

Die anderen hatten ihn auch nicht gesehen. „Wollt ihr behaupten, daß keiner von euch einen der größten Filme der Filmgeschichte gesehen hat?" fragte Holt.

„Bogart hat in den letzten zehn Jahren keine Filme mehr gemacht", sagte Gretchen. „Ich kann mich wenigstens an keinen erinnern."

„Er ist auch seit zwölf Jahren tot", sagte Holt trocken.

„Ich habe ihn einmal gesehen", sagte Jigal. „Der war ausgezeichnet."

„Wen spielte er?“ fragte Holt.

„Das war dieser großartige Film – Beat the Devil –, mit Robert Morley. Die ganze Besetzung war großartig.“

„Ja, natürlich!“ rief Monica. „Diese herrlich verrückte Geschichte über Tanger.“

„Sie gehören alle eingesperrt“, knurrte Holt.

„Wer? Morley und Bogart?“

„Der Produzent, der Direktor und alle, die dafür verantwortlich sind. Bogarts Talent so zu vergeuden! Dieser Film war eine Schande, der einzige schlechte, den Bogart je gemacht hat.“

„Reden Sie von dem Meisterwerk von Truman Capote und John Huston?“ fragte Gretchen.

Holt kannte anscheinend die Namen nicht. „Ich meine diesen elenden Film, den irgend jemand zusammenbraute und in dem Bogart wie ein Narr dastand.“

„Der einzige gute Film, den er je machte“, sagte Gretchen fest, und die anderen pflichteten ihr bei.

Holt explodierte: „Sie meinen diesen Dreck...“

„Mr. Holt, er hatte Stil, Witz.“

„Haben Sie auch nicht gesehen, wie er und William Holden in Audrey Hepburn verliebt waren?“

„Wer war der Regisseur?“ fragte Gretchen.

„Regisseur? Wen, zum Teufel, interessiert das? Haben Sie gesehen, wie er in der Wüste mit Leslie Howard kämpfte? Oder wie er in Europa war... genau wie ihr jetzt... nur war er in Ava Gardner verliebt?“

Diesmal wußte Cato, wovon er redete. „Ja, den hab ich gesehen. Ein Riesendreck.“

Holt verlor sichtlich die Beherrschung und fragte: „Ihr kennt wirklich keinen von den großen Filmen, oder? Ihr seid ein ungebildeter Haufen! Ihr wißt wirklich gar nichts. Wie glaubt ihr denn, entwickelt ein Mann seinen Charakter? Indem er die großen Theaterstücke und Filme sieht und die großen Bücher liest. Jeder einzelne von euch Kümmerlingen hätte mehr Charakter, wenn ihr Spencer Tracy als portugiesischen Fischer gesehen hättet...“

„Er war ein kubanischer Fischer“, korrigierte Gretchen, „und wollte einen großen Fisch fangen... ein Stoff nach Hemingway... ein schauerlich schlechter Film.“

Holt fuhr in seinem Stuhl herum und starrte Gretchen an. „Jetzt wird mir etwas klar. Sie sind dumm. Sie haben sicher ausgezeichnete Noten im College bekommen, aber Sie sind dumm.

Wenn Sie den großartigen Film gesehen hätten, wo Mr. Tracy und Miß Hepburn versuchten, sich aneinander anzupassen – ein guter Mann, eine gute Frau, aber eben ganz Mann und ganz Frau ...“ Er zögerte, dann schloß er leise: „Vielleicht, Miß Gretchen, würden Sie dann besser mit Männern auskommen können als jetzt.“

Gretchen errötete, Holt schien plötzlich ernüchtert. Er stand ruckartig auf und stampfte hinauf. Ein paar Minuten später hörten wir aus seinem Tonbandgerät „The Stars and Stripes Forever“.

Am 8. Juli wurde die Fünf-Uhr-dreißig-Serenade vor der Bar Vasca von drei Baßtrommeln bestritten, die mit überwältigender Intensität dreißig Minuten lang dumpfe Töne von sich gaben. Die Leute, die die ganze Nacht gezecht hatten, luden die Trommler in die Bar ein, von wo das scheußliche Hämmern hinauf in den dritten Stock drang und die Magennerven belastete. Wir trafen einander unten, und da an diesem Morgen kein Grund zur Eile bestand, tranken wir in der Bar Kaffee und sahen bewundernd zu, wie die drei Trommler weiterwüteten.

„Es ist irgendwie schön“, schrie Monica durch den Lärm.

„Ein gutes Gefühl in den Eingeweiden“, sagte Jigal. „Wie ein Mörser, der ununterbrochen losgeht.“

Etwa um halb sieben spazierten wir langsam über den Hügel zum Rathaus hinauf, wo wir uns auf die Barrikaden setzen wollten, aber ein Ordner in Uniform flüsterte: „Möchten die Señoritas einen guten Platz?“ Ich nickte, und für ein paar Peseten führte er uns ins Rathaus und eine Treppe hinauf zu einem Balkon, von dem aus man einen ausgezeichneten Überblick hatte. „Wir machen unseren hübschen Gästen gern eine Freude“, sagte er auf spanisch, Britta antwortete: „Und wir machen unseren liebenswürdigen Freunden gern eine Freude“, und küßte ihn. Er berührte seine Wange mit den Fingern und erwiderte: „Diesen Tag werde ich nie vergessen.“

Ich erklärte den jungen Leuten, was wir heute sehen würden und daß es von ganz anderer Art sein würde, gewissermaßen klassischer, spanischer. „Die Stiere werden den Hügel heraufkommen, denselben Weg, den wir eben gegangen sind, und wenn sie diesen Punkt erreichen, müssen sie scharf nach links abbiegen. Sie werden direkt unter uns den Platz überqueren, und dann geradeaus die Straße Doña Blanca de Navarra hinunterstürmen. Am anderen Ende biegen die Stiere nach rechts ab und gelangen in die Estafeta, die wir morgen sehen werden.“

Joe fragte, ob wir auch Harvey Holt sehen würden, aber ich sagte: „Nein, er läuft woanders. Die, die hier laufen, lieben die Weite, den aufregenden Augenblick, wenn die Stiere über diesen Hügel heraufkommen, die plötzlichen Kurven und Biegungen, die sie nehmen müssen. Ich bin früher hier gelaufen." Joe sah mich an und sagte nichts.

Um Viertel vor sieben war die Plaza gesteckt voll, und Gretchen meinte: „So viele Menschen! Man möchte glauben, daß keine mehr für die Arena übrig sind. Aber ich nehme an, die ist auch gesteckt voll." Ich nickte. „Wie viele Menschen sehen die Stiere jeden Morgen?" fragte sie. Ich hatte nie versucht, es auszurechnen, und schätzte: „Hunderttausend. Vielleicht auch mehr."

Um sieben ging die erste Rakete los, gleich darauf die zweite. Wir hielten den Atem an. Es vergingen einige Minuten, dann schossen die Läufer aus der Straße zu unserer Rechten heraus, gefolgt von den dunklen, torpedoförmigen Körpern. Die Stiere schienen wilder, schneller, und die Läufer vor ihnen flogen förmlich über das Pflaster. Einen Herzschlag später war alles vorbei, und Männer, die nie wagen würden, einem Stier entgegenzutreten, verließen die sicheren Plätze auf den Barrikaden und liefen in die Richtung, wo die Stiere verschwunden waren, damit sie später sagen konnten: „Ich bin beim Rathaus mit den Stieren gerannt."

Natürlich gab es jeden Nachmittag Stierkämpfe in der Arena. Aber die Stiere, die am Morgen durch die Straßen gestürmt waren, waren natürlich am Nachmittag müde und gereizt, und dadurch waren die Kämpfe meist schlecht und immer roh.

Etwa eineinhalb Stunden vor dem Kampf sammelten sich in verschiedenen Teilen der Stadt Stierkampfklubs in den traditionellen weißen Hosen und Baumwollblazers hinter ihren Musikkapellen. Die Mitglieder kamen paarweise, je zwei trugen einen Eimer voll Eis und Dosenbier. Manche brachten Eimer voll Sangria, einem ausgezeichneten Getränk aus billigem Rotwein und Fruchtsaft. In jedem Klub war ein eigenes Komitee damit betraut, vierzig oder fünfzig belegte Brote zu richten: riesige Käse- und Schinkenschnitten zwischen knusprige, dreißig Zentimeter lange Brote, das Ganze in Folien gewickelt.

Eine Stunde vor Kampfbeginn marschierten dann die Klubs hinter ihren Kapellen mit ihren Klubfahnen durch die Stadt, jeder auf seiner eigenen Route, und Vorübergehende schlossen sich ihnen an. Wenn die Kapellen die Arena erreichten, hatte jeder Klub ein lärmendes, übermütiges Gefolge im Schlepptau.

In der Arena versuchte dann jede Kapelle ihre Melodie in Konkurrenz gegen die anderen so laut wie möglich und pausenlos zu spielen. Das Ergebnis war ein wahrer Klangorkan, der die Trommelfelle zu zerreißen drohte. In der Pause zwischen dem dritten und vierten Stier standen die Sandwichträger plötzlich in der obersten Reihe der Arena und schleuderten ihre eingewickelten Brötchen nach allen Seiten in die Menge, so daß sie wie Torpedos über die Köpfe der Zuschauer flogen. Wenn man Glück hatte, erreichte man eines und hatte ein Mittagessen für drei.

Nun wurden Getränke herumgereicht. Das Bier brachte keinerlei Probleme mit sich; anders war es mit den Eimern voll Sangria, denn wenn nur noch etwa ein Liter im Eimer war, wurde dieser traditionsgemäß auf die Köpfe der unten Sitzenden ausgegossen. Sobald der Wein aufgebraucht war, mußte zum Ausgießen der Urin herhalten. Die Polizisten hatten alle Hände voll zu tun, die Männer abzuführen, die sie dabei erwischt hatten, wie sie in ihre Papierbecher urinierten.

Bei den Stierkämpfen hatten Holt und ich gute Plätze im Schatten, gegenüber den Musikkapellen, ergattert, wo wir vor den Rowdies sicher waren; die jungen Leute saßen in der Sonne, mitten zwischen den Weinwerfern. Joe, Cato und die Mädchen akzeptierten die wilden Sitten als Bestandteil von San Fermin und freundeten sich sogar mit einigen Nachbarn an. Immer wieder gab es anerkennende Pfiffe für die Mädchen, gefolgt von einem Bombardement von Papier und Brotstücken. Jigal konnte sich mit dem Gehaben der Leute nicht abfinden und machte seinem Ärger ungehemmt Luft.

Das wurde Holt zuviel. Am vierten Tag fragte er: „Wenn Sie Stierkämpfe nicht leiden können, warum geben sie sich dann beim Abendessen mit Pamplona ab?“

Jigal wollte keinen Streit und sagte: „Es ärgert mich, daß sie soviel Wein auf mich werfen, nie aber ein Sandwich.“

Dieser Versuch, die Sache ins Komische abzubiegen, beschwichtigte Holt nicht. „Haben Sie Angst vor den Stieren?“

„Das lächerliche Benehmen erwachsener Männer verwirrt mich. Das ist alles.“

„Sie meinen uns?“

„Es kommt mir albern vor... zwanzigtausend Männer in einer Arena, die ein hilfloses Kalb mit gepolsterten Hörnern quälen.“

„Sind Sie je von einem dieser hilflosen Kälber gerammt worden?"
„Oder mit sechs Stieren im Rücken die Estafeta hinunterrennen. Wer braucht solche Sensationen?"
„Waren Sie je in Gefahr... nur einfach zum Spaß?"
Wir, die wir Jigals Geschichte kannten, lehnten uns lächelnd zurück. Der junge Jude zog es vor, nicht zu antworten. Holt glaubte, eine schwache Stelle gefunden zu haben, und sagte: „Ihr Buchgelehrten seht die Dinge manchmal sehr klar, aber ihr überseht dabei sehr oft das Wesentliche."
„Was ist das Wesentliche?" fragte Jigal.
„Daß das männliche Tier stets Freude daran hatte, sich zu beweisen."
„Was aber, wenn es keiner Beweise bedarf?"
„Jeder braucht eine Probe. Kein Mensch kann sich seiner Tapferkeit sicher sein, solange er nicht auf die Probe gestellt wurde."
„Und wenn er schon erprobt ist?"
„Junge", sagte Holt väterlich, „ich meine nicht Fußball... oder eine schwierige Bergtour."
Jigal stand auf. „Ich muß 'raus."
Als er gegangen war, sagte Cato: „Mr. Holt, haben Sie je von Quarasch gehört?"
Holt überlegte einen Augenblick und wiederholte den Namen zweimal. „War das nicht im Sechstagekrieg?"
„Ja." Nach einem langen Schweigen fragte Holt, „meinen Sie..." Er zeigte in Richtung Toilette, und Cato nickte.
„Er war Siebzehn", sagte Monica. „Und er war nicht einmal in der Armee. Ging einfach mit. Zum Spaß."
„Sie haben sicher davon gelesen", fügte Cato hinzu. „Von sechs Panzern eingekesselt, und sie zerstörten vier."
„Dieser Zwerg?" fragte Holt, und Cato antwortete: „Das hat auch Nasser gesagt."
Als Jigal zurückkam, stand Holt ehrerbietig auf, und einen Augenblick herrschte Verlegenheit, weil er nicht wußte, was er sagen sollte. Aber dann fielen ihm Einzelheiten über Quarasch ein und er fragte: „Waren Sie zufällig der, der am Radio arbeitete?" Jigal nickte. „Da müssen Sie eine Menge von Elektronik verstehen." Wir ließen die beiden am Tisch zurück. Sie merkten es kaum. Sie waren mitten in einer Diskussion über Big Rallies und Tonbandgeräte.

Am 9. Juli führte ich meine Freunde um Viertel nach sechs zu den Barrikaden. Es war jene Stelle, wo die Stiere vom Rathausplatz in die Estafeta einschwenken. Wir kletterten auf die Umzäunung, so daß wir die Strecke von gestern und die lange Gerade der Estafeta übersehen konnten. Wenn man beim Rathaus lief, hatte man nur eine kurze Strecke zu bewältigen und konnte notfalls unter den Zäunen durchkriechen. Wollte man aber in der Estafeta laufen, hatte man eine lange, besonders enge, bergauf führende Straße ohne einen einzigen Zaun vor sich. Wenn die Stiere einen überholten, was unausbleiblich war, konnte man sich nur entweder an eine Mauer drücken oder in den Rinnstein werfen und hoffen, daß man verschont blieb.

„Werden die Männer wirklich hier laufen?" fragte Britta. Ich nickte. „Läuft Mr. Holt hier?" fragte sie weiter, und ich sagte: „Nein, er läuft anderswo."

Wir saßen auf dem Zaun, die Beine um die Pfosten geschlungen, damit die Menschenmenge uns nicht hinunterstoßen konnte. „Auf zwei Dinge gebt acht", erklärte ich den jungen Leuten. „Wenn die Stiere das Ende von Doña Blanca de Navarra erreichen, müssen sie eine scharfe Kurve in die Estafeta nehmen. Manchmal kommen sie dabei zu Fall . . . direkt zu unseren Füßen."

„Das wäre aufregend", sagte Monica.

„Das Aufregendste kommt erst, wenn sie aufstehen. Sehen sie die anderen Stiere noch in der Estafeta, rennen sie wie verrückt, um sie einzuholen, und es geschieht nichts weiter. Sind sie aber durch den Sturz in Verwirrung geraten und sehen die anderen nicht, dann paßt auf."

„Wenn die erste Rakete ertönt, werdet ihr sehen, wie die Männer dort vor dem Rathaus den Polizeikordon durchbrechen und in diese Richtung rennen. Plötzlich wird dem einen oder anderen der Läufer klar werden: Mein Gott! Ich bin hier, wo die Stiere sein werden! Es packt sie die Angst, und sie werden versuchen, durch die Barrikaden zu klettern, auf denen wir sitzen. Paßt auf, was dann geschieht."

Um sieben Uhr explodierte die erste Rakete, aber die zweite folgte nicht gleich darauf. „Ein Stier blieb zurück!" rief ich. Erst fast dreißig Sekunden später ging die zweite Rakete hoch.

Wir warteten, und dann kamen die Läufer heran und rannten die Estafeta hinauf, um einen Vorsprung vor den Stieren zu haben. Mir fiel ein blonder Neunzehnjähriger auf, dem die Panik ins Gesicht geschrieben war. Er hatte am Lauf teilnehmen wollen, aber nun hatte ihn der Mut verlassen, und als er die Barrikade erreichte, von der Brittas Beine herabbaumelten, wollte er sich in Sicherheit bringen;

doch da stieß ihn ein Polizist ins Gesicht und warf ihn zurück auf die Straße.

Verwirrt wandte sich der Junge zurück zum Rathaus, wo eben die ersten Stiere auftauchten. Der Anblick der Tiere verstörte ihn völlig. Wie ein Irrer warf er sich erneut gegen die Barrikade, aber wieder schlug ihn der Polizist ins Gesicht und schrie auf spanisch: „Du wolltest laufen, jetzt lauf!"

Der Junge blickte zu Britta auf, dann zu mir, dann zu dem unerbittlichen Polizisten. „Komm hierher!" schrie Britta auf norwegisch, aber der Polzist trat dazwischen. In nackter Angst stürzte sich der junge Mann in die Estafeta, warf sich zu Boden, zusammengekrümmt auf dem Pflaster, als die ersten Stiere vorbeidonnerten, ohne Notiz von ihm zu nehmen. Er stand auf, verstört und sprachlos, und ein Spanier, der wußte, daß noch Stiere kommen mußten, warf ihn zu Boden und hielt ihn wieder, bis die verspäteten Stiere kamen.

Einer strauchelte und fiel, knapp neben dem jungen Mann, und trat ihn zweimal mit den Hufen, als er sich aufzurappeln versuchte. Sobald er wieder auf den Beinen war, erblickte der zornige Stier seine Gefährten in der Estafeta und stürmte ihnen nach.

Der junge Mann blieb liegen, bis Britta und ich zu ihm kamen. Er war Schwede und wiederholte immer wieder: „Warum hat der Polizist das getan?"

Einer der erfreulichsten Augenblicke des Tages kam immer dann, wenn wir einander nach dem Stierlauf in der Bar Vasca trafen und uns unter den Weinbottichen in der für uns reservierten Nische niederließen. Unter der niedrigen Decke, an drei Seiten von Wänden geschützt, fanden wir Zuflucht in unserer privaten Welt und redeten von dem, was wir eben erlebt hatten. Auf der Kachel über unserer Nische stand:

„Wie süß ist es, den ganzen Tag lang nichts zu tun
und danach zu rasten."

Die jungen Leute waren meist als erste in der Nische, nach einer Weile kam dann Holt, und die Mädchen fragten: „Und wie war Ihr Lauf heute, Mr. Holt?" Jedesmal antwortete er mit dem spanischen Wort „Regular", mit der Betonung auf der letzten Silbe, was soviel wie regulär, also normal bedeutete, von Eingeweihten jedoch als „Scheißfad, wie üblich" verstanden wurde.

Britta, die gut Spanisch sprach, beobachtete, wie jeder alte Hase, der die Bar betrat, an ihrem Tisch stehenblieb und respektvoll mit

Holt sprach: „Das war ein großartiger Lauf heute, Americano!" oder: „Heute hatten die Stiere Hörner, *verdad?*" Zweimal stellte sie selbst Fragen an Holt, aber er ging nicht darauf ein. An diesem Tag hatte er nun zum dritten Mal die Geschichte von dem jungen Schweden gehört, der in die Estafeta zurückgestoßen worden war, gerade als die Stiere auf ihn zustürmten. Er nickte, sagte nichts und ging. Ein Holzfäller, der mit Raquel geplaudert hatte, kam zu uns herüber und sagte: „Der versteht es!" und nickte anerkennend dem Weggehenden nach.

„Was versteht er?" fragte Britta.

Noch ehe ich antworten konnte, fragte Joe: „Läuft er an einer der Stellen, die wir gesehen haben?"

„Nein."

„Erzähl uns von ihm!" bat Gretchen.

„Es gibt drei Möglichkeiten, in Pamplona mit den Stieren zu laufen, und ihr habt sie alle gesehen: Doña Blanca auf freiem Platz, die Schlucht der Estafeta oder im Gang beim Teléfonos."

„Sind Sie je in der Estafeta gelaufen?" fragte Joe.

„Einmal. Und wie alle, die es einmal getan haben, lasse ich, wenn Pamplona in einer Bar in Amsterdam oder Montevideo erwähnt wird, erst die anderen reden und sich mit ihren Erfahrungen brüsten, sage dann beiläufig: ‚Ich laufe immer in der Estafeta', und alles verstummt."

„Das gefällt mir", sagte Jigal. „Sie sind einmal vor langer Zeit gelaufen, aber wenn Sie davon reden, sagen Sie: ‚Ich laufe *immer* in der Estafeta.'"

Ich lachte. „Du hast die wichtigste Spielregel von Pamplona gelernt."

„Wieso werden nicht mehr Menschen verletzt?" wollte Joe wissen.

„Habt ihr je die berühmten Photographien gesehen, die Menschenhaufen beim Teléfonos zeigen? Ein Mann fällt, dann ein zweiter, dann hundert. Sie bilden einen kleinen Berg, direkt unter dem Balkon, wo wir standen, und wenn die Stiere mit gesenkten Hörnern hineinstießen, würde es viele Tote geben. Aber die Stiere haben diesen unglaublichen Instinkt, einfach vorwärtszustürmen – mit ihren Gefährten Schritt zu halten. Sie steigen über die Menschen, ohne jemanden zu durchbohren. Dieser Drang, bei der Herde zu bleiben, ist es, der Pamplona möglich macht."

„Das gilt wohl auch für die Menschen", sagte Gretchen.

„Aber manchmal muß es doch passieren, daß jemand getötet

wird", sagte Britta. „Heute früh ... der schwedische Junge hätte leicht durchbohrt werden können."

„In Pamplona entgeht dir die halbe Aufregung, wenn du die Gerüchte anzweifelst. Etwa solche wie ‚Gestern sind drei Männer getötet worden, aber die spanische Presse vertuscht es, weil die Regierung die schlechte Publicity nicht will!'"

„Aber gestern wurden zwei Männer getötet", wandte Monica ein. „Ich habe es in der Bar gehört."

„In jeder Bar werden Menschen getötet. Fremde beschwören bei allem, was ihnen hoch und heilig ist, daß im vergangenen Jahr elf Läufer getötet wurden. ‚Mein Freund stand direkt daneben, in der Estafeta, als dieser große rote Stier verrückt wurde und drei Männern die Brust durchbohrte. Sie starben, noch bevor sie auf dem Operationstisch lagen!' Es ist immer ein naher Freund, der dabei war."

„Wie viele werden getötet?" fragte Cato.

„In den letzten vierzig Jahren sieben. Und immer Unfälle, die niemand hätte verhindern können. Auf seinem Lauf vom Korral zur Arena hat jeder Stier Gelegenheit, Tausende anzugehen, aber er ignoriert sie, bis er plötzlich, ohne logische Erklärung, seine Hörner in einen Ahnungslosen stößt. Wenn die Stiere es darauf anlegten, könnten sie jedes Jahr siebzig umbringen. Sie haben in vierzig Jahren sieben getötet."

„Und was ist mit den Unfällen?" fragte Cato.

„Das ist etwas anderes. Jeden Vormittag werden sechs oder acht junge Männer ins Krankenhaus gebracht ... mit mehr oder weniger ernsten Verletzungen, darunter richtige Hornwunden. Und wenn Pamplona nicht tüchtige Ärzte hätte, würden manche dieser Jungen vermutlich sterben. Und wenn Dr. Fleming das Penicillin nicht erfunden hätte, gäbe es Amputationen. Tatsächlich aber werden alle wieder gesund. Manche verlieren ein paar Vorderzähne. Manche hinken hinterher. Und ein paar, wie Harvey Holt, haben schließlich vier Narben.

Es gibt also drei Arten, mit den Stieren zu laufen, und bei keiner ist die Todesgefahr besonders groß. Aber es gibt auch eine vierte Art: Holts Art. Nur wenige Ausländer wissen davon, denn sie verlangt besonderen Mut. Keine Kamera hält dieses Laufen fest, und die, die daran teilnehmen, sind nicht junge Männer, die das Schicksal herausfordern wollen. Hier nehmen nur die harten Männer von Pamplona teil – die Fleischer, die Holzfäller, die Lastwagenfahrer, Männer von Vierzig und Fünfzig, die ihr in dieser Bar seht. Und Harvey Holt. Denn die Spanier haben ihn als ihren Bruder akzeptiert.

Holt wurde 1954 zu diesem besonderen Lauf eingeladen, im Jahr nach seiner schlimmen Hornverletzung. Ein großer Holzfäller hier in der Bar fragte: ‚Ist es wahr, daß Sie der Mann auf den Photos sind?‘ Holt nickte. ‚Und Sie sind zurückgekommen?‘ fragte der Baske. Wieder nickte Holt, und der Holzfäller sagte: ‚Morgen laufen Sie mit uns!‘ So hat es begonnen. Wäre er weiter in der Estafeta oder beim Teléfonos gelaufen, ich glaube nicht, daß er Jahr für Jahr zurückgekehrt wäre. Aber dort, wo er lief, war er Mitglied einer Bruderschaft. Holt läuft, wo die wahren Männer laufen.“

Dieser letzte Satz wirkte so herausfordernd, daß die drei jungen Männer sagten, ich müsse ihnen zeigen, wo das sei. So gingen wir mit den Mädchen hinaus auf die Santo-Domingo-Straße. „Ihr habt gesehen, daß hier oben, auf diesem Hügel, das Rathaus liegt. Wenn wir aber hier hinuntergehen, in Richtung zum Fluß, finden wir am Fuß des Hügels das Militärkrankenhaus. Außerordentlich günstig gelegen, muß ich sagen.“

Wir konnten nun über Pamplona hinaus in die Ferne blicken und sahen grüne Hügel und sonnige Täler. Zur Linken erhob sich ein uraltes Gebäude mit Türmen, das Kunstmuseum. Seine Mauern fielen steil zur Straße ab, über fünfundreißig Meter tief. Sie bildeten die eine Seite der engen Bahn, die die Stiere in die gewünschte Richtung zwang, wenn sie aus dem Korral stürmten.

„Um zu verstehen, wie Holt läuft, müßt ihr etwas von den Korralen wissen“, sagte ich. „Dort drüben, jenseits des Flusses, liegen die großen Gehege, wo die Stiere gehalten werden. Seht ihr die Gruben zu beiden Seiten des Uferhanges, der vom Fluß heraufführt? Hier werden jeden Abend gegen zehn Uhr – die Zeit wird immer verändert, um Zuschauer abzuhalten – Pfosten eingegraben, und man baut einen Laufsteg. Die Stiere kommen aus dem Gehege jenseits des Flusses und laufen über die schöne, kleine efeubewachsene Steinbrücke. Sie galoppieren hier herauf und durch dieses kleine Tor. Das ist der Auffangskorral, wo sie die Nacht verbringen und sich an die Ochsen gewöhnen, die sie durch die Straßen führen werden.

Um sieben Uhr früh werden die Tore dieses Korrals geöffnet, und die Rakete, die wir in der Stadt hören, wird abgeschossen. Der Knall erschreckt die Tiere, und in wilder Flucht rennen sie bergauf und in die Stadt. Auf den ersten hundert Metern dürfen keine Läufer auf die Straße, damit die Stiere gut in Fahrt kommen. Sie laufen in diese Schlucht zwischen den Mauern des Museums und den Gebäuden auf der anderen Seite.

Wo die Mauer des Museums zu Ende ist, führt eine Rampe hinauf.

Sie ist abgesperrt und von Hunderten Zuschauern besetzt, den ersten, die die Stiere sehen. Hier verengt sich die Bahn zu einer Breite von höchstens fünf Metern. Außerdem biegt sie scharf nach links und führt bergauf zum Militärkrankenhaus und dann weiter zur Bar Vasca, wie ihr seht.

An jedem Morgen dürfen Läufer von außerordentlicher Tapferkeit hier, an der Straßenenge, kurz vor der Linkskurve, in Position gehen. Sobald die Rakete abgeschossen wird, beginnen diese Männer zu laufen – nicht bergauf in Sicherheit, sondern bergab, auf die heranrasenden Stiere zu. Sie schätzen ihre Geschwindigkeit genau ab, drehen im geeigneten Moment um und rennen wieder bergauf. Ich kenne keinen Sport, der eine ähnliche Kombination von Mut und Berechnung erfordert, denn der Läufer muß nicht nur das Verhältnis zwischen seiner und der Geschwindigkeit der Stiere genau abschätzen, sondern auch im kritischen Augenblick wenden und ohne jede andere Fluchtmöglichkeit bergauf rennen. Ihr seht ja, es gibt keine Tore oder sonstigen Ausgänge. Zuletzt muß er sich entweder in die Gosse fallen lassen oder sich gegen die nackte Mauer pressen und hoffen, daß die Stiere vorbeistürmen, ohne anzuhalten und ihn aufzuspießen."

„Sind Sie je den Stieren entgegengerannt?" fragte Cato.

„Ich hätte nicht den Mut, aber Holt läuft hier seit sechzehn Jahren jeden Morgen, seine letzten drei Hornverletzungen stammen von hier. Von den sieben Läufern, die getötet wurden, ist die Mehrzahl auf diesem Hügel den Hörnern zum Opfer gefallen. Das Schöne ist nur: wenn ein Stier jemanden verletzt, wirft er ihn direkt vor die Tür des Militärkrankenhauses. In weniger als einer Minute liegt man auf dem Operationstisch."

„Er muß völlig verrückt sein", meinte Jigal. Cato aber sagte: „Er hat Mut."

Wir kehrten zur Bar zurück und warteten auf Holt. Bisher hatte keiner von den jungen Leuten ihn laufen gesehen, aber jetzt, nach meiner Erklärung, waren sie bereit, ihn zu respektieren. Als er zu seinen *Pochas* hereinkam, fragte Britta: „Sind Sie heute den Berg hinuntergelaufen?"

Holt sah mich vorwurfsvoll an und schwieg. Britta fuhr fort: „Könnten wir morgen zusehen?"

„Kein Platz für Mädchen!" sagte Holt. Spät am Abend, als wir nach dem Feuerwerk heimgingen, nahmen mich Britta und Gretchen in die Mitte und bettelten: „Wir wollen Mr. Holt sehen." Und ich sagte: „Ihr sollt es sehen. Seid um halb sieben bereit."

Am Morgen des 10. Juli standen wir zeitig auf, kämpften um das Badezimmer, gingen hinunter, um die Sänger der Bar zu begrüßen, und wanderten die Santo Domingo hinauf zu der Fluchtrampe, die zum Museum führte. Nachdem sie die Strecke abgegangen waren, entschieden Joe und Jigal, daß wir uns nicht an dem dem Korral zugewandten Ende postieren sollten, sondern weiter bergauf, wo wir die Männer hinunterlaufen, umdrehen und wieder bergauf zum Militärkrankenhaus rennen sehen würden.

Die Mädchen blickten hinunter auf das ruhig liegende Gehege, sahen die Enge, durch die die Stiere stürmen würden, und begannen zu ahnen, wie gewaltig das Schauspiel sein würde.

Erst gegen Viertel vor sieben rief Britta: „Seht! Dort ist Mr. Holt."

In der ersten Reihe der an der Barriere Wartenden stand Harvey mit seinen spanischen Freunden. Er war der einzige Nichtspanier, die anderen waren Männer etwa in seinem Alter, nur ein oder zwei Zwanzigjährige waren von den Veteranen akzeptiert worden. Die Rakete ging dröhnend los. Geschickt schwenkten die Polizisten die Barriere zur Seite und flüchteten auf die Rampe. In diesem Augenblick platzte die zweite Rakete, und schon rannten Holt und seine Gefährten direkt auf die herankommenden Stiere zu. Als es schien, daß die Hörner sie aufreißen würden, drehten sie um und rannten etwa vierzig Meter weit wie irr vor den stürmenden Tieren her.

„Mein Gott!" schrie Britta, als der Leitstier immer näher an Holt herankam und vorwärtsdrängte, als wollte er ihn auf die Hörner nehmen. In diesem Augenblick ließ sich Holt in die Rinne zwischen der gepflasterten Straße und der hohen Mauer fallen, und zwei Stiere und drei Ochsen, die an diesem Morgen etwas auseinandergezogen liefen, rannten über ihn hinweg.

Britta schloß die Augen und schien ohnmächtig zu werden. Sie glaubte, der Stier habe Holt mit seinen Hörnern erfaßt; Gretchen aber, die genauer hingesehen hatte, sah, daß er weder durchbohrt noch zertrampelt war, und rief: „Er steht auf!" Britta öffnete wieder die Augen und sah, wie Holt sich abbürstete. Jetzt schrie Monica: „Da!"

Sechs Männer kamen aus der Richtung der Bar Vasca heruntergelaufen. Ein Stier hatte einen jungen Mann erwischt. Auf der Brust des Jungen zeigten sich dunkle Flecke. Uns gegenüber öffneten sich die großen Tore des Militärkrankenhauses, um den Jungen einzulassen. Noch ehe ich die Mädchen beruhigen konnte, kamen zwei weitere Gruppen mit Verletzten herunter. Hier war kein Blut geflossen. „Gebrochene Rippen", sagte ich beruhigend. „Die werden sicher wieder gesund.“ Monica rief: „Jetzt bringen sie die Leichen!“ Jigal sah zu Holt hin, schüttelte den Kopf und sagte: „Jetzt weiß ich, daß er verrückt ist.“

Gretchen rief Holt zu, er solle auf uns warten. Wir gingen auf die Straße hinunter, und Britta sagte: „Sie waren toll, wie Sie den Stieren entgegenliefen.“ Holt brummte etwas, dann ging er mit uns zur Bar Vasca, wo ein Riesengedränge herrschte, denn alles versammelte sich hier, um die Unfälle zu besprechen. Im Ganzen waren sieben ins Krankenhaus gebracht worden, es war aber nichts Ernstes geschehen. Ein Spanier blieb an unserem Tisch stehen: „Sie brauchten nicht einmal einen Priester zu rufen. Sehr befriedigender Lauf. Und bei Ihnen, Senor Holt?“

„Regular.“

Die chaotischen Raumverhältnisse in der Bar Vasca brauche ich nicht genauer zu beschreiben. Es gab zu wenig Betten und zu viele Gäste. Ähnlich verhielt es sich in allen Hotels und Pensionen. Nördlich der Stadt gab es auf einem Hügel einen Campingplatz, und er war so dicht mit Zelten belegt, daß man unmöglich ein weiteres hätte aufstellen können. Eine ganze Reihe von Touristen schlief auf dem Pflaster, viele davon auf der Plaza, im Windschatten der Hemingway-Statue. Sooft man über den Hauptplatz ging, traf man ein halbes Dutzend Leute, die verzweifelt ein Nachtquartier suchten. Und es war keineswegs ungewöhnlich, wenn Joe und Jigal um zwei Uhr früh mit drei oder vier Mädchen, meist aus Kanada und Australien, heimkamen, die dann in ihrem Zimmer schliefen. Die einen teilten das Bett mit den Männern, die anderen streckten sich auf dem Boden aus.

Zweimal fand ich bei meiner Heimkehr junge Mädchen in meinem Bett schlafend, so erschöpft, daß sie kaum aufwachten, wenn ich sie auf den Boden verfrachtete. Da bekannt war, daß ich ein Zimmer für mich allein hatte, kam es vor, daß Britta und Gretchen neuen Bekannten verrieten: „Er ist ein guter Kerl. Sei vor ein Uhr in seinem Zimmer und sag nichts.“

Während des San Fermin hatte das Wort „schlafen“ andere Bedeutung. Es bezeichnete etwas, das man kaum tat. Man stand um halb sechs Uhr früh auf, traf sich um acht auf dem Hauptplatz, ging später irgendwohin zum Mittagessen, am Nachmittag zu den Stierkämpfen, dann zum Abendessen, man sah die allabendlich stattfindenden Feuerwerke an, tanzte bis halb vier Uhr früh auf den Straßen, ging schlafen und war zwei Stunden später schon wieder auf den

Beinen. Die einzige Zeit, zu der Pamplona mehr oder weniger ruhig blieb, war zwischen neun Uhr vormittags und zwölf.

Was in geschlechtlicher Hinsicht im dritten Stock der Bar Vasca vorging, kann ich nicht genau sagen. Sicher ist nur, daß Cato und Monica weiterhin ein leidenschaftliches Verhältnis hatten, begleitet von nächtlichen Marihuanasitzungen und gelegentlichem LSD, was mich immer noch in äußerste Besorgnis versetzte. Wenn Joe und Jigal abstinent blieben, so war das echter Heroismus, denn die Mädchen, die ich in ihrer Gesellschaft sah, waren alle Spitzenklasse.

Das Zimmer, das Gretchen und Britta bewohnten, bildete eine Ausnahme. Die Mädchen waren vorsichtig. Britta ließ nicht so schnell jemanden in ihr Bett, und Gretchen war abweisend wie immer. Wenn Fremde in ihrem Zimmer übernachteten, waren es Mädchen, die einmal richtig ausschlafen wollten.

An dem Tag, an dem wir Holt zum erstenmal mit den Stieren laufen sahen, gab es zu Mittag plötzlich Lärm in der Bar, und ich hörte Raquel rufen: „Du kleines blondes Scheusal! Willkommen daheim.“ Gleich darauf sprang Monica vom Tisch auf und rannte aus der Nische, um jemanden zu umarmen. Ich drehte mich um und sah Clive dastehen; mit seiner violetten Tasche, seinem Christusbart und seinem sanften Lächeln. Er ging um den Tisch herum, küßte alle, auch die Männer, und ich sagte: „Clive, das ist mein alter Freund und Pamplona-Experte Harvey Holt.“ Worauf Clive auch ihn küßte und Harvey fast in seine *Pochas* fiel. Noch ehe Holt sich von seinem Schock erholt hatte, nahm Clive ihm den Löffel aus der Hand, schwang ihn und rief: „Göttlich! Raquel, du bist prachtvoll wie eh und je. Jetzt hol dein Grammophon! Ich habe euch wundervolle Musik mitgebracht.“

Wir machten ihm Platz in der Nische, und während Raquel den Apparat aufstellte, erzählte er uns eine sensationelle Neuigkeit, die gegenwärtig London erschütterte. „‚Octopus‘ hat sich aufgelöst. Die Burschen haben sich getrennt, aber es ist daraus eine gewaltige neue Gruppe entstanden. Den Namen müßt ihr euch merken, denn sie machen den phantastischsten Sound, den ihr je gehört habt: ‚Mauve Alligator‘!“ Liebevoll öffnete er seine Tasche und nahm eine Platte in greller Hülle heraus. „Die muß bis Marrakesch halten“, erklärte er. „Hier ist ihre erste Station.“ Sorgfältig legte er den Tonarm auf, drehte auf volle Lautstärke und lehnte sich mit glückseligem Lächeln zurück, während ein gigantischer Sound aus dem Lautsprecher quoll. Die jungen Leute schoben ihre *Pochas* weg und gaben sich der Welle von Tönen hin, die über uns zusammenschlug. Holt sah mich an und zuckte mit den Achseln. Dann fragte er: „Kann man es nicht ein wenig leiser stellen?“ Und er streckte den Arm aus, um den Schaltknopf zu drehen. Aber Clive schob seine Hand weg.

Als die ‚Mauve-Alligator‘-Platte zu Ende war, schob Clive die Kostbarkeit in seine Tasche zurück und erzählte uns auf seine sympathisch-schüchterne Art von dem großen Erlebnis, das ihm zuteil geworden war. „Die ‚Homing Pigeons‘ kamen zu mir und sagten, sie brauchten einen neuen Song. Sie hatten sich ein überwältigendes musikalisches Thema einfallen lassen ... ihr werdet mit beistimmen, wenn ihr es hört. Was sie sich vorstellten, war ein Text, der endlos weitergehen konnte. Ich sagte, daß ich ihr Thema gern noch einmal hören würde, und sie schnitten mir eine Platte ... nur ein paar Takte ... bloß das Thema ... und ich fuhr zu meiner Mutter und spielte die Platte drei Tage lang ununterbrochen. Sie rettete sich in ihre Wohnung in London. Und als die ganze Welt für mich von diesem Beat überzuströmen schien ... Hört zu.“

Er zog aus seiner Tasche die neueste Platte der „Homing Pigeons“, in einem Umschlag, der zwei Drittel der Sphinx, einen Ausschnitt des Taj Mahal, geborstene Figuren aus dem Fries des Parthenon, ein Slum in Liverpool und Clives Gesicht in einem Blumenkranz zeigte. Die Platte nannte sich „St. Paul, Odysseus und ich“.

„Das hast du geschrieben?“ fragte Gretchen.

Clive nickte und legte die Platte auf, und zum ersten Mal hörten seine Freunde das Lied, das um die Welt gehen sollte. Es begann mit dem mitreißenden Beat dreier Gitarren – ohne Unterstützung des Schlagwerks –, die ein Thema pausenlos wiederholten. Es wirkte nicht monoton, denn das Thema war gut. Erst nach etwa einer Minute setzte eine gequälte, protestierende Stimme ein:

„St. Paul war sicherlich ein Kerl,
der unseren Drang kannte,
hinter die letzte Biegung der Straße zu sehen.“

Es war das Lied der Ernüchterung, der Desengagierten, die den Kräften, die sie nicht beherrschen konnten, eine Herausforderung entgegenschleuderten. Eine Stelle fand ich besonders interessant, denn obgleich sie von einem Engländer für eine englische Gruppe geschrieben war, betraf sie eindeutig die Amerikaner:

„Ich fühl den Drang, ihn zu pfählen,
den guten alten Lewis B.“

„Warum dieser Gedanke in einem englischen Lied?" fragte ich. „Den Zuhörern in England ist General Hershey doch völlig gleichgültig."

„Es gibt zwei Antworten auf diese Frage, Mr. Fairbanks", sagte Clive mit übertriebener Präzision. „Erstens sitzen meine Zuhörer nicht nur in England, denn wie Sie zum Beispiel hier sehen, sind nur wenige in diesem Kreis Briten. Und die zweite ist, daß es uns sogar sehr am Herzen liegt, Leute wie General Hershey und seine stupiden Kommißknöpfe auszuschalten, denn dann können wir vielleicht auch anderswo auf der Welt Männer wie ihn ausschalten."

„Es gibt einen dritten Grund", sagte Gretchen. „Einen wesentlichen. Dieses Lied ist vielleicht in Rußland oder Brasilien viel wichtiger als in England. Das ist es ja, was uns an dieser Musik so anspricht, Onkel George: sie ist wirklich international." Dann fügte sie leise hinzu: „So wie wir ... und wie Sie, Mr. Holt."

Nach dem Abendessen kamen einige spanische Sänger in die Bar, und ihre Lieder fanden begeistertes Echo bei den Jungen. Dann borgte sich Gretchen eine Gitarre aus und sang einige ihrer alten Balladen, woraufhin ein Holzfäller nach seinem Partner schickte, einem Mann, der ein besonders hohes Falsett singen konnte; die beiden unterhielten uns eine Stunde lang mit den Jotas aus Navarra und Aragon.

Gegen zwei Uhr früh gingen wir zu Bett, und ich fragte mich, wo Clive wohl schlafen würde. Ich wollte ihm eben sagen, er könne die Hälfte meines Bettes haben, aber Gretchen schob sich unauffällig zwischen uns und deutete Clive, daß er in ihrem Zimmer schlafen solle.

In den folgenden Nächten blieb er stets im Haus. Welche Arrangements sie mit Britta trafen, erfuhr ich nie, aber die Spannung, unter der Gretchen bisher gestanden war, schien sich zu lösen. Wenn übermütige Männer sie im Gedränge anfaßten, schrak sie nicht mehr zurück, und eines Morgens sah ich sie und Clive aus ihrem Zimmer kommen. Gretchen trug eine Schleife im Haar und lachte. Ich war sicher, daß ihr Vater, wenn er sie in diesem Augenblick gesehen hätte, über diese Anzeichen einer Heilung froh gewesen wäre.

Der 11. Juli wurde durch zwei Ereignisse zu einem denkwürdigen Tag: Clives Picknick am Morgen, Jigals Begegnungen am Nachmittag.

Nach dem Stierlauf erklärte Clive: „Das wird ein himmlisches Picknick. Sie dürfen mitkommen, Mr. Holt, weil wir Ihr Tonbandgerät brauchen; und Sie dürfen mitkommen, Mr. Fairbanks, weil wir Ihren Wagen brauchen." Die jungen Männer hatten sich mit zwei amerikanischen Studentinnen angefreundet, und die hatten einen Jungen aus Kalifornien mitgebracht.

Als wir die Teilnehmer auf die beiden Wagen verteilt hatten, fragte Clive: „Wohin fahren wir?" Da niemand einen Vorschlag machte, sagte ich: „Wart ihr schon in Estella?" Niemand war dort gewesen, also fuhren wir hin. In weniger als einer Stunde hatten wir Estella erreicht, eine sehr alte Stadt, die ein Dutzend Belagerungen überdauert hatte. Gretchen war, wie immer beim Anblick alten Gemäuers, sofort beim Thema Mittelalter, und wir sprachen von den Tausenden von Pilgern, die auf dem Weg nach Compostela hier durchgekommen sein mochten.

Während wir aßen – derben Käse, Würste mit viel Knoblauch, ausgezeichnetes Brot – sagte Gretchen: „Ich glaube, wenn wir genau nachforschten, würden wir entdecken, daß es immer schon junge Leute gab, die in Europa umherwanderten ... daß es nicht viel anders war als heute. Ich fühlte mich den Menschen jener Zeit viel näher als einem Hohlkopf von heute."

Während der folgenden Gesprächspause blickten wir über die Klosterruine hinweg auf die historische Straße des Glaubens, den schwierigen Bergpfad, der die Pilger gelockt hatte, und dann geschah etwas Merkwürdiges. Harvey Holt, der, soviel ich gesehen hatte, keinerlei Anteil am Gespräch nahm, begann plötzlich aus einem Gedicht zu rezitieren:

„Komm, laß mich wiederum die alte Fabel lesen!
Das Lied von dem Scholar aus Oxford, arm
und stark, von schnellem, find'gem Geist,
der müde ward, an Vorzugs Tor zu pochen,
und eines Sommermorgens seine Freunde ließ
und ging, zu lernen der Zigeuner Weisheit.
Durchstreift' die Welt mit diesen wilden Brüdern,
kam, wie die Leute meinten, zu nichts Gutem,
doch kam er nie nach Oxford mehr zurück."

„Mr. Holt!" rief Gretchen. „Die Worte passen genau auf Joe!"

„Wissen Sie, woraus es ist?" fragte Holt.

„Keine Ahnung." Auch die anderen wußten es nicht, und Holt sagte: „Der Zigeuner-Scholar."

„Das muß ich mir besorgen und lesen", sagte Gretchen, und

zum ersten Mal gehörte Holt wirklich zu ihnen. Was dann geschah, spaltete sie allerdings wieder in zwei feindliche Lager.

Clive sagte: „Wir brauchen unbedingt Musik", und Holt holte sein Tonbandgerät und schloß es an die Autobatterie an. Sein erstes Tonband, das er für sein Meisterwerk hielt, hatte katastrophale Wirkung. Es enthielt die besten Songs der Big-Band-Ära, und als die dünnen Stimmchen der Sänger und die süßen Schmalztöne der Sängerinnen zu hören waren, begannen die jungen Leute zu lachen. „He, können wir den Refrain noch einmal hören?" fragten sie. Holt spulte das Band zurück und spielte „September in the Rain" noch einmal, und die jungen Leute kicherten und baten um eine weitere Wiederholung. „Das ist sensationell!" riefen sie. „Hör bloß dieses Tremolo!"

Alle Schlager, die wir geliebt hatten, verspotteten sie. „Just One of Those Things", „Don't Sit Under the Apple Tree", „I'll Never Smile Again" und „Symphony" wurden verächtlich abgetan, und als das Band gar „My Reverie" spielte, konnten sie sich nicht mehr zurückhalten und brachen in Gelächter aus.

„Man sagt uns immer wieder, daß heute keine Texte mehr geschrieben werden wie früher. Ist das ein typisches Beispiel für jene Texte, Mr. Fairbanks?"

Holt fragte gereizt: „Was soll an ‚My Reverie' schlecht sein? Schließlich singt es Bea Wain." Cato fragte ohne Umschweife: „Sind die Leute damals nie miteinander ins Bett gegangen?" – „Ja, sie gingen ins Bett", schnappte Holt, „aber sie sangen davon nicht auf Platten." Cato sagte: „Ehrlich gesagt, diese Musik ist schauerlich!"

Holt wollte wissen, warum, und Joe setzte zu seiner Rede an: „Erstens einmal ..." Gretchen unterbrach ihn: „Die Melodien sind einfallslos, nach einem Schema gedrechselt ... eins, zwei, drei, eins, zwei, drei ... und die Texte sind kindisch ... passen für ein geistiges Alter von etwa neun Jahren." Holt wollte auffahren, aber Gretchen ließ ihn nicht zu Wort kommen. „Mr. Holt, haben Sie je auf die Texte geachtet?"

Er ging das Inhaltsverzeichnis seines Tonbandes durch, spulte zurück und wieder vorwärts, bis er fand, was er wollte: Ella Fitzgerald mit Cole Porters „Love for Sale". Diese bittersüße Melodie nahm die jungen Leute gefangen, und sie lachten auch nicht über den Text.

„Geschicktes Spiel mit Worten", gab Joe zu. „Aber die Reime sind so gezwungen."

„Tüftle nicht so!" sagte Holt. „Gib zu, daß es gut ist!"

„Schön, es ist gut. Eins unter sieben ist gut!"

„Harvey", sagte ich, „ich glaube, du hast ‚Night and Day' auf diesem Tonband. Spiel es." Während er suchte, sagte ich zu den jungen Leuten: „Wenn ihr das hört, dann bedenkt, daß Tausende junge Männer meiner Generation darin ihre ... nicht ihre Haltung, das wäre zuviel ... aber ihre Gefühle wiederfanden. Wie man fühlt, wenn man zweiundzwanzig ist .... oder vielleicht sogar dreißig."

„Meinst du eure Gefühle den Mädchen gegenüber?" fragte Monica.

„Hört zu!" Holt hatte den berühmten Song gefunden, einen der wenigen, deren Text besser war als die Melodie, und als er durch den Kreuzgang tönte, mußte ich mich zusammennehmen, um nicht die Augen zu schließen und mir vorzustellen, ich hörte es zum ersten Mal. Ich wußte, daß die jungen Leute mich auslachen würden, und die Stimmung war an sich schon gespannt genug. Ich fragte die Kritiker, was sie davon hielten. „Gleiche Reaktion", sagte Cato. „Habt ihr die Mädchen denn nie ins Bett genommen?"

„Ach, verdammt! Hör doch die Texte an!"

„Ich höre zu, und es ist Gewäsch. Sentimentales Gewäsch. Kein Wunder, daß die Welt so dasteht, wenn deine Generation solches Geflenne anhörte und Präsident Kennedy James-Bond-Krimis las. Großer Gott, das ist wirklich der reinste Scheißdreck."

Ich sah die anderen fragend an und bekam Dinge zu hören, wie: „Es ist keine Vitalität in dieser Musik." – „Der Rhythmus könnte einen zur Masturbation treiben." – „Geflenne ist nicht ganz das richtige Wort, aber es ist nahe dran." – „Mr. Holt, diese Musik ist wie die Elizabethanischen Rundtänze, was immer die gewesen sein mögen. Gut zu ihrer Zeit, aber ..." Cato, der noch einmal „My Reverie" anhörte, sagte einfach: „Menschenskind ..."

Nun fragte ich Clive nach seiner Meinung, und er sagte: „Ich bin sehr beeindruckt. Die Künstler mußten innerhalb eines furchtbar engen Rahmens schaffen ... nur wenige akzeptable Rhythmen ... starres Schema für den Text ... alle Instrumente im Klangcharakter mehr oder weniger gleich ... und überhaupt kein Beat. Es ist kaum zu glauben, daß sie so viel daraus machen konnten. Aber in einer Hinsicht stimme ich Joe bei. Die Texte sind scheußlich, so unecht, so puritanisch. Man fühlt den Druck der Gesellschaft in den albernen Reimen." Er hielt inne, und fügte hinzu: „Wenn man natürlich ‚My Reverie' neu herausbringt, könnte es nochmals ein toller Erfolg werden. Kitsch in Reinkultur!"

Holt begann plötzlich zu lachen. Jigal fragte ihn, was daran so komisch sei, und Harvey sagte: „Ich freue mich schon auf den Tag im

Juli 1998, wenn ein paar von euch Neunmalklugen mit ein paar Jungen der Generation von morgen hier Picknick halten werden. Und wenn ihr versucht, denen zu erklären, daß ihr in eurer Jugend diesen Quatsch, den ihr als Musik bezeichnet, aufregend gefunden habt." Er knallte den Deckel auf sein Tonbandgerät.

Joe sagte: „Warten Sie einen Augenblick. Sie haben die neuen Songs nicht gehört, die Clive mitgebracht hat."

„Ich habe sie gestern abend gehört – in der Bar Vasca –, und als ich heute morgen hinunterkam, fragte ich, ob man die Räume noch nicht ausgeräuchert habe."

„Sie sind ein alter Mann", sagte Cato scharf.

„Mit geschulten Ohren, die jede Note hören, und ich behaupte, daß der Quatsch, den Mr. Clive gestern abend spielte, ein Betrug an der Öffentlichkeit ist."

„Zufällig ist das die Musik dieser Zeit", sagte Monica hitzig.

„Dann ist diese Zeit Quatsch. Wenn ihr solche Musik als Aufputschmittel braucht ... und Marihuana ..."

„Sind Sie der neue Savonarola?" fragte Gretchen eisig.

„Ist das der Kerl, der die Sachen in Florenz verbrannt hat?"

„Ja."

„Dann brauchen wir ihn ... genau hier!"

„Ich würde Ihre Musik nicht verbrennen", sagte Gretchen. „Ich würde sie in einem Museum aufbewahren."

„Eure würde ich verbrennen", sagte Holt. „Sie protestiert gegen Dinge, die ihr nicht versteht ... und will die Zerstörung dessen, was ihr versteht."

„Ich glaube, dieses Picknick ist zu Ende", sagte Monica scharf; Britta aber nahm Holt behutsam das Tonbandgerät ab und stellte es wieder auf den Boden. Sie öffnete den Deckel der Kassette und sagte: „Es ist albern, wenn erwachsene Menschen sich so benehmen. Mr. Holt sollte das Tonband noch einmal spielen, und wir sollten zuhören und sehen, ob wir irgendwelche von den Songs anerkennen können. Wie sonst sollten wir daraus lernen?" Sie wandte sich an Holt. „Wie stellt man das an?"

„Diesen Knopf drücken", sagte er, aber noch bevor die erste Note erklang, stellte er das Gerät ab. Er sagte: „Wir machen es so: Mr. Fairbanks hat euch mit ‚Night and Day' zu ködern versucht, und ihr habt gelacht. Ich nehme das gleiche Risiko auf mich. Es gibt ein Stück, das mich als Jungen zutiefst ergriff. Ich möchte euer Urteil hören." Er suchte die Stelle auf dem Band, regelte die Lautstärke und adjustierte die Lautsprecher.

„Einen Augenblick später hörten wir Jo Staffords heisere Stimme in „Blues in the Night", mit der beklemmenden Vision einer Jugend in einem verarmten Industrieort:

„Ich habe wohl große Städte gesehen
und großes Gerede gehört . . ."

Die jungen Leute hörten respektvoll zu, und es amüsierte mich insgeheim, wie gespannt Holt und ich ihr Urteil erwarteten. „Es hat irgendwie Klasse", sagte Joe, und Gretchen meinte: „Wenn Sie heute Abend ‚MacArthur Park' hören, Mr. Holt, hoffe ich, daß Sie ebensoviel Verständnis aufbringen werden."

„Ich habe es schon gehört", sagte er. „Es hat irgendwie Klasse."

Auf der Rückfahrt lenkte Holt den ersten Wagen. Am Stadtrand von Pamplona hielten uns zwei Polizisten an, und nach einem Blick auf Joes Bart hießen sie uns an den Straßenrand fahren. „Ist das der junge Mann, der sich Jigal Zmora nennt?"

„Im nächsten Wagen", sagte ich.

Als die Polizisten den Campingbus anhielten, ging ich mit, um als Dolmetsch zu fungieren. „Sind Sie der junge Mann, der sich Jigal Zmora nennt?" wiederholten sie. Jigal nickte, und sie befahlen Gretchen: „Fahren Sie uns nach. Er wird gesucht."

Ich fragte: „Weswegen?" aber sie sagten: „Keine Fragen."

Wir fuhren in die Stadt, doch an der Gabelung, die zur Polizeistation führte, wandten sie sich in die entgegengesetzte Richtung, und noch ehe ich mir überlegen konnte, was das zu bedeuten habe, waren sie vor dem Hotel Tres Reyes vorgefahren, dem vornehmsten der Stadt, wo man während des San Fermin unmöglich Zimmer bekommen konnte.

Sie stiegen ab, lehnten ihre Motorräder in die Einfahrt, und befahlen Jigal: „Kommen Sie mit!" Er wollte eben das Hotel betreten, als ein mir wohlbekannter älterer Herr aus der Halle gerannt kam, die Polizisten zur Seite schob und Jigal packte. „Bruce!" rief er. Jigal hing schlaff und entgeistert in seinen Armen und rief über die Schulter zurück: „Mein Großvater."

Es war Markus Melnikoff, elegant und lebhaft wie immer. Als er mich sah, rannte er auf mich zu, um mich zu begrüßen, aber dabei ließ er Jigals Hand nicht los. „Es war gar nicht so einfach, den Jungen zu finden", sagte er. „Bruce, dein Zimmer in der Bar . . . es ist eine Schande. Diese netten Beamten haben dich aufgespürt. Meine Herren, ich möchte Ihnen meinen Dank ausdrücken . . ." Er nahm die verwirrten Polizisten beiseite und reichte jedem tausend Peseten. „Spanien ist gut organisiert. Man sagt: ‚Wo ist mein Enkel?' und sie finden ihn."

Ich fragte Melnikoff, wo er wohne, und er zeigte auf die „Tres Reyes". Ich sagte, daß man dort kein Zimmer bekäme, und er erklärte: „O doch, wenn man den spanischen Konsul in Chikago und den amerikanischen Botschafter in Madrid kennt. Ich spende schließlich genug für die republikanische Partei."

„Was führt Sie her?" fragte ich ihn.

Mit großer Geste zeigte Melnikoff auf seinen Enkel. Dann sagte er: „Ich bin gekommen, um ihn heimzuholen."

„Ich fahre nicht nach Detroit zurück!" protestierte Jigal.

„Bitte! Es ist nicht nötig, vor so vielen Leuten Familienangelegenheiten zu besprechen."

„Ich fahre nicht heim! Ich habe gesagt, vielleicht Mitte September!"

„Mitte September ist zu spät, um ins Case Institute of Technology hineinzukommen."

„Wer sagt, daß ich nach Case will?"

„Weißt du überhaupt, wie schwer es heutzutage ist, an einer guten Hochschule studieren zu dürfen? Nur weil einer der ranghöchsten Professoren von Case zufällig Konsulent von Pontiac ist . . ."

„Er kann den freien Platz einem Schwarzen geben, der ihn verdient", sagte Jigal.

Diese unerwartete Antwort erzürnte Melnikoff, und er fuhr ihn an: „Ich habe von deinen Leistungen am Technion gehört . . . Ein Talent wie deines vergeuden . . . Bitte, gehen wir woanders hin! Das ist eine öffentliche Einfahrt."

Jigal sagte: „Wir wollten gemeinsam zu Abend essen. Komm mit uns!"

„Es wäre mir eine Ehre, Bruces Freunde kennenzulernen", sagte Melnikoff liebenswürdig. „Aber nur, wenn ich die Rechnung begleichen darf."

Monica rief: „Und wie! Gratisessen, Leute!" Mr. Melnikoff lachte und fragte, wo man in Pamplona ein anständiges Restaurant finden könne. Monica machte rasch hintereinander drei Vorschläge und schloß: „Aber das schönste ist ein altes Schloß auf den Stadtmauern. Es würde Ihnen gefallen; und weil wir wissen, daß das Essen dort ausgezeichnet ist, würde es auch uns gefallen."

„Sie sollen zu meiner Rechten sitzen", sagte Mr. Melnikoff.

Monica hatte „El Caballo Blanco" empfohlen, ein beliebtes Restaurant in der Altstadt, ein uraltes Gebäude mit dunklem Gebälk aus Kastanienholz, das auf einem Felsen hoch über dem Rio Arga thronte. Während des San Fermin war es ständig überfüllt, aber der Direktor des Hotels Tres Reyes kannte die Besitzerin und ließ einen Tisch für vierzehn Personen reservieren. Die beiden Studentinnen, die Joe aufgelesen hatte, und Clive waren mit eingerechnet.

Es wurde ein Galadiner im wahrsten Sinn des Wortes. Mr. Melnikoff erwies sich als charmanter Gastgeber, erzählte viel über die Automobilindustrie in Detroit und hörte interessiert zu, als Clive erzählte, wie die Musikgruppen in London arbeiteten. Mr. Melnikoff interessierte sich auch für die jüngsten Unternehmungen von World Mutual und gratulierte mir zu unseren Erfolgen. Das lenkte unser Gespräch auf Pamplona. „Wie kann sich ein Mann von Ihren Interessen und Leistungen mit einem so billigen Rummel abgeben?"

„Manche von uns verehren Pamplona."

„Warum?"

„Als letzte und gültigste Ausdrucksform von etwas sehr Wichtigem."

Er zuckte mit den Achseln. „Mir gefällt Miami Beach. Meine Freunde in Detroit halten mich für verrückt." Er zögerte, dann fragte er: „Was für ein Junge ist Bruce?"

„Zunächst einmal: er heißt Jigal."

„Ein Intermezzo. Haben Sie von seinen Zensuren gehört? In jedem Fach fast hundert Prozent. Vielleicht ein Genie. Wir dürfen nicht erlauben, daß er das vergeudet."

„Israel bringt ausgezeichnete Wissenschaftler hervor. Und Israel braucht ihn."

„Wir brauchen ihn." Er blickte zum anderen Ende des Tisches, wo Jigal mit einem der neuen Mädchen lebhaft diskutierte. Man sah dem alten Mann an, wie sehr er den Jungen liebte. „Hat er Ihnen erzählt, daß er im Krieg gegen die Araber ein Held war? Was hat ein Junge seines Alters im Krieg verloren?"

„Das Leben ist überall recht gefährlich, Mr. Melnikoff. Der Aufruhr in Detroit ..."

„Ein Intermezzo. Reine, nackte Tatsache ist, daß der Junge in den Vereinigten Staaten gebraucht wird."

„Das weiß er. Ich kann Ihnen versichern, daß er sich nicht gegen Amerika entschlossen hat."

„Was zum Teufel treibt er dann in Pamplona? In Torremolinos? In dem gottverlassenen Ort in Portugal? Hat ihn irgendein Mädchen eingefangen?"

„Mr. Melnikoff, sehen Sie das hübsche Mädchen dort, die Gretchen genannt wird? Heute früh fuhr sie mit uns auf ein Picknick in ein altes Kloster."

„Ich weiß. Der Polizist hier telephonierte mit der dortigen Polizei, und man hat sie gesehen."

„Das gute alte Spanien."

„Wie?"

„Ach, nicht wichtig. Jedenfalls, wir sprachen darüber, daß seit siebenhundert Jahren Pilger über diese Straßen reisten ... Wanderer auf der Suche nach dem Sinn des Daseins. Das beschäftigt auch Jigal."

„Schöner Pilger! Sehen Sie sich doch die dreckige Bar an, wo er wohnt."

„Ich wohne auch dort."

„Sie sollten sich schämen."

„In alter Zeit, glaube ich, schlief die eine Hälfte der Pilger in Klöstern, die andere in Freudenhäusern."

Hier wurde unser Gespräch von Cato unterbrochen, der mit Monica an unser Ende des Tisches kam, um sich von dem Gastgeber zu verabschieden. „Wir haben ein paar Leute aus Dänemark kennengelernt", erklärte er, und nachdem die beiden gegangen waren, sagte Mr. Melnikoff: „Vor zehn Jahren hätte mich der Anblick empört. Jetzt finde ich es großartig. Wenn ich jung und talentiert wäre, würde ich schwarz sein wollen; dann würde ich zuallererst die Tochter des Chefs heiraten ... zum Besten aller."

Es war lange nach Mitternacht, als an die Tür meines Zimmers geklopft wurde. Ich nahm an, es sei jemand, der einen Schlafplatz suchte, aber es war Melnikoff. Er war mit einem Taxi vom Hotel hierhergefahren. „Kann ich mit Ihnen reden, Fairbanks?" fragte er leise. Ich nickte, er ging zum Fenster und winkte dem Taxifahrer, er solle warten. Dann setzte er sich auf mein Bett und begann zu reden. „Ich fühle mich völlig verloren. Diese Kaschemme, in der ihr wohnt. Als ich heute nachmittag in Bruces Zimmer ging, lag dort ein fremdes Paar im Bett. Ich bin sicher, daß sie Marihuana geraucht hatten. Was treibt der Junge mit solchen Leuten?"

„Er ist der Teil einer allgemeinen Revolution", sagte ich lahm.

„In Amerika brennen die Studenten Gebäude nieder. Was soll das alles?"

„Mr. Melnikoff, ich kenne diese jungen Leute hier und finde, daß sie die prachtvollsten jungen Menschen sind, die es nur geben kann."

„Das akzeptiere ich nicht. Die ganze Generation ist von einer

Krankheit befallen." Ehe ich darauf eingehen konnte, faßte er meine Hände und sagte eindringlich: „Sagen Sie mir eines! Die Neger... Warum können sie sich nicht hinaufarbeiten... so wie mein Vater und meine Mutter? So wie ich?"

„Fragen Sie das auch in Detroit?"

„Nein. Dort halte ich den Mund. Denn etwas geht bei uns vor, das ich nicht verstehe, und ich will nicht als Trottel dastehen."

„Ich bin froh, daß Sie nicht in aller Öffentlichkeit gepredigt haben. Solche Meinungen sind nämlich die Ursache dafür, daß die Schwarzen ihren ganzen Unmut gegen die Juden richten."

„Das ist auch so eine Sache. Seit dreißig Jahren zahle ich dem ‚Komitee für die Besserstellung der Farbigen' Mitgliedsbeiträge. Ohne uns Juden hätten die Neger immer noch keine Bürgerrechte. Das ist eine erwiesene Tatsache."

„Aber sagen Sie ihnen ja nicht, daß die Juden sich hinaufarbeiten mußten, also könnten sie es auch tun."

„Ist Bruce Ihrer Meinung?"

„Wenn er vernünftig ist, wird er denken wie ich. Nehmen sie zum Beispiel die Iren in Boston. Anfangs wurden sie schlechter behandelt als die Schwarzen heute. Aber sie arbeiteten sich aus eigener Kraft empor. Ein weißes irisches Mädchen kann die Tatsache, daß sie katholisch ist, verheimlichen oder der Episkopalkirche beitreten. Ein Schwarzer kann seine Farbe nicht übertünchen, und wir haben ihm nie erlaubt, irgendwo dabeizusein. Es gibt überhaupt keinen Vergleich zwischen einem Juden, der sich hocharbeitet, und einem Schwarzen, der unten hängenbleibt. Sie spielen nicht einmal in der selben Fußballmannschaft."

„Dann geben Sie den jungen Leuten also recht? Daß etwas in Amerika nicht stimmt?"

„Sehr vieles stimmt nicht."

Er schwieg lange, dann sagte er unvermittelt: „Vietnam. Sollten wir die Protestierer nicht ins Gefängnis werfen?"

„Ich habe einmal in Saigon gelebt. Sagen Sie mir: Hat es je einen schlimmeren Krieg gegeben?"

„Sagen Sie mir: Wenn Sie ein junger Mann wären, würden Sie Ihren Einberufungsbefehl verbrennen?"

Einen Augenblick schwieg ich. Wir führten ein ehrliches Gespräch, also antwortete ich ehrlich. „Es ist mir unmöglich, als junger Mann zu denken, weil ich den Stempel meiner Erziehung trage – eingewurzelter Patriotismus, eine gewisse Haltung den Frauen gegenüber, der Glaube an Verträge, an die Ideale von 1932, die sich als so furchtbar falsch erwiesen haben. Ich bin ein alter Mann, gezeichnet von allen Irrtümern und Unsitten des Alters. Wenn ich als der Mensch, der ich bin, plötzlich wieder neunzehn wäre, würde ich selbstverständlich die Einberufung respektieren und in den Krieg ziehen. Aber wenn ich wirklich neunzehn wäre und dächte wie ein Neunzehnjähriger von heute, ich weiß nicht, was ich täte ... wahrscheinlich meine Musterungskarte verbrennen."

Mr. Melnikoff erhob sich, ging ein paarmal im Zimmer auf und ab und fragte dann: „Was denken Sie, was wird mit Bruce geschehen?"

„Ich glaube, er wird in die Vereinigten Staaten fahren, sie genau prüfen und sich schließlich für Israel entscheiden."

Er setzte sich wieder. „Wie können Sie so etwas sagen?"

„Weil ich ihn gut kenne. Und er ist ein Junge, der die Tatsachen mit kalter Logik betrachtet."

„Aber alle Tatsachen sprechen für die Vereinigten Staaten."

„Materiell gesehen, ja. Emotionell, nein. Und seine Generation wird zu keinem Selbstbetrug bereit sein, wenn die Emotionen im Spiel sind."

„Haben Sie ihm geraten, in Israel zu bleiben?"

„Ich habe ihm geraten, es mit den Vereinigten Staaten zu versuchen ... aber nicht mit Detroit."

„Warum nicht? Wir haben ein schönes Leben dort."

„Eines kann ich Ihnen sagen: Wenn Sie ihn bei sich in Detroit zu halten versuchen, werden Sie ihn verlieren."

„Was könnten wir tun, um ihn zu halten?"

„Das einzige, womit man junge Leute – die besten jedenfalls – überhaupt halten kann: sie freilassen."

„Frei wozu?"

„Für Jigal könnte es zum Beispiel die Arbeit als Ingenieur in einer der neuen Negerrepubliken sein, oder Forschungstätigkeit in Oxford, oder eine Lehrtätigkeit an einem College im Süden. Ich weiß nicht, was es sein wird, aber wenn er sich seinen Platz im Leben nicht selbst suchen kann, werden Sie ihn nicht halten können."

„Sie reden so leichthin über Kinder. Wahrscheinlich haben Sie selbst keine."

„Ich hatte einen Sohn. Er war Jigal sehr ähnlich, und ich habe ihn verloren."

„Wieso?"

„Weil ich genau die gleiche Taktik verwendete wie Sie mit Bruce."

Mein Gespräch mit Melnikoff hatte mich sehr erregt. Ich mußte mit Harvey darüber reden.

Ich ging zu seinem Zimmer und stieß die Tür auf. In der Bar Vasca gab es keine Schlösser und nur wenige funktionierende Schnapper. Ohne besonders darauf zu achten, stellte ich fest, daß ein Koffer oder etwas Ähnliches vor der Tür stehen müsse. Erst als ich die Tür richtig offen hatte, bemerkte ich, daß ein Stuhl vor die Tür geschoben worden war. Ich wollte mich zurückziehen, aber in diesem Augenblick knurrte Holt vom Bett her, und – Narr, der ich war – ich antwortete ihm.

In den vergangenen Tagen war mir aufgefallen, daß Britta Holts Meinungen mehr als bloßes Verständnis entgegenbrachte. In politischer und gesellschaftlicher Hinsicht war er völlig anders als die Menschen, zu denen sie sich hingezogen fühlte, aber in seiner Einfachheit ähnelte er den starken, überlegenen Männern, die sie in Tromsö gekannt hatte. Einmal sagte sie mir, er hätte etwas von der norwegischen Ehrlichkeit an sich. Die Norweger, die sie bewundert hatte, waren in mancher Hinsicht nicht in Ordnung, nur in einer, auf die es ankam: sie hatten Charakter. Britta drückte es so aus: „Nehmen wir an, wir würden in einen richtigen Kampf geraten. Bei Ihnen, Mr. Fairbanks, könnte ich sicher sein, daß Sie richtig entscheiden würden, welche Seite moralisch im Recht ist. Ich könnte damit rechnen, daß Cato eine Ansprache hielte. Ich könnte damit rechnen, daß Jigal in einer schwierigen Situation einen Ausweg finden würde. Und ich könnte damit rechnen, daß Joe mich trösten würde, wenn die Sache böse ausginge. Mr. Holt würde kämpfen. In dieser Hinsicht ist er meinem Vater sehr ähnlich."

„Haben Sie nicht gesagt, daß Ihr Vater Ihnen leid tut?"

„Mr. Holt tut mir auch leid."

Wenn ich sie miteinander sah – beim Mittagessen zum Beispiel oder wenn wir abends in ein Restaurant gingen –, waren sie nicht eigentlich miteinander, aber sie nahmen meist am selben Ende des Tisches Platz ... Ich hatte den Eindruck, daß die hübsche kleine Britta in Holt ihre beste Chance sah, Tromsö für immer zu entkommen. Sie hatte nicht mehr viel Zeit, denn sie hatte nur das Geld, das Gretchen ihr gab. In dieser Situation mußte ihr Holt als einziger Ausweg erscheinen.

Holt seinerseits hatte nie ein hübsches Mädchen übersehen, und wenn man ihm schmeichelte, wie Britta nach dem Lauf dieses Morgens, war er dafür durchaus nicht unempfänglich. Ich hätte mir denken müssen, worauf er hinauswollte, als er mich fragte: „Sind die

Norweger den Schweden ähnlich?“ Ich begann hervorzukramen, was ich über skandinavische Geschichte wußte.

„Ich meine nicht die Geschichte“, unterbrach er mich. „Ich meine die gesellschaftlichen Formen . . . heute. Sind die Norweger ebenso . . . nun . . . liberal?“

„Ah, du meinst Sex? Ich weiß es nicht.“

„Du warst doch dort.“

„Ja. Und wenn du etwas über Wasserkraftwerke wissen willst, oder Altersversorgung, oder Schiffahrt . . .“

„Du interessierst dich für die falschen Dinge“, knurrte er. Bald dachte ich nicht mehr an unser Gespräch.

Später erfuhr ich, daß Holt und Britta eines Abends nach dem Feuerwerk stundenlang durch die dunkle Stadt spaziert waren und zahlreiche Bars besucht hatten. Ihre nächtliche Exkursion dauerte fast bis zum Morgengrauen. Britta erzählte mir: „Er kam mir vor wie ein kleiner Junge und gleichzeitig wie ein starker Mann, und wenn ein Mädchen so fühlt, ist das gefährlich.“ In einer Bar saßen englische Studenten, die drei Nächte lang nicht ins Bett gekommen waren und offensichtlich Pot rauchten. Holt fragte sie, ob sie rauche, und sie antwortete: „Jeder versucht es.“ Die Worte berührten ihn eigenartig. Zum ersten Mal stieg die vage Ahnung in ihm auf, daß diese jungen Leute in einer totalen Gesellschaft lebten, in der ein neugieriger junger Mensch kaum der Auseinandersetzung mit Marihuana entgehen konnte.

„Haben Sie auch LSD versucht?“ fragte er sie.

„So verrückt bin ich nicht“, antwortete sie. Dann fragte er sie, ob Monica rauche, und sie wich seiner Frage aus: „Das muß jedes Mädchen selbst entscheiden. Fragen Sie sie selbst.“

Holt war von Britta fasziniert; sie war für ihn ein Fenster in eine neue Welt, eine Welt, die er bisher verachtet hatte. Nun fand er es besonders verlockend, diese Welt mit Britta zu entdecken. Der Hauptgrund waren natürlich Brittas schneeweiße Zähne, ihr lachsfarbenes Haar und ihre atemberaubenden Proportionen.

Eines Nachmittags ging ich mit ihnen vom Stierkampf nach Hause. Britta hielt tüchtig Schritt mit uns, als wäre sie unser erprobter Kamerad, und plötzlich fragte Holt: „Haben Sie je einen Mustang gehabt?“ Britta antwortete: „Amerikanische Wagen sind für uns in Norwegen zu teuer.“

In dieser Nacht, als Holt mich vom Bett aus anknurrte, weil ich seinen Stuhl zur Seite gerückt hatte, sah ich im schwachen Licht, das vom Gang ins Zimmer fiel, daß Holt guten Grund hatte, seine Tür zu verstellen, denn er hatte ein Mädchen bei sich. Auf Grund meiner Beobachtungen in den letzten Tagen nahm ich an, es sei Britta, und war eigenartigerweise erleichtert, als ich eine von Joes Studentinnen erkannte. Sie machte sich nicht die Mühe, das Laken über ihr Gesicht zu ziehen. Auch Holt zeigte keinerlei Verlegenheit, und als ich mich zurückzog, sagte er: „Zieh den Stuhl wieder vor die Tür, wenn du kannst!"

Der 12. Juli brachte uns einen der dramatischesten Läufe der letzten Jahre. Und das war ein Unglück. Denn neben mir auf der Barrikade stand Markus Melnikoff, der unbedingt selbst sehen wollte, welcher Wahnsinn seinen Enkel erfaßt hatte. Ich hatte ihm abgeraten mitzukommen und ihm gesagt, er würde weder Verständnis aufbringen noch Freude haben. Jigal hatte ihm erklärt, daß die Stiere keinerlei Faszination auf ihn ausübten. „Das, was du sehen wirst, ist verrückt, und kein vernünftiger Mensch würde sich je damit abgeben."

„Warum bist du dann in Pamplona?" fragte Melnikoff.

„Aus dem gleichen Grund wie die anderen. Ich genieße Pamplona ... die Musik ... die Feuerwerke."

„Ich will es ansehen", sagte Melnikoff, und jetzt stand er neben mir auf der Rampe, als wollte er sagen: „Zeigt es mir doch!"

Ich sagte zu ihm: „Jigal hatte vollkommen recht ..."

„Bitte, nennen Sie ihn nicht Jigal!"

„Jigal oder Bruce, er ist ein großartiger Junge, und Sie sollten ihn akzeptieren, wie er ist."

„Einer der fundamentalen Irrtümer unserer Zeit. Jeder, der einen achtzehnjährigen Jungen akzeptiert, wie er ist, ist verrückt. Der ganze Sinn des Lebens ist, die Menschen zu bessern."

Ich wechselte das Thema: „Die Stiere werden aus dem Korral dort unten kommen ... Sehen Sie den Mann an der Mauer? Das ist der, mit dem wir gestern zu Abend aßen. Unser Freund Harvey Holt."

„Sie meinen doch nicht etwa, daß ein erwachsener Mann sich so zum Esel machen wird? Was ist er von Beruf?"

„Technischer Berater für UniCom ... in Afghanistan."

„Das ist eine gute Firma. Was treibt ein Mitarbeiter von UniCom an einem solchen Ort?"

„Er kommt jedes Jahr ... um mit den Stieren zu laufen."

„Sie meinen, daß er dort unten bleibt? Wenn die Stiere kommen?"

„Richtig. Und außerdem ist er ein intelligenter Mensch. Und ziemlich wohlhabend."

„Da komme ich nicht mehr mit."

Ich hatte nichts mehr zu sagen, also starrten wir hinunter und beobachteten die Polizisten, die sich langsam in die Nähe der Rampe begaben, um sich dann schnell in Sicherheit bringen zu können. Die erste Rakete wurde abgeschossen, gleich danach die zweite, und die Stiere rasten bergauf.

„Seht doch diesen Idioten!" schrie Melnikoff, als Holt auf die Stiere zurannte. „Bruce, Bruce, die bringen ihn um!"

Ich versicherte ihm: „Er weiß, was er tut", war aber erleichtert, als sich Holt schneller als sonst umwandte und mit einer Geschwindigkeit, die ich nie zuvor bei ihm gesehen hatte, bergauf rannte. Er hatte offenbar eine Gefahr erkannt. Angst malte sich in seinem Gesicht, und er warf sich gegen die Mauer.

Dann sahen auch wir die Gefahr. An der engsten Stelle der Bahn, wo es oft zu einem Gedränge kam, hatte ein Ochse einen Stier gerempelt und ihn in seinem Lauf behindert. Der Stier ging wütend auf den Ochsen los, verfehlte ihn, verlor für einen Augenblick die Balance, vergaß weiterzulaufen und steuerte auf die Mauer zu, an der Holt und viele andere Zuflucht gesucht hatten.

Beim Anblick der Gestalten an der Mauer, die sich zum Teil auch noch bewegten, fegte der Stier mit gesenktem Kopf sein linkes Horn wie eine Sense die Mauer entlang. Drei, vier, fünf, sechs Männer wurden gefällt.

Der siebente Mann, der aufgespießt wurde, stand direkt neben Holt. Unglücklicherweise trug er statt der traditionellen Schärpe einen Ledergürtel, der sich am Horn verfing und den Stier einen Augenblick am Weiterstürmen hinderte. Heftig schüttelte er den Kopf und drückte den Mann noch zweimal gegen die Mauer. Dann riß er sich los und stand nun Harvey Holt gegenüber, der wie erstarrt an der Mauer klebte, das Horn wenige Zentimeter von seinem Bauch entfernt. Da machte der Mann links von Holt eine Bewegung, und der Stier hieb auf ihn ein, warf ihn zu Boden und bearbeitete ihn mit den Hörnern.

Mr. Melnikoff schrie: „Um Himmels willen, nehmt den Stier weg!"

Britta, die links von mir stand, betete laut: „Mach, daß der Stier weiterläuft! Mach, daß er weiterläuft!" Joe sah schweigend und fasziniert zu, wie Holt reglos blieb, während der Stier den Mann zu seinen Füßen attackierte. Mein Atem ging keuchend, ich fühlte es kaum, als Mr. Melnikoff meinen Arm packte. „Das ist gräßlich!" brüllte er. „Nehmt den Stier weg!"

Plötzlich riß sich der Stier los, fegte noch einmal sein Horn die

Mauer entlang und warf den neunten, zehnten und elften Mann um, den letzten neben dem Krankenhauseingang. Dann rannte das Ungeheuer, mit den Hinterbeinen ausschlagend, geradeaus die Santo Domingo hinauf, ohne weiter jemanden zu beachten.

Gleich darauf waren Helfer zur Stelle, die die Verwundeten aufhoben. Manche waren bewußtlos und blutüberströmt. Andere, die keine Verletzungen durch die Hörner erlitten hatten, schüttelten sich, befühlten ihre Bäuche und ihren Unterleib und gingen davon. Acht trug man in das Krankenhaus.

Mr. Melnikoff stöhnte: „Ich muß mich setzen." Jigal setzte sich zu ihm und versicherte ihm, daß keiner der Läufer sterben würde. Aber der alte Mann fuhr ihn an: „Wie kannst du das wissen? Du hast doch das Horn im Bauch des Mannes gesehen."

„Glaub mir, Großvater, der Mann überlebt. Frage nur Mr. Fairbanks."

„Warum sollte ich den Narren fragen? Ein erwachsener Mann, der jedes Jahr hierherkommt, um ein solches Spektakel mitzuerleben. Wie zu Neros Zeiten. Drei Karten fürs Colosseum, bitte." Er rang nach Atem, dann nahm er die Hand seines Enkels. „Sag mir, Bruce, hat dich der Krieg so verhärtet, daß du Freude daran hast ... an diesen Blutlachen ... in einer öffentlichen Straße?"

„Es stößt mich ab."

„Warum, im Namen Gottes, bleibst du dann hier?"

„Weil Pamplona viel mehr ist. Manche Besucher gehen nicht einmal zu den Stierkämpfen. Sie sehen keinen einzigen Stier. Großvater, sie gehen erst am Morgen zu Bett. Denen gibt das hier nichts."

„Sag mir, Bruce: ist es ein Mädchen? Du hast ein Mädchen hier. Das muß es sein!"

„Großvater, ich bin bloß hier, um Spaß zu haben."

„Spaß! Spaß! Bruce, du fliegst heute nachmittag mit mir heim!"

Und Mr. Melnikoff wurde aktiv. In der Bar Vasca, wo eine riesige Menge den Lauf als den schlimmsten der letzten Jahre bezeichnete und Holt zu seiner wunderbaren Rettung gratulierte, stürzte er sich ans Telephon, buchte zwei Plätze für die Nachmittagsmaschine nach New York, bestellte ein Taxi nach Madrid und schickte eine Flut von Telegrammen nach Tel Aviv und Grosse Pointe. Dann bat er mich, mit ihm hinaufzugehen und Bruces Sachen zu packen. In der offenen Tür fuhr er angeekelt zurück, denn in Bruces Bett schlummerten der Junge aus Kalifornien und zwei Mädchen.

„Schicken Sie sie weg!" kommandierte er, als wäre ich einer seiner Angestellten. Ich ging hinein und sagte: „Es gibt Schwierigkeiten. Verschwindet, bitte." Alle drei waren nackt, und hastig rissen sie Kleidungsstücke von den Sesseln und bedeckten sich damit.

„Ich glaube, dieses Hemd gehört Jigal", sagte ich zu einem Mädchen.

„Ist ihm sicher egal", sagte sie, und die drei rannten über den Gang und verschwanden in Gretchens Zimmer, wo sie sicher sofort ins Bett kletterten und weiterschliefen.

„Deine Freunde?" fragte Melnikoff seinen Enkel sarkastisch.

„Ich habe sie erst gestern kennengelernt", protestierte Jigal.

„Sie waren in deinem Bett."

„Sie waren in meinen Kleidern – was soll ich machen?"

„Packen!"

Der Augenblick der Entscheidung war gekommen. Alle Anzeichen ließen darauf schließen, daß Jigal bei der Gruppe bleiben wollte. Er wollte seinem Großvater sagen, er solle sich zum Teufel scheren. Statt dessen aber wandte er sich mir zu: „Mr. Fairbanks, was soll ich tun?"

„Tun?" schrie Melnikoff. „Es gibt nur eines zu tun: Packen!"

„Geh!" schrie Jigal ihn an. „Geh! Warte draußen." Er versuchte, seinen Großvater hinauszudrängen, aber der alte Mann weigerte sich.

„Wenn Sie auf Ihrem Willen bestehen, Mr. Melnikoff", sagte ich, „werden Sie diesen Jungen verlieren. Warten Sie draußen in der Halle und lassen Sie mich mit ihm reden." Ich führte ihn mit sanfter Gewalt hinaus. Er murmelte vor sich hin, wofür ich mich eigentlich hielte, aber ich tat, als hörte ich ihn nicht. Als ich ins Zimmer zurückkam, saß Jigal auf seinem Bett, den Kopf in den Händen.

„Was soll ich tun?" fragte er.

„Du bist in keines der Mädchen verliebt?"

„Nein. Ich mag Britta, aber sie weiß es nicht."

„Dann hast du hier nichts, was dich hält."

„Es gibt immer etwas, das einen hält."

„Sicher, aber nichts Entscheidendes. Mir scheint, Jigal, als wäre dein großes Problem genau dasselbe wie das Harvey Holts . . . und in gewissem Sinn auch meines."

„Was meinen Sie? Die Stiere sind mir gleichgültig."

„Ich meine nicht die Stiere. Ich meine Amerika."

„Inwiefern?"

„Amerika ist der große Magnet unserer Zeit. Wer je mit Amerika in Kontakt gekommen ist, für den wird es zu der großen Kraft, die er in Balance bringen muß. Holt hat das nie fertiggebracht. Er ist dazu verdammt, ewig Auslandsamerikaner zu bleiben. Ich bin ein Grenzfall. Ich kann in den Staaten leben, das habe ich bewiesen. Aber ich bin immer froh, wenn ich wegkomme."

„Wollen Sie damit sagen, daß es meine Pflicht ist, mit den Vereinigten Staaten ins reine zu kommen?"

„Ja."

„Auch wenn das bedeutet, daß ich mir von dem alten Gauner anhören muß, wie er mit Detroit fertig geworden ist?"

„Ich bin auch ein alter Gauner. Eines Tages werde ich dir erzählen, wie ich mit World Mutual fertig geworden bin."

„Sie meinen, daß ich mit ihm gehen soll, noch heute heimfliegen?"

„Ich werde dir nicht sagen, was du tun sollst."

„Aber, verdammt noch einmal, Sie sagen es mir doch. Auf Ihre überlegene Art. Sie werden nicht die Karten auf den Tisch legen und sagen: ‚Junge, fahr für ein paar Monate heim und wiege die Dinge selbst ab.' Dazu haben Sie nicht den Mut. Sie wollen sich nicht festlegen."

Er schrie. Also schrie ich auch: „Gut, dann sage ich es dir. Geh heim! Noch heute. Wenn du dich nicht vor einer Kraftprobe fürchtest."

„Gut. Gut. Brüll mich nicht an!" schrie er. „Ich fahre heim!" Und er begann seine Tasche in so wütender Hast zu packen, daß man hätte glauben können, er hasse jedes Kleidungsstück. „Wo ist mein blaues Hemd?" tobte er.

„Das Mädchen hat es genommen."

Er stürmte aus dem Zimmer, rannte an seinem Großvater vorbei in Gretchens Zimmer, zerrte den Schlafenden die Decken weg und riß dem Mädchen das Hemd vom Leib, bevor sie richtig aufgewacht war. „Schweine!" brüllte er über die Schulter zurück.

Wenn San Fermin zu Ende ging, verwandelte sich die Bar Vasca in ein Reisebüro. Zu jeder Tages- und Nachtzeit kamen junge Leute vorbei und fragten Raquel, ob sie jemanden wisse, der nach Brüssel, Istanbul oder sonstwohin reise. Die tollsten Abmachungen wurden getroffen, Reisen über den halben Kontinent waren innerhalb von Minuten arrangiert.

Ein Mädchen aus Wisconsin kam vorbei und wollte nach Mailand, um sich ein Industrieunternehmen anzusehen. Als es von einem Holländer hörte, der nach Split wollte, warf sie ihre Pläne einfach über den Haufen und fuhr mit ihm.

Da Jigal nach Amerika abgereist war, überlegten die Jungen in der

Bar Vasca, was sie tun sollten. Holt und ich würden nach Madrid zurückfahren. Die restlichen fünf im VW-Campingbus hatten keine konkreten Pläne. Südfrankreich wurde erwogen. Die beiden Studentinnen wollten nach Rom, und der Junge aus Kalifornien sagte, er werde sich auf die Straße stellen, mit dem Daumen winken und sich vom erstbesten, der anhielt, mitnehmen lassen.

Meines Wissens war bis zu diesem Zeitpunkt der Name Mozambique nicht gefallen. Wir kamen indirekt darauf zu sprechen, als Holt sagte: „Diese junge Dame, die nach Split abfuhr, erinnert mich daran, wie Humphrey Bogart beschloß, mit Miß Hepburn flußabwärts zu fahren. Es war ungefähr die gleiche Situation, nur waren die beiden älter."

„Wovon reden Sie?" fragte Joe gereizt.

„Einer von Bogarts besten Filmen. Ich sah ihn in einem Kino in Gago Coutinho."

„Wo zum Teufel ist Gago Coutinho?"

„Mozambique", erklärte ich.

„Wo liegt das?"

„Es ist eines der aufregendsten Länder, in denen ich je gearbeitet habe", sagte ich. „Im Süden Afrikas, am Indischen Ozean. Ich studierte die Investitionsmöglichkeiten und verliebte mich in das Land."

„Siebenundneunzig Prozent Neger", ergänzte Holt. „Aber die Portugiesen haben den Finger am Drücker." Und er preßte den Daumen fest auf den Tisch.

„Es wäre vor allem für Sie interessant", sagte ich zu Cato. „Im Süden haben wir Südafrika, wo die Neger unterdrückt werden. Im Norden Tansanien, wo sie regieren. Mozambique liegt in der Mitte, geographisch und geistig."

„Haben sie nicht dort ein herrliches Wildreservat?" fragte Monica. Ich nickte, und sie sagte: „Vater sah es einmal und sagte, es sei das schönste in ganz Afrika." Sie zögerte. Der Kontinent barg noch unangenehme Erinnerungen für sie. Doch dann schnippte sie mit den Fingern. „Ich finde, wir sollten hinfahren."

„Können wir mit dem Wagen fahren?" fragte Gretchen.

„Unmöglich", sagte ich, „aber es gehen Schiffe hinunter . . . sehr billige . . . der Transport des Wagens würde nicht viel kosten."

„Es gibt ein griechisches Schiff, das am Nachmittag des Fünfzehnten aus Barcelona ausläuft", sagte Holt.

„Woher wissen Sie das?" fragte Monica.

„Es gehört zu meinem Beruf, über Transportmöglichkeiten Bescheid zu wissen. Fährt am Fünfzehnten jedes Monats von Barcelona ab. Am Siebzehnten von Livorno."

Die Aufregung griff um sich. Gretchen fragte: „Brauchen wir Visa?"

„Ja, aber ihr könnt in Barcelona darum ansuchen", sagte Holt. „Sie werden dann in Luanda in eure Pässe gestempelt." Er wußte auch den Preis und die Gültigkeitsdauer.

„Was für ein Land ist es?" fragte Cato.

„Ihr kennt doch den Ausdruck ‚meilenweiter Strand'", antwortete ich. „Mozambique hat tausend Meilen . . . den schönsten, leersten Strand der Welt. Dschungel, riesige Flüsse, faszinierende Inseln, schöne Städte. Je mehr ich darüber nachdenke, desto schöner wird es. Wenn ihr euch die Schiffskarten leisten könnt."

Ohne zu zögern, sagte Gretchen: „Wenn Joe und Britta Geld brauchen, kann ich es ihnen geben. Können wir in Mozambique unseren Wagen verwenden?"

„Gute Straßen", sagte ich.

„Nicht besonders gut . . . aber immerhin Straßen", korrigierte Holt. „Er benützt überall das Flugzeug. Ich muß mit dem Wagen fahren."

„Könnten wir die Schiffahrtslinie in Barcelona anrufen?" fragte Gretchen.

Britta ging ans Telephon und sprach mit der Telephonzentrale. Nach überraschend kurzer Zeit hatte Gretchen die griechische Linie am Apparat und fragte, ob es noch freie Kabinen nach Mozambique gäbe. Dann zog sie die Stirn in Falten und sagte enttäuscht: „Alles belegt." Sie wollte eben aufhängen, als Monica meinen Arm packte. „Du kennst doch die Griechen. Tu etwas!"

Ich übernahm den Hörer und begann zu erklären, daß ich in Verbindung mit ihrer Gesellschaft stünde, woraufhin der Mann am anderen Ende unterbrach und mit jemandem redete. Gleich darauf rief einer der Griechen, die ich in Torremolinos bei unseren Verhandlungen kennengelernt hatte, mit ungeheuer lauter Stimme ins Telephon: „Ja, eines unserer Schiffe läuft am 15. Juli aus Barcelona aus. Es ist vollkommen ausgebucht. – Oh, Sie sind Mr. Fairbanks von World Mutual! Natürlich erinnere ich mich. Sie haben unsere Anleihe arrangiert! Sie brauchen drei Kabinen? Mr. Fairbanks, für Sie haben wir eben eine ganze türkische Familie ausquartiert. Können Ihre Leute uns sofort fünftausend Peseten telegraphisch überweisen? Den Rest können sie dann in amerikanischen Reiseschecks bezahlen. . . Ja, wir haben auch Platz für einen Volkswagenbus."

Ich deutete fragend auf jeden der fünf, und jeder nickte zustimmend. Dann erklärte ich den Griechen: „Abgemacht. Sie kommen am Fünfzehnten."

Während Gretchen zum Postamt ging, blieben die vier anderen in der Nische und führten eine Diskussion, wie sie an diesem Tag von vielen in Pamplona geführt wurde: „Sollen wir zum letzten Stierkampf bleiben oder einen Tag früher losfahren?" Vorsichtige Leute rieten dazu, einen Tag früher zu fahren, denn nach dem letzten Kampf waren die Straßen, besonders in Richtung Frankreich und Barcelona, verstopft. Diejenigen hingegen, die acht oder zehn Dollar für die Karten bezahlt hatten, meinten, es wäre zu schade, San Fermin nicht bis zum Ende mitzuerleben. Unsere Jungen beschlossen, sich den Kampf noch anzusehen und dann die Nacht durchzufahren.

Der 13. Juli brachte uns eine echte Überraschung. Als ich die Mädchen zum Museum führte, wo Holt laufen sollte, waren wir überzeugt, daß das Unglück vom Vortag die Reihen gelichtet hatte. Aber ganz im Gegenteil! Die Zahl der Männer, die den Stieren an diesem Abhang entgegentreten wollten, war viel größer als gestern, als hätte das Blutvergießen ihren Appetit auf eine Mutprobe nur noch gesteigert.

Plötzlich schrie Monica auf: „Großer Gott! Seht, wer dort unten ist!"

Es war Joe in engen Jeans, Stiefeln und Lederweste. Lässig lehnte er an der Mauer und sah völlig deplaciert aus. Er hatte sich nicht weit vom Polizeikordon postiert, an jener Stelle, wo der Stier tags zuvor seine Aktion begonnen hatte. Monica rief Holt zu: „Raten Sie, wer mit Ihnen läuft!" Harvey sah sich nach allen Richtungen um und erblickte Joe. Er schrie: „Du kannst nicht in diesen Schuhen laufen", aber in diesem Augenblick explodierte die Rakete, und die Stiere rasten heran. Seelenruhig schloß sich Joe den vordersten Läufern an, rannte bergab, kalkulierte die Entfernung falsch ein, drehte zu spät um und wurde von einem großen Ochsen in den Rücken gestoßen. Das Tier warf ihn um und rannte über ihn hinweg. Als er wieder aufblickte, sah er nur noch die Schwänze der Stiere, die eben die Kurve vor dem Krankenhaus nahmen.

„Es ging alles so verdammt schnell", erzählte er uns beim Frühstück in der Bar Vasca. „Ich hatte genau aufgepaßt, wie Holt es macht. Aber diese Tiere sind so groß!"

„Hat dich der Stier mit den Hörnern erwischt?" fragte Monica.

„Ich wollte, ich könnte behaupten, es wäre ein Stier gewesen", antwortete Joe. „Aber ihr habt es ja selbst gesehen."

Als Holt zum Frühstück kam, fuhr er Joe an: „Du hättest es mir sagen müssen! Die Ochsen nehmen diese Kurve immer sehr eng."

„Dann sage ich es dir jetzt. Ich laufe morgen."

„Ich auch", sagte Cato, einer plötzlichen Eingebung folgend.

„Ich auch", fügte ich hinzu. Es war mir einfach entfahren.

„Moment!" protestierte Holt. „Ich übernehme keine Verantwortung für drei Narren am Hang von Santo Domingo."

„Ich habe auch heute nicht um Ihren Schutz gebeten", erklärte Joe.

„Und du bist dabei auf den Hintern gefallen ..." Er stand auf, stürmte durch die Bar und rief Raquel zum Zeugen: „Sie wollen morgen laufen ... Tag der Bastille ... größte Menschenmenge des Jahres. Drei halbe Portionen: ein Holzkopf, der den Ochsen direkt in den Weg läuft, ein Schlafzimmerathlet und ein müder alter Mann mit weißem Haar. Um Himmelschristiwillen!"

Er setzte sich wieder, und wir versicherten ihm: ob er mithielte oder nicht, wir drei würden morgen auf der Strecke sein.

„Aber warum?" fragte er.

Joes Motiv hätte ich erklären können. Bis gestern war ihm das Rennen gleichgültig gewesen. Aber als er sah, wie der Stier die Mauer reinfegte, ging ihm die Bedeutung des Laufes auf. Das war etwas, das ihm gemäß war, etwas, das für ihn Sinn hatte. Er mußte einfach laufen. Es war sein Schicksal.

Bei Cato war es anders. Langsam akzeptierte er die Tatsache, daß er ohne jede Einschränkung Mitglied der Gruppe war. Der einzige, den er noch nicht überzeugt hatte, war Harvey Holt, denn dessen Vorurteile saßen zu tief. Wenn der Lauf mit den Stieren für Holt das Kriterium der Anerkennung war, dann wollte Cato ihm zeigen, wie lächerlich sein Maßstab war. Außerdem mochte er Joe, vertraute ihm und hatte das unbestimmte Verlangen, mit ihm mitzumachen.

Was mich betrifft: Ich war einundsechzig und würde vielleicht nie wieder eine so kongeniale Gesellschaft finden. Warum ich unbedingt laufen wollte, könnte ich allerdings nicht erklären. Psychologen behaupten, die Männer im alten Kreta seien mit den Stieren gelaufen, um den Tieren die Virilität und den Mut zu stehlen. Zyniker tun es als läppische Anwandlung erwachsener Männer ab, die wieder kleine Jungen sein wollen. Und die Psychiater, die High-Fidelity als Ersatz für sexuelle Potenz erklären, behaupten, daß nur sexuell impotente Männer vor den Stieren herlaufen, um dadurch ihre Unfähigkeit zu kompensieren. Man hat behauptet, es sei Exhibitionismus alter Männer. Aber die Hälfte der Läufer ist jung. Andere wieder erklärten, es handle sich um Narzißmus der Jungen. Aber die Hälfte der Läufer ist alt. Ein berühmter amerikanischer Experte hat behauptet, neun Zehntel der Läufer seien verrückte Studenten aus Amerika und Deutschland. In Wahrheit aber sind neun Zehntel der Läufer Spanier, die vielleicht verrückt sind, aber eine Universität nicht einmal von weitem gesehen haben. Meine eigene Theorie ist, daß es Spaß macht – unerklärlichen Spaß – wie ein türkisches Bad ... oder Sardellen und Bier ... oder eine kleine Chinesin in Hongkong.

Holt gab nach. „Also gut. Morgen werden wir vier laufen. Aber nicht in Santo Domingo. Ihr seid zu dumm, ihr könntet umgebracht werden." Dann ging er mit uns zum Rathaus, wo er einen vernünftigen Plan entwarf. „Du, Fairbanks, stehst an dieser Ecke der Barrikade. Du läufst nicht, und wenn dich durch irgendeinen unwahrscheinlichen Zufall ein Stier aufspießen sollte, können wir überhaupt nichts dagegen tun. Wir drei werden hier starten, direkt vor dem Rathaus. Wir warten, bis die Stiere an Fairbanks vorbei sind, dann rennen wir wie wild bis zur nächsten Ecke. Weiter kommen wir nicht, bevor uns die Stiere überholen. Jetzt gehen wir hin, und jeder überlegt sich, was er morgen tun wird. Seht euch um und entscheidet selbst."

Wir schlenderten langsam zu der Ecke, wo die Bahn in die Estafeta einmündete. Cato sprach als erster. An der Ecke gegenüber dem Platz, wo die Stiere manchmal zu Fall kamen, hatte er einen Laden für Babykleidung entdeckt. Unter dem Fenster war eine Nische, die relativ guten Schutz bot. „Ich werde mich hier niederwerfen, unter diesem Fenster, Was meint ihr?"

„Das ist ein guter Platz. Joe?"

„Ich laufe direkt in die Barrikade und halte mich fest."

„Und Sie?" wandte sich Cato an mich.

„Ich fühle mich auf der Straße sicherer. Ich werde laufen, bis sie mich einholen, und dann abdrehen."

„Ist das sicherer?" fragte Cato.

„Für mich schon. Denn ich weiß, wann ich abdrehen muß ... und wie. Bleibt ihr nur bei eurem Plan."

Holt zögerte, dann sagte er: „Vergeßt nicht: Morgen ist Bastille-Tag. Eine Riesenmenge, und es ist praktisch alles möglich. Ich möchte euch ein Bild zeigen, das alles genau erklärt." Er führte uns zu einem Photographen gegenüber der Kurve, und der Besitzer wußte gleich, was Harvey uns zeigen wollte. Das Bild war der reinste Wahnsinn.

Ein großer schwarzer Stier war niedergefallen und kam eben wutschnaubend auf die Beine. Seine Hörner waren nicht mehr als einen Meter von drei Männern entfernt, die nirgends Schutz finden konnten. Sie wußten, daß der Stier einen von ihnen auf die Hörner nehmen würde. Der, der dem Stier am nächsten war, packte den zweiten um die Mitte, um ihn als Schild vor sich zu ziehen, der zweite hatten den dritten um den Hals gepackt und versuchte, ihn zwischen sich und den Stier zu schieben, und der dritte wand sich, um hinter den beiden anderen Schutz zu finden.

„Hier seht ihr es ganz deutlich. Jeder ist auf sich gestellt. Wenn der Stier einem im Nacken ist, weiß man nicht, wie man reagieren wird." Er zeigte auf die Photographie. „Ich möchte wetten: jeder dieser Männer war verblüfft, als er sah, was er da getan hatte."

„Welchen hat der Stier gestoßen?" fragte Cato.

Holt wandte sich an den Photographen. „War das nicht der Tag, an dem der Stier auf die Beine kam, sich schüttelte und friedlich weiterlief?" Der Photograph nickte.

Abends lud Holt Joe und mich in ein kleines Speisezimmer im oberen Stockwerk ein, wo wir ungestört waren; nach dem unvermeidlichen Gerede über den morgigen Stierkampf sagte er: „Joe, ich hoffe, es ist dir nicht dein Ernst, daß du dich der Einberufung entziehen willst."

„Es ist mein Ernst."

„Da komme ich einfach nicht mit. Ich weiß, daß du Mut hast . . . es ist nicht leicht, das zu tun, was du heute früh getan hast."

„Es handelt sich nicht um Mut."

„Aber natürlich. Du fürchtest dich vor dem Sterben. Wie wir alle. Laß dir eines sagen: Als ich mir meine letzte Auszeichnung verdiente, hatte ich Angst . . ."

„Bitte, nicht dieses abgestandene Bier!"

Holt beherrschte sich. „Wenn es nicht um Mut geht, was ist dann das Problem?"

„Der Krieg ist falsch. Ein anständiger Mensch darf nichts damit zu tun haben."

„Alle Kriege sind falsch. Aber sie werden einem Volk aufgezwungen, und das einzig Ehrenhafte, das ein Mann tun kann . . ."

„Sie verwenden ein altes Vokabular, Mr. Holt. Wir akzeptieren die Definitionen nicht, die Sie gebrauchen."

„Du stellst also dein Urteil über das deines Präsidenten, deines Kongresses . . ."

„Ja und nein. Was unsere letzten vier Präsidenten betrifft, waren sie, glaube ich, nicht sehr urteilsfähig. Und der Kongreß wurde, soviel ich weiß, nicht gefragt. Also ist der Krieg nicht nur falsch, er ist auch gesetzwidrig."

„Du glaubst nicht, daß uns der Kommunismus bedroht?"

„Unsere Probleme bedrohen uns viel mehr."

Dieses Ringelspiel drehte und drehte sich während der *Pochas*, aber als Raquel das Schmorfleisch brachte, wechselte Holt das Thema. „Du glaubst also nicht an das Gedicht, das ich im College lernte:

„Und könnte ein Mann besser sterben
als angesichts furchtbarer Übermacht,
für die Asche seiner Väter
und die Tempel seiner Götter?"

Joe bemühte sich, ein Lächeln zu unterdrücken, brachte es aber nicht fertig. „Das kommt mir so albern vor wie ein Charlie-Chan-Film." Er sah das Entsetzen in Holts Gesicht und fügte hinzu: „Das Gedicht gilt für die Zeit von Schild und Speer. Und ich rede von der Wasserstoffbombe."

Holt bekam einen roten Kopf. Er sagte: „Joe, im Ausbildungslager hatte ich einen Rekrutenunteroffizier. Schumpeter hieß er und war nicht allzu gebildet. Aber das Wesentliche erkannte er, klar wie Kristall. Ich wollte, du könntest einen Monat unter Schumpeter in Parris Island verbringen. Du würdest die Dinge anders sehen."

Joe knallte seine Serviette auf den Tisch. „Hätte ich doch wissen können! Sie waren bei den Marines. Als Junge sind Sie sicher mit Hurra-Patriotismus und all dem dressiert worden, und Ihre Zeit beim Militär war das schönste, das Sie jemals erlebt haben. Mr. Holt, für uns sind die Marines das Echo einer Zeit, die für uns gestorben ist... sie und ihre Schumpeters und der ganze Unsinn."

Zu meiner Überraschung zeigte Holt keinen Ärger. Er legte seine Gabel sorgfältig neben seinen Teller, dachte einen Moment lang nach und fragte dann: „Dein Freund Jigal ist doch Jude, nicht wahr? Ist dir überhaupt klar: Wenn es nicht Männer wie Schumpeter gegeben hätte, die an das alte Gedicht glaubten und an ähnliche Dinge... Gerechtigkeit zum Beispiel... nun, dein Freund wäre in einer Gaskammer umgekommen... oder lebendig verbrannt... so wie viele andere Juden. Bedeutet dir das nichts?"

„Unter gewissen Umständen..."

„Hättest du gegen Hitler gekämpft?"

„Meine Generation steht nicht vor dieser Frage", sagte Joe.

„Jede Generation steht vor dieser Frage. In dieser oder jener Formulierung. Und die Frage des Mutes betrifft jedes Leben. Frag Mr. Fairbanks."

Ich hatte keine Argumente vorzubringen, die Joe nicht schon gehört hätte, und hielt daher den Mund. Joe sagte: „Mut habe ich. Wenn mich die Regierung erwischt, werde ich ins Gefängnis gehen. Das Risiko nehme ich auf mich."

„Du wärst bereit, dein Land im Stich zu lassen?" fragte Holt ungläubig.

Joe lachte. „Offensichtlich haben Sie nicht gehört, wozu wir sonst noch bereit sind. Wissen Sie, daß wir Kliniken haben, die uns beibringen, wie man die ärztliche Untersuchungskommission beschwindelt? Acht Aspirin eine Stunde vorher. Hält fünf Stunden an, für den Fall, daß sie es mit einer Nachuntersuchung probieren. Am Ende eines LSD-Trips zum Arzt gehen, und die Maschinen werden verrückt. Eine Woche vor dem achtzehnten Geburtstag nach Europa fahren und es als ständigen Wohnsitz angeben. Ich kenne wenigstens zwanzig Möglichkeiten, wie man der Musterung entkommen kann, und wenn sie alle versagen, kann ich mich immer noch an Little Casino und an Big Casino halten."

„Was ist das?" fragte Holt.

„Little Casino: man läßt sich von einem Arzt bestätigen, daß man LSD- und heroinsüchtig ist."

„Das würdest du schriftlich beurkunden lassen?" fragte Holt entsetzt.

„Werde ich vielleicht müssen, bevor das Jahr zu Ende ist."

„Aber Joe! Es würde in deinen Papieren stehen . . . Angenommen, du wolltest eine Stelle."

„Ich werde niemals eine Stelle annehmen, wo man nach meinen Entlassungspapieren fragt."

„Aber das geschieht bei fast jeder Stellung. Eine Bank, World Mutual, für die Mr. Fairbanks arbeitet, UniCom..."

„Ich würde für keine dieser Gesellschaften arbeiten. Sie verstehen mich nicht. Das System ist korrupt, und ich will damit nichts zu tun haben. Wenn ich mich für Little Casino entscheide, gefährde ich damit nichts von dem, woran mir liegt. Jedenfalls nicht mehr, als ich es schon gefährdet habe."

„Aber wenn du heiraten willst? Angenommen, du wolltest meine Tochter heiraten. Würde ich mich, als ihr Vater, nicht für dein Vorleben interessieren?"

Joe lachte laut heraus. „Nicht in tausend Jahren würden Sie mir Ihre Tochter geben, Mr. Holt, nicht mit und nicht ohne Little Casino. Und ich würde sie auch nicht heiraten wollen. Wir leben in völlig verschiedenen Gesellschaften. Sehen Sie sich doch die Mädchen hier an. Haben Sie je hübschere gesehen? Meinen Sie nicht, daß ich jede heiraten könnte, wenn ich wollte? Glauben Sie vielleicht, sie würde erst ihre Eltern fragen? Ist Joe ein akzeptabler junger Mann? Wird er in die First National Bank passen? Blödsinn! Wir würden heiraten, und es ihnen drei Monate später auf einer Postkarte aus Tanger mitteilen."

Weder Holt noch ich wußten eine Antwort. Wir waren in einer Gesellschaft aufgewachsen, in der es eine gewisse Verpflichtung mit sich brachte, wenn man die Tochter eines Mannes nahm, eine Verpflichtung, die ein Gentleman unter Einhaltung gewisser Formen erledigte. Holt hatte Lora Kates Eltern einen offiziellen Besuch abgestattet, ich hatte bei den Eltern meiner Frau das gleiche getan. Es hatte wohl an sich keine Bedeutung, nehme ich an, und die Ehen wurden davon nicht beständiger, aber uns Männern bedeutete es trotzdem viel. Fünf- oder sechsmal in meinem Leben wurde ich vereidigt, und es bedeutete etwas Besonderes für mich, diesen Eid zu leisten.

„Wir lehnen alles ab, was Sie uns an Argumenten zu bieten haben, Mr. Holt. Wir werden zu unseren eigenen Bedingungen ein gutes und konstruktives Leben führen."

„Auf lange Sicht müssen die Bedingungen die gleichen sein. Sie sind es immer gewesen. Ihr könnt über Horatius lachen, der seine Brücke verteidigt, aber wenn ihr eure Brücken nicht baut und nicht den Mut entwickelt, sie auch zu verteidigen..."

„Wir haben unsere erste Brücke gebaut. Der Vietnamkrieg ist eine Beleidigung der menschlichen Intelligenz, und wir lehnen diesen Krieg ab."

„Du drückst dich schon wieder vor meiner früheren Frage", sagte Holt. „War auch der Zweite Weltkrieg eine Beleidigung der menschlichen Intelligenz?" Joe schwieg. Holt fuhr fort: „Und was ist mit Korea?"

„Korea? Hat nicht damit alles angefangen? Amerika weigerte sich, den Krieg zu erklären, um nicht die Wirtschaftslage aus dem Gleichgewicht zu bringen. Neun Leute machten eine Menge Geld, und der zehnte ging in den Krieg. Damals kamen wir damit durch, also versuchten wir den gleichen dreckigen Trick in Vietnam. Und die Kanone ging nach hinten los. Es ist ein korrupter Krieg, Mr. Holt, korrupt in jeder Hinsicht." Nach einer Weile fragte Joe: „Würde es Ihnen gefallen, zu einem solchen Krieg einberufen zu werden?"

„Ich habe mich freiwillig gemeldet", sagte Holt.

Joe blickte auf seinen Teller, und Holt fuhr fort: „So wie ich mich im Zweiten Weltkrieg und für Korea freiwillig meldete. Wir haben Japan vor dem Kommunismus bewahrt und einen Teil Asiens stabilisiert. Vietnam ist für mich das gleiche. Du sagst, daß unsere letzten vier Präsidenten beschränkt gewesen sind. Ich finde, sie waren ausgezeichnete Männer ... im großen und ganzen."

„Die Kluft ist weiter, als ich dachte", sagte Joe, und Holt fragte: „Was ist Big Casino?" – „Eine sehr ernste Sache. Und es kann sein, daß ich mich vor dem Januar dazu entschließen muß," antwortete Joe. Holt sagte: „Joe, du bist ein wertvoller Mensch. Du bist jung, du wirst älter werden. Tu nichts, was diese späteren Jahre zerstören würde. Sie sind lang, und du wirst allen Charakter brauchen, den du aufbringen kannst."

Er legte Messer und Gabel auf seinen Teller und ging in sein Zimmer hinauf, aber diesmal hörten wir keine Musik.

Am 14. Juli erreichte San Fermin seinen Höhepunkt. Während der Nacht hatten Tausende Franzosen die Grenze überschritten und näherten sich mit dem Schlachtruf *„Regarder les taureaux!"* der Stadt. Fast alle trugen sie weiße Hosen, Strickhemden mit einem über der linken Brust eingestickten Krokodil. Viele trugen Barette, und alle waren laut.

Um halb sechs versammelte sich eine Kapelle in der Bar Vasca, und da dies der letzte Morgen war, an dem sie die Stadt aufwecken würden, spielten sie wie besessen. Die Trommelwirbel klangen wie Artilleriefeuer. Holt stand sofort auf, rasierte sich mit kaltem Wasser und zog seinen üblichen Dress an. Dann klopfte er an einige Türen. Um sechs Uhr war ein bunter Haufen in seinem Zimmer versammelt, darunter zwei amerikanische Studentinnen, die Joe auf dem Hauptplatz aufgegabelt hatte.

Holt beauftragte Clive, für die Mädchen Plätze bei den Barrikaden an der Estafeta zu finden. „Geht gleich. Bis Viertel nach sechs sind alle guten Plätze vergeben."

Als wir vier dann allein waren, sagte er: „Kaffee, dann zum Rathaus. Wir müssen Fairbanks den ungefährlichen Standort an der Ecke sichern."

Am Weg kaufte er eine Zeitung für jeden von uns, und nachdem er seine eingerollt hatte, erinnerte er uns an unsere Strategie und fügte hinzu: „Und keine voreiligen Bewegungen, wenn ihr glaubt, die Stiere sind vorbei. Sie könnten immer noch umkehren und euch zertrampeln."

Die Plaza war bereits gedrängt voll. Viele Sonntagstouristen waren dabei, die zum französischen Nationalfeiertag gekommen und noch nie gelaufen waren. „Das sind keine guten Leute", sagte Holt mit Kennermiene. „Paß gut auf, denn heute ist alles möglich!" Als er mich an meinen Platz geführt hatte, flüsterte er, daß die anderen es nicht hören konnten: „Dir brauche ich es ja eigentlich nicht zu sagen, aber laß dich nicht dazu verleiten, den Stieren nachzulaufen, wenn sie vorbei sind. Sollte ein Stier auf die Plaza zurückrennen, gibt es unweigerlich Schwierigkeiten, und ich will mir nicht um einen alten Hasen wie dich Sorge machen müssen."

Ich sah ihm nach, wie er mit seinen zwei jungen Schützlingen in Stellung ging. Zunächst schien es, daß sie ihre vorgesehenen Plätze nicht erreichen würden, denn sie waren in der Menge eingekeilt; als aber die Polizisten zwei Minuten vor sieben die ersten durch die Barrikade schlüpfen ließen, landeten Holt und die beiden Jungen genau dort, wo sie sein wollten: unter den ersten, die auf dieser aufregenden Strecke mit den Stieren laufen würden.

Um sieben ertönte der Knall der Rakete, und eine intensive Spannung erfaßte uns alle. Ich kann nicht erklären, warum ich, der ich in früheren Jahren oft mit den Stieren gelaufen war und mich auf der Strecke stets gut behauptet hatte, so aufgeregt war wie ein Neuling.

Ich wandte mich um und blickte hinunter zum Korral; einen Augenblick später sah ich die Stiere heraufstürmen, am Militärkrankenhaus vorbei, an der Bar Vasca vorbei und in die enge Gasse, die sie direkt zu mir herauf führen würde. Ich ertappte mich dabei, daß ich betete, jeder solle die Kurve nehmen und in die Doña-Blanca-Straße und nicht in mich hineinrennen.

Jetzt waren sie da. Sechs rasende Stiere und zehn riesige Ochsen kamen direkt auf mich zu, mich schwindelte, aber im letzten Augenblick schwenkten sie wie immer nach links und rannten in über einem Meter Entfernung an mir vorbei. Unwillkürlich hetzte ich hinterher, um zu sehen, wie es Holt und den Jungen erging, aber schon nach ein paar Schritten packte mich ein hagerer Spanier am Arm und zerrte mich zurück: „Señor, otro!"

In der Aufregung hatte ich die Stiere nicht gezählt – ich hätte es vermutlich auch gar nicht können, denn sie stürmten wie ein Schemen an mir vorbei, und mein Herz klopfte so wild, daß ich sie weder klar sehen noch zählen konnte. Nun kam ein letzter Stier, der hinter den anderen zurückgeblieben war, herangerast, direkt auf den Punkt zu, wo ich eben noch gestanden war. Ohne mich oder die anderen rundum zu beachten, stürmte er weiter, seinen Gefährten nach. Wieder lief ich hinterher, und so konnte ich sehen, was an der Kurve zur Estafeta geschah.

Sogleich sah ich zu meiner Erleichterung, daß sich Cato in die Nische unter dem Fenster des Kindermodengeschäftes gezwängt hatte und Joe sich an die Barrikade preßte. Holt war bestimmt in der Mitte der Straße, aber weil er die Stiere gezählt hatte, wußte er, daß noch einer kommen mußte und daß dieser eine gefährlich werden konnte. Er schrie: „Bleib liegen, Cato!“ und „Steh still, Joe!“ Dann trat er zur Seite, um sich in Sicherheit zu bringen. Was er nicht wissen konnte, war, daß er sich direkt vor einen jungen Franzosen stellte, den, wie sich später herausstellte, die Ereignisse der letzten Minuten in höchste Panikstimmung versetzt hatten.

Er war um Viertel vor sieben über den Rathausplatz stolziert und hatte großsprecherisch angekündigt, daß er zur Feier des 14. Juli mit den Stieren laufen würde. Als die Rakete ertönte, war er friedlich die Doña Blanca hinunterspaziert, doch als er die Estafeta erreichte und die lange, dunkle Gasse entlangblickte, brach all sein Mut in sich zusammen, und er brüllte etwas Ähnliches wie: „Was tu ich hier?“

In seiner Angst versuchte er unter die Barrikaden zu kriechen, aber der Polizist, den wir schon früher in Aktion gesehen hatten, stieß ihn zurück. Er rannte zu den Barrikaden, wo die Mädchen saßen und wurde von einem zweiten Polizisten auf die Straße zurückgestoßen. In irrer Angst rannte er zu einer dritten Stelle, wo ihn ein Polizeihauptmann ins Gesicht schlug und schrie: „Du wolltest laufen, jetzt lauf!“

Der junge Mann wandte sich nun um und rannte zum Rathaus zurück, aber die Stiere hatten eben die Kurve genommen und kamen direkt auf ihn zu. „Was soll ich tun?“ brüllte er in nackter Angst; Holt warf ihn zu Boden und zeigte ihm, wie er an die Mauer gedrückt liegen sollte. Dort war er zitternd gelegen, während die ersten vier Stiere vorbeistürmten, deren Hufe unweit von seinem Kopf auf das Pflaster trommelten.

Als sie vorbei waren, stand er auf und ging in die Mitte der Straße – und in diesem Moment erschien der letzte Stier. Der junge Mann erstarrte. Es war einfach zuviel für ihn geworden. Holt erfaßte die

Situation, kam ihm wieder zu Hilfe schob ihn an die Mauer, dann wurde er zu einer schlanken, unbewegten Statue, und der Nachzügler donnerte vorbei. Es war ein erregender Augenblick, und alle, die ihn sahen, darunter auch ich, applaudierten.

So wäre alles gut gegangen, wenn der Stier die Kurve zur Estafeta nicht zu schnell genommen hätte. Er stürzte. Als er wieder auf die Beine kam, blickte er in die falsche Richtung – und sah seine Gefährten nicht mehr. In seiner Verwirrung begann er, wild um sich zu schlagen.

Mit dem linken Horn stieß er wütend gegen die Barrikade, direkt unter Monicas Fuß, dann sprang er quer über die Straße auf Cato zu, der immer noch unter dem Fenster kauerte, die Knie hochgezogen, um seinen Magen zu schützen. Hätte der Stier ihn in dieser Stellung getroffen, so wäre die Hornverletzung grauenhaft, vielleicht tödlich gewesen, da sein Körper schon gegen zwei feste Flächen gepreßt war. Cato schrie auf, als die Hörner auf ihn herabstießen, aber sie trafen nicht, denn in diesem kritischen Augenblick sprang Holt vor den Stier, schwenkte die Arme und wackelte mit seiner Zeitung und lenkte den Stier von Cato ab.

Es war ein großartiges Manöver, eines der heldenhaftesten der letzten Jahre, und ein geistesgegenwärtiger Photograph, der beim Sturz des einsamen Stieres dramatische Entwicklungen voraussah, fing die Szene in ihrer ganzen beklemmenden Schönheit ein. Man sieht das wutschnaubende Tier wenige Zentimeter von Cato entfernt, sieht, wie sich Cato auf dem Boden windet, und wie Holt in freiwilliger Selbstaufopferung den Stier von dem Liegenden weg auf sich zieht. Und noch etwas sieht man auf diesem berühmten Bild. Hinter Holt steht ein von Angst besinnungsloser Franzose, im Begriff, ihn zu packen und als Schild zu verwenden.

Genau das geschah. Unter normalen Umständen hätte sich Holt außer Reichweite des Stiers gebracht, und das Tier wäre wahrscheinlich, ohne weiteren Schaden anzurichten, die Estafeta hinabgaloppiert. Aber als der Franzose Holt packte, konnte Holt überhaupt nichts tun. Von hinten wie in einem Schraubstock gehalten, konnte er sich nicht bewegen, als der Stier direkt auf ihn losging. Ich stand in etwa drei Metern Entfernung und sah voll Entsetzen, wie der Stier das rechte Horn in Holts Unterleib stieß und ihn dann noch zweimal traf, während der Franzose ihn umklammert hielt. Endlich lenkte ein Arbeiter den Stier mit einem Stock ab, und das Tier rannte ohne weitere Zwischenfälle die Estafeta hinab.

Ich war nicht der erste, der Holt erreichte, aber ich war unter den ersten. Ich packte ein Bein, das schon blutüberströmt war, aber mein letzter Eindruck dieser grauenhaften Szene war, wie Cato den fassungslosen Franzosen schlug. Zwei spanische Polizisten zerrten Cato weg und begannen selbst, noch wütender, auf den Franzosen einzuschlagen.

Wir rannten die Santo Domingo hinauf, an der Bar Vasca vorbei, wo uns Raquel erblickte. Sie schrie auf, und mehrere Holzfäller liefen aus dem Lokal auf die Straße uns nach. Die Tore des Militärkrankenhauses standen schon offen, wir eilten hinauf zum Operationssaal, wo die Ärzte nach einem Blick auf die Bauchwunde erklärten: „Das ist eine sehr ernste Verletzung." Dann sahen sie die Narbe auf der Brust, die sie selbst genäht hatten, und ein Chirurg griff in Holts Hosen, um die Narbe am Gesäß zu fühlen. „Ah, *el Americano.* Der kommt durch. Der kann kämpfen." Und sie begannen mit der Operation.

Als ich auf die Straße hinaustrat, warteten die drei Mädchen vor dem Krankenhaus. Monica war aschfahl. Gretchens Lippen bebten. Und Britta schluchzte. Instinktiv trat ich zu ihr, und sie barg den Kopf an meiner Brust. „Ich liebe ihn so sehr", flüsterte sie.

„Er wird leben."

„Wirklich?" fragten die Mädchen.

„Ein anderer würde es vielleicht nicht überleben. Er schon."

Während wir vor dem Eingang standen, kamen Joe und Cato. „Er hat sich geopfert, um mich zu retten", murmelte Cato immer wieder.

„Du hast verdammt recht!" fuhr ich ihn an. „Und vergiß es nicht!"

„Das war ein Anblick", sagte Joe. „Ein Mann, bloß mit einer Zeitung bewaffnet."

„Der Franzose war ein Schatz, nicht wahr?" fragte Monica.

„Ich wollte ihn umbringen", sagte Cato.

„Mr. Fairbanks", flüsterte Britta. „Ich möchte in die Kirche gehen." Wir gingen alle vom Krankenhaus hinauf zur Kirche Santo Domingo, wo wir das Tor aufstießen und in das Kirchenschiff hinabstiegen. Es wurde eben die Frühmesse gelesen, aber bevor wir uns noch setzen konnten, kam ein Bote vom Krankenhaus, um den Priester zu holen.

„O mein Gott!" schluchzte Britta, während ich den Mann befragen ging. Er sagte: „Nur für den Fall . . . bei Bauchverletzungen, wissen Sie."

Ich kehrte zu Britta zurück. „Nur eine Vorsichtsmaßnahme. Nun wollen wir hier sitzenbleiben, bis wir uns wieder unter Kontrolle haben."

Sogar Cato betete.

Der Tag war furchtbar. Bis Mittag kam keine Nachricht vom Krankenhaus. Dann kam ein Priester in die Bar Vasca und sagte mir, ich könne Holt sehen, dem es nach seiner Operation etwas besser zu gehen scheine. Ich eilte hinunter, die jungen Leute hinter mir, aber am Eingang zum Militärkrankenhaus wurden sie von einem Angestellten in weißer Jacke zurückgehalten. Mich führte man in den zweiten Stock, aber das wäre nicht nötig gewesen, denn ich kannte den Weg. Harvey Holt lag auf hohe Kissen gestützt im Bett, sehr bleich, aber lächelnd.

„Ein Nadelstich", sagte er.

Der behandelnde Arzt sagte: „Kein Schock. Keine Komplikationen. Ein außerordentlicher Mann, aber das beweisen ja schon die anderen Narben."

„Wo hat er dich erwischt?" fragte ich.

„Im Bauch ... aber im ungefährlichen Teil. Sehr zuvorkommend von ihm."

„Du hast vielleicht eine Abwehrbewegung gemacht!"

„Der Franzose war nett ... nicht?"

„Cato wollte ihn umbringen. Er möchte dich sehen ... sehr dringend."

„Sag Gretchen, ich möchte mit ihr reden."

Als ich das übersetzte, nickte der Arzt, und ich schickte den Pfleger hinunter, um Gretchen zu holen. Bleich und verstört kam sie herauf, und Holt lachte sie aus: „Wozu die Tragödie?" fragte er.

„Sie wissen es vielleicht nicht, Mr. Holt, aber es geschah direkt zu meinen Füßen. Ich wollte den Franzosen umbringen."

„Was ich sagen wollte ... nehmt das Schiff in Barcelona!"

„Mr. Holt! Wir könnten nicht wegfahren, während Sie ..."

„Ich befehle es euch. Fahrt mit diesem Schiff!"

„Wir bleiben hier ... wir haben darüber gesprochen und beschlossen ..."

„Gretchen, das Schiff ist wichtiger."

„Sie sind wichtiger."

„Aber das Schiff ist für viele Leute wichtig."

„Glauben Sie, Cato könnte abfahren, bevor Sie gesund sind?"

„Das letzte, was ich sah, bevor ich ohnmächtig wurde, war, wie

Cato den Franzosen prügelte. Das ist sein Ausreisevisum." Er schloß die Augen und sagte mit leiser Stimme: „Erklär es ihr, Fairbanks."

„Holt hat recht. Er wird leben. Es hat keinen Sinn, seinetwegen alle Pläne über den Haufen zu werfen."

Dann fügte Holt hinzu: „Eins noch, Gretchen. Clive ist ein Schwachkopf. Sie verdienen etwas Besseres."

Sie errötete, wollte etwas sagen – und ich sah, wie ihr die Tränen in die Augen stiegen. Aber sie beherrschte sich, sagte nichts, sondern beugte sich nur über sein Bett und küßte ihn. Dann wandte sie sich um und verließ das Zimmer.

Einen Augenblick später hörte man eilige Schritte vor der Tür, und Cato kam herein. Der Pfleger folgte nach und wollte ihn festhalten, aber der Arzt machte eine beschwichtigende Geste. Cato kam ans Bett und sagte zögernd: „Sie liegen hier . . . nicht ich. Ich möchte, daß Sie wissen . . ."

„Junge, ich sagte dir doch, wenn man mit den Stieren läuft, ist alles möglich."

„Was ich sagen wollte, ist, daß mein Vater . . . in seinem ganzen Leben . . . nicht ein einziges Mal wie ein Mann gehandelt hat. Vielleicht, wenn er . . ."

„Ihr lauft vielleicht mit härteren Stieren."

Die beiden Gegenspieler sahen einander schweigend an. Dann sagte Cato: „Die Stiere, mit denen ich laufe, Mr. Holt, haben Hörner, so groß wie dieses Bett."

„Sie sehen immer so groß aus . . . immer."

„Ich werde nie vergessen, daß Sie für mich Ihr Leben riskiert haben."

„Wer führt denn Buch?" sagte Holt, und Cato ging.

Holt war schwächer, als er zugeben wollte. Der Blutverlust war groß gewesen, und als Cato gegangen war, fiel er entkräftet in die Kissen zurück.

„War es schlimm?" fragte ich.

„Nein. Ich fühlte mich von starken Armen umfangen . . . der arme Franzose war verrückt vor Angst und völlig unzurechnungsfähig. Was konnte man tun? Ich weiß noch, daß ich Befriedigung empfand, weil der Stier Cato nicht an der Mauer erwischt hatte. Ich erinnere mich, daß ich dachte, es sei viel besser, wenn er auf mich losging, denn hinter mir war ein Mensch, der ein wenig nachgeben würde, wenn das Horn ins Fleisch ging. So war's dann auch."

„Es war ein sensationeller Anblick", sagte ich.

„Es ist sensationell, hier zu sein", antwortete Holt. Der Arzt deutete an, daß ich gehen solle, aber als ich die Tür erreichte, sagte Holt noch einmal: „Sieh zu, daß die Kinder das Schiff erreichen."

Am Eingang fragte Britta, ob sie hinaufgehen dürfe, aber der Portier erklärte: *„Nada más"*, und wir kehrten zum Hauptplatz zurück, wo alle Stammgäste der Bar Vasca sich sofort um uns scharten, um einen Bericht aus erster Hand zu hören. Jemand sagte: „Man hatte uns erzählt, es sei ein Priester gerufen worden und er sei tot."

„Er sitzt im Bett und lacht", sagte ich.

„Haben Sie schon die Photographien gesehen?"

Überrascht, daß der Film so schnell entwickelt worden war, gingen wir zur Photohandlung, wo wir im Schaufenster die Serie sahen; den Sturz des Stiers, seinen ersten Angriff beim Rathaus, die Verwundung Holts. Das Bild aber, das für immer im Gedächtnis derer haften bleiben sollte, die das Unglück miterlebt hatten, zeigte Harvey Holt, die Zeitung in der Hand, wie er den Stier aus einer Entfernung von etwa zweieinhalb Metern von Cato ablenkte.

Die jungen Leute saßen in der Sonne und berieten, ob sie den Kampf am Nachmittag ansehen und ob sie mit Rücksicht auf Holt ihre Pläne ändern sollten. Ich sagte ihnen: „Es gehört zum Wesen des San Fermin, daß man am Morgen mit den Stieren läuft und am Nachmittag zusieht, wie sie bekämpft werden. Und wenn die Ärzte im Krankenhaus nicht aufpassen, seht ihr Harvey Holt heute nachmittag neben mir sitzen. Es wäre nicht das erste Mal."

Um zwei Uhr wanderten wir zur Bar Vasca zurück und aßen Holt zu Ehren *Pochas;* nach dem Mittagessen ging Britta wieder zum Krankenhaus, wurde aber nicht vorgelassen.

Ich bestand darauf, daß sie packten, damit sie gleich nach dem Stierkampf abfahren könnten. „Es ist eine lange Strecke bis Barcelona, also beeilt euch, wenn ihr das Schiff erreichen wollt." Britta hatte Tränen in den Augen, als sie ihren Seesack packte, aber ich versicherte ihr, Holt würde gesund werden und sie könne ihm ins Militärkrankenhaus schreiben. Später, in der Arena, als ich auf die gegenüberliegende Seite blickte, wo die jungen Leute ihre Plätze hatten, sah ich, daß sie nicht zum Stierkampf gekommen war. In einer Pause ging ich hinüber, um zu fragen, wo sie sei, und Monica erklärte: „Sie möchte sich von Holt verabschieden. Wir treffen sie beim Wagen." Clive saß auf ihrem Platz.

Als der Kampf vorbei war, der letzte wilde Kampf des Jahres, und die Kapellen sich in der Arena zu ihrem letzten Marsch durch die Stadt formierten, eilten die jungen Leute zum Campingbus. Da stand Britta, den Seesack neben sich auf dem Gehsteig. „Ich kann nicht mit euch fahren", sagte sie, und ich war überrascht, wie selbstverständlich alle ihre Entscheidung hinnahmen.

„Postlagernd, Lourenco Marques", sagte Gretchen. „Schreib uns, wie es ihm geht!"

Cato schüttelte ihr die Hand. „Auf Wiedersehen in den Vereinigten Staaten ... oder in Norwegen ... oder sonstwo."

„Wiedersehen, Mr. Fairbanks", riefen sie. Ein riesiger roter Sonnenball stand im Westen, als der Campingbus in Richtung Küste abfuhr.

Britta und ich machten uns auf den Weg zum Hauptplatz. Ich wollte ihr den Seesack tragen, aber sie erlaubte es nicht, und bald waren wir in einer riesigen Menschenmenge eingekeilt, die an diesem besonderen Abend neben den Kapellen marschieren wollte. Wir gerieten hinter einer der lautstärksten Gruppen in einen Menschenknäuel und wurden einige Häuserblocks weit mitgetrieben. Der Lärm war ungeheuer. Es war das glorreiche Ende einer Feria, und einen Augenblick lang vergaß Britta die Angst um ihre eigene und um Holts Zukunft und ließ sich von der allgemeinen Begeisterung anstecken.

Dann plötzlich, wie auf ein Signal, schwieg die Musik, die Sänger verstummten, der Lärm brach ab, und sogar das Flüstern der Menge erstarb. Alle auf der Straße ließen sich auf das Pflaster fallen und begannen mit der Stirn mehrere Male gegen das Pflaster zu schlagen. Aus der Stille erhob sich eine Stimme, andere folgten, schließlich sangen Tausende das traditionelle Lied, mit dem San Fermin verabschiedet wurde:

> „Ich Armer, ich Armer! Wie traurig ich bin.
> Nun ist das Fest von San Fermin
> Zu Ende. Weh mir."

Während wir knieten, blickte Britta mich an, und ich sah, daß dieses unerwartete Erlebnis sie zutiefst ergriff. Trauer erfaßte die Menschen, nahm sichtbare Gestalt an – und sie war ein Teil dieser Trauer. Tränen stiegen ihr in die Augen, und sie preßte die Hand gegen den Mund. Sie blickte weg und schlug die Stirn auf das Pflaster.

Dann, wieder ohne sichtbares Zeichen, nahmen alle Kapellen gleichzeitig ihre wilden Rhythmen auf, die Menge geriet in Bewegung, und der Lärm brach erneut los, noch lauter als zuvor. Jubel und

Lamento lösten sich in der Folge mehrere Male ab. Ich nahm Britta den Seesack ab und sagte: „Du solltest mit dem Trauerzug gehen." Sie nickte und verlor sich in der Menge.

Gegen Mitternacht sah ich sie wieder, inmitten der Trauernden, und ich wußte, daß ihre Trauer nicht dem Ende von San Fermin galt. Es war die Verzweiflung, die junge Leute manchmal überkommt, wenn sie unvermutet dem Tod gegenüberstehen, oder dem Verlust ihrer Illusionen, oder den öden Jahren, die vor ihnen liegen, eine Verzweiflung, für die es keinen Trost gibt. Sie sah mich nicht, sie schien auch die Menschen um sich nicht zu bemerken. Mit leeren Augen ging sie durch die ihr lieb gewordenen Straßen, in denen sie so glücklich gewesen war.

Um zwei Uhr früh kam sie in die Bar, wo ich mit den Holzfällern saß.

„Mr. Fairbanks, Sie müssen mich ins Krankenhaus führen. Jetzt!"

„Um diese Zeit!"

„Sagen Sie, ich wäre seine Frau . . . eben aus Madrid gekommen."

Ich begleitete sie durch die dunklen Straßen zum Militärkrankenhaus, wo ich dem schlaftrunkenen Portier sagte: „Die Frau des verletzten Amerikaners."

„Sie soll morgen früh wiederkommen."

„Aber sie ist eben aus Madrid eingetroffen."

Widerstrebend sagte der Mann in der weißen Jacke: „Nun gut, wenn sie seine Frau ist, gehe ich es ihm sagen."

Mit einer Geste hieß er uns warten und wollte eben hinaufgehen, aber ich packte einfach Brittas Hand, und wir folgten ihm. Er öffnete die Tür einen Spalt weit, um zu sehen, ob Holt schlief. Harvey war wach, und ich öffnete die Tür und schob Britta hinein. *„Su esposa está aqui"*, sagte ich, und der Portier ging. Ich wollte ebenfalls gehen, aber sowohl Britta als auch Harvey hießen mich bleiben.

Es war ein merkwürdiges Gespräch, und wäre ich nicht Zeuge gewesen, ich würde es nicht geglaubt haben, wenn man es mir später erzählt hätte.

Britta ging zum Bett und nahm Harveys Hände in die ihren. „Wir haben für Sie gebetet . . . in der versunkenen Kirche."

„Ich sagte doch, ihr solltet das Schiff erreichen."

„Die anderen werden es erreichen."

„Sie sollten auch mitfahren."

„Mr. Holt, ich bin mit der Prozession gegangen. ‚Armer San Fermin', haben sie gesungen. ‚Armer Mr. Holt' habe ich für mich gesungen."

„Mir geht es gut."
„Nein, Ihnen geht es nicht gut. Sie sind ein unglücklicher, einsamer Mann. Es ist lächerlich. Ein Mann in Ihrem Alter . . . billige Liebschaften wie mit dieser Studentin."
„Sie war älter als Sie", verteidigte er sich.
„Und mit jedem Jahr werden Sie noch unglücklicher und noch einsamer sein. Mr. Holt, ich möchte, daß Sie mich heiraten."
Harvey blieb der Mund offen. Er stotterte: „Sie sollten das Schiff erreichen."
„Ich nehme überhaupt kein Schiff, Mr. Holt. Ich bleibe hier bei Ihnen. Und sobald Sie wieder aufstehen können, werden Sie mich heiraten."
„Das ist verrückt!"
„Ich kann nicht in Einsamkeit leben, und Sie auch nicht." Als sie das Entsetzten in seinem Gesicht sah, fügte sie leise hinzu: „Ich kann arbeiten, Mr. Holt. Ich kann Geld verdienen, damit wir auskommen . . . wenn Ihnen das Sorgen macht."
Holt schloß die Augen. Er hatte nichts zu sagen. Britta sah ihn zusammenzucken und erriet, daß er nicht nur körperliche Qualen litt. „Ich werde Sie nicht verlassen, Mr. Holt. Ich gehe mit Ihnen – auch nach Ratmalana." Sie hielt inne, dann sah sie mich fragend an. „Wo ist Ratmalana, Mr. Fairbanks?"
„Ein Flughafen irgendwo."
„Wo?" fragte sie Holt.
„Ceylon."
Es war, als wäre das Wort im Zimmer explodiert. Britta begann zu zittern, legte die Hand auf die Stirn, sagte kein Wort und starrte Holt an, bis ihr die Tränen kamen. Dann sagte sie leise: „Sein ganzes Leben lang hat mein Vater von Ceylon geträumt. Er war ein sehr guter Mann, mein Vater, sehr tapfer, als uns die Deutschen besetzten. Er war wie Sie, Mr. Holt, ein Held. Aber er kam nie nach Ceylon. Ich fahre mit Ihnen hin, Mr. Holt, ob Sie mich nun zur Frau nehmen oder nicht." Sie trat näher an sein Bett und küßte ihn. „Werden Sie bald gesund!" sagte sie und verließ das Zimmer.
Holt blickte mich verwirrt an, wischte über seine Wange und sagte: „Mir scheint, man muß nur das Horn eines Stiers fünfzehn Zentimeter tief im Bauch haben, um von hübschen Mädchen geküßt zu werden."
„Sie meint es ernst", sagte ich.
In dem Versuch, sich über das, was Britta gesagt hatte, klarzuwerden, machte er eine seiner üblichen Bemerkungen: „Es ist genau

wie damals, als Signe Hasso Spencer Tracy pflegte. Sie war auch Skandinavierin.“ Ich sah ihn verständnislos an, und er knurrte. „Als sie sich vor den Nazis versteckten.“

Der Portier versicherte Britta: „Ihr Mann wird wieder gesund werden.“

Auf der Straße nahm Britta meine Hand: „Sagen Sie ihm morgen, wenn Sie mit ihm allein sind, daß ich keine finanzielle Belastung für ihn sein werde. Ich kann maschinschreiben, wissen Sie.“

Ich sagte: „Britta, *Pochas* würden uns jetzt gut tun, falls sie in der Bar noch Feuer im Ofen haben.“ Wir gingen in die Bar, wo ein paar Männer in einer Ecke saßen und die alten, traurigen Lieder von Navarra sangen. Ich bat Raquel um *Pochas;* sie brachte uns welche, aber sie waren kalt, denn das Feuer im Herd war ausgegangen.

„Sie haben ein Recht darauf, etwas über Holt zu wissen“, sagte ich. „Er hat das Geld nicht nötig, daß Sie nebenher verdienen wollen. Er bezieht ein sehr gutes Gehalt, und dazu kommen eine Menge Extras wie Taggelder, Gefahrenzulage dafür, daß er zum Beispiel während eines Orkans auf Türme klettert, und eine Erschwerniszulage dafür, daß er an einem Ort wie Ceylon lebt. Wieviel, meinen Sie, verdient er im Jahr?“ Sie sagte, sie haben keine Ahnung. Ich sagte, sie solle schätzen. Daraufhin meinte sie: „Vielleicht sechstausend Dollar?“

„Mehr als neununddreißigtausend Dollar.“

„Jahr für Jahr?“

„In manchem Jahr mehr, nie weniger. Ich weiß es, weil ich sein Geld für ihn anlege. Und wieviel, meinen Sie, hat er erspart?“ Sie wollte nicht raten, also sagte ich ihr: „Fast eine Million Dollar.“

„Sie meinen doch nicht amerikanische Dollar?“ Als ich nickte, starrte sie auf den Tisch und sagte dann leise: „Ein Millionär sein . . . in Dollar . . . und so armselig leben.“ Sie schwieg, aber als die Sänger aufhörten und wir in der Ferne die Kapellen immer noch spielen hörten, sagte sie: „Mr. Fairbanks, ich fühle mich heute so einsam, daß ich fürchte, ich würde aus dem Fenster springen, wenn ich jetzt allein im Zimmer wäre. Ich gehe mit dem Trauerzug.“ Ich führte sie zum Rathaus zurück, wo sie sich hinter einer lärmenden Kapelle einreihte. Die Musik brach ab, Britta ließ sich zu Boden fallen und schlug mit dem Kopf gegen die Steine. Ich ging nach Hause.

Der 15. Juli war unerträglich. Die Beklemmung begann um halb sechs Uhr früh, als kein einziger Txistula-Spieler seine Flöte blies, kein einziger Trompeter sein Horn. Um sieben explodierte keine Rakete, und es gab keine Sänger in den Cafés. Unglaublich schnell verschwanden alle Zeichen vergangener Festlichkeit. Die Geschäfte öffneten wieder zur gewohnten Stunde. Die hölzernen Barrikaden, hinter denen Tausende die Stierläufe verfolgt hatten, wurden abmontiert und irgendwo aufbewahrt. Die Löcher für die Pfosten wurden mit Holzklötzen ausgefüllt und mit Sand bedeckt.

Auf dem Hauptplatz wurden keine Feuerwerke vorbereitet, und die Draperien am Musikpavillon waren verschwunden. Der Verkehr lief wieder normal. Die Estafeta wurde wieder zu einer unbedeutenden Geschäftsstraße, und Teléfonos war wieder ein Postamt und nicht mehr ein Ort aufsehenerregender Tapferkeit. Die Bar Vasca hatte zu Mittag vier Gäste, zwei davon waren Britta und ich.

„Diese Stadt ist unerträglich einsam", sagte sie nach ihrer Rückkehr vom Krankenhaus, wo der neue Portier sie nicht eingelassen hatte.

„Gehen Ihnen die anderen schon ab?" fragte ich.

„Ja. Die Gruppe, Clive mit seinen Platten ... alles."

„Was werden Sie tun?"

„Ich weiß es nicht. Aber ich werde Mr. Holt nicht verlassen."

„Wenn Sie ihn heiraten, sollten Sie ihn nicht Harvey nennen?"

„Er hat Angst vor dem Heiraten."

„Glauben Sie, daß Sie das ändern werden?"

„Es ist unwichtig. Ich fahre mit ihm nach Ceylon. Ich muß einfach!"

Während wir aßen, kam Raquel in unsere Nische, um uns zu sagen, daß unser Schmorfleisch von dem Stier stamme, der Holt durchbohrt habe. Ich fragte sie, woher sie das wisse, und sie lachte. Britta fragte: „Haben Sie die Photographien gesehen?" Raquel zeigte auf ein Brett neben der Bar, wo die vier Photographien hingen.

„Alle tun überrascht, daß Holt so tapfer war", sagte Raquel. „Was glauben die denn, was er in den vergangenen Jahren gemacht hat?" Sie seufzte und kehrte zur Theke zurück.

Um drei Uhr ging ich ins Krankenhaus. Brittas Besuch in der vergangenen Nacht hatte Holt in Bestürzung versetzt. „Diese Norwegerin ist ganz einfach verrückt", sagte er.

„Und dir hat es gefallen."

„Ich habe nachgezählt. Ich kann vierzig junge Mädchen nennen, die ältere Männer geheiratet haben. Aber nicht einer von den Männern war arm."

„Sie dachte, du wärest arm. Du hast gehört, daß sie arbeiten gehen wollte."

„Theater! Was soll ich mich mit einer Gruppe von Beatniks abgeben?"

„Das Wort ist falsch."

„Welches Wort würdest du vorschlagen?"

„Ich weiß nicht. Wie wäre es mit individualistischen jungen Leuten?"

„Und Clive? Der war eine ganz besondere Nummer."

„Vielleicht ist er der beste von allen."

„Gretchen war offenbar dieser Meinung. Wußtest du, daß sie miteinander geschlafen haben?"

„Jemand hat einmal gesagt: ‚Wer führt denn Buch?' Wie geht es deinem Bauch?"

„Gut. In ein, zwei Tagen werde ich entlassen. Die Ärzte hier sind sagenhaft." Er zeigte mir die Bandagen und schlug kräftig darauf. Ich zuckte zusammen.

„Wann können wir nach Madrid fahren?" fragte ich.

„Übermorgen. Du fährst."

„Britta ist auch ein guter Fahrer", schlug ich vor.

„Reden wir nicht von ihr. Sie ist achtzehn, und ich bin dreiundvierzig.

„Sie liebt dich. Wanderte die ganze Nacht verzweifelt durch die Straßen."

„Tausende gingen gestern durch die Straßen."

„Harvey, dieses Mädchen fährt mit dir nach Ceylon. Ob du willst oder nicht."

„Ich kauf' ihr eine Bar in Torremolinos."

„Sie weiß, was auch ich weiß, Harvey. Du brauchst sie."

„Machen heutzutage die Mädchen Heiratsanträge?"

„Die neue Generation schon."

„Ich mag die neue Generation nicht. Und ich will sie nicht im Wagen haben. Setz sie in einen Zug und schick sie heim!"

„Harvey! In einem hat sie recht: Das ist deine letzte Chance. Wenn du sie abweist, endest du als verbitterter alter Mann ... allein."

Die Hornverletzung war doch ernster, als er zugeben wollte, denn er zog plötzlich mit verzerrter Miene die Luft ein. Ich ging. Am Abend kam Britta in mein Zimmer und fragte: „Gehen Sie mit mir spazieren?" Wir machten einen langen Rundgang durch Pamplona, den Boulevard hinunter, an Mr. Melnikoffs Hotel vorbei, das jetzt viele freie Zimmer hatte, bis hinaus zu der Bahnstation am Stadtrand. „Er will wahrscheinlich, daß ich mit dem Zug wegfahre", sagte sie sarkastisch.

„Woher wissen Sie, daß ich bei ihm war?"

„Ich bin Ihnen heimlich gefolgt."

„Sie haben ihn noch nicht überzeugt."

„Aber ich werde."

Wir gingen über Pfade am anderen Ufer des Flusses zurück und kamen zu den Korralen, wo die Stiere zunächst gehalten wurden. Als wir die leeren Einfriedungen betrachteten, sagte Britta: „Ich kann verstehen, warum Männer mit Stieren laufen wollen. Wenn ich ein Mann wäre, liefe ich auch. Es hat mich gefreut, so viele Skandinavier auf den Straßen zu sehen."

Wir überquerten die efeubewachsene Brücke, über die die Stiere in den Auffangkorral getrieben wurden. Im Geist hörten wir das Donnern der Hufe, sahen wir die kraftstrotzenden Leiber vor uns, die den Menschen herausforderten.

Britta sagte: „Jetzt ist es so einsam hier, daß einem das Herz brechen könnte... Mein Gott, wie kann er immer wieder zurückkommen, Jahr für Jahr? Sie brauchen nicht zu antworten. Ich weiß. Hier, auf dieser steilen Straße, wächst die seltene Blume der Ehre." Wir gingen hinauf. Vor dem Eingang des Krankenhauses blieb sie stehen.

„Und hier, beim Krankenhaus, schließt sich der Kreis", sagte sie leise. „Gestern abend war ich einsam und dachte nur an mich selbst. Ich meinte, ich müsse Tromsö um jeden Preis entfliehen... ich hatte Angst... als er ‚Ceylon' sagte, brach es mir das Herz." Sie bedeckte ihr Gesicht mit den Händen und murmelte: „Heute fühle ich mich noch einsamer, so einsam, daß ich glaube, ich kann es nicht ertragen. Ich danke Gott, daß Sie so lieb waren, mit mir zu gehen. Ist es nicht traurig, daß Sie alt werden und jüngere Männer mit neuen Ideen heraufkommen sehen... daß Mr. Holt sich vor allem fürchtet, nur nicht vor den Stieren... daß er Cato und Clive haßt, und gerade sie könnten ihn retten." Sie wischte sich die Tränen von den Wangen und sagte: „Jetzt müssen Sie mich wieder ins Krankenhaus führen."

Ich war erleichtert, daß der Portier, der uns kannte, Dienst hatte. Ich sagte ihm, die Señora sei wieder da, und er ließ uns ein. Auf der Stiege sah ich, daß Britta aufgeregt war. Sobald wir das Zimmer betraten, legte sie ihre Handtasche auf einen Stuhl und schlüpfte aus ihren Sandalen. Dann trat sie zum Bett und sagte: „Mr. Holt,

Sie sind ein, Mann, der schwer verletzt wurde, und ich bin hier, um Sie zu pflegen.“

Völlig verblüfft legte Holt die Hand auf seine Bandagen, aber sie schlug die Decken zurück und sagte: „Ich meine nicht diese Wunde, Mr. Holt. Ich meine die furchtbare Wunde in Ihrem Herzen.“ Sie legte die Hand auf seine Brust. „Diese Wunde werde ich heilen.“ Sie küßte ihn auf den Mund, legte sich neben ihn, zog die Decken hinauf und winkte mir, ich solle hinausgehen.

# 11

# MOZAMBIQUE

Die Natur ist der Balsam gegen die Leiden, die alle jene verursachen, die die Natur mißhandeln.

Ein Fuchs schmähte die Löwin, weil diese nur ein Junges geworfen hatte, während der Fuchs mit sieben Nachkommen aufwarten konnte. „Stimmt“, sagte die Löwin, „ich habe nur eines. Doch es ist ein Löwe.“

Ein Barbecue-Restaurant in Alabama veranstaltete einen Schönheitswettbewerb, und eine hübsche Negerin wurde zur „Miß Barbecue 1970“ gewählt. Als sie nach Hause kam, stellte sie sich vor den Spiegel und fragte: „Spieglein, Spieglein an der Wand, wer ist die Schönste im ganzen Land?“ Und der Spiegel knurrte zurück: „Schneewittchen natürlich, du Niggerschlampe, und merk dir das gefälligst!“

Turn off your mind relax and float down-stream,
it is not dying, it is not dying,
lay down all thought surrender to the void,
it is shining, it is shining.
That you may see the meaning of within,
it is speaking, it is speaking,
that love is all and love is ev'ryone,
it is knowing, it is knowing.
When ignorance and haste may mourn the dead,
it is believing, it is believing.
But listen to the colour of your dreams,
it is not living, it is not living.
Or play the game existence to the end.
Of the beginning, of the beginning.
Of the beginning. Of the beginning.

*The Beatles*

An einem Tag im August hob ein Kran den gelben Campingbus von Bord des griechischen Frachters und lud ihn am Kai von Lourenco Marques ab. Sobald Cato Land unter den Füßen hatte, fiel er auf die Knie und küßte die Steine. „Das ist mein Kniefall vor den Tausenden von Sklaven, die in Ketten von diesem Hafen eingeschifft wurden“, erklärte er den anderen.

Monica stand bewegungslos da und empfing die süße, warme Brise des Spätwinters. Schweigend betrachtete sie die knospenden Blütenbäume, das Menschengewimmel – Afrikaner, Portugiesen, Inder, Chinesen, Griechen, Rhodesier –, und ein Schauer überlief sie. Hier war das Afrika ihrer Kindheit, riesenhaft, unerbittlich, bedrückend.

Joe bewunderte die modernen Hafenanlagen, die riesigen Verladerampen und die Mercedes-Taxis. „Ich hatte etwas ganz anderes erwartet“, sagte er.

Gretchen wollte unbedingt chauffieren. Der Linksverkehr verlangte ihre ganze Konzentration, so daß sie nicht viel von Lourenco Marques sah. Die anderen waren überrascht von der Schönheit der Stadt, den breiten, geraden Boulevards. Joe versuchte mit Hilfe eines Stadtplans, den er sich auf dem Schiff besorgt hatte, Gretchen den Weg zu weisen. Sie kamen durch moderne Wohnviertel, sahen Luxushotels mit Tennisplätzen und eigenem Schwimmbad.

„Ich kann kaum glauben, daß das Afrika ist“, sagte Cato.

Sie verirrten bald in einem Gewirr von Betonautobahnen, aus dem sie nur mit Mühe wieder hinausfanden. Dann sahen sie endlich ein beruhigendes Schild: „Camping“. Gretchen fuhr vor einem blumenumsäumten Bürogebäude vor und fragte: „Ist hier die Anmeldung?“

„Ihre Pässe“, sagte der portugiesische Beamte. Dann öffnete er den Schlagbaum.

Später erzählte mir Gretchen: „Der Platz lag direkt am Indischen Ozean. Wenn man morgens aufstand und wenn man abends zu Bett ging, sah man die Lichter der vorbeifahrenden Schiffe. Überall gab es Kasuarinabäume und Blumen. Die Straßen waren gut, und es gab Parkplätze an den unwahrscheinlichsten Stellen. Wir wählten einen wunderschönen, von wo aus wir in der Ferne eine Inselgruppe vor uns liegen hatten. Und das Ganze für weniger als einen Dollar im Tag.“

„Sie hat das beste noch nicht erzählt“, sagte Monica. „Wir brauchten nur auszusteigen, und schon kletterte eine Herde zahmer Affen aus den Bäumen, schnatterte wild und bettelte um Futter. Vom Baby bis zum Großpapa versammelten sie sich um uns, und wenn wir sie nicht fütterten, gingen sie außer Reichweite und schimpften, hatten wir aber Futter, kamen sie näher und machten uns schamlos den Hof. Wir nannten sie das Empfangskomitee.“

„Was mir am besten gefiel“, sagte Gretchen, „waren die Rondavels. Wenn man den für Wohnwagen reservierten Teil des Campingplatzes verließ, kam man zu kleinen Rundhütten, jede von ihnen in einer anderen Farbe. Sie waren den alten afrikanischen Hütten nachgebaut, und wenn man es satt hatte, im Wagen zu schlafen, konnte man ein Rondavel mieten. Es war super.“

Die Rondavels stifteten übrigens einige Verwirrung. Nach zwei Nächten im Pop-Top meinte Joe, es wäre schön, mehr Platz zu haben, also gingen sie ins Büro, wo der Platzleiter, der aus ihren Pässen sah, daß sie nicht verheiratet waren, großen Spaß dabei hatte, ein rosafarbenes Rondavel für Mädchen und ein blaues für die Jungen auszusuchen. Gretchen wollte ihm eben mitteilen, daß das nicht ihren Wünschen entspräche, aber Monica mengte sich ein: „Gut“, erklärte sie.

Kaum war der Platzleiter gegangen, als Monica und Cato das rosarote bezogen und ein befangenes Gretchen mit dem verdatterten Joe vor dem blauen stehenließen. Die beiden wußten nicht recht, was sie nun tun sollten. Auf dem griechischen Frachter war das Leben einfach gewesen. Da ursprünglich fünf Plätze bestellt gewesen waren, hatte man drei Kabinen reserviert, und da Britta nicht mitfuhr, war es logisch, daß Monica und Cato eine Kabine teilten und Gretchen und Joe je eine für sich hatten. Während der ganzen

Fahrt hatte Joe Gretchen kameradschaftlich behandelt und sich weder verpflichtet noch getrieben gefühlt, mehr zu tun. Nun aber schien es, als mußten Gretchen und Joe das blaue Rondavel mit dem Doppelbett teilen. Sichtlich verlegen ging Gretchen zur Tür der Hütte und sagte leise: „Solltest du nicht meine Sachen aus dem Volkswagen bringen?"

Joe fragte: „*Deine* Sachen?" Sie nickte. Als er zum Wagen zurücktrottete, murmelte er vor sich hin: „Und ich bin der, der die Rondavels vorgeschlagen hat!"

Am Nachmittag des dritten Tages sagte Gretchen zu den anderen: „Ich lade euch zum Abendessen ins Trianon ein." Cato warf sich in Schale, die Mädchen zogen ihre frechsten Miniröcke an, nur Joe erschien in seiner üblichen Aufmachung. Wie aus einem Munde wurde er mit „Mensch, nein!" empfangen. Sie überredeten ihn, seine Jeans und die Schaffellweste auszuziehen. Nur auf seine Stiefel wollte er nicht verzichten. In normalen Hosen und mit Hemd, Krawatte und Blazer sah er gar nicht übel aus.

Als sie den eleganten Speisesaal betraten, starrten die Gäste die Neuankömmlinge an, teils wegen der Miniröcke der Mädchen, teils wegen Joes langem Haar und Bart, hauptsächlich aber deswegen, weil das eine der beiden weißen Mädchen einen schwarzen Begleiter hatte. Unglücklicherweise fanden sie ausgerechnet in der Nähe eines Ehepaares aus Südafrika Platz, die hörbar murmelten, daß Nigger nicht in anständige Lokale gelassen werden sollten. Angesichts dieser Provokation begannen Cato und Monica störrisch zu werden. „Schicken Sie uns doch den Geschäftsführer", sagte Cato herablassend zum Oberkellner. Den Geschäftsführer fragte er lauter als unbedingt nötig: „Haben Sie einen wirklich guten weißen Burgunder ... vielleicht einen Chablis?" Er strich sich über sein Kinn und sagte in vertraulichem Ton: „Aber er muß sehr trocken sein ... ganz besonders trocken."

Als der Wein kam und der Kellner einschenkte, hob Cato die Kostprobe, betrachtete sie gegen das Licht, nahm einen kleinen Schluck, behielt ihn kurz im Mund und spuckte ihn nachdenklich in ein anderes Glas. Dann lehnte er sich zurück und sagte laut genug, daß die Buren ihn verstehen konnten: „Da ist etwas ... etwas." Er bat um ein Stück Brot, das er langsam kaute und schluckte. Dann versuchte er noch einen Schluck. „Er geht", sagte er langsam. „Sie können servieren." Woraufhin das südafrikanische Ehepaar die Köpfe zusammensteckte und aufgeregt zu flüstern begann. Cato raunte Gretchen zu: „Ich hoffe, du kannst diesen Wein bezahlen ... was immer das für ein Zeug sein mag."

In der Küche sagte der Oberkellner: „Der verdammte Affe versteht etwas von Wein. Seine Frau muß Millionärin sein."

An einem anderen Tisch saß ein vornehm aussehendes Paar – er mit weißem Haar und gestutztem Schnurrbart, sie mit bläulich schimmerndem Haar und zartem Spitzenkragen. Sie blickten immer wieder zu dem Tisch der jungen Leute hinüber, und nachdem der Wein serviert worden war, schickten sie den Kellner mit einem Briefchen zu ihnen. Es war an „die junge Dame in Blau" adressiert: „Verzeihen Sie, aber sind Sie nicht Sir Charles Brahams Tochter? Mein Mann ist höchster Richter des Obersten Gerichtshofs von Vwarda." Der Brief war mit „Maud Wenthorne" unterschrieben, und darunter stand als Nachsatz: „Vielleicht könnten wir uns in der Bar zum Kaffee treffen."

Monica las die Zeilen mit widerstreitenden Gefühlen. Sie war versucht, zurückzuschreiben: „Sie irren sich", doch brachte sie es dann doch nicht über sich, alten Freunden ihres Vaters gegenüber so unhöflich zu sein. Sie wandte sich dem anderen Tisch zu, lächelte und nickte, dann reichte sie ihren drei Gefährten den Zettel.

Cato fragte: „Ist das nicht der Kerl, der in Vwarda Schwierigkeiten hatte, weil er ein Urteil fällte, das die Schwarzen nicht akzeptieren konnten?"

Die Wenthornes beendeten ihr Abendessen vor ihnen und warteten in der Bar, wo Negerkellner in blauer Livree und weißen Handschuhen Kaffee servierten. Der Richter und seine Frau saßen in einer Ecke an einem schmiedeeisernen Tischchen. Indirekte Beleuchtung schuf eine Atmosphäre kultivierter Eleganz.

Lady Wenthorne benahm sich wie die Gastgeberin einer viktorianischen Soirée, und Sir Victor war die Verkörperung des hohen englischen Beamten: elegant, diskret, mit vollendeten Manieren. Als Cato ihn fragte: „Warum hat die Entscheidung in Vwarda einen Aufruhr ausgelöst?" erhob sich Sir Victor, entschuldigte sich und ging ostentativ zur Toilette. Seine Frau beantwortete die Frage: „Weil ein weißer Richter das Urteil eines schwarzen Richters korrigiert hatte."

„Sind keine Schwarzen im Obersten Gerichtshof?" fragte Cato.

„Wie könnten sie? Es gibt keine Eingeborenen, die Jura studiert haben."

„Sie sagten, der erste Richter sei ein Schwarzer gewesen."

„Ehrenhalber, nicht auf Grund seiner Ausbildung. Mein Mann war dafür veranwortlich, das Rechtswesen aufzubauen, und er bemühte sich, vielversprechende junge Männer auch ohne entsprechende Vorbildung zu Richtern zu machen. Aber für die höheren Gerichte ... völlig unmöglich!"

„Soviel ich höre, sind jetzt auch die Richter der höheren Instanzen Schwarze."

„Ja. Nach dem Aufruhr wurden alle weißen Richter verjagt."

„Also hat man doch schwarze Richter gefunden?"

Lady Wenthorne hielt Catos Blick stand und sagte: „Man hat schwarze Männer gefunden ... nicht schwarze Richter."

Nun kehrte Sir Victor zurück, und damit war das Zeichen gegeben, das Thema fallenzulassen. Monica fragte: „Werden Sie nach Vwarda zurückkehren?"

„Morgen kommt eine Abordnung hierher. Der Bruder des Präsidenten führt sie an, glaube ich. Wir werden besprechen, was getan werden kann. In Vwarda wünscht man, daß ich im Amt bleibe, bis die eingeborenen Richter voll ausgebildet und ihrem Amt gewachsen sind."

„Ich dachte, sie sind bereits im Amt", warf Cato ein.

Es war erstaunlich, wie vorurteilsfrei die Wenthornes waren. Sie mochten die Schwarzen, hatten ihr Leben lang mit ihnen gearbeitet und getan, was sie konnten, um junge Schwarze zu ermutigen, Jura oder Medizin zu studieren. Cato mit seinen vielen Fragen war ihnen sympathisch. „Ich fürchte, alle Verantwortlichen in Vwarda sind sich darüber im klaren, daß die falschen Männer das Richteramt ausüben – Stammesfanatiker, korrupte Geschäftemacher, Männer ohne Rechtschaffenheit und Prinzipien. Ich bezweifle zwar, daß der Präsident und sein Bruder meine Rückkehr wirklich wünschen; doch sie brauchen einen Mann wie mich, der imstande ist, Ordnung in dieses Chaos zu bringen. Und ob das nun gut oder schlecht sein mag, es muß wohl wieder ein Weißer sein."

Das verärgerte Cato. „Angenommen, die Aufwiegler, die Sie hinausgeworfen haben, wollen nicht, daß Sie zurückkommen ... arbeiten die Gerichte nicht auch so? Bleibt Gesetz nicht Gesetz, wenn auch auf anderer Basis? Schwarze Gerechtigkeit für Schwarze?"

„Sie haben den Nagel auf den Kopf getroffen, junger Mann", gab Sir Victor ruhig zu. „Natürlich arbeiten die Gerichte auch ohne weißen Richter weiter. Warum sollten zwei Engländer, zwei Iren und ein Australier in Vwarda Recht sprechen? Aber was die schwarzen Richter sprechen, ist weder Recht noch Gesetz, denn beides ist ihnen fremd. Sie tragen nur ihre Stammesfehden aus. Eigentlich tun sie das schon die längste Zeit, und das ist auch der Grund, warum die Abordnung morgen hierherkommt."

„Sie verdammen also das gesamte Rechtssystem von Vwarda?" fragte Cato weiter.

„Solange es nur auf Stammeszugehörigkeit beruht, ja."

„Meinen Sie nicht, daß das Stammesrecht letzten Endes ebensogut funktionieren kann wie die westlichen Rechtsgrundlagen?"

„Innerhalb eines Stammesgebietes ist es zweifellos ebenso gut. In einem Bundesgebiet, wo viele Stämme zusammenleben müssen, kann es nicht funktionieren."

„Muß Afrika nicht nach und nach seine eigene Staats- und Rechtsform auf der Grundlage des Stammessystems entwickeln?"

„Ja!" sagte Sir Victor voll Begeisterung. „Das hoffen wir, daran arbeiten wir! Aber der Schritt vom Stamm zum Bundesstaat muß getan werden, ohne daß dabei Nationen zugrunde gehen, und das ist nur möglich, wenn die allgemeinen Rechtsgrundsätze beachtet werden. Da liegt das Problem."

„Und das Recht ist natürlich das Recht der Weißen?"

„Wenn Sie Hammurabi, Moses, Mohammed und Solon als Weiße betrachten, dann ja."

Lady Wenthorne schaltete sich ein, bemüht, das Gespräch in andere Bahnen zu lenken. „Was hören Sie von Sir Charles?" fragte sie Monica.

„Er ist in London. Langweilt sich zu Tode."

„Wie schade! Er hätte Afrika nie verlassen sollen." Das galt offensichtlich ihrem Mann.

„Was haben Sie und Sir Victor vor?"

Lady Wenthorne lächelte. „Ich nehme an, Sir Victor wird sich morgen von der Delegation aus Vwarda überzeugen lassen. Wir werden zurückkehren, um ihnen zu helfen, das Justizwesen aufzubauen. Der eine oder andere der Unfähigen, die mein Mann entlassen wird, wird seinen Stamm aufwiegeln. Es wird neuen Aufruhr gegen die Weißen geben, und zuletzt wird man uns beide ermorden... wahrscheinlich mit Speeren."

Am nächsten Morgen lernte die Gruppe am Strand fünf besonders nette Südafrikaner kennen, kräftige, sonnengebräunte junge Männer, die eine Runde spendierten und bereit waren, über jedes Thema zu reden. Sie hatten die sympathische Eigenschaft, über sich selbst und die Narrheiten ihres Landes lächeln zu können. Von den beiden Mädchen waren sie sichtlich beeindruckt, doch wollten sie vor allem mit Cato reden, den sie stundenlang über die Lage in Amerika ausfragten.

Nach dem Schwimmen kamen sie in Catos rosarotes Rondavel und brachten wieder Bier mit. Die Flaschenkappen warfen sie den Affen zu, die daraufhin eine Schimpfkanonade vom Stapel ließen. Ihre Kommentare über das Leben in Südafrika waren überraschend offen: „Wir haben einen Polizeistaat, und es wird noch schlimmer werden. Wir bemühen uns, die Schwarzen unter Kontrolle zu halten. Jedes Land kann das, wenn es bereit ist, den Preis dafür zu bezahlen." Cato sagte scharf: „In Amerika wird es zu Straßenkämpfen kommen. Spätestens 1972."

Nachdem sie gegangen waren, sagte Cato: „Ich schäme mich, es zugeben zu müssen, aber die Typen waren mir richtig sympathisch." Monica erklärte: „Die Vernünftigen kommen natürlich aus der englischen Bevölkerungshälfte", aber Gretchen korrigierte sie: „Drei von den fünfen sprachen untereinander Afrikaans. Sie waren echte Buren. Ich habe sie gefragt."

An diesem Abend lernten sie auch die härtere Seite Südafrikas kennen. Ein Politiker aus Johannesburg, Dr. Christian Vorlanger, stieg im Trianon ab und gab dort eine Pressekonferenz. Da seine Ansichten Aufsehen erregt hatten, erklärte er sich bereit, seine Landsleute, die in der Stadt auf Urlaub waren, im Hotel zu einer Aussprache zu empfangen. Die fünf Südafrikaner luden Cato und seine Freunde zu der Veranstaltung ein.

Dr. Vorlanger war groß, stiernackig, tiefgebräunt. Er machte einen guten Eindruck, sprach überzeugend und ohne jeden Fanatismus. Seine Meinungen waren ebenso einfach wie revolutionär:

„Es muß jedem, der unsere Nation kennt, klar sein, daß wir uns auf die Südafrikaner englischer Abstammung, die von liberalen Ideen infiziert sind, im Ernstfall nicht verlassen können. Im Ernstfall können wir nur Buren vertrauen, die treu zu den Prinzipien der Niederländisch-reformierten Kirche stehen.

Mein Plan ist daher einfach. Da wir wissen, daß den Engländern nicht und nur den Buren zu trauen ist, sollten wir das Wahlrecht auf die beschränken, denen wir vertrauen dürfen, und es den anderen nehmen. Meine Ratgeber und ich haben lange darüber nachgedacht, welche Kriterien der Vertrauenswürdigkeit angewandt werden sollten. Etliche wurden in Betracht gezogen. Etwa, daß der Betreffende zu Hause Afrikaans und nicht Englisch spricht; daß er in einer Schule erzogen wurde, in der Afrikaans Unterrichtssprache ist; daß er in seiner Heimatgemeinde allgemein als Bure gilt. Der Vorschlag, daß drei seiner vier Großeltern Buren sein mußten, wurde eingehend geprüft. Aber je mehr wir uns mit diesem Problem befaßten, um so einfacher schien uns die Lösung. Wir schlagen vor, daß das Wahlrecht in Zukunft auf praktizierende, Kirchenbeitrag zahlende Mitglieder der Niederländisch-reformierten Kirche beschränkt werde. Auf Grund dieser klaren und leicht anwendbaren Regel können wir leicht bestimmen, wer im Enrstfall zu uns stehen wird, wer bereit ist, das Südafrika, das wir lieben, zu verteidigen und dafür Sorge zu tragen, daß es das Südafrika bleibt, das es ist.

Ehe ich auf ihre Fragen eingehe, möchte ich noch betonen, daß weder die Eingeborenen noch die Engländer oder Angehörige anderer Religionsgemeinschaften vor unserem Programm Angst zu haben brauchen. Keine dieser Gruppen wird verfolgt werden!"

Nach der Versammlung, als sie in einem Club beisammensaßen, fragte Gretchen die Südafrikaner, was die Phrase „im Ernstfall" zu bedeuten habe. Einer erklärte: „Es bedeutet, daß die Schwarzen zur Waffe greifen und wir sie mit Maschinengewehren niederschießen müssen."

Cato sagte: „Dieser Gedanke fasziniert auch die Amerikaner."

„Die Schwarzen in Vwarda", wandte Monica ein, „sagen auch ‚im Ernstfall' und meinen: Wenn wir die Weißen niedermetzeln. Jeder Weiße muß sich fragen, wer von seinen schwarzen Nachbarn sich an dem Blutbad beteiligen wird. Das hat Lady Wenthorne neulich gemeint, als sie sagte, sie und Sir Victor würden ermordet werden ... mit Speeren."

An jenem Abend, erzählte mir Joe später, begann für Monica und Cato dieses dauernde Schwanken zwischen Euphorie und Depression, von dem sie sich während des ganzen Afrikaaufenthalts nicht mehr freimachen konnten. Sie wußten, daß der Weg, den Weiße und Schwarze eingeschlagen hatten, zu Blutvergießen führen mußte. „Von da an", sagte Joe, „waren sie wie zwei verdammte Seelen. Sie fanden Trost im Rondavel und im Haschischrauchen mit ihren südafrikanischen Freunden. Ich konnte nicht erraten, warum, bis ich Monica einmal aus dem indischen Laden kommen sah. Von da an war mir alles klar."

Durch die Ankunft der Abordnung aus Vwarda verdüsterte sich Monicas Stimmung nur noch mehr. Der Bruder des Präsidenten war achtzehn Jahre lang Chauffeur der Familie gewesen; ein gutherziger, würdevoller Mann, der, sooft Sir Charles abwesend war, rührend für sie gesorgt hatte. Der Sekretär der Abordnung war bis achtzehn Jahre Analphabet gewesen und dann von Monicas Mutter unterrichtet worden, bis er eine Schule in England besuchen konnte. Daneben gehörten der Delegation ehemalige Angestellte der großen Farmbetriebe und kleine Handwerker und Geschäftsleute an. Manche von ihnen trugen afrikanische Tracht, die meisten aber waren im Cut erschienen.

Sie kamen keineswegs als Bittsteller. Lady Wenthorne berichtete am Abend: „Sie wollen, daß Sir Victor die Gerichte für drei Jahre beaufsichtigt – nicht die Entscheidungen, nur den ordnungsgemäßen Ablauf... die Arbeitsteilung."

„Wird er zusagen?" fragte Monica.

„Was können wir sonst tun? Wer von uns will denn nach England zurückkehren und langsam in einem Seebad verkalken?" Zu spät fiel ihr ein, daß Monicas Vater dieses Schicksal auf sich nehmen mußte, doch eine Entschuldigung hätte an der Wahrheit nichts ändern können. „Sir Victor stellt eine einzige Bedingung: drei Richter müssen entlassen werden. Das Problem ist nur: einer von ihnen ist der Neffe des Präsidenten. Vielleicht fahren wir also doch nach Devon zurück. Sie werden mit Vwarda telephonieren, und morgen wissen wir Bescheid."

Cato fragte, ob er mit den Delegierten reden dürfe, und Lady Wenthorne sagte: „Ich denke, das ließe sich arrangieren. Aber was sollen wir als Grund angeben?" Monica schlug vor, er solle sich als Student ausgeben. Kurz darauf kam ein Mitglied der Abordnung ins Zimmer der Wenthornes und meldete, der Delegationsleiter und drei weitere Mitglieder wären bereit, mit dem amerikanischen Neger zu sprechen und würden Mr. Jackson für eine halbe Stunde empfangen. Cato suchte sie in ihren Zimmern auf und erzählte mir später von der Unterredung.

„Die vier Männer waren sehr korrekt, drei im Cut, einer in afrikanischer Kleidung. Fünfzehn Minuten lang stellten sie mir Fragen, bis ich lachte und sagte: ‚Eigentlich bin ich hier, um Sie zu interviewen.' Und sie reagierten sehr liebenswürdig. Ich begann gleich mit meiner besten Frage: ‚Warum brauchen Sie überhaupt Hilfe von einem weißen Richter?', und sie sagten: ‚Unsere schwarzen Richter sind durchaus imstande, Stammesrecht zu sprechen. Aber sie haben keine Ahnung von allgemeiner Organisation – Berufung uns so weiter –, also werden wir für ein paar Jahre die Hilfe eines erfahrenen Mannes brauchen.‘ Dann fragte ich, ob sie glaubten, Sir Victor könne in einer rein beratenden Funktion etwas erreichen, und sie sagten: ‚Ein gewöhnlicher Mann könnte gar nichts erreichen, aber Sir Victor ist kein gewöhnlicher Mann.‘ Dann fragte ich: ‚Ist denn nicht die Zeit gekommen, alle Weißen zu entfernen?‘ Und der Bruder des Präsidenten sagte: ‚Diese Zeit wird nie kommen. Es wäre verhängnisvoll, wenn Vwarda schwarzen Rassismus praktizieren wollte, so wie Südafrika weißen Rassismus praktiziert. Wir Schwarzen werden beweisen, daß wir ohne Haß regieren können.‘ Ich fragte, ob es nicht schon genug Haß gegeben habe, als die weißen Richter hinausgeworfen wurden, und er sagte: ‚Ja. Und unser ganzes Volk schämt sich dafür. Darum sind wir hier.‘ Ich fragte, ob Vwarda Sir Victors Bedingungen akzeptieren würde, und er sagte: ‚Deshalb telephoniere ich heute abend mit meinem Bruder. Wir sind bereit, gewisse Konzessionen zu machen.‘ Zuletzt fragte ich ihn: ‚Wird die Nation dem Druck der Stammesinteressen standhalten können?‘, und er sagte, daß er davon überzeugt sei, denn täglich würden die separatistischen Kräfte schwächer und der Zusammenhalt stärker.

Als ich ging, war ich traurig und erschüttert, denn jeder der Herren sah genau so aus wie mein Vater und redete genau so wie mein Vater. Lauter Onkel-Tom-Figuren! Die jungen Hitzköpfe, die ‚Tod den weißen Richtern!‘ gebrüllt hätten, hätten mit Sir Victor verhandeln sollen. Ich wette, sie wären nicht so tolerant gewesen. Und wissen Sie, was ich tat? Ich ging zu Monica und sagte ihr: ‚Gib den Wenthornes den Rat, nicht nach Vwarda zurückzukehren. Sie stehen dort auf verlorenem Posten.‘ Sie fragte mich, wie ich das sagen könne, und erklärte ihr: ‚Weil ich mir den Bruder des Präsidenten angesehen habe.‘ Und sie fragte, wie ich vom bloßen Ansehen so etwas wissen könne, und ich sagte: ‚Weil er meinem Vater so verdammt ähnlich sieht.‘ Da wußte sie, was ich meinte.“

Monica ging zu Lady Wenthorne und warnte sie davor, nach Vwarda zurückzukehren; aber noch während sie dort war, kam ein Telephonanruf des Präsidenten, der mitteilte, daß er alle Bedingungen Sir Victors akzeptierte. Die Wenthornes nahmen daraufhin das Angebot an. Monica sagte: „Bloß weil Menschen gleich aussehen, müssen sie nicht unbedingt gleich sein.“

Als Sir Victor nach Vwarda kam, fand er, daß die Stämme starken Druck auf den Präsidenten ausgeübt hatten, der keinen von den Richtern entlassen konnte, vor allem nicht seinen Neffen. Sir

Victor sagte also als Mann von Charakter; „Zum Teufel damit!“ und bereitete seine Abreise vor; das wurde als Beleidigung aufgefaßt, und die schwarzen Rebellen zettelten unter dem Motto ‚Tod dem weißen Richter!‘ einen Aufruhr an, an dem Stammesangehörige des Präsidenten führend beteiligt waren. Lady Wenthorne wurde erschossen, ihr Mann überlebte den Anschlag.

Eines Abends saßen sie zu neunt – vier aus dem Campingwagen und fünf aus Südafrika – friedlich beim Haschisch beisammen, da schlug einer der Südafrikaner vor: „Wir haben eure Gastfreundschaft so oft angenommen, heute kommt ihr mit uns in die Nachtklubs!“ Sie zogen los und streiften durch das Vergnügungsviertel in der Nähe des Hafens: „Bar Luso“ mit einer exotischen Striptease-Tänzerin; „Aquario“ mit einer Negerkapelle; „Pinguin“ mit einem Schwarm von Negermädchen; und natürlich die „Bar Texas“ mit ihrem fünfzackigen Stern als Emblem.

Die Gäste waren hauptsächlich weiße Südafrikaner, die, wie Cato sofort bemerkte, schwarze Mädchen bevorzugten, als triebe sie die Apartheid daheim zu gegensätzlichem Verhalten im Ausland. Cato machte Joe darauf aufmerksam, und die beiden beobachteten, wie die Südafrikaner sich an die farbigen Mädchen heranmachten, ihnen teure Getränke bezahlten und sie zu überreden suchten, mit ihnen wegzugehen.

In der Texasbar lernte die Gruppe einen Angestellten des amerikanischen Konsulats kennen, und Cato fragte ihn ohne Umschweife: „Ziehen es die südafrikanischen Männer Ihrer Erfahrung nach vor, mit schwarzen Mädchen zu schlafen?“

„Unbedingt. Und es überrascht mich deshalb nicht, weil ich in Japan gedient habe.“

Er fuhr fort: „In Japan wurde ich zusammen mit ein paar tüchtigen Psychologen beauftragt, die Motive aufzudecken, aus denen heraus GIs und Japanerinnen Ehen eingingen. Nach langen Studien fanden wir folgendes: Achtunddreißig Prozent der Truppen in Japan kamen aus dem tiefen Süden, aus Mississippi, Alabama, Südkarolina und Georgia. Also hätte man annehmen müssen, daß achtunddreißig Prozent der Soldaten, die Orientalinnen heirateten, aus dem tiefen Süden kommen. Und welcher Prozentsatz, glauben Sie, kam tatsächlich von dort? Achtundsiebzig Prozent! Mehr als doppelt so viele, als man auf Grund der Durchschnittswerte erwartet hatte.“

Das führte zu heftigen Debatten. Der junge Mann blieb bei seinen Zahlen. „Das gleiche galt für Korea, und ich nehme an, daß es in Vietnam heute ebenso ist. Wir beschäftigten uns des langen und breiten mit dieser verblüffenden Statistik, redeten mit vielen GIs und kamen zu folgendem Schluß: Anfangs waren die Burschen aus dem Norden und aus dem Süden etwa gleich stark von den Japanerinnen beeindruckt, aber die aus dem Süden hatten so viel über Rassenunterschiede gehört, daß sie diese Mädchen unbedingt näher kennenlernen mußten und sie dann auch geheiratet haben.

Ich nehme also an, daß die Männer aus Südafrika unter dem gleichen inneren Zwang handeln. Sie geben sich mit schwarzen Mädchen ab – aus purer Lust am Verbotenen... nur um zu sehen, ob das wahr ist, was alle behaupten. Und um ihre Väter zu ärgern...

Und noch eins entdeckten wir: Wenn die GIs mit ihren japanischen Frauen heimkamen: Welcher Teil der Staaten akzeptierte sie am ehesten?"

Gretchen meinte zögernd: „Der Süden?"

„Stimmt. Die Anpassung im Süden war viel einfacher, es gab viel weniger Vorurteile. Wenn eine Gesellschaft eine Rasse ablehnt – wie der Süden die Neger – dann bemüht sie sich ganz besonders um ein gutes Verhältnis zu anderen Rassen, als wollte sie sagen, ‚Seht ihr? Wir haben keine Vorurteile. Es ist nur, daß die Neger wirklich minderwertig sind. Anständige Rassen können wir akzeptieren.' Ich glaube, daß der Südafrikaner im Ausland allen Rassen gegenüber freundlich ist, um zu beweisen, daß er keine Vorurteile hat."

Cato stellte seinen Bierkrug mit lautem Knall auf den Tisch. „Das ist viel zu kompliziert! Es ist einfach so, daß weiße Männer immer furchtbar scharf darauf sind, mit schwarzen Mädchen zu schlafen, und bei den schwarzen Männern ist es umgekehrt!"

Alle lachten, und einer der Südafrikaner bestellte eine Runde. Als man einander zugeprostet hatte, berichtete er:

„Ich bin Journalist. Ich arbeite für eine der besten Zeitungen Südafrikas. Die Regierung ist entschlossen, die Zeitung und mich zum Schweigen zu bringen. Habt ihr von dem neuen Gesetzesentwurf gehört, der gestern eingebracht wurde? Von Dr. Vorlanger beantragt und von seiner Gruppe und von anderen unterstützt. Wir sollen eine neue Geheimpolizei bekommen, die BOSS, und sie soll unbeschränkte Macht haben. Festnahmen ohne Haftbefehl. Wenn bei einer Verhandlung Beweismaterial vorgelegt werden soll und ein Mitglied des Kabinetts dieses Beweismaterial für staatsgefährlich erklärt, darf es dem Gericht nicht vorgelegt werden. Man darf keine Zeugenaussage in eigener Sache machen, wenn sie es verbieten. Aber das wirklich Erschütternde ist, daß BOSS ohne Hausdurchsuchungsbefehl das Haus durchstöbern kann, und wenn sie irgendetwas finden, Notizen oder Photographien, die ihrer Meinung nach staatsgefährlich sind, können sie dich für sechs Monate einsperren, ohne ihre Beweise vorlegen zu müssen."

Cato sagte: „Ihr könnt mir leidtun. Ihr glaubt, ihr macht die Schwarzen fertig; dabei macht ihr euch selber fertig!"

Die vier verließen Lourenco Marques und fuhren nach Norden. Das Land war schön, seine sozialen Probleme schienen unlösbar.

Unberührter Sandstrand erstreckte sich meilenweit am Ozean hin, Sand und Meer, soweit das Auge reichte. Ich hatte den jungen Leuten in Pamplona davon erzählt, aber sie hatten nicht glauben wollen, daß sie tagelang an weiten Sandbuchten vorbeifahren würden, ohne einen einzigen Menschen zu erblicken oder Anzeichen dafür, daß je ein Mensch diese Küsten betreten hatte. Es gab natürlich auch Badeorte, manche waren sogar sehr hübsch, aber die jungen Leute zogen die einsamen Buchten vor.

Das Autofahren war ein Abenteuer. Nur ein schmaler Streifen war asphaltiert, und der Nationalsport der Bewohner von Mozambique bestand darin, sich nicht vom Asphaltstreifen abdrängen zu lassen. Es erforderte gute Nerven, frontal auf den anderen zuzufahren, bis dieser in allerletzter Sekunde mit quietschenden Rädern auswich.

Gretchen war die erste Stunde gefahren, hatte bei jedem Entgegenkommenden die Nerven verloren und den Wagen zur Seite gerissen. Sie sagte schließlich: „Ich kann nicht mehr. Einer von euch muß mich ablösen." Und Joe setzte sich ans Steuer.

Die ersten Male gab auch er klein bei und fletschte wütend die Zähne, wenn der Sieger grinsend vorbeibrauste. Doch dann behielt er ruhiges Blut, kämpfte um jeden Zentimeter Straße und benahm sich genau wie die Portugiesen.

„Das nenne ich Nahkampf!" grinste er einmal, und Gretchen dachte, wie merkwürdig es doch war, daß dieser junge Mann, der solche Mutproben sichtlich genoß, sich der Einberufung entzogen hatte.

Bei einer Kreuzung wies eine Tafel nach rechts zum Strand. Rasch entschlossen lenkte Joe den Wagen auf die Abzweigung, und nach etwa fünfzehn Kilometern stießen sie auf ein kleines Hotel. Dahinter lag der majestätisch weite Sandstrand, leer und unberührt.

Joe hielt an. Minutenlang sagte niemand ein Wort. Der Anblick war überwältigend. Monica brach den Zauber. „Ich gehe schwimmen“, sagte sie, warf ihre Kleider ab und rannte leichtfüßig ins Wasser. Cato entkleidete sich ebenfalls und folgte ihr. Joe und Gretchen saßen schweigend und verlegen im Campingbus. Sie errötete, entkleidete sich rasch und lief so schnell sie konnte über den Sand zu Monica. Cato rief Joe zu: „Beeil dich!“, worauf Joe nichts anderes übrigblieb, als aus seinen hautengen Hosen zu schlüpfen und sich zu ihnen zu gesellen.

So verbrachten sie fast eine Woche, nackte Kinder, die sich auf dem endlosen Strand tummelten. Als Monica mir später erzählte, welchen Spaß es ihnen machte, fragte ich: „Heißt das, daß Joe und Gretchen...?“ Sie unterbrach mich: „Keineswegs! Ganz sicher wollte sie nichts von Joe, und außerdem dachte sie noch an Clive, und...“ – „Du meinst also, die zwei gingen jeden Tag nackt schwimmen, und das war alles?“ Sie sagte gereizt: „Hör mal, ich bin mit einer ganzen Menge Männer nackt geschwommen, mit denen ich nicht schlafen wollte.“

Lourenco Marques war eine europäische Stadt mit überwiegend weißer Bevölkerung gewesen. Hier, auf dem Land, lebten nur Schwarze. Sie wohnten in winzigen Krals – meist aus nur drei oder vier Rondavels bestehend, die auf einer Rodung im Dschungel standen; hier lief das Leben ab wie vor zweitausend Jahren. Das zwanzigste Jahrhundert war nur durch vereinzelt herumliegende leere Benzinkanister oder alte Gummireifen vertreten. Hauptbesitztum jeder Familie war ein großes Holzfaß, in dem das Wasser aus den regierungseigenen Brunnen geholt wurde. Die Frauen verbrachten den Großteil ihrer Zeit damit, leere Fässer zum Brunnen zu schleppen und volle Fässer mit Seilen heimzuziehen.

Cato war entsetzt. Sein fester Glaube, daß die Schwarzen durchaus in der Lage wären, ihr Land ebensogut, wenn nicht besser zu verwalten als die Belgier oder Portugiesen, wurde erschüttert. Die Eingeborenen, die in diesen Krals lebten, waren sicherlich unfähig, auch nur den kleinsten Posten in der öffentlichen Verwaltung auszufüllen, geschweige denn sich selbst zu regieren.

„Aber es muß doch irgendwo eine gebildete Führerschicht

geben", sagte er, „auch wenn sie von den Portugiesen unterdrückt wird. Eine Bevölkerung von acht Millionen Menschen muß doch irgendeine Kultur haben."

Er sollte sie nie finden. Wenn sie überhaupt existierte, war sie nur in Spuren vorhanden. Sooft der Wagen an einer Tankstelle hielt, wanderte er umher, sprach mit jedem, der ein wenig Englisch verstand, und sein Traum von einer afrikanischen Renaissance zerstob vor der niederschmetternden Realität.

Sie fuhren auf den Sambesi zu. Immer wieder begegneten sie Kolonnen bewaffneter weißer Truppen, die in Richtung zur tansanischen Grenze unterwegs waren, wo eine unbedeutende, aber anhaltende Revolution im Gang war. Cato sagte: „Ich bin verdammt sicher, daß Gewehre nicht die Lösung für das Problem von Mozambique sind." Aber auch er hatte keine Alternative anzubieten. „Einmal möchte ich sagen: Laßt die Schwarzen regieren, sie werden es nicht viel schlechter machen als die Weißen. Und dann höre ich von Nigeria und Biafra, von den Stammesfehden in Vwarda und der chinesischen Einmischung in Tansania, und frage mich, ob das die Antwort sein kann."

In Beira, der großen Stadt im Zentrum von Mozambique, las Monica von Lady Wenthornes Ermordung. Sie sprach mit einigen Rhodesiern, die hier Urlaub machten, und manche von ihnen erinnerten sich an Monicas Eltern. Gemeinsam beklagten sie Lady Wenthornes Tod.

„Wie Vwarda sich verändert hat!" sagten sie. „Alle Weißen werden hinausgeworfen. Besitz wird enteignet, Bankkonten konfisziert. Natürlich haben sie viele Inder ermordet. Flüchtlinge steigen in Salisbury aus dem Flugzeug und haben nichts bei sich als das, was sie am Leib haben."

Ein Mann meinte: „Ich halte es für ein Glück, daß Ihr Vater damals gezwungen wurde, das Land zu verlassen. Er konnte wenigstens sein Geld mitnehmen. Haben Sie vom armen Sir Victor gehört? Er durfte nicht einmal seine Frau begraben. Man hat ihn in ein Flugzeug gesetzt, und draußen standen dreihundert brüllende Schwarze, die schrien: ‚Werft den weißen Richter hinaus!' Er kam nur knapp mit dem Leben davon."

Die Schlafplätze im gelben Pop-Top mußten wieder einmal neu arrangiert werden. Nach einem Nachmittag in einer der stillen Buchten waren Joe und Gretchen offiziell ein Liebespaar. Ziellos waren die beiden durch die Dünen gewandert und hatten ihre Liebe zueinander entdeckt, als hätten sie sie so lange in sich aufbewahrt, bis die Zeit reif war, sie einander zu schenken.

Als ich von Monica die Geschichte hörte und Gretchen sie auf ihre schüchterne Art bestätigte, dachte ich, wie merkwürdig doch die Liebe dieser Jugend war. Ein Junge und ein Mädchen lebten vier Monate lang in einer Wohnung in Torremolinos, schliefen zwei Monate lang Seite an Seite in einem Campingwagen, gingen einen Monat lang nackt schwimmen und entdeckten plötzlich, daß sie einander gern hatten.

Eines Nachmittags, als sie am Strand lagen und den Wellen zusahen, wie sie schaumgekrönt herankamen und in sich zusammenfielen, ehe sie das Ufer erreichten, sagte Gretchen leise, als könnte jemand mithören: „Joe, ist dir in den letzten Tagen etwas an Monica aufgefallen?"

Joe verneinte. Gretchen gab sich nicht zufrieden. „Bist du sicher? Oder an Cato? Ist er anders?"

„Mir kommt vor, als wollten sie etwas mehr allein sein als früher. Aber wir doch schließlich auch."

„Sieh einmal Monicas linken Arm an!"

„Was meinst du?"

„Ich bin sicher, daß ich Einstiche gesehen habe."

„Nein!"

„Doch! Es sind bestimmt Einstiche. Und genau in der Armbeuge... wo die Venen hervortreten. Ich möchte, daß du auch Catos Arm ansiehst. Bei ihm kann ich keine Einstiche sehen, weil seine Haut so dunkel ist."

„Wie soll ich das machen? Seinen Arm packen und einfach sagen: ‚Entschuldige, aber nimmst du Heroin?'"

„Ich glaube, sie nehmen es beide. Das würde es erklären... ihre hektische Fröhlichkeit und gleich darauf die Depressionen." Sie saß auf einer kleinen Sandbank, die Beine hochgezogen, ließ den Kopf auf die Knie fallen und sagte halb zu sich selbst: „Das fehlt ihr gerade noch... Heroin."

Als Monica und Cato vom Schwimmen zurückkamen, sah auch Joe die Einstiche auf ihrem linken Arm. An Catos Arm konnte er nichts entdecken. Beide starrten Monicas Arm so fasziniert an, daß sie fürchten mußten, es würde ihr auffallen. Doch Monica merkte offenbar nichts.

Als beide Paare zu Bett gegangen waren, flüsterte Gretchen: „Was sollen wir tun, Joe? Wir verlieren den Wagen, wenn die

Polizei uns erwischt. Du kennst Monica... sie hat das Zeug vermutlich kiloweise irgendwo versteckt."

„Was flüstert ihr da unten?" fragte Monica.

In der Dunkelheit holte Gretchen tief Atem, drückte Joes Hand und sagte leise: „Joe und ich glauben, daß du dir Spritzen gibst."

Schweigen. Dann: „Ja."

„Du auch, Cato?"

„Spritzen nicht."

„Aber es ist Heroin?"

„Ja."

Minutenlang lagen die vier jungen Leute schweigend da. Dann sagte Monica: „Kinder, es ist super. Wirklich! Alles, was man uns darüber erzählt hat, stimmt. Egal, ob man es schluckt oder spritzt... prima! Es geht direkt ins Blut, und der ewige Frühling ist da. Wenn man meint, LSD erweitere das Bewußtsein..." Sie geriet in schwärmerische Begeisterung, und es wurde klar, daß sie irgendwann im Laufe des Nachmittags gespritzt haben mußte.

Joe fragte: „Dieser indische Laden in Lourenco Marques. Dort hat es begonnen, nicht wahr?"

„Wir haben es auch in Beira bekommen. Ich weiß auch den Namen eines Mannes auf der Insel Mozambique, der es uns verschaffen wird."

„Wenn du jetzt damit aufhören willst", sagte Gretchen, „bringst du cs fertig?"

„Aufhören? Mach dich nicht lächerlich!"

„Monica, du spritzt doch nicht in die Venen, oder?"

„Nein. Nur unter die Haut. Aber wenn ich mich entschließe, direkt in den Blutstrom zu schießen, geht es dich auch nichts an."

Es schien überflüssig, das Thema weiter auszuwalzen. Schweigen breitete sich im Wagen aus. Nach einer langen Pause fragte Joe: „Cato, wie ist es mit dir?"

Er nahm offenbar nur kleine Dosen, oder die Wirkung auf ihn war anders. Mißmutig sagte er: „Wie Holt in Pamplona zu sagen pflegte... regular."

„Ich meine: könntest du jetzt aufhören, wenn wir beschließen..."

„Wenn du beschließt?" Cato hielt inne, dann wurde seine Stimme höher und lauter. „Du glaubst, du brauchst bloß zu sagen: ‚Cato, kleiner schwarzer Bruder, laß das Zeug!' – und ich höre auf? Ich kotz' mich an!" Er begann ordinäre Worte zu schreien, und Gretchen preßte das Gesicht in die Kissen und hielt sich die Ohren zu.

Plötzlich ging das Licht an, und Monica kletterte aus ihrem Bett und kroch zu Joe und Gretchen ins Bett. „Kinder, es ist wirklich Klasse. Genau das, was wir immer gesucht haben. Es ist so schön, daß man sich nie wieder mit weniger zufriedengeben kann. Joe, du besonders! Ihr seht alles so klar, ihr habt Kraft..."

Sie redete weiter, versicherte ihnen, wenn sie nur eine gute Spritze voll nähmen – sie würden ihnen zeigen, wie man es macht –, dann wären alle ihre Probleme gelöst. „Man sieht so weit in die Ferne, als wäre man ein Adler", sagte sie. „Ich sehe zum Beispiel jetzt ganz klar, warum ich dieses Verhältnis mit Cato angefangen habe. Vater war von den Niggern schwer gekränkt worden..."

Joe fuhr erschrocken hoch und erwartete, daß Cato explodieren würde. Doch Cato war eingeschlafen. „Was ich euch erklären will", fuhr Monica fort, „ist folgendes: Vaters Selbstachtung war von den Niggern verletzt worden, und als treu ergebene Tochter nahm ich die Bürde seines Gewissens auf meine Schultern. Also hasse ich die Nigger eigentlich. Aber ich wollte mich erniedrigen, wie Vater erniedrigt worden war, und die beste Möglichkeit dazu – eigentlich die einzige Möglichkeit, wenn man es genau betrachtet – war die, einen Nigger als Liebhaber zu nehmen, auch wenn es mich noch so vor ihm ekelte."

„Monica!" protestierte Gretchen. „Cato ist da oben."

„Vergiß ihn! Er war nur das Werkzeug meiner Selbsterniedrigung."

„Ich glaube, du solltes endlich schlafen", sagte Gretchen. Sie hoben das Mädchen in das Bett über ihnen. Sobald Monica Catos Körper fühlte, murmelte sie: „Wach auf, du dunkler griechischer Gott, und demütige mich!" Sie ließ ihm keine Ruhe, bis er aufwachte, und dann hörten Gretchen und Joe lange Zeit ihre leidenschaftlichen Umarmungen.

Das Ziel ihrer Fahrt war die Hauptstadt Mozambique, die auf einer dem Festland vorgelagerten Koralleninsel liegt. Während in ihrem Hinterland immer noch steinzeitliche Zustände herrschten, war die Insel zu einem Zentrum der Kultur aufgeblüht. Sie gilt als eine der schönsten Inseln der Welt.

An der dem Meer zugewandten Seite lag drohend die alte Festung, an deren massiven Mauern so manche Belagerer gescheitert waren. Unter den Portugiesen, die an ihren Wällen gestanden hatten, um die *Ilha de Mocambique* für die Krone Portugals zu verteidigen, war auch einer gewesen – Luis Vaz de Camoes –, der auf einer Steinbank am Südzipfel der Insel die berühmten Verse niedergeschrieben hatte, die zum Epos Portugals werden sollten.

Die Straße führte meilenweit durch den Busch. Erst als sie etwas anstieg, erblickten sie die alte, ehrwürdige Kirche, die graue Festung, die blühenden Bäume, die lange Brücke, die vom Festland zur Insel hinüberführte. „Es war die Reise wert", sagte Joe, und Monica stimmte ihm zu.

Man merkte Monica nicht an, daß sie Heroin nahm. Mit Cato war es anders. Er war meist in depressiver Stimmung, auch unmittelbar nach einer Spritze. Überraschend war, daß sich beide offenbar völlig unter Kontrolle hatten.

„Sie sind Anfänger", gab Gretchen zu bedenken. „Vergiß nicht, daß sie eben erst angefangen haben. Wir wissen nicht, wieviel sie nehmen, und wir wissen auch nicht, wie die Wirkung später sein wird."

„Auf Sex scheint es jedenfalls keine nachteilige Wirkung zu haben. Die Nächte der beiden verlaufen ziemlich stürmisch."

„Ich verstehe das nicht", sagte Gretchen. „Wozu braucht man zusätzlichen Reiz?"

Monica hatte zweimal den „Mann auf der Insel Mozambique" erwähnt, der anscheinend den ganzen Handel auf der Insel kontrollierte; und als sie nun über die lange Brücke fuhren, deren Träger tief im Meer ruhten, fürchtete Gretchen, sie würden in Schwierigkeiten geraten.

Dann waren sie auf der Insel selbst. Der Boulevard mit Kasuarinabäumen zu beiden Seiten führte am Ozean entlang. An einer Ecke sahen sie einen schwarzen Polizisten stehen, und Gretchen fragte ihn auf englisch: „Gibt es hier einen Campingplatz?" Der Polizist konnte zwar nicht Englisch, verstand aber das Wort „Camping", verließ seinen Posten und ging einen Häuserblock weit neben dem Wagen einher. Dann zeigte er auf einen schönen großen Park.

„Camping", sagte er.

„Für Auto?" fragte Gretchen, und der Mann nickte. „Zum Schlafen?" fragte sie, wobei sie mit Händen und Kopf die Geste des Schlafens machte. Wieder nickte er und zeigte ihnen, wo sie Wasser finden würden.

Camping in Mozambique war ideal: direkt am Meer und doch im Herzen der lebhaften Stadt.

Joe fuhr den Wagen unter einen riesigen blühenden Baum, und eine Schar von Einwohnern – Schwarze und Weiße – versammelte sich zur Begrüßung. Niemand sprach Englisch, doch man verstand einander trotzdem, man zeigte den Gästen, wo die Märkte waren und in welchen Läden sie besonders günstig kaufen konnten. Kinder führten sie an den Strand und zeigten ihnen die besten Badeplätze, ein Polizist blieb stehen, sagte den Männern, wo sie Benzin kaufen konnten und wo das Rathaus war, falls sie Schwierigkeiten haben sollten. Dann kam zur Überraschung der Gruppe ein rundlicher portugiesischer Geschäftsmann in frisch gebügeltem weißem Anzug zu ihrem Wagen und lud sie zu einem Willkommenstrunk in eine nahe Bar ein.

„Das ist die Bar ‚Afrika'", sagte er in einem Gemisch aus Portugiesisch, Französisch und Englisch. „Dort drüben: das Krankenhaus. Hier unten: die katholische Kirche. Etwas weiter: die Moschee."

„Ist die Insel mohammedanisch?" fragte Gretchen.

„Achtzig Prozent", sagte der Portugiese. Er bezahlte die Getränke und wollte eben gehen, als Cato plötzlich sagte: „Viele meiner Freunde in Philadelphia sind Black Muslims. Ich möchte die Moschee besichtigen."

„Ich wäre nicht der beste Führer", sagte der Portugiese. „Ich bin katholisch. Aber ich kenne jemanden."

Er schickte einen Negerjungen zum Postamt, und nach einigen Minuten kam das Kind mit einem hochgewachsenen alten Araber in grauem Burnus und Turban zurück. Er hatte einen kleinen Bart, ein tiefgefurchtes Gesicht und eindringlich blickende Augen, die die jungen Leute und insbesondere Cato prüfend ansahen.

„Das ist Hadschi", sagte der dicke Portugiese und legte die Hand liebevoll auf den Arm des Alten. „Er ist unser Heiliger."

„Hadschi was?" fragte Gretchen.

„Einfach Hadschi", sagte der Portugiese. „Er hat natürlich einen arabischen Namen, aber seit fünfzig Jahren ist er nur Hadschi, der Heilige, der die Pilgerfahrt nach Mekka gemacht hat... der einzige seiner Generation."

Zwei vorübergehende Araber erblickten Hadschi, blieben stehen und baten um seinen Segen, den er mit gesenktem Kopf erteilte. „Und nun überlasse ich euch ihm", sagte der Portugiese und verschwand.

Keiner sagte etwas, die Jungen fühlten sich unbehaglich, aber der Hadschi lächelte und begann zu reden: „Ich spreche Englisch. Und obwohl ich Mohammedaner bin, werde ich ein wenig von eurem Wein trinken. Das habe ich von den Engländern gelernt."

Er erzählte ihnen von seiner Pilgerfahrt. „Damals war es nicht einfach, nach Mekka zu gelangen. Wir nahmen ein kleines Schiff nach Sansibar. Dort warteten wir wochenlang, bis wir die Pilgerfahrt antreten konnten. Wir segelten nach Mogadiscio. Wieder mußten wir wochenlang warten. Mit dem Schiff fuhren wir dann nach Dschibuti, um weitere Pilger abzuholen, und von dort nach Dschiddah, wo es fast kein Wasser gab. Zu Fuß wanderten wir nach Mekka. Viele ältere Leute starben auf dem Weg. Es war gleich nach dem Krieg – dem Großen Krieg –, und ich erinnere mich an die Automobile, die vorbeiflitzten und uns Staub ins Gesicht warfen."

„War es der Mühe wert?" fragte Cato.

Der alte Mann wandte sich ihm zu und sah ihn forschend an. „Wert? Für mich war es der Unterschied zwischen Leben und Tod. Als ich zurückkam, nannte mich jeder Hadschi, den Pilger. Später versuchten zwei andere Mekka zu erreichen, aber sie starben unterwegs."

Während er redete, kamen andere Gäste und baten um seinen Segen, den er mit zusammengelegten Händen und nach unten gerichteten Fingern gab. Gretchen fragte, ob das in seiner Kirche Brauch sei, und er sagte: „Es ist eine Gewohnheit, die ich angenommen habe. Wollen wir nun die Moschee ansehen?"

An den folgenden Tagen besuchte Cato ihn oft in seinem kleinen Haus, von dem aus man den ganzen Hafen überblicken konnte. „Sie sollten zu den Gottesdiensten in die Moschee kommen", sagte der Alte. „Der Islam war immer die Rettung der jungen Völker. Sehen Sie die Karte Afrikas an! Überall, wo der Islam herrscht, ist es den Schwarzen gelungen, gute Regierungen einzusetzen. Ihr werdet in Amerika so lange nichts erreichen, bis ihr euch zum Islam bekehrt."

Er behauptete, der Prophet habe in seiner Religion den Schwarzen eine Heimstatt geschaffen. „Es hat viele mohammedanische Führer gegeben, die schwarz waren", sagte Hadschi, „und es wird noch viele geben. Als ich in Mekka war, schien mir, daß jeder zweite Pilger von schwarzer Hautfarbe war. Man hat mir erzählt, die besten Neger in Amerika seien Mohammedaner."

Er lud Cato zum Freitagsgottesdienst ein, damit er sehe, wie freundschaftlich die schwarzen und weißen Mohammedaner dieser Insel miteinander verkehrten. In der Moschee waren weit mehr als die Hälfte der Gläubigen Schwarze.

Nach dem Gebet hielt ein Besucher in einer wilden Mischung aus Arabisch, Portugiesisch und dem Eingeborenendialekt eine Ansprache. Er war ein kleiner, lebhafter Mensch, anscheinend halb

Araber, halb Eingeborener, und sein dunkles Gesicht glühte vor Eifer. Cato fragte Hadschi, worum es ginge. „Er sagt, wir werden Männer und Geld nach Arabien schicken müssen, für den großen Dschihad gegen die Juden, die die Al-Aksa-Moschee niedergebrannt haben. Schwarzafrika, sagt er, wird niemals frei werden, ehe alle Juden verjagt sind, ein Heiliger Krieg ist unvermeidlich, und wir müssen alle unser Teil dazu beitragen."

Die guten Moslems von Mozambique hörten mit eifrigem Kopfnicken zu. Cato begriff den Anreiz dieser Religion für die Schwarzen Amerikas. Sie predigte universelle Bruderschaft – und sie predigte die Rache.

Cato selbst fühlte sich nicht zum Islam hingezogen; seiner Meinung nach waren alle Religionen letztlich ein übles Geschäft. Aber er erkannte die Möglichkeiten, aus dem Islam Kraft für sein Volk zu schöpfen. Immer wieder suchte er Hadschi auf, um mit ihm über die schwarzen Völker zu reden, die sich unter das grüne Banner des Islam geschart hatten.

Gretchen fand es merkwürdig, daß Cato das Christentum seines Vaters verwarf und Hadschis Islam akzeptieren konnte. Das Christentum war für die Schwarzen eine Enttäuschung gewesen, das war richtig – doch der Islam, der die Sklaverei guthieß, hatte die Schwarzen auch nicht gerade gut behandelt.

Gerade auf dem Gebiet der Sklaverei hatte Hadschi größten Einfluß auf Cato. Cato war an einem Freitag mit Hadschi in der Moschee gewesen und anschließend in seinem Haus. Sie saßen auf der Veranda und blickten über den Hafen, wo die Schiffe über Nacht vor Anker lagen. Hadschi zeigte auf den dunklen Dschungel am Festland und sagte: „Früher einmal, sogar als ich noch ein kleiner Junge war, lagen dort die *Barracons.*" Cato fragte ihn, was das sei, und Hadschi sah ihn überrascht an. „Sie wissen nicht, was die *Barracons* waren? Ihre Vorfahren wußten es nur allzu gut." Und er erklärte, wie zur Zeit der Sklaverei, die auf dieser Insel bis zum Anfang des Jahrhunderts betrieben wurde, Schwarze im Innern Afrikas eingefangen und in Herden zu den Häfen getrieben wurden. In regelmäßigen Abständen liefen Schiffe ein, die die schwarze Fracht aufnahmen. In der Wartezeit zwischen ihrer Ankunft an der Küste und der Abfahrt der Schiffe wurden die Sklaven in großen, von Scharfschützen und wilden Hunden bewachten Umzäunungen gehalten: das waren die Barracons."

Die ganze Grausamkeit des Sklavenhandels in Afrika wurde Cato nun bewußt. In einem Buch, das Hadschi ihm zu lesen gab, stand zum Beispiel: „Von der Insel Mozambique wurden so viele Sklaven auf die Schiffe verladen, daß man an der Küste vor dem Palast für den Bischof einen Marmorthron errichtete; wenn die Sklaven in Ketten vor ihm versammelt waren, kam der Bischof und bekehrte sie alle mit einer Handbewegung zum Christentum, damit ihre Seelen in den Himmel kommen sollten, falls sie während der Überfahrt starben. Eine weise Voraussicht, denn die Schiffe wurden so vollgepfercht, daß dreißig oder vierzig Prozent der Sklaven starben, noch bevor sie die Insel umschifft hatten. Ihre Leichen wurden ins Meer geworfen, aber alle starben als gute Christen."

Während seine Gefährten die Stadt besichtigten oder unter den Marquisen der Bar Afrika saßen und diskutierten, las Cato in Hadschis Büchern oder ging den Kai entlang und sah im Geist den endlosen Strom schwarzer Menschen, der aus dem Dschungel getrieben wurde. Er sah sie vor sich, wie sie in den Laderaum gestoßen wurden, während reiche Portugiesen vom Strand aus zusahen. „Mr. Fairbanks, in diesen Tagen wuchs in mir eine Bitterkeit, die mich nie mehr verlassen wird. Ihr Wirtschaftssystem und Ihre Kirche haben uns das angetan, und ich glaube nicht, daß die Schuld je abgetragen werden kann."

Einmal, als er wieder gegen das Christentum wütete, das die Sklaverei gestattet hatte, sagte Gretchen ärgerlich: „Du weißt natürlich, daß fast jeder Sklave von arabischen Sklavenhändlern, also von gläubigen Mohammedanern nach Mozambique geschleppt wurde?" Cato starrte sie an, und sie fügte hinzu: „Der letzte Sklaventransport ging 1902 von Mozambique ab, und Hadschis Vater hat ihn organisiert. Noch im Jahre 1952 wurden drüben auf dem Festland mehr als dreihundert Sklaven von den Arabern zur Küste getrieben und an arabische Sklavenhändler verkauft, die sie nach Arabien hinüberschmuggelten."

„Wer hat dir das erzählt?" fuhr Cato sie an.

„Ich kann auch lesen!"

Natürlich hatte Monica den Inder, der angeblich mit Drogen handelte, innerhalb einer Stunde gefunden; aber er sagte mit weinerlicher Stimme: „Heroin? Wer hat je von Heroin auf Mozambique gehört? Ich werde mich hüten, das Zeug auch nur anzurühren. Bitte gehen Sie!"

Dann sahen Joe und Gretchen zum ersten Mal die Panik, die einen Heroinsüchtigen überkommt, wenn sein Nachschub bedroht ist. Monicas Vorrat aus Beira war fast aufgebraucht, und wie eine Besessene suchte sie nach neuen Nachschubquellen. Immer wieder ging sie zu dem Inder, doch der wies sie ab. „Es ist gut und schön für reiche Frauen wie Sie, zu einem armen Inder zu kommen und um Hilfe zu bitten, aber haben Sie sich je überlegt, in was für eine schwierige Lage Sie mich bringen?"

„Wer verkauft es?" fragte Monica verzweifelt.

Endlich rückte er damit heraus: „Sie gehen den Kai entlang zu der Garage von Joao Ferreira Dos Santos; in dem kleinen Haus dahinter finden Sie einen Matrosen. Er ist Mischling. Berufen Sie sich auf mich."

Monica ging zum Kai. Sie erregte Aufsehen, doch das kümmerte sie nicht. Hinter der Garage stand das kleine Haus, in dem sie einen fetten Matrosen antraf, der kein Wort Englisch sprach. Sie nannte den Namen des Inders. Nach kurzem Zögern holte der Seemann ein Bündel Rohmarihuana hervor. Verzweifelt flüsterte Monica: „Nein, nein!" und deutete mit Daumen und Zeigefinger ihrer rechten Hand eine Injektionsspritze an. Gelassen nahm er das Gras zurück und ging in ein Hinterzimmer. Nach einer langen Wartezeit, die für Monica unerträglich wurde, kehrte er mit einem kleinen Päckchen Heroin zurück. „Mehr, mehr!" bettelte Monica, aber an diesem Tag gab er ihr nur die kleine Packung. Sie kostete neun Dollar, mehr als zweimal soviel, wie sie im Süden bezahlt hatte.

Sechsmal suchte sie den Mann auf, bis sie einen beruhigend großen Vorrat angesammelt hatte. Nun erhob sich die Frage: Wieviel davon würde Cato brauchen? Sie fragte ihn eines Nachmittags, als er von Hadschi zurückkam, und er sagte: „Mach dir meinetwegen keine Sorgen. Ich will mit dem Zeug nichts mehr zu tun haben."

Diese Antwort brachte Monica in Wut. Joe und Gretchen kamen gerade vom Schwimmen zurück und mußten den Streit mitanhören. Monica war außer sich vor Zorn und schrie, ein Schwarzer solle es nicht wagen, ihr Vorschriften zu machen. Cato versuchte zu erklären, daß sein Entschluß nur für ihn selbst gelte, aber sie war nicht zu bremsen. Man konnte die beiden im ganzen Park hören. Nach einer Weile gab es dann eine große Versöhnungsszene, die im Bett endete. Sie versuchte ihn zu überzeugen, daß Heroin, wenn man maßhielt, eine Quelle reinsten Vergnügens bleibe. Zuletzt stellte sie ihn vor ein Ultimatum: „Wenn du in meinem Bett schlafen willst, dann bleib bei der Stange!"

Am nächsten Tag kam er zu Joe. Er wirkte deprimiert und unsicher. „Joe", sagte er, „zweimal hatte ich das Gefühl, daß ich die Selbstkontrolle verlieren könnte. Richtige Vorahnungen." – „Wenn auch nur die Möglichkeit dieser Gefahr besteht", sagte Joe, „warum hörst du dann nicht auf?" – „Aber ich liebe sie. Du kannst dir nicht vorstellen, wie es ist, wenn ich mit ihr im Bett bin." Joe schwieg. Plötzlich packte Cato seinen Arm und sagte trotzig: „Ich bin sicher, daß ich mit dem Stoff fertigwerden könnte." Joe erwiderte: „Dann bleib dabei, mein Lieber, und dein Fall wird in den medizinischen Lehrbüchern beschrieben werden." Cato wurde wütend und knurrte: „Schön! Als wir nur schnupften, versuchte sie es jeden Tag, ich vielleicht einmal in drei Tagen. Seitdem sie schießt, halte ich nur jedes vierte oder fünfte Mal mit. Wenn sie in die Venen fixt, steig ich aus. Das nenne ich die Dinge unter Kontrolle behalten."

Aber Monica ließ nicht locker. Sie versuchte es sogar wieder mit Gretchen und Joe. Sie sagte, sie hätte einen Extravorrat für sie übrig. Ihr Hauptargument war; solange man es nicht versucht habe, könne man darüber nicht urteilen. Man könne Sex ohne Heroin nie verstehen. Da sagte Gretchen: „Das hast du uns auch vom LSD gesagt", und Monica sagte: „Die Erleuchtung kommt stufenweise, Liebste." Gretchen fragte: „Und was ist deine nächste Stufe? Kokain?"

Unter den Büchern, die Hadschi Cato lieh, war auch eine Geschichte der portugiesischen Entdeckungen. Es war eine Zusammenfassung der Ereignisse auf Mozambique, und nachdem Cato die trostlose Geschichte gelesen hatte, wie die Portugiesen die schwarzen Ureinwohner betrogen und eingeschüchtert und dann viele von ihnen in die Sklaverei verkauft hatten, blätterte er zufällig in dem Teil des Buches, der die atlantische Küste Afrikas behandelte, und fand die Geschichte König Afonsos des I., der von 1505 bis zu seinem Tod im Jahre 1542 das Kongobecken beherrscht hatte.

Es war eine interessante Geschichte, den Entwicklungen in Europa und Asien während jener Zeit durchaus ebenbürtig. Sie erzählte, wie Afonsos listenreicher Vater, Herrscher über ein Reich, das größer war als die meisten europäischen Länder, auf die Ankunft der Weißen reagiert hatte, wie er deren Angriffen begegnete und versuchte, aus den verwirrenden Lebensformen das Gute zu übernehmen und das Schlechte fernzuhalten. Er hatte seinen Lieblingssohn Afonso von katholischen Priestern erziehen lassen. Sie waren bedeutende Männer gewesen, treue Diener Gottes und des Kongo, und sie wollten Afonso zu einem Mann machen, dessen Bildung und Weltklugheit es ihm erlaubten, sein Volk aus der Dunkelheit ins Licht der westlichen Kultur zu führen.

Die Priester lehrten ihn, die Reichtümer des Kongo zu nützen und sie gegen europäische Waren einzutauschen, sein Volk durch kluge Schachzüge vor der Machtgier der großen Mächte zu schützen, die eines Tages sicher versuchen würden, es gänzlich in Beschlag zu nehmen: vor allem aber lehrten sie ihn, den Übergang vom Stammesglauben zum Christentum vorzunehmen, damit die Kulturstaaten den Kongo als ebenbürtig aufnehmen würden. Sie lehrten ihn noch viel mehr, und im Alter von zweiundzwanzig Jahren war er bestens darauf vorbereitet, die Regierung seines riesigen Reiches zu übernehmen.

Abgesehen von seiner glücklichen Erziehung war Afonso ein ungewöhnlich fähiger Mann; er besaß die Gabe, zu herrschen und eine klare Vorstellung von seiner und seines Volkes geschichtlicher Sendung. Außerdem war er ehrenhaft, tapfer und ein kluger Diplomat. Kurz, er war der hervorragendste Herrscher, den die schwarzen Völker Afrikas seit fünfhundert Jahren hervorgebracht hatten, und wenn der afrikanische Neger je eine Chance hatte, seine Stellung Europa gegenüber zu festigen, so war es durch Afonso. Seine Briefe an den König von Portugal waren Dokumente von höchster historischer Bedeutung; er bat nicht um Kanonen oder Gold, sondern um Lehrer und Priester, die seine schwarzen Untertanen lehren sollten, sich selbst zu regieren.

Als Cato so weit gelesen hatte, wollte er seine Entdeckung unbedingt den anderen mitteilen, und bat Hadschi, ihm das Buch für einige Zeit zu überlassen. Als er beim Campingwagen eintraf, erklärte ihm ein kleiner Junge: „Sie in Bar ‚Afrika'", also ging er dorthin. Unter der Markise las er ihnen Teile aus dem Buch vor. Seine Zuhörer waren beeindruckt. „Nie von diesem Mann gehört", sagte Monica.

Gretchen war es, die nun ein Thema aufwarf, das sie stundenlang beschäftigen sollte. „Wenn schwarze Völker einen so wesentlichen Teil der Weltbevölkerung ausmachen, und besonders wenn die Schwarzen gerade jetzt so entscheidend für die Vereinigten Staaten sind, warum lernten wir nichts von Männern wie König Afonso? Im

College hatte ich einen Kurs in belgischer Geschichte. Wie groß ist Belgien? Es wohnen etwa acht oder neun Millionen Menschen dort. Das ist ein Drittel der Negerbevölkerung in den Staaten: Trotzdem finden es die Universitäten richtig, Lehrgänge in belgischer Geschichte abzuhalten, weil Belgien zufällig weiß und ein Teil Europas ist. Aber jeder fände es lächerlich, einen Lehrgang in der Geschichte des Kongo zu besuchen, obgleich der Kongo eine doppelt so große Bevölkerung hat. Und nur, weil er schwarz und kein Teil Europas ist. Verrückte Welt."

„Das ist es!" rief Cato aufgeregt. „Darum wollen wir Schwarzen auch Kurse über die Geschichte der Schwarzen. Weiß Gott, das ist heute für die Welt wichtiger als die belgische Geschichte. Und für Amerika ist es ganz sicher wichtiger."

Gretchen meinte: „Ich bin nicht deiner Meinung, Cato, daß nur Schwarze schwarze Geschichte lernen sollten. Wir Weißen sollten sie studieren ... damit wir euch und uns aus einer anderen Perspektive sehen können."

Aber Monica sah den Haken: „Ihr könnt argumentieren, soviel ihr wollt, und davon träumen, was hätte geschehen können, aber die Tatsache bleibt bestehen, daß die Geschichte der Welt die Geschichte der Leistungen der Weißen ist und es wahrscheinlich immer bleiben wird. Die Geschichte Belgiens ist wenigstens fünfzigmal wichtiger als die Geschichte des Kongo, und sei es nur deshalb, weil Jan van Eyck dort gemalt und Maurice Maeterlinck seine Bücher dort geschrieben hat. Erst wenn jemand im Kongo etwas Gleichwertiges leistet, dann wird es der Mühe wert sein, zu studieren, wie seine Kultur ihn in die Lage setzte, das zu tun. Bis dahin ..."

Cato wurde zornig. „Und die Skulpturen von Benin?" Monica hatte diese Frage in Vwarda und London hundertmal gehört, und fuhr ihn an: „Und was ist mit den Riesenköpfen auf den Osterinseln? Machen die vielleicht Geschichte? Baut ein glücklicher Zufall eine Kultur auf? Ihr habt die Kultur Afrikas gesehen ... als die Delegation zu Sir Victor kam ... und dann zurückging und seine Frau abschlachtete. Das ist Afrika!"

Cato sagte: „Ich finde, wenn Stammesgruppen eine weiße Frau in Vwarda ermorden, so ist das weder besser noch schlechter, als wenn Protestanten in Irland die Katholiken abschlachten. Weder die einen noch die anderen sind fähig, sich selbst zu regieren; aber wir müssen uns mit der Tatsache ihrer Existenz abfinden.

Gretchen, die immer unglücklich war, wenn Cato und Monica sich stritten, versuchte abzulenken. „Was geschah dann mit König Afonso?"

Und Cato antwortete: „Ich habe die Geschichte noch nicht zu Ende gelesen.“ Monica sagte: „Ich wette, er hat sein Volk für 30 Silberlinge verkauft.“

Als Joe mir später von diesem Gespräch erzählte, fragte ich ihn, welche Rolle er dabei gespielt habe, und er sagte: „Ich saß da über meinem Bier, hörte zu und versuchte, mir über den Sachverhalt eine Meinung zu bilden.“ Ich fragte ihn, zu welchem Schluß er gekommen sei, und er sagte: „Wie bei so vielen Dingen war ich hauptsächlich ratlos.“

Cato ging mit seinem Buch zu Hadschi zurück und las dort die Geschichte Afonsos I. zu Ende. Afonsos Regierungszeit entwickelte sich zu einer Katastrophe. Die Missionare, die Portugal ihm zu Hilfe geschickt hatte, fanden heraus, daß sie ein Vermögen machen konnten, wenn sie Sklaven für die europäischen Schiffe zusammentrieben, die die Kongomündung anliefen. Die ersten Sklaven, die in Ketten vom Landesinneren an die Küste verschleppt wurden, wurden von Priestern geführt. Händler, die den König beraten sollten, wurden zu Freibeutern, die gegen ihn Krieg führten. Die weißen Ratgeber, die den Kongo in die Völkergemeinschaft bringen helfen sollten, verdarben, was sie nur anrührten, und vereitelten alle Versuche des Königs, sein Reich zu zivilisieren. Und die Portugiesen, die das Königreich dem Handel und dem Christentum eröffnet hatten, erkannten sehr schnell, daß eine starke Zentralmacht in diesem Gebiet ihren Interessen entgegenlief, und unterstützten daher jeden Aufstand, sie zettelten sogar eigene Rebellionen an, wenn die Eingeborenen zur Ruhe kamen. Afonso erfaßte tiefe Mutlosigkeit. Wilde, die die Möglichkeit hatten, etwas Gold zu gewinnen, wenn sie andere Wilde in die Sklaverei verkauften, wurden außerdem angeleitet, ihren König zu stürzen. Zuletzt, verraten von dem Gott, den er angenommen hatte, von den Vertretern dieses Gottes, von seinen Lehrern, den Portugiesen, und zuletzt auch von seinem eigenen Volk, floh er aus seiner Heimat, unfähig, den Zusammenbruch zu verstehen.

Cato schloß das Buch, und als Hadschi eine Frage an ihn richtete, starrte er den Heiligen bloß an und ging hinaus in die Kühle des Abends. Er bemerkte die Menschen auf der Straße gar nicht, irrte den Hafen entlang und kam zu dem hübschen Platz zwischen dem Meer und dem Palast des Gouverneurs. Und dort sah er die bekannte Statue Vasco da Gamas, den Blick gegen Indien gerichtet, mit der Inschrift, die ihn jetzt in Wut versetzte.

VASCO DA GAMA

1469–1524

Descobriador

de

Moçambique

en

1496

„Das sieht den arroganten Bastarden ähnlich", murmelte er, wobei er nicht nur an die Portugiesen, sondern an alle Weißen dachte. „Sie stolpern 1496 über eine Insel und schreien in die Welt hinaus, sie hätten sie entdeckt. Die Araber hatten das verdammte Ding seit tausend Jahren gekannt, die Schwarzen seit zweitausend Jahren. Aber bis die Weißen hierher kamen, existierte sie nicht. Erst als sie ihre heiligen Füße an Land setzten, wurde die Insel Teil der bekannten Welt. Wem bekannt? Verdammt noch einmal! Die Königin von Saba kannte diese Insel. Schiffe aus Arabien liefen sie regelmäßig an, als Portugal noch ein Schweinestall war."

Er starrte den erzenen Entdecker an und fluchte. „Ein wilder Mörder, das ist es, was er war! Das ist es, was sie alle waren!" Und dann, als er an der historischen Stelle stand, wo die Handelsschiffe seit zweitausend Jahren anlegten, vermeinte er die endlose Prozession von Sklaven zu sehen, die zurückreichte zum Anbeginn der Zeit. Unter den nackten Frauen, die von hier aus auf die Sklavenmärkte in Lissabon oder Pernambuco oder Charleston geschleppt wurden, war eine, die seine Vorfahrin war. Unter den Männern, die unter hölzernen Jochen schwankten, ging sein Vater.

Und eines Tages kamen die Briefe. Gretchen, die jeden Tag zum Postamt ging, nahm sie in Empfang. Ein junger Mann vom Konsulat in Lourenco Marques hatte sie nach Norden weitergeschickt: einen Brief von Gretchens Mutter, einen von einem früheren Verehrer. Jigal hatte aus Detroit geschrieben, Mr. Holt aus Lausanne. Und es gab auch einen an Gretchen adressierten Brief aus Lausanne, der Brittas säuberliche Schriftzeichen trug.

Gretchen eilte in die Bar Afrika, bestellte ein Glas Weißwein und öffnete den Brief.

„Hotel Splendide, Lausanne 2. September 1969
Liebstes Gretchen!

Kein Tag geht vorbei, ohne daß Harvey und ich fragen, wie es Euch in Mozambique ergehen mag. Ich habe drei Bücher über Mozambique gelesen, und Harvey fügt den darin enthaltenen Beschreibungen sonderbare Details hinzu. Wußtest Du, daß Lourenco Marques fast zu einem Krieg zwischen Franzosen, Deutschen, Engländern und Portugiesen führte, und das vor gar nicht allzu langer Zeit?

Wie bin ich nach Lausanne gekommen? Nachdem Ihr Pamplona verlassen hattet, ging ich in der Nacht ins Militärkrankenhaus zurück, erklärte dem Portier, ich sei Mrs. Harvey Holt und eben aus Madrid gekommen, drang in sein Zimmer ein und machte Harvey einen Heiratsantrag. Er fiel fast in Ohnmacht. Er und auch Mr. Fairbanks versuchten, mich hinauszubringen, aber mir war klar, was für ihn und für mich richtig war, und daher weigerte ich mich, zu gehen.

Wir fuhren nach Madrid ... Harvey wurde so schnell gesund, daß Ihr es nie glauben würdet. Die Ärzte sagen, daß er mit Tigermilch aufgezogen worden sein muß. Er hat ein richtiges Loch im Bauch, aber die Ärzte meinen, es wird wieder ganz zuwachsen. Bevor wir Pamplona verließen, geschah etwas furchtbar Nettes: Der junge Franzose, der an Harveys Unfall die Schuld trägt, kam ins Krankenhaus und wollte die Krankenhausrechnung bezahlen, weil er gehört hatte, Harvey sei ein armer Mann, der das ganze Jahr auf den Ölfeldern arbeitete und nur eben genug erspart habe, um jeden Sommer in Pamplona mit den Stieren zu laufen. Ich hatte Tränen in den Augen, Mr. Fairbanks räusperte sich vor Rührung, und Harvey umarmte den jungen Mann. Es war genau wie in französischen Filmen. Und dann geschah folgendes: Der Franzose zog eine große Photographie aus der Tasche, auf der zu sehen war, wie er Harvey von hinten umschlungen hält und der Stier sein Horn in Harvey bohrt. Er bat Harvey um ein Autogramm, und während Harvey unterschrieb, holte er eine zweite Kopie heraus, die er unterschrieben hatte, und gab sie Harvey als Geschenk! Beim Abschied sagte der junge Mann: ‚Ich sehe Sie nächstes Jahr in Pamplona', und Harvey sagte: ‚Gott soll mich davor bewahren!'

Ich nehme an, Du willst endlich die große Neuigkeit wissen. Harvey weigerte sich natürlich, mich zu heiraten, aber ich fahre mit ihm nach Ceylon. Ich glaube, er fängt an, Gefallen an der Idee zu finden, weil ich ihm in vielen Dingen helfe. Ich bin ein bißchen unglücklich, daß er mich nicht heiraten will, aber nicht allzusehr. Unter uns gesagt, ich glaube, er wird sich allmählich an den Gedanken gewöhnen. Vorläufig aber keine Babys! Sooft wir streiten, was nicht allzu oft vorkommt, sagt er: ‚Verdammt noch einmal, ich richte dir eine Bar in Torremolinos ein!', als wäre das der Traum eines jeden Mädchens. Das hat er aus Japan, wo ein Mann, der seine Freundin verlassen will, ihr als Abfindung eine Bar kaufen muß.

Mr. Fairbanks bestand darauf, daß Harvey Erholung brauche, außerdem liegen seine gesamten Ersparnisse hier in Genf bei World Mutual, und Mr. Fairbanks meinte, er soll sich einmal die Zentrale ansehen. Ich glaube der wirkliche Grund war, daß Mr. Fairbanks, der Harvey sehr gern mag, ihn ermutigen will, mich zu heiraten. So kamen wir nach Genf und dann hierher, nach Lausanne, wo es wunderschön ist – der See und die herrliche Kulisse der Berge im Süden. Neulich sagte ich in einem Anfall von Glück und Begeisterung: ‚Das ist wie eine Hochzeitsreise!' Und Harvey sagte: ‚Das *ist* deine Hochzeitsreise!', also nehme ich an, daß alles in Ordnung ist.

Harvey macht sich natürlich Sorgen, weil er eigentlich längst in Ceylon sein sollte, aber Mr. Fairbanks sagte: ‚Du hast Anspruch auf Krankenurlaub.' Harvey fürchtete, UniCom könnte glauben, er spiele nur auf krank. Daraufhin ließ Mr. Fairbanks ihn von seinem Betriebsarzt untersuchen, damit er ein ärztliches Zeugnis vorweisen könne. Als der Arzt die große Narbe auf der Brust sah, die jüngste im Bauch, die große am Rücken und die zwei Granatwunden aus Okinawa, sagte er: ‚Dieser Mann sollte eigentlich nie wieder arbeiten.' Und sie verbrachten den Rest des Tages mit Trinken und Reden vom Krieg und von Stieren und von fernen Gegenden.

Gretchen, ich möchte Dich um etwas Wichtiges bitten. Harvey wird Joe einen Brief schreiben. Er denkt die ganze Zeit an Joe. Manchmal erwähnt er Joe vier- oder fünfmal am Tag, fast als wäre Joe sein Sohn. Etwas, das Joe in Pamplona sagte, macht Harvey große Sorgen, und er meint, daß er sich vielleicht nicht gut ausgedrückt hat, als sie darüber sprachen. Darum wird er ihm schreiben. Er fürchtet, daß Joe den Brief nicht ernst nehmen wird. Auf Dich wird Joe hören. Also bitte sorge dafür, daß er den Brief ernst nimmt. Es würde Harvey sehr viel bedeuten.

Laß mir Monica sehr lieb grüßen. Kümmere Dich um sie. Und gib Cato einen Kuß von mir. Ich höre ihn so gern über Dinge streiten, von denen er nichts versteht. Ich frage mich, was mit ihm geschieht, wenn Monica einmal Schluß macht.

Und für Dich, wie wir Spanier sagen, *un abrazo grande.* Ohne Deine Hilfe hätte ich Harvey nie kennengelernt, würde nie nach Ceylon kommen, und mein Leben wäre verpfuscht. Irgendwann und irgendwo werden wir uns wiedersehen.

Alles Liebe,
Britta

PS: Holts Tonbandgerät darf ich nicht anrühren. So habe ich ihn überredet, mir eines zu kaufen. Es kostete 50 Dollar, und ich sage ihm jetzt immer, es klinge besser als seines."

Gretchen trank ihren Wein aus, faltete den Brief zusammen und lächelte beim Gedanken an den störrischen Mr. Holt, der gleichgültig bleiben wollte, während Britta ein immer dichteres Netz von Liebe um ihn wob. Sie erhob sich und ging zum Campingplatz, wo sie die Post verteilte.

Der Brief an Joe lautete folgendermaßen:

„Hotel Splendide, Lausanne 3. September 1969
Lieber Joe!

An dem Abend, an dem wir in Pamplona über die Einberufung sprachen, habe ich mich nicht klar ausgedrückt. Ich wollte sagen, daß ein junger Mann von einundzwanzig Jahren etwas sehr Kostbares ist, und je älter man wird, desto mehr schätzt man das. Fast alles Gute, das von jetzt ab in dieser Welt geschehen wird, wird von jungen Leuten wie Dir getan werden müssen, und es wäre eine Tragödie, auch nur einen zu verlieren.

Ich will nicht, daß die Welt Dich verliert, Joe! Falls ich irgendwo in der Nähe bin, wenn Du Dich für Little Casino oder Big Casino entscheidest, werde ich alles tun, um Dich davon abzuhalten. Ich werde Dich ins Gefängnis werfen oder zusammenschlagen lassen, aber ich werde nicht dulden, daß Du einen Fehler machst, der Dich für den Rest Deines Lebens zeichnet. Ich glaube, ich weiß jetzt, was Big Casino ist, und wenn Du Dich damit abgibst, verlierst Du die Achtung anderer und die Achtung vor Dir selbst.

Ich bleibe ein paar Wochen in Lausanne und fahre dann nach Ratmalana. Du findest dort immer ein Zuhause. Immer wird jemand da sein, mit dem Du reden kannst, auch wenn er, wie Du einmal sagtest, nur ein verdammter Marinesoldat ist.

Was ich noch zu sagen habe, fällt mir schwer, wie Du Dir denken wirst, wenn Du es liest. Falls Du einen Ort brauchst, wo Du Dich vor der Einberufung verstecken kannst, dann kannst Du jederzeit nach Ratmalana kommen. Ich glaube zwar, daß Du ganz und gar im Unrecht bist, aber ich bin jetzt soweit, zu glauben, daß Du es ehrlich meinst. Was das andere betrifft, so denke darüber nach, bevor Du etwas tust, was Du für den Rest Deines Lebens bereuen würdest.

Falls Du Geld brauchst, laß es mich wissen. Britta ist zufällig hier und läßt Dich grüßen.

Dein
Harvey Holt"

Jigals Brief an Cato war an die Bar Alamo in Torremolinos adressiert und von dort aus weitergeleitet worden.

„Grosse Pointe, Michigan 12. August 1969
Lieber Cato und alle!

Als mich mein Großvater aus Pamplona wegschleppte, war ich so wütend, daß ich ihn am liebsten erwürgt hätte, aber nun, da wir zu Hause sind, kommt mir vor, als lägen Mr. Holt und seine gräßliche Musik und die wilden Zeiten in der Bar Vasca lange zurück. Langsam verstehe ich, was mir Mr. Fairbanks an jenem letzten Tag sagte: Amerika sei heute der Magnet der Welt, an dem man seine Kraft messen müsse. Er hat recht. Erst wenn ich das getan habe, werde ich England und Israel beurteilen können, und wie ich Dir in der Nacht in Alte sagte, muß ich mich über kurz oder lang entscheiden.

Eigentlich entscheide ich mich jeden Tag, Ich sehe jetzt, daß dieses Land verdammt viel Positives hat, und ich respektiere es.

Mein Großvater ist ein sagenhafter Knabe. Ich möchte mit fünfzig die Vitalität haben, die er mit siebzig hat. Er ist ganz aufgeregt darüber, was General Motors im letzten Verkaufsjahr erreicht hat, dabei arbeitet er nicht mehr für die Firma. Besonders freut es ihn, daß Pontiac im GM-Konzern das Rennen gemacht hat. Er ruft alle Leute von Pontiac an und sagt: ‚Bei Gott, ihr macht euch noch besser als wir früher. Ich wußte ja, daß du es in dir hattest, als ich dich von den Ersatzteilen wegholte.'

Im nächsten Monat fange ich in Case an, und nach allem, was ich bisher gehört habe, wird es stinklangweilig sein. Sie lehren anscheinend die Naturwissenschaften so wie unsere Hochschulen in Israel vor sechs Jahren. Man fragt sich, woher die großartige Technik kommt, mit der sich Amerika brüstet. Wundert Euch nicht, wenn ich eines Tages vor Eurer Tür stehe. Detroit habe ich satt, und ich glaube nicht, ob Cleveland besser sein wird.

Die Neger in Detroit machen keinen großen Eindruck auf mich. Wenn die Jungen sich nicht zusammenreißen, werden sie für alle Ewigkeit hinterherlaufen müssen. Ich bin zu dem Schluß gekommen, daß sie etwa ein Dutzend Typen wie Dich brauchen. Früher oder später solltest Du zurückkommen und Bewegung in den Laden bringen. Im Augenblick sehen die Neger den rettenden Strohhalm darin, die Juden auszuschalten, was mir so verdreht scheint, daß es sinnlos ist, Gedanken darüber zu verschwenden. Aber ich würde gern einmal mit Dir darüber reden.

Die große Sache im Augenblick ist ein schwedischer Film: ‚Ich bin neugierig'. Ich habe ihn nicht gesehen, aber Leute hier haben mir erzählt, daß eine tolle schwedische Sexbombe mitspielt. Dann erzähle ich ihnen, daß ich eine norwegische Sexbombe kenne. Laß sie mir grüßen und sag ihr, sie soll auf die GIs in der Bar aufpassen.

Dein Jigal"

In England und in den Staaten zog der Herbst ein, aber sie waren in Mozambique, der Frühling hatte eben begonnen, und ein endloser Sommer stand vor der Tür. Niemand mußte sich um Geld sorgen, solange Monicas Monatsscheck, Gretchens Raten und Mister Wisters Überweisungen an Cato regelmäßig eintrafen.

Die Tage vergingen wie im Flug. Immer noch blieben die Menschen beim Pop-Top stehen, um mit ihnen zu plaudern, ihnen Obst zu bringen, den Pop-Top zu bestaunen und sich darüber zu wundern, wie vier erwachsene Menschen darin zum Schlafen Platz finden konnten.

Unter denen, die regelmäßig vorbeikamen, war auch der portugiesische Geschäftsmann, der sie am ersten Tag begrüßt und mit Hadschi bekannt gemacht hatte. Eines Abends erfuhr er im Lauf des Gesprächs, daß sie in Silves gewesen waren, und rief begeistert: „Ich komme aus Portimac!" Sie verbrachten einige Zeit damit, die Namen von Orten herzusagen: Albufeira, Lagos Faro, Alte. Sehnsucht nach dem Bergdorf mit seiner Plaza, über der der steinerne Poet wachte, erfaßte Gretchen. Sie holte ihre Gitarre. Rasch füllte sich der Platz mit Negerfrauen.

Gretchen sang fast eine Stunde lang. Die Zuhörer genossen es sichtlich, und als sie die Gitarre beiseitelegte, sagte der Portugiese:

„Wie gut es ist, etwas Musik zu hören." Und er bestand darauf, daß sie mit ihm in die Bar Afrika gingen. „Sie werden natürlich unser großartiges Wildreservat in Zambela besuchen", sagte er, rief sogleich einen Mann zu Hilfe, der Englisch sprach, und mit vereinten Kräften schilderten sie in den blühendsten Farben das Reservat, das etwa drei Tagesreisen gegen Westen lag. „Sie müssen es einfach besuchen", sagten die beiden, und der Geschäftsmann fügte hinzu: „Sie haben sicher vom Kruger-Park in Südafrika und von Serengeti in Tansanien gehört. Aber Zambela ist etwas ganz Besonderes!"

Die jungen Leute beschlossen noch am selben Abend, einen Abstecher nach Zambela zu machen. Als den Leuten am nächsten Tag klar wurde, daß sie wegfahren wollten, gab es große Abschiedsszenen. Der alte Hadschi kam, um ihnen seinen Segen zu geben, als wären sie Pilger, die nach Mekka aufbrachen. Er nahm Cato beiseite, legte ihm seine Hände auf die Schultern und sagte: „Vergiß nicht: Es gibt nur eine Antwort auf alle Probleme." Dann sprach er ein arabisches Gebet.

Der riesige, uneingezäunte Park lag an der Westgrenze von Mozambique, am Ufer des Njassasees. Die Straße führte durch den Busch. Tagelang sahen sie nur staubige Krals und Schwarze, die so lebten wie die Menschen der Steinzeit.

Am Abend des dritten Tages erreichten sie zwei Holzpfosten: die Einfahrt nach Zambela.

Neben der Straße stand ein Schild: „Achtung, Elefanten!" Der Beweis dafür, daß diese Warnung ihre Berechtigung hatte, lag mitten auf der Straße: ein riesiger Haufen Kot, den ein Elefant wenige Minuten vorher hier deponiert haben mußte. Sie konnten das Tier in den Büschen in der Nähe hören.

Im Camp, etwa fünfzehn Kilometer innerhalb des Reservats, erwartete sie eine Überraschung: eine Gruppe Rondavels inmitten von Blumenbeeten. Sie hatten kaum die zwei ihnen zugewiesenen bezogen – eines für die Mädchen, eines für die jungen Männer, was allerdings nur für das offizielle Register galt –, als ein hagerer, wettergegerbter Mann an eine der Türen klopfte und sagte: „Ich habe gehört, daß Sir Charles Brahams Tochter hier ist." Als Monica erschien, stellte er sich vor: „John Gridley aus Salisbury. Ich habe früher mit Sir Charles in Vwarda gearbeitet, jetzt bin ich von der rhodesischen Regierung hierher versetzt worden." Er begrüßte höflich alle vier. Catos Hautfarbe und Joes struppiger Bart befremdeten ihn sichtlich.

Er sagte: „Die Regierung in Lourenco Marques hat uns Ihre Ankunft avisiert und auch diesen Brief an Sie weitergeleitet." Er reichte Joe ein amtliches Kuvert vom amerikanischen Konsul in der Hauptstadt.

„Letzter Einberufungsbefehl", sagte Joe.

„Dann werden Sie am Ende dieser Reise zum Militär gehen?"

„Nein, ich werde davonlaufen."

Dieses Geständnis löste peinliches Schweigen aus. Monica brach den Bann, indem sie sagte: „Könnten Sie den Brief nicht zurücknehmen und so tun, als wäre er nie übergeben worden?" Der Ranger hielt es für einen Scherz, lachte, und der gefährliche Augenblick war vorüber.

Mr. Grindley hatte in allen Parks von Rhodesien gearbeitet, wußte alles über Großwild und besaß außerdem einen angeborenen Instinkt dafür, wie ein Tier in den meisten Situationen reagieren würde. Er hatte Freude daran, junge Menschen zu belehren. Dem Namen und der Erziehung nach Engländer, war er doch überzeugter Anhänger der Regierung von Rhodesien. Die extremen Ideen Dr. Vorlangers in Südafrika fand er eher albern.

„Um sieben Uhr früh werden die Tore zum inneren Park geöffnet. Ich werde einen Geländewagen bereithalten und fahre Sie hin. Inzwischen würde es Mrs. Grindley eine Ehre sein, wenn Sie nach dem Abendessen zu uns kommen wollten."

Mrs. Gridley war eine stahlgraue Schottin Anfang der Fünfzig. Sie war in ganz Afrika dafür bekannt, daß sie kranke oder verlassene Tierbabys zu sich nahm und aufzog. In ihrem Kindergarten befanden sich gegenwärtig Elefantenbabys, kleine Zebras, ein Büffelkind und sogar ein kleines Nilpferd. Es machte ihr anscheinend nichts aus, Cato zu Gast zu haben, aber vor allem behandelte sie die Mädchen mit aller Herzlichkeit, deren sie fähig war. „Brauchen Sie irgend etwas?" fragte sie fürsorglich. „Ich habe alle möglichen Medikamente hier und eine Menge Dinge, die man brauchen kann." Sie bemerkte einen kleinen Abszeß auf Monicas linkem Arm und sagte: „Ich habe genau das Richtige für Sie. Sie sollten das in diesem Klima nicht vernachlässigen." Beim Auflegen der Salbe bemerkte sie sofort die Einstiche auf der zarten Haut. Sie sagte nichts, wußte aber sofort, was sie zu bedeuten hatten.

Joe erzählte später: „Ich beobachtete sie dabei und sie sah, daß ich sie beobachtete. Sie blickte auf meinen Arm, dann auf den von Gretchen und Cato. Erst dann servierte sie den Tee."

Die Gridleys waren ein erstaunliches Paar, regierungstreue

Rhodesier, aber durchaus bereit, die rhodesische Politik mit jedem, auch mit einem amerikanischen Neger, zu diskutieren. Sie erklärten Cato: „Wir glauben, daß sich die Weißen noch wenigstens dreißig Jahre behaupten können. Es wird vielleicht von Norden her Druck ausgeübt werden, aber wir glauben, ihn unter Kontrolle halten zu können."

„Fürchten Sie keinen Aufstand?" fragte Cato.

„Ja, man hat immer Angst vor einer Erhebung", gab Mrs. Gridley zu. „Genau wie Sie in den Vereinigten Staaten mit einem Aufstand rechnen müssen. Aber bezweifelt irgend jemand, daß sich die Weißen in Amerika im Ernstfall behaupten können... jedenfalls in diesem Jahrhundert?"

Cato sagte: „Vor vier Jahren fragten Leute wie Sie, ob es überhaupt irgendeinen Zweifel geben könne, daß die Vereinigten Staaten das kleine Vietnam besiegen würden."

„Ich weiß, was Sie meinen. Aber Sie übersehen etwas. Das vordringlichste Problem des Menschen von heute ist es wohl, eine Möglichkeit zu finden, mit dem technischen Fortschritt zu leben. Wenn ihm das nicht gelingt, ist er verloren. Und die Weißen arbeiten an diesem Problem und seiner Lösung. Ich meine nicht, daß es weiße Wissenschaftler und eine weiße Nation waren, die einen Mann auf den Mond brachten. Ich meine, daß der weiße Mann sich mit der Automation herumschlägt, mit der Luftverseuchung, mit der Städteplanung, mit allem, was heute in der Welt von Bedeutung ist. Entscheidend ist also, daß die weißen Nationen sich mit der Zukunft beschäftigen. Die schwarzen Nationen sind vollauf damit beschäftigt, die Gegenwart zu meistern, und ehe sie aufholen, muß der Strom der Geschichte uns tragen."

Cato lachte. „Während der langen Fahrt nach Norden kam ich zum gleichen Schluß. Ich sagte meinen weißen Freunden, daß Rhodesien sich bis zum Ende dieses Jahrhunderts behaupten werde. Die Geschichte sei auf Ihrer Seite. Nun haben wir also das Problem: Wie können wir die Geschichte ändern?" Stille breitete sich im Raum aus, und er fügte hinzu: „Tansanien tut es, indem es sich mit China einläßt. Angenommen, Rußland besetzt den Nahen Osten, Jordanien und Israel..."

„Meinen Sie, daß Israel untergeht?" fragte Gridley.

„Die Mohammedaner sind dazu entschlossen", sagte Cato und drückte damit zum erstenmal seine neugewonnene Überzeugung aus. „Sogar die Mohammedaner in Mozambique reden von einem Heiligen Krieg."

„Die Mohammedaner haben seit tausend Jahren überall von einem Heiligen Krieg geredet. Soviel ich höre, sind viele Schwarze in Amerika zum Islam übergetreten. Passen Sie nur auf: spätestens in zehn Jahren werden die Mohammedaner auf der ganzen Welt von einem Heiligen Krieg reden, um ihre Brüder in Amerika zu befreien."

Das saß. Cato war wütend, aber er beherrschte sich. „Nehmen wir also an, Rußland hat den Nahen Osten eingenommen und entschließt sich, nach Afrika vorzustoßen. Nehmen wir an, das kommunistische China übt via Tansanien einen Druck auf Mozambique aus und das kommunistische Rußland via Kongo einen Druck auf Rhodesien. Was dann?"

„Innerhalb eines Jahres gäbe es Krieg. Wir hier aber würden uns immer noch halten", sagte Gridley.

„Die Lebenskraft der Schwarzen darf nicht unterschätzt werden, Mr. Gridley", sagte Cato.

Gridley erwiderte: „Der Unterschied ist nur, daß der Weiße in diesem Jahrhundert nicht nur Lebenskraft, sondern auch Kanonen und Flugzeuge hat."

Seit Monaten schon hatte ich die Absicht gehabt, unsere Investitionen in Lourenco Marques zu inspizieren und die Möglichkeiten zu prüfen, sie auf das benachbarte Swaziland auszudehnen. Die Anwesenheit der vier jungen Leute in Mozambique bedeutete einen zusätzlichen Anreiz. Der Flug von der Hauptstadt nach Beira war kein Problem, und die Regierung bot mir eine kleine Maschine für den Flug in das Wildreservat an.

In Zambela zu landen war nicht ungefährlich. Das Wildschutzgebiet besaß zwar einen gut gemähten, ziemlich großen Landeplatz, aber das Wild brach immer wieder durch die Zäune. Im Anflug sah ich siebzehn Kaffernbüffel, von denen jeder fast eine Tonne wog, zwei Dutzend blauschwarze Hartebeeste, eine ansehnliche Zebraherde, viele Antilopen und drei Elefanten auf dem Landeplatz friedlich äsen. Der Pilot flog dreimal über das Feld, und das Motorengeräusch verjagte die Tiere. Doch als wir vor den Administrationsgebäuden ausrollten, waren die Zebras und Büffel wieder da.

Die jungen Leute waren von Lourenco Marques aus von meiner Ankunft verständigt worden und erwarteten mich. Sie waren überschwenglich dankbar, daß ich ihnen Mozambique vorgeschlagen hatte, und überschütteten mich in der ersten Stunde mit Berichten über ihre bisherigen Erlebnisse und ihre Unternehmungen mit Mr. Gridley.

Für den nächsten Tag war eine Expedition tief in den Busch geplant, sie wollten ein Rudel Rappenantilopen sehen und forderten mich auf, mitzuhalten. „Wenn Sie um sechs aufstehen können", fügte Gretchen hinzu.

Als ich mich in mein Rondavel zurückzog, um auszupacken, besuchten sie mich einer nach dem anderen. Joe zeigte mir den Brief seiner Musterungsbehörde in Kalifornien, den ihm der amerikanische Konsul in Lourenco Marques nachgeschickt hatte. Er galt nun als Wehrdienstverweigerer, sein Paß konnte von jedem amerikanischen Beamten konfisziert werden, und es drohte ihm eine lange Gefängnisstrafe, wenn er sich nicht unverzüglich der Kommission stellte.

„Was soll ich tun?" fragte er.

„Zurückkehren. Was sonst?"

„Aber wenn der Krieg ungesetzlich und untragbar ist?"

„Ein einzelner Mensch hat nicht das Recht, darüber ein Urteil zu fällen."

„Wer sonst?"

So ging es eine Weile hin und her, dann sagte Joe: „Ich fahre nach Marrakesch. Ich habe die Adresse von jemanden, der solche Dinge erledigt."

„An deiner Stelle würde ich nicht nach Marrakesch fahren, sondern schleunigst zurück nach Kalifornien."

„Für Sie wäre Kalifornien richtig. Für mich ist es völlig falsch." Und er zerriß den Brief seiner Musterungsbehörde.

Kurz nachdem er gegangen war, erschien Gretchen. Sie war offensichtlich ein neuer Mensch geworden.

Strahlend erzählte sie von Zambela: „Sie hatten recht, als sie uns in Pamplona sagten, wir sollten wieder Kontakt zur Natur finden. Nicht einmal im Traum hätte ich mir vorgestellt, daß es so etwas geben könnte. Gestern haben wir den ganzen Nachmittag die Löwen beobachtet, wie sie ein Zebra anschlichen." Dann wurde sie ernst und sagte: „Mr. Fairbanks, ich mache mir schreckliche Sorgen um Monica. Sie hat begonnen, Heroin zu nehmen. Anfangs geschnupft; jetzt spritzt sie es unter die Haut und hat schon einen Abszeß am Arm. Ich nehme an, über kurz oder lang wird sie es intravenös spritzen, und ich weiß wirklich nicht, was dann werden soll."

Ich fragte sie, wie es begonnen habe, und sie erzählte mir alles.

„Was kann ich tun?" sagte ich. „Sie ist ein erwachsener Mensch, und ich habe keinen Einfluß auf sie." – „Sie ist erst siebzehn, und man muß ihr helfen!" Ich erklärte, daß ich machtlos sei, aber sie sagte, sie werde Cato zu mir schicken.

Er kam, nur mit Shorts bekleidet. Ich sah keine Einstichnarben auf seinen Armen und war erleichtert. Ich wußte nicht, wie ich beginnen sollte, aber er fing selber damit an: „Heroin ist kein Problem für mich. Ich habe es versucht und fand es zuerst ganz toll. Aber eines Tages bekam ich Angst. Also gab ich es auf." Ich sagte, so einfach wäre das wohl nicht, aber er erklärte: „Sie glauben doch nicht die Märchen, daß einer im Krankenhaus eine Morphiumspritze bekommt und für den Rest seines Lebens süchtig ist?"

„Sind Sie so sicher, daß Sie mit Heroin herumspielen und dann einfach davonspazieren können?"

„Mir ist es gelungen. Ich werde nie süchtig werden, weil ich es einfach nicht zulasse."

„Ich hoffe nur, daß Sie recht haben."

Unvermittelt sagte er: „Aber Monica ist in der Tinte. Sie mag Heroin. Sie braucht es. Sie nimmt es regelmäßig, und ich bin ziemlich sicher, daß sie in die Vene schießt. Jedenfalls hat sie ihre Werkzeuge ständig bei sich – den Flaschenverschluß zum Aufwärmen des Stoffs und die Spritze, die sie in Pamplona gekauft hat."

„Habt ihr es schon in der Bar Vasca genommen?"

„Nein. Sie kaufte die Nadel... einfach nur so zum Spaß. Dann, als sie sie hatte, meinte sie, sie könnte sie ebensogut auch verwenden. Und jetzt liegt sie mir ständig in den Ohren, ich solle es versuchen. Sie ißt praktisch nichts. Und wenn wir ins Bett gehen, schläft sie meist gleich ein. In letzter Zeit hat sie sehr viel Gewicht verloren."

Beim Abendessen hatte ich zum erstenmal Gelegenheit, Monica näher zu betrachten. Sie war immer noch sehr schön; daß sie sehr dünn geworden war, machte sie noch attraktiver. Der einzige Hinweis auf ihre Süchtigkeit war ein kleines, hautfarbenes Pflaster in der Armbeuge.

Sie saß zu meiner Rechten, plauderte angeregt mit mir und bemühte sich sichtlich, ihre scharfe Zunge im Zaum zu halten. Sie aß sehr wenig. Lustlos stocherte sie im Nachtisch herum, wurde immer stiller, und es war mir klar, daß sie bald eine neue Dosis spritzen müsse.

Später besuchten wir die Gridleys, die ich von Rhodesien her kannte. Er machte uns darauf aufmerksam, daß wir früh zu Bett gehen müßten, wenn wir um sechs Uhr aufbrechen wollten, und Mrs. Gridley fand Gelegenheit, mich in die Küche zu manövrieren, wo sie ohne Umschweife sagte: „Wenn Sie Sir Braham kennen, sollten sie ihm unbedingt telegraphieren, er müsse seine Tochter aus Afrika wegholen und in ein Sanatorium bringen."

„Sir Charles hat keinen Einfluß auf Monica."

„Aber diese furchtbare Unterernährung ... Mit siebzehn. Heroin. Es ist zum Weinen."

„Haben Sie mit ihr gesprochen?"

„Das war nicht nötig. Als ich ihren Abszeß versorgte, wußte sie, daß ich es wußte. Mr. Fairbanks, wissen Sie, daß sie den Arm hätte verlieren können? Sie hat überhaupt keine Widerstandskraft mehr." Sie hielt inne, dann fragte sie: „Der junge Neger –, er scheint ein anständiger Kerl zu sein. Nicht er hat sie dazu verführt, oder?"

„Umgekehrt."

„Er ist stärker. Er kann mit einer solchen Erfahrung fertig werden, sie nicht. Wollen sie heiraten?"

„Ich glaube nicht."

„Gott sei Dank. Sie würde ihn zerstören, und er würde glauben, sie hätte es getan, weil er Neger ist. Aber ich weiß: sie würde jeden Mann zerstören, den sie heiratet."

„Warum sagen Sie das?"

„Manche aus dieser Generation sind einfach krank. Meinen Sie, wir sehen das nicht auch in Rhodesien? Unsere Welt ist ihnen zuviel geworden. Sie sind verloren. Vom genetischen Standpunkt betrachtet sollten sie aus der Gesellschaft entfernt werden, je schneller desto besser." Sie kehrte zu ihren Gästen zurück.

Um sechs Uhr morgens trafen wir uns am Tor, das die Rondavels vom freien Tiergehege trennte. In zwei Wagen fuhren wir über Schotterstraßen durch das Weideland. „Halten Sie an der nächsten Kurve die Augen offen", sagte Gretchen. Vor uns blieb der Wagen, den Gridley fuhr, in der Kurve stehen. Drei Elefanten blockierten den Weg. „Das sind die, die gestern am Flugfeld waren", rief Gridley uns zu. Die riesigen Tiere starrten uns reglos an. Nebeneinander fuhren wir bis auf etwa zwölf Meter an sie heran.

Gridley sagte: „Vor ein paar Wochen hoben sie einen Volkswagen in die Höhe und drehten ihn um. Legt für alle Fälle den Rückwärtsgang ein."

Etwa fünfzehn Minuten lang standen die riesigen grauen Tiere mitten auf der Straße, dann endlich stapften sie davon. Auf den Weiden in der Nähe des Flusses sahen wir riesige Herden Zebras,

Antilopen und Hartebeeste, und wenig später stießen wir auf Löwen, die eben einen Büffel rissen, während die Geier und Hyänen in sicherer Entfernung auf ihren Anteil warteten.

Auf dem Weg zum Fluß, an dessen Ufer wir eine Stunde oder länger bis zu einer Furt entlangfahren mußten, rief ich Gridley zu: „Fahren wir an den Hippos vorbei!"

Als die beiden Wagen durch das tiefliegende Sumpfgebiet fuhren, erblickten zuerst die beiden Mädchen eine Gruppe von fünf großen Krokodilen, die sich am Ufer sonnten. Sie sahen aus wie Baumstämme, die von den Bergen herabgeschwemmt worden waren.

„Nicht in die Nähe gehen!" warnte Gridley. Er und die schwarzen Rangers brachten ihre Gewehre in Anschlag. Die riesigen Krokodile sahen die Sonne auf den Gewehrläufen blinken und ließen sich in den Fluß gleiten. Monica sprang aufgeregt aus dem Wagen und lief über das Gras zum Ufer. Damit fiel sie einer oft erprobten Taktik der Krokodile zum Opfer. Plötzlich erhob sich eines der riesigen Tiere vom seichten Wasser, wo es lauernd gewartet hatte, und warf sie mit einem mächtigen Schlag seines langen, fleischigen Schwanzes um. Die beiden anderen Tiere waren plötzlich aus dem Wasser und gingen mit aufgerissenen Mäulern auf sie los.

Als die drei immer näher kamen, fing sie zu schreien an. Gridley und die Rangers rannten zu Hilfe, Joe hinterher. „Nicht schießen!" schrie Gridley und schlug mit seinem Gewehrkolben auf die Krokodile ein. Joe trat mit seinen Stiefeln gegen den Kopf des einen Tieres. So schnell, wie sie angegriffen hatten, zogen sich die Krokodile wieder zurück und verschwanden im Wasser.

Von uns allen war Monica am wenigsten erschrocken. Sie brachte ihre Kleider in Ordnung und verneigte sich vor den vier Männern, die sie gerettet hatten. „Viele Mädchen werden von Wölfen angegriffen", sagte sie, „aber nur sehr wenige von Krokodilen."

„Das war kein Spaß", sagte Gridley. „Hätte Joe das eine Vieh nicht auf den Kopf getreten, wären Sie jetzt um einen Fuß ärmer ... oder noch schlimmer." Der Vorfall hatte uns ziemlich mitgenommen, und Gretchen sagte: „Das war eine Überraschung, die Sie da für uns vorbereitet haben, Mr. Fairbanks." – „Die Krokodile waren nicht eingeplant", verteidigte ich mich, und Monica rief: „Dann los!" Wir fuhren weiter durch das Sumpfgebiet bis zu einem kleinen Hügel. Ich wartete, wer es als erster sehen würde, und endlich rief Gretchen: „O, mein Gott!"

Auf einer kleinen Insel mitten im Fluß lagen etwa hundertfünzig riesige Nilpferde auf engstem Raum zusammen, ein lebender

Fleischberg – einer der unwahrscheinlichsten Anblicke, die Afrika zu bieten hatte. Von Zeit zu Zeit löste sich ein Hippo aus der Gruppe und ließ sich schwerfällig in den Fluß fallen. Andere hievten sich nach Absolvierung ihres morgendlichen Bades langsam aus dem Wasser und suchten sich einen Platz in dem Haufen.

Man mußte sehr genau hinsehen, um die Nilpferde auszumachen, die im Fluß lagen. Nur ihre Augen und Nasenlöcher ragten aus dem Wasser. Die Mädchen versuchten zu schätzen, wieviele Tiere es im ganzen sein mochten. „Vier- oder fünfhundert?" fragte Monica, und Gridley nickte.

Wir fuhren durch das Sumpfgebiet und dann auf die Hügel zu, wo wir gegen Mittag eintrafen. Wir breiteten unser Picknick aus und aßen unter Laubbäumen, während Gridley mit seinem Fernglas das riesige Schutzgebiet absuchte. Herde um Herde zog in der Ebene vorbei, und das Fernglas ging reihum. „Ich muß an unser Picknick mit Clive denken", sagte Monica plötzlich, „und daran, was Gretchen damals gesagt hat... daß es immer Leuter auf Pilgerfahrt gegeben hat. Wißt ihr, neulich dachte ich darüber nach, wie sich meine Familie zu Anfang des vorigen Jahrhunderts aufgeführt hat. Lady Wenthorne, Friede sei ihrer Seele, machte mir Vorwürfe, daß ich mein Leben mit Vagabundieren vergeude. Auch meine Vorfahren haben ihr Leben mit Vagabundieren vergeudet. Da war ein Christopher Braham, ein Freund von Keats und Shelley. Er trampte elf Jahre lang quer durch Europa. Lebte in dem Haus an der spanischen Treppe in Rom. Und Pittenweem Braham. Sprach seinen Namen Pinnim aus und reiste mit einer Horde von Homosexuellen durch Europa. Und der große Braham, Fitzwilliam, den Galdstone in sein Kabinett aufnahm. Bis zum Alter von siebenunddreißig war absolut nichts mit ihm anzufangen, und dann wurde er der Regierung unentbehrlich. Ich nehme an, es ist immer das gleiche. Die guten Leute überleben und profitieren von ihren Erfahrungen, die Schlechten gehen unter. Oder besser, die Guten wurden gut durch ihre Erfahrungen. Man verliert Pinnim an die Schwulen, man rettet Fitzwilliam für das Kabinett."

Sie sah Cato an, als könnte er eines Tages im Kabinett landen, und fügte hinzu: „Im vorigen Jahrhundert waren es nur die Reichen, die sich die große Tour durch Europa leisten konnten. Heute kann es jeder. Und was eine ganze Menge Leute richtig gallig macht, ist, daß damals nur die jungen Männer loszogen und heute auch die Mädchen auf Tour gehen." Sie lachte hysterisch. „Ein herrlicher Ausdruck: die große Tour! Die große Tour durch die Freudenhäuser Europas. Mehr als die Hälfte meiner Vorfahren kam mit Syphilis nach England zurück. Heute bringen wir ganz andere Dinge mit.“

„Wir sollten einsteigen, es wird spät!“ sagte Gridley schroff.

Nun begann der mühsame Teil unserer Fahrt quer durch den Busch. Büffel und Elefanten hatten während der Regenzeit tiefe Mulden in den Boden gestampft, die wir mit dem Wagen durchfahren mußten. Es war eine unangenehme Stunde.

Endlich erreichten wir ebenes, von Bäumen begrenztes Weideland. Als wir bis auf hundert Meter an den Waldrand herangekommen waren, hielten wir an, und Gridley suchte den Horizont mit dem Feldstecher ab. Dann hob er schweigend den rechten Arm und zeigte zu den Bäumen. Halb im Sonnenlicht, halb im Schatten des Waldes grasten zwanzig Rappenantilopen.

Sie waren ungefähr so groß wie ein Pferd, ihre Färbung reichte von einem hellen Beige bis zu tiefem Purpur. Am unvergeßlichsten aber war ihre Gesichtszeichnung: leuchtendweiße Streifen auf fast schwarzem Untergrund. Beim Anblick der Köpfe flüsterte Cato: „Darauf geht jede Maske in Afrika zurück.“ Ihre Hörner waren riesige Krummsäbel, die weit nach hinten gebogen waren, so daß die Tiere, wenn sie die Hörner gebrauchen wollten, den Feind mit zu Boden gesenktem Kopf angehen mußten. Gridley flüsterte: „Mit diesen Hörnern kann die Antilope sogar einen Löwen töten.“ Wir beobachteten die Tiere etwa eine halbe Stunde lang und hofften, daß sie ins volle Sonnenlicht hinaustreten würden. Aber vielleicht hatten sie uns bemerkt, denn sie blieben in halber Deckung.

Gridley deutete auf die aufziehenden Wolken. „Jetzt sehe ich sie zum letztenmal in diesem Jahr. Bald regnet es.“

„Werden dann die Straßen unpassierbar?“ fragte Gretchen. Er lachte. „Unpassierbar? Fast jede Straße, auf der wir heute fuhren, wird eineinhalb bis zwei Meter unter Wasser stehen... fünf oder sechs Monate lang. Wenn es hier regnet, dann regnet es wirklich.“

Wir hatten für den Abend eine Abschiedsparty geplant, waren aber so erschöpft, daß wir überlegten, ob wir nicht gleich schlafen gehen sollten. „Wir müssen morgen beim Morgengrauen wegfahren“, sagte Gretchen.

Aber Monica, die Ruhe nötiger hatte als wir alle, protestierte: „Mrs. Gridley hat sich eine Menge Arbeit gemacht. Eine heiße Dusche, eine halbe Stunde Schlaf, und ihr werdet sehen, wir sind wie neu." Als ich in die Dusche ging, hörte ich das Motorengeräusch eines kleinen Flugzeuges, das zweimal in geringer Höhe über uns hinwegflog, aber ich machte mir keine Gedanken darüber.

Eine Stunde später wurde ich von Monica geweckt, die einen Rundgang durch die Rondavels machte, um uns zur Party zu holen. Fast nackt kam sie in mein Zimmer, zog meine Decken weg, küßte mich und sagte: „Zeit zum Feiern!" Als sie weghuschen wollte, packte ich sie am Arm. Ich hatte plötzlich den Entschluß gefaßt, mit ihr ein ernstes Wort zu reden. Einen Augenblick lang dachte sie anscheinend, ich wolle sie ins Bett ziehen, denn ihre Augen leuchteten auf, als wollte sie sagen: Das ist verrückt, aber es könnte Spaß machen. Sehr rasch wurde sie anderer Meinung, als ich ihr meinen Bademantel um die Schultern legte und sie auf mein Bett setzte.

„Monica, du mußt mit dem Heroin Schluß machen!"

„Welches Recht hast du, mir Vorschriften zu machen?"

„Ich war der Freund deines Vaters. Ich bin dein Freund."

Sie zog den Mantel enger um sich, zuckte ungeduldig mit den Achseln und sagte: „Ich habe dich nicht um deine Freundschaft gebeten ... noch um deine Strafpredigten. Und ich werde ganz sicher nichts tun, wenn du wie Vater redest."

„Jemand muß mit dir so reden!" Ich packte ihren linken Arm und zeigte auf das Pflaster. „Bist du dir klar darüber, daß du den Arm hättest verlieren können?"

„Wer sagt das?"

„Ich. Und Mrs. Gridley auch. Du bist schwerkrank."

„Mir fehlt nichts, das Marrakesch nicht heilen könnte."

„Ich verbiete dir, nach Marrakesch zu fahren!"

„Ich fahre, wohin ich will."

Ich war so wütend, daß ich ihren Arm herumriß. Dabei sah ich, was ich erwartet hatte – den blaß lilafarbenen Einstich in die Vene. „Du bist verrückt!" rief ich. „Du spritzt in die Vene."

„Und wenn schon?" sagte sie trotzig.

Ich schlug sie ins Gesicht, unfähig, mich zu beherrschen. „Du bringst dich um – um Gottes willen, siehst du das denn nicht ein?"

Sie riß sich heftig los, ließ den Bademantel fallen, rief: „Geh zum Teufel!" und stürzte hinaus. Als wir uns zum Abendessen trafen, lief sie auf mich zu, nahm meinen Arm und flüsterte: „Es tut mir leid, Opa. Ich werde aufpassen. Ehrenwort!"

Bei den Gridleys fand sich die Erklärung für das Motorengeräusch von vorhin. Im Wohnzimmer warteten zwei junge, gutaussehende, portugiesische Offiziere, Hauptmann Teixeira und Leutnant Costa Silva aus der Kaserne in Villa Goncalo. Ich sah ihre Augen aufleuchten, als unsere Mädchen in ihren Miniröcken eintraten. Die Stimmung hob sich sofort. Die Offiziere waren sozusagen das Abschiedsgeschenk der Gridleys an die jungen Leute. Sie hatte immer wieder ihre Klagen gehört, daß es hier keine Musik gäbe. Mrs Gridley hatte am Nachmittag in der Kaserne angerufen und gefragt, ob einer der Männer moderne Schallplatten habe. Hauptmann Teixeira hatte gesagt: „Ich habe welche, aber Costa Silva hat die besten." Und Costa Silva hatte auch ein Flugzeug und einen Plattenspieler. Nun legte er vor dem Abendessen eine Platte auf, stellte seinen Lautsprecher in der richtigen Entfernung auf und lächelte.

„Raten Sie, was als erstes kommt", sagte er in gutem Englisch. Besorgnis malte sich auf den Gesichtern der jungen Leute, als erwarteten sie Glenn Miller oder Benny Goodman. Als „Aquarius" ertönte, jubelten sie. Monica faßte Costa Silva an beiden Händen und tanzte mit ihm herum. „Sie sind zum General befördert!" schrie sie durch den Lärm. Es versprach ein Plattenabend zu werden wie die in Torremolinos vor vier Monaten.

Mit nur einer kurzen Unterbrechung während des Essens spielten wir bis Mitternacht Platten. Dann sagte ich: „Die Herren müssen nach Hause, und wir müssen schlafen." Aber Hauptmann Teixeira sagte: „Bei diesem Regen können wir nicht fliegen", und die Mädchen riefen: „Wer braucht schon Schlaf?" Ich sah Mrs. Gridley an, und sie zuckte mit den Achseln und sagte: „Morgen wird niemand viel arbeiten." So blieben wir.

Gegen drei Uhr früh legte Costa Silva „The Yard Went on Forever" auf – und plötzlich hörten auch die Gridleys zu. Als die Platte zu Ende war, fragte Mrs. Gridley: „Könnten Sie das noch einmal spielen?" Nun saßen wir alle neun da und hörten zu. „Dieses Stück ist sehr gut", sagte Mrs. Gridley.

„Sie sind alle gut", sagte Monica.

„Das nehme ich an", sagte Mrs. Gridley. „Ich glaube, wenn man das Gekreische herausnehmen könnte, würde ich sie alle recht gut finden."

In der Morgendämmerung küßte Mrs. Gridley Monica zum Abschied auf beide Wangen. Sie hatte Tränen in den Augen. Die beiden portugiesischen Offiziere schliefen schon auf der Couch und auf zwei Stühlen. Ihr Flugzeug stand draußen im Regen. „Von jetzt ab wird es nur wenige Besucher geben", sagte Mrs. Gridley mit einem

Blick zum dunklen Himmel. Sie fragte, wohin wir fuhren. „Zurück nach Genf", sagte ich, und Gretchen sagte: „Das griechische Schiff legt in Casablanca an, und wir haben uns kürzlich entschlossen, Marrakesch zu versuchen."

„Das ist kein Ort für Monica", sagte Mrs. Gridley. Gretchen erwiderte: „Joe hat Probleme mit der Einberufung, die er dort erledigen muß."

Cato schüttelte den Gridleys die Hände. „Das war unser schönster Aufenthalt in Afrika", sagte er, und Mrs. Gridley sagte: „Es war für uns sehr instruktiv, mit Ihnen über Ihre Probleme zu reden. Vielleicht werden die Dinge bald ein wenig klarer sein . . ."

Cato sagte: „Es ist merkwürdig. In Afrika habe ich Portugiesen kennengelernt, und Buren, englische Richter und arabische Heilige, amerikanische Seeleute und chinesische Köche. Aber ich habe nicht einen einzigen Schwarzen getroffen . . . gesellschaftlich, meine ich."

„Sie sind noch nicht oben", sagte Mrs. Gridley.

„Sie werden es bald sein", prophezeite er.

Mozambique hätte mit der Fahrt durchs Wildreservat enden sollen, oder mit der Abschiedsparty bei den Gridleys. Aber es kam anders.

Gegen fünf Uhr wurde ich heftig wachgerüttelt. Joe stand an meinem Bett. Er war völlig verstört. „Mr. Fairbanks! Wir brauchen Sie! Es ist wegen Cato."

„Was ist los mit ihm?"

„Er hat gefixt. Ich glaube, er stirbt."

Ich schlüpfte in meine Hosen und rannte über den Rasen zu Catos Rondavel. Ich schob Monica zur Seite, die in der Tür stand, die Hände rang und ins Leere blickte. Gretchen lehnte weinend über dem Bett und legte kalte Handtücher auf Catos schweißüberströmte Stirn. „Mein Gott, er stirbt!" sagte sie. Er wand sich in furchtbaren Krämpfen.

Zunächst packte ich seinen linken Arm und betrachtete die Venen. Da gab es keinen Zweifel. Sogar auf seiner dunklen Haut war die winzige Schwellung deutlich sichtbar. Trotz seiner Versprechungen und seiner arroganten Versicherungen hatte er genau das getan, was er geschworen hatte, nie zu tun. Ich blickte auf, und Gretchen sagte: „Sie hat ihn über eine Stunde lang gequält. Sie sagte ihm, es würde keinen Sex mehr geben, wenn er nicht mit ihr Schritt hielt. Wir konnten sie bis in unseren Rondavel herüber schreien hören."

Ich drehte mich zu Monica um, die zitternd an der Tür stand, unfähig, zu verstehen, was hier geschah. Ich hätte sie schütteln wollen, um sie aus dieser grauenhaften Schattenwelt zurückzuholen, sie dazu zu bringen, zu erkennen, was sie angerichtet hatte.

Ich wandte mich wieder Cato zu. Jeder seiner den ganzen Körper erfassenden Krämpfe konnte für ihn den Tod bedeuten. Es schien durchaus möglich, daß er eine tödliche Dosis erwischt hatte. Ich winkte Joe. „Hol Mrs. Gridley! Wir können hier nichts machen.“

Joe rannte zum Haus des Aufsehers und kam mit Mrs. Gridley zurück, die eine Ärztetasche trug. Sie begann, Cato zu untersuchen. „Er ist fast tot!“ rief sie voll Entsetzen. „Was, um Himmelswillen, ist hier geschehen?“ Sie nahm seinen Arm und sah den Einstich.

„Führen wir ihn herum“, wies sie Joe und mich an. „Das ist vielleicht ganz falsch, aber der Junge stirbt uns gleich. Vielleicht regt es wenigstens den Kreislauf an.“

Wir hoben ihn vom Bett und schleppten ihn auf und ab. Nach einer Weile begann er tief zu atmen.

Bei Tagesanbruch war endlich sicher, daß er am Leben bleiben würde, und wir legten ihn vorsichtig auf das Bett zurück. Erst dann bemerkten wir, daß Monica am Boden friedlich eingeschlafen war. Sie sah wie ein müdes Kätzchen aus. Joe half Mrs. Gridley, sie aufzuheben und neben Cato zu legen. Als die Schottin das schöne, blasse Gesicht auf die Kissen bettete, sagte sie: „Am besten wäre gewesen, wenn sie eine tödliche Dosis erwischt hätte.“

# 12

# MARRAKESCH

Am Ende wird es nur noch eine Brücke zwischen den Generationen geben: das Geld.

Alte Knaben haben genauso ihr Spielzeug wie die Jungen: der Unterschied liegt lediglich im Preis. *Benjamin Franklin*

Noch im Jahre 1941 gab es für Reisende aus der Wüste, die in Marrakesch ohne ihren Harem eintrafen, zur Befriedigung ihrer allfälligen sexuellen Bedürfnisse in jedem Hotelzimmer einen kleinen Araberjungen. Ich besitze einige alte Rechnungen: „Ein Knabe – 36 Piaster."

Gebildet zu sein bedeutet, das Beste nicht nur dem Schlechten vorzuziehen, sondern auch dem Zweitbesten. *William Lyon Phelps* (1865–1943)

Glückliche Frauen sind wie glückliche Völker: Sie haben keine Vergangenheit. *George Eliot* (1819–1880)

Jugend ist Wahrheit.

Als der griechische Frachter in Casablanca einlief, zeigte der Zollbeamte, der das Gepäck der jungen Leute kontrolliert hatte, auf Joe und sagte: „Da hinein."

Joe überlegte, was man in seinen Sachen gefunden haben könnte, trat ein – und erlebte den ärgsten Schock seines Lebens. Ein fetter marokkanischer Beamter mit Fez saß hinter einem Schreibtisch, und ein kleiner, verhutzelt aussehender Friseur in langem weißem Mantel stand neben einem altmodischen Barbierstuhl. Der Beamte sagte kurz angebunden: „Wenn Sie in Marokko an Land gehen wollen ... kein Bart, kein langes Haar."

Joe wollte protestieren ... er sei ein freier Bürger, aber der Beamte schnitt ihm das Wort ab: „Keine Rasur und Sie bleiben auf dem Schiff!"

Joe fühlte, wie ihm das Blut zu Kopf stieg. Er wollte das Büro zertrümmern, den fetten Beamten ins Gesicht schlagen, aber der Mann starrte ihn ungerührt an und zeigte auf seine Uhr: „Noch zwei Minuten und hinaus!"

„Kann ich mit den anderen reden?" flehte Joe.

„Noch neunzig Sekunden. Setzen Sie sich."

Der kleine Barbier im weißen Mantel, der selbst eine Rasur nötig hatte, wartete ruhig und unbeirrt auf seinen Einsatz. Im letzten Augenblick kletterte Joe auf den Stuhl, worauf der kleine Mann in hektische Betriebsamkeit verfiel.

„Ich habe drei Jahre lang Haare geschnitten ... Boston. Schöne Stadt, Boston. Red Sox. Ted Williams." Er redete wie ein Maschinengewehr, aber noch schneller waren seine Hände. Mit einer knarrenden elektrischen Haarschneidemaschine begann er bei Joes rechtem

Ohr, pflügte das Kinn entlang hinunter und auf der anderen Seite wieder hinauf. Am linken Ohr machte er nicht halt, sondern fuhr über Joes Hinterkopf weiter, bis er wieder am rechten Ohr anlangte. Noch dreimal wanderte er im Kreis herum; danach waren Joes Bart und das lange Haar am Hinterkopf weg.

Nun wechselte er rasch zu einer Schere über und schnitt riesige Haarbüschel ab. „Marokko wird Ihnen gefallen", sagte er. „Großartiges Land ... gutes Essen ... wenn Sie zum ersten Mal Couscous kosten, denken Sie an mich. Ich habe es Ihnen empfohlen."

Er war von der Regierung dazu bestellt, jedem Beatnik, der nach Marokko einreisen wollte, die Haare zu schneiden. Seiner Pflicht wäre Genüge getan gewesen, wenn er das störende Haar einfach abgesäbelt hätte, aber er war eine Künstlernatur, und sobald er die brutale Vorschur hinter sich hatte, wurde er zum Meister, der dem jungen Mann persönliche Ratschläge gab, wie sein Haarschnitt künftig sein sollte. „Ich sehe Sie als Cowboytyp", erklärte er Joe. „Oder als Radrennfahrer, der um des Ruhmes willen die Tour de France fährt. Sehr männlich ... großer Brustkorb. Ich möchte dichtes Haar an den Ohren ... nicht rasiert. Und vielleicht oben einen Bürstenschnitt. Bei Ihrem Körperbau können Sie sich einen Bürstenschnitt leisten ... sehr männlich."

Während er Joes Gesicht einseifte, flüsterte er, so daß der Beamte es nicht hören konnte: „Sie geben mir kein Geld für neue Rasiermesser. Es wird nicht sehr angenehm sein, aber ich werde Ihren Bart lange einseifen, damit er weich wird." Beim ersten Schnitt zuckte Joe, und der kleine Kerl sagte: „Es tut mir leid. Ich schleife das gottverdammte Ding noch einmal." Und er zog es wie wild am Lederriemen ab, bis es eine erträgliche Schneide bekam.

Nachdem er Joe das Gesicht gewaschen und sein Haar gekämmt hatte, trat er zurück und bewunderte sein Werk. „Sie sind ein sehr schöner Mensch ... wenn man einmal das Gesicht sehen kann. Ein perfekter Haarschnitt! Die jungen Damen draußen werden applaudieren." Dann nahm er einen kleinen Blasebalg mit Kupfernieten an den Griffen, und mit einer raschen Handbewegung beförderte er eine großzügige Portion Puder auf Joes Kopf.

„Bitte!" wehrte Joe ab und griff nach einem Handtuch. „Ich verwende kein Talkpuder."

„Nicht Talkpuder", sagte der Barbier, „Flohpuder!" und staubte Joe noch einmal an. „Willkommen in Marokko!" sagte er abschließend.

Als Joe ins Freie trat und auf seine wartenden Freunde zuging, hatte er sie schon fast erreicht, als sie ihn erst erkannten. Monica schrie: „Mein Gott! Er lebt!" Und Cato brüllte: „Er ist's!" Sie drängten sich um ihn, und Joe sagte: „Ich komme mir so nackt vor." Aber Gretchen flüsterte: „Du siehst wirklich gut aus." Als sie ihm einen Kuß geben wollte, schob er sie weg und murmelte: „Achtung, Flohpuder!"

Sie ordneten sich dem Verkehrsstrom ein, der in Richtung Marrakesch floß. Man sah Schweden, Deutsche und Amerikaner, in kleinen Wagen oder als Autostopper. Sooft sie einen Bus überholten, sahen sie Typen drin sitzen, die jeden Sheriff einer amerikanischen Stadt vom Sitz gehoben hätten. Auf halber Strecke mußten sie Benzin tanken. Bei der Tankstelle kamen sie mit einem Paar ins Gespräch, das sich auf der Rückfahrt nach Casablanca befand.

„Wieso hast du lange Haare?" fragte Joe den Mann.

„Kein Problem. Große Aufregung, wenn du an Land gehst. Nachher kümmert es niemanden mehr."

„Ist es so prima, wie man hört?" fragte Monica.

Das Mädchen schloß die Augen und blies einen Kuß. Der Mann sagte: „Wir waren sechs Monate da. Wegfahren ist wie Selbstmord."

Gretchen fragte: „Wenn wir hinaufkommen ... wie ... was tun wir dann?"

Das abreisende Paar lachte. Das Mädchen sagte: „Ihr fahrt quer durch die Stadt, an der Koutoubia vorbei – das ist das wundervolle Minarett – und geht zur Djemaá el Fna."

„Was ist das?"

„Der Nabel des Universums", sagte der Mann. „Der große Hauptplatz."

„Du gehst zur Djemaá", fuhr das Mädchen fort, „und stehst einfach eine Minute lang wie ein Ausländer da, und es geschieht so viel, daß du eine Woche lang ganz schwindlig davon bist. In Marrakesch brauchst du den Dingen nicht nachzulaufen. Sie laufen dir nach."

„Warne sie vor Jemail!" sagte der Mann.

„Ach ja! Vor Jemail müßt ihr euch hüten. Er ist ein kleiner Araber, etwa elf Jahre alt. Treibt sich auf der Djemaá herum. Spricht sechs oder sieben Sprachen. Und ist das verdorbenste Menschenwesen seit dem Marquis de Sade."

Sie wandte sich an Gretchen: „Eine Minute, nachdem du aus dem Wagen gestiegen bist, wird Jemail dir erklären, daß du bis zu fünfzig Dollar pro Nacht verdienen kannst, wenn du mit den Geschäftsleuten der Stadt schläfst. Und wenn du mutig genug bist, in eine Stadt hinter den Bergen zu fahren, kriegst du viel mehr."

Cato fragte: „Gras?"

„Das beste der Welt."

„Besser als in Nepal?"

„Ich war in Nepal. Das hier ist besser."

„Sie verkaufen es in Zellophansäckchen, wie auf einem Supermarkt", sagte das Mädchen.

„Aber wo bekommt man es?" fragte Cato.

Der Mann sagte: „Jemail wird vier Säckchen für euch bereit haben. Paßt auf: Ihr werdet die vier Säckchen nehmen, ob ihr wollt oder nicht. Aber hütet euch vor den kleinen grünen Keksen, die er verkauft. Fast reines Haschisch. Ich aß ein ganzes auf leeren Magen und war einundzwanzig Stunden lang ausgeflippt."

„Und wie!" bestätigte das Mädchen. „Er war fast so grün wie die Kekse."

Gretchen fragte: „Wo wohnt man am besten?"

Das Mädchen antwortete: „Jemail wird versuchen, euch ins ‚Rouen' zu bringen; aber bleibt weg davon! Scheußlich! Wir wohnten die meiste Zeit im ‚Bordeaux', und es war super. Ganz prima Typen."

Zögernd fragte Joe den Mann: „Hast du je von einem Big Loomis gehört?"

„Big Loomis! Jemail lernt man in der ersten Minute kennen, Big Loomis fünf Minuten darauf!"

„Kann man ihm trauen?" fragte Joe.

„In Marrakesch kann man niemandem trauen", sagte das Mädchen. „Sogar im ‚Bordeaux' würden sie einem die letzten Brotscheiben aus dem Sack stehlen und durch zerknülltes Zeitungspapier ersetzen. Im ‚Bordeaux' wohnt auch Big Loomis. Er bekommt einen kleinen Wechsel von daheim und verdient sich noch zusätzlich etwas Geld bei Leuten, wie du es bist. Aber er ist jeden Dirham wert. Und eines kann ich dir versichern: Wenn du in Schwierigkeiten kommst – ich meine ernste Schwierigkeiten –, wird dir Big Loomis bei der Polizei beistehen, bei der Gemeinde, bei der amerikanischen Botschaft."

Gretchen hatte eine letzte Frage: „Wir könnten im Wagen schlafen. Würdet ihr an unserer Stelle auf dem Campingplatz bleiben?"

„Zum Teufel mit dem Campingplatz", sagte das Mädchen. „Einen Blick auf die Djemaá, und ihr seht, daß dort die Kugel rollt. Ich würde aufs Essen verzichten, um in der Nähe bleiben zu können."

Am Spätnachmittag sahen sie zum ersten Mal die Berge. Sie bildeten einen unüberwindlich scheinenden Wall, der von Norden bis Süden den ganzen Gesichtskreis einnahm. Es war das Atlasgebirge, Heimat der Berber und der Schafe, ein majestätischer Hintergrund für die Stadt, die zu seinen Füßen lag.

Man näherte sich den Bergen eine gute Stunde lang, bevor auch nur eine Spur von Marrakesch in Sicht kam. Doch als die sinkende Sonne rot auf die höchsten Gipfel leuchtete, erblickte Cato einen Turm, der aus der Ebene aufstieg. „Seht!" rief er. Die Umrisse des Turms wurden immer deutlicher. Es war die Koutoubia, ein massives, vierkantiges Minarett, Vorbild der berühmten Giralda in Sevilla und von demselben Baumeister geschaffen.

Weite Palmenhaine tauchten auf. Dann bremste Joe scharf und sagte: „Hier ist es!" Vor ihnen lagen die Mauern von Marrakesch, kilometerlang, im matten Rot der Abendsonne leuchtend.

Sie fuhren durch das Stadttor, vorbei an der Koutoubia – und plötzlich war die riesige rhombische Asphaltfläche da, so groß, als könnte sie eine Million Menschen aufnehmen, auf drei Seiten von niedrigen Souks begrenzt und übersät von Verkaufsständen. Joe parkte den Wagen am Rand des riesigen Platzes und langsam gingen sie auf die Mitte zu, wo Hunderte von Menschen in Gruppen auf dem Boden saßen. Ein Wasserverkäuer trat ihnen in den Weg, und die vier tätigten ihren ersten Einkauf in Marrakesch. Während sie tranken, zupfte jemand Cato am Arm. Er drehte sich um und sah auf einen kleinen Gassenjungen hinunter, der in gutem Englisch sagte: „Suchst du eine Wohnung, Partner?"

„Bist du Jemail?" fragte Cato, und der Junge trat erschrocken zurück.

„Du kennst Jemail?" fragte er enttäuscht.

„Er ist mein Freund", sagte Cato, und der Junge rannte davon.

Dann kam Jemail. Seine Kleidung zeigte von der Internationalität seines Kundenkreises: Lederhosen, eine glänzende Rayonjacke mit der Aufschrift „Mildred's Diner", Armeestiefel und eine Little-League-Baseballkappe von den Waco Tigers. Er hatte ein Fuchsgesicht und begann verbindlich grinsend seinen Spruch herunterzuleiern: „Hija, Buster! Komm mit mir zur Kasbah!" Er lachte über seinen Scherz, dann fragte er: „Ihr sucht Wohnung, eh? Ihr habt Volkswagen Pop-Top Automatic 1969. Ihr könnt euch bestes Hotel leisten, wenn ihr wollt. Aber ihr wollt nahe Djemaá sein, eh? Ich habe genau das Hotel für euch, nicht zu teuer. ‚Rouen', große Klasse, ihr raucht Marihuana in der Halle, gefällt euch."

„Wir suchen das ‚Bordeaux'", sagte Gretchen.

„Wird euch nicht gefallen", sagte Jemail. „Flöhe... sehr schlechtes Publikum."

„Führ uns ins ‚Bordeaux'", sagte Gretchen.

Jemail trat zurück, starrte sie an und sagte: „Du so verfickt klug, finde ‚Bordeaux' allein."

Joe holte aus, um dem Jungen eine runterzuhauen; der aber hatte damit gerechnet, war zurückgesprungen und hielt plötzlich ein Messer in der Hand. „Du rühr mich mit ein Finger an, du stinkender Wehrdienstdrücker, und ich schneide dir Eier ab." Er begann anschauliche Instruktionen zu geben, was die beiden Mädchen in sexueller Hinsicht entweder miteinander oder mit ihrem gottverdammten Niggerfreund machen könnten. Dann steckte er sein Messer bedächtig wieder ein und sagte: „Jetzt verstehen uns. Ich denke, ‚Rouen' ist am besten für euch... mehr Klasse."

„Wir gehen ins ‚Bordeaux'", wiederholte Gretchen.

„Okay. Aber wenn dir in der Nacht Ratten über das Gesicht laufen... deine Titten abbeißen... schrei nicht nach mir."

Cato sagte: „Wo ist das Gras?" und Jemail antwortete: „Mein Junge bringt vier Sack", steckte den Finger in den Mund und pfiff schrill, worauf der Junge, der sie zuerst angesprochen hatte, respektvoll daherkam und zuhörte, wie Jemail seine Befehle gab.

Als der Junge gegangen war, nahm Monica Jemail beiseite und fragte: „Was ist mit Heroin?" – „Das beste. Das mache ich selbst. Bring es in dein Zimmer im ‚Rouen'."

„‚Bordeaux'", korrigierte Monica.

„Du laßt dich von ihr kommandieren?" fragte er und zeigte mit dem Daumen auf Gretchen. „Sie eine Lesbierin? Hat dich unterm Daumen?"

„Bleiben wir beim Heroin", sagte Monica.

„Also gut. Vier Dollar das Paket, garantiert erste Qualität."

Gretchen betrachtete den Jungen. Es war kaum zu glauben, daß ein Kind so völlig verdorben sein konnte. Jemail kam ganz nahe zu ihr. „Du bist schön. Wenn du anständig verdienen willst, laß mich wissen." Gretchen schüttelte den Kopf, aber der Junge fuhr unbeirrt fort. „Respektable Europäer im Mamounia-Hotel: fünfzig Dollar. Mehr noch, wenn du sehr gefällst. Schwarze hinter den Bergen: du kannst verlangen, was du willst."

„Wir gehen jetzt zum Hotel", sagte sie.

„‚Rouen'?"

„‚Bordeaux'."

„Findet euch anderen Jungen. Ich führe keinen ins ‚Bordeaux'." Und er stolzierte davon. Sobald er aber sah, daß ein anderer Junge sich an sie heranmachte, kehrte er zurück und verjagte den anderen. „Folgt mir", sagte er und führte sie über die Djemaá. In der Mitte des Platzes standen Geschichtenerzähler, um die sich zahlreiche Zuhörerschaft geschart hatte. Manche hatten alte Notenständer vor sich stehen, auf denen große Wachstuchblätter mit Bildserien hingen, die zur Illustration ihrer Märchen dienten. Es waren blutrünstige Szenen; offensichtlich waren die Geschichten eine ununterbrochene Folge von Verrat, Hinterhalt und Mord. Es gab auch Akrobaten, heilige Männer, Bauchredner, Musikkapellen, Clowns, Schwertschlucker, Schlangenbeschwörer.

Am Ende einer jeden Nummer wurde eine Messingschale herumgereicht, und gelegentlich legte jemand eine kleine Münze hinein. Aber die meisten Zuschauer saßen da und ließen sich umsonst unterhalten.

Sie waren stehengeblieben und hatten dem Treiben zugesehen. Die Sonne war längst untergegangen, der Platz hüllte sich in Dunkel. Petroleumleuchten in Messinghaltern wurden entzündet. Die Menschen wirkten geisterhaft, Berber im Burnus schritten lautlos von einem Kreis zum anderen. Araber aus der Wüste im Süden staunten mit großen Augen die Metropole an.

„Ihr habt fast alles gesehen", sagte Jemail ungeduldig. „Der Junge hat euer Kiff. Ich habe euer Heroin. Jetzt gehen wir ins ‚Rouen'."

Joe packte den Jungen an der Kehle und sagte: „Hör mal, du Quatschmaul, bleib uns mit deinem Heroin vom Leib. Und jetzt führ uns ins ‚Bordeaux'."

„Ich kastrier' dich noch, Freund", sagte der kleine Araber und schob Joes Hand ungerührt weg.

Er führte sie von der Djemaá weg in eine dunkle Gasse. Und dann bewegte sich aus dem Schatten etwas auf sie zu. Ein Mann von mindestens hundertfünfzig Kilogramm Gewicht kam mit langsamem, wiegendem Schritt näher, begleitet von drei hageren, langhaarigen Figuren, von denen eines ein junges Mädchen sein mochte. Seine schweren, knöchelhohen Schuhe waren aus Yakleder, statt Hosen trug er einen Rock aus feingewebtem, graubraunem Stoff, um die Schultern einen Umhang, wie ihn die Inder trugen. Haar und Bart bildeten einen gigantischen Kreis, in dessen Mitte das Gesicht saß. Sein Umhang war über und über mit Perlenschnüren bedeckt, über dem linken Ohr steckte ein Frauenkamm mit langem, geradem Stiel. Er redete eifrig auf seine Jünger ein. Die Bewegungen des Mannes waren von auffallender Anmut, er hob und senkte seine ungeheuren Füße so sicher wie ein Elefant, der durch hohes Gras schreitet. Als er näherkam und sein Gesicht nicht mehr im Schatten lag, sahen die vier, daß er ein Neger war.

In diesem Augenblick änderte sich seine Haltung plötzlich. Er hatte Jemail erblickt, und die beiden standen einander in der engen Gasse gegenüber und warfen sich die ärgsten Flüche an den Kopf. Der riesige Neger versuchte den kleinen Araberjungen zu schlagen, der aber wich geschickt aus und schimpfte um so wütender.

„Arschficker, fette Sau! Warum zahlst du deine Schulden nicht? Fettwanst!“ Und der Dicke brüllte aus voller Kehle: „Hör einmal, du elender kleiner Korken im Arschloch des Fortschritts! Wenn du mir unter die Hände kommst, brate ich dich!“ Worauf der Junge schrie: „Big Loomis! Du träumst wohl davon, daß du mich in die Hände bekommst. Such dir einen anderen kleinen Jungen!“ Und erging sich in den übelsten Anschuldigungen über das Geschlechtsleben des fetten Mannes.

Es war eine umwerfende Szene. Der Dicke beschuldigte den Jungen, die Fremden für ein paar elende Dirhams ins ‚Rouen‘ zu verschleppen, das übelste Loch in der Stadt und kein Platz für eine Dame. Hier verneigte er sich vor Monica und Gretchen, ein Berg aus Fleisch und Blumen, der in der Mitte abknickte. Der Junge entgegnete, der fette Mann wolle die vier ins ‚Bordeaux‘ locken, um ihnen Drogen anzuhängen und sich daran zu bereichern. Nach unwiederholbaren Flüchen zog der Neger majestätisch ab.

Schließlich brachte Jemail sie doch ins ‚Bordeaux‘, ein auffallend schäbiges Hotel am Ende der dunklen Gasse. Durch eine uralte Tür kamen sie in einen Innenhof. In jedem der vier Stockwerke lief ein hölzerner Bogengang Fenster und Türen entlang. Links von der Tür war das Kämmerchen des Portiers, dessen Wände mit Bildern aus Fluglinienkalendern geschmückt und mit Spinnweben behangen waren. Léon, der Portier war von undefinierbarer Rasse, ein geduldiger Mensch, schwer geplagt, aber stets bereit zuzuhören, wenn verlaufene Europäer oder Amerikaner hilfesuchend an seine Tür kamen. Er konnte sich erlauben, großzügig zu sein, weil Big Loomis das ganze obere Stockwerk gemietet hatte. Wenn ein Reisender wirklich pleite war, schob Léon ihn einfach hinauf ins oberste Stockwerk, wo Big Loomis todsicher einen Schlafplatz für ihn fand.

Léon führte Jemail und dessen Schutzbefohlene über die wackelige Holztreppe hinauf ins oberste Stockwerk, wo er eine Tür nach der anderen aufstieß, bis er ein Zimmer fand, daß nicht bewohnt zu sein schien. „Schlaft heute nacht hier“, sagte er, und Jemail fügte hinzu: „Mein Junge kommt bald mit dem Kiff. Aber zum Willkommen in Marrakesch ... hier!“ Er zog ein fettiges Stück Packpapier aus seiner Jacke, entfaltete es und brachte vier grünliche Kekse zum Vorschein. „Vier Dirham. Vorsicht, sie hauen euch glatt auf den Hintern.“ Die Mädchen legten die Kekse mißtrauisch auf ihr Gepäck und sagten, sie wollten sie später versuchen.

Nun kam Jemail mit einem neuen Vorschlag. „Gehen wir zurück zur Djemaá, sie im Mondlicht ansehen?“ Sie überlegten den Vorschlag und stimmten schließlich zu. Jemail sagte: „Zuerst regeln wir Geld. Ich sorge für alles. Ich bewache euren Wagen. Ich habe jetzt einen Jungen dort. Also was ist es wert?“ Gretchen schlug einen Betrag vor, den er verächtlich ablehnte. „Ich sorge für euch ... keine Schwierigkeiten. Polizei ... niemand. Keine kleinen Jungen belästigen euch in der Djemaá. Gute Preise in den Souks. Ich dolmetsche. Ich tue alles. Ihr verliert eure Pässe. Ich kenne den Mann, der neue druckt.“ Er schlug ein Honorar von sechs Dollar pro Woche vor, und sie waren einverstanden.

Er führte sie auf den Platz zurück, der sich völlig gewandelt hatte. Die Geschichtenerzähler waren verschwunden, dafür war eine Unzahl fahrbarer Kioske aufgetaucht, die alle Arten von Eßwaren und Berge von Süßigkeiten anzubieten hatten. „Nicht anrühren!“ warnte Jemail. „Choleraträger.“ Als ein Tourist dem Süßwarenverkäufer eine Frage stellte, übernahm Jemail blitzschnell die Verhandlungen auf deutsch, das er ebenso beherrschte wie Englisch. Er steckte sein Trinkgeld ein, kam zurück und sagte: „Seht ihr den Mond ... er rastet auf der Koutoubia.“ Und da war er wirklich, ein Halbmond, der mit der Sichelspitze auf dem Minarett stand.

Am Morgen konnten sie ihr Hotel näher in Augenschein nehmen und fanden es noch schmutziger, als sie erwartet hatten. Es war im vergangenen Jahrhundert erbaut und seither nicht verändert worden. Dicke Schmutzschichten verfärbten Badezimmer und Türen, die Böden aber fegte Léon einmal wöchentlich und sie waren verhältnismäßig sauber.

Jedes Stockwerk hatte acht Zimmer, in jedem Zimmer wohnten im Durchschnitt drei Leute; im obersten Stockwerk allerdings pferchte Big Loomis ganze Scharen von Leuten in seine Zimmer. Im Ganzen gab es mehr als hundert Hotelgäste, hauptsächlich Kanadier, Australier und Schweden. Sie waren sauber, wenn auch nicht allzu gepflegt, ihr Durchschnittsalter betrug zwanzig, die Mädchen waren in der Überzahl.

Hauptmerkmal des Hotels war der schwere, süßliche Geruch von Marihuana. Fast alle jungen Leute rauchten es, oft mit Haschisch vermischt, das in Marrakesch leichter zu bekommen war als Gras.

Die Amerikaner im Hotel waren durchwegs sympathisch: zwei Mädchen vom Wellesley-Colle, von denen die eine Gitarre spielte, vier oder fünf Studenten aus Kalifornien, die ihre Eltern überredet hatten, sie für ein Jahr im Ausland europäische Geschichte und Sprachen studieren zu lassen, ein paar junge Leute aus dem Mittelwesten, die meisten von irgendeinem College im Mississippibecken, und eine dreiköpfige Gruppe aus dem Süden, darunter ein blasser Junge aus Mississippi.

Dazu kamen Kanadier und Australier. Gretchen meinte, nachdem sie ein Dutzend dieser Leute kennengelernt hatte: „Diese Länder müssen im Geld schwimmen. Die Typen schmeißen damit herum wie wild.“ Die australischen Mädchen wirkten offen, dreist, ungeheuer aktiv und mutig. Mit einem Rucksack und etwas Proviant waren sie bereit, überallhin zu gehen. Die meisten waren seit zwei Jahren oder länger unterwegs, hatten zeitweise in England gearbeitet oder schlechtbezahlte Stellen in Frankreich angenommen, und fast jede sagte: „Noch sechs Monate, und dann heim nach Australien und hinein in den Trott ... Hochzeit mit einem Viehzüchter ... einmal im Jahr ein Besuch in Melbourne.“ Sie waren ein lebenslustiger Haufen und einige ließen Joe wissen, sie wären gar nicht abgeneigt, wenn er sie in ihrem Zimmer besuchen käme, aber dann zeigte er immer mit bedauernder Geste auf Gretchen.

Das vierte Stockwerk war eine Enklave für sich. Hier bot Big Loomis denen Zuflucht, die unvorbereitet nach Marrakesch gekommen und nicht damit fertig geworden waren: das Schulmädchen aus Minneapolis, das in den Souks mit Dutzenden geschlafen hatte und von einem schwanger geworden war; der Junge aus Tucson, der im ersten Jahr aus der Arizona-State-Universität rausgeflogen war und in Marrakesch innerhalb einer einzigen Woche Marihuana, Haschisch und Heroin entdeckt hatte und sich wahrscheinlich nie davon erholen würde; der Lehrer aus London, der der freien Homosexualität von Marrakesch verfallen war; die drei jungen Männer, Wehrdienstverweigerer aus Kalifornien; der verwirrte Philosoph aus einem katholischen College, der mit Hilfe von Marihuana Thomas von Aquin, Herbert Marcuse und Konfuzius in Einklang zu bringen versuchte. Manchen seiner Klienten, etwa dem Philosophen, gab

Big Loomis monatelang freies Quartier, andere schickte er weg, wenn er meinte, sie wären soweit, den Kampf mit dem Leben wieder aufnehmen zu können. Die Bewohner des vierten Stockwerks mischten sich nicht viel unter die der drei unteren Etagen. Manche von Big Loomis „Patienten" verließen den obersten Stock wochenlang nicht. Sie waren zufrieden, in ihren Zimmern zu liegen, Haschisch zu rauchen und von einer besseren Welt zu träumen.

Wer Haschisch und Heroin brauchte, mußte seinem Lebenselixier nicht erst nachlaufen, denn Jemail klopfte täglich an die Tür. „Billigster Preis Marrakesch. Ware garantiert." Er verdiente an jeder Transaktion dreihundert Prozent.

Nur drei Bewohner des Hotels nahmen Heroin – Monica war die vierte; zwei von ihnen schnupften hauptsächlich und spritzten es nur gelegentlich unter die Haut. Man durfte hoffen, daß sie es aufgeben würden, denn Big Loomis hielt sie im vierten Stock unter seiner Obhut und versuchte, sie zu entwöhnen. Der dritte war der blasse Junge aus Mississippi, den Gretchen eines Tages schlaff an der Tür seines Zimmers im dritten Stock lehnen sah. Es war zu bezweifeln, ob er je heimkommen würde.

Die drei Freunde versuchten, Monica zu überwachen. Sooft Jemail kam und Päckchen in ihr Zimmer schmuggeln wollte, verjagten sie ihn. Die Hauptlast hatte natürlich Cato zu tragen; seine Bemühungen gewannen nicht nur Joes und Gretchens Respekt, sondern auch die Achtung von Loomis. Der riesige Neger sagte zu ihm: „Du tust das einzig Richtige, Sohn. Bleib bei ihr! Nur mit deiner Hilfe kann sie gesund werden."

Nach seinem grauenhaften Erlebnis in der letzten Nacht bei den Gridleys weigerte sich Cato, das Pulver auch nur zu schnupfen, weshalb Monica mit ihm nicht mehr ins Bett gehen wollte. „Wenn du in mein Bett kommen willst, kommst du ganz mit!" kreischte sie.

Einmal versuchte er, mit Joe darüber zu sprechen, aber er brach sogleich in Tränen aus. „Was meinst du damit: sie verlassen? Großer Gott, ich liebe das Mädchen doch! Ich brauche sie." Joe versuchte, ihn zu trösten, und er sagte: „Aber Heroin rühre ich nicht an. Nie wieder!"

Cato bemühte sich, Monica auf Haschisch umzustellen, weil er meinte, damit könne sie eher fertigwerden, aber sie lachte nur verächtlich. „Das ist für Kinder, und ich bin jetzt eine Frau."

Dabei war Haschisch weit stärker, als er annahm. Jemail besorgte es in Form eines Würfels aus gepreßtem Harz der reifen Marihuanapflanze. Dieses Konzentrat konnte auf zwei Arten eingenommen werden: in Form von Rauch oder als jene auf der Djemaá erhältlichen scheußlichen grünen Kekse. Cato lernte die Kekse bei den Schweden kennen.

Im Erdgeschoß des ‚Bordeaux'", gleich links neben dem Eingang, befand sich ein etwas größeres Zimmer. Es war seit Jahren von einem netten schwedischen Paar gemietet, die stets von Juni bis November blieben. Die übrige Zeit des Jahres arbeiteten sie in Schweden: Rolf als Pfleger in einem Irrenhaus, Inger als Kindergärtnerin. Ihr Zimmer war in ganz Marrakesch als „Bei Inger" bekannt und diente durchreisenden Skandinaviern als Postadresse und als geselliger Treffpunkt. Bei Inger bekam man zu essen und zu trinken, konnte alte Nummern der Londoner Times lesen und anregende Gespräche führen. Rolf und Inger waren Ende zwanzig, unverheiratet und äußerst sympathisch. Sobald sie erfuhren, daß drei Amerikaner und eine reizende Engländerin angekommen waren, stiegen sie die Treppe hoch, um sich vorzustellen und den Neuen ihre Gastfreundschaft anzubieten. Sie sorgten dafür, daß sie leere Zimmer fanden – Cato und Monica im dritten Stock, Joe und Gretchen im zweiten – und versammelten die Gruppe dann bei sich.

„Musik!" rief Monica beim Anblick des Plattenspielers, den sie sofort in Gang setzte. Als die Musik begann, schloß sie die Augen. „Es ist wie der Regen in der Wüste", sagte sie. Ein paar Minuten später öffnete sie ihre Handtasche und fragte: „Wie sind diese grünen Kekse, die uns Jemail gestern abend verkaufte?"

„Ziemlich stark", warnte Rolf. „Sie brauen ein Gemisch aus konzentriertem Haschisch und ranziger Butter. Dann backen sie diese klebrigen Plätzchen."

„Wie ißt man sie?"

„Mit Vorsicht. Ein Mädchen von deiner Größe kann ungefähr ein Achtel von einem Plätzchen vertragen. Wenn du schwerer wärest, könntest du mehr essen. Big Loomis kann vermutlich ein ganzes essen, du aber nicht."

„Du kennst mich nicht", antwortete Monica, steckte das Keks in den Mund und kaute es grinsend. Rolf beobachtete sie besorgt, und Inger machte vorsorglich einen Platz auf ihrem Bett frei; doch vorerst zeigte sich keine Wirkung bei Monica.

Cato und Joe knabberten den Rand ihrer Kekse ab. Gretchen wollte keines, nahm aber eine Zigarette, die Rolf gerollt hatte, halb Marihuana, halb Haschisch. „Es ist jedenfalls anders", sagte Monica, als sie die Wirkung des Haschisch spürte. Gretchen wollte eben den zweiten Zug von ihrer Zigarette nehmen, da schrie sie auf: „Oh, mein

Gott!“ Wie von einer Axt gefällt, lag Monica am Boden. Cato, der sie nicht fallen gesehen hatte, drehte sich um und stand mit offenem Mund da. Joe beugte sich nieder, um sie aufzuheben, aber Rolf und Inger kamen ihm zuvor und legten Monica aufs Bett. Dort blieb sie reglos achtzehn Stunden liegen, bewacht von Cato.

Während dieser Zeit kam ein steter Strom junger Leute ins Zimmer. Sie sahen Monica auf dem Bett liegen und sagten beiläufig: „Aha! Hat ein Plätzchen versucht.“ Niemand schien besonders beunruhigt. Sie setzten sich auf den Bettrand oder auf den Boden und redeten über Schweden, Deutschland und Australien. Gegen Abend brachte das Mädchen aus Wellesley seine Gitarre, was Gretchen ermutigte, die ihre zu holen, und sie sangen Balladen. Wenn jemand den Text kannte, sang er mit – und während all dieser Stunden, in denen geredet und gesungen wurde, regte Monica sich nicht ein einziges Mal. Von Zeit zu Zeit schüttelte Cato sie und versuchte, sie zum Reden zu bringen, aber sie reagierte nicht darauf und Rolf sagte fachmännisch: „Das einzig Richtige ist, sie ausschlafen zu lassen.“

Es war fast schon Tag, als Monica sich endlich bewegte. Eine halbe Stunde später öffnete sie die Augen, blickte in dem ungewohnten Raum um sich und sagte: „Nächstes Mal nur ein halbes Plätzchen.“

„Das Schöne an diesem Briefkopf“, erklärte Big Loomis Joe in seinem Büro im obersten Stockwerk, „ist, daß er die Musterungsbehörde für mindestens zwei Monate zu täuschen vermag. Bis dahin kann ein kluger Mann in Nepal sein . . . oder in Manila.“ Er holte einen Briefbogen von teurer Qualität hervor, auf welchem der folgende Briefkopf prangte.

Ordination: Telephon:
1283 Cadwallader Tuscarora 4–1286
1287
DR. J. LOOMIS CARGILL 1288
Facharzt für Psychiatrie
Nur gegen Voranmeldung

„Erstens ist keine Stadt genannt, also können sie niemand herschicken. Außerdem klingt 1283 Cadwallader recht imponierend. Es ist dir sicher aufgefallen, daß ich für Adresse und Telephonnummer viersilbige Namen verwende. In Amerika ist ein viersilbiger

Name so gut wie Geld auf der Bank. Aber was sie vor allem stutzig macht, das sind die drei Telephonnummern. In Amerika ein klarer Erfolgsbeweis. Sie sehen es und denken: ‚Der Kerl muß wichtig sein. Mit dem ist nicht zu spaßen.' Ich glaube aber, daß der Name J. Loomis Cargill den Ausschlag gibt. Denn jede Stadt in den Vereinigten Staaten hat ihren Joe oder Jim, der ein ganz gewöhnlicher Kerl war, bis zu dem bedeutungsvollen Tag, an dem er die brillante Idee hatte, sich J. Worthington Scaller zu nennen. Dieser Akt der Namensgebung läßt die ganze Gemeinde wissen: ‚Ich will ernst genommen werden!' Und da man ja geneigt ist, einen Menschen zu seinen eigenen Bedingungen zu akzeptieren, hilft man ihm, dieser J. Worthington Scaller zu werden, ein Mann von Bedeutung. Amerika ist voll von jämmerlichen Nieten, die als Jim Scaller das geblieben wären, was sie sind; laß aber den guten alten J. Worthington hervortreten, und die Niete wird zu einem führenden Mitglied der Gemeinde. Als J. Loomis Cargill habe ich mehr als hundert junge Leute vor der Einberufung bewahrt. Hätte ich meine Briefe mit Joe Cargill gezeichnet – die Musterungsbehörden hätten längst geschrien: ‚Den Kerl lassen wir uns kommen!'

Und das Tüpfelchen auf dem i ist der Facharzt! Ein Zauberwort. Es bedeutet, daß du nicht bloß ein Hausarzt bist, sechzehn Stunden Arbeit im Tag, Hausbesuche, Lebensrettung. Hängst du einmal dieses Schild auf, schwebst du in eine völlig neue Sphäre empor. Du bist arriviert. Du bist ‚in'. Du sitzt auf deinem fetten Hintern und ziehst fette Honorare ein, ohne unangenehme Dinge tun zu müssen, wie um Mitternacht einen Balg zur Welt zu bringen. Welche Musterungsbehörde würde es wagen, den Brief eines Mannes zu ignorieren, der Facharzt ist, J. Loomis heißt und drei Telephonanschlüsse hat?"

„Und was ist mit dem ‚Doktor'?" fragte Joe.

„Ich habe ein Doktorat", antwortete Big Loomis. „Leibeserziehung, Central Texas State Teachers. Das ist ein Fußball-College für Neger. In Chikago schrieb eine Gruppe von Leuten, die sich beruflich mit solchen Dingen beschäftigen, eine Dissertation für mich. Ich war Verteidiger ... sieben Jahre lang ... unter drei verschiedenen Namen. Wir spielten alle drei Jahre in einer anderen Mannschaft, daher erkannte man weder mich noch die anderen Figuren, die bei uns spielten ..."

„Warst du gut?"

„Ja, ich hätte Profi werden können ... die Rams wollten mich. Ich sagte unserem Trainer, ich sei schon seit sieben Jahren Profi, aber er fand das gar nicht komisch. Ich war gegen die Einberufung, aber in meiner ganzen Familie waren sie Atheisten, also konnte ich nicht die Tour mit den Gewissensgründen anbringen. So mußte ich den schwierigeren Weg gehen."

„Welchen?" fragte Joe.

„Essen. In ein paar Monaten nahm ich vierzig Kilo zu."

„Wie?"

„Du mit deinem Körperbau könntest es nicht zuwege bringen. Ich aß Bananen und Käsekuchen und trank literweise Milkshakes."

„Hat es deiner Gesundheit geschadet?"

„Vermutlich. Die Ärzte sagen, ich werde ein paar Jahre früher sterben. Aber das ist immer noch besser, als mit zweiundzwanzig in Vietnam ins Gras zu beißen." Er zögerte, und fügte hinzu: „Wenn ich diese Einberufungsgeschichte hinter mir habe, werde ich mein Gewicht ebenso schnell wieder loswerden, wie ich es bekommen habe. Darum wohne ich im obersten Stockwerk. Rauf- und runterlaufen ist gute Gymnastik. Aber jetzt zu dir."

Er hörte aufmerksam zu, während Joe ihm seine Geschichte erzählte.

„Ein klassischer Fall", sagte Loomis. „Keine religiöse Ausrede. Keine Krankheit. Keine Feigheit. Keine Geisteskrankheit. Nur ein anständiger Mensch, der sein Leben nicht in Südostasien verplempern will. Ich glaube, wir versuchen am besten Little Casino. Ist dir klar, was das bedeutet?"

„Ja."

„Bist du mit dem hübschen Mädchen in deinem Zimmer verlobt?"

„Nein, nein!" Joe machte eine abwehrende Geste, als wäre es undenkbar, mit dem Mädchen verlobt zu sein, mit dem man zusammen lebte. „Ich glaube, sie ist für Little Casino. Die Bullen haben ihr übel mitgespielt."

Big Loomis ging zu seiner Schreibmaschine, begann zu schreiben und reichte Joe nach einer Weile ein Blatt Papier, auf dem, säuberlich getippt, unter anderem folgendes stand:

„Es ist nicht ratsam, meinen Patienten zur Armee einzuziehen; er ist seit einigen Jahren rauschgiftsüchtig. Seit seinem vierzehnten Lebensjahr rauchte er unter Anleitung einer mexikanischen Hausangestellten seiner Eltern Marihuanazigaretten. Er ging dann auf Haschisch über, später folgten LSD und Heroin. Letzteres nimmt er täglich. Acht Monate intensiver Krankenhausbehandlung wären erforderlich, um ihn zu entwöhnen. Unter dem Einfluß der Drogen hat er stark schizoide Züge entwickelt. Schußwaffen kann man ihm nicht anvertrauen. Normalerweise würde ich sofortige Einweisung in eine geschlossene Abteilung empfehlen, aber sein physischer Zustand ist derart labil, daß ich seinen Eltern geraten habe, ihn unter strengster Aufsicht zu halten, bis er sich soweit erholt hat, daß er der von mir in Aussicht genommenen stationären Behandlung gewachsen ist. Der Patient ist momentan für den Dienst in der Armee nicht tauglich.

Mit kollegialer Hochachtung
J. Loomis Cargill

Ich hielt mich gerade in Genf auf, als Gretchens Brief eintraf, in dem sie mir mitteilte, sie seien in Marrakesch. Ich hatte gleich ein ungutes Gefühl. Ich wünschte, Monica wäre nicht an einen solchen Ort gekommen, aber ich war sehr beschäftigt und verdrängte den Gedanken daran. Dann kamen Holt und Britta auf dem Weg von Lausanne zum Flughafen zu mir, und als ich ihnen den Brief zeigte, runzelte Harvey die Stirn. „Der letzte Ort der Welt, wo Joe sein sollte", sagte er und beschloß, über Marokko nach Ceylon zu fliegen. Britta war natürlich von der Aussicht, Gretchen und Monica wiederzusehen, entzückt.

Dann sagte Holt: „Fairbanks, ihr habt ohnedies große Investitionen in Marokko. Warum kommst du nicht mit?" Damit hatte er nur ausgesprochen, was ich insgeheim wollte, und eine Stunde später waren wir mit einer Maschine der Lufthansa unterwegs nach Marokko.

Wir landeten am Spätnachmittag und nahmen ein Taxi zum Hotel Mamounia, einem alten Prunkpalast ähnlich dem „Shephard" in Kairo. Es lag nicht weit von der Koutoubia, inmitten herrlicher Gärten. Da man mich von früheren Besuchen kannte, bekamen wir gute Zimmer. Ich telephonierte mit den drei Ingenieuren in Casablanca, die ich treffen wollte, und fragte dann den Portier nach dem Weg zum Hotel Bordeaux. Er zuckte mit den Achseln und fragte die Taxifahrer, aber sie erklärten, ein Taxi käme dort nicht durch. „Am besten ist es, Sie gehen über die Djemaá. Irgend jemand wird Ihnen den Weg zeigen."

Holt, Britta und ich spazierten daher zur Djemaá, und hatten kaum den riesigen Platz betreten, als wir von einem Araberjungen angesprochen wurden. Wir fragten ihn nach dem Weg zum „Bordeaux", und er übernahm sogleich die Führung.

„Wenn Sie irgend etwas brauchen, kann ich es ins ‚Mamounia' bringen ...", begann er.

„Woher weißt du, daß wir im ‚Mamounia' wohnen?"

„Wo sonst?“ fragte er. Dann senkte er die Stimme und grinste Britta lüstern an. „Komm mit mir zur Kasbah.“

„Zum ‚Bordeaux‘“, sagte ich.

Es war Nacht geworden. Aus dem Hotel schimmerte Licht, und aus einem Zimmer links vom Eingang klangen Gitarren und Stimmen.

„Sind alle da drin“, sagte Jemail und verschwand.

Wir gingen zu der Tür, die Jemail uns bezeichnet hatte, klopften, und wurden von einem Schweden eingelassen, der sich als Rolf vorstellte. Kaum hatte er seinen Namen genannt, als Gretchen uns erblickte, ihre Gitarre auf das Bett warf und aufsprang. Im Nu waren wir von Gretchen, Cato und Joe umringt, es gab Küsse und Umarmungen. Joes Verwandlung wurde ausgiebig bewundert, doch Holt setzte der allgemeinen Begeisterung ein Ende, indem er zu schnuppern begann und fragte: „Was um Gottes willen ist das für ein Gestank?“ Gretchen packte seinen Arm und flüsterte: „Pot. Die meisten hier rauchen, aber es gibt keine Probleme.“
„Riecht aber wie ein Problem.“

Wir setzten uns auf ein Bett, und es begann eine lebhafte Unterhaltung. Ich fragte beiläufig, wo Monica sei und erhielt nicht gleich Antwort. Ich wiederholte meine Frage, und nach einigen Sekunden des Schweigens erklärte Cato: „Sie ist oben. Ich glaube, sie schläft.“ Britta schlug vor, wir sollten hinaufgehen und sie überraschen, aber mir schien, als wäre Cato nicht sehr erfreut darüber. Gretchen zupfte verlegen ein paar Akkorde und sah uns ängstlich an. Wir stiegen also hinter Cato die Treppe hinauf. Er stieß die Tür auf, und wir traten in das dunkle Zimmer. Wir konnten ein Bett ausnehmen, in dem ein junges Mädchen lag. Es war Monica. Sie schien zu schlafen. Aber auch nachdem wir das Licht angedreht hatten, regte sie sich nicht. Sie war völlig berauscht, lag mit offenem Mund da, die Augen tief in den Höhlen.

Britta lief zum Bett, um sie zu umarmen, aber Monica erkannte uns nicht. Als Britta sie schüttelte, murmelte sie irgend etwas und fiel wieder in Apathie. Wir drehten uns nach Cato um. Er lehnte an der Wand und schwieg. „Was zum Teufel soll das?“ fragte Holt.

Cato zeigte auf ihren Arm. „Die Nadel. Und sie läßt sich nicht davon abhalten, die gottverdammten Kekse zu essen.“

„Welche Kekse?“ fragte Holt. Cato stieß mit dem Fuß an eine fettige Tüte aus Zeitungspapier. Holt hob sie auf, befühlte die grünlichen Krümel und beroch sie. „Ist das Haschisch?“ fragte er, und Cato nickte.

„Sie sieht elend aus“, sagte Britta, und sah selbst ganz krank aus vor Sorge.

Cato sagte nichts, aber in seinen Augen war zu lesen, wie sehr er litt. Ich setzte mich auf die Bettkante, um das bewußtlose Mädchen genauer anzusehen. Ihre Haut war fahl und gelblich. Das hätte mich warnen sollen; doch ihre schreckliche Magerkeit fiel mir viel mehr ins Auge. „Sie muß wenigstens sieben Kilogramm abgenommen haben, seit ich sie zuletzt sah“, sagte ich.

„Vielleicht noch mehr“, bestätigte Cato. „Sie ißt nichts. Aber wenn Sie sie morgen sehen, ist sie strahlend und frisch wie in ihren besten Tagen.“

„Meinen Sie, daß sie aufstehen wird?“ fragte Holt.

„Sicher“, sagte Cato.

Am nächsten Morgen gegen elf Uhr, als ich in der Halle des „Mamounia“ mit den drei Technikern aus Casablanca sprach, rief der älteste, der in Yale studiert hatte: „He! Wer ist dieses tolle Mädchen?“ Wir drehten uns um, und da stand Monica, die gekommen war, um uns zu begrüßen.

Ich sehe sie noch vor mir – zart, mit langem schwarzem Haar, sehr blaß, anmutig lächelnd. Ich eilte auf sie zu, die drei Marokkaner hatten sich ebenfalls erhoben. Sie küßte mich. Während des allgemeinen Händeschütteln bemerkte ich, daß nicht Cato, sondern Jemail sie zum Hotel gebracht hatte. Der Portier hatte ihn nicht hereingelassen, und er wartete nun draußen vor dem Portal.

Ich brach die Arbeitssitzung ab und rief Britta an. Der Mann aus Yale bestellte Drinks für alle. Brittas Ankunft verursachte neue Aufregung. Nur ungern verließen uns die Marokkaner.

Wir redeten über Mozambique und Marrakesch. Monica war lebhaft, witzig, reizend anzusehen, und es schien mir einfach unmöglich, daß ich hier dasselbe Mädchen vor mir hatte, das ich vor wenigen Stunden in elender Verfassung vorgefunden hatte. Langsam wurde mir klar, daß sie sich vor höchstens einer Stunde eine Heroinspritze gegeben haben mußte, die Jemail ihr besorgt hatte, und daß wir den Höhepunkt ihrer Euphorie erlebten. Es war wohl auch der Höhepunkt ihrer Schönheit, und mir tat das Herz weh.

An diesem Abend luden Holt und ich unsere fünf jungen Leute und das schwedische Paar in einem der französischen Cafés im Geschäftsviertel zum Abendessen ein. Ich schlug vor, Big Loomis miteinzuladen, aber Holt machte Einwände: „Ich traue keinem Fettwanst, der jungen Männern Ratschläge gibt, wie sie der Einberufung entgehen können.“ Ich entgegnete ihm: „Aber er versteht junge Leute.

Wir werden vielleicht seine Hilfe brauchen, wenn es Monica schlecht geht." Holt ließ sich überreden, aber er behielt Loomis im Auge und hörte genau zu, wenn der Dicke mit Joe sprach.

Später wanderten wir über die Djemaá und von dort ins „Bordeaux". Wir saßen auf den Betten, etwa zwanzig von uns, und schöne Gitarremusik füllte das Zimmer. Gretchen hatte „Child 12" angekündigt, und alle applaudierten. Die Worte bezogen sich zwar auf einen jungen Mann, aber sie paßten schmerzlich gut auf Monica. Während die sanfte Melodie erklang, nahm ich ihre Hand;

„Und was war dein Mahl dort, Lord Randall, mein Sohn?
und was war dein Mahl dort, mein schmucker Gesell?"
„Aal aß ich in Brühe; Mutter, mach mein Bett bald,
müd' bin ich vom Jagen und legte mich gern!"

Ich flüsterte: „Warum gibst du es nicht auf, Aal in Brühe zu essen?" – „Rede nicht wie mein Vater!" – „Ich bin dein Vater, und ich kann nicht zusehen, wie du dich zugrunde richtest." Sie legte die Finger an die Lippen und sagte: „Hör doch zu!"

„Oh, mir schwant, daß du Gift hast, Lord Randall,
mein Sohn!
Oh, mir schwant, daß du Gift hast, mein schmucker
Gesell!"
„Ja, ich fühl es, o Gott! Mutter, mach mein Bett bald,
krank bin ich am Herzen und legte mich gern!"

„Niemand braucht mir mein Bett zu machen", flüsterte Monica, „denn ich habe nicht die Absicht, mich hinzulegen."

Früh am nächsten Morgen erschien Cato bei mir im Hotel. Er war verzweifelt, und sagte, er fühle sich völlig hilflos und außerstande, Monica weiterhin zu helfen, die die meiste Zeit ohne Bewußtsein daliege. Sie esse überhaupt nichts mehr und habe gelegentlich Halluzinationen, in denen ihr Vater und ich sie in einem Hotel in London beschimpften.

Er zeigte mir ihre Handtasche und deren Inhalt: ihren Paß, aus dem hervorging, daß sie siebzehn Jahre alt und britische Staatsbürgerin war – „Im Falle eines Unfalles ist Sir Charles Braham zu verständigen." – den Schraubverschluß einer dänischen Bierflasche, mit herausgekratztem Korken, so daß man Wasser hineinfüllen und ihn über ein Streichholz halten konnte, um das Heroinpulver aufzulösen; eine gute deutsche Injektionsspritze, nicht allzu sauber und mit leichten Blutspuren, ein Beweis dafür, daß sie die Nadel in die Vene gesteckt hatte; ein kleines Papierpäckchen mit Resten eines weißen Pulvers; und schließlich einen sieben Monate alten Brief, der an sie in Torremolinos adressiert war. „Soll ich die Nadel wegwerfen?" fragte Cato.

„Ich fühle mich ebenso hilflos wie Sie", sagte ich. „Aber sie sieht furchtbar krank aus. Vielleicht reden wir darüber mit Big Loomis."

Am Weg zu seiner Wohnung mußten wir an Monicas Tür vorbeigehen; als wir hineinblickten, sahen wir, daß sie bewußtlos war und es vermutlich stundenlang bleiben würde.

„Was sollen wir mit diesem Kind tun?" fragte ich Loomis. – „Sie sollte in ein Krankenhaus . . . aber nicht in Marokko", riet er. Ich sagte ihm, ich würde wünschen, ich hätte die Vollmacht, sie sofort nach England zu bringen, und fragte ihn, wie weit seiner Ansicht nach die Sucht fortgeschritten sei. Er antwortete: „Hier ist nur noch die Frage: Wird sie eine Überdosis nehmen und sich damit umbringen, oder wird sie nicht?" Ich fragte ihn, was er damit meine und er sagte: „Es ist immer ein Unfall. Entweder sie nimmt zuviel, oder der Händler macht die Mischung zu stark. Im ersten Fall: Selbstmord, im zweiten: Mord."

„Kommt das wirklich vor?"

„Ja. In diesem Hotel sind drei junge Leute an einer Überdosis gestorben. Der magere junge Mann aus Mississippi muß sich sehr in acht nehmen, damit er nicht der nächste ist." Er redete mit der Distanz eines Mannes, der viele Rauschgifttragödien gesehen hat. Ich fragte: „Nehmen Sie Heroin?"

„Ich?" fragte er verwundert. „Ich bin hier, um der Einberufung zu entgehen, nicht um mein Leben zu ruinieren. Wenn das vorbei ist, nehme ich fünfundsechzig Kilogramm ab und werde Trainer an irgendeinem College. Aber in der letzten Zeit habe ich überlegt, ob ich nicht als Psychologe arbeiten sollte."

„Wir haben Monicas Ausrüstung hier", sagte ich. „Soll Cato die Spritze wegwerfen?"

Big Loomis dachte eine Weile nach. „Bei Monica müßte ich davon abraten. Es besteht noch Hoffnung. Aber keine gewaltsame Entziehung. Sie würde rebellieren und Sie würden sie verlieren. Aber eines können Sie tun: den dreckigen kleinen Jemail von ihr fernhalten."

Als wir über die Treppe hinabgingen, sahen wir Jemail aus Monicas Zimmer schleichen. Er hatte ihr wohl Nachschub an grünen Plätzchen gebracht, sie vermutlich unter ihr Kissen gelegt, auf Kredit, und war dann zu dem jungen Mann aus Mississippi gegangen, um ihm seine tägliche Heroinration zu bringen.

Seit jener Nacht, als Cato fast an einer Heroinspritze gestorben war, hatte mich die Droge beschäftigt. Nun schien sich durch Jemail eine Gelegenheit zu bieten, mehr darüber zu erfahren.

Während Cato zurückblieb, um zu versuchen, Monica dazu zu überreden, etwas zu essen, folgte ich dem kleinen Araber auf die Gasse. Sobald er mich entdeckte, blieb er stehen, wandte sich mir zu und fragte: „Was willst du, Freund? Junges Mädchen, sehr sauber?"

„Woher bekommst du das Heroin, das du diesen Leuten verkaufst?"

Sofort wurde er zum Geschäftsmann. „Willst du vielleicht eine Ladung kaufen... in die Schweiz fliegen? Du schmuggelst eine Menge guten Stoff nach Genf... du machst eine Million."

„Ich möchte sehen, wo du es bekommst... wie gut es ist."

„Warum nicht?" fragte er achselzuckend.

Wir verließen die Djemaá und betraten die niedrigen, gedeckten Souks, wo er mit den Ladeninhabern sehr von oben herab redete. Wir kamen an den Goldschmieden vorbei, den Teppichhändlern, den Metallarbeitern, den Schustern, und er redete mit allen. Wahrscheinlich sagte er: „Mit dem ist kein Geschäft zu machen. Aber ich bringe dir später jemanden." Die Händler nickten ihm im Vorübergehen zu, manche grüßten ihn sogar ehrerbietig. Er war ein wichtiges Rädchen in ihren Geschäften.

Unser erstes Ziel war ein Apothekerladen, wo ein ernst dreinblickender Marokkaner mit rotem Fez winzige Portionen Heroin auf Papierblättchen verteilte; er wog jedes auf einer Bronzewaage ab. Sobald die Papiere vorbereitet waren, je sechzehn in säuberlichen Reihen, gab er auf jedes eine Spachtel voll Dextrose, die den Hauptteil jeder Packung ausmachte. Mit einer anderen, gründlich gereinigten Spachtel mischte er die Pulver auf jedem Blatt, dann faltete er sie zu ordentlichen Päckchen, die er um ungefähr einen Dollar an Zwischenträger wie Jemail verkaufte.

„Sehr wissenschaftlich", sagte Jemail stolz. „Damit erwischt man nie eine Überdosis." Er redete mit dem Apotheker auf arabisch, dann informierte er mich: „Er sagt, für eine große Bestellung...

er stellt alles zusammen... sehr kleines Päckchen... zwei amerikanische Dollar das Stück. In Genf verkaufst du das Stück zu dreißig Dollar... in New York zu fünfzig Dollar." Ich sagte, ich würde es mir überlegen, und der mit dem roten Fez nickte.

„Versuch nicht, billiger zu kaufen", warnte Jemail mich im Weggehen. „Andere Jungen auf der Djemaá... sicher verkaufen sie ein wenig billiger. Aber was bekommst du?" Er führte mich an einem Kiosk mit verriegelter Tür vorbei. „Die bringen dich hierher... billiges Heroin... keine Waage... hier ein wenig, dort ein wenig... wer weiß, was du bekommst? Eine Dosis sehr schwach, eine Dosis sehr stark. Dieser Mann hier im Kiosk ist als der Killer bekannt. Geh nicht hin!"

Er führte mich nun in einen anderen Teil der Stadt. Ich überlegte, ob das noch zum Souk gehörte, denn es sah eher wie ein Lagerhausviertel aus. Wir waren noch nicht weit gegangen, als ich den starken, sauberen Duft frischgemähten Heus verspürte. Das mußte Marihuana sein. Jemail führte mich zu seinen beiden Hauptlieferanten für Haschisch. Der erste war ein kleiner, nervöser Mann, der ununterbrochen mit einem silbernen Taschenmesser seine Nägel säuberte. Er begrüßte Jemail freundlich, fast liebevoll, und als der Junge ihm erklärte, ich sei an einer großen Lieferung für die Schweiz interessiert, wurde er geschäftlich und sagte auf französisch: „Jemail hat Sie wahrscheinlich gewarnt, daß ich nur die billige Qualität mache, und das stimmt auch. Wenn Sie mein Produkt in Marokko verkaufen wollten, könnten Sie Schwierigkeiten haben. Aber im Ausland, wo man nichts versteht, könnten Sie damit viel Geld machen."

Er führte uns in sein Lagerhaus, wo der Boden mit hohen Stößen Cannabis bedeckt war, das er, wie er sagte, von den Plateaus im Hohen Atlas bezog. Zwei Männer sortierten und paketierten es roh in die Zellophansäcke, die Jemail auf der Djemaá verkaufte. In einem Schuppen brannte ein großes Feuer, darüber hing ein riesiger Eisenkessel, in dem riesige Mengen Marihuana gekocht wurden, um das Harz zu extrahieren, das in getrockneter und gepreßter Form zu Haschisch wurde. Es war ein primitiver Vorgang, unkontrolliert und dem Zufall überlassen – mehr als sechshundert Kilogramm Marihuana auf ein Kilogramm Haschisch –, und das Haschisch war unverläßlich, aber, wie der Besitzer sagte, während er seine Nägel bearbeitete, „sehr preisgünstig". Ich sagte, ich würde mir sein Angebot überlegen.

Im zweiten Lagerhaus wurde qualitativ hochwertiges Haschisch hergestellt, und Jemail empfahl mir dringend, langfristige Geschäftsbeziehungen mit dem Eigentümer anzuknüpfen. „Du kannst reich werden", versicherte er mir. Dann verriet er sein persönliches Interesse an der Angelegenheit: „Nächstes Jahr könnte vielleicht ich den Nachschub bringen. Air France nach Genf fliegen . . . Paris."

Der Eigentümer sah aus wie ein Müller aus der guten alten Zeit, sein Gesicht war rund, gutmütig und über und über mit Staub bedeckt, ebenso seine Schuhe und Kleider. Er versicherte mir auf französisch: „Hier bekommen Sie das beste Haschisch in Marokko... wahrscheinlich der ganzen Welt. Wenn Sie unser Vertreter in Genf sein wollen, kann ich beste Qualität garantieren. Kommen Sie herein."

Er führte mich in eine der merkwürdigsten Werkstätten, die mir in den langen Jahren meiner Geschäftsreisen untergekommen waren. Der Raum war klein, Boden, Wände und Decke waren mit grober Jute bedeckt. In der Mitte lag ein Stoß getrockneten Marihuanas, aus dem zwei Arbeiter kleine Bündel auf schwere Bretter hoben, auf denen sie die Blätter und Stiele mit Peitschen bearbeiteten. Jede Peitsche bestand aus einem Griff mit zehn oder zwölf schweren Riemen. Ununterbrochen wirbelte Staub auf und setzte Harz auf der Jute ab. Der Besitzer erklärte den Vorgang.

„Von der Decke kratzen wir das allerfeinste Haschisch. Von den Wänden sehr gutes. Vom Boden... nun, keine so gute Qualität, aber viel besser als das gekochte Zeug." Dann machte er einen kleinen Scherz: „Da sie ein voluminöser Mann sind, Monsieur Fairbanks, wäre der Staub auf ihren Kleidern etwa fünfhundert Dollar wert."

Er sagte, daß er sein Haschisch nicht mit Zusätzen vermische, und versprach mir, daß ich als sein Agent in Mitteleuropa nur das beste bekommen würde. „Für Ihre persönliche Verwendung", vertraute er mir an, „werde ich das Haschisch nur vom höchsten Punkt in diesem Raum zu nehmen."

Ich verbrachte einige Zeit mit ihm, wir sprachen über das Geschäft, und er versicherte mir, daß Haschischrauchen keine nachteilige Wirkung habe. Er hatte von den Meuchelmorden im alten Syrien gehört und von der Fabel, die man daran knüpfte, daß nämlich die Leute nur im Haschischrausch mordeten. „Das ist nie geschehen", behauptete er. Ich sagte: „Aber ich kenne eine Engländerin, die eines von ihren Plätzchen aß und achtzehn Stunden lang völlig ausgeflippt war." Er hob die Hände, wobei kostbarer Staub von seinen Ärmeln fiel. „Plätzchen... diese verdammten grünen Plätzchen. Das ist etwas anderes. Ein weiser Mann würde nie Haschisch essen. Er raucht es."

Wir trennten uns in bestem Einvernehmen; er versprach mir,

genau nachzurechnen, welchen Preis er mir machen könne, wenn ich sein Vertreter in Europa würde. „Sie dürfen sicher sein, daß es ein Preis sein wird, von dem wir beide sehr reich werden können. Denn bei diesem Geschäft kann man sehr viel Geld machen."

Der interessanteste Teil der Djemaá war der, der an die Souks angrenzte; man konnte von dort nicht nur den Markt überschauen, sondern dort gab es auch das „Sportif", ein düsteres, schmieriges Café, wo man um fünfzehn Cent ein fettes Stew bekam und Leute aus allen Teilen der Welt antraf. Das „Sportif" verkaufte auch Krapfen, klebrig von Hagelzucker, und ärmere Reisende lebten tagelang davon. In der Nähe hatte die Frau, die die Haschischplätzchen buk, ihren Stand, und dahinter war der Kiosk, der tagsüber Obst feilbot und nachts Jemail und anderen Straßenjungen als Schlafplatz diente.

Aber der Magnet, der alle Ausländer anzog, war das Restaurant „Terrasse", im zweiten Stock eines stark baufälligen Hauses. Riesige Holzstreben stützten das obere Geschoß, und die Kellner, ein schäbiger Haufen, mußten sich zwischen den Stützen durchschlängeln, wenn sie das Essen auftrugen. Die Treppen waren übrigens so wackelig, daß die Gäste manchmal schon vom Hinaufsteigen einen flauen Magen bekamen, noch bevor ihnen das Essen vorgesetzt wurde.

Bei jeder Mahlzeit wurde nur ein Hauptgang serviert, meist ein schwerer Eintopf, dazu riesige Schnitten knusprigen Brotes und ein übersüßtes Orangengetränk. Wenn man einen Tisch am Balkon bekam, hatte man einen herrlichen Ausblick: im Hintergrund das schneebedeckte Atlasgebirge, die Silhouette der Stadt, das einsam in den Himmel ragende Minarett der Koutoubia, die riesige Mauer, und die weite Djemaá mit ihrem Menschengewimmel.

Ich saß eines Mittags mit Gretchen und Britta auf diesem Balkon, als wir Jemail erblickten, der über die Djemaá kam. Er hatte einen jungen Mann im Schlepptau. Britta sprang plötzlich auf und winkte wild. Bald tat Gretchen das gleiche.

„Es ist Jigal!" rief Britta. Die näherkommende Gestalt begann ebenfalls zu winken, und nun erkannte auch ich ihn. Er hatte einen teuren Anzug an, trug einen Hut und sah wie der perfekte Tourist aus.

Die Mädchen wollten ihm entgegenlaufen, aber eben kamen Kellner die wackeligen Treppen herauf. Jemail schrie: „Ich bringe ihn nach oben!" Bald standen die beiden vor uns, und Jemail grinste wohlwollend, während Jigal die beiden Mädchen küßte.

„Jigal!“ rief Gretchen entzückt, aber er flüsterte: „In Marokko bin ich Bruce ... mein amerikanischer Paß!“ Und nun war Gretchen an der Reihe zu flüstern: „Pssst! Paß auf, daß dich der Junge nicht hört. Für einen Cent verrät er dich der Polizei.“ Jemail drängte sich näher heran, um sich nichts entgehen zu lassen.

Jigal nahm Brittas Hand. „Du bist noch hübscher, als ich dich in Erinnerung hatte.“ Schnell erwiderte Gretchen: „Haben sie dir in Torremolinos nichts erzählt?“

„Ich war nicht dort“, sagte Jigal. „Was erzählt?“

„Britta und Mr. Holt sind verheiratet ... nun, sozusagen.“

„Oh.“ Jigal ließ sich seine Enttäuschung nicht anmerken. „Also gehst du mit ihm?“ Sie nickte, und Gretchen erklärte: „Diesmal ist es Ceylon.“

„Großartig!“ Er hatte sich wieder in der Hand. „Und wo wohnt die ganze Bande?“ Die Mädchen erklärten, Gretchen sei im „Bordeaux“, wo auch er wohnen könne, und Britta sei mit Harvey und Mr. Fairbanks im Hotel „Mamounia“. Sie wollten wissen, warum er nach Marrakesch gekommen sei und was er in bezug auf seine Staatsbürgerschaft zu tun gedenke.

„Amerika ist schwer zu nehmen ... wenn man es ernst nimmt“, sagte er.

Nach dem Mittagessen führten wir ihn durch die Gassen zum „Bordeaux“ und fanden Joe und Cato bei Inger, wo sie Schallplatten hörten.

„He, du siehst großartig aus!“ rief Jigal, als er den frischrasierten Joe sah. Er drehte ihn nach allen Seiten und sagte zu Gretchen: „Du solltest dich in den hier verlieben.“ Die verlegene Pause, die entstand, sagte ihm, daß das bereits geschehen war. Er fügte hinzu: „Es muß sich einiges getan haben, seit ich weg bin.“

Sie setzten ihn auf eines der Betten und boten ihm einen Joint an, aber er lehnte ab. Dann fragten sie ihn über sein Leben in Detroit aus, und er sagte: „In mancher Hinsicht gefiel mir das Case Institute, aber im Vergleich zu den Schulen in Israel kam es mir so unreif vor. Die Kurse waren recht simpel, und die Professoren schienen ihre Arbeit nicht sehr ernst zu nehmen. Was mich aber besonders störte, das waren die Dinge, über die sich die jungen Leute aufregten – zum Beispiel die Einberufung –, Dinge, die wir in Israel bewältigt haben, als wir sechs Jahre jünger waren. Zuletzt fand ich, es sei nicht auszuhalten.“

„Ich weiß, was du meinst“, sagte Gretchen. „Aber du fährst doch wieder zurück, nicht wahr?“

„Ich glaube schon. Ich war einfach angefressen. Aber es ist ein tolles Land."

„Gehst du wieder ins College zurück?" fragte Britta.

„Ich denke schon. Aber nicht Case. Harvard könnte mir gefallen. Etwas, wo ich mich hineinverbeißen kann."

„Dann hast du dich entschieden, Amerikaner zu werden?" fragte Gretchen erfreut.

„Ich glaube, ja." Er hielt inne, dann fügte er hinzu: „Das Land ist so groß; was immer man machen will, man findet genug Raum dazu. Israel wirkt daneben sehr klein. Ich glaube, ich war so sehr mit Israels kleinen Problemen beschäftigt, daß ich Amerikas größere Probleme nicht verstehen konnte."

„Dein Großvater wird sich freuen", sagte Britta.

„Im Augenblick rauft er sich wahrscheinlich die Haare. Er glaubt, ich bin nach Israel zurückgefahren. Er würde nie verstehen, daß ich meinen Platz in Case aufgebe und nach Marrakesch fahre, um mit euch reden zu können."

„Aber er wird erleichtert sein, daß du Israel aufgegeben hast", sagte Gretchen.

„Sehr. Aus Fairneß werde ich es dem alten Fuchs heute abend schreiben."

Bis dahin war Cato still geblieben, aber nun sah er Jigal ernst an und sagte: „Ich würde nicht so schnell an den Alten schreiben."

„Warum?"

„Es wäre vielleicht besser, Israel zu wählen."

„Wieso?"

„Nach dem, was ich in Mozambique gehört habe – und auch hier –, nun, es wird für die Juden in Amerika nicht einfach sein."

„Wie meinst du das?"

„Die Schwarzen werden gegen die Juden antreten. Es wird zum offenen Kampf kommen."

„Was redest du da?" Jigals Gesicht hatte sich verhärtet, und er beugte sich vor, um Cato anzusehen.

„Die amerikanischen Schwarzen werden das Christentum ablehnen."

„Das taten die Juden vor zweitausend Jahren auch."

„Aber die Schwarzen treten zum Islam über. Und damit werden sie Teil einer großen Konföderation – Araber in Ägypten gegen die Juden in Israel . . . Schwarze in den Vereinigten Staaten gegen die Juden in Amerika."

„Bist du verrückt?" fragte Jigal.

„Du hast den Anfang in Detroit gesehen“, sagte Cato ruhig. „Es wird in ganz Amerika dazu kommen.“

Jigal rückte näher und sagte: „Das ist der reinste Wahnsinn. Du gehst besser heim und bringst deine Ideen ins reine. Wenn du dich nicht mit mir verbünden kannst – und mit Juden wie mir – bist du erledigt, Bruder Cato. Du bist tot.“

Cato sagte ruhig: „Die Juden müssen entfernt werden. Aus einem einfachen Grund: sie sind in Positionen, auf die Schwarze ein Anrecht haben.“

Monica erschien in der Tür, zitternd und furchtbar mager. Jigal vergaß auf Cato, stand auf, eilte zu ihr und faßte sie an den Händen. „Monica, was ist los? Du siehst schrecklich aus!“

„Keine Sonne“, sagte sie und küßte ihn auf die Wange.

„Ich habe nicht ‚blaß‘ gesagt. Ich sagte schrecklich.“

„Wer zum Teufel bist du. Dr. Schweitzer?“ Sie stieß ihn weg und fragte, ob irgend jemand einen Joint habe. Rolf reichte ihr einen, und sie inhalierte tief. Nach einigen Zügen kam sie zu Jigal zurück und fragte: „Wie war das Land des großen PX?“

Von Zeit zu Zeit mußten die amerikanischen Gäste des Hotel „Bordeaux“ die Altstadt verlassen und sich in den neuen Teil von Marrakesch vorwagen. Sie verließen die Geborgenheit der uralten roten Mauern und wanderten wie eine Horde von Barbaren in die modernen Geschäftsviertel. Sie fühlten sich dabei lächerlich fehl am Platz, bewegten sich gehemmt, wußten, daß die Polizei sie genau beobachtete. Aber diese Ausflüge waren nicht zu umgehen.

An diesem Donnerstag war auch meine Gegenwart bei dieser Expedition notwendig. Wir wollten uns um elf Uhr vormittag in der „Terrasse“ treffen. Ich trank dort eine Tasse Kaffee, als ich eine buntgemischte Gruppe im Gänsemarsch über die Djemaá kommen sah: Big Loomis führte, ein Dickhäuter mit Perlenketten, klirrenden Armbändern, Yakstiefeln und einer bestickten Damentasche über der linken Schulter. Hinter ihm gingen drei magere Mädchen, die ich nur flüchtig gesehen hatte; sie kamen aus verschiedenen Teilen der Vereinigten Staaten, und ihre Eltern lebten im Glauben, sie studierten an der Universität von Besançon Französisch. Dahinter folgten zwei Jungen aus Neuengland, mit einer Haarfülle wie Wassermelonen, dann Monica und Gretchen in Miniröcken und zuletzt Jigal und Cato. Cato erschien in abenteuerlicher Aufmachung, halb afrikanisch, halb University of Pennsylvania.

Während sie langsam über die Djemaá kamen, mußte Big Loomis die Beschimpfungen von Jemail und seiner Miliz erdulden, sein Gefolge aber wurde freundlich begrüßt. Händler, die die Gruppe kannten, nickten wohlwollend, und man bildete eine Gasse, um sie durchzulassen. Endlich stand Big Loomis unter mir, hob sein großflächiges Gesicht und rief: „Aufgepaßt, da oben! Heute nehmen wir Verbindung mit der kleinen alten Dame in Dubuque auf."

Ich ging hinunter, und wir machten uns auf den Weg, die breite Avenue Mohammed V. hinauf, an der Koutoubis vorbei und ins Geschäftsviertel. Vor einem gutgebauten Haus mit vergitterten Fenstern und einer unauffällig-eleganten Bronzetafel blieben wir stehen. „American Banking Corporation, New York" stand auf der Tafel. Big Loomis schob die schweren Türen zur Seite, marschierte ins Foyer und trat zu dem Schalter mit der Aufschrift „Incoming Drafts Overseas". Er klopfte an das Fenster und fragte: „Gute Nachrichten von Petroleum, Texas?" Der Bankbeamte blätterte einen Stoß von Papieren durch und sagte: „Ist angekommen, Mr. Cargill", und brachte eine Anweisung auf zweihundert Dollar, die die Mutter des dicken Mannes vor einigen Tagen abgeschickt hatte. Mit großer Geste unterschrieb Loomis und erhielt sein Geld in marokkanischen Noten, die er einzeln küßte, bevor er sie in seine bestickte Tasche stopfte.

Dann kamen die drei mageren Mädchen zum Schalter und fragten, ob ihre Wechsel gekommen waren. Zwei hatten Glück. Während sie ihr Geld entgegennahmen, erklärten sie der dritten, sie würden ihr aushelfen, bis ihr Geld käme. Die beiden Jungen aus Neuengland gingen leer aus, aber die Mädchen versicherten auch ihnen, sie sollten sich keine Sorgen machen.

Nun wurde ich benötigt. Ich begleitete Cato und Jigal zum Schalter und erklärte dem Beamten, den ich von verschiedenen Transaktionen bei früheren Besuchen kannte: „Dieser junge Mann ist Cato Jackson aus Philadelphia, und ich glaube, er hat eine telegraphische Anweisung von einem Mann namens John Wister. Ich weiß nicht, über welche Bank sie kommen wird, aber ich kann für ihn bürgen." Der Beamte suchte in seinem Stoß und fand eine Anweisung von der Fidelity Bank in Philadelphia.

Dann stellte ich Jigal vor: „Bruce Clifton, Grosse Pointe, Michigan. Die Stadt wurde nach französischen Entdeckern benannt." Der Beamte lächelte und verneigte sich. „Die Anweisung wird vermutlich von einer Bank in Detroit kommen", sagte ich.

„Detroit ist auch französisch, nicht wahr?" fragte der Beamte, und als ich nickte, lächelte er und holte Jigals Anweisung hervor.

Zuletzt war Monica an der Reihe, und ich stellte sie als Tochter des bedeutenden britischen Diplomaten Sir Charles Braham vor, worauf sich der Beamte tief verneigte, bevor er ihr eine Anweisung für sechzig Pfund von einer kanadischen Bank überreichte. Durch diesen Umweg über Kanada konnte man die britischen Beschränkungen der Währungsausfuhr umgehen. Es gab irgendwelche Unklarheiten, daher warteten wir im Foyer und sahen eine weitere Gruppe von sieben Amerikanern kommen, die ebenfalls ihre Monatswechsel von daheim abholten.

Sie waren nicht anders als die meisten ihrer Art – langes Haar, abgerissen, ungewaschen. Doch eines der vier Mädchen war trotz den Anzeichen der Verwahrlosung immer noch attraktiv: honigblond, gut gewachsen, lebhaft. Ihre Konversation beschränkte sich fast ausschließlich auf „Klasse!", „Du weißt schon", „. . . und so". Aus reiner Langeweile redete sie Gretchen an: „Du bist mit Big Loomis hier. Klasse! Weißt du, er ist, nun, du weißt schon. Wir hörten in Tanger von Big Loomis, und sie sagten, er ist Klasse." Gretchen wußte zwar gar nicht, worauf sie hinauswollte, aber das Mädchen erklärte: „Du weißt schon, du kannst ihm vertrauen, weißt du, in allen möglichen Dingen, weißt du, und so."

„Woher kommst du?" fragte Gretchen.

„Claire aus Sacramento. Mein Vater ist beim Raumfahrtzentrum in Houston. Klasse! Du weißt schon, Männer am Mond und so. Ich hoffe, er hat mir einen Scheck geschickt. Ich habe noch genau einen amerikanischen Dollar, und wer kann schon von einem amerikanischen Dollar leben?"

Das Mädchen redete weiter, und Gretchen entnahm ihrem Geplapper, daß Claires Mutter und ältere Schwester sich geweigert hatten, nach Houston zu ziehen, als ihr Vater dorthin versetzt wurde, „denn du weißt schon, wer will denn in Texas leben und so. Ich bin kein Cowboy, und wenn ich mit einem Mann ins Bett gehe, du weißt schon, will ich doch keine Sporen auf meinem Hintern und so."

Das Mädchen hatte offenbar einen großen Freundeskreis, denn jeder Amerikaner, der hereinkam, kannte sie und redete mit ihr. Als zwei besonders ungepflegte Mädchen, die aussahen, als hätten sie gerade einige der grünen Plätzchen verspeist, sie an eine wichtige Verabredung erinnerten, fragte Gretchen: „Verkaufst du etwas?" Da warf Claire den Kopf zurück und lachte schallend. „Tarock!"

„Was?"

„Karten. Ich lese aus den Karten, weißt du."

Claire schnatterte unbekümmert weiter. „Ich schlage vielleicht zwanzigmal am Tag die Karten auf. Wenn ich dafür Geld verlangte, wäre ich reich. Zwanzigmal ein Grüner. Klasse! Da hätte man für Wochen Haschisch."

Plötzlich ließ sich Claire auf den Boden fallen und nahm ein großes Spiel Karten aus ihrer Tasche, mischte, ließ Gretchen abheben und legte zehn davon in Rautenform auf den Boden: „Das deckt sie. Das kreuzt sie. Das ist hinter ihr. Das krönt sie." Dann blickte sie mit einem seligen Lächeln zu Gretchen auf und sagte: „Wenn ich dir die Karten lesen soll, dann komm zu mir herunter", und zog an Gretchens Minirock, bis diese sich neben sie auf den Boden kauerte. Big Loomis und die anderen drängten sich um die beiden, und die Lesung begann. Claire hatte kaum begonnen, ihre einleitenden Worte zu sprechen, als ein Portier herbeieilte und verdrießlich auf französisch sagte: „Ich habe Sie schon oft verwarnt, Sie können nicht einfach hier auf dem Boden liegen." Claire strahlte ihn an, tätschelte seinen Schuh und machte weiter. Gretchen war nicht besonders an Claires Auslegungen interessiert und sagte auf französisch: „Es wird nur eine Minute dauern. Entschuldigen Sie, bitte!" Aber der Portier blieb stehen und klopfte ungeduldig mit dem Fuß auf den Boden. Das ärgerte Claire, sie legte die Hand auf seinen Schuh, lächelte ihn an und sagte: „Ich brauche alle Konzentration, die ich aufbringen kann", und plapperte weiter über Gretchens Zukunft. Knapp bevor der ungeduldige Portier sich bückte, um die Karten aufzuheben und seine Bank von diesem Unfug zu säubern, sagte Claire: „Du warst in einen Künstler verliebt, aber das ist vorbei."

Der Portier tippte Gretchen auf die Schulter: „Ihre Papiere sind fertig", und sie ging zum Schalter, wo sie ihren monatlichen Scheck für vierhundert Dollar ausbezahlt bekam. Als wir die Bank verließen, warteten elf andere junge Leute auf ihre Überweisungen von daheim.

Auf dem Rückweg zur Djemaá blieb Claire aus Sacramento bei uns, und unter freiem Himmel schien ihre Konversation noch grotesker als in der Bank. Ihr Vater war Wissenschaftler, der für Lockhead in Südkalifornien gearbeitet und ein Mädchen aus dem Sekretariat geheiratet hatte, die aus Westoklahoma stammte. Sie bekamen zwei Töchter, und dann widmete sich die Mutter der Astrologie – „Sie macht die besten Horoskope in Kalifornien, weißt du. Klasse!" –, während die ältere der beiden Töchter sich auf Numerologie spezialisierte – „Wußtest du, daß alles eine Zahl hat, und jede Zahl eine Bedeutung und so" –, womit für Claire nur die Karten übrigblieben.

Die drei Frauen nahmen so ziemlich das ganze okkulte Universum in Beschlag, und als Claire mit siebzehn Jahren von zu Hause fortgehen und allein nach Marrakesch reisen wollte, machte ihre ältere Schwester ein Gutachten über die Stadt und fand, daß Claire unbesorgt fahren könne.

Claire erzählte, die Frauen in ihrer Familie hätten beschlossen, nicht nach Houston zu übersiedeln, weil es sehr schlechte Vibrationen habe, ungünstig im Tarock liege und in den Sternen nur mäßig sei. Noch entscheidender aber war die Tatsache, daß ihre Mutter in Kalifornien als Astrologin eine schöne Stange Geld verdiente, und bezweifelte, ob die Leute in Texas so fortschrittlich sein würden wie die in Kalifornien.

Claire sagte, sie wohne im Hotel Casino Royal, aber sie begleitete uns ins ‚Bordeaux', wo sie auch Cato ausführlich aus den Karten las. „Es ist dir bisher nicht gelungen, die beiden Hälften deiner Sphäre in Harmonie zu bringen. Ich sehe den linken Lappen deines Gehirns völlig zusammengedrückt; es wird dir nichts gelingen, bis du die beiden Hälften ins Gleichgewicht gebracht hast. Aber wenn du das erreicht hast, wirst du unerhörte Energiemengen freisetzen."

Nachdem sie Catos Karten gelesen hatte, erklärte sie, sie habe sich entschlossen, ihre Sachen aus dem „Casino Royal" ins „Bordeaux" zu übersiedeln, und ihre Gründe waren interessant. „In seinem Stockwerk versammelt Big Loomis alle Ausgeflippten aus Marrakesch, und wenn man dort oben lebt, sieht man die Verrücktesten und findet Antwort auf alle Fragen." Als Big Loomis ins Hotel gepoltert kam, fragte sie ihn: „Könnte ich in eines deiner Zimmer einziehen? Es wäre Klasse!" Er nickte wohlwollend und klapperte die Stiegen hinauf. „Er hat das beste Gras in Marrakesch", sagte sie im Weggehen.

Ich hatte nichts zu tun, also begleitete ich sie. Wir kamen durch viel Winkelwerk, bis wir endlich in einer Sackgasse standen. Auf einer Mauer war eine Aufschrift hingekritzelt: „Casino Royal."

Das Casino, das ein optimistischer Araber während der französischen Herrschaft so genannt hatte, war eine einstöckige Bude mit Lehmwänden und einem Mittelhof, um den sechzehn winzige Kammern angeordnet waren. Keine hatte ein Fenster, daher mußten die Türen offen bleiben, wenn Licht einfallen sollte. Als ich im Hof stand, fast überwältigt von dem Gestank der nicht funktionierenden Latrine, konnte ich in alle sechzehn Kammern hineinsehen. Es gab nicht ein einziges Möbelstück, weder Bett noch Tisch, noch Stuhl, sondern nur Schlafsäcke. Auch das war Marrakesch: Schlafplätze zu vierzig amerikanische Cent pro Nacht. Ein einäugiger, armseliger Araber betreute das ganze und war ausschließlich dafür verantwortlich, Geld einzukassieren – wenn er es bekam – und das völlig verschmutzte Badezimmer funktionsfähig zu halten – wenn er konnte.

Claire ging direkt in ihren Verschlag, den sie mit vier jungen Männern teilte, die sie auf der Djemaá kennengelernt hatte. Sobald sie hörten, daß Claire ausziehen wollte, zeigten sie echte Besorgnis, denn mit Claire verloren sie ihre Erhalterin. Sie sagte ihnen, sie sollten sich keine Sorgen machen, sie würde sich für den Rest des Monats um sie kümmern, und dann würden sie vermutlich ohnedies abfahren. Ich unterhielt mich kurz mit den Jungen und erfuhr, daß alle für ein oder zwei Jahre am College gewesen waren und irgendwann einmal zurückkehren würden. Es schien mir, daß keiner von ihnen in den letzten drei oder vier Monaten gebadet hatte, und ihr einziges Gepäck, das ich sehen konnte, waren vier Schlafsäcke. Sie hatten vermutlich Zahnbürsten und Pässe, aber ich bezweifelte, daß sie Rasierapparate oder Seife hatten. Es gab natürlich einen Sack Marihuana für alle und eine Zeitungspapiertüte mit den grünen Keksen.

Sobald die Nachricht von Claires Auszug die anderen Kammern erreichte, kamen die, die gerade zu Hause waren, heraus, um sich von ihr zu verabschieden. Mir fiel auf, daß niemand aus der Kammer daneben kam. Ich warf einen Blick hinein und sah sechs junge Leute, Jungen und Mädchen, wie tot auf ihren Schlafsäcken liegen. Claire bemerkte meinen besorgten Blick, ging hinein, stieß ein Mädchen an, das mit einem Stöhnen reagierte, und versicherte mir: „Es fehlt ihr nichts. Sie sind alle in Ordnung." Sie muß meine Überraschung über diese Diagnose gemerkt haben, denn sie fügte hinzu: „Ach, gestern abend wollten sie sehen, wie stark die Kekse, Sie wissen schon, waren – und sie aßen jeder zwei und schnallten ab und so. Sie können ja selbst sehen, daß jetzt alles in Ordnung ist. Noch zehn Stunden, und sie werden sich wieder bewegen."

Während Claire sich verabschiedete, blieb ich bei den sechs reglosen Gestalten. Ich kniete nieder und berührte eines der Mädchen an der Schulter. Langsam öffnete sie die Lider, aber nur das Weiße der Augen wurde sichtbar. Sie stöhnte, drehte sich um und verfiel wieder in völlige Bewußtlosigkeit. Einer der jungen Männer schien langsam die Wirkung seiner beiden Plätzchen abzuschütteln, aber als er versuchte, sich auf einen Arm aufzustützen, sank er wieder um und schlief weiter.

Es war gut zu wissen, daß zu gleicher Zeit Harvard, Michigan und Tulane Absolventen entließen, die den Fortbestand unserer Gesellschaft sichern würden. Doch würde in der geistigen Elite der Zukunft gewiß der eine oder andere dieser abenteuerlustigen jungen Männer stehen, die einen Teil ihrer Erziehung an so unwahrscheinlichen Stätten wie dem „Casino Royal" in Marrakesch genossen hatten.

Auf dem Lehmboden, den Gestank der Latrine in der Nase und die sechs bewußtlosen Scholaren zu meinen Füßen, überlegte ich, daß gute neunzig Prozent der jungen Leute, die jetzt im Casino wohnten, für jede schöpferische Tätigkeit verloren waren. Eine Handvoll würde bei Heroin landen und völlig verkommen. Anderen würde es genügen, untätig von einer Marihuanasitzung zur nächsten zu treiben. Der Rest würde an einer Krankheit leiden, für die es keine Heilung gab: an der Erinnerung. „Ihr hättet bei uns sein sollen, in dem Jahr damals in Marrakesch", würden sie sehnsüchtig sagen.

Damit blieb eine Gruppe von etwa zehn Prozent übrig, und einer davon würde vielleicht der Welt neue geistige Richtlinien schenken. Kein vernünftiger Mensch würde von einem Krokodil verlangen, hundert Eier in hundert Meter Entfernung vom Wasser zu legen und darauf zu hoffen, daß wenigstens eines der neugeborenen Reptilien den Fluß erreichen wird, bevor es die Hyänen und Störche fressen. Aber so hat es die Natur bestimmt. Das System ist verschwenderisch und tragisch, aber es funktioniert.

Ich trug Claires übelriechenden Schlafsack. Als wir ins „Bordeaux" kamen, summte es dort wie in einem Bienenstock. Alles drängte sich auf den Balkonen. „Was ist los?" fragte ich, und ein Mädchen zeigte in den dritten Stock hinauf, in die Richtung von Monicas Zimmer. Ich ließ Claires Schlafsack fallen, rannte die Treppe hinauf und war erleichtert, als ich Monica vor ihrer Tür stehen sah. Big Loomis und Cato trugen etwas aus einem anderen Zimmer.

„Was ist geschehen?" fragte ich.

„Der ausgezehrte Typ aus Mississippi", flüsterte ein Mädchen.

„Was ist mit ihm?"

„Tot."

Big Loomis und Cato hatten die Treppen erreicht. Als sie ihr steifes Bündel hinuntertrugen, herrschte Stille auf den Balkonen. Erst als sie unten waren, flüsterte eines der Mädchen: „Wir gingen in sein Zimmer . . . um ihm das Essen zu bringen. Er war richtig stoned. Wir schüttelten ihn, aber er reagierte nicht . . . Wir bekamen Angst und riefen Big Loomis, und er kam herunter. Wir sagten: ‚Sollen wir nicht einen Arzt rufen?' und er sagte: ‚Wozu?' Da wußten wir, daß er tot war."

Jemail kam herbeigerannt, um sich zu verteidigen: „Nicht meine Schuld, nicht meine Schuld!"

„Verschwinde, du elender Hundsfott!" knurrte Loomis. „Du

hast ihm heute früh Heroin gebracht. Die Mädchen haben es gesehen."

„Er kauft immer billigsten Stoff. Zahlt nie für sicheren Stoff. Erwischt Überdosis. Nicht meine Schuld!"

„Warum scherst du dich nicht zum Teufel?" fragte Cato, ließ mit einer Hand die Leiche los und schlug Jemail ins Gesicht.

Der kleine Araber wich zurück und schrie: „Gottverdammter Nigger! Rühr mich nicht an! Dein Mädchen, da oben, sie wird nicht mehr lang dein Mädchen sein, gottverdammter Nigger!"

Wir alle wandten uns um und blickten zum dritten Stock hinauf, wo Monica stand. Sie hatte begriffen, daß Jemail sie meinte, legte den linken Handrücken an die Lippen und zog sich in den Schatten zurück. Cato wollte den Jungen nochmals schlagen, aber Jemail wich geschickt aus: „Stinkender Nigger, du hast weißes Mädchen nicht mehr lang. Ich weiß."

Die beiden Männer trugen den Leichnam hinaus, denn Big Loomis hatte bei früheren Todesfällen gelernt, daß es am besten war, die Toten gleich zur Polizeistation zu bringen, wo die Formalitäten einfacher zu erledigen waren. Als der improvisierte Leichenzug verschwunden war, hielt Claire mit gedämpfter Stimme die Grabrede: „Der ist stoned, wißt ihr, für immer."

Ich verbrachte meine Tage mit den drei Regierungsvertretern aus Casablanca, fähigen Männern, die Marokkos wirtschaftliche Bedürfnisse erkannt hatten. Sie hatten keine Einwände gegen meine Pläne für ein großes neues Hotel in Marrakesch und eine Reihe von Farmen auf den niedrigen Hängen des Atlas, die eine ständige Nahrungsmittelversorgung gewährleisten sollten. Doch viel mehr lag ihnen an einem eigenen Plan, den World Mutual finanzieren sollte und der auch mich vom ersten Augenblick an begeisterte.

Nördlich von Marrakesch, aber so nahe der Stadtmauer, daß man in wenigen Minuten hinfahren konnte, lag eine riesige Palmenplantage. Vor einigen Jahren hatte jemand in der Regierung die absurde Idee gehabt, eine einspurige Asphaltstraße quer durch den Hain bauen zu lassen. Die Straße führte nirgendhin und hatte keinen anderen erkennbaren Zweck als den, Besuchern die Möglichkeit zu geben, durch den Palmenhain zu fahren. Als ich hörte, daß Gretchen und ihre Freunde den Hain noch nicht besucht hatten, schlug ich vor, daß sie mir bei der Besichtigung Gesellschaft leisten sollten. Ich lud sie zum Frühstück in mein Hotel ein, wo wir die

Ingenieure trafen. Die Ingenieure waren entzückt. Ich stellte die jungen Leute vor, wobei ich bei Bruce angab, er sei Amerikaner. Falls bekannt wurde, daß sich ein Israeli – und ein Soldat noch dazu – in Marokko aufhielt, konnte er in Schwierigkeiten geraten.

Nach dem Frühstück bestieg die eine Hälfte der Gesellschaft den gelben Campingbus, die andere Hälfte die schwarze Limousine der Ingenieure, und wir fuhren zum Palmenhain. Ich saß mit Monica und Cato im schwarzen Wagen, und die Ingenieure bestürmten Cato mit Fragen: Meinten es die amerikanischen Neger ernst mit dem Islam? Würden sie zu einem Heiligen Krieg gegen die Juden antreten? Würden sie genügend politische Macht haben, um die amerikanische Regierung von ihrer proisraelischen Haltung abzubringen?

Der ehemalige Yale-Student sagte schwärmerisch: „Wenn wir erst die Israelfrage erledigt haben, werden die arabischen Völker einer großen Blütezeit entgegengehen. Wir werden die Wüste zu einem Garten machen, unsere Schiffe werden alle Meere befahren. Wir werden aufblühen wie in alten Zeiten, und jede Nation wird ein neues Damaskus haben, einen Mittelpunkt der Wissenschaft und Kunst. In Marokko wird es wahrscheinlich Fez sein. Gelehrte aus aller Welt werden nach Fez reisen müssen, um Anschluß an die geistigen Strömungen der Zeit zu finden."

Er fuhr fort, seine Vision der Zukunft zu entwickeln: friedliche mohammedanische Vorherrschaft in Afrika, Ausbreitung des Islam im ganzen asiatischen Rußland und baldiges Bündnis aller arabischen Staaten am Mittelmeer. „Sobald die Israelfrage geregelt ist, haben wir dauernden Frieden und Harmonie unter unseren Völkern", versicherte er Cato, auf den es ihm am meisten ankam. „Und wenn wir ein geeintes und mächtiges Volk sind, werden wir eure Kämpfe in Amerika unterstützen."

Mitten im Palmenhain hielten wir an, und die Ingenieure trugen mir ihren Plan vor: einen Hotelkomplex mit Schwimmbecken, Aussichtswarten und Golfplätzen mitten im Hain zu bauen. „Eine Oase für Geist und Seele . . . nun, stellen Sie es sich selbst vor. Sobald wir die Israelfrage gelöst haben, beginnen wir mit dem Bau."

„Ist Israel ein Problem für Sie?" fragte Jigal ruhig.

„O ja! Der Stachel ist fern . . . aber er steckt in unserem Fleisch und erzeugt Eiter."

„Ich verstehe nicht, was Marokko von Israel zu fürchten hat."

„Fürchten? Wir fürchten es nicht. In die nächste Schlacht schikken wir hunderttausend Männer, um Israel zu vernichten. Dann können wir uns unseren Plänen widmen."

„Haben Sie das letzte Mal Soldaten geschickt?“ fragte Jigal.

„Achtzigtausend . . . vielleicht mehr.“

„Haben sie Israel erreicht?“

„Nein. Gamal Nasser und König Hussein schlossen einen Waffenstillstand, bevor unsere Männer in den Kampf gehen konnten. Aber nächstes Mal . . .“

„Ich verstehe immer noch nicht, was das mit Marokko zu tun hat“, beharrte Jigal, und ein Ingenieur sagte scharf: „Das klingt ganz so, als wären Sie für Israel“, und Jigal sagte ruhig: „Bis jetzt weiß ich es noch nicht.“

Der ältere Ingenieur wandte sich an Holt: „Nun, wäre das nicht ein idealer Ferienort?“ Harvey meinte: „Je lauter die Welt wird, desto mehr wird man eine solche Zuflucht brauchen.“ Und der Ingenieur sagte: „Eben das ist unsere Vorstellung. Wenn Mr. Fairbanks das Geld beistellt und wir Israel dazu bringen können, uns in Ruhe zu lassen, können wir das Projekt sofort in Angriff nehmen.“

Auf dem Rückweg zur Stadt sagte der Mann, der in Yale studiert hatte: „Heute nachmittag gibt es auf dem großen Platz eine Veranstaltung, die Sie unbedingt sehen müssen.“ Wir verzichteten auf das Mittagessen und fuhren direkt zu dem riesigen Exerzierplatz im Stadtzentrum.

In Reihen zu vierzig oder fünfzig hatten sich Berber auf feurigen Araber-Pferden formiert. Die bunten Gewänder flatterten im Wind, die Nüstern der Rosse bebten. Plötzlich stießen die Berber einen wilden Schrei aus, gaben ihren Pferden die Sporen und galoppierten über das etwa dreihundert Meter lange Feld. Auf ein Signal hin warfen sie sich auf ihren Pferden nach vorn, drehten sich um und feuerten in die Luft. Wieder in Position, stürmten sie direkt auf uns zu, feuerten wieder und rissen ihre sich aufbäumenden, schaumbedeckten Pferde Zentimeter vor unseren Gesichtern herum.

Sie sahen furchterregend aus, primitiv, auch nach einem Jahrhundert französischer Herrschaft völlig ungezähmt, die Geißel des Hohen Atlas, der Schrecken der Ebenen.

Der Absolvent von Yale packte Cato an der Schulter und rief: „Das wird die Juden etwas lehren, was?“

Als wir später versuchten, uns rückblickend klar zu werden, wie die Sache vor sich gegangen war, stellte sich uns der Vorfall folgendermaßen dar: Wir hörten bei Inger Musik, als Jigal sagte: „Die Selbsttäuschung, der sich die Araber hingeben, überrascht mich. Glauben diese Ingenieure wirklich, daß sich ein gütiger Friede über ihre Länder ausbreiten würde, wenn sie Israel besiegen könnten?"

Cato sagte gehässig: „Hör mal, Mr. Goldberg, wenn die Araber und wir Schwarzen uns gegen euch verbünden, werdet ihr e-li-miniert."

„Was, zum Teufel, ist in dich gefahren, Cato?"

„Mir ist ein Licht aufgegangen, Mr. Goldberg. Ich sehe jetzt, was deine Leute meinen Leuten angetan haben."

„Wir haben nur eure Schlachten für euch geschlagen."

„Sei nicht herablassend zu mir, du Weißer. Deine Leute kommen in jedes gottverdammte Getto und saugen uns das Blut aus. Und das wird sich aufhören, Mr. Goldberg. Ich sage dir, das muß aufhören!"

„Ich mag den Namen Goldberg nicht", sagte Jigal.

„Aber es ist dein Name, und er wird dir wohl gefallen müssen, im Ernstfall."

„Was meinst du damit: im Ernstfall?"

„Frag die. Die wissen es."

Jigal suchte sichtlich nach Worten. Dann sagte er: „Cato, deine Leute waren immer Verlierer. Jetzt werft ihr euch einer Religion in die Arme, die am Verlieren ist. Der Islam wird die Neger nicht retten. Als Cassius Clay und alle, die anderen sich zum Islam bekehrten, habt ihr neue Hoffnung gesehen. Eine neue Religion! Der neue Tag! Und was geschah? Gleich darauf forderten eure neuen Glaubensgenossen die Juden heraus und bekamen eins auf den Kopf. Das hat euch einen Schock versetzt. Und ihr werdet weiter daran leiden, bis ihr euch selbst wachrüttelt."

„Hör mal, Judenbengel", geiferte Cato, „bleib mir mit deiner Psychologie vom Leibe."

Jigal sah seinen Gegner mitleidig an, dann sagte er: „Heute früh, als der Ingenieur seine poetischen Träume spann, da hast du es genossen, nicht wahr? Es war genau nach deinem Geschmack, nicht wahr? Genau so hast du mit deinen Freunden auf den Straßen geredet, wenn ihr beisammen wart, stimmt's? Große Worte?"

Cato wurde wütend; Jigals Vergleich der Schwarzen mit den Arabern hatte den Kern des Problems getroffen. Er wäre wahrscheinlich auf Jigal losgegangen, aber in diesem Augenblick kam Monica herein, sehr blaß, aber außerordentlich schön. Sie setzte sich zwischen Cato und Jigal und tätschelte jedem das Knie. „Es ist schön, euch wieder streiten zu sehen", sagte sie, ohne zu erfassen, wie scharf der Wortwechsel gewesen war. „Cato hat mir erzählt, du hast dich für

Amerika entschieden“, sagte sie zu Jigal. „Ich finde das eine gute Idee.“

„Ist es endgültig?“ fragte Holt.

„Ich glaube schon. Amerika ist eine Nation, auf die man stolz sein kann“, sagte Jigal. „Es hat hundert Fehler, aber es bemüht sich. Und, Cato, dieses Bemühen ist sehr viel wert.“

„Verdammt noch einmal, Judenbengel, sei nicht so herablassend!“

„Tut mir leid“, sagte Jigal.

„Kann dir auch leid tun“, knurrte Cato, keineswegs geneigt, die Entschuldigung anzunehmen.

„Hat niemand was zu rauchen?“ fragte Monica, und als eine große Zigarette die Runde machte, legte sich die Spannung, und wir unterhielten uns über den Palmenhain und über die Reitkünste der Berber.

„Sie sind aus einem anderen Jahrhundert“, sagte Britta. „Ist das nicht ein herrliches Land?“

„Ich finde jede Nation auf ihre eigene Art seltsam . . . und daher auf ihre eigene Art anziehend.“

„Aber manche mehr als andere?“ fragte Britta weiter.

„Wenn ich Marokko mit Norwegen vergleichen soll, so finde ich in Ihrem Land nichts, das so aufregend wäre wie die Djemaá.“

„Gefällt Ihnen die Djemaá?“ fragte sie.

„Einzigartig“, sagte ich. „Ich verstehe, warum Inger und Rolf jedes Jahr hierher zurückkommen.“

Die Schweden verneigten sich, und Rolf sagte: „Wenn am Abend in Stockholm der Nebel von der Baltischen See herübertreibt, ist es sehr beruhigend, zu wissen, daß in Marrakesch immer noch auf der Djemaá Theater gespielt wird.“

„Wie du das beschreibst, klingt es wie ein Lied“, sagte Britta.

„Es ist auch ein Lied“, antwortete Rolf. „Ein Lied, das mir hilft, den Norden zu ertragen.“

„Auch ich mag Marrakesch“, sagte Jigal mit Nachdruck. „Wenn die Araber nur lernen könnten, mit anderen zusammenzuleben.“

„Sie werden nie mit den Juden zusammenleben“, unterbrach Cato.

„Sie werden es lernen müssen“, sagte Jigal unbeirrt.

„Sie werden euch ins Meer stürzen“, sagte Cato. „So wie wir euch in Amerika ins Meer stürzen werden.“

„Bist du verrückt?“ fragte Jigal.

„Ich sehe die Zukunft vor mir“, sagte Cato. „Dein Volk ist verloren.“

„Du hast Haschisch geraucht“, sagte Jigal verächtlich, wandte sich ab und wollte aufstehen.

Diese Abfuhr versetzte Cato in Wut. Er sprang hoch, packte Jigal um den Hals und warf ihn zu Boden. Dann begann er auf Jigal einzudreschen, der sich vergeblich bemühte, auf die Beine zu kommen: Cato schlug ihn immer wieder zu Boden. Bevor einer von uns eingreifen konnte, landete Cato einen harten Schlag auf Jigals Kinn, und Jigal verlor das Bewußtsein.

Plötzlich, während Holt und Joe sich um den bewußtlosen Jungen kümmerten, erhob sich Monica mit unsicheren Füßen vom Bett und brüllte Cato an: „Wie kannst du einen weißen Mann schlagen, du dreckiger Nigger! Ich schäme mich vor mir selbst, seit du mich berührst, du Affe! Geh weg von mir, Nigger, Nigger!"

Cato ging auf sie zu, aber sie schlug ihn und kreischte: „Laß deine dreckigen Finger von mir. Verschwinde, du verdammter Nigger! Du hast Afrika zerstört. Du hast meinen Vater zerstört. Weg da, du Bestie!"

Sie drückte sich in eine Ecke und schluchzte. Gretchen und Britta versuchten, sie zu beruhigen, aber sie stieß sie weg: „Er ist euer Freund, nicht meiner. Geht nur, küßt den Nigger und schlaft mit ihm."

Cato stand da wie vor den Kopf geschlagen; zu seinen Füßen lag der immer noch bewußtlose Jigal, um den sich Holt und Joe bemühten. Sie warfen ihm anklagende Blicke zu. In der Ecke stand Monica, die aussah, als wollte sie ihn töten, wenn er sich ihr einen Schritt näherte.

„Inger", sagte Rolf, „führ Monica auf ihr Zimmer. Mr. Fairbanks, geben Sie Jigal von diesem Salmiak zu riechen." Cato gab er eine Flasche Orangeade und drückte ihn aufs Bett nieder. Inger wollte Monica wegführen, aber sie wehrte sich mit Händen und Füßen, also packte Joe sie und trug sie hinauf. Als er sie auf ihr Bett legen wollte, fing sie wieder zu schreien an. Sie warf Catos Sachen in den Hof hinaus und kreischte: „Kein gottverdammter Nigger wird je wieder Hand an mich legen! Dreckiges Vieh!"

Am nächsten Morgen war ich im Hotel Mamounia damit beschäftigt, meinen Bericht nach Genf zu tippen – ich befürwortete den Plan für ein Hotel im Palmenhain, falls man Wasser finden konnte –, als es leise an meiner Tür klopfte. Ich wunderte mich, weil es noch so früh am Tag war, aber als ich die Tür öffnete, stand Jemail davor. „Psssst!" warnte er mich und schlüpfte in mein Zimmer. „Portier läßt mich nicht herein."

„Was ist los?" fragte ich mißtrauisch.

„Cato Jackson", sagte er. „Terrassencafé. Vielleicht betrunken. Redet sehr laut über Bruce." Er machte eine lange Pause, während welcher er mich genau beobachtete, und sagte dann langsam: „Ich weiß, Bruce ist israelischer Soldat." Ich hielt den Atem an, und er fuhrt fort. „Am ersten Tag benahmt ihr euch verdächtig. Ich durchsuchte sein Gepäck. Sah die beiden Pässe." Er wartete, bis das seine Wirkung getan hatte. Dann sagte er: „Aber Sie kennen mich. Ich rede nie von solchen Dingen. Vielleicht vierzig Dollar." Dann erklärte er forsch, als wäre das Thema erledigt: „Cato Jackson redet viel. Jemand muß hören."

Ich blickte auf den kleinen Erpresser hinab und sagte: „Und wenn Cato zuviel redet, dann ist deine Chance, vierzig Dollar zu verdienen ..."

„Pfffft!" Er warf die Arme hoch und fügte hinzu: „Aber Jigal Zmora geht ins Gefängnis ... vielleicht wird er erschossen ... ich glaube, wir sollen mit Cato reden."

Er überredete mich, ihn auf die Djemaá zu begleiten, aber als wir das Hotel verließen, erblickte ihn der Portier und wollte ihn am Kragen packen. Jemail war darauf gefaßt gewesen, entwischte und fluchte aus sicherer Entfernung auf arabisch. Der Portier brüllte Verwünschungen zurück, und in einem wahren Sperrfeuer von Beschimpfungen machten wir uns davon. Jemail zog mich über die Djemaá zum Terrassencafé, wo der betrunkene Cato saß und mit lauter Stimme randalierte. Als er mich sah, begann er zu fluchen, stand auf, als wollte er auf mich einschlagen, dann sackte er zusammen und faßte mich am Arm. „Was soll ich mit Monica tun?"

Ich steckte Jemail ein paar Münzen zu und schickte ihn weg. Dann sagte ich streng: „Cato, halt den Mund über Jigal!"

„Habe ich zuviel geredet?" fragte er reumütig.

„Viel zuviel. Das Kind hat dich schwatzen gehört, und jetzt ist Jigal in Schwierigkeiten."

„Das wollte ich nicht. Wir hatten Streit, aber ich würde nicht ..." Er meinte es zweifellos ehrlich. Dann kam er wieder auf sein Hauptproblem zu sprechen: „Was sollen wir mit Monica machen?"

Ich ließ ihn niedersetzen, bestellte eine Orangeade und hörte seinem ziemlich zusammenhanglosen Gerede zu. Er erging sich in Sentimentalitäten über die Großzügigkeit von Mr. Wister, war zornig über die Konfrontation zwischen Negern und Juden, begeistert über den Islam, verwirrt von Monicas Benehmen. Er fragte mich: „Meinen Sie, daß ich mich mit Monica wieder aussöhnen könnte?"

„Warum wollen Sie das?"

„Weil sie mein Mädchen ist und ich ihr helfen will."

„Cato, es ist vorbei, und Sie wußten wohl auch, daß es eines Tages vorbei sein würde."

Er sah mich an, und seine Augen verengten sich. „Und Sie sind froh darüber."

„Das ist eine dumme Behauptung."

„O nein", sagte er. „Ich habe Sie seit Mozambique beobachtet. Sie sind auch in sie verliebt. Und teuflisch eifersüchtig auf mich."

„Hör auf, solchen Unsinn zu reden!"

„Ich weiß. Sie wären überglücklich, wenn ich weg wäre, damit Sie sich einnisten können."

„Cato, da ist ein Mädchen, das furchtbare Schwierigkeiten hat. Wir wollen ihr beide helfen. Lassen wir es dabei."

„Nein, dabei lassen wir es nicht! Sie wollen mich weghaben, damit Sie sich an meiner Stelle bei ihr einnisten können."

„Cato, sie hat Sie hinausgeworfen."

Daß ich ihm die harte Realität vor Augen führte, ernüchterte ihn, und er fragte fast demütig: „Was kann ich tun?"

„Leiden. Wie jeder junge Mann, der ein schönes Mädchen verloren hat. Werden Sie ein Mensch, Cato! Sie sind einer von uns."

„Was meinen Sie damit?"

„Ihr benehmt euch alle, als hättet ihr den Sex entdeckt. Ihr glaubt, nur weil ihr so leicht mit einem schönen Mädchen ins Bett schlüpfen könnt, könnt ihr auch ebenso leicht wieder weggehen, wenn es vorbei ist... ohne von dieser Erfahrung berührt zu werden. Ich habe eine Neuigkeit für dich, Bruder! Ihr blutet genauso wie wir anderen. Männer beginnen an dem Tag erwachsen zu werden, an dem sie erfahren, daß ein Mädchen sie verlassen hat. Da müssen sie sich selbst ins Gesicht sehen. Sie sind nicht der Superman, der Sie zu sein glaubten. Sex ist nicht so einfach, wie Sie dachten. Er ist genauso furchtbar, verwirrend und vielschichtig, wie er immer war."

„Was kann ich tun?"

„Verzweifelt sein, verdammt noch einmal! So wie ich mit zwanzig, als ich ein Mädchen verlor. So wie alle jungen Männer seit zehntausend Jahren."

Sehr leise sagte er: „Aber bei mir ist es anders, Mr. Fairbanks. Ich bin schwarz."

„Scheiße! Jigal ist Jude. Sie haben seinen Brief aus Detroit gelesen... über Britta. Glauben Sie nicht, daß er neulich innerlich blutete, als er herausfand, daß sie mit Holt zusammenlebt? Reden

Sie einmal mit Holt darüber, wie das war, als ihn seine Frau verließ. Treten Sie ein in die Bruderschaft. Sie sind sterblich wie wir anderen."

„Aber wenn ein schwarzer Mann von einem weißen Mädchen lächerlich gemacht wird, ist es etwas anderes", beharrte er.

„Das einzige, was hier Probleme schafft, ist die Beziehung Mann–Frau! Und nach einer Verwundung bluten wir alle, Cato."

„Das klingt gerade so, als ob Sie sich darüber freuten."

„Ja, ich freue mich. Sie haben getan, als würden sie über den Dingen stehen. Ich bin froh, daß das Leben Sie zurechtgestutzt hat. Sie sind so viel sympathischer."

„Aber hauptsächlich, weil Sie Monica lieben, nicht wahr?"

„Also gut. Wir lieben sie beide. Wir wollen beide, daß sie wieder gesund wird."

„Wir müssen sie vom Heroin abbringen. Das ist das Wichtigste."

„Haben Sie aufgehört damit?"

„Das habe ich Ihnen am letzten Abend in Mozambique versprochen. Ich habe aufgehört."

„Kann Monica es?"

„Allein nicht. Ich habe versucht, ihr zu helfen, aber es ging nicht. Big Loomis ist wahrscheinlich der einzige Mensch, der es fertigbrächte. Er versteht etwas von diesen Dingen."

„Wir müssen es versuchen", sagte ich.

Er reichte mir die Hand. Als wir die wackelige Treppe hinabstiegen, sahen wir Jemail warten, und ich sagte zu Cato: „Wir müssen Jigal beschützen."

„Wovor?" fragte er.

„Vor dem Unheil, das Sie angerichtet haben ... vor dem kleinen Scheusal hier. Juden sind wie Neger. Ringsum von Feinden umgeben."

Ich hielt es für unbedingt notwendig, Jigal zu warnen, daß Jemail sein Geheimnis kannte und für vierzig Dollar schweigen würde — so behauptete er wenigstens —, aber als wir uns auf den Weg machten, heftete sich Jemail an unsere Fersen. Er hatte offenbar erfaßt, was ich vorhatte, und war fest entschlossen, seine finanziellen Interessen zu wahren. „Ich gehe mit", sagte er leise, „damit niemand euren Freund Jigal Zmora verrät."

„Wie kann ich wissen, daß du ihn nicht trotzdem verrätst, auch wenn ich dir die vierzig Dollar zahle?"

„Könnte ich eine Woche im Geschäft bleiben, wenn sich herumspricht, ich wäre unehrlich?“ Er lächelte und blieb knapp hinter uns.

Ich ging nicht mit ins „Bordeaux“, denn Cato und Jigal mußten unbedingt allein sein, um ihre Freundschaft zu erneuern, also sagte ich: „Cato, geh hinein und hol Jigal!“ und ließ ihn durch einen Blick wissen, daß er Jigal warnen solle. Ein paar Minuten später erschienen sie. Jigal nickte mir zu, also hatte Cato ihm von der Erpressung erzählt. Sie schüttelten einander die Hände, und wir zogen los, um das Geld zu holen.

Zu meiner Überraschung klopfte Jigal den kleinen Araber auf die Schulter und sagte, „Du bist klug. Wie hast du es herausgefunden?“

„Am ersten Nachmittag auf der Terrasse. Wenn zwei erwachsene Leute flüstern... höre ich zu.“

Vor dem „Mamounia“ fragte Jemail, ob wir durch einen Seiteneingang hineinschlüpfen könnten, da er nicht mit dem Portier zusammenstoßen wolle. In meinem Zimmer bat ich Jigal, Holt zu holen, und wir vier traten in ernste Verhandlungen. Jemail sagte: „Er ist israelischer Soldat... könnte erschossen werden.“

„Er ist auch amerikanischer Staatsbürger“, sagte ich, „und hat beschlossen, seinen israelischen Paß abzugeben.“

„Gleichgültig. Wenn unsere Regierung erfährt... sie erschießen ihn.“

„Angenommen, wir zahlen dir die vierzig Dollar“, mischte sich Holt ein. „Welche Garantie haben wir, daß du nicht schnurstracks hingehst und plauderst?“

„Ich bin Araber“, sagte der Junge hochfahrend, „ein Mann von Ehre. Meint ihr nicht, meine Regierung zahlt mir eine Belohnung... wenn ich ihn verrate? Warum tue ich es nicht? Weil ihr Leute gut zu mir seid. Weil Mr. Fairbanks und ich Partner sein werden...“ – Er sah mich von der Seite an. – „Heroingeschäft... Genf. Das wird ein Geschäft auf lange Sicht. Ich behandle Sie wie Gentlemen.“

Die beiden anderen sahen mich an, aber ich starrte geradeaus, und Jemail machte folgenden Vorschlag: „Ihr gebt mir vierzig Dollar. Ich bleibe unter eurer Bewachung vierundzwanzig Stunden in diesem Zimmer. Inzwischen fliegt Jigal Zmora von hier ab. In Casablanca nimmt er Air-France-Maschine nach Rom, dort El Al nach Tel Aviv.“

„Wenn er sicher aus dem Land ist, warum sollten wir dich dann nicht auf den Kopf schlagen und unser Geld zurückholen?" fragte Holt.

„Weil ihr auch Gentlemen seid. Ich muß euch vertrauen."

Nach langem Schweigen sagte ich: „Jigal, du solltest morgen früh von hier abfliegen. Wenn die marokkanische Regierung von deinem zweiten Paß erfährt, könnte es brenzlig werden."

„Gibt es ein Flugzeug?"

Jemail sagte den ganzen Flugplan her, also ging ich zum Telephon und fragte, ob ich eine Buchung nach Rom bekommen könne. Das wurde arrangiert, aber als ich einen Anschluß nach New York verlangte, legte Jigal die Hand auf den Hörer und sagte: „Ich habe beschlossen, nach Israel zurückzukehren." Ich war so überrascht, daß ich das Gespräch unvermittelt abbrach und mich zu ihm umwandte. Auch Holt war aufgesprungen.

„Was zum Teufel, soll das?" fragte er.

„Ich habe mich entschieden."

„Deine amerikanische Staatsbürgerschaft aufzugeben?"

„Ja."

Holt sah mich an, als könnte nur ich erklären, was er da hörte. Ich war ebenso verdattert wie er. „Was ist geschehen?" fragte ich.

„Er ist also doch israelischer Soldat?" fragte Jemail selbstgefällig.

„Du halt dein verdammtes Maul!" fuhr Holt den Kleinen an und drängte ihn auf einen Stuhl. Dann verriegelte er Tür und Fenster und warf zwei Reiseschecks zu je zwanzig Dollar auf den Tisch. „Sobald die Maschine abgeflogen ist, unterschreibe ich", sagte er. Dann wandte er sich wieder Jigal zu. „Also rede!"

Jigal überlegte einen Augenblick, dann sagte er: „In diesen letzten Tagen ist mir vieles klargeworden. Die Reiter, die herangaloppierten und ihre alten Gewehre abfeuerten ... als ob das von irgendwelcher Bedeutung wäre."

„Ein gutes israelisches Maschinengewehr", fuhr Jemail dazwischen. „Rat-tat-tat-tat-tat. Weg sind die Reiter."

Jigal sah den Araber an. „Das meine ich eben. Er sieht es so klar. Die Ingenieure waren so blind. Vielleicht können seine Generationen und meine zu irgendeinem Einverständnis kommen."

„Du kannst nicht alle Schlachten für sie ausfechten", sagte Holt.

„Aber nur der Jude schlägt die Schlachten der Juden", sagte Jigal. „Mein Platz ist ..." – ich dachte, er würde sagen, sein Platz sei bei seinem Volk, aber er beendete seinen Satz anders – „bei denen, die mich ausgebildet haben."

„Israel kommt ohne dich zurecht", schrie Holt. „Aber Amerika braucht jeden guten Mann, den es bekommen kann. Du mußt zurückgehen."

„Es gibt noch einiges, was mir Amerika fragwürdig macht. Mit all euren riesigen Problemen habt ihr im Grunde alberne Lebensformen. Weil wir in Israel auf einem Vulkan sitzen, können wir uns diesen Luxus nicht leisten."

„Warum willst du nicht mit uns arbeiten und diese Albernheiten ändern?" fragte Joe.

„Ich habe Sie beobachtet – wie Sie Joe wegen Vietnam unter Druck setzten. Joe lehnt doch nur einen der albernsten Kriege ab, die die Menschheit je gekannt hat."

„Bist auch du auf seiner Seite?" fragte Holt.

„Ja. Sein Krieg in Vietnam ist völlig unnötig. Meiner in Israel war voll und ganz gerechtfertigt."

„Glaubst du, du kannst wirklich etwas tun, um Israel zu helfen?" fragte Holt.

„Ich tue es nicht, um Israel zu helfen. Ich tue es, um mir selbst zu helfen. Mr. Holt, ich lebe nur einmal. Nicht mehr allzulang, wenn die Wasserstoffbombe losgeht. Und ich will mein Leben nicht mit Absurditäten vergeuden."

Wir redeten die ganze Nacht. Jemail döste vor sich hin, wachte aber sofort auf, wenn Juden oder Araber erwähnt wurden. Holt brachte jedes Argument in seinem Arsenal ins Treffen – Korea, Sergeant Schumpeter, Weltbürgertum, Patriotismus, der über die Religion hinausgeht, das männliche Leben, die Sendung der Vereinigten Staaten. Aber Jigal Zmora blieb fest.

Im Morgengrauen wachte Jemail auf und sagte: „Sie sollten jetzt gehen", und Holt bestand darauf, Jigal zum Flugzeug zu begleiten. Er hoffte, ihn doch noch überzeugen zu können. Damit blieb es mir überlassen, Jemail zu bewachen, bis die Air-France-Maschine aus Casablanca abgeflogen war. Das letzte, was Jigal zu mir sagte, war: „Monica ist sehr krank. Es muß irgendeine Möglichkeit geben..."

Als Holt hinausging, packte Jemail seinen Arm und sagte: „Angenommen, Sie kommen nicht zurück, Reiseschecks unterschreiben... wissen Sie, was ich mache?" – „Was?" fragte Holt, und der kleine Araber sagte: „Ich gehe zur Polizei... klage Sie an, Spione aus dem Land zu schmuggeln."

Daß Jigal Amerika ablehnte, hatte eine demoralisierende Wirkung auf Holt. Er saß in seinem Hotelzimmer, starrte die Tafel an, aus der hervorging, daß wir auf demselben Breitengrad lagen wie Jerusalem, Lahore, Schanghai, Kagoschima, Waco und auf demselben Längengrad wie Alte, Santiago de Compostela, Donegal, Samoa und Christchurch – trommelte auf sein Knie und fragte: „Wie in Gottes Namen kann ein Junge mit Selbstachtung ein Kaff wie Israel den Vereinigten Staaten vorziehen?" Sogar während wir Glenn Miller mit „A String of Pearls" hörten, knurrte er: „Man nennt dies das Zeitalter der Angst. Es sollte das Zeitalter des Irrsinns heißen." Mehrere Male legte er beim Essen seine Gabel zur Seite und erklärte: „Wenn ich auch nur einen Rest von Vernunft hätte, würde ich mich von hier wegscheren."

Er blieb wegen Joe. Er ahnte, daß Joe etwas Neues plante, um dem Wehrdienst zu entgehen, und ging sogar so weit, Gretchen zu befragen. Aber sie schnitt weitere Diskussionen mit der Bemerkung ab: „Ich bin mit allem einverstanden, was er in dieser blödsinnigen Angelegenheit unternimmt." In ihr fand Holt also keine Verbündete. Er blieb trotzdem, behielt Big Loomis im Auge und sagte jeden Tag zu Britta: „Wir sollten weg von hier."

Seine Aufregung erreichte einen Höhepunkt, als die amerikanische Botschaft in Rabat ein Telegramm an das Konsulat in Casablanca weiterleitete, von wo es per Boten nach Marrakesch gebracht wurde. Der Bote kam ins Hotel Mamounia, wo er sich erkundigte, ob ein Amerikaner namens Joe bekannt sei. Der Mann in der Rezeption rief Holt, der zufällig in der Halle war. Holt unterzeichnete die Empfangsbestätigung, schöpfte Verdacht, als er das Telegramm in der Hand hielt, riß es auf, las es und eilte ins „Bordeaux".

Das Telegramm besagte, daß die Musterungsbehörde Joes Fall als Präzedenzfall betrachtete. Die Behörde hatte den Befund eines Dr. J. Loomis Cargill, dessen Namen man in keinem Ärzteverzeichnis gefunden hatte, nicht anerkannt. Joe möge sich beim nächsten Militärstützpunkt der Vereinigten Staaten zur ärztlichen Untersuchung melden – in diesem Fall Wheelus in Lybien oder Morón in Spanien – und anschließend unverzüglich einrücken, da man Cargills Diagnose für eine Fälschung hielte.

Im „Bordeaux" fragte Holt nach Joe. „Er ist mit Gretchen in seinem Zimmer", wurde ihm gesagt. Holt stürmte die Treppe hinauf, stieß die Tür auf, riß Joe aus dem Bett und sagte: „Telegramm von der Regierung."

„Ich weiß, was es ist", murrte Joe, rieb sich mit einer Hand den

Schlaf aus den Augen und versuchte mit der anderen, ein Handtuch um seine Taille zu wickeln.

„Was zum Teufel hast du dir gedacht, als du dich als Rauschgiftsüchtiger ausgabst?"

„Gib mir das Telegramm und geh!" Joe griff nach dem aufgerissenen Kuvert, aber Holt wich zurück.

„Wie kannst du deine ganze Karriere mit einer solchen Behauptung in Gefahr bringen? Gott sei Dank ist die Regierung vernünftig genug, um zu wissen, daß das nur Mache war. Joe, du mußt Vernunft annehmen!"

Nun wurde Joe zornig. „Warum verschwindest du nicht? Ich brauche dich nicht, und Gretchen auch nicht."

Holt wandte sich an das Mädchen. „Sie haben Einfluß auf ihn. Halten Sie ihn doch davon ab, solche Dinge zu tun."

Aber Gretchen erwiderte: „Sie vergessen offenbar, daß ich seine Meinung über Vietnam teile."

„Wer redet von Vietnam?" donnerte Holt. „Ich rede von einem Menschenleben, und wenn Sie auch nur die Spur eines weiblichen Instinkts hätten, würden Sie es auch schützen wollen."

„Will ich auch. Ich will nicht, daß er nach Vietnam geht.

„Verdammt noch einmal! Das Leben ist mehr, als mit einem Weibsstück auf weißen Laken zu liegen! Das Leben ist auch Selbstschutz . . . und Ehre."

„Bitte gehen Sie!" sagte Gretchen. „Wir werden einander nie verstehen."

„Sie wissen gar nicht, wie recht Sie haben. Daß eine Frau, die einen Mann liebt, ihm erlaubt, Dinge zu tun, die dieser elende Scheißkerl vorhat, kann ich wirklich nicht verstehen. Für mich sind Sie erledigt!"

Er wollte hinausstürmen, da sagte Gretchen ruhig: „Wenn Sie Aristophanes gelesen hätten, Mr. Holt, dann würden Sie wissen, daß die Revolte der Frauen gegen den Krieg sehr alt ist – eines der ältesten Themen in der Geschichte."

Holt trat ans Bett und sagte: „Ich habe Aristophanes gelesen, als Sie noch an der Flasche saugten. Zu Ihrer Information: Aristophanes schrieb Komödien . . . Lachen um jeden Preis. Mir ist es ernst mit dem, was ich sage. Joe, ich dulde nicht, daß du tust, was du vorhast!"

Er stürzte aus dem Zimmer und polterte die Stiegen hinab. Sobald er außer Sichtweite des „Bordeaux" war, duckte er sich in einen Eingang und winkte einem der zahlreichen Jungen, die sich in diesem

Stadtteil herumtrieben. „Bring mir Jemail“, sagte er und gab dem Jungen zwei Dirham.

Es dauerte lange, bis der Junge den kleinen Gangster fand, denn Jemail war im Geschäftsviertel und versuchte, seine beiden Reiseschecks auf dem schwarzen Markt zu einem höheren Preis loszuwerden. Als er kam, fragte er flüsternd: „Was ist los, alter Freund?“

„Wenn Big Loomis einen besonderen Job mit einem Wehrdienstverweigerer hat . . .“

„Sie meinen die Photographie?“

„Ja. Wen nimmt er dazu?“

„Kennen Sie den Häßlichen Abdullah?“

Holt schüttelte den Kopf. „Aber ich“, sagte Jemail. Sie einigten sich, daß Jemail gegen entsprechendes Entgelt aufpassen würde, ob Abdullah ins „Bordeaux“ gerufen wurde.

Er wurde gerufen. Gleich nachdem Holt davongestürmt war, war Joe zu Big Loomis hinaufgegangen. „Sie haben die Suchtgeschichte nicht gefressen“, berichtete er.

„Hatte auch nicht damit gerechnet. Aber es gab uns einen Aufschub.“

Eine betretene Pause trat ein. Big Loomis wartete. Als das Schweigen zu lang wurde, sagte er: „Du hast dich also für Big Casino entschlossen?“ Joe nickte, und Loomis fragte: „Du weißt, was das bedeutet? Es wird lange Zeit in deinen Papieren stehen.“

„Ich weiß.“

Big Loomis kramte in seinen Papieren, fand, was er suchte, und schob Joe mit einer raschen Handbewegung eine Photographie hin. Er beobachtete ihn genau, um die Wirkung zu sehen. Das Bild zeigte zwei nackte Männer, einen knieenden jungen Amerikaner und einen großen, muskulösen Araber mit gespreizten Beinen und einem riesigen Penis, den er dem Jungen eben in den Mund schob. Joes Gesicht blieb ausdruckslos. Big Loomis erklärte: „Wenn sie das mit der Post bekommen, streichen sie dich von der Musterungsliste. Es ist endgültig.“

„Ich bin bereit“, sagte Joe, und der dicke Mann schickte nach dem Häßlichen Abdullah.

Als der Araber die Gasse entlangkam, flüsterte Jemail Holt zu: „Das ist unser Mann.“

Sie folgten dem großen Araber ins „Bordeaux“, warteten, bis er die Treppe hinaufgegangen war, und folgten ihm. Big Loomis war eben dabei, seine Kamera aufzustellen, als Holt die Tür aufriß. Nach einem Augenblick lähmenden Entsetzens warf sich Holt auf Loomis, rannte ihm den Kopf in den Bauch und warf ihn zu Boden. „Dreckskerl!" brüllte er. „Nicht mit diesem Jungen!"

Ein lautloser Kampf folgte. Holt schlug auf Big Loomis, auf Joe und auf den Häßlichen Abdullah ein. Jemail fuhr immer wieder wie eine Viper dazwischen, um seinen ewigen Feind Big Loomis anzugreifen, der sich des Quälgeistes nicht erwehren konnte.

Zunächst sah es aus, als würde Holt alle drei erledigen. Er setzte Joe und Abdullah rasch außer Gefecht, hatte aber den schwabbeligen Loomis arg unterschätzt. Er verteidigte sich geschickt, tänzelte vor seinem Gegner hin und her und teilte mit Füßen und Händen Schläge aus. Zwei Treffer auf Holts Kopf ließen diesen zurücktaumeln, aber er faßte sich rasch wieder und ging wie ein Wahnsinniger auf Loomis los.

Nach diesem Vorspiel begann der eigentliche Kampf. Der fette Neger schmetterte Holt zweimal an die Wand. Gelegentlich schüttelte Loomis Jemail ab, der ihn gegen die Schienbeine kickte.

Inzwischen waren Joe und der kräftige Araber wieder aktionsfähig. Joe versuchte, ihn an den Armen zu halten, Abdullah zielte auf seinen Unterleib. Man hätte meinen können, Holt würde den Kampf aufgeben, aber der Gedanke kam ihm gar nicht.

Er setzte alle dreckigen Tricks ein, die ihm Sergeant Schumpeter beigebracht hatte, traf jeden der drei mehrmals; alle vier hatten Wunden im Gesicht und bluteten. Big Loomis mußte einen schweren Haken einstecken, faßte im Fallen Holt an den Armen und schob in quer durch den Raum, bis er gegen die Wand krachte. Beide gingen zu Boden, aber Harvey war sofort wieder auf den Beinen, rammte den Kopf in Abdullahs Bauch und setzte ihn für den Augenblick außer Gefecht. Dann wandte er sich Joe zu und erwischte ihn mit einem harten Schlag an der Schläfe, woraufhin Joe zu Boden ging.

Loomis nützte diesen Augenblick, um Holt von der ungeschützten Seite anzugreifen, traf ihn mit der Faust im Nacken. Holt war schwer angeschlagen, aber ging nicht zu Boden. Doch das Ende zeichnete sich ab. Big Loomis landete einen weiteren Schlag, und in diesem Augenblick erhob sich Joe taumelnd, holte mit voller Kraft aus und traf Holts Kopf, gerade als dieser von Loomis Schlag in die Knie ging. Wie vom Blitz getroffen fiel Holt um, und Big Loomis schrie: „Du bist der nächste, du kleiner Scheißkerl." Er ging auf Jemail los, aber der kleine Araber schoß die Treppe hinunter.

Ich kam erst zwei Stunden später auf das Schlachtfeld. Jemail war vom „Bordeaux" ins „Mamounia" gelaufen und schrie: „Mr. Fairbanks! Sie bringen einander um!" Ich rannte zum „Bordeaux", aber die Streiter waren verschwunden. Am Spätnachmittag kam Jemail zu mir und teilte mir mit, daß sie im Terrassencafé einträchtig beieinandersaßen. Ich ging hin. Sie aßen heiße Suppe und teilten eine Flasche Whisky, die Jemail für sie am schwarzen Markt besorgt hatte.

Wo waren sie gewesen? In einem türkischen Bad, um sich zu erholen. Als ich auf die Terrasse kam, erklärte Big Loomis soeben, daß er bei einer Schlägerei nur selten die Fäuste verwende. „Ich ziehe den guten alten Fußballerschlag vor. Wenn man richtig ausholen kann, kann man einen Mann quer durchs Zimmer schleudern."

„Ich hab's gemerkt", sagte Holt. Niemand redete mehr über den Vorfall.

Wir blieben fast die ganze Nacht beisammen, sprachen von Fußball und Krieg und Bandenkämpfen in Marrakesch. Holt fragte, wie sich ein anständiger Mensch wie Big Loomis, der sich so gut in Form halte, mit so dreckigen Geschäften abgeben könne, und Loomis sagte: „Manche von uns glauben, daß der Krieg in Vietnam undiskutabel ist. Wir sind zu allem bereit, um ihm zu entgehen."

„Aber du und Joe, ihr seid geborene Kampfhähne", sagte Holt. „Ihr habt Freude am Kampf, und trotzdem wollt ihr Kriegsdienstverweigerer aus Gewissensgründen sein."

„Habe ich nie behauptet", sagte Joe.

„Ich meine, wie könnt ihr einen hohen moralischen Standpunkt gegen den Krieg vertreten und euch mit Big Casino abgeben?"

„Alles ist erlaubt", sagte Joe.

„Aber begreifst du denn nicht, daß eine solche Photographie dein Leben ruinieren kann?"

„Bei wem?" unterbrach Big Loomis. „Vielleicht wird eine solche Photographie aus dem Jahre 1970 einmal etwas sein, worauf man stolz sein darf. Die Leute unserer Generation werden es jedenfalls verstehen, und die anderen zählen nicht." Er nahm einen großen Schluck Whisky und zeigte mit der Flasche auf Holt. „Nehmen wir Gretchen. Angenommen, Joe will sie nächstes Jahr heiraten. Ein solches Photo würde ihrem Vater den Kopf abreißen. Er würde die Wände hochgehen und wie ein totes Huhn an der Decke flattern. Aber würde es Gretchen einen Deut ausmachen? Würde sie Joe nicht noch mehr lieben, weil er den Mut dazu hatte?"

Ich wollte mich nicht an diesem Streit beteiligen, also verließ ich sie und wanderte über die Djemaá ins „Bordeaux". Wie üblich ging ich zu den Schweden, in deren Zimmer der süße Geruch von Marihuana in der Luft hing. Etwa zwanzig junge Leute saßen herum, gaben sich freundlich-gelassen und ergingen sich in ihrem üblichen Gerede darüber, wie die Probleme der Welt zu lösen wären. Niemand zeigte Bitterkeit, keiner beharrte auf seiner Meinung, friedlich wechselten sie von einer gigantischen Frage zur nächsten. Vietnam, Kuba, Revolution in Südamerika, der russisch-chinesische Konflikt, die Sinnlosigkeit, Milliarden Dollar für die Mondlandung vergeudet zu haben, der kalifornische Bericht, der bewies, daß Neger genetisch minderwertig waren – all das wurde offen diskutiert und in einer Wolke von Marihuana ad acta gelegt.

Gegen drei Uhr früh, als die letzten Gäste gingen, wollte ich mich verabschieden, aber Rolf fragte: „Was denken Sie von den heute angestellten Überlegungen?“ – „Sie stellen alle vier Minuten tiefgründige Überlegungen an“, antwortete ich, „und ehrlich gesagt, mir wird davon schwindlig.“ Er lachte, dann fragte er: „Ich meine, wegen des Krieges.“

Ich sagte: „Ich finde es ein wenig anstößig, daß eine Generation, deren Existenz noch vor ihrer Geburt von jenen Männern gesichert wurde, die Hitler bekämpften, heute applaudiert, wenn diese Leistung von den Beatles lächerlich gemacht wird.“

Inger erwiderte: „Nicht die Leistung. Den Mißbrauch, der heute mit der Erinnerung an diese Leistung getrieben wird. Den haben wir satt.“

Ich sah, daß es sinnlos war, über ein Thema zu diskutieren, bei dem so viele eine so feste Meinung hatten, also dankte ich Inger für ihre Gastfreundschaft und wandte mich zur Tür, aber wieder hielt mich Rolf zurück. „Gehen Sie noch nicht“, sagte er, und mir wurde klar, daß er mit einem älteren Mann reden wollte. Also setzte ich mich wieder, und er begann: „Der wichtigste Punkt in bezug auf unsere Generation scheint Ihnen entgangen zu sein. Ihr quält euch herum mit Krieg oder Sex oder Drogen, und wir nicht. Inger und ich, zum Beispiel, wir haben etwas ganz Neues entdeckt.“

Ich fragte ihn, was das sei. „Es ist folgendes: Wir lösen uns von der Gesellschaft. Ganze Gruppen von uns wollen einfach nichts mit den Werten zu tun haben, an die Leute wie Sie glauben. Nehmen Sie Inger und mich. Wir sehen keinen Grund, warum wir heiraten sollten. Wir sind überzeugt, daß es gut und richtig ist für die, die es brauchen. Aber wir brauchen es nicht. Wir haben keine Veranlassung, akademische Grade zu erwerben. Wenn man Ingenieur oder Arzt werden will, dann braucht man sie natürlich, aber wir nicht. Wir bilden uns selbst weiter ... aber für uns, nicht für eine Prüfungskommission."

Inger, die neben mir auf dem Bett saß und mit einem Zigarettenstummel spielte, sagte: „Wir versuchten, so wenig Anstoß zu erregen wie möglich. In diesen Dingen, die die Gesellschaft so ernst nimmt, sind wir zu Konzessionen bereit. Aber nicht in den großen Dingen. Ehrlich; wir würden lieber sterben, als uns den alten Normen zu beugen."

„Das verschafft sicher einige Befriedigung, wenn man achtundzwanzig ist. Aber wie werdet ihr euch später anpassen?"

Rolf schnippte mit den Fingern und rief: „Das ist es ja! Das ist später."

„Was meinen Sie?" fragte ich. „Ich rede von einem Heim ... Kindern ... geregeltem Einkommen."

Die beiden Schweden warfen einander Blicke zu und lachten. Sie sagte: „Mein lieber Mr. Fairbanks! Begreifen Sie denn nicht? Das hier ist die Zukunft. Das ist unser Heim ... für sechs Monate im Jahr."

„Wovon leben Sie?"

„Sie verstehen die Hauptsache nicht, Mr. Fairbanks." Rolf öffnete eine Flasche Orangeade, goß mir ein halbes Glas ein und behielt die Flasche für sich. „In zwei Wochen fliegen Inger und ich nach Stockholm zurück. Wir nehmen weder Haschisch noch Kiff mit. In den Koffern dort drüben haben wir normale Kleidung, und vor unserer Abreise schneiden wir uns die Haare ein wenig kürzer. Wenn wir in Stockholm aus den Flughafengebäude gehen, nehmen wir einen Autobus, der uns zu einer Wohnung bringt wie tausend andere: wenn Sie uns am Tag nach unserer Heimkehr sehen, könnten Sie uns nicht von den Millionen anderen unterscheiden. Am ersten Tag wird Inger Kindergärten besuchen, und bis zum Abend hat sie eine gute Stellung mit gutem Gehalt. Sie ist eine großartige Kindergärtnerin, und Kräfte wie sie sind sehr gesucht."

Inger bot mir ihre Zigarette an; ich lehnte ab, also nahm sie mehrere Züge und sagte: „Sobald Rolf ankommt, meldet er sich in einem Heim für Geisteskranke, und sie sind so froh, jemanden Tüchtigen zu finden – der gewissenhaft zur Arbeit kommt –, daß er noch schneller eine Stellung findet als ich."

„Sechs Monate lang arbeiten wir fleißig", erklärte Rolf.

„Und dann?"

„Dann kündigen wir."

„Einfach so?"

„Natürlich. Es ist Zeit für Marrakesch. Unser wirkliches Leben ist hier, und bis dahin haben wir genügend gespart, um es uns leisten zu können. Also kündigt Inger im Kindergarten, ich kündige im Krankenhaus, und wir ziehen los."

„Was geschieht, wenn ihr zurückkommt?"

„Habe ich doch eben erzählt. Zwei oder drei Stunden nach der Landung haben wir wieder gute Stellungen." Er nahm ein paar Züge aus Ingers Zigarette. „Es ist eine neue Welt. Sehen Sie Inger an. Glauben Sie mir: wenn sie sich dem Konkurrenzkampf des Schulsystems stellen wollte, sie würde sehr bald Direktorin sein! Es wird immer einen Platz für Inger geben. Und wissen Sie, warum? Hauptsächlich deswegen, weil sie die innere Zufriedenheit hat, die den anderen fehlt. Sie kämpft nicht, sie gebraucht nicht die Ellenbogen. Sie hat keine Aggressionen."

Aber ich möchte nie mehr als sechs Monate im Jahr arbeiten", sagte Inger. „Dann muß ich zurück nach Marrakesch... ins wirkliche Leben."

„Finden Sie das so befriedigend?"

„Sie etwa nicht?"

Ich konnte nicht gleich antworten. Endlich sagte ich: „Es könnte schön sein... als Urlaub."

„Genug!" rief Rolf. „Mehr wollte ich nicht hören. Als Urlaubsort hat es unbestritten seine Schönheiten. Sehen Sie, der Unterschied zwischen uns besteht nur in der Länge unseres Urlaubs. Inger und ich bestehen darauf, daß der Urlaub wenigstens sechs Monate dauern muß, die Arbeit nicht mehr als sechs."

„In Stockholm arbeiten wir sehr viel und sehr hart", versicherte mir Inger. Ich glaubte es. „Jedes Jahr übernimmt Rolf eine besonders schwierige Station. Wir leisten unseren Beitrag in der Gemeinschaft. Aber wir verlangen dafür ein besseres Leben als unsere Eltern."

„Wir haben daran gedacht, das Jahr in fünf Monate Arbeit und sieben Monate Ferien aufzuteilen", sagte Rolf. „Aber Inger findet, daß fünf Monate zuwenig sind, um ihr Kind zu erziehen."

„Kind?" fragte ich.

„Wir haben ein kleines Mädchen", sagte Inger und reichte Rolf die Zigarette. „Wenn wir zurückkommen, ist sie überglücklich, bei uns zu leben. Wenn wir hier sind, ist sie bei ihrer Großmutter ganz zufrieden."

Rolf sagte: „Sie entwickelt sich eher besser als andere Kinder." Ich schürzte die Lippen. Inger sagte: „Sie brauchen nicht so zweifelnd dreinzusehen, Mr. Fairbanks. In Israel werden Tausende

Kinder im Kibbuz aufgezogen. Und es scheint, daß sie eher besser erzogen werden als die, die im Kreise der Familie aufwachsen. In der nächsten Generation wird es auf der ganzen Welt üblich sein. Die Familie wird stark überschätzt."

„Werdet ihr je heiraten?" fragte ich.

Rolf zuckte mit den Achseln. „Ich habe es einige Male vorgeschlagen. Inger sagt, sie hat ohnehin Kinder, soviel sie will. Und wenn man in einem Heim für Geisteskranke arbeitet, sieht die Ehe auch wesentlich weniger schön aus als für einen Zwanzigjährigen, der noch voller Hoffnungen ist."

„Ich glaube nicht, daß wir die Ehe brauchen", sagte Inger und blies sich die Stirnfransen aus den Augen. „Aber natürlich wissen wir heute nicht, wie wir mit vierzig denken werden."

„Und eure Tochter?"

„Meinen Sie... ob die Tatsache, daß wir nicht verheiratet sind, ihr schadet? Nur wenn sie den Sohn einer konservativen Mittelstandsfamilie heiraten wollte. Aber wir würden ohnehin alles tun, um das zu verhindern, und daß wir selbst nicht verheiratet sind, scheint mir da eine gute Taktik."

Dann kam mir ein neuer Gedanke. „Sie rechnen eigentlich damit, daß das Wirtschaftssystem, das Männer wie ich organisieren und in Gang halten, elastisch genug bleibt – oder sicher genug, wenn Sie wollen –, um Ihnen die Möglichkeit zu bieten, zu ihren eigenen Bedingungen einzusteigen, ein wenig Geld zu ersparen und sechs Monate Ferien zu machen? Mit anderen Worten: Sie können so leben, weil wir die Rechnung bezahlen."

„Stimmt", sagte Rolf. „Mit folgender Korrektur: Das System existiert primär zu Ihren Gunsten. Sie halten es nicht für uns in Gang, sondern für sich selbst. Damit es funktioniert, brauchen Sie unsere Arbeit und unseren Konsum. Sie brauchen uns ebensosehr, wie wir Sie brauchen. Und der Preis, den Sie in Zukunft werden zahlen müssen, ist ein Jahresgehalt für die Arbeit von sechs Monaten."

„Und die Zusicherung einer Stellung, sooft Sie zurückkommen."

„Sicher. Aber nicht um unsretwillen. Um Ihretwillen! Wenn ich in einer Anstalt den Saustall in Ordnung bringe, der dort herrscht – und ich arbeite wirklich schwer für das Geld, das ihr mir zahlt –, tue ich es nicht in erster Linie für mich selbst. Ich tue es für euch – um euer System in Gang zu halten."

„Ist es nicht unser aller System? Wie viele Paare wie euch kann es erhalten... bei halber Produktion?"

„Uns kann es offenbar erhalten", sagte Rolf, „und die anderen kümmern uns nicht."

„Warum leistet ihr nicht das ganze Jahr über euren Beitrag?" fragte ich gereizt.

„Weil das eine zu lange Zeit ist, um für andere Leute zu arbeiten."

„Warum macht ihr unsere Aufgaben nicht zu euren Aufgaben?"

„Was Sie wirklich meinen, ist: Sind wir nicht an Beförderung und höherem Gehalt interessiert? Inger würde keine Befriedigung darin finden, Direktorin zu sein. Ich als Anstaltsdirektor ebensowenig. Diese Art von Karrieredenken haben wir völlig abgelegt, ebenso wie Millionen andere. Und was das Geld betrifft, so wollen wir einfach nicht mehr."

„Hat das Marihuana euren Ehrgeiz abgetötet?" fragte ich.

„In Stockholm rühren wir es nie an. Unsere Polizei ist streng, es ist zu riskant... im Augenblick jedenfalls. Also ist Abstinenz der Preis, den wir dafür bezahlen, in Ihrem System arbeiten zu können. Kein allzu hoher Preis."

Inger sagte: „Sie dürfen nicht glauben, daß wir alle sechs Monate in Marrakesch aus dem Fluzeug steigen, zur Djemaá hetzen und schreien: ‚Gib mir Kiff, schnell!'"

„Was wir tun", sagte Rolf, „ist, was jeder vernünftige Mensch tun würde. Wir sehen uns das Treiben an... dann hören wir Jemail vom Eingang zu den Souks rufen... sehen Big Loomis vorüberwatscheln... und die Tränen kommen uns... und wir gehen durch die Gassen zu diesem Hotel... und Léon sagt: ‚Euer Zimmer wartet', und wenn alles ausgepackt ist, die Kinder da waren, um uns zu begrüßen und wir unsere Post gelesen haben, schicken wir Jemail um richtig gutes Gras und rollen uns einen Joint, und wenn wir ihn abwechselnd rauchen, sagen wir: ‚Wir sind wieder daheim.' Das ist die Wirklichkeit. Stockholm ist das Exil, wohin wir gehen, um euch zu helfen, eure Anstalten für Geisteskranke weiterzuführen."

Es war fast Morgen geworden. Während die beiden ihre letzte Zigarette teilten, fragte ich: „Aber stumpft es nicht eure Energien ab?"

„Das Leben tut das ohnedies", sagte sie.

„Dann geben Sie zu, daß sie abgestumpft sind?"

„Ja. Ich kann Krieg oder Beförderung oder hohes Einkommen oder ein großes Haus nicht mehr ernst nehmen. Ich lehne Kolonialismus und Vietnam und bemannte Raumfahrt ab. Ich will nichts mit Ratenzahlungen zu tun haben, nicht wie das Mädchen von nebenan aussehen, halte nichts von kirchlichen Hochzeiten und einer Menge anderer Dinge. Wenn Sie Marihuana für diese Ablehnung verantwortlich machen wollen, tun Sie's ruhig. Ich glaube, es ist ein Erwachen."

Nachdem Monica mit Cato gebrochen hatte, blieb sie eine Weile allein, aber sie war so krank, daß sich jemand um sie kümmern mußte, und Cato und ich überredeten Big Loomis, sie in sein Stockwerk hinaufzunehmen. Loomis bemühte sich redlich, sie dazu zu überreden, das Heroin aufzugeben, und zunächst erzielte er auch Fortschritte. Doch es gelang ihr immer wieder, von Jemail eine Spritze zu kriegen. Dann kam sie auf den Balkon und füllte den Hof mit obszönen Anschuldigungen gegen den dicken Mann, die meist darin gipfelten, daß sie ihm vorwarf, er schliefe mit Cato.

Cato fühlte sich nach dem Streit mit Jigal und ohne Monica sehr einsam und konnte keinen Trost mehr bei seinen weißen Freunden finden. Daher schloß er sich immer mehr dem dicken Mann an und ging oft hinauf ins vierte Stockwerk, um mit Loomis zu reden. Die Sicherheit und der Weitblick dieses Mannes waren außergewöhnlich.

„In den Vereinigten Staaten am Leben zu bleiben, ist ein Spiel", behauptete Loomis, „und jeder kluge Junge sollte imstande sein, dabei zu gewinnen."

„Aber man muß nach den Regeln der Weißen spielen."

„Mann, die Weißen haben Probleme genug", lachte Loomis. „Meinst du vielleicht, sie wären vom Druck der Gesellschaft ausgenommen, bloß weil sie weiß sind? Siehst du hier vielleicht einen Neger, der sich mit Heroin umbringt?"

Früher oder später kam Cato immer wieder auf Monica zu sprechen. „Was können wir für sie tun?" fragte er immer wieder.

„Du liebst sie, nicht wahr?" fragte Loomis.

„Nicht mehr wie früher. Das ist vorbei ... Aber sie ist es wert, gerettet zu werden, Loomis."

„Langsam zeigst du Verstand, Sohn. Das Geheimnis des Lebens ist es, wirklich zu lieben ... und nicht nur, wenn man wiedergeliebt wird, sondern auch dann, wenn eigentlich gar kein Grund dafür vorhanden ist. Dann wird man reif. Wir werden uns etwas ausdenken, um diesem verletzten Vögelchen zu helfen."

Auf der Treppe traf Cato Holt, der sagte: „Ich suche Gretchen." Cato nickte nur und ging weiter.

Holt ging in Gretchens Zimmer, aber sie war nicht da. Joe lag, nur mit seinen hautengen Jeans am Leib, auf dem Bett und wandte sich schläfrig um. „Was gibt's?"

„Britta und ich fliegen weiter nach Ratmalana", sagte Holt, „und bevor wir wegfahren, würde ich eigentlich gerne... nun... es täte mir leid, so nahe bei Casablanca gewesen zu sein, ohne hinzufahren."

„Es ist sehr öde", sagte Joe. „Fast wie Pittsburgh."

Holt räusperte sich, blickte auf seine Schuhe und sagte: „Nun, wenn man so in der Nähe des Ortes ist, wo Humphrey Bogart Ingrid Bergman rettete..."

„Wovon redest du?" fragte Joe.

„Ach, du weißt doch... das großartige Lied... ‚As Time Goes By' ... Ich möchte gerne sehen, wo Claude Raines sein Büro hatte... und Peter Lorre..."

Sie hörten Gretchen über die Treppe heraufkommen, und Joe rief: „Mr. Holt ist hier und möchte dich sehen. Er möchte nach Casablanca fahren." Und Gretchen rief: „Natürlich! Dort spielt doch der berühmte Film von Bogart. Wollen Sie meinen Pop-Top haben?"

„Ja, aber wir möchten, daß Sie und Joe mitkommen. Fairbanks wartet im Hotel."

Joe meinte, wenn man Casablanca einmal gesehen habe, gäbe es keinen Grund, noch einmal hinzufahren, aber Gretchen sagte, sie würde die Ebenen von Marokko gerne wiedersehen und bestand darauf, daß Joe mitkäme. Beim Hinausgehen sahen sie Cato verloren am Treppenabsatz stehen, und Gretchen lief zu ihm hin und sagte: „Du mußt mitkommen."

Joe fuhr mit, nur Britta beschloß im letzten Augenblick, im „Bordeaux" zu bleiben. „Wir können Monica nicht allein lassen", meinte sie. Unsere Expedition bestand also aus Gretchen und vier Männern, und wir alle fanden Casablanca langweilig. Von der geheimnisvollen Atmosphäre, durch die der Film so populär geworden war, merkte man nichts. Holt meinte: „Manchmal ist es gut, die Realität zu sehen", und lud uns zu einem Couscous ein. Dann bereiteten wir uns zur Rückfahrt nach Marrakesch vor.

Aber ich sagte: „Wenn wir schon so weit gekommen sind, dann fahren wir über Meknès heim." Und bei dieser abenteuerlustigen Gruppe bedurfte es keiner weiteren Überredung, um den Vorschlag durchzusetzen.

Auf dem Weg nach Meknès geschah etwas, das ich nicht vorausgesehen hatte. Als wir an Feldern vorbeifuhren, die nun unfruchtbar und verlassen waren, hielt Joe den Wagen an und stieg aus, um eine unbedeutende Ruine zu studieren, die sich seit ein paar hundert Jahren gegen Wind und Wetter behauptet hatte. Er stieß mit dem Schuh daran, prüfte nach, wie die Steine zusammengefügt worden waren, dann kniete er nieder und zerbröselte ein wenig Erde in seiner Hand. Er fragte: „Ist es wahr, daß hier, wo wir heute die nordafrikanische Wüste sahen, einst die Gärten und Weizenfelder Roms waren?"

„Ohne Zweifel", sagte ich.

„Was geschah?"

„Haben Sie je von Leptis Magna gehört? Weiter oben an der Küste?" Er verneinte, und ich fuhr fort: „Das sollten Sie einmal sehen. Oder tief in das Hügelland von Libyen hinein bis nach Germa fahren."

„Was gibt es dort?"

„Riesige Städte, die einst das reichste Ackerland der Welt beherrschten. Jetzt ist es eine Wüste."

„Klimaveränderungen? Regen?"

„Man nimmt an, es geschah, weil die Menschen das Land mißbrauchten. Eines der besten Ackerbaugebiete vernichteten, die Rom je besaß."

Joe blieb einige Zeit bei den Ruinen und blickte um sich, als versuchte er sich vorzustellen, wie dieser Teil Afrikas in der guten alten Zeit gewesen sein mochte. Als er zum Wagen zurückkam, fragte er: „Wie hieß die Stadt nur?" und ich sagte: „Leptis Magna. Wenn man sie einmal gesehen hat, vergißt man sie nicht mehr."

Vor Meknès bat ich Joe, einen Augenblick anzuhalten, weil ich Cato etwas zeigen wollte. „Sehen Sie diese riesigen Mauern an. Dahinter verbirgt sich eine der bemerkenswertesten Städte, die je gebaut wurden. Es hatte natürlich eine ältere Stadt gegeben, aber König Moulay Ismail ließ den Großteil niederreißen und fing neu an. Er arbeitete etwa fünfzig Jahre, und zuletzt wurde es ein Meisterwerk."

Wir fuhren ein Stück die Stadtmauer entlang und dann durch ein großartiges, vielbogiges Stadttor, vorbei an Gärten und riesigen Palästen, parkten den Wagen und gingen zu Fuß durch den Souk. Überall standen die Zeugnisse von Moulay Ismails megalomanischer Bauwut.

Wir suchten uns einen Tisch in einem Café, und während wir beim Wein saßen, sagte ich: „Es war einer der grausamsten Männer in der

Geschichte Afrikas.“ Gretchen fragte, was für ein Administrator er gewesen sei, und ich sagte: „Kein übler. Er hatte etwas mehr als hundert Frauen, und einmal wollte er eine der Töchter Ludwigs XIV. heiraten. Er regierte mit furchtbarer Strenge, und es ist erwiesen, daß er mehr als dreißigtausend Sklaven mit eigener Hand tötete. Zeitgenössische Chroniken schildern seine tägliche Inspektion der Bauarbeiten; wenn er den kleinsten Fehler oder eine Nachlässigkeit bemerkte, packte er den Schuldigen mit der linken Hand am Haar, riß ihm den Kopf nach hinten und schlitzte ihm mit der Rechten die Kehle auf. Angeblich hat er mehr als dreißigtausend getötet... alles Neger.“

„Nichts als Lügengeschichten“, fuhr Cato auf. „Dreißigtausend von einem Mann getötet. Gespenstergeschichten.“

„Genau das richtige Wort“, sagte ich. „Diese Stadt ist voll von Gespenstern – Tausenden und Abertausenden. Ein Großteil von ihnen waren Sklaven, und die waren Neger.“

„Warum erzählen Sie mir das?“ rief er zornig. „Haben Sie uns deshalb hierhergebracht?“

„Ja. Seit Sie von Mozambique zurück sind, haben Sie eine Menge Unsinn über die historische Beziehung zwischen dem Islam und den Negern verzapft. Sie sollten sich sehr genau ansehen, wie diese Beziehung wirklich war.“

„Ich habe es angesehen“, sagte er leise, „und immer habe ich das Gefühl, daß der Islam die Zukunft für uns ist. Mit dem Christentum haben wir keine.“

Ich zeigte auf die ragenden Mauern und Gebäude von Meknès und bat ihn, er solle sich vorzustellen versuchen, was während Moulay Ismails fünfzigjähriger Regierungszeit wirklich geschehen war: die Folterungen, die Sklaverei, die nur der Tod beendete, die Grausamkeit, der Hunger. Aber zuletzt sagte er starrsinnig: „In den Vereinigten Staaten war es genauso.“ – „Wenn Sie das glauben, sind Sie ein Idiot“, sagte ich.

Hier brach das Gespräch ab. Cato lud mich zu einem Glas ein, und wir redeten über andere Dinge, bis er uns wieder zu dem Thema zurückbrachte, das uns allen keine Ruhe ließ: „Wir können es nicht länger hinausschieben. Wir müssen wegen Monica etwas unternehmen.“ Harvey, der sich an dem früheren Gespräch nicht beteiligt hatte, sagte: „Ich finde, sie sollte ins Krankenhaus gehen . . . sofort“, und Cato sagte: „Ich bin auch dieser Meinung, aber haben Sie einmal versucht, mit ihr zu reden . . .“ Er brach ab, biß sich auf die Lippen. Gretchen beugte sich zu ihm und küßte ihn auf die Wange.

„Sobald wir nach Marrakesch zurückkommen, fahren wir sie ins Krankenhaus."

Holt sagte: „Britta ist in solchen Dingen sehr vernünftig. Sie hat gestern ein Krankenhaus gefunden. Darum wollte sie bei Monica bleiben." Er zögerte und fügte dann hinzu: „Sie ist ein sehr starkes Mädchen."

Dann sagte ich, ohne selbst zu wissen, warum: „Als ich Monica heute früh oben an der Treppe stehen sah, hatte ich das merkwürdige Gefühl, sie wäre eines von den Kindern aus Deutschland oder Frankreich, die im dreizehnten Jahrhundert mit dem Kinderkreuzzug auszogen und als Sklaven in Meknès oder Marrakesch endeten..."

Gretchen stand auf, verließ unseren Tisch und ging hinüber zu der großen Mauer. Sie legte die Handflächen an die Steine, wandte den Kopf und fragte mit Erregung in der Stimme: „Sie sagen, daß die Kinder vom Kreuzzug so weit kamen?"

„Ihr Kreuzzug kam bis Marseille, wo christliche Kapitäne sie an Bord nahmen und versprachen, sie ins Heilige Land zu bringen..."

„Ich weiß. Und sie als Sklaven an die Mauren verkauften. Sie meinen, sie kamen so weit nach Süden?"

„Wo glauben Sie denn, daß sie verkauft wurden? In Algerien und Marokko... viele Schiffsladungen... sie wurden in Karawanen aneinandergekettet und direkt nach Süden auf die Märkte getrieben. Viele von ihnen müssen hier und in Marrakesch verkauft worden sein, und nur wenige von ihnen erreichten das zwanzigste Lebensjahr."

Holt sagte: „Viele Kreuzzüge enden so."

Immer noch an der Mauer, sagte Gretchen: „Das hatte ich gesucht... Natürlich! Der Kinderkreuzzug!"

Sie hatte ihr Thema, sie hatte ihre Kraftprobe. Ich bin sicher, sie sah auch die Beziehungen zwischen damals und heute. Die Kinder jeder Generation schließen sich ihrem eigenen Kreuzzug an, nur die Fahnen wechseln.

Wir hätten uns auf den Rückweg machen sollen, aber Gretchen und Cato wollten noch durch die Souks von Meknés wandern. Vor einem Hutladen blieb Cato stehen und wählte mit Gretchens Hilfe den roten Fez, der in Philadelphia und im Osten sein Abzeichen werden sollte. Nun trug er den Fez zum ersten Mal durch das Gassengewirr, schweigend neben Gretchen einhergehend.

Joe ging neben Harvey, und von Zeit zu Zeit fing ich Bruchstücke ihres Gesprächs über Vietnam und unsere Möglichkeiten, uns aus diesem Hexenkessel herauszuziehen, auf. Es schien, als wären sie zu einem gewissen gegenseitigen Verständnis gelangt. Holt lehnte Joes

Argumente nicht mehr als idiotisch ab, und Joe war bereit, Harveys hartnäckig vorgebrachte Argumente anzuhören.

Als wir einstiegen, um heimzufahren, setzte sich Gretchen neben mich und flüsterte: „Danke."

Ich fragte sie, wofür, und sie sagte: „Sie haben mir den Schlüssel gegeben." Sie wandte sich an die anderen. „Das klingt lächerlich, aber als Mr. Fairbanks im Café ‚Kinderkreuzzug' sagte, stand plötzlich die Idee klar vor mir. Ich weiß jetzt, welche Aufgabe ich habe."

Es kam die Rede darauf, daß die unentschlossenen Jahre junger Menschen nicht vergeudet waren, wenn sie Raum zum Denken boten, und neue Ideen hervorbrachten, auch wenn man diese im Augenblick nicht klar beurteilen konnte; doch konnte die Inspiration, wenn sie sich einstellte, Material vorfinden, um zu zünden. Joe fragte: „Aber was ist, wenn man sich nur herumtreibt und nicht weiß, was man sammeln soll, weil man nicht weiß, was einmal zünden wird?"

„Wenn du es lange genug machst", grunzte Holt, „wirst du ein Vagabund."

Nun folgte eine lange Diskussion darüber, was „lange genug" bedeutete. Sie wollten meine Meinung darüber hören, und ich sagte: „Ich weiß nicht genau, wie es bei den Mädchen ist, aber ein Mann kann vor seinem fünfunddreißigsten Lebensjahr alles tun, ohne daß es vergeudete Zeit ist. Wenn er natürlich ein Fach mit einer genau definierten Ausbildungszeit wählt – sagen wir Medizin oder Technik –, dann verliert er sicher Zeit, wenn er fünf Jahre aussetzt. Aber für alle anderen ist kein Jahr verloren. In Europa herumtrampen ist vielleicht das beste, was ein junger Mann tun kann, wenn er ein wirklich großer Rechtsanwalt werden will. In einem Holzfällercamp arbeiten ist vielleicht der richtige Weg zu einer Berufung als Priester. Angenommen, man möchte ein guter Dramatiker werden. Vielleicht führt der Weg dazu über Marrakesch. Ich glaube, ein Mann hat bis fünfunddreißig Zeit zum Suchen."

„Mit dreißig ist er ein Tramp", sagte Holt.

Sie gerieten wieder in Hitze. Cato und Gretchen stimmten Holt zu, daß fünfunddreißig viel zu spät sei, und schließlich forderten sie mich auf, meine Behauptung zu beweisen. „Ich promovierte 1930 an der Universität von Virginia", sagte ich. „Gute Noten, und keine Ahnung, was das alles bedeuten sollte. Mein Onkel gab mir das Geld für einen Sommer in Europa . . . sozusagen als Promotionsgeschenk. Also kam ich herüber, und es war völlig verwirrend. Ein Bürokollege meines Onkels hatte meine Reiseroute nach Belgien, Italien und

Spanien arrangiert, London und Paris galten als zu gefährlich. Jedes Hotel war gebucht, und gleichzeitig mit meinem Kreditbrief bekam ich Empfehlungsschreiben an drei Herren in Antwerpen, Mailand und Sevilla mit."

„Warum gerade diese drei?" fragte Gretchen.

„Weil das die Bankiers waren, die der Firma meines Onkels bekannt waren. Und diese zufällig gewählten Städte ... sie waren die Rettung meines Lebens.

„Wieso?"

„Es geschah in Sevilla."

„Klingt wie ein Lied", sagte Cato.

„Es war einer dieser Gedankenblitze, wie bei Gretchen. Ich stand im Schiff der Kathedrale von Sevilla und verglich sie mit den Kathedralen, die ich in Antwerpen und Mailand gesehen hatte."

„Und was geschah?" fragte Joe.

„Ich erkannte blitzartig, daß ich eine Fähigkeit besaß, die den meisten Menschen offenbar abging. Ich konnte eine komplexe Reihe von Maßwerten über diese drei Kathedralen im Kopf behalten und daraus Werturteile ableiten."

„Was meinen Sie?" fragte Joe.

„Ihre Länge, ihre Breite – bloße Statistik. Die Schönheit ihrer Architektur, die Lichtqualität – Ästhetik. Ihre Lage innerhalb der Stadt, ihre Beziehung zu ihrer Umgebung – Vergleiche. Die ungeheure Düsterkeit von Sevilla gegen das Maßwerk in Mailand gegen das überwältigende Altarbild von Rubens in Antwerpen. Ich konnte sogar das Französisch von Antwerpen, das Italienisch von Mailand, das Spanisch von Sevilla bewerten. Mit anderen Worten: ich konnte eine ungeheure Vielfalt unzusammenhängender Daten in mein Hirn pressen und sie so ordnen, daß aus ihnen Zusammenhänge und Wertigkeiten abgelesen werden konnten.

Im Zweiten Weltkrieg diente ich im Stab von Admiral Halsey, wo meine Aufgabe darin bestand, gegensätzliche Ziele einander anzunähern. Als ich zu World Mutual ging, entdeckten sie sehr bald, daß sie mich zum Beispiel nach Marokko schicken konnten, um herauszufinden, ob wir in Marrakesch oder Tanger investieren oder vielleicht über die Grenze nach Algerien gehen sollten."

„Behalten Sie alle Daten im Kopf?" fragte Joe.

„Ich bin eine Art IBM-Maschine", sagte ich.

„Wird es der Maschine nicht manchmal zuviel?" fragte Cato.

„Schlimmer noch: die Sicherung brennt durch."

„Könnten Sie mich nicht in ihr System füttern?" fragte Joe.

„Es funktioniert nur, wenn die Werturteile aus Fakten abgeleitet werden“, sagte ich. „Und ich weiß die Fakten über Sie nicht.“

„Das wichtigste Faktum ist: Er ist ein Tramp“, sagte Holt.

„Nicht mit zweiundzwanzig.“

„Aber er wird es mit zweiunddreißig sein, und mit zweiundvierzig“, sagte Holt. Aber es war ihm anzusehen, daß er hoffte, seine Voraussage würde sich als falsch erweisen.

Als wir um ein Uhr früh das Hotel Bordeaux erreichten, kam Britta herausgerannt, warf die Arme um Gretchen und schluchzte: „Monica ist durchgebrannt. Mit zwei jungen Marokkanern.“ Dann fügte sie hinzu: „In eleganter westlicher Kleidung.“

Sobald wir das Hotel betraten, konnten wir Big Loomis im obersten Stockwerk toben und Jemail verfluchen hören. Wir rannten hinauf. Er gab eben Auftrag, Jemail zu suchen. Als er uns erblickte, schrie er: „Wie zum Teufel konntet ihr ein todkrankes Kind in dieser Kaschemme allein lassen?“

Holt fuhr ihn an: „Warum hast du dich nicht um sie gekümmert? Sie hat hier gewohnt.“ Und Loomis sagte fast unter Tränen: „Dieser dreckige kleine Zuhälter hat ihr seit Wochen Anträge gemacht. Als Britta zum Mittagessen gegangen war, sah ich ihn in meinem Stockwerk herumschleichen und warf ihn die Treppe hinunter. Ich dachte, die Sache wäre damit erledigt.“

Nun brach Britta in Tränen aus. „Ich war nur dreißig Minuten weg. In der ‚Terrasse‘. Als ich zurückkam, war sie verschwunden. Léon sagte etwas von zwei Marokkanern.“

Wir rannten hinunter zu Léon, der uns den ersten konkreten Hinweis gab: „Jemail wartete, bis Britta gegangen war. Dann rannte er hinauf, aber Loomis stieß ihn die Treppe hinunter. Da pfiff er . . .“

„Den Pfiff habe ich gehört!“ rief Loomis und schlug sich an die Stirn.

„Gleich darauf kam Monica mit ihrem Koffer die Treppe herunter, und Jemail führte sie auf die Djemaá“, sagte Léon. „Ich folgte ihnen, um zu sehen, was er wieder anstellte. Er führte sie zu einem Wagen, in dem zwei junge Männer saßen. Weg waren sie.“

„Wir werden Jemail finden und ihm den Hals umdrehen“, sagte Loomis und führte uns auf die Djemaá. Er fragte alle Vorübergehenden, ob sie den dreckigen Kerl gesehen hätten. Auf dem großen Platz sahen wir etliche Jungen aus Jemails Bande, und Loomis bekam einen zu fassen und fragte, wo sich Jemail versteckt hielt. Der Junge rief seinen Kameraden etwas auf arabisch zu, und innerhalb einer Minute kam Jemail über die Djemaá stolziert, ein gebratenes Fleischstück in der linken Hand.

„Ihr sucht mich?“ fragte er. Er ging direkt auf Big Loomis zu, der ihn an der Kehle packen wollte.

„Was hast du mit Monica gemacht?“ brüllte Loomis.

„Monica ist gegangen“, sagte Jemail fest, wie ein Gesandter, der mit einem feindlichen Herrscher verhandelt.

„Wo ist sie?“

„Im Augenblick wahrscheinlich mit zwei sauberen jungen Männern im Bett.“

„Wo?“ Wieder versuchte Loomis, den kleinen Kerl zu packen, der sich in sicherer Entfernung hielt.

„Warum sollte ich es euch sagen?“ fragte er.

„Weil ich in einer Minute die Polizei rufe.“ Loomis griff nach seiner Uhrkette, fand sie, zog die Uhr heraus und begann die Sekunden zu zählen.

Jemail erkannte, daß der Neger seine Drohung ernst meinte. „Ich nichts Schlechtes getan. Ich sage ihr, diese zwei netten Herren wollen mit ihr schlafen... sie gut zahlen. Sie will. Was kümmert das die Polizei?“

„Wohin haben sie sie geführt?“ fragte Holt zitternd vor Wut.

Jemail verweigerte die Antwort, und Holt erwischte ihn wutentbrannt an der Jacke. „Jetzt wirst du reden.“ In diesem Augenblick griff Big Loomis nach dem Jungen, und Jemail kreischte: „Halt ihn weg von mir!“ Holt riß den Jungen zurück. Während er ihn schüttelte, grinste Jemail plötzlich und fragte: „Wieviel zahlst du?“ Holt war so angeekelt, daß er ihn zu Loomis stieß, der ihn kaltblütig zu würgen anfing, worauf Holt ihn wieder zurückriß. „Halt, Loomis“, sagte Holt. „Erst müssen wir herausfinden, wohin sie sie gebracht haben.“

„Was ist es euch wert?“ beharrte Jemail.

„Weißt du, wo sie ist?“ fragte Holt.

„Ich weiß es.“

„Wo?“

„Wieviel?“ wiederholte der Junge, woraufhin Holt zu meiner Überraschung begann, das Kind wirklich fest auf den Kopf zu schlagen.

„Du Hundsfott“, flüsterte er, „sag mir, wo sie ist, oder ich schlage dich tot.“

Jemail entwand sich ihm halb, drehte sich ihm zu und spie ihm direkt ins Gesicht. Holt war so überrascht, daß er seinen Griff lockerte und Jemail sich losreißen konnte. Aus sicherer Entfernung beschimpfte er uns auf englisch. Es bestand keinerlei Hoffnung, ihn in dieser Nacht wieder zu erwischen. Wir sahen ihn noch inmitten seiner Bande, vor der er offensichtlich prahlte, wie er das englische Mädchen aus dem Hotel geholt und sich aus Holts festem Griff befreit hatte.

In gedrückter Stimmung gingen wir ins „Bordeaux" zurück, und nach einer unergiebigen Besprechung, was wir nun unternehmen sollten, machten Holt, Britta und ich uns auf den Weg zum „Mamounia". Auf der Treppe sagte Britta: „Gerade als ich sie ins Krankenhaus bringen wollte."

Ich ging zu Bett und hatte wüste Alpträume, in denen Holt das Kind schlug und der kleine Jemail auf der Djemaá Big Loomis verfluchte, der in Ketten gefesselt war.

Der nächste Tag war schrecklich. Am Morgen versammelten wir uns im „Bordeaux". Bei Tageslicht war der Schmutz dort nicht zu übersehen. Niemand erwähnte die weitverbreiteten Geschichten über schöne weiße Mädchen, die mit Haschischplätzchen gefügig gemacht und dann in ein Leben der Prostitution und Sklaverei entführt wurden. Mit diesen Geschichten verschreckte man Neulinge. Inger meinte, Monica sei freiwillig mit den Marokkanern durchgebrannt und würde nach zwei oder drei Tagen wieder auftauchen, als ob nichts geschehen wäre.

Zwei Tage vergingen ohne Monica, und am Morgen des dritten waren wir nicht überrascht, Jemail lächelnd und vergnügt wie immer ins „Bordeaux" kommen zu sehen, um uns noch eine Chance anzubieten. „Ich rede nicht mit dem Fetten, und nicht mit ihm oder ihm", sagte er, auf Joe und Holt deutend. „Aber wenn du dein Mädchen finden willst", sagte er zu Cato, „reden wir."

Sie gingen hinaus auf die Gasse, und nach einer Weile kam Cato zurück. „Für zehn Dollar wird er uns sagen, wo sie ist. Ich glaube, wir sollten zahlen."

„Hat er dir irgendeinen Hinweis gegeben?"

„Nein, aber ich habe den Eindruck, sie ist nicht in Marrakesch."

„Nicht einen Cent für diese Bestie", protestierte Big Loomis so laut, daß Jemail ihn hörte. Er steckte den Kopf herein und warnte uns: „Der fette Schwanz macht nur eine Bewegung, und ich sage euch nie."

Wir kamen zu dem Schluß, daß wir dem kleinen Erpresser seine zehn Dollar geben sollten, und schickten Cato zu Verhandlungen hinaus. Das Ergebnis war, daß Jemail und ich den Geldschein halten sollten, bis er uns sagte, wo Monica war. Ich sollte garantieren, daß ihn niemand schlug. Wie ein Pirat verlangte er auch noch die Zusicherung, daß wir ihm erst nachlaufen dürften, wenn er bis zum Ende der Gasse gekommen sei.

Während er und ich den Geldschein hielten und seine Fußspitzen schon in die Fluchtrichtung wiesen, lächelte er mich süß an und sagte: „Ihre Freunde, die drei Ingenieure... sie sahen sie in Ihrem Hotel... auf Fahrt zu Palmen. Sie nahmen sie Casablanca Hotel Miramar. Monicas Idee, nicht ihre. Sie schickte mich arrangieren." Er riß mir das Geld aus der Hand und rannte davon.

Ich war sprachlos. Big Loomis trat in Aktion. „Wir rufen sie von Ihrem Hotel an", sagte er und besorgte auf dem Weg zwei Flugkarten nach Casablanca. Der Telephonanruf war eine Katastrophe. Ich erreichte den ehemaligen Yale-Studenten in seinem Büro, und als er hörte, was ich zu sagen hatte, fing er zu lachen an, „Bitte, Fairbanks. Sie war doch bloß eine Hure. Wir nahmen sie ins Hotel mit und hatten Spaß mit ihr... Ja, zu dritt... Wir gaben ihr etwas Geld und schickten sie mit zwei anderen Männern nach Tanger weiter... Es war ihre Idee... Sie war ganz in Ordnung... Hotel Splendide, Tanger."

Big Loomis besorgte rasch drei Flugkarten nach Tanger und meinte: „Ich fliege besser mit Ihnen und Cato. Die anderen können gleich mit dem Wagen losfahren." Er hatte wenig Hoffnung, Monica in Tanger zu finden: „In der Stadt kann so vieles geschehen." Dann telephonierte er mit dem „Splendide": „Ja, zwei Männer haben mit Monica Braham hier gewohnt – vor zwei Tagen –, aber sie fuhren heute morgen weg... Nein, nicht Ingenieure aus Casablanca – zwei ziemlich üble Typen aus Tanger. Wenn Sie hier wären, könnte man sie auffinden." Loomis sagte, er würde in etwa zwei Stunden dort sein. Nach diesem beunruhigenden Gespräch telephonierte er mit der Polizei in Tanger und verlangte einen Beamten, den er von früher kannte: „Achmed, wir haben Schwierigkeiten. Der Name ist Monica Braham, achtzehn Jahre alt..."

„Siebzehn", korrigierte Britta.

„Siebzehn, schön, hellhäutig, dunkelhaarig, Engländerin. Tochter einer bedeutenden Familie. Spritzt täglich Heroin. Kam vor zwei Tagen ins „Splendide", hat es heute morgen verlassen. Wir müssen sie finden."

Er lief voraus ins „Bordeaux", aber als wir die Djemaá überquerten, blieb er zornig stehen und blickte zum anderen Ende des Platzes, wo Jemail an einem Kiosk lehnte und uns beobachtete. Als wir näherkamen, hatte er einen neuen Vorschlag: „Sie fliegen Casablanca, richtig? Wie wäre es, ich beschaffe allerbestes Taxi zum Flughafen?" Ich schüttelte den Kopf. „Oder eine Limousine? Fährt Sie non-stop direkt Hotel Miramar, Casablanca?" Ich sagte nein, und er antwortete: „Hoffe, Sie finden sie." Dann winkte er uns nonchalant nach und wandte sich jenem Teil der Djemaá zu, wo eben neue Touristen ankamen.

Polizeiinspektor Achmed war ein grobknochiger, dunkelhäutiger Mann, der in der Stadtpolizei gedient hatte, als Tanger noch Freistadt gewesen war. Damals war es der schlimmste Ort der Welt. Es war leichter gewesen, in Tanger einen Mord zu arrangieren, als in Chikago eine Verkehrsstrafe in der Tischlade verschwinden zu lassen. Rauschgift, Fälschung, Erpressung, erzwungene Prostitution und das Drucken falscher Pässe waren offen zugegebene Spezialitäten, und Inspektor Achmed hatte getan, was er konnte, um die Korruption in Grenzen zu halten.

Nun gehörte Tanger zu Marokko, und seine Aufgabe war leichter, aber nicht um vieles leichter. „Früher", sagte er uns in seinem Büro, „wäre sie wahrscheinlich in ein gutgeführtes Bordell jenseits der Grenze geschmuggelt worden. Heute gibt es das nicht mehr. So viel haben wir herausgefunden: Sie hat Tanger nicht mit dem Flugzeug verlassen und wurde weder auf der Fähre nach Algeciras noch auf der nach Málaga gesehen. Sie muß irgendwo hier sein. Also machen Sie sich keine Sorgen." Er wiegte uns keineswegs in falschen Hoffnungen, aber er konnte uns überzeugen, daß er Monica, wenn sie überhaupt gefunden werden konnte, finden würde.

Am ersten Tag erreichte er nichts. Die wirksamste Suchaktion wurde von Big Loomis unternommen, der sich in Tanger gut auskannte und zahllose Freunde hatte. Wir trotteten von Bar zu Bar, befragten sämtliche Stammgäste, ob sie die Engländerin gesehen hätten, und stellten fest, daß sie die erste Nacht mit einem Mann, der sie nicht nach Tanger gefahren hatte, die kleineren Bars abgegrast hatte. Anscheinend hatte sie ihn in dieser Stadt kennengelernt, aber niemand kannte ihn.

Wir suchten den Zoco Grande ab und fanden keine Spur von ihr, dann gingen wir durch die engen Gassen zum Zoco Chico, einem kleinen, von Bars umgebenen Platz, der den Beatniks von Tanger als Hauptquartier diente. Wir fragten junge Leute aus aller Herren Länder, ob sie Monica gesehen hatten. Zwei Schwedinnen, die aussahen, als hätten sie seit Monaten nicht gebadet, erklärten, sie hätten sie in einer elenden Herberge namens „Löwe von Marokko" gesehen. Für fünfzig Cent führten sie uns durch schmutzstarrende Gassen zu einem halbverfallenen Gebäude. Die Fenster im oberen Stockwerk gingen auf den Hafen hinaus, und während wir oben standen und ratlos auf den Hafen hinuntersahen, kam ein asthmatischer Araber die Treppe heraufgekeucht. „Ja, ich hatte eine junge englische Dame zu Gast", gab er zu. „Eine Nacht. Ja, sie war in Begleitung mehrerer junger Marokkaner, und sie gingen schon am nächsten Tag wieder."

Das war alles. Wir eilten zurück zur Polizeidirektion, um Inspektor Achmed zu informieren. Auch er hatte Nachricht für uns. „Wir haben sie gefunden, aber ich muß Sie warnen, sie ist in einer furchtbaren Verfassung."

„Was ist mit ihr geschehen?" fragte Cato.

„Nichts Ungewöhnliches. Unterernährung, Rauschgift. Sie ist im Krankenhaus."

Er führte uns zum Stadtrand, wo katholische Nonnen auf einem Felsen über der Bucht von Tanger ein Krankenhaus für ein Land führten, das ihre Kirche sehr schlecht behandelt hatte. Die Oberschwester, die uns begrüßte, war sehr liebenswürdig, äußerte sich aber keineswegs optimistisch.

Das Mädchen ist schwer krank", warnte sie uns auf dem Weg zur Station. „Es soll lieber nur einer von Ihnen hineingehen."

Wir blickten einander an und waren uns einig, daß Cato hineingehen sollte. Bevor er eintreten konnte, zog Inspektor Achmed einen britischen Paß hervor. „Das ist das Mädchen, nehme ich an." Cato öffnete den Paß und seufzte tief, als er Monicas schmales, feines Gesicht sah.

„Das ist sie", sagte er, und die Nonne führte ihn in das Krankenzimmer, aber innerhalb von Sekunden war er mit verzerrtem Gesicht zurück: „Das ist ist nicht Monica!"

Achmed und ich drängten uns an der Oberschwester vorbei ins Zimmer, wo ein blondes Mädchen von etwa zwanzig Jahren auf dem Bett lag, das Monica gar nicht ähnlich sah. Wir hielten sie für eine Schwedin, aber es war eindeutig, daß wir sie in ihrem Zustand nicht befragen konnten. Nach einem kurzen Blick auf ihr herabhängendes Kinn bezweifelte ich, ob sie noch lange zu leben hatte.

Wir stiegen in Achmeds Wagen und fuhren eilig zum „Löwen

von Marokko“ zurück, wo uns der asthmatische Wirt sagte, in der vergangenen Woche hätten mehrere Schwedinnen bei ihm gewohnt, aber er wisse nichts von ihnen. Eine von ihnen könnte den Paß der Engländerin gestohlen haben, aber das sei unwahrscheinlich, denn er führe ein anständiges Haus, wie die Polizei bestätigen könne.

Cato schlug vor, wir sollten zum Zoco Chico zurückgehen und sehen, ob wir die beiden Schwestern finden könnten, die uns gesagt hatten, daß Monica im „Löwen von Marokko“ wohnte. Wir fanden sie auch vor einer Bar in der Sonne herumlungern. „Fehlt eine aus eurer Gruppe?“ fragte Achmed ohne Umschweife, und die Mädchen begannen ihre Freunde herzuzählen, aber sie hatten anscheinend Haschisch geraucht und konnten sich auf nichts konzentrieren. Achmed schob sie in seinen Wagen und fuhr sie zum Krankenhaus. Als wir hineingingen, sagte die Oberin: „Sie ist tot.“

Achmed führte uns in die Totenhalle, wo das junge Mädchen steif unter einem Laken lag, das nur sein Gesicht freiließ: abgemagert, verlebt, tot. Die Mädchen erklärten auf den ersten Blick: „Das ist Birgit.“

„Birgit wer?“

„Aus Uppsala.“

„Aber wie heißt sie?“

„Birgit, aus Uppsala.“

Inspektor Achmed zog das Laken weg, betrachtete die Venen an ihren Armen, sah uns ausdruckslos an und deckte die Tote wieder zu. „Heroin“, sagte er.

Auf der Rückfahrt ins Stadtzentrum sah ich, daß Cato zitterte. Ich wandte mich ihm zu, wollte ihn trösten, aber er hielt die Augen abgewandt und wich vor mir zurück. In unserem Hotelzimmer fiel er in einen Stuhl, hielt den Kopf zwischen den Händen, starrte zu Boden und murmelte: „O Gott, gib, daß wir sie finden ... schnell.“

„Irgendwelche Ideen, Loomis?“ fragte ich.

„Eine. Am Zoco Chico kenne ich einen Kellner in einer der Bars. Er arbeitet nur nachts und ist der korrupteste Mensch in ganz Nordafrika. Schlafen wir jetzt ein wenig. Es ist unsere letzte Chance.“

Um zehn Uhr abends wanderten wir hinunter zum Zoco Chico, der jetzt hellerleuchtet und voll von Menschen war: Herumtreiber aus aller Welt, hauptsächlich junge Studenten, die eigentlich nach Marrakesch fahren wollten, aber nie über Tanger hinauskommen würden. Sie waren eine unattraktive Schar, hohläugig, verwahrlost.

Big Loomis ging direkt auf die größte Bar zu, wanderte in das

Büro und kam kurz darauf mit einem Kellner undefinierbaren Alters zurück. Er war vermutlich nicht älter als Fünfunddreißig, sah aber eher aus wie Siebzig. „Meine Herren, Sie kommen mit den besten Empfehlungen zu mir. Mein Freund Big Loomis ist vertrauenswürdig, und ich habe gute Nachricht für seine Bekannten." Er senkte die Stimme, trat näher, und flüsterte: „Die Blumen waren nie süßer im Libanon."

„Was?" fragte Cato.

„Von Libanon, unvergleichliche Schätze", sagte er listig zwinkernd.

„Was?" fragte Cato noch einmal.

„Marihuana!" stieß er hervor. „Verdammt gutes Marihuana aus Beirut."

„Kasim", sagte Big Loomis und legte dabei den Arm um die Schultern des Kellners. „Uns interessiert, was mit der Engländerin Monica Braham geschehen ist." Kasim reagierte nicht, und Loomis fuhr fort: „Sie ist eine sehr wichtige junge Dame. Siebzehn. Die Tochter von Sir Charles Braham, London."

„Und Vwarda", sagte Kasim, ohne den Ausdruck zu verändern.

„Ja", sagte Loomis. „Und wir telephonieren heute abend mit Sir Charles. Er wird sich große Sorgen um den Verbleib seiner Tochter machen."

„Er wird für Hinweise zahlen?" fragte Kasim.

„Ich zahle", mischte ich mich ein.

Kasim war offensichtlich erleichtert, daß ein zahlungskräftiger Amerikaner die Verantwortung übernahm, sagte aber: „Ich weiß nichts von dem Mädchen. Engländerin? Sehen Sie selbst. Es sind Hunderte hier. Aber ich werde fragen."

„Mehr konnten wir für den Anfang nicht hoffen", sagte Loomis begütigend.

Wir setzten uns an einen Tisch im Freien. Kasim stand bei uns, als würde er unsere Bestellungen aufnehmen, und wir erzählten ihm alles, was wir wußten: die Namen der beiden Hotels, wo Monica geschlafen hatte, und den Namen der toten Schwedin, die ihren Paß verwendet hatte. Mit dieser Information verschwand er.

Während wir auf seine Rückkehr warteten, hatten wir Gelegenheit, den Zoco Chico zu studieren. Er war makaber auf eine Art, wie es die Djemaá in Marrakesch nicht gewesen war. Hier endeten die Hoffnungen derer, die auf der Suche nach dem großen Abenteuer nach Marokko gekommen waren und tief enttäuscht hier hängengeblieben waren. Marrakesch zu erreichen verlangte nicht nur Geld, sondern auch Ausdauer; um nach Tanger zu kommen, brauchte man nur eine Karte für die Fähre aus Spanien. Wir sahen die, die mit der Fähre gekommen waren und nun weder nach Marrakesch weiterreisen, noch das Geld für die Rückfahrt nach Spanien aufbringen konnten. Manche von ihnen kannten den dicken Neger und setzten sich zu uns und erzählten, Tanger wäre nicht mehr so gut wie vor vier Jahren.

Als sie hörten, warum wir hier waren, zeigte keiner Interesse. So etwas kam jeden Tag vor, und sie hatten die Erfahrung gemacht, daß es besser war, sich nicht in solche Affären einzumischen, sonst landete das Mädchen garantiert in ihrer Wohnung und die Eltern behaupteten, man hätte sie verführt. Wütend über diese Gleichgültigkeit, sagte Cato: „Seid nicht so verdammt lässig", und ein Engländer sagte: „Dein Mädchen?" Cato nickte. Der andere fuhr fort: „Zweifellos ist sie mit einem anderen in den Sack gekrochen. Was kannst du dagegen tun?" Cato sagte: „Du Arschloch, sie stirbt vielleicht!", worauf der Engländer meinte: „Müssen wir doch alle, nicht?" Cato wollte auf ihn losgehen, aber Big Loomis sagte: „Nur ruhig! Kann sein, daß wir tagelang hierbleiben müssen." Wie um seine Behauptung zu bestätigen, kam Kasim gegen zwei Uhr früh mit der Nachricht zurück: „Niemand weiß, wo sie ist."

Unser Telephongespräch mit Sir Charles Braham in Sussex kam nicht zustande. Er war nicht zu Hause... war zu irgendeiner landwirtschaftlichen Sitzung gegangen. Während ich wartete, ob die Telephonistin ihn irgendwo erreichen konnte, überlegte ich, daß er bei jeder Krise im Leben seiner Tochter abwesend gewesen war.

Wir verbrachten den nächsten Tag damit, verschiedenen Spuren nachzurennen, die alle ins Nichts führten, und abends gingen wir wieder auf den Zoco Chico. Aber Kasim war nicht im Dienst. Loomis fragte den Besitzer, wo er sei, dieser aber erklärte achselzuckend: „Wer kann das bei Kasim wissen?" Nach Mitternacht erschien er mit einem breiten Grinsen: „Ich habe sie gefunden! Die Polizei konnte nichts tun, aber ich habe sie gefunden!"

Wir beugten uns aufgeregt vor, und er sagte: „Es war sehr kostspielig. Ich mußte einen Jungen nach Chechaouèn schicken." Big Loomis pfiff durch die Zähne; diese Bergstadt lag ziemlich weit im Südosten von Tanger, und es war nicht erklärlich, warum ein englisches Mädchen dorthin gehen sollte.

Cato sprach zuerst: „Können wir hinfahren?"

„Ich glaube, Sie sollten", sagte Kasim.

„Was wollen Sie damit sagen?"

Kasim sah Cato an, dann mich. „Vielleicht ist es besser, ich spreche mit diesem Herrn", schlug er vor und führte mich in ein Hinterzimmer. „Die Nachrichten sind nicht gut", flüsterte er. „Zwei Jungen von hier lernten sie kennen... vermieteten sie an sieben Freunde... einen nach dem anderen. Dann nahmen sie sie mit in ein Landhaus in Chechaouèn. Sie wurde sehr krank und rannte davon." Er zögerte, fügte aber dann doch etwas hinzu, weswegen er nicht gewollt hatte, daß Cato es erfuhr: „Mein Junge sagte mir am Telephon: ‚Sie haben sie acht- oder neunmal am Tag gefickt, ihr aber nichts zu essen gegeben.'"

Wir berichteten Inspektor Achmed, wo sie war, und er kam sofort mit einer Polizeilimousine, packte Cato und mich hinein und raste nach Tetuan, die alte Karawanenstadt in den Bergen, die Spanien zur Erinnerung an irgendein unbedeutendes Scharmützel großsprecherisch Tetuán-de-las-Victorias umbenannt hatte. Der Morgen graute schon, als wir uns ihr näherten und über eine kurvenreiche Straße in südlicher Richtung in die Vorberge des Atlas fuhren. Im vollen Tageslicht kamen wir nach Chechaouèn, einer alten Karawanenstadt in den Bergen. In der Nähe des Hauptplatzes erwartete uns ein Polizist, der nach Kasims Jungen schickte.

Unser Führer war nun ein fünfzehnjähriger Junge; er schien bestens bewandert in allen Lastern, aus denen man Profit schlagen konnte. Er führte uns über den Markt in einen uralten Stadtteil, der Ungläubigen seit Jahrhunderten verboten gewesen war, und da er mich für den Führer unserer Gruppe hielt, vertraute er mir an: „Ihre Tochter ist sehr krank. Vielleicht sollten wir einen Arzt holen."

Ich wollte sagen, daß ich nicht ihr Vater sei, aber ich beschloß, die Dinge nicht unnötig zu komplizieren. „Hol einen Arzt, wenn einer zu haben ist", sagte ich, und wir machten einen kleinen Umweg zum Haus eines jungen Mediziners, der in Casablanca studiert hatte und nun beim öffentlichen Gesundheitsdienst in Chechaouèn tätig war. Er sprach ausgezeichnetes Französisch und fragte, wer von uns krank sei. Der Junge erklärte, meine Tochter sei auf Abwege geraten. Der Arzt nickte mir ernst zu und sagte: „Wir haben viel davon in Casablanca. Hauptsächlich Schwedinnen."

Der Junge führte uns durch unwahrscheinlich enge Gassen, und ich sagte zu dem Arzt: „Hier hat sich seit zweitausend Jahren nicht viel geändert, nicht wahr?" Er schüttelte traurig den Kopf. „Das ist das Hinterland von Marokko. Und es wird sich in den nächsten zweitausend Jahren auch nicht viel ändern."

Dann kamen wir zu der Tür eines kleinen, aus Lehm gebauten Hauses. Ich wollte eintreten, aber der Arzt sagte: „Ich gehe besser zuerst", und ließ sich von dem Jungen hineinführen.

Wir warteten voll böser Ahnungen. Cato war sichtlich am Ende seiner Nervenkraft. Für Inspektor Achmed war Monica natürlich nur eine von vielen Europäerinnen; wenn wir sie heute nicht fanden, würde er morgen eine andere suchen.

Nun kam der Arzt sehr ernst heraus und sagte: „Einer von Ihnen soll mit mir kommen." Ich trat vor, aber Cato drängte sich an mir vorbei und verschwand durch die enge Tür. Einen Augenblick später hörten wir einen furchtbaren Schrei. Achmed stürzte hinein, und bevor ich folgen konnte, erschien Cato im dunklen Flur, mit Monicas Leiche auf den Armen.

Es war nur noch ein Schattenwesen. Arme und Beine hingen wie verdorrte Zweige herab, das schwarze Haar fiel in wirren Strähnen über ihr einst schönes Gesicht. Auf ihrem linken Arm zeigte sich ein gräßliches Geschwür.

Der Arzt schüttelte den Kopf. „Dieser Abszeß hätte leicht kuriert werden können." Er sah Cato und mich an. „Hat keiner von Ihnen ihr Gesicht bemerkt? Ihre Farbe? Das hat sie getötet. Serumhepatitis. Es steckte seit Monaten in ihr und konnte nun mit so furchtbarer Gewalt ausbrechen, weil sie so unternährt war."

„Sie starb?" fragte Inspektor Ahmed professionell. „Sie wurde nicht getötet?"

„Sie starb."

„Dann haben wir kein juridisches Problem", sagte Achmed, und damit war der Fall für ihn erledigt.

„Wie hat sie die Hepatitis bekommen?" fragte ich. „Etwas, das sie gegessen hat?"

„Infizierte Spritze. Viele junge Menschen sterben auf diese Art." Der Arzt blickte uns an. „Hat einer von Ihnen vor sechs . . . sieben Wochen ihre Injektionsnadel verwendet?"

Cato schüttelte stumm den Kopf. Er hielt das tote Mädchen immer noch im Arm.

Der Arzt spuckte in den Staub. „Das Tragische ist nur: Wenn einer von Ihnen etwas unternommen hätte, wäre sie so leicht zu retten gewesen."

Als es Zeit wurde, nach Tanger zurückzufahren, erhob sich die Frage, was wir mit Monicas Leiche tun sollten. Inspektor Achmed schlug vor: „Wir legen sie in den Kofferraum“, aber als der dunkle Behälter geöffnet wurde, protestierte Cato. „Nein, sie fährt mit uns.“ Achmed sagte achselzuckend: „Das wird verdammt unbequem sein.“

Cato zog sein Hemd aus und wickelte es um Monica, und wir stiegen in den Wagen und legten die Tote über unsere Knie. Ihr Kopf ruhte in Catos Schoß.

Cato drückte sich in eine Ecke, die Arme um Monicas Schultern, und weinte lautlos. Ich tat, als merkte ich es nicht, und dachte, wie bitter seine Erfahrungen in der Liebe gewesen waren: Vilma in den Straßen von Philadelphia sinnlos zu Tode getrampelt, Monica in Marokko an einer verschmutzten Nadel gestorben.

Ich wollte ihn berühren, aber er reagierte, als hätte ich ihn geschlagen. „Laß die Finger von mir!“ rief er. „Ich will kein Mitleid von Weißen.“ Ich sagte: „Ich habe es nicht als Weißer angeboten.“ Big Loomis knurrte vom Vordersitz: „Ruhe da hinten!“

Cato wandte den Kopf zu mir; der rote Fez war zur Seite gerutscht, die dunklen Augen schimmerten von Tränen. Er wollte etwas Versöhnliches sagen, dessen bin ich sicher. Er wollte meine Geste erwidern, denn seine Hand ließ Monicas Schulter und griff nach meiner, aber der Schmerz überwältigte ihn. Er fiel schluchzend in sich zusammen. So kehrten wir nach Tanger zurück, das tote Mädchen, das wir geliebt hatten, auf unseren Knien.

Vor der Polizeistation erblickte ich den gelben Campingbus. Gretchen und Joe stiegen aus und kamen angerannt, und bevor sie noch sehen konnten, was Cato und ich hielten, fragte Gretchen schnell: „Habt ihr sie gefunden?“

„Ja“, sagte Loomis.

„Britt! Sie haben sie gefunden!“ rief Gretchen Holt und Britta zu.

Sie sahen Cato und mich an und erblickten dann die reglose Gestalt auf unseren Knien.

„O mein Gott!“ rief Gretchen. „Was ist geschehen?“

„Sie ist tot“, sagte Cato.

Gretchen preßte die Hand an die Lippen und sah erstarrt zu, wie wir ausstiegen. Die Leiche ließen wir auf dem Rücksitz liegen. Cato und ich hatten Monica heimgebracht, mehr konnten wir nicht tun.

Inspektor Achmed und ein Polizist kamen zurück und hoben die Leiche aus dem Auto. Dabei verrutschte das Hemd.

„O Gott!“ flüsterte Joe.

Inspektor Achmed rückte das Hemd schnell wieder zurecht. Britta trat zu ihm hin, hob sachte das Hemd auf und blickte auf ihre Freundin hinab. Monica sah unsagbar häßlich aus, erschreckend starr der Blick der toten Augen, mit offenem Mund und vorstehender Zunge. Das war nicht der Tod, das war widerlicher Hohn.

„Deck sie zu!" sagte Holt, aber Britta legte den Arm um Monicas Kopf, schloß ihr zart die Augen und ordnete die wilde Haarsträhne. Sie bückte sich und küßte die eingesunkenen Wangen, dann drehte sie sich weinend zu uns um und sagte: „Wir haben ihr so wenig geholfen." Holt wollte einwenden, daß nichts Monica helfen konnte, aber Britta legte ihm die Hand auf den Mund. Achmed und der Polizist trugen das tote Mädchen zu der einfachen Holzkiste, die auf sie wartete.

Marokko war zu Ende.

Wir saßen an einem Tisch am Zoco Chico und fanden die Parade der jungen Gammler erschreckend und häßlich. Jedes Mädchen mit strähnigem Haar erinnerte an Monica.

Niemand schlug vor, nach Marrakesch zurückzukehren, und in Tanger zu bleiben war undenkbar. Wir wurden nicht mehr gebraucht. Die offiziellen Stellen zeigten keinerlei Neigung, die jungen Marokkaner, die Monica nach Chechaouèn gebracht hatten, zu identifizieren oder gar zu belangen, da Monica freiwillig mitgegangen war. Was die Mißhandlungen betraf, würde es unmöglich sein zu beweisen, daß sie dafür von ihren Freunden Geld kassiert hatte, und Inspektor Achmed erriet ganz richtig, daß Sir Charles keine Anstalten machen würde, nach Marokko zu fliegen und Anklage zu erheben. Achmed erzählte uns: „Im vergangenen Jahr starben hier neunundzwanzig Mädchen. Ähnlich wie Ihre Freundin. Aus allen Teilen der Welt. Und nur in zwei oder drei Fällen wünschten die Eltern, wir sollten mit dem Begräbnis warten, bis sie kämen. Der Fall ist somit abgeschlossen."

Nicht für uns. Für uns würde er es nie sein. Einmal machte sich ein herumstreifender Zuhälter an Joe heran: „Du willst ganze Nacht verbringen mit meine Schwester? Sehr jung, sehr sauber." Joe boxte ihn in den Bauch, daß er sich vor Schmerz krümmte. Da sagte ich: „Wir müssen weg aus dieser Stadt!"

Gretchen faßte eines Tages Joes Hand und sagte: „Es ist Zeit, daß wir tun, was getan werden muß. Ich gebe dir den Wagen. Fahr hin, wo du hinfahren mußt, und dann verkauf ihn."

Eine lange Stille folgte. Joe errötete. Britta lächelte zustimmend. Der praktische Holt fand als erster die Sprache: „Wie wirst du die Wagenpapiere umschreiben?" Ich schlug den amerikanischen Konsul vor, aber Kasim, der unser Gespräch mit angehört hatte, eilte herbei und schlug vor: „Ich habe einen Freund, der Drucker ist. Für zehn Dollar fälscht er einen kompletten Kaufvertrag... alle Dokumente in Ordnung."

„Von welchem Land in welches Land?" fragte Big Loomis.

„Von Deutschland nach Schweden. Ägypten nach Tansanien. Wie ihr wollt. Ihm ist es gleich."

Zu meiner Überraschung war Holt einverstanden. „Vermutlich das beste. Wenn man sich mit einem amerikanischen Konsul einläßt... Der hat Zeit. Wir nicht." Gretchen räumte ihre Tasche aus und holte eine Reihe von Dokumenten hervor, die Kasim in seine Innentasche stopfte.

„Wie lange?" fragte Gretchen.

„Für meinen Freund ist jeder Fall dringend", versicherte Kasim. „Vierzig Minuten."

„So schnell?" fragte Gretchen.

„In Tanger... ja", sagte Big Loomis, aber Kasim ging nicht gleich. Er wandte sich an Joe: „Wie wäre es mit einem Paß? Vielleicht einem besonderen Paß?"

„Wieviel?" fragte Joe vorsichtig.

„Kommt darauf an, welche wir zur Hand haben. Übrigens, will einer von euch seinen Paß verkaufen? Gutes Geld."

Holt, der fürchtete, Joe könnte seinen amerikanischen Paß gegen irgendeinen anderen eintauschen, um nicht von amerikanischen Beamten gefaßt zu werden, sagte entschieden: „Wir kommen mit unseren Pässen durch."

„Sollte es Probleme geben", sagte Kasim salbungsvoll. „ich bin in vierzig Minuten wieder da."

„Meinst du das mit dem Wagen ernst?" fragte Joe.

„Ja. Er ist ein Geschenk... an einen ganz besonderen jungen Mann." Leise fügte Gretchen hinzu: „Einen jungen Mann mit Würde."

„Wohin wirst du fahren?" fragte Holt.

„Im ‚Bordeaux' redeten neulich ein paar Typen... sie sagten, Shinjuku ist die große Sache."

„Es ist sehr gut", sagte Holt. „Viele Mädchen... viel los."

„Wo ist Shinjuku?" fragte Britta.

„Tokio", sagte Holt. „Der aufregendste Teil von Tokio."

Gretchen schlug vor: „Warum versuchst du nicht Indien? Eine Menge Leute finden die Antwort . . . die Erleuchtung in Indien."

Nun mischte sich Big Loomis ein: „Du wärest verrückt, auch nur eine Minute in diesem Land zu verschwenden. Keine Fabel unserer Zeit ist lächerlicher als die, die behauptet, Indien hätte irgendeine Antwort."

„Ich habe vom Geistigen geredet", sagte Gretchen.

„Ich auch", sagte Loomis. „Ich habe fast ein Jahr lang in Indien gelebt . . . auch in Sikkim und Nepal . . . gutes Gras, gute Gespräche unter den Europäern. Aber die Erleuchtung, von der verzückte Kinder in Greenwich Village und Bloomsbury faseln . . . die ist nicht da. Das ist eine Illusion, die unreife Professoren in unreifen amerikanischen Colleges in ihren Schülern nähren."

Holt unterstützte ihn: „Es ist genau wie Tyrone Power, der durch ganz Europa wanderte und zuletzt in Indien landete. Er lernte gar nichts."

Wir drehten uns in unseren Stühlen um und sahen Harvey an, der aber keine weitere Erklärung abgab. Joe zuckte mit den Achseln und wandte sich wieder an Loomis, der sagte: „Ich verstehe sehr gut, daß ihr Mädchen es schwer gehabt habt . . . Monicas Tod . . . und ich entschuldige mich im voraus für das, was ich sagen werde, aber nach dem Unsinn, den Gretchen verzapft, glaube ich, daß ihr es hören müßt. Als ich in Kalkutta landete – was ich bei Gott keinem Menschen wünsche –, war ich auf der Suche nach der Erleuchtung. Ich verbrachte drei Tage in diesem Abgrund des Schreckens, wo ich mich angesichts der verhungernden Kinder meiner Fettleibigkeit schämte, wo Männer und Frauen auf den Straßen starben, ganze Familien von einem Abfalleimer lebten. Ich konnte alles verzeihen, nach dem Prinzip, daß wir manchmal aus solchem Elend Erleuchtung finden. Große geistige Führer kommen eben nicht aus Banken oder Professorenkollegien. Ich machte Zugeständnisse aller Art. Ich trat auch in Verbindung mit einem großen Sadhu, der sich anbot, mir die Mysterien der Welt zu erklären. Er war fast zwei Meter lang und wog inklusive Bart fünfundvierzig Kilogramm. Er hatte einmal achtundvierzig Tage lang ununterbrochen in die Sonne gestarrt. Er fand, in meinem Fall müsse er sich mit zwei anderen Sadhus besprechen, die sehr ähnlich gebaut waren wie er und ebensolche Bärte hatten. Diese drei heiligen Männer, die übrigens in einem Dorf in der Nähe von Kalkutta Sprechstunden abhielten und gesalzene Honorare forderten, sagten mir viele Dinge, und gelegentlich sagten sie etwas, was etwa dem entsprach, was ein guter Lehrer in der ersten Oberschulklasse sagen würde. Die Lehre dieser heiligen Männer wurde aber zunichte gemacht durch eine Tat, bei der man sie zwei Tage, bevor ich meinen Lehrgang beendete, erwischte."

Er machte eine Pause, blickte nur die Mädchen an und wartete, bis Gretchen fragte, was sie getan hatten: „Gemäß dem Ritus ihrer speziellen Schule scharrten sie das Grab eines fünfjährigen Mädchens auf, das drei Tage tot war, und verzehrten den Leichnam."

Gretchen saß da, trommelte mit den Fingern auf die Tischplatte und sagte: „Jetzt weiß ich, daß es Zeit ist, heimzufahren und mit der Arbeit anzufangen. Was wirst du tun, Cato?"

Er wartete eine Weile, blickte in die Runde und sagte dann abgehackt und fast ohne innere Beteiligung: „Ich habe lange nicht gewußt, was ich tun soll... nicht genau. Jetzt weiß ich es. Ich werde hier wegfahren und nach Ägypten trampen. Dann gehe ich hinunter zum Roten Meer und fahre hinüber nach Dschiddah. Von dort gehe ich zu Fuß bis Mekka, wo ich sechsmal um den großen schwarzen Stein gehen werde, und wenn ich nach Philadelphia zurückkomme, setze ich meinen Fez auf und erkläre mich zum Hadschi Cato. Ich werde eine Bewegung gründen. Und wenn die richtig angelaufen ist, dann hütet euch, ihr Schweinehunde."

Damit stand er auf, rückte seinen Fez zurecht und verließ uns.

Als er gegangen war, sagte Big Loomis nachdenklich: „Vor drei Jahren trug ich auch einen Fez. Aber sorgt euch nicht um ihn. Er ist zäh. Wenn er nach Philadelphia zurückkommt, wird er euch Weißen Schwierigkeiten machen, aber er ist ein Neger von der Sorte, wie wir sie brauchen."

Gretchen sagte: „Du verwendest das Wort Neger." Und Loomis antwortete: „Vor drei Jahren sagte ich noch Afroamerikaner. Damals war mir das noch wichtig."

Ich fragte Loomis, was er vorhabe, und er sagte: „Ich werde wahrscheinlich in Marrakesch bleiben, solange mir meine Mutter Geld schicken kann. Ich habe dort eine Menge Arbeit. Manchmal kann ich Kindern wie Monica und Cato helfen." Er stand da, im vollen Schmuck seiner Perlen und handgewebten Stoffe und marschierte den Hügel hinauf zum Zoco Grande, wo er einen Autobus zurück nach Marrakesch nehmen wollte.

„Stimmt das, was er über Indien sagte?" fragte Britta.

„Ich habe Ähnliches gesehen", sagte Holt.

„Wie komme ich nach Shinjuku?" fragte Joe.

„Nun, du müßtest erst nach Ägypten fahren, dann ein Schiff

nach Beirut nehmen, von dort in Richtung Damaskus und Teheran, und dann durch die Wüste nach Afghanistan und hinunter nach Pakistan und über Lahore nach Indien. Indien durchqueren ist ganz einfach, und dann fährst du durch Burma und Thailand. Du kannst nicht durch Vietnam, also wirst du den Wagen auf einen japanischen Frachter verladen... sie kosten so gut wie nichts... und du bist in Shinjuku."

Es hörte sich an, als erklärte er einem Nachbarn, wie man zum neuen Lebensmittelladen geht: Erst nach Afghanistan und dann gleich links.

„Komme ich mit zweihundertachtzig Dollar durch?" fragte Joe.

„Warum nicht?"

Nun herrschte betretenes Schweigen. Joe und Gretchen blickten einander an. Er fühlte sich verpflichtet, zu fragen: „Kommst du mit mir nach Japan?" und sie sagte: „Danke, nein. Ich habe gehört, wenn ein Mann seine Frau nach Tokio mitnimmt, so ist das, als nähme er ein Schinkenbrötchen zu einem Bankett mit."

„Du bist nicht seine Frau", erklärte Britta.

„Ich weiß, aber ich will ihm nicht den Spaß mit den mandeläugigen Schönen verderben." Und wieder folgte peinliches Schweigen.

Gretchen öffnete ihre Handtasche und kramte nach ihren Reiseschecks. „Du warst der beste Fahrer in Afrika", sagte sie, „und du verdienst einen Bonus." Hastig unterschrieb sie ein Bündel Schecks – ich konnte nicht sehen, ob es Fünfziger oder Hunderter waren – und schob sie in sichtlicher Verlegenheit Joe zu. Er nahm sie, seinen Dank murmelnd. Dann sah sie ihn mit strahlendem Gesicht an, frei von Angst und Spannungen. „Wir treffen uns irgendwo wieder", sagte sie, und sie schüttelten einander die Hand.

Joe wollte etwas sagen, zögerte aber, weil Holt vermutlich von seiner früheren Beziehung zu Britta wußte. „Weißt du, Holt, da du nach Ceylon willst und ich nach Japan, könnten wir doch miteinander durch Asien fahren. Wir drei, meine ich?"

„Gerne", sagte Holt ruhig. „Darüber ließe sich reden."

„Und wir könnten die Kosten teilen", schlug Britta vor.

„Eines nur", sagte Joe. „Ich möchte in Leptis Magna Station machen."

„Warum nicht?" fragte Holt. „Wir kommen direkt durch."

„Ich möchte eine dieser römischen Städte sehen, die untergingen, weil sie das Land rundum mißbrauchten. Ich glaube, daran krankt es bis heute, trotz Technik, trotz moderner Bebauungsmethoden. Wir schenken den Umweltfragen zuwenig Beachtung."

Er war richtig in Fahrt gekommen. Lag hier der Kernpunkt seiner Interessen? Ich erinnerte mich, wie er sich lange mit Mr. Gridley unterhalten hatte, der ihm sogar vorgeschlagen hatte, eine Stellung in einem Nationalpark in Erwägung zu ziehen.

„Wir könnten auch die Bewässerungsanlagen Ägyptens ansehen", schlug Holt vor. Ich bemerkte, daß Britta etwas sagen wollte, aber in diesem Augenblick kam Kasim mit dem gefälschten Kaufvertrag zurück. Gretchen zahlte ihm die zehn Dollar, aber er greinte: „Das ist für den Drucker. Und ich?" Gretchen warf ihm noch zwei Dollar zu, und Joe begann sein Gepäck im Pop-Top zu verstauen.

Nun sagte Britta vorsichtig: „Wir dürfen uns in Leptis Magna aufhalten, aber nicht an allzu vielen anderen Orten, denn wir müssen bis zum 23. Dezember in Ceylon sein."

„Nein, wir müssen nicht", beruhigte Holt sie. „Es stimmt, daß ich zurück sein sollte. Aber eine Woche mehr oder weniger wird der Gesellschaft keinen Kummer machen."

„Ich will sagen", erklärte Britta, „daß *ich* am Dreiundzwanzigsten dort sein muß."

„Warum?"

Sie errötete und sagte leise: „Weil ich meinem Vater eine Flugkarte geschickt habe, damit er uns in Ceylon besuchen kann."

Holt war verblüfft. „Woher hattest du das Geld?"

Britta nahm seine Hand und sagte: „Sooft du mir für irgend etwas Geld gabst, legte ich eine Kleinigkeit beiseite."

Ich sah Holt an. Er hielt den Kopf schief und starrte sie verwundert an. Ein Ausdruck liebevoller Verwirrung kam über sein Gesicht, wie ihn Ehemänner manchmal zeigen, wenn sie an ihren Frauen, mit denen sie seit Jahren leben, etwas Neues entdecken.

Gretchen warf ein: „In Alte hast du uns gesagt, wenn dein Vater je Ceylon sehen müßte, wie es wirklich ist, würde er zusammenbrechen."

„Das war damals", sagte Britta. „Jetzt aber weiß ich, daß die Menschen trachten müssen, ihre Träume zu verwirklichen, damit sie erkennen, wieviel Wahrheit in ihnen steckt."